O botão de Puchkin

Serena Vitale

O botão de Puchkin

Tradução de
JOANA ANGÉLICA D'AVILA MELO

EDITORA RECORD
RIO DE JANEIRO • SÃO PAULO

2003

CIP-Brasil. Catalogação-na-fonte
Sindicato Nacional dos Editores de Livros, RJ.

V821b Vitale, Serena
O botão de Puchkin / Serena Vitale; tradução de Joana Angélica D'Avila Melo. – Rio de Janeiro: Record, 2003.

Tradução de: Il bottone di Puskin
Apêndice
Inclui bibliografia
ISBN 85-01-05785-1

1. Puchkin, Aleksandr Sergueievitch, 1799-1837 – Morte e funeral. 2. Anthès-Heeckeren, Georges Charles d', Baron, 1812-1895. 3. Poetas russos – Século XIX – Biografia. I. Título.

02-1743 CDD – 891.78
CDU – 882-8

Título original em italiano:
IL BOTTONE DI PUSKIN

Direitos exclusivos de publicação em língua portuguesa para o Brasil adquiridos pela
DISTRIBUIDORA RECORD DE SERVIÇOS DE IMPRENSA S.A.
Rua Argentina, 171 – Rio de Janeiro, RJ – 20921-380 –Tel.: 2585-2000
que se reserva a propriedade literária desta tradução

Impresso no Brasil

ISBN 85-01-05785-1

PEDIDOS PELO REEMBOLSO POSTAL
Caixa Postal 23.052
Rio de Janeiro, RJ – 20922-970

a Rossana

Como estudiosa de Puchkin, incluo-me entre aqueles para quem o tema de sua tragédia familiar não deve ser discutido. Transformando-o em tabu, certamente satisfaremos a vontade do poeta. E se, mesmo depois de tudo isso, encarei o assunto, foi apenas porque sobre este se escreveram muitas mentiras grosseiras, terríveis, e os leitores acreditam com tanta facilidade nas primeiras coisas que aparecem... Se hoje, graças a uma longa série de documentos trazidos à luz, for possível destruir essas mentiras, temos o dever de fazê-lo...

A. Akhmatova

Sumário

Nota

Todas as datas (salvo as das mortes de Ekaterina Gontcharova e Georges d'Anthès e as que aparecem nas páginas 20-21, ou ainda quando assinalamos que estão em "novo estilo") vêm indicadas segundo o calendário juliano que a Rússia aboliu depois da Revolução de Outubro, atrasado 12 dias em relação ao gregoriano então em vigor no mundo ocidental.

Nas cartas, indica-se entre colchetes a data, quando ela não aparece no texto; quando remetente e destinatário estão ambos em São Petersburgo, não é citado o lugar.

Todas as palavras e frases entre aspas são citações; as respectivas fontes vêm indicadas no fim do livro.

No capítulo "O botão de Puchkin", todos os versos e fragmentos em prosa que aparecem sem indicação do autor são de Puchkin.

Para evitar equívocos e confusões numa história por si mesma já tão embaralhada, quase sempre chamamos Georges d'Anthès a um dos protagonistas, embora oficialmente ele fosse Georges de Heeckeren e assim se assinasse, assim fosse chamado (mas nem sempre) pelos outros e definido em documentos oficiais, cartas etc. Para esclarecer: a partir de maio de 1836 (e até sua morte), Georges d'Anthès optou pelo sobrenome de Heeckeren; só mais tarde alguns de seus descendentes escolheram chamar-se de Heeckeren-d'Anthès.

Despachos de São Petersburgo

"... A Rússia acaba de perder o homem de maior relevo de sua literatura, o mais célebre poeta que ela já teve, o senhor Alexandre Puchkin. Ele morreu com a idade de 37 anos, no auge da carreira, em conseqüência de grave ferimento sofrido em duelo. Os detalhes dessa desgraça, que, infortunadamente, o próprio falecido havia provocado, com uma cegueira e uma espécie de ódio frenético dignos de sua origem moura, constituem, de alguns dias para cá, o único assunto das conversas na capital. Puchkin duelou com seu cunhado, o senhor Georges de Heeckeren, francês de nascimento, filho adotivo do ministro da Holanda, barão Heeckeren; o rapaz, que precedentemente usava o sobrenome d'Antés, era oficial dos *chevaliers gardes* e desposara pouco tempo antes a irmã da senhora Puchkina..."

Maximilian von Lerchenfeld-Köfering, embaixador do reino da Baviera, 29 de janeiro de 1837.

"... Um jovem francês, o senhor Dantès, que no ano passado foi formal e legalmente adotado como filho e herdeiro pelo barão Heeckeren, ministro da Holanda, poucos dias atrás uniu-se em matrimônio com a irmã da senhora Puchkina. Esta última, mulher de notável beleza, é a esposa do escritor senhor Puchkin, que conquistou bem merecida fama na literatura russa, sobretudo como autor de obras em versos (...) Índole das mais violentas e de um ciúme sem limites, perdeu a cabeça ao suspeitar de um relacionamento secreto entre sua mulher e o cunhado.

Sua raiva se desafogou numa carta cujas expressões vulgarmente ofensivas tornaram inevitável um duelo..."

Otto von Blome, embaixador do reino da Dinamarca,
30 de janeiro de 1837.

"... Esse duelo é considerado por todas as classes e especialmente pelas de condição média como uma desgraça pública, não só porque os poemas do senhor Puchkin eram muito populares como porque o espírito nacional ficou indignado ao constatar que um francês, oficial a serviço deste governo, privou a Rússia do melhor de seus poetas. Acresce que apenas 15 dias atrás o oficial tomara por esposa a irmã da mulher de Puchkin, que vivia na casa do falecido, e comenta-se que o oficial justamente criara tal vínculo a fim de eliminar qualquer suspeita e legitimar suas freqüentes idas à casa dos Puchkin. Aqui são raríssimos os duelos, e a legislação da Rússia pune com a morte aqueles que os fazem...".

George Wilding de Butera e Radoli, embaixador do reino de Nápoles
e das Duas Sicílias, 2 de fevereiro de 1837.

"... O senhor Puchkin tinha uma jovem e lindíssima esposa que já lhe dera quatro filhos; motivos de irritação contra o senhor Danthées, que assediava essa jovem com suas atenções, levaram ao desafio no qual caiu vitimado o senhor Puchkin. Este permaneceu vivo durante 36 horas, depois de ser mortalmente ferido. Em tal circunstância, o Imperador deu provas da alta magnanimidade cuja marca impregna todo seu caráter. Sua Majestade tomou conhecimento, tarde da noite, de que o senhor Puchkin se batera em duelo e estava em condições desesperadoras. Dignou-se então de escrever-lhe algumas palavras para dizer que o perdoava, para recomendar-lhe que cumprisse seus deveres de cristão e para confortar seus últimos instantes, assegurando que cuidaria de sua mulher e de seus filhinhos..."

Karl Ludwig von Ficquelmont, embaixador do reino da Áustria,
2 de fevereiro de 1837.

"... Diz-se que, da hora em que morreu o senhor Puchkin até o traslado dos despojos para a capela, quase 50.000 pessoas de todas as classes acorreram em visita à câmara ardente; muitas corporações solicitaram ser admitidas para transportar o corpo do defunto; falou-se até em desatrelar os cavalos do carro fúnebre para que este fosse arrastado pelo povo; por fim, as demonstrações e as ovações tributadas por ocasião da morte de um homem conhecido por seu ostensivo ateísmo se intensificaram a tal ponto que as autoridades, temendo que a ordem pública fosse perturbada, decidiram às pressas mudar o local onde se deveria celebrar a cerimônia fúnebre (a qual, inicialmente, fora marcada para a catedral de Santo Isaac, no Almirantado) e transferiram o corpo durante a noite..."

August von Liebermann, embaixador do reino da Prússia,
2 de fevereiro de 1837.

"... As exéquias do senhor Puchkin foram celebradas do modo mais faustoso e ao mesmo tempo comovente. Todos os chefes das missões estrangeiras estiveram presentes, à exceção do conde Durham e do príncipe Souzzo, enfermos, do barão Heckeren, não convidado, e do senhor Liebermann, que se recusou a comparecer porque lhe disseram que o supracitado poeta fora suspeito de liberalismo na juventude, juventude na verdade tempestuosa como o foi a de muitos gênios de sua raça..."

Karl August von Lützerode, embaixador do reino da Saxônia,
6 de fevereiro de 1837.

"... O senhor barão Heeckeren pai escreveu à sua Corte pedindo desligamento do cargo de ministro que ocupa aqui. Ainda não se sabe a que pena será condenado seu filho, o qual, como oficial russo, está sob processo militar, mas supõe-se que o deixarão partir depois de havê-lo riscado das fileiras do regimento, tanto mais que os insultos a ele dirigidos por seu cunhado tornavam inevitável um duelo de morte..."

Gustaf af Nordin, secretário da embaixada do reino da Suécia e
Noruega, 6 de fevereiro de 1837.

"... O Imperador demonstrou seu coração generoso em favor da viúva e dos filhos do falecido senhor Puchkin. Destinou uma pensão de 6.000 rublos a ela e de 1.500 rublos a cada um deles ... Mas a esses atos de generosidade do Imperador acrescenta-se um outro que os precedeu: Sua Majestade Imperial, conhecendo o caráter e as idéias do escritor, encarregou um amigo deste de queimar, antes da morte, todos os escritos que o pudessem prejudicar..."

Luigi Simonetti, embaixador do reino da Sardenha,
9 de fevereiro de 1837.

"... Sua Majestade o Imperador acaba de comutar em expulsão do território do Império a sentença de morte pronunciada por um Conselho de Guerra, com base nas leis russas, contra o jovem barão Heeckeren; na manhã de ontem, o barão foi acompanhado até a fronteira por um batedor e, assim, riscado do exército russo. Nesse gesto convém discernir mais uma vez a clemência e a graciosa bondade de Sua Majestade Imperial, já que todos os oficiais russos até hoje punidos por um duelo eram rebaixados a soldados rasos..."

Christian von Hohenlohe-Kirchberg, embaixador do reino de
Baden-Württemberg, 20 de março de 1837.

"... A insinuação dirigida contra o ministro holandês na carta escrita por Puchkin é clara demais para não ser compreendida e não muito lisonjeira para com Sua Excelência o Ministro. Ele deixou esta Corte por desligamento autorizado, medida tomada em conseqüência desse infeliz episódio, e teve recusada uma audiência com Sua Majestade Imperial, que no entanto o presenteou com uma tabaqueira..."

George Lambton, conde de Durham, embaixador do reino
da Grã-Bretanha, 22 de abril de 1837.

O *CHOUAN*

"O barão d'Anthès — três vezes maldito seja seu nome", escreveu Nikolai Mikhailovitch Smirnov em 1842, cinco anos após a morte de Puchkin. Amaldiçoado três mil, dez mil vezes, aquele nome tornou-se sinônimo de herege e deicida. Inserido para sempre no índex, nos índices onomásticos aparece como: "D'Anthès, Georges Charles, barão ... assassino de Puchkin, filho adotivo de L. Heeckeren" — com aquele "assassino" a sugerir uma profissão ou um título, imortalizado, em posição de tiro, no flagrante que lhe atraiu o anátema da Rússia (Tchornaia Retchka, luz opaca do último sol setentrional, um braço estendido, um homem que desaba sobre a neve).

A isca com que a morte atraiu Puchkin para seu mundo sombrio era um rapaz bonito, alegre, jovial, expansivo, descuidado — um protótipo de vitalidade. Alto, compleição harmoniosa, louros cabelos ondulados, traços delicados, Georges d'Anthès arrasava corações em São Petersburgo. Era simpático a todos, bem recebido em qualquer lugar. Nas recepções, desdobrava-se: reverenciava as mais famosas beldades petersburguenses, divertia a juventude militar com historietas de caserna e tiradas audazes, não descurava de entreter *mamans* e *tantes* com bem-comportado discurso, abordava com o devido respeito, mas sem perder a desenvoltura inata, dignitários, estadistas, diplomatas, altas patentes militares, membros da família imperial. Quando ressoavam as primeiras notas da *polonaise*, começavam seus triunfos. Lançava-se à dança com fervor, com uma espécie de inspirada embriaguez; não era daqueles dândis gélidos que arrastam preguiçosamente os pés, como se cumprissem um tedioso dever: cada músculo de seu corpo se tensionava, o som dos tacões era alto e estrepitoso quando os pés batiam no parquê, as pernas se equilibravam leves no ar, nos *entrechats*. Não era daqueles "*ultra-fashionables*" que comparecem atrasados às festas e às vezes se retiram antes mesmo da mazurca, ponto alto das danças e mágico momento de intercâmbios amorosos: saía dos salões — acalorado, faces vermelhas, exausto — somente depois do *cotillon*, e ainda tinha forças suficientes para um último jogo de palavras, um último olhar penetrante, daqueles que agitam os leques e, ao amanhecer, enchem de sobressaltos e langores os diários encadernados em marroquim rosa. Cobiçadíssimo par, esforçava-se por contentar a todas: entre as moças casadouras, não convidava para bailar somente as mais belas ou as mais ricas; tampouco hesitava em rodopiar com ardor estreitando em seus braços experientes as idosas consortes de gloriosos veteranos; sabia agradar e condescender. Cortejava as mulheres com tenacidade e arrebatamento; preferia as casadas e, entre as casadas, as de moral generosa: com elas podia ser mais insinuante e apaixonado, podia ostentar as tiradas mais ousadas de seu inexaurível repertório galante, sem provocar tempestades de pudor. Ninguém jamais o viu triste, melancólico. Entre seus próprios coetâneos parecia um rapazinho impertinente, um desordeiro engraçado: entortava o rosto em caretas cômicas, saltava sobre mesas e sofás, pendurava-se ao pescoço das senhoras fingindo choramingar. Ria de si mesmo e dos outros, fazia rir até às lágrimas, até dar cãibras. Na mais seleta sociedade de São Petersburgo, conquistara para si uma sólida posição: acessório agradável de qualquer festa, cortejador amável, alegre motejador, mas sobretudo impecável, incansável dançarino. Alguns desaprovavam certa arrogância presunçosa em suas maneiras; outros, o vezo de gabar-se do sucesso com as mulheres. Uma pessoa que o viu em ação durante um baile chamou-o de "moço de estrebaria", mas à maioria ele agradava assim, e ninguém temia aquele simpático jovem cujas glórias exauriam-se todas no tempo que durava um baile — tempo longuíssimo e extenuante, na São Petersburgo dos anos 30 do século XIX. Servindo no regimento dos Cavaleiros da Guarda de Sua Majestade a Imperatriz de todas as Rússias, foi repreendido 44 vezes por atraso, faltas injustificadas, indisciplina: chamava seus homens em voz demasiado alta, deixava-se recair molemente na sela antes mesmo de comandar o descanso, ao término de exercícios e desfiles acendia o charuto ou subia à carruagem sem esperar que as altas patentes militares se afastassem, nos bivaques andava pelo caminho diante do acampamento em trajes menores e com o capote jogado às costas. Os superiores o castigavam com turnos de guarda extras, os camaradas ficavam curiosos e entretidos por aquela *nonchalance* tão francesa, tão parisiense, contra o pano-de-fundo da rígida marcialidade imperante nos exércitos russos. Muito lhe era perdoado pela gaiatice que dele emanava, pela desenvoltura da língua, pela presteza dos trocadilhos. O grão-duque Mikhail Pavlovitch, apaixonado por chistes e frases de efeito, adorava sua companhia. O próprio Puchkin riu com gosto quando d'Anthès, ao vê-lo entrar num salão com a esposa Natalie e as duas indefectíveis cunhadas, Catherine e Alexandrine, assim o batizou: "*Pacha à trois queues*".[1] "*D'Anthès, on vous dit un homme à bonnes fortunes*", alfinetou-o certa vez o conde Apraksin; com a imediatez dos verdadeiros homens de espírito, o cavaleiro da Guarda rebateu: "*Mariez-vous, Monsieur le Comte, et je vous le prouverai*".[2] Um dia, o general Gruenewaldt o convidou para jantar junto com os outros três oficiais que montavam guarda. O ordenança servia o primeiro prato quando a lâmpada a óleo que pendia do teto desabou sobre a mesa, lançando respingos untuosos sobre iguarias e comensais e estragando irremediavelmente a noite. Ao sair dos aposentos de seu superior, d'Anthès imortalizou desavergonhadamente o acontecido: "*Grünwald nous fait manger de la vache enragée assaisonnée d'huile de lampe*".[3] O general veio a saber e desde então não mais convidou para jantar os oficiais de guarda no regimento, mas

[1]"Paxá de três caudas" — e também de três apêndices mais maliciosos.

[2]"D'Anthès, dizem que o senhor é um homem de muitas aventuras galantes." "Case-se, senhor conde, e eu lhe darei provas disso."

[3]"Gruenewaldt nos faz comer vaca raivosa temperada com óleo de lâmpada" — e também este é um intraduzível jogo de palavras, já que "*manger de la vache enragée*" corresponde a "passar fome". [Em português, a expressão não seria tão intraduzível assim, pois equivale a "comer o pão que o diabo amassou" — (*N. da T.*)]. Os oficiais da Guarda ou os convidados dos salões de São Petersburgo, porém, não precisavam de notas de pé de página. Na alta sociedade russa, falava-se quase exclusivamente em francês, e do russo d'Anthès aprendera pelo menos as poucas frases que lhe serviam para dar ordens a seus homens e para responder aos superiores.

aquela frase rapidamente fez o circuito das casernas da rua Chpalernaia e dali ricocheteou para os salões, consolidando a fama do "*jeune, beau, insolent d'Anthès*".

O futuro *chevalier garde* nasceu em 5 de fevereiro de 1812 em Colmar, onde a família possuía um *hôtel particulier*; a residência habitual era a propriedade de Soultz, adquirida já por volta de 1720 por Jean Henri d'Anthès. Originário de Weinheim, no Palatinado, o trisavô de Georges d'Anthès se transferira para a Alta Alsácia a fim de administrar de perto os bens herdados do pai: os altos-fornos de Belfort e as minas de prata de Giromagny; em seguida, dirigira a fundição de Oberbrück e criara ele mesmo a manufatura de armas brancas de Klingenthal. Hábil e empreendedor, Jean Henri d'Anthès assegurou-se a senhoria e o castelo de Blotzheim, os bens dos Függer, o feudo de Brinkheim; na Borgonha, possuía as senhorias de Longepierre, Villecomte, Vernot. Em dezembro de 1731, dois anos antes de sua morte, cartas régias conferiram-lhe o título de barão. O filho Jean Philippe, primeiro, e depois o neto Georges Charles souberam fazer bom uso do patrimônio da família e consolidaram sua posição social aparentando-se com nobres estirpes francesas e alemãs. Com a tempestade de 1789, teve início o declínio dos d'Anthès: as propriedades de Georges Charles, que abandonou a França, foram confiscadas; seu filho Joseph Conrad, réu de ter participado dos contingentes que, em junho de 1791, tentaram favorecer a fuga de Luís XVI para Varennes, encontrou asilo junto a um tio alemão, o barão von Reuttner. Retornando a Soultz, com o filho, em 10 de prairial* do ano V, Georges Charles d'Anthès foi anistiado do delito de emigração; em 16 de brumário** do ano X, recuperou a posse dos bens da família. Em 1806 Joseph Conrad desposou Maria Anne Luise von Hatzfeldt, uma nobre de Mogúncia. A Restauração devolveu a serenidade e o bem-estar à família d'Anthès. Já membro do Conselho Geral do Alto Reno, Joseph Conrad teve assento na Câmara dos Deputados de 1823 a 1828; "jamais subia à tribuna, intervinha nos debates somente para pedir o encerramento

*Nono mês do calendário da 1ª República Francesa (depois da Revolução Francesa), meados de maio a meados de junho (*N. da T.*).

**Segundo mês do calendário da 1ª República Francesa (entre 22 de outubro e 22 de novembro) (*N. da T.*).

deles, donde o apelido de 'barão do encerro' que lhe foi dado". Depois da revolução de 1830, extremamente amargurado pela nova reviravolta política, retirou-se para a vida privada na propriedade de Soultz.

Os acontecimentos de julho de 1830 marcaram para sempre também a vida de Georges, primeiro filho homem e terceiro da prole de Joseph Conrad d'Anthès. Terminados os estudos no liceu Bourbon de Paris, em 1829 o jovem entrou para a Academia Militar de Saint-Cyr; no ano seguinte, junto com outros fiéis de Carlos X, saiu às ruas para defender a causa do soberano deposto. Frustrada a tentativa, não escondeu sua hostilidade a Luís Filipe, o "rei burguês", e teve de abandonar Saint-Cyr. De volta a Soultz, não mais soube adaptar-se à vida de província nem à atmosfera da família d'Anthès; o barão Joseph Conrad, obrigado a abrigar uma tribo inteira de parentes que a Monarquia de Julho reduzira quase à miséria, enganado por administradores e conselheiros desonestos que se aproveitavam de seu escasso senso prático, estava abatido, prostrado. Em 1832, ano em que perdeu prematuramente a mãe, Georges d'Anthès perdeu também qualquer esperança no futuro de seu país: de fato, estava entre os combatentes que, na esteira da duquesa de Berry, tentaram em vão fazer a Vendéia levantar armas. Soultz e a França tornaram-se absolutamente insuportáveis para ele, e então decidiu seguir sua vocação marcial num exército estrangeiro. Primeiro foi à Prússia, onde importantes relações parentais lhe garantiam os favores do príncipe Guilherme, mas a patente de suboficial que lhe foi proposta não satisfazia suas ambições — afinal, ele era sempre o ex-aluno de uma gloriosa academia militar. O herdeiro do trono prussiano sugeriu-lhe procurar melhor sorte na Rússia: o cunhado Nicolau I, assegurou, certamente acolheria com benevolência um legitimista francês. Em 24 de setembro de 1833, o conde von Gerlach encaminhou a Georges d'Anthès a carta pela qual Guilherme da Prússia o recomendava ao general-mor Adlerberg, alto funcionário do Ministério da Guerra russo. Munido dessa carta e de um modesto pecúlio, o jovem partiu em direção à distante, imensa, desconhecida Rússia. Ali viviam alguns parentes pelo lado materno: os condes Nesselrode e os condes Mussin-Puchkin. Por intermédio destes, descendentes, como os Puchkin, do Ratcha que viveu em Kiev no século XII e serviu a Vsevolod II, Georges d'Anthès era parente — em ducentésimo ou tricentésimo grau — de Aleksandr Sergeevitch Puchkin, o poeta.

"Viajando através da Alemanha, contraiu uma gripe; de início não deu importância à coisa, contando com sua forte e resistente constituição, mas a doença logo se agravou e uma aguda inflamação deixou-o acamado numa cidadezinha perdida de província. À cabeceira do viajante sozinho e abandonado em terra estrangeira, que assistia já ansiosamente ao rápido consumir-se de seus exíguos recursos, os dias transcorriam lentos, com ameaçadores sinais de morte. Não era possível esperar socorro de parte alguma, e a confiança em sua boa estrela começava a abandonar d'Anthès. De repente, uma animação incomum invadiu a modesta hospedaria. Ao barulho das carruagens seguiu-se um clamor de vozes; até o dono se apressurou, as criadas começaram a correr... Revelou-se ser o comboio do embaixador da Holanda, o barão Heeckeren, que retornava à sua missão junto à Corte russa. Uma avaria na berlinda de viagem obrigava-o a uma longa parada. Durante a ceia, enquanto procurava distrair e consolar o sombrio e irritado cliente comparando as desgraças dele com as de outros, o loquaz proprietário da hospedaria pôs-se a descrever-lhe a grave enfermidade do jovem francês solitário, encerrado sob aquele teto havia algum tempo. Para vencer o tédio, o barão teve a curiosidade de dar-lhe uma olhada, e ali, ao pé do leito do enfermo, aconteceu o primeiro encontro deles. D'Anthès sustentava que, à visão de sua situação desesperadora, de seu rosto emagrecido pelo sofrimento, a compaixão explodira com tanta força no coração do velho que não mais o abandonara daquele minuto em diante e lhe dedicara pressurosos cuidados, dignos da mais terna mãe. A carruagem já estava consertada, mas o embaixador sequer pensava em partir. Esperou pacientemente até quando a recuperação das forças permitiu a d'Anthès continuar a viagem e, informado do objetivo final, convidou o jovem a unir-se a seu cortejo e entrar em São Petersburgo sob sua proteção. Pode-se imaginar com que alegria a proposta foi aceita!"

Uma estalagem da província alemã, um viajante quase moribundo, um comboio obrigado a uma demora indesejada, uma agitação súbita, o burburinho de vozes exaltadas que chegam aos ouvidos do enfermo em meio à névoa do delírio... O desapontamento do recém-chegado, compelido a uma incômoda mudança de programa, o tédio, o tagarelar de um estalajadeiro, uma escada, uma porta, a visão de um jovem desconhecido, a bela face desfigurada pelo sofrimento, o corpo sacudido por tremores, o olhar vazio pousado nas escuras silhuetas reunidas à sua cabeceira. O tratamento, o lento reabrir dos olhos para o mundo, o reconhecimento dirigido ao homem que o arrancou à morte, breves passeios com ele nos arredores da hospedaria, depois até os bosques da periferia de uma cidadezinha perdida de província, longas conversas, confidências, projetos... Como gostaríamos de acreditar em tão benéfica e intempestiva intervenção do Acaso, em tão comovente e romântico cruzamento de destinos à sombra da doença e da morte! Convém, no entanto, ir com cuidado: encontramos essa versão dos fatos na longa narrativa publicada no início do século XX por Aleksandra Petrovna Arapova, filha de segundas núpcias da viúva de Puchkin. Ela escrevia sobre coisas já remotas, conhecidas por via indireta ou vindas de fontes de duvidosa imparcialidade. E sobretudo escrevia — com pena lacrimejante e apaixonada, fortes cores de folhetim, uma antipatia maldisfarçada em relação a Puchkin — para defender de "injustos e freqüentemente ofensivos juízos" a memória da finada mãe, a quem a Rússia ainda não perdoara a morte de seu maior poeta. Portanto, é lícito duvidar de muitas coisas narradas por Arapova, inclusive daquele primeiro encontro entre Georges d'Anthès, futuro matador de Puchkin, e Jacob van Heeckeren, futuro pai adotivo de Georges d'Anthès.

Não sabemos com certeza quando d'Anthès pôs os pés em terra russa. Com base na versão de Arapova, todos fixam a data de sua chegada em 8 de outubro de 1833; naquele dia, conforme lemos nas *Notícias de São Petersburgo*, o vapor *Nicolau I* atracou em Kronstadt, depois de uma viagem de 78 horas, "com 42 passageiros a bordo, entre os quais o embaixador real holandês, o barão Heeckeren". Se realmente d'Anthès se encontrava entre aqueles 42 passageiros, a história de sua doença grave e da lenta recuperação peca, no mínimo, por exagero: em 24 de setembro ele ainda estava em Berlim, em 5 de outubro já embarcava em Lübeck. Esse é apenas o primeiro nó do emaranhado de incongruências, contradições, meias verdades e, às vezes, mentiras premeditadas de que precisa desenredar-se quem investigar o fim de Puchkin — inclusive as remotas origens dele.

Por um velho registro de matrículas, hoje custodiado num arquivo de Nantes, ficamos sabendo que somente em 2 de novembro de 1833 Georges Charles d'Anthès, "proprietário, 22 anos, nascido em Colmar (Alto Reno)", notificou a embaixada francesa em São Petersburgo de sua própria chegada à Rússia. Estava hospedado no Hotel Inglês, na rua Galernaja,[4] segundo piso, apartamento nº 11.

Escreveu Louis Metman, neto de Georges d'Anthès: "O interesse demonstrado em várias circunstâncias pelo imperador Nicolau, as relações da família na Alemanha e na Rússia... uma aparência que os retratos da época nos apresentam como muito atraente, logo proporcionaram ao jovem oficial um lugar de destaque nos salões de São Petersburgo. Ele teve a sorte de conhecer o barão Heeckeren-Beverweerd, ministro do rei da Holanda junto ao imperador russo, e o barão, atraído pela inteligência e pela afabilidade de Georges d'Anthès, interessou-se pelo rapaz e iniciou uma correspondência regular com o pai dele." O encontro entre o jovem francês e o embaixador da Holanda, dá a entender Metman, teria então ocorrido depois de d'Anthès chegar a São Petersburgo, depois que ele soube conquistar a benevolência do czar e a simpatia dos salões... Em quem acreditar? É certo apenas que já em 9 de dezembro de 1833 Joseph Conrad d'Anthès respondeu a uma carta de Jacob van Heeckeren: "Não posso exprimir adequadamente minha gratidão por todas as atenções que V. Ex.ª vem dedicando a meu filho; espero que ele saiba fazer-se digno disso. A carta de V. Ex.ª me tranqüilizou completamente, pois não escondo que estava inquieto quanto à sorte dele. Com sua ingenuidade e sua precipitação, eu temia que travasse relações que pudessem ser-lhe nocivas, mas, graças à bondade de V. Ex.ª, que desejou tomá-lo sob sua proteção e tratá-lo como amigo, sinto-me tranqüilo. Espero que ele se saia bem no exame..."

Um amigo de Puchkin, Konstantin Karlovitch Danzas, recordava:

> "Entre as cartas de recomendação, havia uma para a condessa Ficquelmont, que gozava da particular benevolência da finada imperatriz.

---

[4] Ou seja, rua "das Galés": premonitória escolha do destino.

A essa senhora d'Anthès deve o início de seus sucessos na Rússia. Durante uma de suas noitadas, a condessa apresentou-o à soberana, e d'Anthès teve a sorte de chamar a atenção de Sua Majestade... Naquela época vivia em São Petersburgo o famoso pintor de batalhas Ladurnère ... O finado soberano às vezes visitava o ateliê dele no Ermitage, e, durante uma dessas visitas, ao ver na tela do artista alguns esboços de Luís Filipe,[5] perguntou a Ladurnère: '*Est-ce que c'est vous, par hasard, qui vous amusez à faire ces choses-là?*'. '*Non, Sire!*', respondeu Ladurnère, '*c'est un de mes compatriotes, légitimiste comme moi, M. d'Anthès*'. '*Ah! D'Anthès, mais je le connais, l'Impératrice m'en a déjà parlé*',[6] disse o soberano, e expressou o desejo de vê-lo. Ladurnère fez d'Anthès sair de detrás do biombo onde se escondera à chegada do soberano. Este começou a falar com ele em tom benévolo e d'Anthès, aproveitando a ocasião, na mesma hora pediu-lhe consentimento para ingressar no serviço militar russo. O soberano expressou sua aquiescência."

Novamente, gostaríamos de acreditar em tão benigna intervenção do Acaso, mas até janeiro de 1834 a condessa Dolly Ficquelmont, mulher do embaixador da Áustria em São Petersburgo, não deu recepções nem bailes honrados pela presença de Suas Majestades Imperiais. E, em geral, vivia bastante retirada: ainda não fora aberta a temporada de inverno quando a prematura morte de sua queridíssima prima Adèle Stakelberg, no começo de novembro de 1833, impôs-lhe o luto; depois, uma providencial queimadura no pé ofereceu-lhe um pretexto válido para manter longe da sociedade sua alma ulcerada. A apresentação à soberana que Danzas recordava, portanto, só poderia ter acontecido quando d'Anthès já se preparava para prestar o exame de admissão ao regimento. Decididamente alguém errou, ou esqueceu, ou confundiu alguma coisa, e a verdade passa a ter os traços inflados e vagos da lenda. Em qualquer das variantes, porém, ao redor de Georges d'Anthès brilha sempre uma faiscante poeira de boas estrelas, sopra sempre um tépido hálito de bons ventos: verdadeiramente, um rapaz que nasceu empelicado.

[5]"Da cabeça de pêra de Luís Filipe", explica uma fonte mais recente: eram, portanto, caricaturas.
[6]"Por acaso é o senhor quem se diverte pintando essas coisas?." "Não, Majestade!, é um de meus compatriotas, legitimista como eu, o senhor d'Anthès." "Ah, d'Anthès, mas eu o conheço, a imperatriz já me falou dele!"

Ao contrário de seu jovem protegido, o barão Jacob Derk Anne Borchard van Heeckeren-Beverweerd, desde 1823 em São Petersburgo como encarregado de negócios, e em seguida como ministro na embaixada dos Países Baixos, não era simpático: muitos o temiam pela língua de fel e índole traiçoeira e intrigante. Dolly Ficquelmont fixara-se na Rússia pouco tempo antes quando escreveu sobre ele: "... Aqui passa por espião de Nesselrode, e essa suposição dá a melhor idéia sobre o personagem e sobre seu caráter." E, depois de conhecê-lo mais a fundo: "...Não posso esconder de mim mesma que é maldoso, pelo menos em palavras, mas desejo e espero que em sociedade estejam sendo injustos quanto a seu caráter..."; "...ainda que o considere um homem perigoso para a sociedade, estou encantada por tê-lo em meu salão." O que a condessa Ficquelmont nos diz é o mais piedoso retrato de Heeckeren a nós legado por um russo. Depois da morte de Puchkin, fechou-se em torno do embaixador da Holanda o cerco da execração e do desprezo: "velha serpente"; "homem astuto, calculista mais que depravado"; "homem maldoso, egoísta, a quem todos os meios pareciam lícitos para alcançar seus próprios fins... conhecido em toda São Petersburgo como má-língua, já fizera muitas pessoas brigarem, era desprezado por todos os que haviam compreendido sua verdadeira natureza"; "velho infame, sempre sorridente, que fazia caçoadas, imiscuía-se em tudo"; "homem extraordinariamente amoral"; "era famoso por sua depravação: rodeava-se de jovens despudoradamente dissolutos, apaixonados por mexericos amorosos e por todo tipo de intriga nesse campo."

Fronte exageradamente alta por causa de incipiente calvície, rosto alongado, impenetráveis olhos claros, perfil grego, lábios sensuais, espesso filete de barba a emoldurar-lhe o queixo, ombros estreitos, figura magra. Não tinha mulher, não se lhe atribuíam relações femininas. Distinto e refinado nas maneiras, elegantíssimo, culto, amava a música e os bons livros. Colecionava quadros de autor, esculturas, móveis antigos, prataria, bronzes, cristais, tapeçarias de Flandres, e com esses objetos enchera a casa na avenida Nevski — "uma pequenina miniatura, mas uma jóia de elegância". Era disputado pelos salões: "*causant et amusant*", "contava as anedotas mais engraçadas e fazia rir com vontade". Freqüentava a fina flor da aristocracia petersburguense. Lúcido, sagaz, astuto, atento aos grandes eventos da História bem como aos mais leves sussurros dos salões, utilizava para os relatórios endereçados a Haia tudo o que seus ouvidos — e as orelhas grandes, de abano — captavam das fontes mais diversas e reservadas. Tinha uma concepção elástica da verdade, suas palavras "jamais supunham a menor sinceridade, por mínima que fosse". Embora, em outubro de 1833, estivesse para completar 42 anos, todos o recordam como "velho". Também Puchkin disse certa vez, em tom ameaçador: "Com o filho, já encerrei. Agora passemos ao velho." Num dia por nós desconhecido, num lugar da Europa cujas coordenadas geográficas ignoramos, esse indivíduo cáustico e de coração certamente nada terno entrou como "uma providência" na vida de Georges d'Anthès, o "*bon enfant*" francês destinado a tornar-se um homem fatal para a Rússia. Para começar, subvencionou-o financeiramente, já que, com os cem luíses por ano que o pai lhe destinava, d'Anthès não podia custear as enormes despesas de equipamento impostas pelo prestigioso e exclusivo corpo dos *chevaliers gardes*, ao qual ascendiam de praxe os rebentos da mais antiga e abastada nobreza russa. Em geral, d'Anthès não podia permitir-se nenhum luxo, e nos primeiros tempos de sua vida em São Petersburgo apresentava-se em sociedade vestido de maneira antiquada e imprópria, com uma comprida casaca preta sobre *culotte* cinza com debrum vermelho.

Recomendações poderosas eram cúmplices da deusa Fortuna. Em 5 de janeiro de 1834, o conde Adlerberg escreveu a Georges d'Anthès:

> "O general Sukhozanet me disse hoje, caro barão, que pretende submetê-lo ao exame logo depois do Dia de Reis, e que espera fazê-lo livrar-se de tudo em uma manhã, sob a condição única de que os professores estejam todos livres no mesmo dia. O general assegurou-me já ter mandado perguntar ao barão Heeckeren onde poderá encontrar o senhor para avisá-lo a tempo sobre o grande dia, quando este for marcado; o senhor bem faria em ir procurá-lo e pedir-lhe instruções. Ele me prometeu não ser mau, como diz o senhor, mas não conte muito com isso, não se descuide de recapitular tudo o que aprendeu e mostre-se bem preparado... P. S. O imperador me perguntou se o senhor estuda russo. Por via das dúvidas, respondi que sim. Creio ter-lhe recomendado procurar um professor do idioma russo."

Dispensado das provas de Língua Russa, de Regulamento e de Direito Militar, em 27 de janeiro de 1834 Georges d'Anthès passou no exame de admissão suprindo com perspicácia as numerosas lacunas de sua cultura; conta-se que, quando lhe foi perguntado qual rio banha Madri, admitiu não o saber, mas logo depois arrancou um sorriso à austera comissão, ao acrescentar: "E dizer que lá dei de beber ao meu cavalo!" Nomeado alferes dos Cavaleiros da Guarda em 8 de fevereiro, seis dias depois foi arrolado no sétimo esquadrão de reserva.

Em 26 de janeiro de 1834, Puchkin escreveu no diário: "O barão d'Anthès e o marquês Pina, dois *chouans*,* serão diretamente admitidos na Guarda como oficiais. A Guarda protesta." Em pouco tempo, o poeta iria conhecer Georges d'Anthès: talvez no dia em que jantou com Danzas num famoso restaurante de São Petersburgo e, na *table d'hôte*, viu-se sentado junto do jovem francês. Por enquanto, deixemos os dois no Dumé em alegre e ruidosa companhia masculina, ignaros do futuro ódio, diante de rosbifes sangrentos, trufas, patês de Estrasburgo, e, antecipando-nos aos fatos, reflitamos sobre o inglório destino daqueles dois *chouans* em terra russa: o marquês Pina não conseguiria entrar para a Guarda e, depois de servir no regimento de caçadores Zamostski, seria expulso dele por ter furtado talheres de prata; o barão d'Anthès viria a ser degradado e expulso da Rússia por haver extinto de maneira cruenta a voz mais pura, o sol do país.

"A imperatriz Aleksandra Fiodorovna está escrevendo suas memórias... Chegarão aos pósteros?" — perguntava-se Puchkin. Junto com uma parte das memórias de Friederike Luise Charlotte Wilhelmine da Prússia, desde 1º de julho de 1817 esposa de Nikolai Pavlovitch Romanov sob o nome de Aleksandra Fiodorovna, chegaram aos pósteros seus diários: minúsculos cadernos de compactas anotações em alemão, refúgio secreto de uma alma terna, desde sempre afeita a uma felicidade e a uma alegria que estendiam

---

*Nome dado aos camponeses do Maine, da Bretanha e da Normandia rebelados contra a Revolução Francesa e, mais tarde, contra o governo de Luís Filipe. Tal designação, aportuguesada em certas fontes como "chuã", resulta do nome do líder dos insurgentes, Jean Chouan (*N. da T.*).

mil véus cor-de-rosa entre ela e o mundo. Era bela, a enésima soberana alemã alçada ao trono dos Romanov, e sua graça loura e diáfana impressionou também Puchkin: "Agrada-me demais a imperatriz, embora já tenha 35, talvez mesmo 36 anos." A quem se aproximava dela na intimidade, dava a impressão de uma mocinha que lança sobre a vida o primeiro olhar: conservava a inocência que resulta da ignorância do mal, "falava da infelicidade como de um mito". Gostava de agradar e, com os homens, recorria a ingênuas faceirices. Adorava dançar. Dançava até altas horas, submetendo seu físico frágil a dura prova; dançava esplendidamente, e parecia uma aérea sílfide, uma criatura entre o céu e a terra, uma "*Tochter der Luft*".[7] Aos diários da imperatriz-dançarina devemos a notícia daquilo que com toda a probabilidade foi a estréia do *chevalier garde* Georges d'Anthès na alta sociedade petersburguesa: "28 de fevereiro de 1834 ... Às dez e meia fomos até os Ficquelmont e lá eu me troquei no quarto de Dolly, vestido branco com lírios, muito bonito ... meus lírios logo murcharam. Danteze[8] olhou demoradamente..." Então d'Anthès era assim tão ousado, a ponto de lançar intensos e prolongados olhares sobre a czarina? E quanto à czarina, teria sido também enfeitiçada pelos olhos assassinos do francês? Não é o caso de nos perdermos em maliciosas conjeturas: o coração de Aleksandra Fiodorovna palpitava — ingenuamente, castamente — por outro jovem oficial de sua Guarda. Haviam-na impressionado, queremos crer, o estupor admirado, o deleitado brilho daqueles olhos azuis arregalados — sobre ela, sobre Nicolau I, ainda mais alto e imponente no uniforme do regimento dos hussardos austríacos, sobre a multidão cintilante de jóias e adereços, sobre o novo mundo que escancarava generosamente as portas ao jovem forasteiro.

Apresentado à história por tão augusta testemunha, o nome de Georges d'Anthès é ignorado pelas crônicas mundanas petersburguenses

---

[7] "Filha do ar".

[8] O sobrenome não foi deturpado apenas pela soberana de origem alemã: escreveram-no como "Dantais", "Dantesse", "Dantest"; aos camaradas da Guarda, lembrava comicamente "*dentiste*" ("antes ele era dentista, agora tornou-se médico", disseram, quando Georges foi adotado por Heeckeren, cujo sobrenome tinha uma vaga assonância com o russo *lekar'*, "médico"), e entrou correntemente no russo como "Dantes".

até o inverno de 1835. Não nos espantemos: para a alta sociedade da capital, d'Anthès era só um reizinho dos *cotillons*, um simpático e jovial rapaz francês admitido na Guarda graças a favores de alta esfera. Surpreende-nos, porém, que seu nome seja ignorado pelos poucos e verdadeiros amigos do embaixador da Holanda — como Otto von Bray-Steinburg, encarregado de negócios na missão bávara de São Petersburgo. Nas cartas que escrevia à mãe Sophie, em Mitau, o conde Otto falou mais de uma vez do barão Heeckeren, "homem cheio de espírito, bastante divertido, muito bondoso no convívio comigo"; "homem frio e geralmente nada bom, que todavia sabe fazer verdadeiros obséquios às pessoas a quem se afeiçoa..." — mas nem sequer uma palavra sobre d'Anthès, que no entanto freqüentava assiduamente a elegante residência privada anexa à embaixada da Holanda. Entre os dois diplomatas, formou-se uma "turma à parte", a amizade recíproca cresceu e se consolidou, Bray mostrou-se vivamente aflito quando Heeckeren adoeceu gravemente: "... passo o maior tempo que posso junto dele e deploro amargamente minha escassa habilidade em cuidar de um enfermo. Encontra-se ele em tal estado que mal percebe a presença dos amigos" — mas nem sequer uma palavra sobre d'Anthès, que no entanto devia passar longas e ansiosas horas à cabeceira do embaixador. Em 19 de maio de 1835, o conde von Bray informou à mãe: "Anteontem acompanhei Heeckeren até Kronstadt ... Separei-me com verdadeira saudade desse amigo que tanto contribuiu para tornar agradável a minha estada nesta cidade. Ele fará falta a meus hábitos tanto quanto às minhas afeições, e aqui não poderei substituí-lo nem nestas nem naqueles. Foi a Baden-Baden ... Retornamos de Kronstadt a São Petersburgo numa embarcação de Aleksei Bobrinski sob uma tempestade pavorosa, nós mesmos fazíamos o trabalho dos marinheiros, embora terrivelmente indispostos" — mas nem sequer uma palavra sobre d'Anthès, que no entanto estava no mesmo barco. Seria a personalidade do oficial francês tão pálida assim, tão incolor, tão indigna de atenção? Ou, ao contrário, os íntimos do embaixador se calavam deliberadamente sobre o jovem amigo dele? Por quê?

Georges d'Anthès a Jacob van Heeckeren, São Petersburgo, 18 de maio de 1835:

> "Meu caro amigo, sua carta me deu um prazer que o senhor não pode imaginar e, ao mesmo tempo, me tranqüilizou, porque eu realmente sentia um medo tremendo de que o enjôo lhe provocasse espasmos ... Nós tivemos menos sorte em nossa travessia, porque o retorno foi a coisa mais ridícula e ao mesmo tempo mais extravagante, o senhor certamente se lembra do tempo horrível que fazia quando o deixamos. Pois bem, quando entramos em pleno golfo a coisa só fez aumentar e piorar ... Bray, que tanto elogiava o navio grande, não sabia mais a que santo recorrer, e de repente começou a nos dar uma repetição não só do almoço feito a bordo, mas também de todos os que havia comido nos últimos oito dias, com acompanhamento de exclamações em todas as línguas e suspiros em todos os tons..."

Paris, início do verão de 1989 (152 invernos e 153 primaveras depois do dia em que Georges d'Anthès feriu Puchkin mortalmente), um apartamento no 16º distrito, uma água-furtada, uma mala cinza em frangalhos, velhos documentos de trabalho do refinado ancião dono da casa, fotografias, cartões-postais, selos, correspondência particular, e de repente, mil vezes sonhado e a esta altura inesperado, um maço de cartas antigas — de um outro século, quase de um outro mundo.

Sepultadas — escondidas? — durante mais de um século e meio no arquivo privado da família Heeckeren, as cartas que, a partir de maio de 1835, Georges d'Anthès escreveu a Jacob van Heeckeren representam um achado quase miraculoso para quem investiga os antecedentes do último duelo de Puchkin. Um rasgo de generosidade do deus alado da correspondência quis restituir voz — e pensamentos, sentimentos — a um homem de quem só se conheciam (no que se refere à parte russa de sua longuíssima vida) algumas tiradas engraçadas e a tremenda culpa. A lenda impõe: enésimo golpe de cena, diríamos, no assunto Georges d'Anthès. Enésimo golpe de sorte, também? Hesitamos em responder.

O PERIGO DAS CAMISETAS DE FLANELA

D'Anthès a Heeckeren, São Petersburgo, 18 de maio de 1835:

> "... Descrever o vazio que sua ausência me deixa é uma coisa impossível. Posso compará-lo apenas àquele que o senhor também deve sentir, porque, embora certas vezes me recebesse resmungando (falo, é claro, daquele período de muita pressa), eu sabia que o senhor estava feliz por conversar comigo um pouco, ver-nos a cada instante do dia se tornou uma necessidade para o senhor tanto quanto para mim. Ao vir para a Rússia eu esperava só encontrar estranhos: assim é que o senhor foi para mim uma providência! Pois o senhor não está certo quando diz que é um amigo, porque um amigo não faria tudo aquilo que o senhor fez por mim sem me conhecer; enfim, o senhor me viciou, fiquei habituado, a pessoa se habitua muito depressa à felicidade, e com tudo isso uma indulgência que eu nunca encontraria em meu pai; pois bem, rodeado de repente por pessoas invejosas e ciumentas de minha posição, imagine se eu não sinto a diferença e se cada hora do dia não me faz constatar que o senhor não está mais aqui ... Adeus, meu querido. Cuide-se bem e divirta-se mais ainda."

Antes de continuar, uma advertência: mesmo depois de uma tradução indulgente — o acréscimo de um ponto ou de uma vírgula, uma sumária arrumação na *consecutio temporum*, o conserto de concordâncias enlouquecidas —, os escritos de Georges d'Anthès requerem um leitor magnânimo e ao mesmo tempo operoso, um leitor-redator pronto a corrigir solecismos de todo tipo e a imprimir certa ordem a um estilo que revela escassa familiaridade com as regras da gramática e da sintaxe, com as leituras em geral.* O próprio Louis Metman contava sobre o avô: "seja na juventude, seja na idade adulta, quase não manifestou qualquer interesse pela literatura. Os familiares não se lembram de tê-lo visto alguma vez lendo uma obra literária durante toda a sua longa vida."

Na segunda metade de maio o barão Heeckeren chegou a Baden-Baden — para um tratamento com águas medicinais, como lhe prescrevera o doutor Sadler depois que o cólera ameaçara devolvê-lo ao Criador, mas também para conhecer Joseph Conrad d'Anthès, que se encontrava naquela cidadezinha de termas junto com Alphonse, seu outro filho homem. Queria falar com ele sobre o projeto que vinha acariciando desde algum tempo: dar seu sobrenome a Georges, fazê-lo herdeiro de seus bens. Não seria fácil, para um representante da mais antiga nobreza holandesa, adotar um francês que servia na Guarda Imperial russa, um nobre de 23 anos cujo pai estava vivo e com saúde. Consciente dos obstáculos que encontraria, Heeckeren estava decidido a desembainhar suas mais afiadas armas diplomáticas e dialéticas para contorná-los e vencê-los. Sabia poder contar com a boa vontade de seu rei, a quem sempre servira lealmente, fazendo valerem os direitos da pequena Holanda junto a uma das mais poderosas cortes européias, mas antes de tudo precisava obter o consentimento do pai biológico de Georges. No começo, sondou discretamente o terreno. Talvez, passeando durante o dia pelas sombreadas alamedas de Baden-Baden, ou à noite, depois de uma partida de uíste, tenha descrito a Joseph Conrad a terrível prova que acabava de superar, a angustiante sensação de inutilidade que assalta um homem sem descendentes quando se vê acuado pela morte. Talvez lhe tenha confessado seu profundo desejo de ter uma família: a dele jamais perdoara sua conversão ao catolicismo, e havia muito tempo tratava-o com frieza, até mesmo com hostilidade. Talvez tenha descrito a existência nada fácil daquele rapaz tão sozinho num remoto e gélido país estrangeiro, circundado por pessoas

*Na presente tradução, procuramos "respeitar", nas cartas de d'Anthès, certas impropriedades que a autora deste livro achou por bem conservar (*N. da T.*).

invejosas, exposto às insídias de uma índole viva e impetuosa até à temeridade. Soube conquistar a confiança de Joseph Conrad d'Anthès, tocar-lhe o coração. Disso teve confirmação, no fim de junho, por uma carta de Georges: "Meu pobre velho está encantado, e me escreve que é impossível dedicar mais afeto do que esse que o senhor me dedica, que meu retrato não abandona o senhor um só instante, obrigado, mil vezes obrigado, meu querido." Ao futuro — como diremos? — ao futuro compadre, Jacob van Heeckeren prometeu uma visita a Soultz assim que se restabelecesse de todo.

Em 21 de maio, Georges d'Anthès dirigiu-se a Pavlovsk, a 25 *verstas* da capital, para o costumeiro acampamento estival dos Cavaleiros da Guarda. Alojado no fétido aposento coletivo da *isbá* que dividia com alguns camponeses, levava uma vida massacrante que o embrutecia, e só a muito custo conseguia achar um cantinho tranqüilo e um pouco de tempo para escrever ao amigo distante: "Exercícios e mais exercícios, grandes manobras em cima de grandes manobras, e com tudo isso um tempo assustador, nunca igual dois dias seguidos, às vezes um calor de sufocar e outras vezes um frio tal que a pessoa não sabe onde se meter." As semanas transcorridas na Vendéia pareciam, em comparação, uma agradável temporada de férias; a Rússia era governada por um inflexível soldado que adorava provar aos súditos, ao mundo, a si mesmo, a potência e a férrea disciplina de seus exércitos. O único lado positivo daquela extenuante corvéia eram as esplêndidas festas em homenagem a um hóspede ilustre como Frederico, príncipe dos Países Baixos — "e a imperatriz continuou a ser boa comigo, porque não houve três oficiais do regimento convidados sem que também eu estivesse nesse número". Quando os Cavaleiros da Guarda finalmente deixaram Pavlovsk para se aquartelarem em Novaia Derevnia, Georges d'Anthès jogou-se de ponta-cabeça na intensa vida mundana das "Ilhas", a teia de ilhotas com que São Petersburgo se infiltra no golfo da Finlândia, um labirinto de terra ervosa, bosques e jardins, sulcado por uma infinidade de torrentes, regatos, canais, constelado de charcos e laguinhos. A partir de pouco mais de dez anos antes, as Ilhas haviam-se transformado no lugar da moda para a vilegiatura da aristocracia petersburguesa; ali surgiam ricas e confortáveis dachas, um teatro em que se apresentava uma companhia francesa, e até um Estabelecimento das Águas[9] dotado de um suntuoso salão para as recepções. Além dos bailes, não se passava um dia em que não se organizassem *parties de plaisir*, piqueniques, passeios de barco, cavalgadas. Três amazonas faziam então furor nas Ilhas, pela habilidade e elegância com que montavam os puros-sangues dos elogiados haras de Polotnianyi Zavod: as três irmãs Gontcharov. A mais jovem e bela era casada com Puchkin. Passavam o verão em Tchornaia Retchka, ao lado de Novaia Derevnia, e em sua companhia o oficial francês se tornava ainda mais jovial e galante. Findo o pesadelo das manobras, aquele segundo verão russo teria sido feliz para ele sob todos os aspectos, se não o tivessem incomodado as fastidiosas dores de estômago que o perseguiam havia alguns meses; "mas de qualquer modo não se preocupe", escreveu ele para tranqüilizar Heeckeren, "quando o senhor voltar a São Petersburgo estarei inteiramente em forma para abraçá-lo e apertá-lo em meus braços até fazê-lo gritar".

Puchkin a Aleksandr Khristoforovitch Benckendorff, São Petersburgo, 26 de julho de 1835:

> "Senhor conde, muito me custa, no momento em que recebo uma graça inesperada, pedir outras duas, mas decido-me a recorrer com toda a franqueza Àquele que se dignou de ser a minha providência. Dos meus 60.000 rublos de dívidas, metade são dívidas de honra. Para saldá-las, encontro-me na necessidade de contrair dívidas com usurários, coisa que duplicará meus problemas ou então me obrigará a recorrer novamente à generosidade do Imperador. Suplico, portanto, a Sua Majestade que me faça um imenso favor: em primeiro lugar, dando-me a possibilidade de pagar esses 30.000 rublos; em segundo, dignando-se de permitir-me considerar essa soma como um empréstimo e, conseqüentemente, mandando suspender o pagamento de meus emolumentos até que tal dívida esteja liquidada. Recomendando-me à indulgência de V. Ex.ª, tenho a honra de declarar-me com o respeito mais profundo e o reconhecimento mais vivo..."

[9]De importação, obviamente; ali a imperatriz gostava de beber a água de Ems.

De longe, Heeckeren continuava a testemunhar a d'Anthès seu afeto mediante ofertas de dinheiro que, a cada vez, eram recusadas com um garbo e um senso de parcimônia surpreendentes em quem era acusado pelo pai biológico de "gostar de gastar". "Meu caro amigo", escrevia d'Anthès, "o senhor sempre tem preocupações infundadas com meu bem-estar, antes de partir deixou-me com que sobreviver honrada e confortavelmente ... se não peço nada é porque não preciso de nada; ainda estou longe de me fazer sepultar e teremos todo o tempo para gastar juntos o dinheiro que o senhor sempre me oferece assim de bom coração". Apesar de tais protestos tranqüilizadores, o barão enviava presentes e dinheiro, pagava velhas dívidas de seu protegido. Este se declarava confuso, perturbado por tanta generosidade, e submetia seu desenvolto francês coloquial a proezas impraticáveis, na tentativa de exprimir gratidão pelo homem que se esforçava por satisfazer-lhe cada necessidade e prevenir-lhe cada desejo, que se empenhava de todas as maneiras em assegurar-lhe um futuro feliz, sem sombras nem privações, sob a tutela de um novo e amoroso pai. Um futuro, lamentavelmente, mais distante que o previsto: a lei holandesa proibia a adoção por parte de quem tivesse menos de cinqüenta anos. "Não preciso de papéis e documentos e garantias", escreveu d'Anthès quando veio a saber do inesperado impedimento, "tenho sua amizade, que durará muito bem, espero, até quando o senhor tiver cinqüenta anos, e isso basta mais do que todos os papéis do mundo". Confortado pelas afetuosas palavras do pupilo, o embaixador continuava a batalhar, a procurar qualquer possível saída do complicado impasse burocrático. E a fazer projetos, embora, preocupado com a saúde dele, Georges o tivesse carinhosamente proibido disso: "Quando os médicos mandaram o senhor sair de São Petersburgo não foi só para fazê-lo mudar de ares, mas também para afastá-lo dos afazeres e deixar sua mente descansar ... Cuide-se bem, e ainda nos restará mais do que o necessário para irmos passar nossa vida onde o clima lhe seja mais favorável e tenha certeza de que seremos felizes em qualquer lugar..." Heeckeren esteve a ponto de adquirir, nos arredores de Friburgo, uma propriedade onde um dia pudesse estabelecer-se para sempre; freqüentemente pensara em deixar a Rússia, com aquele clima impossível, e em São Petersburgo circulavam comentários de que ele tinha em vista a legação de

Viena. D'Anthès, sempre judicioso, inimigo de sonhos e de castelos no ar, desta vez deixou-se arrastar pelo entusiasmo de seu benfeitor: "Como diz o senhor, estaremos, por assim dizer, em família, visto que agora o senhor faz parte dela ... Meu pai tem uma grande propriedade a três horas de Friburgo, às margens do Reno, de modo que talvez não seja impossível encontrar uma propriedade que confine com a dele. Garanto-lhe que é uma idéia esplêndida, e como agora o senhor se afeiçoou também a meu irmão, ele e eu podemos nos casar e viver quase todos juntos e ter o senhor à nossa disposição."

Georges d'Anthès tinha a saúde frágil. E o verão do Norte era traiçoeiro: à noite, descia sobre as Ilhas uma umidade que penetrava até os ossos, malignos ventos impregnados de salsugem se insinuavam por entre as tábuas das *isbás* de Novaia Derevnia, aguaceiros repentinos transformavam o aromático paraíso num pântano; de repente, parecia que se estava no outono. Numa noite do final de agosto, ao sair acalorado do salão das Águas, onde dançara com a costumeira empolgação, o *chevalier garde* cometeu a imprudência de voltar para casa numa caleça aberta. Na manhã seguinte, não conseguiu sair da cama: respirava a custo, tremia, tinha a cabeça e o peito em chamas; prontamente acorrido, o doutor Sadler diagnosticou uma pleurite. D'Anthès comunicou sua enfermidade a Heeckeren com toda a cautela; presa de fortíssima ansiedade, o embaixador duplicou os conselhos e recomendações, provas concretas de sua solicitude paterna.

Puchkin à esposa Natália Nikolaevna, Mikhailovskoe, 21 de setembro de 1835]:

"... Não podes imaginar como trabalha vivamente a imaginação quando estás só entre quatro paredes ou caminhas pelos bosques, quando ninguém te impede de pensar, de pensar até o ponto de sentir tonteiras. Em que penso? Eis em quê: de que viveremos? Meu pai não me deixará bens: esbanjou-os já pela metade; os de tua família estão a um passo da ruína. O czar não me permite ser proprietário de terras nem jornalista. Escrever livros por dinheiro, Deus é testemunha, não posso.

Não temos um centavo de renda certa, e de despesas certas temos 30.000 rublos. Tudo recai sobre mim e sobre a tia. Mas nem eu nem a tia somos eternos. Que coisa resultará de tudo isso, só Deus sabe. Por enquanto, estou triste. Beija-me, pode ser que passe. Mas que estúpido sou, não podes estender os lábios a quatrocentas *verstas* de distância..."

Segundo Louis Metman, "a afetuosa dedicação do ministro da Holanda e seu espírito ponderado não podiam exercer senão um influxo assaz benéfico sobre o ardente caráter de um jovem de 23 anos que, numa sociedade suntuosa, devia evitar os excessos de uma natureza impulsiva...". A julgar pelas cartas de d'Anthès, parece antes o contrário, parece que o mais ponderado e razoável, entre o jovem e o "velho", era o primeiro. Em agosto de 1835, à notícia de que o cólera grassava na Itália, o embaixador pensou em modificar seus planos e retornar à Rússia antes do prazo que determinara, mas Georges o dissuadiu: "O senhor sabe que eu teria prazer em vê-lo, mas falei ontem mesmo com Sadler ... Ele disse que por razão alguma o senhor deve voltar antes de um ano, se quiser sarar completamente, e acrescentou que o clima russo o mataria; de modo que imagine se eu o deixarei voltar depois de tal confidência ... Vá passar o inverno em Viena ou em Paris, e estará entre nós na primavera, em plena forma." Era sempre Georges quem dava aulas de comedimento e bom senso: "Quando me dizes[10] que não poderias sobreviver a mim se me acontecesse uma desgraça, acreditas por acaso que essa idéia jamais me tenha vindo? Mas sou muito mais razoável do que tu porque nunca me detenho nisso e expulso esses pensamentos como horríveis pesadelos; enfim, em que se transformaria nossa existência se enquanto estamos verdadeiramente felizes nos divertíssemos em dar asas à fantasia e em nos inquietar pelas desgraças que podem nos acontecer? A vida se tornaria então um suplício a cada instante." Em vez de alegrar-se, como verdadeiro pai, pela sensatez de Georges, o barão sentia-se magoado. Às

[10]Passou ao *tu* depois de muitas cartas e de alguma hesitação: "Meu querido, o senhor é mesmo uma criança, como pode insistir em que eu o trate por tu, como se essa palavra pudesse dar mais valor ao pensamento e como se, quando digo que quero bem ao senhor, eu fosse menos sincero do que se dissesse te quero bem. E depois, veja, é um hábito que serei obrigado a abandonar em sociedade, visto que nesta o senhor ocupa um posto que não permite a um jovem como eu ser sem-cerimonioso".

vezes preferiria ver nele mais ímpeto e menos juízo. Às vezes assaltava-o uma penosa incerteza sobre os sentimentos do futuro filho, uma ânsia, uma inquietação obscura que transparecia de veladas reprimendas, amargas alusões. À enésima dificuldade encontrada na cada vez mais complicada história da adoção, por exemplo, queixou-se de que Georges não estivesse tão aborrecido quanto ele — e o jovem teve de tranqüilizá-lo: "Tenho certeza de que logo receberás uma carta que deixará felizes a nós dois. Digo nós dois porque em tua carta me falas como se eu estivesse feliz com isso que está acontecendo..." O embaixador criticava o protegido por expressar debilmente, com frases vazias, seus sentimentos por ele, e acusava-o de preguiça epistolar. Georges se justificava: "Às vezes minhas cartas são tão curtas que realmente eu sinto vergonha de mandá-las, e então espero ter algum mexerico sobre os bravos habitantes de São Petersburgo para te divertir um pouco."

Com os mexericos, d'Anthès procurava preencher o vazio de ardor que atormentava Heeckeren. Contou-lhe o incidente ocorrido no casamento do amigo comum Martchenko; enquanto o sacerdote sugeria a fórmula do rito: "*moi, Jean* l'épouseur...", o Jean em questão, orgulhoso por seu título de gentil-homem de câmara, antecipara-se ao oficiante: "*moi, Gen*tilhomme de la Chambre", e toda São Petersburgo rira dele. Contou-lhe o enésimo escândalo que perturbara a vida dos amigos comediantes: depois de descobrir que Evdokia Istomina, a mais célebre bailarina russa, o traíra com um parisiense hóspede do colega La Ferrière, o ator Paul Mignet esbofeteara o dono da casa onde se consumara a infidelidade; para continuar com suas récitas, o caprichoso La Ferrière exigira que o ofensor declarasse publicamente jamais tê-lo tocado com um dedo sequer, mas aquele ridículo documento fora distribuído pela cidade junto com os programas do Teatro Francês. Contou-lhe o que acontecia na "família diplomática": o conde von Lerchenfeld, avaro embaixador do reino da Baviera, levava para um piquenique somente um resto de assado, um pouco de pão e mostarda; o conde von Bray perdera a cabeça por uma dama de honra da imperatriz mas era fiscalizado de perto por Josephine Ermolova, sua amante, que no verão de 1835 presenteou o marido legítimo com um belo bastardo. Contou-lhe as façanhas dos colegas da Guarda: de um camarote do Teatro Aleksandrinski, alguns doidivanas haviam jogado um envoltório muito íntimo de uso masculino, cheio de confetes, contra uma atriz cuja atuação não os agradara — "e se o imperador se lembrar daquilo que mandou nos dizer antes de partir, que se acontecer a menor história no regimento ele manda transferir os culpados para o exército, eu certamente não gostaria de estar no lugar deles, pobres-diabos que terão a carreira interrompida por causa de brincadeiras que certamente não são nem cômicas nem inteligentes, nem o santo valia a vela." E nós nos perguntamos: onde foram parar a alegria, a audácia, a descuidosa jovialidade de Georges d'Anthès?

"*Polledra ardente delle steppe algenti*":* assim um poeta, talvez Maffei, cantou Giulia Samoyloff (Iúlia Pavlovna Samoilova), a nobre russa desde 1828 estabelecida em Milão. Debutando na alta sociedade milanesa em 30 de janeiro de 1828, num memorável baile do conde Giuseppe Batthyáni, daquele dia em diante ela alimentara a lenda da russa milanesa por seus amores tumultuosos, extravagâncias e generosidade para com os *humildes*, pela ostentação de festas inesquecíveis, quando até os Navigli, modestos sucedâneos do Neva, animavam-se de cantos e luzes durante a noite inteira. Cada retorno dela à pátria suscitava escândalo. Em agosto de 1835, d'Anthès escreveu a Heeckeren: "Sempre me esqueço de lhe contar detalhes sobre a temporada de Julie em São Petersburgo ... No início a casa se transformou numa verdadeira caserna, porque todos os oficiais do regimento passavam a noite lá e o senhor pode imaginar o que se fazia; mas a moral sempre foi respeitada porque as pessoas bem informadas garantem que ela tem câncer no útero." Para comemorar o aniversário, Julie Samoilova deu uma grande festa na propriedade de Slavianka:

> "eu não estava, mas as más-línguas contam coisas inacreditáveis que sei serem falsas. Por exemplo, que ela mandou as camponesas subirem nos paus-de-sebo e a cada nova queda das moças havia gritos e gargalhadas de não acabar mais, e também que mandou as camponesas fazerem corridas de cavalo, que essas mulheres montavam como homens,

*"Potranca ardente da estepe algente", com alguma licença poética para manter a métrica (*N. da T.*).

> sem sela, enfim, tudo brincadeiras desse tipo, e o pior foi que na volta Aleksandr Trubetskoi quebrou um braço ... O imperador veio a saber de todas essas histórias e do braço quebrado de Aleksandr, então no dia seguinte, no baile de Demidov, estava furioso, e falando com o nosso general, diante de quarenta pessoas, disse: 'Vejo que os oficiais do teu regimento continuarão a cometer tolices, só ficarão satisfeitos quando eu transferir uma meia dúzia deles para o exército, e quanto a esta mulher', referindo-se a Julie, 'só vai sossegar quando eu mandar a Polícia expulsá-la' ... Fico aborrecido porque Julie é uma pessoa muito boa e mesmo não indo à casa dela eu a via com freqüência; digo-lhe que achei melhor não ir até lá visto que o imperador tinha censurado tão explicitamente as pessoas que freqüentavam intimamente a casa dela".

Quanto mais ouvimos a voz de d'Anthès, mais desbota a nossos olhos a imagem do jovem aventureiro desregrado e atrevido que tantas testemunhas nos legaram. Seriam talvez cegas? Mentiam? Ou existiam dois d'Anthès: um para a sociedade, outro para o homem a quem ele devia tudo, sem o qual, dizia, "não era nada"? E, afora a estima e a gratidão, o que ligava àquele homem o segundo e secreto d'Anthès? Quanto a isso, Aleksandr Trubetstkoi, o *chevalier garde* que fraturou um braço ao retornar da orgia campestre em Slavianka, não tinha dúvidas: "Ele fazia de tudo, coisas inocentes e típicas da juventude, exceto uma, da qual, no entanto, só viemos a tomar conhecimento muito mais tarde. Eu não saberia como dizer: ele era amante de Heeckeren, ou Heeckeren era seu amante... Naquela época, o homossexualismo era muito difundido na alta sociedade. A julgar pelo fato de que d'Anthès não parava de cortejar as mulheres, convém supor que nas relações com Heeckeren tivesse somente um papel passivo."

Entre os coetâneos e companheiros de armas russos, com seus costumes turbulentos, sua desregrada e temerária existência, Georges d'Anthès destoa como uma mosca albina. Era ainda verão quando ele escrevera ao embaixador: "De novo, aventuras em nosso regimento. Poucos dias atrás Serguei Trubetstkoi e alguns outros companheiros meus, depois de uma ceia mais que abundante num restaurante fora da cidade, na volta começaram a destruir a fachada de todas as casas ao longo da estrada: o senhor pode imaginar o escarcéu que a coisa provocou no dia seguinte." Mais tarde, atualizou Heeckeren sobre as conseqüências da façanha: "A tempestade caiu, Trubetstkoi, Gervet e Tcherkasski foram transferidos para o exército ... Podes ver que convém se comportar direito caso se pretenda ir passear pela avenida para tomar ar, e que basta pouco para ser metido na cadeia, pois o tempo está decididamente fechado e até muito fechado, e convém ter muita cautela e prudência caso se esteja decidido a levar adiante o barco sem acabar batendo." Cautelosíssimo navegador de seu barquinho sobre as caudalosas águas russas, ajuizado entre os desmiolados, moderado entre os excessivos, espectador distanciado e não-partícipe, d'Anthès nos aparece como um parente não muito longínquo de Hermann, o protagonista da *Dama de espadas* puchkiniana. Hermann assiste todas as noites a intermináveis partidas de faraó, sem nunca tomar parte no jogo; sóbrio, controlado, estranho à exuberância de modos e meios dos companheiros, decidido a não sacrificar o necessário na esperança de conquistar o supérfluo, vive sob o lema de "parcimônia, moderação, laboriosidade". Tem, contudo, "o perfil de Napoleão e a alma de Mefistófeles": a notícia de que a condessa *** conhece uma fórmula infalível para enriquecer no jogo deixa-o transtornado, invade-lhe a mente; obcecado pelo prodigioso segredo, quer arrancá-lo a qualquer custo. Finalmente, obtém a revelação pelo fantasma da velha condessa, cuja morte ele provocou: "três, sete, ás" — e Hermann joga, e está ganhando somas fabulosas quando, da terceira carta, uma decrépita e despeitada dama de espadas pisca-lhe o olho, fazendo-o perder de uma só vez riqueza e razão. Com o seu conto mais tenebroso, e com o sorriso que transparece daquelas trevas, em 1833 Puchkin acertara definitivamente as contas com os Mefistófeles românticos e, pela primeira vez, declarara guerra aos filhos e netos de Napoleão que novamente marchavam aguerridos em direção às longínquas plagas russas. Do alto de sua prosa setecentista — de puras superfícies, descarnada, inimiga da psicologia — condenava o "*marivaudage*" de Balzac e "certas falsas declamações" stendhalianas: uma questão de estilo. Mas não só de estilo: Puchkin via com desprezo e secretamente temia os Rastignac e os Sorel, os fanáticos por um escopo, os homens possuídos pela ânsia de conquista, os perseverantes e metódicos artífices do próprio destino. A literatura antecipa — e não segue, não imita — a vida: arrivista pertinaz, lúcido, parcimonioso, sempre atento a não dar passos em falso, sagacíssimo investidor de seu patrimônio de beleza e bom humor, "homem prático ... vindo à Rússia para fazer carreira", d'Anthès perderá tudo o que longa e pacientemente construiu, por ceder às ilusões do supérfluo surgido sob as vestes de uma encantadora dama de copas. A literatura corrige a vida: com *A dama de espadas*, Puchkin desbaratou d'Anthès e todos os heróis de sua balzaquiana raça. Não para sempre, porém: mais inteligentes, cultos, determinados, mais pobres de recursos e mais ricos de idéias, agora russificados, agora "raskolnikov", os "dantés" retornariam a São Petersburgo e matariam novamente.

Puchkin à mulher [Trigorskoe, 25 de setembro de 1835]:

"... Estás bem, minha querida? E o que fazem meus filhinhos? Como anda nossa casa, como a governas? Imagina que até agora não escrevi uma linha sequer — tudo porque ando preocupado. Em Mikhailovskoe encontrei tudo como antes, exceto que não tenho mais minha niania* e que, ao lado dos velhos choupos que eu conhecia bem, durante minha ausência nasceu uma familiazinha de pequenos choupos que me dá raiva olhar, assim como às vezes me dá raiva olhar os jovens *chevaliers gardes* nos bailes nos quais já não danço. Mas não há nada a fazer: tudo, ao redor, me diz que estou envelhecendo, às vezes até em puro russo. Ontem, por exemplo, encontrei uma camponesa que eu conhecia e à qual não pude evitar dizer que estava mudada. E ela me responde: "mas tu também, meu benfeitor, tu envelheceste, e ficaste feio". Ainda que, junto com minha falecida niania, eu possa dizer: belo nunca fui, mas jovem, sim. Tudo isso não é uma queixa, a queixa é uma só: não perceberes, querida, aquilo que eu mesmo percebo até demais. O que fazes, linda, em minha ausência?..."

D'Anthès a Heeckeren, 18 de outubro de 1835:

"... Antes de informar o senhor sobre os mexericos e as novidades de São Petersburgo, começo falando de mim e de minha saúde, que em

*Às vezes também transcrito como *nhanha*, "babá" (*N. da T.*).

minha opinião não é a que deveria ser. Emagreci tanto, depois do resfriado que peguei nas Águas, que já começava a me preocupar, então chamei o médico, o qual garante que nunca estive tão bem e que este estado de debilidade é totalmente natural depois de uma pleurite, que me tiraram tanto sangue que o resultado é este; mesmo assim mandou que eu me cobrisse de flanela porque sustenta que sou muito sujeito a resfriados e que este é o único meio de me proteger; confesso-lhe francamente que este último remédio está acima de minhas posses pecuniárias e que não sei como fazer para adquirir essas camisetas que são muito caras, tanto mais que ele me recomendou usá-las o tempo todo. Portanto, eu precisaria de várias..."

Em outubro, o barão Heeckeren foi a Soultz, onde já estivera em rápida visita no início de agosto. Acolhido com agradecida alegria, cumulado de atenções, mostrou-se feliz por aqueles festejos calorosos e não desdenhou os prazeres simples da vida campestre. Aproveitou a longa temporada na Alsácia para pôr em ordem as desequilibradas finanças do papai d'Anthès, que passara a ter cega confiança nele; avaliou as propriedades, calculou receitas e despesas, estudou velhos documentos, consultou advogados e tabeliães, discutiu com devedores e credores, fez despedir um administrador desonesto, aconselhou cortes nas despesas, sugeriu profícuas melhorias na exploração dos vinhedos e dos campos de trigo. Demorou-se entre os d'Anthès mais do que o previsto, e somente em meados de dezembro chegou a Paris. De lá, em 24 de dezembro, anunciaria a Georges o ansiado êxito do pedido de adoção, tendo merecido o mais exaltado dos agradecimentos: "Quero-te bem mais que a todos os meus familiares juntos, não posso mais tardar em confessá-lo a ti."

"Desde 1812", escreveu o príncipe de Butera em janeiro de 1836, "época fatal para os exércitos franceses, aqui não se tem memória de um inverno tão rigoroso". Prejudicado por neve e gelo, o novo embaixador da França teve de viajar 43 dias até chegar a São Petersburgo (e chegou — ironias da História — justamente quando em todas as igrejas celebravam-se te-déuns comemorativos do aniversário da vitória sobre Napoleão). Aquele terrível inverno russo, temos certeza, teria sido fatal para o *chevalier garde* de Colmar, tão sensível à umidade e às correntes de ar, se o barão Heeckeren não o tivesse socorrido com o dinheiro necessário para comprar as preciosas camisetas de flanela e com a permissão de usar sua elegante carruagem, sua cálida peliça diplomática. Nem mesmo o astuto e previdente ministro da Holanda podia imaginar quanta ruína, quanto estrago suas munificentes atenções iriam provocar.

D'Anthès não levara muito tempo para compreender que na Rússia, "ainda que no Norte, o sangue é quente demais". Naquele desmesurado e selvagem país aconteciam coisas inauditas, extremadas:

"Quase ia me esquecendo de te contar o que de alguns dias para cá vem sendo o tema de todas as conversas em São Petersburgo, é verdadeiramente uma coisa pavorosa, e, se quisesses contar isto a algum compatriota meu, ele seria capaz de fazer um belo romance; a história é a seguinte: nos arredores de Novgorod existe um convento de mulheres entre as quais havia uma famosa na região por sua beleza. Um oficial dos dragões se apaixonou perdidamente por ela e perseguiu-a por um ano inteiro, decorrido o qual ela finalmente consentiu em recebê-lo, na condição de que ele fosse a pé até o convento e sem ser acompanhado por ninguém. Naquele dia ele saiu de casa por volta da meia-noite, dirigiu-se ao lugar designado e ali encontrou a religiosa em questão, a qual, sem dizer uma palavra, levou-o até o convento. Chegado à cela, ele encontrou uma ceia excelente, com todos os tipos de vinho, e depois da ceia quis aproveitar o *tête-à-tête* e começou a fazer grandes protestos de amor; ela, depois de escutar com o maior sangue-frio, pergunta que prova ele quer dar de seu amor, e ele promete tudo o que lhe passa pela cabeça, inclusive que se ela estivesse de acordo poderia raptá-la e desposá-la. Ela respondia sempre que não bastava, e por fim o oficial, não agüentando mais, disse que faria tudo o que ela pedisse; depois de fazê-lo jurar, ela pegou-o pela mão e levou-o até um armário, mostrou um saco e disse que, se ele concordasse em levar aquilo até o rio sem abrir, bastava retornar e então ela não recusaria mais nada; o oficial concorda, ela o faz sair do convento, mas ele não dera nem duzentos passos quando se sentiu mal e caiu. Por sorte um de seus companhei-

> ros, que o seguira de longe quando ele saiu e tinha esperado junto ao convento, correu até lá, mas era tarde demais: a infeliz o tinha envenenado, e ele só sobreviveu o tempo necessário para contar esses detalhes; e quando a polícia abriu o saco encontrou lá dentro a metade de um monge horrivelmente mutilado..."

O que acontecia diante dos olhos de d'Anthès — vazios, inexpressivos, de um azul vítreo — lembrava-lhe as histórias narradas em livros dos quais ele apenas ouvira falar:

> "Aquele pobre-diabo do Platonov encontra-se há três semanas num estado de dar pena, a tal ponto enamorado da princesinha B., que se trancou em casa e não quer ver ninguém, nem mesmo os parentes ... Recusa-se a falar com o irmão e a irmã. Alega uma grande enfermidade: esse comportamento me espanta num rapaz inteligente, visto que ele está apaixonado como os heróis dos romances. Esses eu compreendo muito bem, porque afinal é preciso inventar alguma coisa para encher as páginas, mas para um homem de bom senso é a última das extravagâncias; espero que ele dê logo um fim às suas maluquices e nos seja restituído, porque me faz muita falta."

Nem mesmo o judicioso e sensato d'Anthès poderia imaginar que estava ingressando na extravagante multidão dos "pobres-diabos" loucos de amor, dos heróis dos romances — de um romance um tanto escabroso e de final cruento, como aqueles que se escreviam na sua dileta e longínqua França.

Na segunda metade de dezembro, Georges d'Anthès pôde finalmente comunicar a Jacob van Heeckeren seu completo restabelecimento:

> "Agora graças a Deus não sofro mais absolutamente nada, é verdade que estou coberto de flanela como uma mulher que sai da cama depois do parto, mas isso tem a dupla vantagem de me manter aquecido e de preencher o vazio das minhas roupas, que ficaram como sacos porque emagreci de maneira inacreditável ... Também te dou um resumo de meu modo de viver: como todos os dias em casa, meu criado fez uma combinação com o cozinheiro de Panin, que me fornece almoço

e ceia muito bons e abundantes a seis rublos por dia, e estou convencido de que a pouca variedade na cozinha é que me faz muito bem, porque as minhas dores de estômago desapareceram quase totalmente."

Ele não disse tudo ao amigo distante. Omitiu suas cada vez mais freqüentes saídas noturnas, não falou dos novos conhecidos: Piotr Valuev, noivo de Mary Viazemskaia, Aleksandr e Andrei Karamzin, Klementi e Arkadi Rosset, todos jovens amigos de Puchkin. Por intermédio deles, d'Anthès entrara para o círculo do poeta.

Ao meio-dia de 1º de janeiro de 1836, um longo cortejo acompanhou o imperador e sua família à igreja do Palácio de Inverno, a fim de assistir à missa solene de Ano-Novo. Uma hora mais tarde, na presença do camarista-mor Litta e do grão-mestre-de-cerimônias Vorontsov-Dachkov, Aleksandra Fiodorovna recebeu os votos apresentados pelos convidados em rigorosa ordem hierárquica: damas de Estado, da Corte, da Cidade, membros do Conselho de Estado, senadores, generais, ajudantes-de-ordens, primeiros e segundos níveis da Corte etc. Gentil-homem de câmara e funcionário de IX classe, Puchkin estava entre os últimos a desejarem à soberana um feliz Ano-Novo. Naquele mesmo dia, Nicolau I festejou seus dez anos de reinado com um baile de máscaras para o qual foram convidadas 35 mil pessoas, representantes de todas as classes russas. A partir das 18:00h, uma imensa multidão começou a invadir o Palácio de Inverno — os salões Branco, Dourado, dos Concertos, a Rotunda, os salões de Mármore, do Feldmarechal, de São Jorge, a Galeria dos Retratos, o Ermitage, o Teatro do Ermitage. Às 21:00h, acompanhados pelo herdeiro do trono e pelos outros membros da família imperial, Nicolau I e a consorte entraram no salão Dourado e abriram o baile dançando a *polonaise*. Duas horas mais tarde, 485 eleitos cearam no Teatro do Ermitage; para os outros convidados, foram preparados alguns bufês com bebidas refrescantes. Era quase meia-noite quando Aleksandra Fiodorovna, de novo em estado interessante, acusou um leve mal-estar; pouco depois, o casal imperial se retirou, decretando o fim da festa. Nem mesmo na imensa multidão do Palácio de Inverno Natália Nikolaevna Puchkiana passou despercebida; também ela estava grávida, de cinco meses, mas não sofria, e a cada gravidez parecia ficar ainda mais bonita. Nem mesmo na imensa multidão do Palácio de Inverno Georges d'Anthès perdeu-a de vista sequer por um instante.

Por volta de 10 de janeiro de 1836, Puchkin escreveu a Naschokin: "Minha família se multiplica, cresce, rumoreja a meu redor. Agora creio que não é o caso de preocupar-me com a vida nem de temer a velhice..." Primeiro havia escrito "... nem de temer a morte", mas o sempre vigilante demônio da autocensura imediatamente o contestara, e com um risco o poeta cancelara aquela "morte" que se insinuara entre as outras palavras, traindo seus sombrios pensamentos daqueles dias. Depois, continuara o jubiloso hino ao Himeneu: "O celibatário se entedia entre as pessoas: dá-lhe raiva ver as novas, jovens gerações; somente o pai de família observa sem inveja a juventude que o circunda. Disso resulta que bem fizemos em nos casar...."

Nos ambientes literários e entre os íntimos de Puchkin, sabia-se que o poeta estava para publicar uma revista literária trimestral "no gênero da *Quarterly Review* inglesa". D'Anthès aprendera um pouco de russo, e já arriscava rústicos trocadilhos naquele idioma tão difícil. Sabia, por exemplo, que *kvartal'nyi nadziratel'* é o comissário de polícia do bairro, e um dia (em casa dos Karamzin, dos Viazemski?) disse a Puchkin: "Por que o senhor não chama sua revista de *Kvartal'nyi Nadziratel*?" Dessa vez o poeta respondeu com um sorriso forçado, quase sarcástico. O jogo de palavras[11] lhe parecera tão grosseiro quanto ambíguo: estaria o francês querendo divertir-se à custa do guardião, do ciumento cérbero de Natália Nikolaevna?

D'Anthès a Heeckeren, São Petersburgo, 20 de janeiro de 1836:

> "Meu caríssimo amigo, sou verdadeiramente culpado por não ter respondido logo às duas belas e divertidas cartas que me escreveste, mas presta atenção: à noite a dançar, de manhã nas manobras e à tarde a dormir, eis minha vida nos últimos 15 dias, e prevejo ter ainda outros tantos assim, e o pior de tudo é que estou loucamente apaixonado! Sim,

[11]Entre "*quarterly*", seu equivalente russo "*ejekvartal'nyi*", e "*kvartal'nyi*" (de quarteirão, bairro).

loucamente, porque não sei mais onde tenho a cabeça, não te direi o nome dela porque uma carta pode se perder, mas lembra-te da mais deliciosa criatura de São Petersburgo e saberás como se chama, e o mais penoso em minha situação é que ela também me ama e não podemos nos ver, coisa até agora impossível porque o marido é de um ciúme revoltante. Eu te confio tudo isso, meu querido, como a meu melhor amigo, porque sei que participarás de minha dor, mas em nome de Deus não digas uma só palavra a ninguém e não peças informações para saber a quem faço a corte, poderias arruiná-la sem querer e eu ficaria inconsolável, porque, escuta bem, faria tudo no mundo por ela, só para dar-lhe prazer, pois a vida que levo de algum tempo para cá é um suplício de todos os instantes: amar um ao outro e só poder dizer isso entre duas *ritournelles* de *contredanse* é uma coisa terrível; talvez eu esteja errado em te confidenciar todas essas coisas e tu as considerarás tolices, mas tenho o coração tão pesado e cheio que preciso desabafar um pouco. Estou certo de que me perdoarás esta loucura, concordo em que o seja, mas me é impossível raciocinar ainda que precise muito, pois este amor me envenena a vida; mas tranqüiliza-te, sou prudente e até agora o tenho sido a tal ponto que o segredo pertence somente a ela e a mim ... Repito: nem uma palavra a Bray porque ele se corresponde com São Petersburgo e bastaria uma indicação da parte dele à ex-Patroa para nos prejudicar! Pois só Deus sabe o que nos poderia acontecer, e assim, meu caro amigo, conto os dias que faltam para teu retorno, e estes quatro meses ... me parecerão séculos porque na minha situação se tem absoluta necessidade de alguém a quem se ama para poder abrir o coração e pedir coragem. É por isso que ando com feio aspecto, pois nunca em minha vida estive fisicamente melhor, mas minha cabeça está tão transtornada que não tenho mais um instante de repouso, nem de noite nem de dia, e é isso que me dá um ar doente e triste ... O único presente que eu gostaria que me trouxesses de Paris são umas luvas e umas meias de filosela,* é um pano misto de seda e lã, uma fazenda muito agradável e quente, e creio que não custa muito, se não for assim vamos fazer de conta que eu não disse nada. Quanto ao tecido creio que seja inútil: meu capote durará até quando formos juntos

*Filaça de seda que, misturada ao algodão, serve para fabricar meias, luvas etc. (*N. da T.*)

> à França, e para o uniforme a diferença seria tão pequena que não vale a pena ter esse trabalho ... Adeus, meu querido, tem paciência com minha nova paixão porque eu também te amo do fundo do coração."

Jacob van Heeckeren nunca sentira ciúme de Georges d'Anthès, e era até o jovem quem às vezes nutria suspeitosas apreensões: "... os jornais dizem que na Itália o cólera desapareceu quase completamente, o senhor talvez vá até lá, os olhos naquele lugar são muito grandes e muito negros, e o senhor tem o coração sensível..." Heeckeren tampouco jamais hostilizara os amores do pupilo: as mulheres "disputavam-no uma à outra", e o fogoso *chevalier garde* sabia tirar de seu fascínio o máximo proveito erótico; era natural, estava na ordem das coisas. O embaixador não tivera nada a declarar sobre o longo relacionamento de d'Anthès com uma mulher casada — a "Patroa", no léxico particular deles. E quando, em novembro de 1835, Georges lhe anunciara que estava para abandonar a amante, não se espantara: conhecia-o como conquistador sempre insaciável. De resto, o jovem não lhe escondia nada, ao contrário: gostava de vangloriar-se também com ele das próprias conquistas, presentes e passadas: "Peça a Alphonse que lhe mostre minha última paixão e depois me diga se tenho bom gosto e se com uma moça assim não é fácil esquecer a moral que diz que só convém procurar sempre as mulheres casadas..." O barão Heeckeren já olhava ao redor — entre a nobreza russa, francesa, alemã — em busca de um bom partido para Georges: pretendia apresentar-lhe alguma moça com um belo nome e uma fortuna consistente, um dia o *chevalier garde* deixaria a carreira militar e ele, a diplomática, e poderiam viver todos juntos pelo resto de seus dias, "por assim dizer, em família". Ao receber a palpitante confissão de d'Anthès, Heeckeren pensou tratar-se do enésimo fogo de palha destinado a se apagar nos abraços da enésima "Patroa". Conhecia a perseverança do seu Georges tanto quanto a pouca virtude das damas petersburguesas: da "loucura" logo restaria uma corriqueira ligação adulterina, daquelas que satisfazem os sentidos de um rapaz e sobre a qual a alta sociedade fecha de bom grado um olho ou até mesmo os dois. Desta vez, porém, o irrequieto oficial, que costumava ir à caça nos bastidores dos teatros, havia mirado alto: uma das mulheres mais bonitas de São Petersburgo, a cujas graças nem o czar era indiferente.

Arenques e caviar

A beleza acompanhava como uma sombra radiosa e a precedia com a tenacidade dos epítetos constantes: "formosa esposa", "belíssima esposa", "maravilhosa dona-de-casa", "a bela Natalie", "mulher esplêndida", "graciosíssima criatura"; ninguém a via apenas como Natalie, Natália Nikolaevna Gontcharova-Puchkina. Onde quer que aparecesse, obscurecia as outras mulheres ao chegar; quem a conhecia só de nome apressava-se em aproximar-se e em perscrutá-la para conferir se era justa a primazia que os salões petersburguenses lhe atribuíam: seria realmente a mais bonita, ainda mais bonita do que Elena Zavadovskaia, Nadejda Sollogub, Sofia Urussova, Emília Mussina-Puchkina, Aurora Schernwall von Vallen? Ela saía do confronto sempre vitoriosa. Em São Petersburgo não havia um único jovem que por ela não se atormentasse em segredo; sua luminosa beleza, unida ao mágico nome que ela usava, virava a cabeça de todos; rapazes que não só não a conheciam pessoalmente, como sequer a tinham visto nem mesmo de longe, mostravam-se seriamente convencidos de estar apaixonados por ela. Alta, "esbelta como uma palmeira", colo níveo e viçoso, cinturinha de inaudita finura, pescoço delgado, cabeça "como um lírio em seu caule", rosto oval de suave palidez ebúrnea. Traços delicados e de clássica perfeição, sobrancelhas de veludo negro, longos cílios tão negros quanto os cabelos, que ela usava presos no alto ou sobre a nuca, "precisamente como um belo camafeu", com alguns cachinhos a emoldurarem as têmporas. Tinha "uma certa vagueza no mirar"; olhos levissimamente estrábicos, por alguns milímetros quase próximos da norma; olhos transparentes, de cor cambiante entre verde, cinza e castanho; olhos que em certos momentos lembravam o tom do kiwi. A diminuta imperfeição deles exaltava o encanto de um rosto no qual tudo era graciosidade, harmonia, suave combinação entre linhas e volumes.

"A pequena Gontcharova estava deliciosa no papel da irmã de Dido" no baile que Dmitri Vladimirovitch Golitsin, governador-geral de Moscou, ofereceu à Corte então em visita à velha capital para as festas natalinas de 1829. Ao sair do *tableau vivant*, a caçula das irmãs Gontcharov recebeu os cumprimentos do czar; a partir de 18 de fevereiro de 1831, dia em que se casou com o mais famoso poeta russo, voltou sempre em estilo feérico, e foi Vênus, Psiquê, Madonna, Anjo, Musa, Deusa, Euterpe. Tudo o que recobria seu esbeltíssimo corpo ("onde será que essa mulher põe a comida?", perguntavam-se não apenas as damas invejosas) ficava gravado instantaneamente na retina da memória: "o traje de cetim negro fechado até o pescoço", "o manto de veludo azul forrado de peliça", "o vestido branco, o chapéu redondo e o xale vermelho drapeado nos ombros", "as vestes de sacerdotisa do sol", "o amplo mantelete negro" que ela usava em casa, "o boá" que Puchkin acariciava à cabeceira da mãe enferma. Até um homem, um romântico pintor de marinhas como Aivazovski, descreveu-a com riqueza de detalhes digna de um "Journal des Dames": "um elegante vestido branco, um corselete de veludo negro com negras fitas entrelaçadas, na cabeça um chapéu de palha amarelo-canário de abas largas. Longas luvas brancas."

A suavidade dos traços, a sinuosidade das formas, a elegância das roupas apagaram qualquer outra impressão em quem conheceu e conviveu com Natália Nikolaevna. Poucos conseguiram enxergar dentro dela, por trás do maravilhoso invólucro. Pouquíssimos nos restituíram suas palavras: "Deus do céu, como me aborreceste com teus poemas, Puchkin! ... Enfim, continuem a leitura, por favor... enquanto isso eu vou dar uma olhadela nas minhas roupas; podem ler, eu lhes peço: não estou escutando." Mas são testemunhos que não merecem atenção, memórias desfocadas pelo rancor póstumo. A nossos ouvidos Natália Nikolaevna permanece muda. Cada tentativa de capturar sua viva voz esbarra numa felpuda barreira de silêncio. Suas cartas a Puchkin desapareceram, não sabemos nem mesmo quantas eram. Talvez ela mesma as tenha destruído, lembranças de um passado doloroso, talvez tenham sobrevivido até hoje, esquecidas, junto com outros papéis velhos, no arquivo de família de alguma nobre linhagem européia. Delas restam somente ecos, reverberações, nas cartas do marido: Natalie informava-o sobre sua saúde e a dos meninos, contava-lhe sobre a criadagem, cujo comando ela exercia com dificuldade no início da vida conjugal, lamentava-se da eterna penúria de dinheiro, tagarelava sobre casamentos e noivados, referia os últimos mexericos da capital, descrevia as toaletes das rivais, as festas, os bailes. Tudo segundo o código epistolar de sua condição social e de seu tempo, como nas mil cartas que mil outras jovens mulheres russas escreviam de São Petersburgo; nada que conduza ao fundo de sua alma, nada que lance uma luz verdadeira sobre os sentimentos da Bela pela Fera, de Vênus por Vulcano — exceto o ciúme.

Natalie (sem dúvida não lhe faltavam motivos para isso) nutria suspeitas obsessivas a respeito da fidelidade do marido, e Puchkin afanava-se em se desculpar: "Comporto-me bem, e não há motivo algum para me fazeres cara feia", "não faço a corte às senhoritas, não belisco as mulheres dos chefes de posta, não flerto com as calmucas, e, dias atrás, recusei uma mulher bachquir, apesar da curiosidade mais que perdoável num viajante"; "à senhora Sollogub, juro por Cristo, não faço a corte, e tampouco à Smirnova". Uma ou duas vezes o poeta teve até de constatar à própria custa o quanto podia ser pesada a delicada mãozinha de seu Anjo, e contou esses tabefes aos amigos em meio a risadas, quase deleitado. Dor, ofensa, despeito, caprichos de uma Vênus humilhada? Não nos é dado saber. Conhecemos todo o encanto daquele corpo, cada detalhe de seus incomparáveis atavios, mas somos obrigados a adivinhar o que lhe agitava o coração por meio de palavras alheias — as que o marido lhe escreveu, as que d'Anthès lhe atribuiu quando se confessou a Heeckeren. Assim o destino a quis para sempre: átono, afásico simulacro de beleza. E às vezes nos perguntamos se experimentava verdadeiras emoções, verdadeiros sentimentos, se não os teve somente emprestados, por amor, pelos dois homens entre os quais se tornou o pomo de uma funesta discórdia. De uma única paixão de Natalie somos minuciosamente informados: a paixão pelo baile, que anulava seu retraimento inato e lhe proporcionava todos os efêmeros prazeres da alegria de salão

— uma espécie de vertigem que chega sem motivo algum e faz dizer mil coisas graciosas e irrefletidas, uma febrezinha cerebral provocada pela música, pelas luzes, pela confusão, pela multidão, uma euforia que desaparece à irrupção do mínimo pensamento e é condenada assim que surgem as primeiras luzes do dia.

E — fatídica pergunta: por que aceitou a proposta de casamento (as reiteradas, ansiosas, impacientes propostas) de Puchkin, o poeta sempre sem recursos, o herético e agitador, o homem cujos traços lembravam "o animalzinho muito engraçado e inteligente" típico das terras africanas? Ele não lhe oferecia riquezas, nem títulos, nem perspectivas de serenidade. Por quê? Seria a mãe que a fez casar com o primeiro pretendente que apareceu em seu avaro horizonte? Teria sido o vaidoso desejo de usar um nome que ressoava em todos os cantos da Rússia? A ânsia de fugir da sombria e opressiva casa moscovita? Talvez tudo isso, somado a um confuso sentimento mais próximo do medo que do amor. Não o medo de ficar para titia: era a moça casadoura mais bonita de Moscou. O terror e a sujeição a algo de ignoto que a superava, que a arrastava: destino, força, paixão, poesia.

Passara os primeiros anos de vida entre Moscou, propriedades rurais e Polotniany Zavod, a próspera fábrica que um dia fornecera velas à frota de Pedro, o Grande e que continuava a produzir a melhor lona e o melhor papel russos. No início do século XIX, a considerável fortuna dos Gontcharov estava comprometida por penhores e hipotecas, pelas insensatas despesas do chefe da família, um pródigo tirano que ao morrer iria deixar dívidas da ordem de um milhão e meio de rublos. Separado da mulher, que era doente mental, em 1812 Afanasi Nikolaevitch Gontcharov retornou de uma longa viagem de lazer ao exterior trazendo uma nova amante, Babette, a "lavadeira parisiense", como a chamavam na casa sempre mais luxuosa e sempre mais lacerada por discórdias, brigas por questões econômicas. Bruscamente afastado da gestão do patrimônio familiar, Nikolai, o único filho homem de Afanasi Gontcharov, transferiu-se em 1815 para Moscou, com a mulher e quatro filhos pequenos. Em Polotniany Zavod ficou somente Natalie, "Tacha",[12] a netinha predileta do déspota. Um dia, também a lindíssima Tacha — teria seis ou sete anos — foi levada para Moscou. De repente, tiraram-lhe a peliça de zibelina, presente do avô, com a qual a mãe mandou confeccionar regalos. Foi preciso esquecer luxo, mimos, privilégios; esquecer Polotniany Zavod, as centenas de servos, o imenso parque, as estufas com pêssegos e abacaxis, as brincadeiras ao ar livre, os cavalos, o haras, o soberbo picadeiro. E acostumar-se à rigidíssima disciplina da casa Gontcharov, governada por uma mulher autoritária, de temperamento áspero e inconstante; uma mulher freqüentemente maldosa, seguramente infeliz. Só raramente os filhos viam o pai, "criatura destruída", como ele mesmo se definia. Na enorme residência da rua Nikitskaia, Nikolai Afanasievitch Gontcharov — sujeito a distúrbios psíquicos, mente ofuscada pelo álcool — vivia numa ala onde fora segregado para não dar escândalo com seus acessos de violência; dali, em dias mais serenos, brotava lacerante e melancólico o som de seu violino. A mulher ia encontrá-lo somente à tardinha, e, às vezes, murmurava-se, dirigia-se altas horas da noite para os aposentos reservados à criadagem masculina; durante o dia, sua alma carola se arrependia dos pecados rezando na capela, prodigando esmolas, hospedando peregrinos, mendigos, fanáticos em Cristo. Exercitava a autoridade de mãe com severíssimas reprimendas e proibições, muitas vezes acompanhadas de dolorosos tapas. Incutia um respeito aterrorizado, sobretudo nas filhas, educadas numa submissão cega e muda. Incapaz de administrar a herança materna e a renda vitalícia que o sogro lhe destinara, com o tempo tornara-se doentiamente avarenta. Bebia. Foi sobretudo por causa dela — de suas contínuas lamentações, implicâncias, birras — que, poucos meses depois do casamento, Puchkin se mudou de Moscou para Tsarskoe Selo. E depois aconteceu São Petersburgo.

> "Ontem, nossa segunda *grande soirée* foi totalmente bem-sucedida: havia muita, muita gente. A senhora Puchkina, mulher do poeta, estava em sua primeira aparição na sociedade: é de uma grande beleza e em toda sua pessoa existe algo de poético. Tem uma figura soberba,

[12]De Natacha, diminutivo de Natália.

> traços regulares, boca graciosa, um belo olhar, embora incerto; seu rosto mostra algo de doce e fino. Ainda não sei como é sua conversa; no meio de 150 pessoas, certamente não se consegue falar, mas o marido a diz uma mulher de espírito. Quanto a ele, na presença dela não é mais poeta; a mim pareceu experimentar todos os pequenos sentimentos de agitação e emoção que um marido experimenta quando espera que a mulher faça sucesso em sociedade".
>
> (Dolly Ficquelmont, 26 de outubro de 1831)

Em sociedade, falava pouco, e "as mulheres achavam-na um pouco estranha". Nas pausas entre as danças, mantinha-se taciturna e esquiva, o olhar de gazela abaixado, a cabeça levemente inclinada, talvez sob o próprio peso da beleza. Recuperava a palavra na intimidade doméstica, entre as paredes de casas amigas — e então falava até demais. Contra o tenro alabastro de seu corpo, como se privado de profundidade, de uma caixa de ressonância, ricocheteavam as vozes alheias: às amigas, às irmãs, à tia, ao marido, ela contava cada galanteio, cada cumprimento da nuvem de adoradores que a rodeavam nos salões. Gabava-se dos constantes, indefectíveis triunfos mundanos, e seu fátuo chilrear enternecia Puchkin. A admiração e as homenagens dos outros homens até o lisonjeavam, mas ele se mantinha alerta: "Esperava de ti uma tempestade, já que, segundo meus cálculos, não recebeste a carta antes de domingo, e no entanto estás tão tranqüila, indulgente, divertida — uma verdadeira delícia. O que significa? Não serei por acaso um corno?"; "agradeço-te pela promessa de não namoricar; ainda que eu o tenha permitido, é melhor não te aproveitares"; "não te censuro. Tudo isso está na ordem das coisas: sê jovem, porque és jovem, e reina, porque és maravilhosa ... Espero que diante de mim estejas pura e como convém, e que nos reencontremos como nos deixamos..." Ciumento, certamente, Puchkin nutria, contudo, uma desmesurada confiança na virtude da sua "estrábica Madonna". Mais que o temor de ser traído, eram certos modos de Natalie que o perturbavam; aquele ser maravilhoso, indiscutível rainha de São Petersburgo, sonho secreto de tantos homens, inveja de tantas mulheres, por vezes revelava algo de provinciano, trivial, algo com sabor de "senhorita moscovita". Ele sempre a perdoava, mas não desistia de puxarlhe as orelhas com doçura, de amestrá-la. Era vulgar, dizia-lhe, roubar os admiradores das amigas, vangloriar-se das próprias conquistas, flertar com caipiras abastados, reverenciar a esposa do governador de Kaluga, visitar filhas de mercadores, acotovelar-se nas ante-salas, confundir-se com os postulantes, assistir aos fogos de artifício junto com o populacho, freqüentar salões de segunda categoria, dançar em casa de nobres senhoras de reputação não-cristalina. Às vezes, a maravilhosa esposa recordava-lhe aquelas que o príncipe Metternich definia com desprezo como "*petites femmes*". Culpa da idade, pensava Puchkin, e com doce solicitude continuava a ensinar-lhe os segredos da elegância espiritual e os mais requintados truques do esnobismo. Mas também sabia ser cru:

> "Tu te alegras com que os cães te sigam como a uma cadela no cio, balançando o rabo e farejando teu cu, é mesmo para se alegrar! ... Não é difícil ensinar os escroques celibatários a correrem atrás de ti; basta deixar publicamente claro: 'A coisa me agrada muito.' Eis todo o segredo da coqueteria. *Desde que exista a gamela, os porcos se encontram*. De que vale receber os homens que te fazem a corte? Não sabes nunca com quem podes topar. Vai ler a fábula de A. Izmailov sobre Foma e Kuzma. Foma deu a Kuzma caviar e arenques para comer. Kuzma começou a pedir de beber, e Foma não deu. Então Kuzma, canalha, cobriu-o de pontapés. Daí o poeta deduz a seguinte moral: belas mulheres, não ofereçam arenques se depois não quiserem dar de beber ... Diverte-te, minha mulherzinha, mas não te divirtas demais, e não me esqueças. Morro de vontade de te ver penteada *à la Ninon*: imagino que encanto não deves ficar. Como foi que não pensaste antes naquela velha puta para pedir-lhe emprestado o toucado? Descreve-me tua ida aos bailes, os quais, pelo que me escreves, já devem ter começado...."

Na carta seguinte, ele se desculpou por tamanha violência mas não deixou de lembrar: "A puta de quem emprestaste o toucado ... Ninon, dizia: *Il est écrit sur le cœur de tout homme: à la plus facile*[13] ... Mostra consideração também por mim. Aos aborrecimentos inseparáveis da vida de um homem, não acrescentes

[13] "No coração de cada homem, está escrito: à mais fácil".

as preocupações familiares, o ciúme etc., etc. — para não falar dos chifres, sobre os quais, de resto, li dias atrás uma dissertação inteira em Brantôme...."

> "A poética beleza da senhora Puchkina me toca até o fundo do coração. Existe algo de etéreo e comovente em toda sua pessoa; essa mulher não será feliz, tenho certeza! Traz impresso na fronte o sinal da dor. Agora tudo lhe sorri, ela é completamente feliz e a vida se lhe descortina brilhante e alegre; e todavia sua cabeça se inclina, e todo seu semblante parece dizer 'eu sofro'. Mas, também, que destino difícil, esse de ser mulher de poeta, e de um poeta como Puchkin".
>
> (Dolly Ficquelmont, 12 de novembro de 1831)

Em São Petersburgo foi convidada à Corte, admitida na restrita elite do Anitchkov, o palácio privado na avenida Nevski, onde a imperatriz gostava de desafogar sua paixão pela dança. Desde o outono de 1833, Aleksandrine e Ekaterina Gontcharov moravam com Natalie e o marido; era preciso acompanhá-las à sociedade, à feira dos casamentos. Todos os dias um baile, um *raout*,[14] um espetáculo teatral, um concerto, uma reunião entre amigos. À noite, lamentava alguém, não havia jeito de achar Natália Nikolaevna em casa. Aquele ritmo de vida inquietava Puchkin. A cada vez que devia separar-se da mulher, ele a confiava à tutela afetuosa da velha senhorita Zagriajskaia, uma tia de Natalie muito estimada na Corte e com experiência mundana. Mas a ansiedade não o abandonava: "... desde quando te deixei, continuo a temer por ti, sabe-se lá por quê. Em casa não ficarás, irás ao Palácio de Inverno, e estás a ver que abortarás no centésimo quinto degrau da Escadaria do Comandante"; "não estarias grávida? Se assim for, toma cuidado nos primeiros tempos. Não andes a cavalo, flerta de outra maneira"; "não te esqueças de que tens dois filhos, perdeste o terceiro, cuida-te, sê prudente; dança com moderação, procura divertir-te em pequenas quantidades"; "pelo amor de Deus, cuidado contigo; a mulher, diz Galiani, "*est un animal naturellement faible et malade*".[15] Ajudantes e trabalhadoras, qual nada! As

[14]Recepção de gala sem danças.
[15]"É por natureza um ser fraco e doente."

senhoras trabalham somente com os pezinhos nos bailes e ajudam os maridos a gastarem até o último tostão". Ele mesmo a notara pela primeira vez em Moscou em 1828 — e seu coração libertino, ansioso por redenção, tivera um sobressalto até então desconhecido — durante um baile do professor de dança Jogel. "*Tour, battement, jeté, révérence*", ordenava Jogel, e Natalie executava impecavelmente as figuras, com os gestos graciosos e perfeitos, quase mecânicos, de um elegante autômato.

> "A mulher de Puchkin, o poeta, era sem dúvida a mais bonita da festa. Tem o ar de uma Musa, de uma Hora de Rafael. Viazemski me dizia: 'Esta parece um *Poema*; a outra senhora Puchkina,[16] em comparação, parece um *Dicionário*.'"
>
> (Sophie Bobrinskaia, 3 de setembro de 1832)

"Não te impeço de namoricar, mas exijo de ti frieza, decoro, dignidade." Outra frieza da "pequena Gontcharova" — uma misteriosa apatia, um gelado torpor — assustara e agoniara Puchkin quando ele ainda se debatia entre suas próprias incertezas lancinantes e as mil dificuldades práticas que obstaculizavam o casamento. Escreveu à futura sogra: "Somente o hábito e uma longa intimidade poderão fazer-me conquistar o afeto de sua filha; posso esperar que, com o tempo, ela comece a querer-me bem, mas não tenho nada que a possa agradar; se consentir em conceder-me sua mão, em tal consentimento verei somente a prova da tranqüila indiferença de seu coração." Era então mais sincero do que o imposto por circunstâncias e etiqueta: sentia, adivinhava. E sua clarividência assusta: "Deus é testemunha de que estou pronto a morrer por ela, mas a idéia de morrer para deixá-la viúva luminosa, livre para escolher um novo marido no dia seguinte — essa idéia é o inferno."

> "A senhora Puchkina, esposa do poeta, faz um enorme sucesso; não se pode imaginar mulher mais bela, nem com ar mais poético; e todavia é pouco inteligente, e também parece ter pouca imaginação".
>
> (Dolly Ficquelmont, 15 de setembro de 1832)

[16] A condessa Emília Karlovna Mussina-Puchkina.

Puchkin quis a qualquer custo para si o esplêndido e acerbo enigma ignaro de paixões. Durante a cerimônia nupcial, caíram uma cruz e um anel, apagou-se um círio: "*Tous les mauvais augures!*",[17] exclamou o supersticioso noivo. Depois, feliz, esqueceu os infaustos presságios. Tornou-se um marido muito terno. Mas também muito exigente: queria instilar em Natalie a graça soberana do controle, do distanciamento; queria transformar o gelo da indiferença em avidez consciente, reserva altiva, geleira de um cume negado aos mortais. Conseguira-o uma vez com Tatiana Larina: encontrara-a, apaixonada e selvática, num lugar perdido da província russa, no segundo canto de *Eugênio Oneguin*; no oitavo canto, como consumado Pigmalião, transformara-a em "um perfeito modelo *du comme il faut*". Casada com um general mais velho e não-amado, a ex-senhorita-provinciana, agora grande dama, desfila gravemente num salão, seguida por olhares admirados: não se apressa, não fala, não olha nos olhos os convidados, não faz denguices, não se exibe, não tem pretensões de sucesso, não flerta — "ninguém poderia encontrar nela, da cabeça aos pés, aquilo que nos altos círculos londrinos a despótica moda chama de *vulgar*". Nessa mulher ideal se espelha a Musa da maturidade puchkiniana: fria, soberba em seu desnudado esplendor, filha de um eterno Norte da alma. Mas sutis milagres da poesia não acontecem tão facilmente na vida. Podemos, em sã consciência, criticar Natalie, acusá-la, odiá-la, por não se ter revelado à altura de um tão árduo modelo, de uma tão drástica poética do *não*-ser?

> "A mais bonita, ontem, era todavia a Puchkina, que nós chamamos a 'poética', tanto por causa do marido, quanto por sua celeste e incomparável beleza. É uma figura diante da qual seria possível ficar por horas inteiras, como diante de uma obra perfeita do Criador!"
>
> (Dolly Ficquelmont, 22 de novembro de 1832)

Entre uma mazurca e um *cotillon*, Natália Nikolaevna levava a vida de todas as esposas russas de sua condição social de seu tempo: punha filhos no mundo, dirigia a criadagem, escolhia as dachas para o verão, ia experi-

[17] "Todos os maus auspícios!"

mentar as roupas no ateliê de Madame Sichler ou no de Monsieur Durier, escrevia ao irmão Dmitri para pedir-lhe dinheiro, ou "uma carruagem landau moderna e bonita", ou o papel necessário aos empreendimentos editoriais do marido, batalhava para acelerar o processo movido pelo avô contra seu ex-administrador, tentava casar as irmãs, esforçava-se por equilibrar as contas de uma administração doméstica que fazia água por todos os lados, discutia sobre dinheiro com editores e livreiros, ajudava Puchkin como sabia e como podia. E, no entanto, não conseguimos imaginá-la nesses papéis, nesses trajes — ou melhor, sim, mas como se por um instante ela levantasse vôo de uma cornija, se por um instante descesse de um marmóreo pedestal. "Enquanto esperava a bagagem, Natália Nikolaevna manteve-se de pé na entrada, apoiada a uma coluna, e os jovens militares, sobretudo os *chevaliers gardes*, juntavam-se a seu redor, numa profusão de cumprimentos. Um pouco adiante, perto de outra coluna, estava Aleksandr Sergueevitch, meditabundo, sem tomar a mínima parte na conversa" — parecia um grupo escultórico de um menor oitocentista: a fátua Beleza, o maduro Pensamento. Nem mesmo depois da morte do marido Natália Nikolaevna fugiu a seu destino estatuário: numa carta a Sophie Bobrinskaia, a imperatriz se afligia ao lembrar aquela "jovem mulher ao lado do túmulo, como um Anjo da morte, branca como o mármore, a se acusar desse fim sangrento".

De tudo o que Natalie escreveu a Puchkin, hoje só conhecemos o breve pós-escrito acrescentado a uma carta da mãe:

> "A muito custo me decidi a te escrever, *porque não tenho nada para te dizer*, e te mandei minhas notícias dias atrás, por um viajante. Também a mãe pretendia adiar a carta para a próxima posta, mas teve medo de que, ficando por algum tempo sem receber notícias minhas, pudesses te preocupar; assim foi que decidiu vencer o sono e o cansaço que se apoderaram dela, assim como de mim, porque ficamos o dia inteiro ao ar livre. Pela carta da mãe verás que nós todos estamos muito bem, por isso não te digo nada sobre isso; aqui termino minha carta, beijando-te com muita ternura e contando escrever-te mais longamente na primeira ocasião. Adeus, então, fica bem e não nos esqueças."

De tudo o que Georges d'Anthès escreveu a Jacob van Heeckeren, agora recordamos somente uma frase: "Diga a papai e às minhas irmãs que não escrevo a eles *porque não tenho nada para lhes dizer*, que tudo o que eu poderia escrever o senhor mesmo lhes contará, o que é muito melhor."

Os itálicos são nossos, pois acreditamos que naquele idêntico "nada" — e não somente para dizer — já se aninhassem as causas de tudo.

"*Âme de dentelles*"[18] — disseram de Natália Nikolaevna.

Quando Puchkin morreu, ela tinha quatro filhos e 24 anos.

[18]"Alma de renda."

As alturas de Sião

Em 1º de fevereiro de 1836, Puchkin empenhou no agiota Chichkin, por 1.250 rublos, um xale (branco, de caxemira, com franja larga) de Natália Nikolaevna.

O carnaval de 1836 nasceu sob maus auspícios. Desde alguns dias antes, um monge perambulava pela capital advertindo o povo ortodoxo: este seria punido com a peste e outras horríveis desgraças, se mais uma vez se entregasse a esbórnias e bacanais. Não lhe deram ouvidos. Em 2 de fevereiro, primeiro dia da semana gorda, uma animação 'brueghelíana' rompeu a quietude solene, a empertigada soberba neoclássica da cidade de Pedro. Uma multidão festiva acotovelou-se pelas ruas, deslizou das colinazinhas de gelo para o Neva congelado e lotou a praça do Almirantado, transformada num grande parque de diversões, com barracas em que se apresentavam ilusionistas, prestidigitadores, acrobatas, domadores, comediantes, virtuoses da balalaica. Mas a euforia só durou algumas horas. Naquele mesmo dia, uma horrível desgraça mergulhou em luto a Palmira do Norte: no prazo de poucos minutos, transformou-se em cinzas a barraca do mágico Lehmann, um grande toldo revestido internamente por tábuas resinosas que ofereceram alimento fácil às chamas irrompidas de repente. Centenas de pessoas arderam vivas na pavorosa fogueira, enquanto outras tantas sofriam queimaduras gravíssimas. O próprio imperador, que também acorrera ao local do incêndio, ajudou a manipular as mangueiras, expondo às labaredas sua sacra pessoa e chamuscando as roupas. Às 21:00h, um mensageiro de Nicolau I chegou à Assembléia da Nobreza: Sua Majestade, explicou ele aos Diretores, não concebia que se pudesse dançar depois de tão funesto acontecimento. Mas o baile já começara e não podia ser cancelado nem transferido. Numa coleta improvisada, os convidados recolheram dez mil rublos em favor dos feridos e das famílias dos mortos; logo a seguir, anuviadas pela tristeza, as danças recomeçaram. A tragédia do Almirantado ofereceu um novo tema de conversas aos salões, onde só se falava de Puchkin. Para estigmatizar sua nova bravata: no *Restabelecimento de Luculo*, ele ridicularizava cruelmente um ministro, um alto dignitário do Império, alargando o já profundo sulco que o separava dos poderosos, da São Petersburgo governante e burocrática mais retrógrada, dos bem-pensantes, santarrões e hipócritas. Condolências e consternação abandonaram por sua vez os salões da capital quando neles apareceu, vinda de Moscou, a lindíssima Aleksandra Vassilievna Kireeva, deixando todo mundo de respiração suspensa e reconduzindo as conversas para as dúvidas fúteis de sempre: seria ela mais bonita que Zavadovskaia, Sollogub, Urussova-Radzwill, Mussina-Puchkina, Schernwall? Podia sua clássica beleza competir com a formosura romântica de Natália Nikolaevna Puchkina? Não podia, sustentaram muitos. E São Petersburgo continuou a dançar, do começo da tarde até o amanhecer, até a *folle journée* de 9 de fevereiro. Depois, exausta, lotou as igrejas para as devoções quaresmais.

Quem viu Puchkin no início de fevereiro lembra-o "de péssimo humor" — sombrio, bilioso, irascível, pronto a inflamar-se por atentados imaginários a seu bom nome, leves ofensas agigantadas pela exasperação. Em pouquíssimos dias, por três vezes esteve perto — com palavras, atos, pensamentos — do duelo. Tratou com maus modos Semion Chliustin, um convidado que, com demasiada leviandade, citara as ofensivas insinuações sobre o poeta publicadas na "Biblioteca para a leitura". "Enfureço-me quando pessoas de bem repetem as asneiras de porcos e canalhas...", disse Puchkin, e concluiu com a ameaçadora frase: "É demais! Isso não pode acabar aqui." Serguei Sobolevski, rapidamente consultado como padrinho, conseguiu esconjurar o confronto com um delicado trabalho de mediação. Naqueles mesmos dias, Puchkin recebeu de Tver uma carta de Vladimir Sollogub: depois de um longo e inexplicável silêncio, o jovem intelectual se justificava pelo desagradável mal-entendido ocorrido alguns meses antes, mas se declarava sempre à disposição do poeta e até lisonjeado, se viesse a ser rival dele num duelo. Puchkin respondeu-lhe recusando secamente "a explicação que não havia pedido" e adiando o encontro de honra para o final de março, quando passaria por Tver. Por fim, em 5 de fevereiro, ao saber que um indivíduo de reputação equívoca andava difundindo avaliações pouco lisonjeiras a seu respeito, atribuindo-as ao príncipe Nikolai Grigorevitch Repnin, Puchkin escreveu a este: "... fidalgo e pai de família, devo velar pela minha honra e pelo nome que deixarei a meus filhos ... Rogo a V. Ex.ª dignar-se de me comunicar de que modo devo me conduzir." A resposta tranqüila do príncipe Repnin evitou o pior. As dívidas, as exaustivas negociações com os censores, os ataques baixos de noticiaristas vulgares, o turbilhão de vitupérios levantado por *Luculo*: nem mesmo tudo isso podia explicar tão violenta obsessão por acertar contas com o mundo inteiro.

No rascunho da carta a Vladimir Sollogub, Puchkin anotou umas cifras: 2.500 x 25 = 75.000. Eram os setenta e cinco mil rublos (2.500 assinaturas, ao preço de 25 rublos cada) que ele contava receber anualmente de *O Contemporâneo*, a revista finalmente autorizada pelo Comitê de Censura. Esquecera-se de subtrair as despesas e os humores do público.

Às primeiras luzes da aurora de 5 de fevereiro, a imperatriz perdeu o filho que trazia no ventre: sem dar importância às indisposições premonitórias, dançara demais. Naquela noite, portanto, Aleksandra Fiodorovna não pôde comparecer ao primeiro grande baile dado em São Petersburgo pelo príncipe George Wilding de Butera e Radoli. Junto com o nascimento do príncipe real das Duas Sicílias (o exótico título vinha-lhe da primeira mulher, uma nobre siciliana prematuramente desaparecida), o inglês festejava sua recente nomeação para ministro de Nápoles junto à Corte dos Romanov e suas igualmente frescas núpcias com a princesa Varvara Petrovna Polier, mulher de fabulosa riqueza, já duas vezes viúva. Varvara Polier nascera princesa Chakhovskaia, e sua família se opusera longamente àquele casamento, uma *mésalliance* com um estrangeiro que poderia subtrair à Rússia um de seus mais consistentes patrimônios.[19] Ao ocorrer para celebrar o final feliz de tão discutido e contestado amor, por muito tempo obrigado à clandestinidade, São Petersburgo descobriu, na residência dos Butera, um novo e tocante idílio proibido — e, também este, protagonizado por um estrangeiro chamado George. De volta à sua casa, a jovem dama de honra Maria Mörder registrou no diário suas ainda vívidas impressões da noitada:

> "Na escada, fileiras de criados em pomposas librés. Flores raríssimas enchiam o ar com um odor suave. Um luxo extraordinário! Subindo as escadas, deparamos com um magnífico jardim — diante de nós, uma série de salões imersos em flores e em verde. Pelos espaçosos aposentos difundiam-se os sons inebriantes de uma orquestra invisível. Verdadeiramente, um castelo mágico, encantado. A enorme sala, com as paredes de mármore branco decoradas a ouro, parecia um templo do fogo — ardia ... Na multidão, vislumbrei d'Anthès, mas ele não me viu. De resto, é possível que simplesmente estivesse pensando em outra coisa. Pareceu-me que seus olhos expressavam ânsia — ele procurava alguém com o olhar, e, depois de havê-lo fixado repentinamente numa porta, desapareceu na sala contígua. Depois de alguns instantes reapareceu, mas desta vez já de braço dado com a senhora Puchkina. Voaram até os meus ouvidos estas palavras: 'Partir — pensa realmente em fazer isso? Não acredito, não era essa a sua intenção...'. O tom em que foram pronunciadas essas palavras não deixava dúvidas quanto à veracidade das observações por mim feitas anteriormente: estão loucamente apaixonados um pelo outro! Depois de ficarmos no baile por meia hora, não mais, encaminhamo-nos para a saída: o barão dançava a mazurca com a senhora Puchkina. Como pareciam felizes naquele momento!"

[19]Se era realmente um aventureiro sempre à caça de títulos e dotes, como suspeitavam alguns maldosos, o príncipe de Butera não teve muita sorte. De fato, morreu em 1841, sem herdeiros, deixando para o coração da mulher uma dor imorredoura e para a Rússia propriedades imensas, equivalentes a três ou quatro Sicílias.

D'Anthès a Heeckeren, São Petersburgo, 14 de fevereiro de 1836:

"Meu caro amigo, eis que o carnaval acabou e com ele uma parte de meus tormentos, verdadeiramente creio estar um pouco mais tranqüilo desde que não a vejo todos os dias, e também agora já não podem todos vir pegar-lhe a mão, cingir-lhe a cintura e falar com ela como eu faço, e eles ainda melhor porque têm a consciência mais tranqüila. É uma estupidez pensar e de fato parece, coisa em que eu jamais acreditaria, que era ciúme, e eu me encontrava continuamente num estado de irritação que me deixava infeliz. Depois, na última vez em que a vi, tivemos uma explicação que foi terrível mas que me fez bem; essa mulher, a quem geralmente se atribui pouca inteligência, não sei se o amor a deixa mais inteligente, mas é impossível empregar mais tato, graça e inteligência do que ela empregou nessa conversa, e era difícil agüentar porque se tratava de nada menos que recusar um homem que ela ama e que a adora, de por ele violar seus deveres: retratou-me sua situação com tanto abandono, me pediu piedade com tanta ingenuidade que eu verdadeiramente fui vencido e não achei uma só palavra para responder; se soubesses como ela me consolou, porque bem via que eu estava sufocando e que minha situação era pavorosa, e quando me disse: 'amo o senhor como nunca amei, mas nunca me peça mais nada de meu coração porque todo o resto não me pertence, só posso ser feliz respeitando todos os meus deveres, tenha pena de mim e me ame sempre como faz agora, meu amor será sua recompensa' — sabes, creio que eu teria caído aos pés dela para beijá-los se estivesse sozinho, e te asseguro que desde então meu amor por ela aumentou mais ainda; mas agora já não é a mesma coisa, eu a venero e respeito como se venera e se respeita um ser ao qual está atrelada toda a própria vida. Perdoa-me, querido amigo, se começo minha carta falando dela, mas ela e eu somos uma coisa só; falar dela contigo é também falar de mim, e tu me reprovas em todas as cartas por não me demorar muito nesse assunto ... Eu, como te dizia antes, estou muito melhor, e graças a Deus começo a respirar, pois meu suplício era insustentável: estar alegre e rir diante de todos, diante das pessoas que me viam diariamente, enquanto tinha a morte no coração, é uma situação horrível que eu não desejaria a meu mais cruel inimigo; e no entanto foi compensada depois, porque por uma

> frase como a que ela me disse, eu creio que a remeterei a ti, que de todo modo és o único ser que se equivale a ela em meu coração, pois quando não é nela que penso é em ti, mas, meu caro, não tenhas ciúme e não abuses de minha confiança: tu serás para sempre, enquanto, ao contrário, a ela o tempo se encarregará de mudar, e então nada mais me recordará aquela que eu amara tanto, enquanto, ao contrário, tu, meu caríssimo, todos os dias que vejo nascer me ligam a ti e me recordam que sem ti eu não seria ninguém."

Os protagonistas de *Eugênio Oneguin*, o romance em versos de Puchkin, são o herói epônimo — um jovem dândi petersburguense corroído por um precoce tédio pela vida — e Tatiana Larina, uma mocinha da pequena nobreza provinciana, criatura melancólica nutrida por leituras românticas, sonhadora amiga da lua. É simples a história entre os dois: Tatiana se enamora de Eugênio, escreve-lhe de coração aberto sobre seu amor, mas é rejeitada por ele: "são inúteis as suas perfeições, delas não sou em nada digno"; depois de muitos anos, ao rever Tatiana em sociedade — completamente transformada, fascinante e inacessível rainha do *grand monde* — Eugênio sente-se irresistivelmente atraído por ela, escreve-lhe sobre seu amor, mas é rejeitado. Uma crua situação especular, um sóbrio díptico em cujo centro se encaixa, embaçando de tristeza o jogo dos revérberos, uma morte inútil, absurda: desafiado para um duelo por Lenski em conseqüência de uma ofensa tão leve quanto cínica, Oneguin se bate e mata o jovem amigo. Tudo acontece com a feroz simetria, a impiedosa banalidade da vida. Assim é que seres talvez predestinados se desencontram, assim se tropeça na felicidade sempre na hora errada, assim um invisível inimigo, um cruel tirano, mutila os corações e ceifa as existências. Não é só inimigo, se dá aos homens um extremo e sutil prazer: a nostalgia daquilo que poderia ter sido e não foi, e por isso vibra sempre num lugar secreto da alma onde o sofrimento se confunde com uma tépida satisfação; se dá às coisas o fascínio comovente do não-realizado — não-desfigurado, amesquinhado, deturpado pela vida. Não é só tirano, se muitas vezes sorri, e tem piedade das suas vítimas, e se faz alegre cúmplice do narrador, e lhe permite — toma, diverte-te também! — usar seus brinquedos: pequenos vagões cheios de figurinhas de fraque e crinolina, ressoantes de risos, suspiros, cânticos, madrigais. Como se divertira Puchkin, misturando-se aos passageiros da barulhenta diligência, condensando para nós uma grande multidão de amigos e rivais, velhos e novos conhecidos! E brincando, urdindo tramas dolorosas e alegres junto com seu compadre, o Acaso, ousara uma experiência inaudita: promover a literatura à categoria de heroína (no alto, no assento imperial!) e submeter às leis da vida heróis que porejavam literatura — tipos, "paródias" que ele plasmava na argila de livros devorados, amados, superados.

Georges d'Anthès não conhecia, não podia conhecer *Eugênio Oneguin*. E, espantado, perguntava-se de onde vinham à mulher amada a graça e a inteligência com as quais ela lhe negara tudo, inclusive o coração. Nós acreditamos sabê-lo: de *Oneguin*, 8, XLVII: "Amo o senhor (por que mentir?), mas a outro já fui dada, e a ele sempre serei fiel." As sinceras e nobres palavras que consagraram Tatiana Larina como alto símbolo de honestidade e dever, "apoteose da mulher russa", socorreram Natália Nikolaevna Puchkina no momento mais delicado de sua vida de esposa, e tudo teria sido encerrado satisfatoriamente, virtude e poesia teriam triunfado se...

Mestre do não-dito, da suspensão fulminante, Puchkin deixara para sempre Tatiana e Eugênio no zênite de dor e beleza, sobre cumes inviolados. Aqui no vale, fica a pergunta: voltarão a se encontrar? ela cederá aos sentimentos nunca extintos? trairá o marido? Eugênio dará um tiro na cabeça? amará outra mulher? algum dia serão felizes?... A vida, porém, é um editor ávido, exige sempre novos capítulos dos livros de sucesso. E arrancou brutalmente das mãos de Puchkin o romance que por um instante ela soubera plagiar à perfeição, e continuou-o ela mesma — desleixadamente, em prosa, esforçando-se por satisfazer as expectativas de um público ávido por enredos complexos e fortes emoções, "*à la Balzac*". D'Anthès não ficou paralisado, "como atingido por um raio": atormentou-se, voltou à carga, recorreu a todos os expedientes para rever Natalie, para arrancar-lhe o tão desejado sim. Desesperado, pediu conforto e conselho a Heeckeren:

"Agora creio amá-la mais do que há 15 dias! Em suma, meu caro, é uma idéia fixa que não me abandona nunca, que dorme e acorda comigo, é um suplício pavoroso: mal consigo juntar as idéias para te escrever, e no entanto esse é meu único alívio porque quando te falo dela parece que meu coração fica mais leve. Tenho mais motivos do que nunca para estar contente porque consegui me introduzir na casa dela, mas vê-la sozinho creio ser quase impossível, e no entanto preciso absolutamente disso, e não há força humana que possa me impedir porque assim recuperarei vida e repouso: certamente é loucura lutar por muito tempo contra a má sorte, mas retirar-se cedo demais é covardia. Em suma, meu querido, somente tu podes me aconselhar neste apuro, diz, o que é preciso fazer? Seguirei teus pareceres como os do meu melhor amigo, porque gostaria de estar curado para teu retorno, de modo a não ter outros pensamentos que não a felicidade de te ver e só sentir prazer junto a ti; estou errado em te dar todos esses detalhes, sei que te farão mal, mas fui um pouco egoísta porque isso me alivia; talvez me perdoes por haver começado com esse assunto quando vires que deixei por último uma boa notícia, para te adoçar a boca. Acabo de ser promovido a tenente ... Termino minha carta, querido amigo, convencido de que não me quererás mal por tê-la escrito tão curta, mas vê, nada mais me vem à cabeça a não ser ela, eu poderia falar disso a noite inteira, mas te deixaria entediado".

E, pela enésima vez, o embaixador da Holanda o ajudou — com conselhos afetuosos e severas reprimendas, como faria um verdadeiro pai preocupado com o futuro, com a saúde de corpo e alma de seu filho. Mas também com insinuações, como um amante ciumento: Georges tinha mesmo certeza de que aquela mulher era um lírio de pureza?

D'Anthès usava um anel com o retrato em miniatura de Henrique V, o filho póstumo do duque de Berry em quem os legitimistas franceses depositavam as esperanças de sucessão ao trono usurpado por Luís Filipe. Certa noite, em casa dos príncipes Viazemski, Puchkin disse rindo que d'Anthès usava no dedo o retrato de um macaco. E o *chevalier garde*, levantando a mão para que o anel ficasse bem visível para todos: "Olhem estes traços, não é verdade que se assemelham aos do senhor Puchkin?"

D'Anthès a Heeckeren, São Petersburgo, 6 de março de 1836:

"Meu querido amigo, demorei muito em te responder porque precisei ler e reler várias vezes tua carta. Nela encontrei tudo o que me prometias: coragem para suportar meu estado; sim, é verdade, o homem sempre tem suficiente força dentro de si mesmo para vencer o que verdadeiramente deseja vencer, e Deus é testemunha de que, desde quando recebi tua carta, tomei a decisão de sacrificar a ti essa mulher. Minha decisão era grande, mas também tua carta era tão boa, cheia de tantas verdades e de uma amizade tão terna, que não hesitei um só instante, e a partir daquele momento mudei completamente meu modo de ser em relação a ela: evitei-a com o mesmo cuidado que antes empregava em tentar encontrá-la, falei-lhe com toda a indiferença que me foi possível, mas creio que se não tivesse decorado tudo o que me escreveste não teria tido coragem ... Graças a Deus me dominei, e da paixão desenfreada de que te falava em todas as minhas cartas agora me restam somente uma devoção e uma admiração tranqüilas pelo ser que fez meu coração bater tão forte. Agora que tudo acabou, permite-me dizer que a tua carta foi severa demais e que tomaste a coisa pelo lado trágico; fazer-me acreditar e me dizer que bem sabias que não és nada para mim, que a minha carta estava cheia de ameaças, foi uma punição muito dura ... Não foste menos severo falando-me dela, dizendo que ela já quis sacrificar sua honra a um outro antes de mim, porque, vê bem, isso é impossível — que existam homens que perderam a razão por ela eu acredito, é suficientemente bela para isso, mas que tenha dado ouvidos a eles, não: porque nunca amou ninguém mais que a mim e nos últimos tempos não faltaram as ocasiões em que poderia me dar tudo, pois bem, meu caro — nada, nunca e nunca! Ela foi muito mais forte do que eu, pediu-me mais de vinte vezes que tivesse piedade dela e de seus filhos, de seu futuro, e estava tão bonita naqueles momentos (qual é a mulher que não fica assim?) que se tivesse desejado ser contestada não teria empregado nisso tanto fervor, porque como eu já te disse estava tão bonita que podia ser confundida com um anjo descido do céu; não existe homem no mundo que não a tivesse ajudado naquele momento, tão grande era o respeito que ela inspirava, e assim permaneceu pura, pode passar de cabeça erguida diante de todos. Não

> existe outra mulher que se comportaria daquela maneira, certamente existem as que mais freqüentemente têm palavras de virtude e de dever na boca, mas com virtude no coração, nenhuma; não te falo assim para que valorizares meu sacrifício, contigo estarei sempre em dívida neste ponto, mas te digo tudo isso para te fazer ver o quanto se pode às vezes julgar erroneamente pelas aparências. Outra coisa: fato singular, antes de eu receber a tua carta ninguém me tinha sequer pronunciado o nome dela; assim que tua carta chegou, naquela mesma noite vou ao baile da Corte e o Grão-duque Herdeiro mexe comigo falando dela, coisa que logo me fez concluir que algumas pessoas da sociedade devem ter notado alguma coisa a meu respeito, mas sobre ela tenho certeza de que ninguém nunca desconfiou, e amo-a demais para querer comprometê-la, e como já te disse uma vez, tudo acabou, e espero que quando voltares me encontres radicalmente curado ... Eis outra história acontecida em nosso regimento que tem dado muito o que falar. Tivemos de expulsar Thiesenhausen, o irmão da condessa Panina, e também Novossiltsev, um oficial que mal tinha entrado para o regimento. Esses senhores fizeram uma espécie de 'jantar corporativista' com uns oficiais de infantaria e, depois de se embebedarem até cair, brigaram e se estapearam. Em vez de se arrebentarem os miolos um ao outro, acomodaram a coisa e tudo foi abafado. Mas o segredinho acabou vindo à tona...."

Poderia Puchkin ignorar o que saltava aos olhos de toda a cidade, que merecia a homenagem dos diários, tornava-se tema de conversas jocosas até para os membros da família imperial? Evidentemente não. "*Il l'a troublée*" — disse Puchkin a um amigo, sobre d'Anthès e a esposa: ele via, compreendia. Treinado pela longa e valorosa militância no lado oposto ao dos maridos — "consortes astutos, alunos há tempos de Faublas, velhinhos suspeitosos, cornos majestosos, sempre contentes de si mesmos, do jantar e da mulher" — escolhera a tática mais vantajosa e menos ridícula: o discreto controle à distância, a espera paciente. Tinha certeza de que as coisas não ultrapassariam o temido limite. Mas, dentro dele, a dor trabalhava em surdina.

Em 13 de março, empenhou no agiota Chichkin, por 650 rublos, um relógio Bréguet e uma cafeteira de prata.

Há um fragor violento e repentino que alegra os petersburguenses, quando a superfície congelada do rio se racha, sulcada por uma rede de fendas cada vez mais largas sob a pressão da água prisioneira, e os alvíssimos blocos de gelo iniciam uma lenta, imperceptível marcha em direção ao mar; acossados pelos *icebergs* que descem do lago Ládoga, empurram-se, apertam-se uns contra os outros entre sibilos e estrondos, empilham-se para criar esculturas bizarras, cheias de arestas, e por fim, vencidos, partem em tumultuosa corrida em direção à própria morte. Logo se derreterá a última neve, os passadiços de madeira e as ruas lajeadas se cobrirão de uma pasta marrom, por muitos dias a lama deixará pegajoso e difícil o caminho, mas os petersburguenses exultam: está chegando a primavera. Naquele ano, o súbito degelo do Neva aconteceu em 22 de março, animado pelo sol que reaparecia depois de três intermináveis meses de clandestinidade. São Petersburgo derramou-se pelas avenidas marginais. Também Georges d'Anthès aproveitou o clima benigno para sair, espairecer, recuperar-se do mal de amor. Começou a freqüentar com assiduidade a casa do príncipe Aleksandr Bariatinski, tenente dos Couraceiros da Guarda; simpático e generoso camarada, o jovem tinha uma irmã de 17 anos muito graciosa, Maria, que justamente naquele ano debutava em sociedade. Mas as distrações pouco adiantaram.

D'Anthès a Heeckeren, São Petersburgo, 28 de março de 1836:

"... Queria te escrever sem falar dela, mas confesso francamente que sem isso a minha carta não vai adiante, e também sou obrigado a te prestar contas de meu comportamento depois da última carta; conforme havia prometido, consegui, evitei vê-la e encontrá-la, em mais de três semanas falei com ela quatro vezes e sobre coisas absolutamente indiferentes, e Deus é testemunha de que eu poderia falar com ela dez horas seguidas se quisesse dizer apenas a metade do que sinto quando a vejo; confesso-te francamente que o sacrifício que te faço é imenso. É preciso te amar como eu te amo para manter minha palavra dessa maneira, e eu jamais poderia acreditar que teria a coragem de viver no mesmo lugar de uma criatura amada como eu a amo sem ir procurá-la, embora tenha todas as possibilidades para isso, pois não posso te esconder, querido amigo, que continuo louco por ela; mas o próprio Deus veio em meu socorro: ela ontem perdeu a sogra, de modo que será obrigada a ficar em casa ao menos por um mês, e a impossibilidade de vê-la provavalmente fará com que eu não precise mais travar esta terrível luta dentro de mim — ir à casa dela ou não? — que recomeçava a toda hora quando eu estava sozinho, e te confesso que nestes últimos tempos tinha medo de ficar em casa sozinho e fiquei continuamente fora, e se soubesses com que impaciência espero teu retorno, e longe de temê-lo conto os dias em que terei perto de mim alguém que poderei amar, porque tenho o coração tão pesado, e tanta necessidade de amar e de não estar sozinho no mundo como neste momento, que seis semanas de espera parecerão anos..."

Em 11 de abril, Puchkin chegou à cidade de Pskov a fim de sepultar a mãe no campo-santo do mosteiro de Sviatye Gory. Ele gostou daquela terra "sem vermes, sem umidade, sem argila"; ofereceu um donativo ao mosteiro para garantir também a si mesmo um jazigo naquele lugar vasto e sereno. Odiava os superlotados cemitérios citadinos, de túmulos encostados uns ao outros, como ávidos convidados de um mísero banquete.

Em 14 de abril, um funcionário do Departamento de Justiça, K. N. Lebedev, anotou no diário: "Recebi *O Contemporâneo* de Puchkin. Valia a pena esperá-lo três meses? ... Uns versinhos, artículos, continhos, análises críticas ... Não é assim que convém enfrentar a coisa: não com brincadeiras literárias, não só literário deve ser um 'Contemporâneo'. Nosso tempo é superior a isto ... De que vale este tom de conversa familiar? ... Os contos do senhor Gogol: mas como podem publicar contos desse gênero?"

No fim de abril, d'Anthès escreveu pela última vez a Heeckeren descrevendo-lhe a impaciência com que esperava a volta dele — "conto os minutos, sim, os minutos" — e, agradecendo pelo recurso contra o mal de amor que o outro lhe sugerira: "Foi útil para mim ... recomeço a viver um pouco e espero que a transferência para o campo me cure radicalmente, porque desta maneira ficarei meses sem vê-la". Ao santo remédio aconselhado pelo embaixador talvez aludisse Puchkin, quando escreveu de Moscou a Natalie: "...E sobre ti, minha querida, circulam rumores que eu não compreendo inteiramente, já que os maridos são sempre os últimos na cidade a saberem sobre suas mulheres; de qualquer modo está claro que, com o teu coquetismo e com a tua crueldade, levaste alguém a um tal desespero que, para consolar-se, ele criou para si mesmo um harém de alunas da Escola de Teatro. Não fica bem, meu anjo: a modéstia é o mais belo adorno do sexo feminino..."

Às 16:17h de 3 de maio, o sol escureceu. Olhos no céu, São Petersburgo emudeceu. Foi "um dos eclipses mais bonitos do século", mas o povinho viu nele infaustos presságios.

Em 13 de maio, o embaixador da Holanda desembarcou do vapor *Aleksandra* em Kronstadt; voltava cheio de presentes, de histórias para contar, de amor. Consigo trazia também os papéis que atestavam a bem-sucedida adoção de Georges d'Anthès.

Puchkin à mulher [Moscou, 18 de maio de 1836]:

> "... Conosco, aqui em Moscou, está tudo tranqüilo, graças a Deus: a rixa de Kireev com Iar suscitou muita indignação na circunspecta sociedade local. Naschokin defende Kireev com argumentos muito simples e inteligentes; que desgraça há, afinal, se um tenente dos hussardos se embriaga, põe-se a espancar um taberneiro e este se defende? No nosso tempo, quando batiam nos alemães na Taberna Vermelha, nós também não apanhávamos, ou os alemães apanhavam sem reagir? Em minha opinião, a rixa de Kireev é muito mais perdoável do que o glorioso almoço dos *chevaliers gardes* petersburguenses, do que a sensatez desses rapazelhos que, quando alguém lhes cospe no olho, enxugam-no com um lencinho de cambraia no terror de que, se a história se divulgar, não mais os convidem para o Anitchkov. Acaba de sair daqui Briullov, que viera me encontrar. Está de partida para São Petersburgo, e vai de má vontade; teme o clima e a escravidão. Procuro confortá-lo e encorajá-lo, mas eu mesmo

> sinto o coração na boca do estômago quando recordo que agora sou jornalista. Quando ainda era uma pessoa de bem, sofria os corretivos dos policiais ... O que será de mim agora? ... Foi o diabo quem me fez nascer na Rússia com entusiasmo e talento!"

Em 21 de maio, durante uma audiência privada, o barão Heeckeren informou ao czar ter adotado o cavaleiro da Guarda Georges d'Anthès; no dia seguinte, escreveu ao conde Nesselrode, ministro russo das Relações Exteriores, solicitando-lhe determinar que, dali em diante, o "filho" passasse a chamar-se Georges Charles de Heeckeren em todos os documentos oficiais.

Christian von Hohenlohe-Kirchberg ao conde von Beroldingen, São Petersburgo, 23 de maio de 1836:

> "... O barão Heeckeren ... encontrou em sociedade e talvez também na Corte, onde não há ninguém com qualquer pressa em recebê-lo, algumas mudanças a seu próprio respeito. Homem um tanto cáustico, o barão não possui muitos amigos nesta capital e é por isso, creio eu, que o ditado 'os ausentes sempre estão errados' se demonstrou, no caso dele, particularmente válido. O senhor Heeckeren adotou recentemente o jovem barão d'Anthès ... há alguns anos no exército russo, para o qual foi admitido a pedido do barão Heeckeren.[20] Essa adoção tem sido objeto de conversas em muitos salões de São Petersburgo e tem motivado brincadeiras nada agradáveis para os barões Heeckeren...."

Em 23 de maio, na dacha de Kamenny Ostrov, alugada para o verão, a mulher de Puchkin trouxe ao mundo outra pequena Natália. Até os últimos dias de junho, a tia Zagriajskaia, temendo a umidade que impregnava os aposentos do térreo, impediu-a de deixar seu quarto no mezanino.

Se, para uma parte da população feminina de São Petersburgo, Georges d'Anthès se tornava de repente um partido respeitável (um novo e importante sobrenome, mas sobretudo os oitenta mil rublos de renda anual que, dizia-se,

[20] E não, portanto, saindo de detrás de um biombo na hora certa. Os embaixadores sempre sabem das coisas.

o novo pai lhe destinava), outros comentavam com bastante malícia "as três pátrias e os dois sobrenomes" do *chevalier garde* francês, e mais ainda o repentino desejo de paternidade por parte do embaixador da Holanda. Começaram a circular boatos segundo os quais Georges "de Heeckeren" era parente do embaixador, seu sobrinho, se não mesmo seu filho natural, ou ainda filho ilegítimo do rei da Holanda ou de Carlos X. Seria o próprio barão Heeckeren a difundir esses rumores para justificar seu gesto, para conferir-lhe um romântico halo de mistério? Talvez. O certo, porém, é que os fantasiosos comentários de São Petersburgo resultavam-lhe muito úteis em tão delicado momento, e ele não fazia nada para desmenti-los — limitava-se a um silêncio cheio de significado, um sorriso eloqüente, um brilho súbito no olhar distante.

Na manhã de 23 de maio, Heeckeren escreveu ao barão Verstolk van Soelen, ministro holandês das Relações Exteriores, para informá-lo de sua longa troca de idéias com o vice-chanceler Nesselrode a propósito da sempre espinhosa questão da Bélgica, separada da Holanda pelas armas, seis anos antes. Estava terminando o relatório quando recebeu o convite oficial para a Corte pelo qual esperava impacientemente havia alguns dias. Dirigiu-se prontamente ao palácio de Elaguin e então, de volta à embaixada, completou o despacho com um detalhado resumo do cordial colóquio que tivera com as Majestades Imperiais russas: um colóquio que terá parte relevante no episódio que nos interessa, quando o duelo e a morte de Puchkin se entrelaçarão de maneira extravagante e totalmente inesperada com os assuntos públicos e privados dos Orange. Mas — cada coisa a seu tempo.

Jacob van Heeckeren a Johan Verstolk van Soelen, São Petersburgo, 23 de maio de 1836:

> "... Depois de receber minhas homenagens com a costumeira benevolência, Sua Majestade falou-me longamente sobre as relações familiares de Sua Alteza Real o Senhor Príncipe de Orange ... Sua Majestade, que por motivos de todo naturais nutre um vivo afeto por Suas Altezas Reais, expressou-se francamente sobre a inconstância de caráter da Senhora Prin-

> cesa[21] e deplorou que o Senhor Príncipe de Orange não demonstre, como a ele parece, maior indulgência quanto a essa incômoda disposição e não faça maiores esforços por restabelecer uma boa harmonia, cuja ausência lhe parece um perigoso exemplo para os augustos filhos de Suas Altezas Reais e pouco tranqüilizadora para o futuro dos jovens Príncipes ... Ao sair dessa audiência, dirigi-me à Imperatriz ... Sem qualquer preâmbulo, Sua Majestade me perguntou por que nós mantemos um Exército e um Estado-Maior tão consistentes nas fronteiras, acrescentando que a coisa é hoje absolutamente inútil e serve apenas para satisfazer as inclinações do Príncipe de Orange, que parece não gostar de residir em Haia."

Ah, os quietos e verdejantes *Kurorte* aninhados no coração da Europa, com suas renomadas águas, as jarras cinzeladas, a requintada acolhida e, no maciço balcão de madeira da *réception*, a campainha de prata que emite um som mais excitado e ressoante quando chegam *des Russes*, garantia de alta sociedade e bizarrias, de magníficas gorjetas aos empregados do cassino e de suculento sangue bárbaro para os gulosos pernilongos locais! A eles dirige-se, agradecido, nosso pensamento: quando o barão Heeckeren voltou para São Petersburgo, rompendo o único fio que nos ligava à verdade (se é que Georges d'Anthès era verdadeiro ao escrever-lhe), o jovem Andrei Karamzin, ameaçado pelo mal sutil, deixou a capital para uma longa viagem de tratamento e estudos no exterior. E houve um novo, precioso fluxo de cartas — da Rússia para a Suíça, a Alemanha, a França, a Itália.

Em 28 de maio, a princesa Catherine Mescherskaia, nascida Karamzina, escreveu ao irmão Andrei: "A proprietária de Pargolovo, a princesa de Butera, dera-nos permissão para mandar abrir sua elegante residência, e foi num belo salão de irradiante frescor e perfumado de flores que consumimos a excelente ceia-piquenique que havíamos levado conosco ... O Crément e o Sillery escorriam aos borbotões pelas gargantas dos nossos cavaleiros, que se levantaram todos da mesa mais rubicundos e alegres do que quando se haviam sentado, sobretudo d'Anthès." Em 5 de junho, Sophie

[21]Anna Pavlovna, irmã de Nicolau I, esposa do príncipe Guilherme de Orange.

Karamzina escreveu ao meio-irmão Andrei: "Nosso tipo de vida ... continua o mesmo, temos gente todas as noites, d'Anthès quase todos os dias, atormentado por dois exercícios cotidianos (já que, segundo o grão-duque, os Cavaleiros da Guarda não sabem cavalgar), mas de resto mais alegre, mais divertido do que nunca, e capaz até de conseguir acompanhar-nos em nossas cavalgadas." E em 8 de julho, depois da festa de Peterhof:

> "Revi quase todos os nossos amigos e conhecidos, entre outros ... d'Anthès, cujo comparecimento me deu muito prazer, confesso. Parece que o coração se habitua sempre um pouco mais às pessoas que vemos todos os dias. Ele descia displicentemente as escadas quando me notou, então transpôs os últimos degraus com um salto e correu para mim enrubescido de satisfação ... Fomos tomar o chá em nossa casa da maneira possível, sem xícaras nem cadeiras para metade dos presentes, e às onze da noite nos pusemos a caminho, eu de braço dado com d'Anthès, que me divertiu muito com suas loucuras, sua alegria, e até seus acessos de sentimento (sempre pela bela Natalie), também estes muito cômicos."

Somos colhidos de repente por uma leve vertigem diante da reencarnação do d'Anthès alegre, jovial, galante, engraçado — diante do vitalíssimo e exuberante fantasma de um homem que as cartas ao embaixador da Holanda pareciam ter sepultado para sempre.

A Musa é uma arguta prima-dona que se concede raramente aos mortais e organiza meticulosamente, antegozando os efeitos, o calendário de suas investidas no mundo. Naquele verão de 1836 — de novo frio e chuvoso, mais uma caricatura tosca dos invernos meridionais — visitou Puchkin com uma assiduidade que lhe vinha negando havia tempo, como para instigar as cabalas dos biógrafos: naquele que se revelaria o último verão de sua vida, em novo ímpeto de felicidade criativa, como o moribundo cujas faces tornam a injetar-se de róseo sangue enquanto a respiração se faz calma e livre no misterioso afluxo de forças vitais que precede o fim, o Poeta, quiçá acossado por um obscuro pressentimento, apressou-se em nos confiar seu Canto do Cisne, as provas extremas do seu Gênio Imortal. Mais seriamente: em Kamenny Ostrov, onde retomou e completou *A filha do capitão*, onde continuou suas pesquisas históricas e escreveu uma dezena de artigos para *O Contemporâneo*, Puchkin voltou à poesia. Entre junho e agosto compôs um breve ciclo lírico, alto e misterioso: ao lado de *Exegi monumentum...* e *À maneira de Pindemonte*, obrigatórios em qualquer antologia, nele figuram lúcidos devaneios sepulcrais, descarnadas meditações sobre temas bíblicos, dolentes exercícios espirituais. Era tempo de penitência em sua alma, e ele dava ouvidos à prece quaresmal de Efrém siríaco:

> "... Senhor destes meus dias! / e de ambição, esta víbora escondida, / e do falar vazio preserva a minha alma. / Mas faz-me ver, ó Senhor, os meus pecados, / que eu nunca venha a condenar o meu irmão, / e do espírito de amor, humildade, paciência / e castidade me preenche o coração..."

De uma outra lírica, que ficou inacabada, conhecemos apenas a primeira estrofe:

> "Em vão eu fujo até as alturas remotas de Sião, / famélico pecado a farejar-me os calcanhares. / Assim o leão, focinho sobre a areia seca, / segue, voraz, do cervo a olorosa pista."

É proibido conjeturar sobre a forma definitiva que Puchkin teria dado a esses versos e ao ciclo inteiro, se para isso o destino lhe tivesse dado tempo; é proibido buscar nas aflições pessoais que o assolavam naqueles dias a origem da série de Kamenny Ostrov, elevado testamento e também humilíssimo ato de contrição. É proibido — mas nosso olhar retém a imagem de um ágil cervo seguido de perto, acossado em sua corrida em direção a cumes agora inatingíveis.

Aleksandr Vassilievitch Trubetskoi já estava velho quando vieram à luz, quase clandestinamente, as dez cópias de um *Relato das relações de Puchkin com d'Anthès*, baseado em suas lembranças. "Naquela época", lê-se na curta brochura,

> "Novaia Derevnia era um lugar da moda. Estávamos aquartelados nas isbás, os exercícios dos esquadrões se faziam no terreno onde hoje

surgem as pequenas dachas e os jardinzinhos da 1ª e da 2ª linhas ... D'Anthès visitava Puchkin muitas vezes. Fazia a corte a Natália como a todas as mulheres bonitas (e ela era uma mulher bonita), mas não a 'assediava' de fato, como então costumávamos dizer, com particular insistência. Os freqüentes bilhetinhos levados por Liza (a empregada de Natália) não significavam nada: em nossos tempos eram de uso. Sabendo muito bem que d'Anthès não assediava sua mulher, Puchkin não tinha realmente ciúme, mas, como ele mesmo afirmava, era-lhe *antipático* por causa das maneiras um tanto descaradas do rapaz, por causa, sustentava, da sua língua menos discreta, do que convinha diante de senhoras. Com todo o respeito pelo grande talento de Puchkin, é preciso reconhecer que ele possuía um caráter insuportável. Era como se tivesse sempre medo de que o respeitassem pouco, de que não lhe prestassem suficientes homenagens; nós, naturalmente, venerávamos a sua musa, mas ele considerava que não o reverenciávamos o bastante. As maneiras de d'Anthès o deixavam simplesmente chocado, e mais de uma vez ele expressou o desejo de suspender as visitas do rapaz. Nisso, Natalie não se opunha. Talvez estivesse até de acordo com o marido, mas, estúpida total como era, não conseguia interromper seus inocentes encontros com d'Anthès. Talvez a lisonjeasse o fato de o esfuziante *chevalier garde* estar sempre a seus pés ... Se Natalie não fosse de uma tão descomunal estupidez, se d'Anthès não fosse tão mal-acostumado, tudo teria terminado em nada, já que, pelo menos naquele período, nada havia efetivamente — um aperto de mão, um abraço, um beijo, mas só isso, e essas coisas estavam na ordem do dia em nosso tempo."

É doloroso admiti-lo, mas não se pode considerar totalmente errado o antigo companheiro de armas e amigo de Georges d'Anthès — apesar dos abundantes equívocos de datas e lugares em seu *Relato* (a memória já o traía), apesar de algumas mentiras gritantes (Deus sabe se d'Anthès não "assediou" Natália Nikolaevna no verão de 1836), apesar da evidente má vontade em relação ao poeta. De resto, o que buscamos nas palavras de Trubetskoi não é a verdade, mas somente, como para atraí-lo até nós e, numa tardia homenagem, purificar o ar ao redor de Puchkin, o bafio da obviedade, o bafio da trivialidade de caserna — ainda que fossem as ricas e elegantes casernas da Guarda —, que já o vinham engolindo.

G e N se enamoram. N renuncia a G sacrificando-o a P, mas continua a flertar com G. G renuncia a N sacrificando-a a H, mas continua a consumir-se de amor por N. P e H sofrem de ciúme, ambos por causa de N, mas se esforçam por escondê-lo. E duas outras mulheres já esperneiam impacientes atrás da cortina, ansiosas por capturar também elas a atenção do público, naquela que cada vez mais se vai assemelhando a uma pochade do Teatro Francês de São Petersburgo. Trata-se de Ekaterina e Aleksandrina Gontcharov, "Koko" e "Azinka" para íntimos e familiares. Altas e esbeltas, pele azeitonada, cabelos e olhos negros, as irmãs de Natalie pareciam-se com ela, mas era como se a natureza tivesse distribuído numa ordem diferente e mais desleixada, sem a marca do milagre, um material idêntico. A encantadora vaguidão do olhar de Natalie resultava em Alexandrina num estrabismo mais acentuado; e, se Natalie era alta e tinha uma cinturinha de vespa, por alguns quilos a menos e poucos centímetros de altura a mais Catherine pôde ser definida por alguém como "um cabo de vassoura". O contínuo confronto visual com a mais bela de São Petersburgo prejudicava as duas irmãs mais velhas, rarefazendo o número dos possíveis pretendentes. Catherine era de índole frívola e intelecto não-excelso; Alexandrina, mais perspicaz, de caráter áspero e introvertido, inclinado à melancolia. Entre Alexandrina e Puchkin, na época de que estamos falando, havia uma ligação mais forte do que o afeto entre parentes, uma ligação mais íntima, ilícita — pelo menos, assim julgaram alguns. Todos os depoimentos, em contrapartida, concordam quanto ao amor que Catherine nutria por Georges d'Anthès. Desde algum tempo antes, o cavaleiro da Guarda arrastava asas também para ela — a fim de mais facilmente poder freqüentar, bem-vindo cortejador de uma já madura moça casadoura, a residência da amada, para desviar as suspeitas de Puchkin, para provocar ciúme em Natalie e assim tentar expugnar sua casta fortaleza, ou talvez somente por hábito inveterado. E o coração de Koko, por sua vez, abrira-se a um terno sentimento que adoçava seu melancólico ingresso na idade das titias. Só para estar ao lado de seu impossível amor, Catherine Gontcharova chegara a tornar-se "alcoviteira" entre Natalie e d'Anthès.

Quando não escrevia, Puchkin ficava com os nervos à flor da pele: não conseguia manter-se parado por mais de alguns minutos, estremecia se um objeto caísse, irritava-se com a algazarra das crianças, abria as cartas com ansiosa agitação. À noite perseguia-o a insônia, com seu ameaçador cortejo de fantasmas-credores: a vendedora de lenha Obermann, o fornecedor de vinhos Raoult, o alfaiate Rutch, o cocheiro Saveliev, o especieiro Dmitriev, o livreiro Bellizard, o farmacêutico Bruns, os ebanistas Gambs... Os róseos e precipitados sonhos sobre os ricos lucros de *O Contemporâneo* não se concretizaram: a revista angariara pouco mais de um quarto das 2.500 assinaturas anuais previstas e, com esse dinheiro, se já não o tivesse gasto havia tempo, Puchkin teria podido pagar somente o papel, a tipografia, os colaboradores. Estava humilhado, abatido. Confessou com amargura a Loeve-Veimars, o literato francês que o visitou em Kamenny Ostrov naquele verão: "Eu já não sou popular." Sonhava novamente em retirar-se, ao menos durante algum tempo, para Mikhailovskoe, a propriedade materna onde passara dois anos de confinamento forçado e que nos últimos tempos, desde quando começara a sentir em São Petersburgo um cheiro de esgoto cada vez mais forte, se apresentava a seus sonhos como extremo lugar de salvação, de paz. Não podia fazer isso por causa dos mil compromissos de historiador e "jornalista", assim como das ávidas pretensões de Nikolai Pavlischev, o marido de sua irmã Olga, que insistia em pôr Mikhailovskoe à venda. Natalie, de resto, não queria nem ouvir falar de ir viver no campo.

Em 31 de julho, pouco depois do meio-dia, as irmãs Gontcharov tomaram a carruagem para ir a Krasnoe Selo, onde o regimento dos Cavaleiros da Guarda festejava o fim das manobras. Chegaram às quatro da tarde e, junto com três senhoras amigas e outros convidados de alto nível, degustaram o excelente almoço oferecido pelos *chevaliers gardes*. Preparavam-se para admirar o espetáculo de fogos de artifício quando um violento aguaceiro obrigou-as a se abrigar no alojamento do capitão Petrovo-Solovovo. Informada sobre a presença delas, a imperatriz convidou-as para o baile improvisado sob sua tenda, apesar da chuva. Impedidas pelos trajes de viagem, as damas declinaram a contragosto do convite e passaram o serão junto às janelas da isbá, escutando a fanfarra dos *chevaliers gardes*. Foi provavelmente nessa ocasião que Georges d'Anthès e Natalie Puchkina conseguiram, pela primeira vez depois de mais de três meses, ficar sozinhos por alguns minutos.

O espetáculo de fogos de artifício foi transferido para 1º de agosto, dia que finalmente restituiu às Ilhas os tão ansiados parceiros para as danças — ainda que exaustos após as manobras. E agosto foi, como sempre, um turbilhão de festas, e como recordava Danzas, "depois de um ou dois bailes nas Águas Minerais, nos quais estavam a senhora Puchkina e o barão d'Anthès, de repente espalhou-se em São Petersburgo o boato de que d'Anthès estava cortejando a mulher de Puchkin..." Mas São Petersburgo já vira e adivinhara tudo: lembremo-nos de Maria Mörder, a mocinha de mil olhos e mil ouvidos... Portanto, algo de novo deve ter chamado a atenção bisbilhoteira das Ilhas, alimentando rumores agora indignados: o comportamento de Georges d'Anthès, acreditamos. Pois naquele resto de verão, abandonando repentinamente qualquer cautela, esquecendo decoro e conveniências, o jovem francês dedicou a Natália Nikolaevna Puchkina, "sob os olhos da sociedade inteira, sinais de admiração não permitidos dirigir a uma mulher casada". Ele continuava a cortejar Catherine, mas empalidecia ao ver Natalie, procurava continuamente a companhia dela, convidando-a para dançar ou para tomar a fresca, devorava-a com os olhos quando não podia se aproximar, achava todos os pretextos para falar sobre ela com amigos e conhecidos comuns. A própria imperatriz percebeu, desapontada, as "maneiras excessivamente desenvoltas" do rapaz, e manifestou à condessa Sophie Bobrinskaia o temor de que o convívio com o amigo demasiado audaz pudesse exercer má influência sobre Aleksandr Trubetskoi, o *chevalier garde* por quem o coração de Aleksandra Fiodorovna tinha um fraco. De novo, a custo reconhecemos o trepidante enamorado que, poucos meses antes, escrevia a seu protetor: "nem uma palavra a Bray... bastaria uma indicação da parte dele para nos prejudicar"; "tranqüiliza-te, tenho sido prudente... amo-a demais para querer comprometê-la". D'Anthès já não temia o julgamento da sociedade? Teria passado a acreditar — com uma nova patente, um novo sobrenome, um novo patrimônio — que podia se permitir tudo? Já não pensava na reputação de Natalie? Desistira de respeitá-la e venerá-la como a um anjo descido dos céus? Ou, exibida daquela maneira, a paixão pela mulher mais bonita de São Petersburgo servia-lhe para calar os mais venenosos comentários sobre a adoção recente, sobre suas relações com o barão Heeckeren? Ou, enfim, seu desatinado comportamento era só o resultado fatal de um amor por muito tempo sufocado, que numa noite de verão, numa isbá, com pérolas de chuva nas vidraças das janelas pelas quais chegava o eco longínquo de alegres músicas, irrompeu com renovada força das cinzas ainda quentes? De uma coisa temos certeza: somente Natalie poderia dar um fim àquela corte "mais ostensiva que o normal". Ela não o fez.

Em 8 de agosto Puchkin empenhou com Chichkin, por 7.000 rublos, a prataria de mesa que Sobolevski, de partida para uma longa viagem, deixara à sua disposição.

Nas Ilhas, extinguiram-se sussurros, mexericos, músicas, ardores e penas de amor; depois da Corte, que deixou Elaguin em 7 de setembro, no dia 11 os Cavaleiros da Guarda retornaram às casernas da rua Chpalernaia. Em 12 de setembro também voltaram a São Petersburgo os Puchkin, de mudança, com Alexandrine e Catherine, para um novo apartamento sobranceiro ao canal Moika, propriedade da princesa Sofia Grigorievna Volkonskaia. Somente os Karamzin ainda se demoraram alguns dias fora da cidade, em Tscarskoe Selo. Em 17 de setembro, Sophie comemorou o dia da santa de seu nome:

> "A ceia foi excelente; como convidados tivemos Puchkin com sua mulher e as Gontcharov (as três, resplandecentes de elegância e beleza, com suas incríveis cinturinhas), os meus irmãos, d'Anthès, A. Golitsin, Arkadi e Karl Rosset ... Scalon, Serguei Mescherski, Paul e Nadine Viazemski ... Jukovski. Bem podes imaginar que, na hora dos brindes à saúde, a tua não foi esquecida. Em tão boa companhia, a noite pareceu curtíssima: às 9 chegaram os vizinhos... formou-se assim um baile em plena regra e muito alegre, a julgar pelas expressões de todos, não fosse pela de Aleksandr Puchkin, sempre triste, pensativo e aborrecido. Ele me contagia com sua angústia. Seus olhos errantes, ferozes e distraídos, fixam-se com uma atenção inquietadora somente sobre a mulher e sobre d'Anthès, que continua a fazer as mesmas graças de antes, sempre colado a Catherine Gontcharova e lançando olhares de longe a Natalie, com quem, afinal, acabou dançando a mazurca, e dava pena ver Puchkin, enquadrado no vão da porta da frente, taciturno, pálido e ameaçador. Meu Deus, que coisa estúpida! Quando chegou a condessa Stroganova, pedi a ele que fosse conversar com ela. Enrubescendo

(tu sabes que a condessa é um de seus flertes, daqueles bem servis), ele se dispunha a fazê-lo quando vejo que se detém de repente e se volta, irritado. 'E agora?'. 'Não, não vou, aquele conde já está lá'.[22] 'Que conde?'. 'D'Anthès, ou sei lá como se chama, Heeckeren'."

Daqui, do observatório deste século XX, ressentimo-nos com a animação de Sophie Karamzina — "*Que c'est bête!*", exclamava ela, diante daquilo que em nós suscita raiva, pena, desconcerto. Esquecemos a amplitude moral de um tempo e de um mundo em que os amores de mulheres casadas não suscitavam escândalo, em que *billets doux*, "apertos de mão, beijos, abraços" entre uma senhora e seu admirador, ou até mais que admirador, eram rotina mais que aceita — desde que, em público, não fossem ultrapassados os limites da conveniência. Modernos puritanos, esquecemos que Puchkin era homem do século XVIII também na alcova, e franzimos a testa à idéia de que o morituro, o grande homem próximo ao martírio, tivesse uma relação secreta com a cunhada Aleksandrina. E tentamos sufocar uma estridente vozinha interior — "mas então, a mulher dele fazia muito bem em se divertir com outro!" — e nos esforçamos por absolvê-lo: talvez não fosse uma ligação pecaminosa, talvez entre os dois houvesse apenas a cumplicidade que aproxima seres infelizes, a familiaridade da compreensão, das confidências, da participação na dor do outro. Enfim, somos sempre os únicos a perguntarnos por que — embora sem chegar aos excessos feudais do avô paterno, que mandou enforcar o professor francês dos filhos, suspeito de um caso com a esposa dele, e manteve reclusa a infeliz até a morte — Puchkin não levantava nem um pouco a voz com Natalie, não lhe dava uma enérgica descompostura... Não sabemos, talvez o tenha feito entre as paredes domésticas. Mas em sociedade, e até entre os amigos mais íntimos, queria que vissem nele somente indiferença e desprezo: as únicas reações que poderia merecer um presunçoso galanteador, um mal-educado cortejador de Natália Nikolaevna — a mulher de César, ou melhor, mais ainda: a mulher de *Puchkin*. Já dissemos: ele esperava. Esperava que o tempo cicatrizasse a ferida no coração de Natalie, pronto para intervir no momento oportuno, quando seus atos não se voltas-

[22]Ele sabia muito bem que Georges era barão, por nascimento e por adoção, mas conde era o título ao qual podiam ascender também os súditos de origens obscuras, o título que uma pessoa podia obter mediante serviços de vários tipos, nem sempre nobres.

sem contra ele mesmo, revelando que sua confiança na jovem e bela esposa não era, afinal, ilimitada. Esperava — quase provocando o destino com o secreto desejo de demonstrar-se único e diferente até como marido, imune aos riscos corridos por quem tem uma esposa demasiado jovem e bela. Esperava e observava. Contudo, por mais esforços que fizesse, aos outros não escapavam seus olhares cheios de inquietação, decepção, raiva.

Em 19 de setembro, recebeu do agiota Iuriev dez mil rublos, que se comprometeu a restituir com os juros até 1º de fevereiro de 1837.

Entre 6 e 8 de outubro, o príncipe Ivan Gagarin, que retornava de Moscou, levou a Puchkin a *Carta filosófica* de Piotr Tchaadaev, publicada poucos dias antes pelo "Telescópio". Puchkin já conhecia a primeira redação em francês, mas releu com grande atenção a obra do amigo de quem, na juventude, recebera decisivas lições de vida:

> "... Em nossas melhores cabeças existe algo mais que a frivolidade. Por falta de nexos ou de coerência, as melhores idéias, estéreis deslumbramentos, paralisam-se em nossos cérebros. É da natureza do homem perder-se, quando não acha o modo de ligar-se àquilo que o precede e àquilo que o segue. Toda solidez, então, toda certeza lhe foge. Sem ser guiado pelo sentimento da duração permanente, ele se vê perdido no mundo. Em todos os países existem semelhantes seres perdidos; entre nós, esse é o traço comum ... Alguns estrangeiros reconheceram em nós, como mérito, aquela espécie de despreocupada temeridade que se encontra sobretudo nas classes inferiores da nação; mas, tendo observado apenas manifestações isoladas do caráter nacional, não puderam julgar o conjunto. Não viram que o mesmo princípio que às vezes nos faz tão audaciosos é também o que nos torna sempre incapazes de profundidade e perseverança; não viram que aquilo que nos faz tão indiferentes aos acasos da vida, igualmente nos torna indiferentes a todo bem, a todo mal, a toda verdade, a toda mentira..."

Puchkin refletiu longamente sobre aquelas páginas.

Na noite de 16 para 17 de outubro, um forte vento de noroeste fez a água do Neva subir cerca de 2 metros. Na noite seguinte, ouviram-se os macabros tiros de canhão que advertiam os petersburguenses sobre o perigo iminente; aqueles sinais de uma ameaça incontrolável laceravam os nervos. Mas a água voltou ao nível de segurança e a vida retomou seu curso normal.

Sophie Karamzina ao meio-irmão Andrei, São Petersburgo, 18 de outubro de 1836:

> "... Retomamos nossos hábitos citadinos, nossos serões, nos quais desde o primeiro dia vieram ocupar seus habituais lugares Natalie Puchkina e d'Anthès, Catherine Gontcharova ladeada por Aleksandr, Aleksandrina por Arkádi e, em torno da meia-noite, também Viazemski ... tudo como antes...."

Também Nicolau I leu atentamente a *Carta* com que Tchaadaev provocava na Rússia arrepios de patriótico horror:

> "... Solitários no mundo, ao mundo não trouxemos nada, não ensinamos nada; não lançamos uma só idéia na massa das idéias humanas ... nem um só pensamento útil germinou no solo estéril de nossa pátria; nem uma só grande verdade se projetou de nosso meio... Temos em nosso sangue alguma coisa que repele qualquer progresso verdadeiro. Enfim, temos vivido e vivemos somente para servir de não se sabe qual grande lição para os distantes pósteros que a compreenderem; hoje, não importa o que se diga, somos uma lacuna na ordem intelectual...."

Em 22 de outubro, Nicolau I redigiu de seu próprio punho, no relatório do ministro Uvarov, uma breve resolução: "Tendo lido o artigo, julgo que seu conteúdo é uma mixórdia de absurdos insolentes, dignos de um alienado mental: isso resolveremos infalivelmente, mas não têm justificativa nem o redator da revista, nem o censor. Disponha-se imediatamente o fechamento da revista." Naquele mesmo dia, o conde Benckendorff escreveu ao governador-geral de Moscou para ordenar que Tchaadaev fosse visitado todas as manhãs por um médico especialista e que lhe fosse proibido "expor-se ao influxo do clima úmido e frio daquela estação": o 'louco de Estado' estava sendo posto sob prisão domiciliar.

O botão de Puchkin

Durante o inverno, nos últimos anos, ele costumava passear pela avenida Nevski usando uma cartola um tanto gasta e uma longa *bekech'* também marcada pelo tempo. Como se tratava do benjamim das Musas, do poeta predileto dos céus, olhares curiosos seguiam-no demoradamente. Os mais atentos descobriam com espanto que atrás, na altura da cintura, ali onde o tecido se recolhe em grossas pregas, faltava um botão na *bekech'* de Puchkin.

PEQUENO DICIONÁRIO

Almaviva: manto masculino, espécie de capa. Também chamado "manto espanhol", seu nome deriva de *As bodas de Fígaro*.

Bekech' ou *bekecha*: sobreveste masculina de inverno, bordada e internamente revestida de peliça. Tomou o nome do nobre húngaro Gáspár Békés, valoroso *condottiere* e célebre dândi da época de István Bátory.

Cafetã: longa sobreveste masculina — desde os suntuosos *pardessus* dos boiardos, em brocado cravejado de pedras preciosas, até os em tecido cru que os camponeses e mercadores usavam. A partir do século XVIII, depois das reformas de Pedro, o Grande, o termo foi usado também para designar a parte superior do traje masculino de tipo europeu.

Kamerguer: do alemão *Kammerherr*, camarista. Por cima do uniforme de gala, o *kamerguer* usava, à altura dos rins, uma chave de ouro sobre faixa azul.

Kamer-iunker: do alemão *Kammerjunker*, gentil-homem de câmara; título imediatamente abaixo do de *kamerguer*.

Lineika: veículo de vários lugares semelhante a um amplo divã com baldaquino; é o inglês *break*.

Okazia: do francês *occasion*, portador ocasional, pessoa em trânsito a quem se confiam cartas e encomendas.

Salop: do francês *salope*, quente manto feminino de forma redonda.

Nomeado cortesão, Puchkin ainda assim continuava a apresentar-se nas recepções da mais alta sociedade vestindo fraque burguês, colete de peitilho duplo, larga gravata de seda arrumada suavemente sob as dobras do colarinho frouxo, não-engomado. Em 16 de dezembro de 1834, compareceu finalmente com o fraque de *kamer-iunker* ao palácio Anitchkov, mas tinha na cabeça um inconveniente e exagerado tricórnio com penacho. O conde Aleksei Bobrinski logo o fez usar o barrete redondo que o cerimonial impunha; o barrete estava tão velho e impregnado de pomada para cabelos que, depois de pegá-lo, as luvas de Puchkin ficaram pegajosas e ganharam uma suspeita cor amarelada. No entanto por aquela noite, Nicolau I, sempre muito atento à maneira de vestir do poeta, ficou satisfeito. Ele já se aborrecera várias vezes — "*Il aurait pu se donner la peine d'aller mettre un frac...*",[23] reclamara com Puchkin por intermédio do conde Benckendorff: "... Sua Majestade digna-se de observar que no baile do embaixador francês o senhor estava de fraque, enquanto todos os outros convidados usavam o uniforme..." — e, em tom de brincadeira, informara Natália Nikolaevna de seu desagrado: "*Est-ce à propos des bottes ou des boutons que votre mari n'est pas venu dernièrement?*"[24]

> "... Nos anos 30 um americano rico veio a São Petersburgo com sua bonita filha ... Em determinadas ocasiões oficiais, apresentava-se com o uniforme da Marinha americana; por isso, quando por educação lhe dirigiam a palavra, falavam do mar, da frota estadunidense e

---

[23] "Ele podia ter-se dado o trabalho de ir vestir um fraque...".

[24] "É por causa das botas ou dos botões que o seu marido não tem aparecido ultimamente?" — mas "*à propos des bottes*" tem também o significado idiomático de "por uma bobagem, um motivo banal".

> assim por diante. Sempre dava respostas evasivas, e parecia responder de má vontade. Finalmente, aquelas conversas marinharescas esgotaram a paciência do americano, que disse a alguém: 'Por que os senhores continuam a me perguntar coisas de mar? Eu não tenho nada a ver com isso, não pertenço à Marinha.' 'Então, por que usa o uniforme?.' 'É muito simples: me disseram que, em São Petersburgo, não se dispensa uma farda. Por isso, quando me preparava para vir à Rússia, mandei confeccionar por via das dúvidas um uniforme da Marinha, e assim, quando convém, me pavoneio com ele'."
>
> (Viazemski)

Também os personagens criados por Puchkin eram criticados pelo modo de vestir, convidados a trocar de roupa: "... contou-me, de maneira engraçada, como censuraram o seu *Conde Nulin*: acharam que era pouco digno ver Sua Alteza de roupão! Quando o autor perguntou como devia vesti-lo, sugeriram-lhe uma casaca. Também a camiseta da moça pareceu pouco decorosa: pediram-lhe que desse a ela pelo menos um *salop*." Nada escapava aos censores. Do conto *Caleches*, de Gogol, publicado no primeiro número do "Contemporâneo", foram expurgadas "algumas expressões indecentes", como: "o último botão dos senhores oficiais estava fora da casa."

> "Iussupov solicitou o título de *kamerguer* para Solntsev. Em São Petersburgo acharam que, dado o grau civil deste último, poderia bastar-lhe também o de *kamer-iunker*. Mas, à parte o fato de que já estava com uma certa idade, Solntsev era dotado de uma configuração tão volumosa em comprimento e em largura que o título juvenil de *kamer-iunker* não se adequava absolutamente nem a seu rosto nem à sua massa corporal ... O príncipe Iussupov indicou-o novamente, com base nos méritos físicos dele, e a proposta foi acolhida: Solntsev recebeu finalmente a chave. Toda essa operação não podia escapar a um cronista como Neelov. Em seu 'Boletim Moscovita', ele anotou a seguinte quadra: 'Há quem na carreira prossiga / à custa de pai, avô ou amante, / outros, da bela mulher complacente, / só ele vai adiante... com a barriga.'"
>
> (Viazemski)

Foram os amigos mais queridos que tentaram abrandá-lo, atenuar seus furores. Aleksandra Ossipovna e Nikolai Mikailovitch Smirnov tinham lhe explicado pacientemente que, nomeando-o *kamer-iunker*, Nicolau I não queria humilhá-lo mas, ao contrário, dar-lhe um novo sinal de sua benevolência; que não havia nada de desonroso no desejo dos soberanos de ter na Corte, juntamente com sua mulher, o maior poeta russo, e a um funcionário civil de IX classe não podia ser conferido outro título. Ele se tornara *kamer-iunker* às vésperas de 1834. Soubera disso durante uma recepção na casa do conde Aleksei Fiodorovitch Orlov; num tremendo acesso de ira, a boca espumando, pronunciara palavras tão violentas que alguém se apressara em conduzi-lo ao escritório do dono da casa, para evitar um escândalo. Estava convencido de ter recebido o título, habitualmente reservado a "lactentes de 18 anos" que iniciavam a carreira de cortesão, porque "a Corte desejava que Natália Nikolaevna dançasse no Anitchkov". São Petersburgo inteira pensava a mesma coisa. A obrigação de envergar o uniforme de *kamer-iunker* — os três uniformes: um traje de gala, outro de rotina e por fim um fraque de modelo especial — foi a armadilha mais desleal e perversa que o destino estendeu no caminho de Puchkin, como se as próprias Parcas tivessem tecido aqueles fios em verde e ouro. Ele dizia não ter dinheiro para equipar-se; foram os Smirnov que lhe presentearam o traje de gala: encomendado pelo jovem príncipe Wittgenstein, que entrara para o serviço militar e não tivera tempo de usá-lo, o uniforme ficara pendurado, novo e inútil, numa alfaiataria. Mas, justamente para não aparecer em público envergando o odiado "cafetã com fitas",[25] Puchkin abandonava às escondidas São Petersburgo, inventava doenças, graves motivos de família — qualquer pretexto possível. Desmascarado, apanhado em flagrante mentindo, como em *petite misère ouverte* no jogo de *boston*, sofria críticas e repreensões.

"Certo dia em sua casa, durante o almoço, o cego Moltchanov (Piotr Stepanovitch) escuta o choro do netinho na outra ponta da mesa e os

[25]O que ele chamava de fitas eram os galões dourados que adornavam, um para cada botão, o peito do uniforme comum.

gritos da mãe do menino. Pergunta qual é o motivo. 'É manha', responde a mãe, 'ele não quer ficar no lugar onde foi colocado e teima em se instalar na cabeceira'. 'Ora', diz Moltchanov, 'mas se a Rússia inteira vive chorando por causa dos postos! Por que ele não faria a mesma coisa? Deixe-o sentar-se onde ele quiser'."

(Viazemski)

Metido nos novos panos — no novo pano verde-escuro — de cortesão, expunha-se ainda mais à hostilidade e à maledicência: agora, os inimigos acusavam-no de bajulação e servilismo, de ter-se rebaixado a pactos com a consciência para obter um lugarzinho ao cobiçado sol da Corte. Começaram a circular em São Petersburgo ferozes pasquinadas sobre o *neokamer-iunker*, ex-cantor da liberdade.

"Para escrever, aqui na Ásia, é melhor servir-se do portador."

(Puchkin a Viazemski, 20 de dezembro de 1823).

Em 1833, ao ser nomeado diretor dos Correios de Moscou, Aleksandr Iakovlevitch Bulgakov se sentira finalmente realizado, feliz: nadava em meio às cartas como um esturjão no Oká, a correspondência era seu elemento natural, sua vocação. Tornou-se também seu vício secreto; agora que entre suas mãos passava grande parte de tudo o que se escrevia na Rússia, não conseguia resistir à pouco nobre tentação de violar as missivas. Depois de lê-las, ou melhor, degustá-las, corria a informar amigos e conhecidos sobre noivados, casamentos, litígios, chifres, divórcios, duelos, enfermidades, mortes, heranças, processos. Mais que um indivíduo particularmente abjeto, Bulgakov era um virtuose de uma atividade difundidíssima na Rússia de Nicolau: a espionagem, a interceptação da correspondência. A ele, arquétipo do cronista mundano, a velha capital recorria para saber novidades sobre São Petersburgo e a província; e as sempre atualizadíssimas informações do generoso Diretor se espalhavam imediatamente por meio de outras cartas e de conversas confidenciais, para de novo ricochetearem — só que muito mais saborosas e picantes! — na província e em São Petersburgo. Bulgakov era também um devotado servidor do Estado: a cada vez que, ao espionar entre as palavras alheias, sentia cheiro de subversão, empunhava a pena e lavrava detalhados relatórios para a Terceira Seção. Sortudo, conseguia desta forma conciliar a paixão com o dever. Tinha um fraco pela literatura, despertava-lhe cobiça a correspondência privada dos escritores mais famosos, e a fortuita captura de uma carta deles levava-o ao êxtase, prometendo inefáveis delícias à sua alma intrometida; eram os envelopes que ele mais demorava a abrir: como um amante experiente, queria retardar o mais possível o instante de prazer. Numa noite de abril de 1834, Bulgakov levou para casa uma carta de Puchkin à mulher. Ainda não estava acreditando em tamanha sorte: sabia, por intermédio de conhecidos comuns petersburguenses, que Natália Nikolaevna fora para o campo, onde, em casa de familiares, pretendia restabelecer-se depois de um aborto — conseqüência de uma temporada de bailes demasiado intensa ou, como diziam algumas más-línguas, das pancadas do marido? Bulgakov esperava descobrir algum detalhe saboroso sobre aquela triste história, mas, desiludido e indignado, leu:

> "... aleguei doença e tenho medo de encontrar o czar. Durante todos os festejos,[26] ficarei em casa. Não tenho intenção de apresentar votos e felicitações ao herdeiro; o reino dele vai demorar a chegar e eu provavelmente não o verei. Czares eu já vi três: o primeiro mandou que minha niania me tirasse o chapéu e por minha causa gritou com ela; o segundo não gostava de mim e o terceiro, ainda que me tenha nomeado pajem de câmara no limiar da velhice, não tenho vontade de trocá-lo por um quarto: quem está bem não vai atrás do melhor. Veremos como o nosso pequeno Aleksandr se porá de acordo com o seu imperial homônimo; eu, com o meu, tive algumas divergências. Queira Deus que ele não siga minhas pegadas: escrever poesia e brigar com os czares! Com versos não vencerá o pai, e contra a força não vale a razão..."

Vilipêndio do trono, discursos jacobinos! Bulgakov fez um relatório imediato ao conde Benckendorff, acrescentando uma cópia da ultrajante carta.

[26] Por ocasião da maioridade de Aleksandr Nikolaevitch, primogênito de Nicolau I.

"Bibikov me contou um episódio que ouviu de Benckendorff. Certa vez, um guarda entra às pressas no gabinete deste e lhe entrega um pacote com seu nome, que alguém jogara furtivamente no portão de entrada. Benckendorff abre-o e encontra uma carta para o czar com a tarja 'urgentíssimo'. Sobe à carruagem e vai entregar a carta. O czar abre-a e o que encontra? — uma denúncia anônima sobre a loucura de Muraviov: 'e, para demonstrar que vosso secretário de Estado é verdadeiramente louco, anexo um trabalho dele...' Diz o czar: 'O que fazer com esta carta? Mande-a a Muraviov e peça-lhe a opinião.'"

(Viazemski)

Puchkin chamava o ponche de "Benckendorff" porque, dizia, essa bebida tem sobre o estômago um efeito "policialesco, sedativo, que repõe tudo em ordem".

"Stratford [Canning] veio à Rússia em nome do governo inglês para negociações sobre a questão grega. Demorou-se em Moscou justamente durante a Páscoa. Passeando pela avenida Podnovinski, notou que entre nós, contrariamente aos costumes ingleses, em toda parte a polícia fica bem à vista. 'Não é bonito; certas coisas exigem um invólucro: a natureza, se não me engano, quis deliberadamente esconder de nossos olhos a circulação do sangue.'"

(Viazemski)

O conde Aleksandr Khristoforovitch Benckendorff, chefe da Terceira Seção da chancelaria de Sua Majestade Imperial — de uma vastíssima, onipresente rede de espionagem que controlava ações, palavras, pensamentos e sonhos dos súditos russos — tinha em suas mãos um poder ilimitado, sujeito apenas ao do czar. Era a hipóstase policialesca do Dom Quixote da legitimidade, o braço secular do Gendarme da Europa ratificado pelo Congresso de Viena.

"Benckendorff (o pai do conde Aleksandr Khristoforovitch) era muito distraído ... Certa vez, foi a um baile em casa de alguém. O baile terminou bem tarde, os convidados foram embora. Ficaram apenas o dono da casa e Benckendorff, um diante do outro. A conversa ia mal: ambos estavam cansados e com sono ... Passou-se mais um pouco de tempo e finalmente o dono da casa decidiu-se a dizer: 'Talvez sua carruagem ainda não tenha chegado, o senhor quer que eu mande atrelar os cavalos na minha?'. 'Sua carruagem, como assim? Mas se eu é que ia lhe oferecer a minha!' ... Pensava estar em sua própria casa, e ficara irritado com aquele convidado que se demorava tanto..."

(Viazemski)

Às maneiras refinadas o conde Benckendorff acrescia uma conversação brilhante, um perfeito *aplomb* mundano. Era galante com as mulheres bonitas, pelas quais nutria crônica paixão. Dançava de modo impecável. Nada, nele, revelava o policial. Às vezes a História sabe ser divertida: o homem que comandava as atividades de milhares de agentes secretos disseminados pelo Império russo para "proteger os oprimidos, prevenir os crimes e vigiar as pessoas a estes inclinadas", era de uma distração e de uma desmemória colossais.

"Alguém disse sobre uma pessoa: é meu braço direito. 'Imagine-se então que maravilha deve ser o esquerdo!', comentou causticamente o conde Arkadi Morkov."

(Viazemski)

O secretário particular do conde Benckendorff, Pavel Ivanovitch Miller, era um homem culto. Estudara no Liceu de Tsarskoe Selo e venerava seu mais importante ex-aluno, Puchkin. Aproveitando-se da distração do chefe, com freqüência tirava do escaninho reservado aos documentos mais importantes, a serem submetidos à atenção pessoal do soberano, as numerosas cartas puchkinianas que passavam pelas mesas da Terceira Seção. Transferia-as para escaninhos mais inócuos e, passado um tempo, quando tinha certeza de que Benckendorff já as esquecera completamente, surripiava-as. Queria assim proteger o poeta das atenções demasiado insistentes da polícia secreta, mas também, desconfiamos, assegurar-se autógrafos preciosos — no sentido mais elevado, não-mercantil da palavra. Embora não-autográfica, a carta a Natália Nikolaevna interceptada em Moscou teve a mesma sorte: Miller compreendeu que ela poderia causar novos e graves embaraços a Puchkin. Mas outras cópias do comprometedor documento já circulavam pela cidade (daquela vez, Bulgakov fizera as coisas à larga), e o imperador já sabia de tudo. Jukovski conseguiu aplacar a indignação de Nicolau I. "Tudo se acalmou", escreveu Puchkin no diário.

> "Ao soberano não agradou que, a respeito de meu título de *kamer-iunker*, eu me exprimisse sem comoção e gratidão — só que posso ser súdito, e até escravo, mas não me comportarei como lacaio, nem como bobo da corte, nem mesmo para o Rei dos céus. Que profunda imoralidade, porém, nos hábitos do nosso governo! A polícia abre as cartas de um marido à mulher, leva-as para a leitura do czar (homem bem-educado e de bem), e o czar não se envergonha de admiti-lo ... Não há o que dizer — é difícil exercer a autocracia."

> "O príncipe Iussupov conta que a imperatriz [Catarina] gostava de repetir esta máxima: '*Ce n'est pas tout que d'être grand seigneur, il faut encore être poli.*'"[27]
>
> (Viazemski)

Até na soleira de sua casa, de seu quarto, desenhava-se a sombra do Czar — incômoda e onividente presença de pedra. Entre Puchkin e Nicolau I instaurara-se havia algum tempo uma relação dúplice: ao se encontrarem em público, conversavam animadamente, trocavam homenagens, frases de efeito, opiniões sobre os fatos do dia; todas as questões escabrosas — pedidos e permissões, súplicas e recusas, reprimendas e justificativas, manuscritos e severas anotações censórias àqueles manuscritos — passavam por intermédio de Benckendorff ou, em casos particularmente delicados, de Vassili Andreevitch Jukovski, ilustre poeta e preceptor do herdeiro do trono. O

[27] "Ser grão-senhor não basta, é preciso também ser educado."

duplo tom — desenvolto e amigável, rígido e oficial — condizia com o bizarro par, ligado por vínculos bem mais complexos do que os imortalizados pela hagiografia e a demonologia russas. Ao conceder o magnânimo perdão, quando, no distante verão de 1826, liberara Puchkin do confinamento, oferecendo-lhe sua tutela e sua aprovação pessoal, Nicolau I certamente contara com o efeito daquele gesto para corrigir, ao menos parcialmente, sua imagem de tirano sanguinário, que mandara para a Sibéria e para a forca os insurretos de 14 de dezembro de 1825. Generosidade e solicitude paternal não eram, porém, somente cálculo, simulação: o novo czar fora movido também pelo sincero desejo de socorrer a ovelhinha perdida, de reconduzir ao caminho reto aquele jovem de grande talento mas tão impulsivo e rebelde a qualquer disciplina, aberto a todo tipo de idéias perniciosas. Rígido e eficiente executor dos ucasses da História, prático, astuto, dotado do faro infalível de certos espíritos limitados, Nicolau I intuía que, um dia, ele e Puchkin ficariam sozinhos, um diante do outro, a representarem o eterno duelo entre força e impotência, gravidade e leveza, século e poesia. E tentava pelo menos esfumar os tons oleográficos do quadro com o claro-escuro da *gentilhommerie*. Puchkin, igualmente incomodado pelo amaneiramento das telas que adornariam os aposentos dos pósteros, constrangido na pose de tiranicida, à qual sempre preferia a de arguto conselheiro do soberano, nutria respeito e reconhecimento pelo homem que despendia tantos esforços — inflexibilidade marcial, coragem, vívido senso de honra — para manter-se sob o halo de uma grandeza que não lhe vinha do berço.

> "Num dia frio de inverno, com um vento cortante, Aleksandr Pavlovitch encontra a senhora D*** a passear pela avenida marginal Angliskaia. 'E então, a senhora não tem medo do frio?' — pergunta ele. 'E Vós, Majestade?' 'Oh, comigo é diferente: eu sou um soldado!' 'Como assim, Majestade, o que dizeis? Seríeis mesmo um soldado?"
>
> (Viazemski)

Para fazer chegarem aos ouvidos de Nicolau I algumas considerações que trazia na ponta da língua, Puchkin lançou mão do mesmo recurso usado contra ele: a abelhuda curiosidade dos Correios. Antes, recomendou à mulher que tomasse muito cuidado quando lhe escrevesse, já que em Moscou havia aquele patife do Bulgakov, que não se envergonhava de meter o bedelho nos assuntos alheios nem "de fazer comércio com as próprias filhas"; depois, sempre por meio das cartas a Natalie, iniciou um longo diálogo à distância com o czar:

> "Sem liberdade política pode-se viver muito bem; sem a inviolabilidade familiar (*l'inviolabilité de la famille*), é impossível: melhor seria, de longe, enfrentar trabalhos forçados. Não escrevo isso para ti..."; "com *Aquele* não mais estou enfurecido porque, *toute réflexion faite*, não é dele a culpa pela porcaria que o rodeia. E, vivendo numa latrina, tu te acostumas à merda, ainda que a contragosto, e o fedor já não te incomoda, mesmo que sejas um *gentleman*. Ah, poder respirar ar puro!"; "com a tua permissão, será preciso, creio, que eu me demita e que, com um suspiro de alívio, guarde o uniforme de *kamer-iunker*, pelo qual meu amor-próprio foi tão agradavelmente lisonjeado e no qual, infelizmente, não tive tempo de me pavonear...."

> "Em 1812 o conde Ostermann disse, se não me engano, ao marquês Paulucci: 'Para os senhores a Rússia é o uniforme: os senhores o vestiram, e irão despi-lo quando lhes aprouver. Para mim, a Rússia é a minha pele.'"
>
> (Viazemski)

Na vida de Puchkin, eterno vigiado especial, o título de 'gentil-homem de câmara' trouxe um novo e severíssimo guarda: o conde Giulio Litta, camarista-mor na corte dos Romanov. Em 15 de abril de 1834, ao receber uma convocação dele, o poeta imediatamente compreendeu que ia ouvir a enésima descompostura: como muitos outros *kamerguer* e *kamer-iunker*, faltara às cerimônias religiosas da Páscoa, suscitando o desapontamento do czar e a consternação de Litta. Este havia participado sua viva indignação ao conde Kirill Aleksandrovitch Narychkin: "*Mais enfin il y a des règles fixes pour les chambellans et les gentilshommes de la Chambre!*" "*Pardonnez-*

moi", objetara Narychkin, homem célebre por seu espírito mordaz, "*ce n'est que pour les demoiselles d'honneur*".[28] Puchkin não foi procurar Litta; justificou-se por escrito, aduzindo o enésimo pretexto.

> "Em Moscou, um galhofeiro traduzia '*le bien-être général en Russie*' desta maneira: 'é bom ser general na Rússia.'"
>
> (Viazemski)

Puchkin temia o ridículo mais que o cólera, o diabo, as contas a pagar. Sempre em guarda, na mesma hora rebatia brincadeiras, alusões, frasezinhas ambíguas, sorrisinhos zombeteiros. Ao grão-duque Mikhail Pavlovitch, que o felicitava pela nomeação para *kamer-iunker*, respondeu: "Agradeço humildemente, Alteza, até hoje todos riram de mim. Vossa Alteza foi o primeiro a me dar parabéns." A arguta resposta logo correu os salões, como qualquer palavra que lhe saía da boca: "Puchkin disse..." era sempre uma garantia de ferino sarcasmo e jocoso veneno. Por uma vez ainda, ele vencera, embora por estreita margem. Mas estava roído pela bílis, pela raiva impotente. Em junho de 1834, escreveu à mulher (desta vez, falava sobretudo consigo mesmo, confessava a degeneração que lhe estava destruindo a existência): "Depender da vida familiar torna o homem mais moral. A dependência que nos impingimos por amor-próprio ou por necessidade nos humilha. Agora eles me olham como um lacaio com quem podem comportar-se como quiserem. A desgraça política é melhor que o desprezo." Comunicou ao czar seu desejo de ser dispensado, de retirar-se para o campo; pediu-lhe, como última prova de generosidade, permissão para continuar a trabalhar nos arquivos do Estado a fim de prosseguir as pesquisas sobre Pedro, o Grande. Nicolau I negou-a. A Jukovski, disse o imperador: "Eu não retenho ninguém e não o reterei. Mas, se ele se licenciar, entre nós estará tudo acabado." E a Benckendorff: "Eu o perdôo, mas convoque-o para explicar-lhe mais uma vez todo o absurdo de seu comportamento e as possíveis conseqüências disso; aquilo que se pode perdoar num desmiolado de

[28] "Mas, afinal, existem regras fixas para os camaristas e os gentis-homens de câmara!" "Desculpe, mas as regras [a menstruação] são só para as damas de honra."

vinte anos é inadmissível num homem de 35, casado e pai de família." "Entre nós estará tudo acabado" — como um pai magoado, um amante ofendido. Essa dupla de Poeta e Czar, já o dissemos, era verdadeiramente estranha, e cada um era mais melindroso que o outro. A benevolência do soberano, que mais de uma vez se expressou também na forma de subsídios econômicos (não-comparáveis, claro, às regalias prodigalizadas a postulantes e intrigantes de alto nível: afinal, tratava-se apenas de um poeta), deixava Puchkin bloqueado quanto a decisões temerárias e resoluções repentinas, fechando-lhe a única saída para livrar-se das enormes despesas impostas por São Petersburgo e pela Corte, da absoluta incapacidade de administrar tempo e dinheiro, das dívidas, da trágica bancarrota de todos os ingênuos sonhos de enriquecimento rápido. A lealdade à palavra dada num longínquo dia de setembro de 1826 (ele prometera ao novo czar que abandonaria para sempre as hostilidades contra o poder) e o reconhecimento — "prefiro passar por inconseqüente a ser considerado ingrato" — deixavam-no acorrentado a uma perene imaturidade, à precipitação, aos passos em falso, aos violentos rompantes de orgulho sempre seguidos de humilhantes justificativas, humilhados atos de contrição.

> "Numa recepção da Corte, a imperatriz Catarina circulava entre os convidados dirigindo uma palavra cordial a cada um. Entre os presentes encontrava-se um velho militar da Marinha. Ao passar junto dele, a imperatriz, por distração, perguntou-lhe três vezes: 'Hoje está frio, não acha?' 'Não, mãezinha, Majestade, hoje está muito quente', respondia o outro a cada vez. Por fim, o marinheiro comentou com o vizinho: 'Bom, agora Sua Majestade decidiu, sou verdadeiramente um demônio do inferno.'"
>
> (Viazemski)

Sorridente, aos trinta anos ele anunciara seu novo credo: "Meu ideal, agora, é uma mulher bonita, / dos meus desejos, o maior: alguma paz / e um caldeirão enorme, cheio de bom caldo...." No outono de 1830, isolado, na pequena propriedade rural de Boldino, dos cordões sanitários com os quais se tentava deter o avanço do cólera pelo sul da Rússia, separado do mundo, suspenso entre recordações e presságios, cumpriu com diligência o ritual dos desobrigados. Separou-se para sempre de *Eugênio Oneguin*, sua criatura predileta, disse adeus à estrepitosa fama de rebelde nacional, à desregrada, tumultuosa, libertina, nômade, arriscada existência. Ia casar-se, deixar a acidentada estrada da perpétua sedição por rotas mais tranqüilas e prosaicas, mil vezes percorridas: "*il n'est de bonheur que dans les voies communes*",[29] citava Chateaubriand, sorrindo. A esfuziante cortina da jocosidade escondia aos olhos do mundo um confuso emaranhado de apreensões, incertezas, sobressaltos. Por trás do sorriso de Puchkin havia cansaço: às vezes os poetas — os eleitos, os malditos — gostariam de apagar com uma esponja a marca nítida e terrível que os assinala. Havia medo: às vezes os poetas captam nos mais inofensivos rumores da noite — em Boldino sussurravam os choupos, rastejavam invisíveis ratos campestres, rangiam as tábuas da decrépita casa de madeira, batia tediosamente as horas um velho pêndulo — o obscuro balbucio do Fado, sua infausta voz de coruja. E decidem então (também havia astúcia) observar-lhe docilmente as leis e os vetos, declarar-se vencidos. Adeus, altercações com o destino adverso: posta a cabeça no lugar, despidos os antigos e vistosos trajes de poeta, ele iria ao encontro da mansa e anônima multidão dos mortais comuns. Apressara-se em informar amigos e conhecidos sobre sua metamorfose: "sou um burguês, sou simplesmente um burguesinho russo"; "*le fait est que je suis bonhomme et que je ne demande pas mieux que d'engraisser et d'être heureux — l'un est plus facile que l'autre*".[30] Estava vivendo em Tsarskoe Selo com a deliciosa mulherzinha e conseguia engordar somente alguns gramas quando, pela segunda vez, desabou sobre ele o flagelo do *Cholera morbus*. Um ano antes, em Boldino, junto com ânsias lancinantes e com o pânico da claustrofobia, o cólera o presenteara com a mais prodigiosa fase de sua existência criativa; agora, maligno e despeitoso, jogava para o alto os propósitos de uma plácida vida "*en bourgeois*" à sombra do amado Liceu.

---

[29]"Só há felicidade nas vias comuns.

[30]"O fato é que eu sou um bonachão e não peço nada além de engordar e ser feliz — uma coisa é mais fácil que a outra."

"Quando o cólera apareceu em Moscou pela primeira vez, disse um padre dos arredores, aliás um homem sensato e nada inculto: 'Pensem o que quiserem, mas em minha opinião este cólera não passa de uma repetição do 14 de dezembro.'"[31]

(Viazemski)

Em 10 de julho de 1831, a Corte chegou a Tsarskoe Selo, a fim de resguardar-se da epidemia e dos tumultos populares. Passeando pelas avenidas, conta-se, o casal imperial ficou favoravelmente impressionado com a formosura de Natalie, com a insólita brandura de Puchkin ao lado da tão jovem esposa. O empenho de Mademoiselle Zagriajskaia e os bons ofícios de Jukovski, o adorável "mestre superado pelo aluno", fizeram o resto: no final de 1831 o poeta reingressou no serviço civil com uma dotação de cinco mil rublos por ano e o grau de conselheiro titular. Formalmente dependente do colégio das Relações Exteriores, na verdade iria trabalhar numa história de Pedro, o Grande. Transferiu-se para São Petersburgo, onde o caldeirão de sopa custava muito caro. Quis ajudar os pais assumindo o fardo da difícil administração de Mikhailovskoe, e meteu-se em enervantes aborrecimentos familiares. A inspiração o abandonava por longos períodos. O novo trabalho de historiador o apaixonava, mas requeria tempo, lentas e cansativas pesquisas, e certamente não o tornava mais rico: da *História da revolta de Pugatchov*, publicada em 1834, venderam-se somente mil exemplares. A censura — tanto a pessoal do czar quanto a de obtusos guardiães do decoro literário — impunha-lhe mil obstáculos, retardando e por vezes impedindo a publicação de seus escritos. Ele tentava a sorte nas cartas e perdia, como qualquer um que jogue perseguido pela necessidade. Felicidade e paz continuavam a fugir-lhe das mãos como répteis escorregadios. Para exasperá-lo, para jogar a última gota d'água no cálice de sua paciência, viera o uniforme de jogral, ofensa extrema à sua idade e à sua fama — a seu desmesurado amor-próprio. Pois também Viazemski tinha razão: "Apesar da amizade que nos ligava, não esconderei que ele era fátuo e mundano. A chave de camarista teria sido um reconhecimento que ele apreciaria...."

[31]O 14 de dezembro de 1825, data da insurreição dezembrista.

É tempo, querida, é tempo! O coração quer paz.
Os dias voam em bando, e cada hora rouba
uma fração de vida; e nós nos iludimos,
pensando viver, e olha: estamos já morrendo.
Não há felicidade aqui, porém existe paz,
existe liberdade. Escravo extenuado,
um sonho antigo eu busco: um ermo bem distante,
refúgio de trabalho, e de prazeres castos.

Todos os anos, em 1º de julho, o aniversário da imperatriz era celebrado em Peterhof com uma festa de magnificência e luxo incomparáveis — uma grandiosa festa do setentrional, grave, triste, com milhares de russos caminhando pelas avenidas num silêncio sepulcral, sem uma única explosão de riso, um atrás do outro, como disciplinadas sombras tumulares. Num mar de luzes e de preciosas alfaias, a família imperial e a Corte desfilavam em longa procissão instalados em suntuosas *lineikas* (carruagens abertas), oferecendo-se aos olhares dos súditos. Uma vez o cortejo cruzou com Puchkin, que caminhava acelerado à beira do caminho, com pressa de chegar sabe-se lá onde. "*Boujour, Pouchkine!*", cumprimentou-o o imperador, "*Bonjour, Sire!*", respondeu o poeta, "em tom respeitoso mas desenvolto", sem qualquer sujeição. Em certo verão, provavelmente no de 1835, também teve ele de desfilar numa *lineika*: "Sua famosa almaviva, um tanto gasta, drapeava-se sobre o uniforme de *kamer-iunker* com galões. Sob o tricórnio, o rosto parecia dolorido, severo, pálido. Dezenas de milhares de pessoas o viam, não na glória de primeiro poeta nacional, mas nas fileiras dos aprendizes de cortesão."

11 de março de 1831. Decreto augustamente sancionado sobre os uniformes para os níveis da Corte imperial:

... Ao ministro (exceto o de nível militar), aos camaristas-mores, aos grão-marechais, aos grão-mestres, aos copeiros-mores ... fica prescrito um uniforme de gala em tecido verde-escuro com colarinho em tecido vermelho, assim como os punhos. Recamo em ouro, segundo o desenho hoje existente: no colarinho, nos punhos, nas pestanas dos bolsos; largo sob os preditos e sobre os bordos, estreito sobre as costuras e sobre as abas; sobre o peito, alamares recamados; botões dourados com a representação do estema estatal.

... Aos mestres-de-cerimônias, *kamerguer* e *kamer-iunker*, fica prescrito um uniforme idêntico, mas sem os recamos nas costuras, reservados exclusivamente aos primeiros níveis da Corte imperial.

A todos os níveis supracitados fica prescrito um uniforme comum com espada, semelhante ao uniforme de gala, à exceção de que, em vez do recamo sobre o peito, serão cosidos tantos galões dourados quantos forem os botões, e outrossim sobre as mangas, e quatro sobre cada uma das abas...

A todos os membros da Corte imperial fica prescrito um fraque regulamentar em tecido verde-escuro com colarinho de rebordo em veludo negro. Botões dourados opacos, com a representação, em três letras góticas, do monograma de Sua Majestade Imperial sob a coroa..."

Entre aqueles que "o viam como um lacaio" havia também um punhado de jovens literatos estreantes que sonhavam conjugar arte e liberdade, poesia e direitos, romance e reformas, que levavam a literatura *au grand sérieux*, freqüentemente *au grand tragique*. Sem furtivas conjurações palacianas, sem revoltas sangüinárias, estavam subindo ao trono das letras russas — ainda tímidos nas palavras e nos gestos, ainda reverentes perante os antigos deuses — os representantes do quarto estado literário. Em Moscou, o futuro Vissarion Furioso, Belinski, espremia algumas lágrimas sobre o declínio do talento puchkiniano: triste e inexorável crepúsculo de Febo, só em alguns momentos aquecido pelos raios do antigo dom. Apenas filhos em pé de guerra e pais já cansados de batalhas passadas ainda gostariam de extasiar-se com o Puchkin de outrora: *pathos* libertário, gestos regicidas, orgulho byroniano, paisagens exóticas, fontes de Bakhtchissarai, ciganos, circassianas, demônios, versos blasfemos, "*couplets sceptiques*", poemetos ateus. E muitos críticos de baixo escalão, astutos escrevinhadores venais, desejosos de agradar ao público mais vasto e filisteu, alfinetavam cruelmente o poeta: "Sim! maravilhosa era a inesquecível estação de nossa literatura na qual ressoava a lira de Puchkin, quando o nome dele, junto com seus doces cantos, corria pela Rússia! ... Mas por que a musa do poeta se calou? Será possível que o dom poético envelheça tão cedo? ... Que cada coisa bela seja tão efêmera nesta terra?...." Havia uma grande confusão nas letras russas: à "fraca e preguiçosa prosa" de Puchkin preferia-se a de Marlinski ou a do Barão Brambeus; aos versos de Puchkin, os empolados de Benediktov, ou, pesados como pedras, os de Kukolnik, astros nascentes da literatura russa, ou antes pequenos meteoros destinados a deixar um desbotado sulco naquele firmamento. E, quando Puchkin se exprimia a respeito dos novos benjamins do público ("como não, em Kukolnik existem bons versos. Dizem que existem até pensamentos"), havia quem o acusasse de um sentimento infame: a inveja.

> "Podemos representar-nos muitos poetas que seguram a pena como uma velhinha a tricotar meias: ela cochila, e enquanto isso seus dedos se movem por conta própria e a meia continua. Em compensação, porém, em quantas pernas poéticas vemos meias desmalhadas!"
>
> (Viazemski)

A sombra do entardecer cai sobre o "Olimpo", um apartamento no último andar de um edifício que confina com o Palácio de Inverno. É sábado, estamos em meados da década de 1830. Estão ali os "poetas da época puchkiniana": o dono da casa — o elegíaco Jukovski, que esparge bondade e gentileza por todos os poros, o cáustico príncipe Viazemski, o hussardo Davydov, em visita de alguns dias a São Petersburgo, o suave Pletniov, o cego Kozlov. Os outros — os outros "morreram ou estão agora longe".[32] Eis os sobreviventes do partido "aristocrático", "mundano", da literatura russa: Jukovski, Viazemski, Puchkin. Eis a famigerada "arte pela arte": "cavaleiros de mansos Pégasos com o antiquado uniforme do velho Parnaso", urbanos, refinados senhores sentados um tanto desconfortavelmente em divãs e cadeiras Império. Cultuam a elegância e a graça, desfrutam da poe-

[32]Morreram Delwig e Ryleev (este, justiçado depois da insurreição decabrista); estão longe Küchelbecker, confinado na Sibéria (também ele pelos acontecimentos de dezembro de 1825), e Batiuchkov, gravemente enfermo da mente; em Moscou encontram-se Iazykov e também Boratynski, agora afastado de Puchkin não só pela distância.

sia como de um Laffite de boa safra, veneram Harmonia, têm sobressaltos de horror diante de um verso cacofônico, de uma rima que grimpa dificultosamente as vidraças da assonância. Estão com eles "*le prince-chimiste*" Odoevski, narrador amante dos sortilégios hoffmanianos e devoto de Schelling, e o conde Vielgorski, refinado musicólogo e *gourmet*. Estão com eles também alguns jovens talentos: mostram-se reverentes, discretos, as faces a exibirem discrição e modéstia; somente Gogol dá sinais de desagrado, oferece o excêntrico perfil ao retratista, está agitado, embaraçado, impaciente, já quer fugir — do salão, de São Petersburgo, da Rússia, da literatura. Puchkin morde preguiçosamente um cacho de uvas, sem tomar parte na conversa geral.

Um empregado inicia discretamente os preparativos para o chá vespertino e, depois de um olhar de entendimento, os jovens se despedem, deixando os Mestres sozinhos. O dono da casa os acompanha até a ante-sala: ali, Gogol, sem esperar que a criadagem cuide disso, já procura ansiosamente o seu 'Capote'. No salão de Jukovski permaneceram poucos, e agora Puchkin conversa com alguém que evidentemente lhe conta algo muito engraçado, pois de repente ele descobre os dentes alvíssimos numa sonora, estridente, grandiosa gargalhada. Aproveitamos a breve pausa, a rápida e um tanto confusa mudança de cena, para apresentar concisamente a nós mesmos algumas perguntas sobre o grupo exíguo de escritores que num entardecer, em meados da década de 1830, se demoraram no 'Olimpo'. São sobreviventes, excluídos, superados pela História? São nostálgicos, conservadores? São — sem tantos circunlóquios — reacionários? Não poderiam, esses tão relevantes engenhos, ocupar-se de coisas mais sérias que as belas-letras e as belas mulheres, ser mais úteis a seu imenso país, afligido por imensos problemas? O que pensam do bem e do mal, da liberdade, do absolutismo, da servidão da gleba?

Sim, para o público eles já são sobreviventes (Puchkin, convém lembrar, nasceu em 1799), "pobres anacronismos que se esforçam por ressuscitar o século XVIII".

Não, são eles mesmos a História. Entraram na vida consciente e na literatura quando a Rússia se impunha à Europa como lição de grandeza e diversidade: prodígio das estepes, suntuosa Bizâncio, potência invencível, barbárie e ferocidade, largueza e ousadia. Recordam a heróica e já mítica infância de seu país, a cuja velhice grisalha se obstinam — conversando, brincando, pensando, criando — em não ceder. Pois algo de estranho e terrível se produziu no organismo da Rússia, como se a frenética aceleração do impulso inicial a tivesse privado do natural ciclo fisiológico, precipitando-a numa senescência precoce, desfigurando-lhe o jovem e possante corpo com as rugas e verrugas da cega obtusidade burocrática, da inquisição policialesca, de um rígido e artificioso formalismo.

Sim, eles já sentem nostalgia. Conservam: preciosas partículas do passado.

Sim: reagem ao mau gosto, à má poesia, ao mau governo.

Podem, e o fazem. Mas desdenhando o ar carrancudo do juiz, do desmascarador, do carrasco.

Deus nos guarde de ir perguntar-lhes tudo isso. Eles responderiam com um olhar espantado, um silêncio confuso, uma tirada homicida, uma careta desdenhosa. Puchkin, com uma de suas estridentes e grandiosas gargalhadas, nas quais "parecia-nos discernir-lhe as entranhas".

O discurso se encurvou, traçou um círculo veloz para voltar ao fragoroso eco de uma gargalhada. No meio do círculo há o mistério da "época de Puchkin" — radiosa alvorada e já opaco crepúsculo. O mistério de um poeta que, condenado a jamais envelhecer na vida (de modo que a própria bala de d'Anthès pode nos aparecer também como a materialização de um remoto projeto celeste) e na esplêndida maturidade de sua arte, é rejeitado pelos demais como um velho, inútil avanço: Prometeu acorrentado ao rochedo de uma eterna mocidade e Matusalém escarnecido. Como se Alguém o tivesse obrigado a encarnar dolorosamente o trágico hiato nas idades de seu país, dando-lhe em troca o harmonioso crescimento de uma existência inteira em sua criação.

"... A condessa Tolstaia dizia que não queria morrer de morte repentina: é embaraçoso apresentar-se ofegante ao Senhor. Dizia que sua primeira preocupação, no outro mundo, seria a de fazer-se revelar o segredo da Máscara de Ferro e o da ruptura do casamento entre o conde V. e a condessa S., que espantara todo mundo e fora objeto de conjeturas e comentários na sociedade petersburguense. A inundação de 1824 provocou-lhe uma impressão tão forte e uma tal irritação contra Pedro I que, muito tempo antes dos eslavófilos, ela já se dava o prazer de passar de carruagem diante do monumento a Pedro para mostrar-lhe a língua!..."

(Viazemski)

Bom poeta, crítico refinado, extraordinário *causeur* e epistológrafo. grande e presunçoso conquistador de corações femininos, Viazemski era um homem inteligente, sempre azedo, por vezes cruel. Não era partidário do entusiasmo e olhava as coisas com límpido desencanto. Comparava-se a um termômetro capaz de mostrar instantaneamente e com a máxima fidelidade as alterações da atmosfera; um termômetro inútil, sustentava, "ali onde assam ou congelam ao acaso, onde não crêem em nenhum sinal, não exigem nenhum indicador". Em seus caderninhos — diários privados e saborosíssima crônica da *petite histoire* presente e passada — registrou com obstinada minúcia os violentos saltos da temperatura moral russa.

"'Jamais consegui entender bem que diferença existe entre um canhão e uma colubrina', disse Catarina II a um general. 'Uma grande diferença', respondeu ele, 'agora mesmo vou explicar a Vossa Majestade. Vede, é o seguinte: o canhão é uma coisa, e a colubrina é outra'. 'Ah, agora entendi', anuiu a imperatriz."

(Viazemski)

Puchkin gostava das narrativas sobre Pedro, Elisabete, Catarina, Paulo, e coletava as anedotas sobre os hábitos cotidianos, os vícios, as fraquezas, os lados cômicos, as explosões, as tiradas de personagens já envoltos pelo halo da lenda. Nas conversas de uma parente distante de Natalie, a octogenária Natália Kirillovna Zagriajskaia, descobria uma irrepetível "graça histórica" e a elas consagrou um capítulo da incompleta *Table-Talk*. "Orloff *était régicide dans l'âme, c'était comme une mauvaise habitude.*[33] Certa vez encontrei-o em Dresden, num parque fora da cidade.

[33] "Orlov tinha alma de regicida, como se fosse um mau costume".

Ele sentou-se a meu lado, no banco. Começamos a falar de Paulo I. 'Que monstro, como conseguem suportá-lo?' 'Ah, meu caro amigo, o que o senhor queria fazer? Estrangulá-lo, por acaso?' 'E por que não, minha querida?' 'Como, e concordaria que sua filha Anna Alekseevna se imiscuísse na coisa?' 'Não só concordaria, mas também ficaria muito contente.' Eis aí que homem ele era!"

Assim, a viva voz de velhinhos que remanesciam no novo século, como relíquias bizarras, criava a história viva. Assim, confiado à memória ainda firme de venerandas testemunhas oculares, o vínculo entre as gerações não se rompia. Assim, mantinha-se sob controle o ameaçador "*néant du passé*", em permanente emboscada contra a Rússia e sua inata vocação para a tábula rasa, para a reconstrução sobre as cinzas do incêndio.

> "Muitas coisas de nossa história passada podem ser explicadas pelo fato de que um russo, ou seja, Pedro, o Grande, procurou fazer-nos alemães, e de que uma alemã, ou seja, Catarina, a Grande, queria fazer-nos russos."
>
> (Viazemski)

"A carruagem de Puchkin!" — gritou o mordomo diante do portão de uma casa patrícia petersburguense, dirigindo-se aos cocheiros que esperavam para levar os patrões de volta às suas casas. "Que Puchkin?" — devolveu uma voz vinda do compacto ajuntamento de homens em libré. "Puchkin, o escritor" — foi a resposta. Sem um título nobiliárquico, ele saía dos salões de quem tinha a literatura em pouca monta e, do "escritor", recordava apenas algum epigrama venenoso; como apóstata da liberdade, escravo de Mammon* e dos poderosos, entrava na consciência dos jovens adoradores da utilidade e do progresso.

*Divindade da riqueza nas mitologias fenícia e síria; demônio da avareza; termo de que se serviu Cristo para designar as riquezas adquiridas injustamente (*N. da T.*).

À maneira de Pindemonte

Não me apego aos direitos reboantes
que a muitos homens viram a cabeça.
Não choro se os deuses me negaram
a sorte de opor-me a privilégios,
ou de impedir os reis de entrarem em guerra.
Em nada me magoa que a imprensa
açoite os parvos, que a censura alerta
persiga os cultores do motejo.
São só "palavras, palavras, palavras".[34]
Outros direitos me são caros, e outra,
mais alta e bela liberdade eu amo:
servos de plebe ou servos de poder,
não será tudo o mesmo? Não prestar contas
a mais ninguém, servir e comprazer
a si mesmos somente, não baixar
a cabeça às coroas, às librés,
vagabundear conforme dita o estro,
deixar-se seduzir pela beleza,
comover-se perante a natureza,
perante as criações da mente. Isto é
felicidade, estes os direitos!

Embora as origens de sua família fossem antiqüíssimas e os nomes de seus antepassados aparecessem nas crônicas medievais, se ao gentil-homem Puchkin ocorresse definir-se como um aristocrata, muitos iriam rir. Com o grau de conselheiro titular, o nível de *kamer-iunker*, o *status* de poeta, freqüentava a empertigada e arrogante aristocracia de nomeação recente, *anoblis* que, na maioria, mal conseguiam revelar o nome dos próprios avós e cujas raízes mais antigas remontavam, no máximo, a Pedro e Elisabete: "ordenanças, cantores de coro, sacristãos nobiliárquicos."

[34]*Hamlet* [Nota de Puchkin].

"O sobrinho predileto do príncipe Potiomkin era o finado N. N. Raevski. Potiomkin escreveu para ele alguns preceitos; N. N. perdeu-os, e só se lembrava das primeiras linhas: '*Em primeiro lugar, procura submeter-te à prova para ver se és um velhaco; se não o fores, reforça a coragem inata freqüentando bastante os inimigos.*'"

Os pósteros o veneraram como vítima inocente, mártir da aristocracia e de seus salões. Às vezes a verdade é simples assim: Puchkin não teria posto os pés naqueles famigerados salões se os odiasse — ninguém o obrigava a isso. Chegava tarde e saía cedo, obedecendo à irrequieta mobilidade do seu espírito e à etiqueta do esnobe. Gostava dos salões. Ali encontrava os poderosos e com eles, como se comentasse o tempo ou um baile, discutia questões graves:

"Quarta-feira estive em casa da Khitrovo. Longa conversa com o grão-duque ... começamos a falar da nobreza ... Eu o fiz notar que, num Estado, ou ela não é necessária, ou deve ser limitada e só acessível por vontade do soberano ... Quanto ao *tiers état*, o que mais é a nossa antiga nobreza, com suas propriedades destruídas por infinitas divisões, com sua cultura, com o ódio pela aristocracia e todas as pretensões de poder e riqueza? Tal elemento natural de revolta não existe na Europa. Quem estava na praça no 14 de dezembro? Somente nobres ... A propósito da antiga nobreza, eu lhe disse: '*Nous, qui sommes aussi bons gentilshommes que l'Empereur et Vous... etc.*'"[35]

Quem tem olhos para ver (mantendo-se à parte, a um canto, junto a uma janela) dispõe, nos salões, de um apaixonante compêndio da sociedade, de uma "enciclopédia da vida russa" em miniatura — sem camponeses nem servos, é verdade, mas estes não dominavam as preocupações de Puchkin. Nos salões reinam as boas-maneiras, primeiro anteparo formal contra o fluido do caos, inimigo máximo da Rússia. Ali se encontram muitos ricos, e a riqueza respira sempre uma secreta harmonia; encontram-se muitas mulheres belas, e a beleza crava sobre a terra a ordem de outros

[35]"Nós, que somos de tão boa nobreza quanto o imperador e V. Ex.ª."

mundos. Caminha-se entre esfuziantes estilhaços de realeza que os espelhos reproduzem, criando o consolador engano de uma infinidade amiga; desliza-se rapidamente sobre parquês reluzentes de cera, parando, demorando segundo o próprio capricho, e até o tempo parece uma superfície luzidia que se pode conquistar pelo simples desejo. Semelhante ao do *habitué* dos salões, igualmente desenvolto, elegante, descuidado, casual, era o passo da inteligência de Puchkin, imune aos sistemas, pulverizada em fulminantes e por vezes contraditórios pensamentos sobre as coisas. Da época das Luzes ele herdara uma curiosidade onívora, e já ensinava ao século XX a lacerada arte do fragmento — sempre com um sorriso nos lábios, sempre com um brilho de altivez nos olhos claros. O que Puchkin detestava nos salões, em certos salões, eram os estúpidos, os tediosos, os *blue stockings* que lhe perguntavam "o senhor não terá escrito alguma coisinha nova?". E sobretudo as pessoas que não tributavam suficientes homenagens a seu gênio, à sua superioridade.

> "Suvorov observava os dias de jejum. Certa vez, Potiomkin lhe disse, rindo: 'Evidentemente, conde, o senhor quer entrar no paraíso montado num esturjão.' A brincadeira, como é óbvio, foi acolhida com entusiasmo pelos cortesãos do Sereníssimo. Alguns dias depois, a um dos mais servis aduladores de Potiomkin, por ele apelidado de Senka, o bandurrista, ocorreu repetir ao mesmo Uvarov: 'É verdade que V. Ex.ª quer entrar no paraíso montado num esturjão?' Virando-se para o burlão, Suvorov disse friamente: 'Saiba que Suvorov às vezes faz perguntas, mas não responde nunca.'"

As palavras fluem com naturalidade e desenvoltura, sem impedimentos, sem nunca pôr a nu a urdidura das ruminações, das fatigantes conquistas, das mil variantes canceladas. A arte é o modelo de uma convivência íntima com o mundo, de uma amorosa e relaxada familiaridade com as coisas extremas das quais se fala — respeitosamente mas sem sujeição, no pé de igualdade estabelecido pela antiqüíssima linhagem do espírito. Puchkin poetava dando-nos a ilusão de que o sublime está a poucos passos de nós, bonachão, cordial, modesto, às vezes até um tanto cômico.

"E me dirão com um pérfido sorriso:
'Sois um hipócrita, célebre poeta:
a glória não vos serve, repetis,
é pouca coisa, e vã. Por que escreveis
então?' 'Eu? Para mim.' 'Por que então
imprimis os vossos versos?' 'Por dinheiro.'
'E não vos envergonhais?' 'Eu? por quê?'"

Em um conto ele definiu a inspiração poética como *drjan*: imbecilidade, lixo, nojeira; brincava com as coisas mais sagradas, com seus sósias austeros: o Profeta, o Vate. E, brincando, dizia-nos que a poesia é também o lugar de indecência onde vão acabar os resíduos das solitárias farras da alma.

... Vrai démon pour l'espièglerie,
vrai singe par sa mine,
beaucoup et trop d'étourderie –
ma foi — voilà Pouchkine...[36]

Tudo nele era estranho, insólito. A "monstruosidade negra" de seu rosto — os cabelos castanho-escuros, crespos de um modo não-europeu, os lábios levemente túmidos, "muito vermelhos e grossos", o perfil achatado, os dentes brancos como pérolas, a pele azeitonada a ressaltar vivamente os olhos de um límpido cinza esfumado de azul — exercia um excêntrico e misterioso fascínio. Duas suíças espessas, unidas por uma faixa de pêlos sob o queixo. Unhas compridíssimas, semelhantes a artelhos. Estatura baixa, magro, movimentava-se depressa, com gestos sincopados, nervosos. Quando jovem, enquanto piruetava numa valsa ou numa mazurca, parecia às senhoras provincianas um forasteiro, um diabo, um franco-maçom. Em sua alma, o tempo variava bruscamente das nuvens de uma tenebrosa melancolia às luminosas explosões de uma ludicidade infantil e barulhenta. Ora impetuosamente alegre, ora sombrio como o mar antes da tempestade, ora tímido, ora insolente, ora gentil e refinado nas maneiras, ora amuado e arredio, nunca

[36]Demônio de traquinice, / macaco, pelo focinho, / despautério de doidice — / Deus do céu, este é Puchkin.

se podia adivinhar em que disposição de ânimo ele entraria dali a um instante. Quando estava possuído pelo *spleen* — cada vez mais freqüentemente, nos últimos anos — caminhava para lá e para cá pelo aposento, as mãos metidas nos bolsos da calça larga, a lamentar-se, quase ululando: "Estou triste! Que angústia!" Às vezes o sangue lhe afluía à cabeça com tanta violência que precisava correr a banhá-la com água fria. Presa fácil da ira, diante do perigo e da morte mostrava-se imperturbável; por trás da barreira dos duelos, era de gelo. Estranha era nele a união entre uma vivíssima impulsividade que de repente o detinha, indefeso, acuado pelas ninharias e misérias da vida, e uma lúcida, luminosa inteligência. Quando em meio a muita gente, era quase sempre sério, taciturno, freqüentemente tétrico. Nos grandes bailes, nas recepções muito cheias, ficava a um canto ou junto a uma janela, afetando não tomar parte na diversão geral; às vezes era, ao contrário, esfuziante demais, cordial demais. De resto, não resistia muito tempo, e era dos primeiros a se despedir. Em círculos restritos, abria-se, brincava, jogava com as palavras, tecia rendas de aérea conversação, de argumentos banais e até bobos passava subitamente a temas profundos, confessava-se, falava com amargurada singeleza de suas dores, de suas aflições. Impiedoso com os inimigos, reservava aos ofensores um silêncio gélido ou poucas palavras homicidas; generoso na amizade, despendia tesouros de ternura, possuía em grau extremo aquilo que os russos chamam de "memória do coração". Também sua linguagem era dupla: um russo puro, tépido, afetuosamente familiar, e um frio, severo francês setecentista. Mas os contemporâneos já o censuravam por outra duplicidade. Um deles, V. I. Safonovitch, recordava:

> "... era um ser enigmático, de duas caras. Gostava de estar com os aristocratas e queria ser popular, comparecia aos salões e se portava de modo grosseiro, buscava as boas graças das pessoas influentes e da alta sociedade mas não mostrava a menor graça nas maneiras, tinha uma atitude algo arrogante. Era tão conservador quanto revolucionário. Acolheu com satisfação o título de *kamer-iunker*, e no entanto freqüentava um círculo de pessoas que não alimentavam muita simpatia pela Corte. Saracoteava pelos salões e se ocupava de literatura..."

Exegi monumentum...

Erigi a mim mesmo um monumento:
não é de pedra ou mármore, e a grama nunca
o esconderá. Sua soberba fronte
ultrapassa a coluna de Alexandre.
Não todo morrerei: a arcana lira
custodiará meu espírito, inimigo
da corrupção. E eu serei lembrado
enquanto viva um poeta sob o sol;
percorrerá a Rússia minha fama,
em cada língua se celebrará
minha memória; naquela dos eslavos,
dos fineses, dos tunguses ora esquivos,
e dos calmucos amigos da estepe.
Por anos à minha gente serei caro:
com versos despertei altos sentidos,
em tempos duros cantei a liberdade,
pelos caídos implorei a graça.
Escuta, ó minha Musa, a ordem suprema,
despreza as ofensas e as coroas,
acolhe indiferente as calúnias
e dos cretinos não te ocupes nunca.

Possuía — por sangue, século, sinal divino — o dom do distanciamento. Na arte, isso lhe permitia transportar "o que ainda consome carne e sangue para um longe mensurável em eras, evos: dali, as coisas olham como eternas". Com o cristal mágico da poesia, conseguia manter, dos eventos do coração e da sociedade, o distanciamento que só o tempo do sofrimento e do olvido concede aos mortais. Essa fantástica aceleração, essa prodigiosa alquimia que estanca o sangue das feridas ao primeiro contato com o ar rarefeito dos versos, era seu segredo. Na vida, dava-lhe aquele ar de desprezo *blasé* que a muitos aborrecia. Ele conhecia perfeitamente o próprio valor, e o tom menor, brincalhão e modesto, com que preferia falar de si — "escrevi umas coisinhas" (os versos, as prosas de Boldino) — era também o antídoto que gosto e inteligência ministravam à sua psíquica megalomania.

> "Conheci Nadejdin em casa de Pogodin. Pareceu-me muito popularesco, *vulgar*, tedioso, fanfarrão, e absolutamente privado de finura. Por exemplo, apanhou do chão o meu lenço que havia caído."

O "frio do tranqüilo orgulho" era a variante mundana do arquétipo de sagrada perfeição que, de um lugar remoto e sempre oculto, governa os versos de Puchkin. É uma divindade oposta, o avesso da constante inquietação, das lutas, dos esforços, dos desejos, das paixões dos seres humanos. Dela só nos é dado vislumbrar extensos reflexos na arte, na majestade da natureza, na harmonia das formas sociais, na ordem dos rituais. Sua voz não nos alcança, não ensina, não comanda, não castiga. Ela não se imiscui nas situações humanas, cumpre-se e se compraz em si mesma, não quer vítimas nem sacerdotes. É fria e não-partícipe, extremamente distante, imóvel. Não é possível buscá-la, segui-la, amá-la; ela permite apenas a contemplação.

> "O conde Kotchubei foi sepultado no mosteiro Nevski. A condessa pediu ao soberano permissão para cercar com uma grade o terreno sob o qual repousa o marido. Disse a velha Novosiltseva: 'Veremos como se arranjará ele no dia do Juízo Final. Vai ficar ali rastejando, tentando passar pelo portãozinho, enquanto os outros já estarão no céu há muito tempo.'"

Com suas cambiantes máscaras poéticas, ele surpreendia e desorientava. Sua mais notável criação foi o narrador de *Eugênio Oneguin*, o romance em versos e em viagem, em perpétuo movimento. Ele surge no veículo postal que leva Oneguin à província, em visita ao tio moribundo, e de repente, com uma brusca inversão de rota, retorna a São Petersburgo, segue o jovem herói que chega de trenó ao lugar mais em moda para o passeio cotidiano, depois se apressa até o restaurante Talon, depois voa para o teatro, depois corre a trocar de roupa, depois se precipita, numa carruagem de aluguel, para um baile da alta sociedade, depois volta de carruagem para casa a fim de descansar, finalmente, após um dia tão frenético. Realmente, um romance sobre dois patins e quatro rodas. E quando o herói se detém, exausto, a fantasia de seu criador continua a correr. Inquieta, errante, vagueia ao sabor de eflúvias associações, memórias instantâneas; divaga em confissões, reflexões, efusões líricas. "A propósito disso..." — e cada propósito serve para conversar: os pezinhos femininos, a magia do teatro, o coração das mulheres, os costumes camponeses, os álbuns das mocinhas de província, as leis do destino, a árida alma do homem contemporâneo, as péssimas estradas russas... Não se cala nunca, o nosso jovem companheiro de viagem. Espanta-nos com máximas de sabedoria de bolso: "No mundo, todos têm seus inimigos, mas dos amigos nos proteja Deus!"; "Mulheres, quanto menos as amamos, e tanto mais de nós elas se agradam"; "O homem que viveu e que pensou no íntimo só pode desprezar a raça"; "Tão leve quanto pluma é o sexo frágil". Às vezes parece um decrépito e carrancudo misantropo, lançando dardos contra a sociedade vazia e maligna, contra a fria cueldade do mundo, contra a tirania da moda. Seriam estes os filhos do século, estes os Românticos, estes os Byrons russos? Às vezes, com seus ditirambos aos plácidos bons tempos idos, ele nos lembra um velhinho nostálgico. E no entanto sua voz é cheia de graça juvenil, de alegria matinal. Não se cala nunca, o nosso estranho companheiro de viagem, e até nos convida a falar: "A vossa parentela — todos bem? Quiçá tendes vontade de saber o sentido real de 'parentela'. Convém querer-lhe bem e afagá-la, de fato respeitá-la, e, seguindo o costume popular, visitá-la no Natal ou mandar votos; assim, depois, por todo o santo ano, em nós não pensará...." Os parentes vão todos bem, graças a Deus. Quiçá temos vontade de saber alguma coisa mais sobre Eugênio. Claro que temos. Pois bem, ele e Eugênio, devemos saber, são coetâneos e velhos amigos — velhos na alma, irremediavelmente estiolada. Inválidos, aleijados do sentimento, arrastam-se pelo mundo, sem essência e sem alegrias; por vezes retornam com os sonhos ao passado, ao início da jovem vida, como sonolentos condenados que, de uma cela escura, fossem levados de repente a uma floresta verde e ensolarada. Maravilhosa imagem, por certo. E que sorte cruel para duas almas nobres... Já estamos enxugando uma lágrima quando nosso loquaz companheiro de viagem deixa escapar uma frasezinha traidora: "Mas realmente, sem adejos elegíacos, terá fugido a primavera dos meus dias, como, brincando, eu repeti até agora?..." Ele brincava, então; brincava e macaqueava os escritores estrangeiros em moda no momento. Falava para enganar o tempo, como fazem muitos, em viagem. Para enganar também a nós, certamente: o que sabemos dele, quem é ele na verdade? Um desocupado fidalgote campestre, um inspetor-geral a viajar incógnito, um subversivo que foge da justiça, um poeta, a paródia de um poeta, "um anjo, um demônio altivo"? Chegados ao destino, despedimo-nos dele educadamente, agradecendo-lhe pela companhia e pelas belas palavras — pois eram belas, não podemos negá-lo, e nos aqueceram a alma, embora cantassem o frio. Quando, semelhante à morte, vem o silêncio, começamos a entender alguma coisa sobre nosso enigmático companheiro de viagem. Assim conversa, deslizando sobre as coisas como sobre o luzidio parquê de um palácio petersburguense, quem conhece o vácuo fundo do ser e sabe à perfeição imitar-lhe as cintilantes aparências. Assim divaga, forçado ao movimento, quem descortinou a meta em tremendas visões e, aterrorizado, fascinado, desviou o olhar: o gelo perturba, o gelo seduz. Assim se divertem a inventar histórias os poetas, certos poetas.

> "Delwig não gostava da poesia mística. Dizia: 'Quanto mais uma pessoa se aproxima do céu, mais frio faz.'"

Como que por obra de incansáveis e devotados contra-regras, no palco do mundo ele fora assistido pelas reviravoltas da sorte, pelas condenações, pela desgraça. Durante seis anos, até o grande perdão, vivera em degredo: primeiro no Sul do Império, depois em Mikhailovskoe. A distância favorece o mito: fora consagrado como fúlgida promessa das letras pátrias, depois como o maior poeta russo. Sua excentricidade — homenagem a Byron, vezo aristocrático, estratégia do dândi, instintivo mau humor contra as formas empedernidas do real — encontrara uma encarnação perfeita na ausência, em seu estar sempre alhures, numa autêntica ou imaginária periferia que, longe de o esconder aos olhos da Rússia, projetava ainda mais luminosa sua figura no centro da cena, presenteando-o com flamejantes auréolas de mártir, titã solitário, nômade eterno. As punições que indefectivelmente se seguiam às suas intemperanças — políticas, poéticas, também amorosas — construíam em torno dele um cenário ideal de rochedos solitários, ondas bramantes, cumes incontaminados, eremitérios campestres: suas Santa Helena, suas Mesolóngion. Do exílio, dos confins, impusera-se ao centro do interesse, das expectativas, da ávida curiosidade do público. "Puchkin é todo de açúcar e tem bunda de maçã" — diziam às crianças. De volta à liberdade, continuara poeta invisível, alma vagante: irrequieto, sempre em movimento, em viagem entre São Petersburgo, Moscou e as casas de campo onde se submetia por vontade própria à prisão domiciliar, a fim de favorecer a inspiração preguiçosa. "Onde está Puchkin? O que Puchkin anda fazendo?" — deviam se perguntar sempre os amigos e admiradores, e com a mesma verossimilhança era possível imaginá-lo: num salão petersburguense, a bocejar ou a fartar-se de sorvete; na casa moscovita, não exatamente virtuosa, da cigana Tânia, ou na de Sofia Astafievna, a mais famosa cafetina da capital; num afastado local de duelos; numa poeirenta estalagem das grandes estradas russas, empenhado em arriscar no jogo do faraó os rublos ganhos com o último poema; entre os soldados da frente turca, os quais, ao vê-lo de redingote e cartola, tomavam-no por um capelão; num quarto de hotel, em casto *tête-à-tête* com a Musa; ainda num quarto de hotel, na cama, febricitante, careca, punido pelo castigo de Vênus. Cansado, decidiu parar, mas o destino não tardou a compreender que ele tentava fugir-lhe mais uma vez: camuflado de burguês contente e apascentado, queria fazer-se clandestino por trás da normalidade, do anonimato. O destino não lhe permitiu isso: mandou-o a São Petersburgo, chamou-o à Corte, convidou-o imperiosamente para o Anitchkov. O centro não ajuda os poetas: desgasta a lenda, corrói a alma, põe os nervos a nu. Ignoremos por um instante a paixão de Natalie pelos bailes e seu ódio à vida campestre, ignoremos as proibições do czar e a obrigação de pedir-lhe permissão para o mínimo deslocamento, para a mais inocente viagem, ignoremos os 135 mil rublos de dívidas, ou melhor — encaremos todas essas coisas em sua função de agentes, representantes do Fado. Elas condenavam Puchkin à presença, ao foco dos olhares, ao relampejar de mil monóculos, agora não mais cintilantes de benévola curiosidade, como quando, vindo do desconhecido, ele se concedia calorosas reaparições em público. Frágil e transparente vidraça, arranhada em vários pontos, revelou-se também o "*at home*", a intimidade doméstica, o lugar escolhido como última e resguardada cidadela do espírito. Para ele, já estava de tocaia a obsessão, que é inimiga do distanciamento.

> "Numa estação de águas alemã, um jovem francês cortejava uma bela senhora russa; também ela não parecia de todo indiferente às atenções do rapaz. O marido, um provincianozinho, nem de longe desconfiava do cacho que estava para começar sob seus olhos. Um amigo dele era mais perspicaz: não parava de aconselhá-lo a seguir para o campo com a mulher, sem mais delongas, e lembrava-lhe que a temporada de caça havia chegado. Acrescentava: 'É tempo, já estão soando os cornos!'"
>
> (Viazemski)

> "Durante a campanha de Otchakov, o príncipe Potiomkin se apaixonou pela condessa ***. Conseguiu marcar um encontro, e estava em *tête-à-tête* com a mulher, em seu quartel-general, quando de repente puxou inadvertidamente o cordão da campainha, e todos os canhões ao redor do acampamento trovejaram. Quando veio a saber os motivos daquele canhoneio, o marido da condessa ***, homem mordaz e imoral, encolheu os ombros e disse: 'Quanto barulho por nada!'"

> "O velho K***, marido terno e amoroso mas pai desmemoriado, costumava perguntar à mulher: 'Diz-me, querida, por favor, quem é o pai do nosso filho caçula? Não consigo absolutamente lembrar-me'. E outras vezes: 'Esqueci totalmente o nome do pai de nosso filho, o segundo.'"
>
> (Viazemski)

Viram-no chorar em 19 de outubro de 1836, o dia do sagrado aniversário que todos os anos reunia festivamente os alunos remanescentes do primeiro e glorioso curso do Liceu. Chegou com um poema recém-escrito, avisou aos amigos que não tivera tempo de terminá-lo e começou a declamar. "A nossa festa tumultuosa teve fim, / com os anos se acalmou, como nós todos, / e fez-se adulta, agora cala, pensativa, / é surdo e triste o tilintar dos nossos copos..." — a esta altura, sufocado por uma onda de soluços, teve de se interromper. Escondeu-se num canto, para não dar espetáculo da própria emoção. Naquele dia, registre-se, Puchkin estava muito cansado: dera os últimos retoques em *A filha do capitão* e esboçara uma longa resposta à *Carta filosófica* de Tchaadaev:

"... Quanto à nossa nulidade histórica, decididamente não posso concordar com o senhor ... E Pedro, o Grande, que sozinho é uma história universal? E Catarina II, que levou a Rússia ao limiar da Europa? E Alexandre, que nos conduziu até Paris? E (com toda a sinceridade) o senhor não vê algo de grandioso na atual situação da Rússia, algo que impressionará o historiador de amanhã? Crê que ele nos excluirá da Europa? Embora pessoalmente afeiçoado, de coração, ao imperador, estou longe de admirar tudo aquilo que vejo a meu redor; como homem de letras, estou amargurado, como homem dotado de princípios, estou ofendido — mas juro-lhe por minha honra que por nada no mundo eu desejaria mudar de pátria ou ter uma história diferente daquela de nossos antepassados, tal como Deus no-la deu..."

"Como nos aviltamos da época de Catarina para cá ... Até a cortesania e a adulação tinham então algo de cavalheiresco: para isso, em muito contribuía também o fato de termos uma czarina, uma mulher. Depois, tudo assumiu um ar humilde de lacaio ... Vejam, por exemplo, a diferença entre Panin e Nesselrode, esse lacaio anão, não falando em sentido ético, visto que nesse aspecto ele não é sequer um anão, mas um aborto disforme, *vermisseau né du cul de feu son père*, ou, lembrando melhor os hábitos do papai, *un vent lâché du cul de feu son père*,* mas também fisicamente anão ... Pensem o que quiserem, mas a Rússia precisa também de presença física em seus altos funcionários. E, raios, o que existe nestes liliputianos? As palavras de Paulo, súmula do despotismo — 'Saibam que, em minha corte, de grande existe só aquele

*"Vermezinho nascido do cu de seu finado pai" ... "gás soltado pelo cu de seu finado pai" (*N. da T.*).

com quem falo e apenas enquanto lhe falo' —, tornaram-se direito consolidado..."

(Viazemski)

Passeava pela avenida Nevskij com o conde Nesselrode, vice-chanceler do Império russo, e com o conde Vorontsov-Dachkov, grão-mestre-de-cerimônias e membro do Conselho de Estado. "Não pecarei diante dos pósteros se disser que atrás, à altura da cintura, faltava um botão à *bekech'* de Puchkin. A ausência desse botão me perturbava a cada vez que eu encontrava Aleksandr Sergueevitch e via aquilo. É claro que não cuidavam dele..." Esse mínimo defeito nos trajes de Puchkin também nos perturba e nos deixa curiosos, mas não pecaremos por estrabismo histórico assim como pecou o senhor Kolmakov: "é claro que não cuidavam dele...". Na casa de Puchkin havia muitos empregados, e quem se ocupava de seu guarda-roupa certamente não era Natália Nikolaevna, como quis nos dar a entender o memorialista, fazendo lampejar a nossos olhos um anacrônico e impossível interior burguês, obra de mulher insensível, preguiçosa, relapsa. Claro que não chegaremos a supor estudada, desejada, a ausência daquele botão, mas também não podemos nos impedir de ver nisso um intervalo de luz na obscura situação do *kamer-iunker* Puchkin, um zombeteiro significado simbólico, uma sorridente mensagem cifrada a nós remetida pelo último dândi do Império russo.

*"L'exactitude est la politesse des cuisiniers."**

Imaginemos agora o ponto-cintura posterior da *bekech'* de Puchkin como um verso: não se assemelharia talvez, aquele botão ausente, ao acento tônico que de repente alça vôo do iambo e desaparece no nada, rindo-se da etiqueta prosódica, emancipando o verso da reverência servil à métrica, tornando-o sempre novo, móvel, cambiante, imprevisível, caprichoso, infinitamente elegante e livre?

*"A exatidão é a polidez dos cozinheiros" (*N. da T.*).

My vsé utchílis' ponemnógu

("nós todos aprendemos pouco a pouco..."; aprendemos, por exemplo, que um tetrâmetro iâmbico tem este esquema: — / — / — / — /)

tchemú-nibud' i kák-nibud'

("alguma coisinha e de algum modo..."; em dois versos desapareceram três acentos, desta vez sugados pelo vácuo que adoece Oneguin, São Petersburgo, a época).

O *martingale* de Vorontsov-Dachkov (a sílaba forte, /, equivale ao botão e a fraca, —, à prega):

— / — / — / — /

O *martingale* de Puchkin:

— / ——— /——.

Voilà.

As cartas anônimas

Liza andava na cidade
com a filha Dolly,
e passava em sociedade
por "Eliza nua".
Liza, agora, em gala está
na missão da Áustria,
crua e idosa realidade,
c'os ombros à mostra.

(atribuído a Puchkin)

Filha do generalíssimo Kutuzov, o homem que triunfou sobre Napoleão, Elizaveta Mikhailovna Khitrovo voltou em 1826 à Rússia, a adorada pátria de onde estivera afastada por muito tempo. Três anos mais tarde, também se estabeleceu em São Petersburgo sua filha Dolly, mulher do novo embaixador austríaco, e a partir de 1831 Khitrovo foi morar com ela e o genro no belo palácio, erguido por Quarenghi, que hospedava a missão da Áustria. Até pouco tempo antes, o majestoso edifício em frente ao Neva pertencera aos Saltykov, e entre suas paredes não era raro ver os criados com a cabeça raspada a zero por castigo dos patrões; com os condes Ficquelmont, um luminoso renascimento esgarçara as trevas medievais, e a residência deles se alçara ao papel de culta e elegante janela para a Europa. As matinês da mãe e os serões da filha, "*l'Ambassadrice*", eram uma etapa obrigatória nos percursos mundanos e intelectuais da capital; os petersburguenses, recordava Viazemski, "não precisavam ler os jornais, assim como não precisavam também os atenienses, que viviam, estudavam, filosofavam e fruíam os prazeres do intelecto sob os pórticos e em praça pública. De igual modo, naqueles dois salões era possível abastecer-se de informações sobre todos os assuntos do dia, a começar pela pauta política e pelo discurso de um orador francês ou inglês no Parlamento, para terminar com o romance ou a criação dramatúrgica de um benjamim daquela época literária". Puchkin era convidado assíduo da embaixada austríaca; segundo Naschokin, tivera um breve e movimentado romance com a formosa Dolly: um único encontro noturno, apaixonada e inoportunamente retardado até a madrugada, o que só não fora descoberto pelo marido enganado por intervenção de uma velha criada francesa. O episódio, se verdadeiro (a fidelidade conjugal da cortejadíssima condessa Ficquelmont era lendária), não destoa do longo catálogo do mais famoso Don Juan russo. De qualquer modo, é confirmado e documentado o profundo afeto dedicado a Puchkin pela mãe de Dolly, uma senhora de formas opulentas e maciças que se acreditava escultural e tinha orgulho por se assemelhar também de rosto ao tão valoroso quanto nada gracioso pai.

Às vezes acontecia que um personagem qualquer, ao visitar Khitrovo de manhã, ainda a encontrasse refestelada na cama. Enquanto, encabulado, procurava com os olhos um lugar para sentar-se, ouvia-a dizer: "Não, nessa poltrona, não, é de Puchkin; não, nesse divã, não, é o lugar de Jukovski; não, nessa cadeira, não, é a cadeira de Gogol"; "*asseyez-vous sur mon lit, c'est la place de tout le monde.*"[37]

"Eliza nua" tinha a mania de exibir as nédias e já envelhecidas espáduas, objeto de intermináveis brincadeiras e até de versos ("já seria tempo de lançar um véu sobre o passado", "... e a cada novo inverno / nos assusta com a vasta nudez / dos ombros senis..."), em decotes profundíssimos, que no dorso chegavam a alcançar o osso sacro. As raras ocasiões em que ela não despia as famosas costas eram imediatamente imortalizadas pela *petite histoire mondaine*: "cobriu-as como a vasos de alabastro, para que não as

[37]"Sente-se na minha cama, é o lugar de todo mundo."

sujassem as moscas." Também se tornara proverbial uma frase que Dodô ("*dos-dos*") costumava repetir, numa idade àquela altura respeitável: "Como é singular o meu destino — ainda tão jovem e já duas vezes viúva"; e Puchkin citou-a quando, no final de 1830, o grão-duque Konstantin Pavlovitch teve de abandonar a Polônia rebelada: "Também ele pode dizer: tão jovem e já duas vezes viúvo — de um império e de um reino."

Embora admirando as qualidades da piedosa e patriótica Eliza — heroísmo na amizade, generosidade na proteção — muitos riam das duas paixões que a incendiavam: uma, "cristã", pelo metropolita Filaret; outra, "pagã", por Puchkin. Ela queria cuidar da alma dele, tirá-la das pastagens de impiedade e insensatez a fim de reconduzi-la ao redil de fé e temperança; mas mergulhava igualmente em desespero com os mínimos achaques do corpo do poeta, cujos problemas cotidianos também a deixavam em terrível ansiedade. Sempre vigilante, pressurosa, cumulava-o de atenções e conselhos, intercedia por ele junto aos poderosos, mantinha-o atualizado sobre as novidades da capital e da Europa, fornecia-lhe os livros que o veloz e sigiloso correio diplomático trazia de Paris, Viena, Londres. Agradecido pelos mil favores, respeitoso ante aquele opulento e despido vestígio da história pátria, Puchkin fazia de tudo para arrefecer os ardores da "fanática velhota" sem ferir-lhe o amor-próprio. Certa vez, conseguira safar-se dos marciais abraços de Eliza à maneira do belo José bíblico: este fugira à mulher de Putifar largando o manto nas mãos dela, e ele, segundo contava, deixara a camisa entre os gordos braços de Khitrovo. Apresentava-se aos amigos como um Tancredo perseguido por uma paixão demasiado estorvante e, de brincadeira, implorava que eles se candidatassem a substituí-lo no coração da exaltada "Ermínia". Temeroso da posteridade, respondia com prudente concisão à impetuosa torrente de cartas que, sem dar importância à frieza do amado, Eliza lhe mandava para São Petersburgo, para Moscou, para o campo, em viagem. Um dia perdeu a paciência: "Eis, mulheres, como são as senhoras todas, e eis por que as damas de bem e os sentimentos elevados são o que eu mais temo no mundo. Vivam as costureirinhas fáceis!" Indômita, Khitrovo continuava a jogar seus trunfos amorosos até que o poeta lhe anunciou seu iminente casamento: só então ela se resignou, com o coração sangrando, a dar novas formas à sua "ternura dilacerante":

> "... De agora em diante, meu coração e meus pensamentos íntimos serão para o senhor um mistério impenetrável ... Entre nós haverá um oceano, mas *a qualquer momento* o senhor, sua mulher e seus filhos encontrarão em mim uma amiga semelhante a um rochedo contra o qual tudo irá chocar-se. Contem comigo para o que der e vier, disponham de mim para qualquer coisa, e sem cerimônias ... sou uma pessoa preciosa para meus amigos: nada me é difícil, eu me disponho a falar com os poderosos, não desisto, volto a procurá-los; o tempo, a época, nada me desanima ... minha diligência em *servir* é tanto um dom do Céu quanto a conseqüência da posição social do meu pai..."

No início de novembro de 1836, a alma de Elizaveta Mikhailovna Khitrovo estava oprimida por três angústias: o doloroso abscesso de que Nicolau I sofria no flanco (a cada vez que ia pronunciar a palavra "soberano", Eliza observava uma pausa religiosa que devia significar sua infinita devoção pela casa Romanov), resultado de um muito impetuoso descer do cavalo, o delirante libelo de Tchaadaev e, por fim, a polêmica em torno do *Condottiere*, a lírica em que Puchkin tivera a veneta de cantar ninguém menos que Barclay de Tolly, desafortunado e esquecido defensor da Rússia contra os exércitos de Napoleão. O poeta não tivera de modo algum a intenção de ofender a memória do pai de Eliza, o verdadeiro, o único "Herói da Grande Guerra Patriótica", e ela, sabendo perfeitamente disso, corria a explicá-lo a todos, mas não adiantava: cada linha escrita por seu benjamim suscitava escândalo e desaprovação, e a cada vez ela sofria dores indizíveis. "Querido amigo", escreveu a ele na manhã de 4 de novembro de 1836,

> "acabo de saber que a Censura aprovou um artigo de refutação a seus versos ... Não param de me atormentar por causa de sua elegia — eu sou como os mártires, querido Puchkin, e por isso amo-o ainda mais e acredito em sua admiração por nosso Herói e em sua simpatia por mim! Pobre Tchaadaev! Deve ser uma infelicidade enorme isso de abrigar no coração tanto ódio pelo próprio país e pelos compatriotas."

Mal terminara de escrever a altissonante assinatura — "*Élise Hitroff, née Princesse Koutousoff-Smolensky*" — quando lhe entregaram um envelope trazido pelo correio citadino; curiosa (a *petite poste* ainda era novidade na capital), abriu-o imediatamente e encontrou um papel lacrado, endereçado a Puchkin. Não foi pequeno seu espanto, logo substituído, contudo, por uma penosa ansiedade; aquela misteriosa missiva, pensou ela, vinha seguramente de um inimigo do poeta: era o que dizia seu sexto sentido, apurado pela experiência com a sociedade e suas baixezas. Expressão absorta, vago sorriso melancólico nos lábios, Eliza ficou alguns minutos a saborear os prazeres da solicitude materna: mais uma vez, firme como um rochedo, protegeria Puchkin, faria para ele um escudo com o corpo imponente. Depois, voltando de repente à realidade, mandou que as duas cartas — a dela e a que havia chegado pelo correio, ainda lacrada — fossem imediatamente entregues ao poeta: palácio da princesa Volkonskaia, Moika, nº 12.

Naquela mesma manhã de 4 de novembro de 1836, Piotr Andreevitch Viazemski estava ocupado em despachar a correspondência quando sua mulher entrou no escritório mostrando-lhe os estranhos papéis que acabara de receber pelo correio matinal: uma folha, completamente em branco, que envolvia outra folha endereçada a Puchkin. A princesa Viazemskaia mostrava-se inquieta, farejava algo ruim, não sabia o que fazer. Autorizado pela longa amizade com o poeta, Viazemski decidiu abrir a segunda missiva. Leu-a em voz alta e, com uma careta de repulsa, jogou-a no fogo da lareira. Com a mulher, combinou não contar a ninguém o ocorrido. Ignorava que a ofensa continuava sua pegajosa obra, espalhando-se por São Petersburgo como uma mancha de óleo.

Naquela mesma manhã de 4 de novembro de 1836, Aleksandra Ivanovna Vasiltchikova convocou o sobrinho, seu hóspede, à rua Bolchaia Morskaia. "Olha só que coisa estranha! Recebi uma carta endereçada a mim e, dentro, encontrei outra carta, lacrada, com isso escrito: 'Para Aleksandr Sergueevitch Puchkin'. O que devo fazer?" Vladimir Sollogub, 23 anos, funcionário dos Assuntos Internos e literato iniciante, achou que o fato, verdadeiramente estranho, fosse um desdobramento do desagradável incidente ocorrido quase um ano antes.

O jovem ainda se ruborizava ao lembrar seu primeiro encontro — e sua primeira gafe — com "o gigante da poesia pátria". Aluno da Universidade de Dorpat, naquela ocasião estava passando as férias de Natal em São Petersburgo quando certa noite, no teatro, o pai lhe apontou o grande Puchkin, sentado bem à frente deles. Durante o intervalo, o conde Aleksandr Ivanovitch Sollogub apresentou o filho ao poeta: "Meu filhinho, sabe? Ele já rabisca umas coisas". Ao fim do segundo ato, o rapaz perguntou respeitosamente a Puchkin — queria impressionar favoravelmente seu ídolo, demonstrar-lhe que já conhecia e freqüentava "*les gens du métier*" — se teria o prazer de revê-lo na quarta-feira literária do escritor X. "Não freqüento mais esse tipo de ambiente, desde que me tornei um homem casado" — respondeu gélido o poeta, e o encabulado estudante teve vontade de desaparecer nas paludosas vísceras da cidade de Pedro. Concluída a universidade, reviu Puchkin algumas vezes em casa dos Karamzin. Justamente ali, numa noite de outubro de 1835, Natália Nikolaevna Puchkina aludiu zombeteiramente a uma grande e infortunada paixão de Sollogub. Magoado, o jovem perguntou: "A senhora é casada há muito tempo?" — ela já não era uma menina, entendia ele, para permitir-se semelhantes gracejos sobre um grave problema amoroso; e, a seguir, começou a falar de Lenski, um polonês exímio dançarino de mazurca, parceiro predileto da imperatriz e disputado pelas damas do *premier Pétersbourg*. As palavras de Sollogub, aumentadas pela fantasia das senhoras presentes (teria ele pretendido lembrar a Natália Nikolaevna seus deveres de esposa, insinuar algo sobre as relações dela com Lenski?), acabaram por soar intoleravelmente injuriosas aos sensibilíssimos ouvidos de Puchkin. Tendo seguido para a província em longa missão de trabalho, só dois meses depois o rapaz veio a saber que o poeta o desafiara, por carta, para um duelo, e estava interpretando seu silêncio como uma desonrosa recusa. Escreveu então a Puchkin, e este respondeu (eram os primeiros dias de fevereiro de 1836) transferindo o encontro de honra para o final de março, quando passaria por Tver. O jovem comprou as pistolas e escolheu o padrinho, mas o poeta não aparecia. Nesse meio tempo, Piotr Valuev chegou a Tver e contou a Sollogub que, em São Petersburgo, Georges d'Anthès andava cortejando ostensivamente Natália Nikolaevna. Os dois amigos riram muito: Puchkin iria duelar com um enquanto sua mulher namorava outro. Passou-se algum tempo. Em maio, Sollogub precisou deixar Tver por alguns dias e, ao voltar, assustou-se ao saber que Puchkin, em viagem para Moscou e de passagem por ali, havia procurado por ele. Desta vez, o pobre Sollogub se arriscava realmente a ser visto como um covarde; então, no meio da noite, precipitou-se para Moscou numa veloz tróica postal. O poeta, hospedado com Pavel Naschokin, ainda estava dormindo, e por fim entrou na sala de roupão, cabelos desgrenhados, olhos vermelhos de sono. Lixando as unhas dos pés, desculpou-se por ter precisado adiar o duelo por tanto tempo e perguntou ao rival o nome do padrinho. Dali a pouco, o gelo dos preâmbulos se quebrou e a conversa passou às novidades literárias e ao "Contemporâneo": "O primeiro número ficou bonito em demasia", disse o neo-editor, "tentarei fazer o segundo um pouco mais tedioso: não convém viciar o público". Naquele momento, entrou na sala Naschokin, ainda mais sonolento que Puchkin, depois de passar a noite à mesa de jogo do Clube Inglês. Apesar da dor de cabeça e do desagrado por aquela visita madrugadora, o dono da casa logo tentou instaurar a paz: o equívoco do qual se originara a briga não justificava um duelo. O próprio Puchkin disse a Sollogub: "Acha que eu me divirto lutando? Mas o que fazer? Tenho o azar de ser um homem público, e isso, o senhor sabe, é pior do que ser uma mulher pública." Depois de longas negociações, finalmente encontrou-se uma saída honrosa: o homem público se contentaria com um pedido de desculpas, por escrito, endereçado à esposa. Quase aliviado de um peso, Puchkin apertou a mão de Sollogub para selar o fim das hostilidades e se soltou num humor alegre, loquaz. Depois, quando o jovem voltou para São Petersburgo, o poeta encontrou-o com freqüência. Mais de uma vez, passeou com ele até o mercadinho ao ar livre, onde compravam grandes broas de massa branca, ainda quentes, que iam beliscando pelo caminho de volta, escandalizando os 'elegantões' que se pavoneavam lentamente pela avenida Nevski; mais de uma vez, conversou com ele sobre literatura, elogiando e encorajando suas primeiras experiências. Em suma, os dois ficavam amigos. E agora, alarmado, Sollogub se perguntava o que poderia significar aquela misteriosa carta. Certamente, nada de bom, imaginou. Sem informar a tia sobre suas apreensões, pegou o papel ainda lacrado e saiu diretamente para a casa do poeta.

"Naquela mesma manhã de 4 de novembro de 1836..." — com a monotonia de um pequeno e sórdido ritual (o estafeta, a dupla missiva, a surpresa, a confusa inquietação, a repulsa de quem abriu e leu a segunda folha), a cena se repetiu, mais ou menos à mesma hora, em no mínimo outras três casas de São Petersburgo: a dos Karamzin, a dos condes Vielgorski e a dos irmãos Rosset.

Sollogub chegou em passos rápidos à avenida Nevski, atravessou-a e caminhou ao longo do canal por alguns metros: a água do Moika, ainda não inteiramente congelada, corria devagar, pouco encrespada, e no meio, no ponto mais distante das margens embranquecidas pelo gelo empedrado, estava cinza-escura, com reflexos esverdeados. Alcançado o nº 12, subiu o pequeno lance de degraus. Um empregado veio abrir, anunciou-o ao patrão e levou-o até a porta do escritório. Sentado à mesa de trabalho, um grande móvel retangular de madeira clara, Puchkin tirou o lacre do papel e passou rapidamente os olhos pelas primeiras linhas. "Já sei do que se trata", disse, "hoje recebi de Elizaveta Mikhailovna Khitrovo uma carta idêntica. É uma infâmia contra minha mulher. Peço que o senhor me dê sua palavra de honra de que não falará sobre isso com ninguém. No mais, é como tocar na merda: não é agradável, mas basta lavar as mãos e acabou. Se me cospem na roupa pelas costas, limpá-la é tarefa do criado. Minha mulher é um anjo, nenhuma suspeita pode alcançá-la. Ouça o que estou escrevendo sobre isso à senhora Khitrovo...". Falava em tom calmo, pausado, não revelava emoção especial nem parecia dar grande peso àquele episódio aborrecido e vulgar.

Ele mesmo, naquela manhã, havia recebido uma carta idêntica. Depois de lê-la várias vezes, até decorara o texto. Curto, em francês, manuscrito em grosseiros caracteres de imprensa separados uns dos outros, dizia:

"OS GRÃO-COMENDADORES E OS CAVALEIROS DA SERENÍSSIMA ORDEM DOS CORNOS, REUNIDOS EM GRANDE EVENTO SOB A PRESIDÊNCIA DO VENERÁVEL GRÃO-MESTRE DA ORDEM, SUA EXCELÊNCIA D. L. NARYCH•KIN, NOMEARAM POR UNANIMIDADE O SENHOR ALEKSANDR PUCHKIN COADJUTOR DO GRÃO-MESTRE DA ORDEM DOS CORNOS E HISTORIADOR DA ORDEM.

O SECRETÁRIO VITALÍCIO, CONDE J. BORCH

"COCU" — corno, como Dmitri Lvovitch Narychkin, grão-mestre de caça na Corte dos Romanov e marido da princesa Maria Antonovna Sviatopolk-Tchetvertinskaia, a bela das belas de outrora, durante 14 anos favorita oficial de Alexandre I.

"COCU"— corno, como o conde Iosif Mikhailovitch Borch, conselheiro titular, tradutor para o ministério das Relações Exteriores. Sobre Liubov Vikentievna Golynskaia, sua mulher desde 1830, sabemos apenas o que o próprio Puchkin disse um dia a Danzas, ao passar pela criadagem dos Borch: "A mulher se deita com o cocheiro."

Na capital russa era tempo de cartas anônimas, de obscuras mensagens cifradas. No final de outubro, Andrei Nikolaevitch Muraviov, poeta e alto funcionário do Santo Sínodo, recebera pelo correio uma cópia de *Paradise Lost* na nova tradução de Chateaubriand, e alguém garantiu que ele chorara de raiva, ao compreender a alusão ao papel muito ambíguo que desempenhara na escandalosa defenestração de Netchaev, procurador-chefe do Sínodo. E, em dezembro de 1836, o embaixador de Baden-Württemberg escrevia de São Petersburgo: "Já faz algum tempo que se criou aqui o desagradável hábito de perturbar a serenidade das famílias com a remessa de cartas anônimas, mas agora os indignos autores de semelhantes missivas estão indo ainda mais longe: chegam até a molestar com seus escritos as autoridades citadinas...."

Como terá o autor executado sua odiosa tarefa? Com um sorriso maligno nos lábios, pregustando a ofensa, a ira impotente? Quanto tempo levou para copiar muitas vezes — lentamente, como quem se esforça por falsificar a própria letra — o texto injurioso? Teria isso acontecido num *cabinet privé*, na solidão que condiz com a abjeção, ou atrás de uma mesa com vestígios de um rico banquete e de abundantes libações, numa atmosfera de ébria e irresponsável alegria?

Talvez o anônimo quisesse mergulhar ainda mais o punhal da injúria, afirmar uma infamante equação entre a Narychkina e a Puchkina: amante do czar Alexandre a primeira, do czar Nicolau a segunda. Uma infamante equação entre o homem que, junto com os chifres, de bom grado aceitara títulos, privilégios, riquezas fabulosas, e o poeta a quem as graças da bela mulher teriam proporcionado os favores do soberano e a não desprezível nomeação para *kamer-iunker*. Nada — nem a menor anotação num diário, uma lembrança, um aceno, um mexerico — nos autoriza a suspeitar de uma augusta ligação de Natália Nikolaevna (enquanto Puchkin estava vivo). Mas não era segredo para ninguém que Nicolau I a distinguia entre as damas do Anitchkov. O próprio Puchkin contou um dia a Naschokin que o imperador cortejava Natalie como um oficialzinho, passando e voltando a passar sob as janelas dela, na esperança de roubar-lhe um olhar, um sorriso. Isso é tudo o que sabemos, e os amores extraconjugais do czar nunca foram secretos — muito menos os prolongados, com uma história.

Perscrutando, como nós, as entrelinhas do diploma de *cocu*, também Puchkin deve ter suspeitado das possíveis alusões ali contidas. E ficou cego de indignação. Dois dias depois, em 6 de novembro, escreveu ao conde Kankrin, ministro das Finanças:

> "... devo ao erário 45.000 rublos, 25.000 dos quais devem ser pagos por mim ao longo de cinco anos. Hoje, desejoso de saldar completa e imediatamente minha dívida, encontro um obstáculo que pode ser facilmente removido, mas somente por V. Ex.ª. Possuo 220 almas no governadorato de Nijnij Novgorod, 200 das quais empenhadas por 40.000 rublos. Por determinação de meu pai, que me doou esses bens, não tenho o direito de vendê-los enquanto ele for vivo, embora possa

empenhá-los, seja ao erário, seja a particulares. Mas o erário tem o direito de exigir o que lhe compete, a despeito de qualquer disposição privada, sempre que tais disposições não estejam augustamente confirmadas ... Ouso importunar V. Ex.ª com um outro pedido, para mim importante. Como se trata de uma questão de importância mínima, que pode encaixar-se entre as de administração normal, rogo enfaticamente a V. Ex.ª não a levar ao conhecimento de Sua Majestade o Imperador, que provavelmente, em sua magnanimidade, recusaria semelhante pagamento (ainda que este não me seja absolutamente pesado) e talvez até ordenasse o perdão de minha dívida, o que me deixaria numa situação embaraçosa e mais difícil do que nunca, pois, nesse caso, eu seria obrigado a rejeitar a graça do czar, o que poderia parecer um ato inconveniente, de vã soberba e até de ingratidão. Com as mais respeitosas saudações..."

Estava pedindo a um ministro que o obrigasse a restituir antecipadamente a soma recebida em empréstimo, que ignorasse o documento legal assinado por Serguei Lvovitch Puchkin, que não informasse ao czar esse pedido anômalo, ou seja, quem havia autorizado a concessão do empréstimo. Em novembro de 1836 Puchkin iria escrever muitas outras cartas, algumas de violência inaudita, mas essa endereçada a Kankrin nos perturba por sua insensatez: cego sobressalto de desconforto e orgulho, desesperada tentativa de cortar "completa e imediatamente" o nó górdio que o ligava ao czar, à Corte, a São Petersburgo. Até o estilo é empoladamente turvo, algo inexistente em Puchkin, reflexo de um atoleiro de angústia.

Por meio dos despachos que partiram de São Petersburgo após a morte do poeta, seu nome chegou a países distantes, que ele nunca fora autorizado a visitar, aos ouvidos de reis e estadistas que sequer suspeitavam de sua existência. Da capital russa, todos os embaixadores estrangeiros escreveram amplamente aos respectivos governos sobre o duelo e suas conseqüências trágicas, assim como sobre a pena infligida ao cavaleiro da Guarda. Com uma exceção: o barão Aimable-Guillaume de Barante, que só em 6 de abril de 1837 comentou laconicamente a sorte de d'Anthès, "instalado num trenó descoberto e levado à fronteira como um vagabundo". No entanto, o "vagabundo" era um súdito francês, e o padrinho que o assistira no duelo era até funcionário da embaixada da França. No entanto, Barante, brilhante homem de letras, havia conhecido pessoalmente Puchkin, cujas obras tinha em alta consideração. O silêncio do embaixador francês espicaça nossa curiosidade. No arquivo do ministério das Relações Exteriores, em Paris, estão custodiados em boa ordem, encadernados por ano, os despachos que as Tulherias receberam de São Petersburgo no século XIX. O nº 7 de 1837, datado de 4 de fevereiro, é constituído por algumas páginas desalentadoramente em branco. Ninguém, no Quai d'Orsay, tem condições de explicar esse vazio, que sugere revelações tão clamorosas a ponto de induzir alguém a censurá-las. E vindas não de uma fonte qualquer: não podemos esquecer que, exatamente três anos depois, da família Barante sairia Erneste, o filho do embaixador, para duelar com Mikhail Lermontov — como se a embaixada da França em São Petersburgo tivesse uma misteriosa e funesta participação nas letras russas do século XIX, como se o elegante palácio na rua Bolchaia Millionnaia custodiasse todos os segredos que ainda envolvem os duelos dos poetas russos. Queremos a qualquer custo a minuta daquele despacho mudo. Está conservada num arquivo de Nantes. No alto, traz a sugestiva tarja "*Secret*" — como suspeitávamos, como esperávamos.

"Senhor conde", escreveu Barante ao ministro francês do Exterior, em 4 de fevereiro de 1837, "o Imperador encarregou o conde Nesselrode de entregar-me a tradução anexa de uma carta...". De uma carta, de uma carta anônima — esta, porém, escrita em polonês e interceptada na Polônia: "Aqui continua-se a caçar um animal aparecido em 1830; atira-se nele pela terceira vez; o Moleiro atirou e errou o alvo; tampouco minha caçada teve bons resultados: ainda indisposto, não posso sair, o fuzil e o cão permanecem inativos...". Na tradução francesa[38] fica ainda mais clara a alusão a Meunier, o homem que em 1836 atentou, sem sucesso, contra a vida de Luís Fi•lipe de Orléans. Assim, portanto, como se não bastassem os incontáveis inimigos que possuía em sua pátria — legitimistas, republicanos, cabeças quentes do Quarto Estado — "*le roi citoyen*" devia temer os

[38]Moleiro = *meunier*.

patriotas poloneses, que não o perdoavam por, em nome da não-intervenção, ter abandonado o país deles a si mesmo, insurgido em dezembro de 1830 e logo esmagado pela sanguinária repressão russa. Embora decepcionados, sentimo-nos atraídos por um detalhe: o desconhecido conspirador escrevia a um "senhor Mitkiewicz" de Poniewiedz — seguramente um membro da grande família de Adam Mickiewicz, o pai da literatura polonesa moderna. Ele fora amigo de Puchkin, mas justamente os fatos de 1830 e 1831 haviam dolorosamente afastado os dois. Isso porque Puchkin exaltara a volta dos estandartes russos desfraldados na capital polonesa, calando em tom imperioso — "*delenda est Varsovia*" — a boca do Ocidente, que desejava imiscuir-se no "conflito entre eslavos, conflito antigo, familiar, já decidido pela sorte". E, por causa daqueles versos, uma parte do público se desafeiçoara de Puchkin, "trânsfuga do liberalismo, poeta-cortesão, servo dos poderosos". Pensamos em tudo isso durante nossa inglória viagem de volta, carregados de espanto e admiração pelos prodigiosos arabescos que a história sabe tecer com os fios de enigmas diversos, de misteriosos enredos paralelos e estranhos entre si. Um sonho: tudo branco, cães latem e seguem pegadas recentes sobre o terreno nevado, e por fim desentocam a presa, e Barante aponta lentamente a arma contra Puchkin mas, cegado pela neve lenta, erra o tiro, e Georges d'Anthès estende lentamente o braço, e a lenta, lenta neve entope o cano de sua pistola, e o fuzil do Moleiro se enfeitiça, nega fogo... Um sonho bruscamente interrompido pelas amargas palavras de Viazemski: "Atira-se em nossa poesia com mais sucesso do que em Luís Filipe."

Quase todas as noites, às vezes até muito tarde, reunia-se em casa da viúva de Nikolai Mikhailovitch Karamzin uma sociedade heterogênea e vivaz: literatos famosos, outrora amigos do historiador, talentos das novas gerações que justamente na casa dele, assim como de sua ilustre sombra, recebiam uma espécie de investidura moral, senhoras em moda que retornavam do teatro ou de um baile, diplomatas, estadistas, viajantes estrangeiros, jovens militares e funcionários civis amigos de Andrei e Aleksandr. A alma desse salão sem pretensões de luxo (uma confortável otomana e muitas poltronas revestidas de lã vermelha, desbotada pelo tempo), iluminado por um grande lampadário suspenso acima da mesa sempre preparada para o chá, era Sophie, filha do primeiro casamento de Karamzin. Passando dos 30, ela interpretava com ironia resignada o papel de solteirona; mordaz, não perdia as oportunidades de uma flechadinha maliciosa, um comentário ferino. Tinha o talento da conversação, e até dos mais opacos intelectos sabia extrair centelhas de espírito e argúcia: "*Vous ne savez pas tout ce que cet homme ignore!*",[39] respondia, como madame Récamier, a quem se mostrava espantado por sua capacidade de entreter-se com os tolos. Estrategista experiente, toda noite distribuía sabiamente os lugares, para que cada convidado ficasse à vontade e pudesse discorrer sobre o que mais o interessava com o interlocutor certo, para que nascessem novos conhecimentos e amizades, novos amores. Pequena rainha do samovar, distribuía continuamente xícaras de chá, acompanhado de um creme delicioso, único em São Petersburgo, e de finíssimas torradas de pão preto untado com manteiga fresca do campo. Sempre em movimento, abelhinha operosa, quando o número dos convidados aumentava (em certos serões, sessenta pessoas chegavam a lotar o salão vermelho) ela trazia cadeiras dos outros aposentos, criando lugares para todos, preocupada com que a conversa não enlanguescesse, com que ninguém se entediasse. E ninguém se entediava: banidas as cartas, falava-se de literatura russa e estrangeira, dos acontecimentos políticos, de música, de teatro; a atmosfera, nunca presunçosa ou doutrinária, era alegrada pelos *jeux d'esprit*, pelas brincadeiras e conversas dos mais jovens. A residência dos Karamzin, na praça Mikhailovskaia, era talvez o endereço petersburguense mais caro a Puchkin. Atraíam-no para lá a cordialidade e a desenvoltura das maneiras, a solicitude maternal da ainda bonita dona da casa (por quem, quando rapaz, alimentara sentimentos mais inflamados que uma simples devoção filial), a ausência de qualquer etiqueta, a certeza de poder falar quase sempre com pessoas inteligentes, cultas, informadas, espirituosas, com muitas mulheres interessantes. Também Natalie e as irmãs foram acolhidas pelos Karamzin como membros da família e quase nunca faltavam àquelas reuniões noturnas, embora a

[39]"O senhor não sabe quanta coisa este homem ignora!"

reduzida média etária dos homens solteiros não prometesse bons partidos a Catherine e Alexandrine.

Sollogub escreveu que as "cartas anônimas" — assim os diplomas passaram à História — foram enviadas a pessoas do "restrito círculo karamziniano". Por que justamente a elas? — perguntou-se muita gente. Talvez — conjeturou-se — para obrigar Puchkin a agir: não podia ficar inerte diante de uma ofensa que as pessoas mais caras a ele eram convocadas a testemunhar. Para induzi-lo a tomar providências que poderiam resultar vantajosas a quem o insultava escondido na sombra (desaparecer da sociedade por algum tempo, abandonar São Petersburgo). Mas as cartas anônimas não foram remetidas a Jukovski, a Pletniov, aos companheiros do Liceu — amigos a quem Puchkin era ligado por vínculos muito fortes de afeto e familiaridade. Por outro lado, a Khitrovo e a Vassiltchikova não pertenciam ao "restrito círculo karamziniano". E mais: depois de algumas investigações pessoais, o próprio Puchkin falaria de "sete ou oito pessoas" que, além dele, haviam recebido o diploma. Dessas, conhecemos apenas cinco.

Na primavera de 1837, o príncipe de Hohenlohe-Kirchberg enviou a Stuttgart uma longa e detalhada "Notice sur Pouschkin" cujo texto foi publicado na Rússia em 1916. Nela se lê: "Muito tempo antes desse funesto duelo, algumas cartas anônimas, escritas em francês e assinadas em nome de N., presidente, e do conde B., secretário vitalício da sociedade dos C., foram propagadas e entregues a todos os conhecidos de Puchkin, ou por domésticos ou pelo correio...." Quem publicou esse documento estava convencido de que os nomes haviam sido abreviados, por excesso de discrição póstuma, pelo arquivista que copiou a "Notice" para enviá-la à Rússia. A explicação nos convence: de fato, não conseguimos imaginar que luzes o embaixador de Baden-Württemberg poderia dar a seu ministro indicando somente com as iniciais os personagens envolvidos no picante *affaire* russo. Continuemos então a interessante leitura: "... Várias haviam chegado até mesmo do interior do país (entre outras, a de W. de P.)..." A circunstância de alguns diplomas terem sido expedidos da província ilumina a hipótese de um pequeno complô estudado e preparado nos mínimos detalhes, a ponto de o correio russo e o correio interno petersburguense haverem entregue simultaneamente a famigerada carta dupla. Não só isso: ela teria vindo da província para um misterioso — ou uma misteriosa — "W. de P.", cujas iniciais não correspondem a ninguém que tenha cruzado o caminho terreno de Puchkin. Fato digno de atenção para quem, como nós, deve agarrar-se aos menores pontos de apoio, aos mínimos indícios. Fato que merece uma visita ao Arquivo Estatal de Stuttgart. De novo, espera-nos uma decepção maçante: os nomes estão abreviados também no original, e "*W. de P.*", descobrimos, é só um fantasma, um *homunculus* gerado por um *lapsus calami*, um erro de transcrição daquele "*M. de P.*" que se lê claramente no manuscrito e que, com toda a evidência, vale por "Monsieur de Pouschkin".

Além do desatento escriba alemão, copiou a "Notice" Johan Gevers, o diplomata holandês que substituiu o barão Heeckeren em abril de 1837. Copiou e remeteu-a para Haia, num relatório reservado, despachando-a como "o resumo imparcial das diversas opiniões" por ele colhidas em São Petersburgo. O preguiçoso Gevers, contudo, introduziu no texto algumas leves variantes, e, no lugar que mais nos interessa, lemos: "... Várias haviam chegado até mesmo do interior do país (a enviada a Madame de Ficquelmont)..." Mas Dolly Ficquelmont sabia muito pouco sobre os fatais diplomas: "... uma mão infame", escreveu ela no diário, "endereçou ao marido cartas anônimas ultrajantes e pavorosas, nas quais vinham relatados todos os boatos desagradáveis, e os nomes de sua mulher e de d'Anthès apareciam unidos com a ironia mais amarga, mais cruel...". Teria ela igualmente remetido a Puchkin o segundo papel, sem o abrir? Ou Gevers fez confusão entre a "Embaixatriz" e sua mãe? E de fato alguns diplomas chegaram da província? Convém nos rendermos: jamais saberemos com certeza quantos receberam, na manhã de 4 de novembro de 1836, as cartas anônimas endereçadas a Puchkin; jamais conheceremos todos esses nomes. De modo que nos parece arriscado e pouco proveitoso conjeturar, com base na escolha dos destinatários, sobre as intenções perseguidas pelo anônimo e, conseqüentemente, sobre a identidade dele. Podemos chegar a uma só conclusão: aquele indivíduo, entre outras coisas, conhecia os Karamzin, conhecia alguns habitués do salão vermelho e os respectivos endereços.

No início de dezembro de 1836, Sollogub viu nas mãos do padrinho de Georges d'Anthès "alguns formulários impressos de vários diplomas burlescos, com vários títulos ridículos", semelhantes àquele recebido por Puchkin: espécies de modelos aos quais bastava acrescentar o nome da vítima escolhida e os dos outros companheiros de ignomínia. Na mesma ocasião, Sollogub veio a saber que em Viena, no inverno anterior, alguns engraçadinhos haviam se divertido em distribuir por toda a cidade aquelas "mistificações". Portanto, ao copiar a patente de coadjutor da Ordem dos Cornos, o anônimo se limitara a inserir o nome de Puchkin, além dos de Narychkin e Borch. No entanto, a não ser que se trate de uma extraordinária coincidência, alguma coisa testemunha que da parte dele houve uma intervenção de natureza, digamos assim, criativa: a nomeação para "Historiador da Ordem". Quem escreveu aquilo conhecia a *História da revolta de Pugatchov* e sabia das pesquisas sobre Pedro, o Grande. Um indivíduo, no mínimo, culto e atualizado.

Até nossos dias chegaram apenas dois exemplares dos diplomas — duas folhas de 11,5 por 18 centímetros, de espesso papel de correspondência produzido na Inglaterra, sem desenhos em filigrana — e um único exemplar da folha que os cobria: aquele endereçado ao conde Vielgorski.

A letra. A insegurança com que o anônimo manejava o alfabeto latino, em alguns casos usando os caracteres cirílicos semelhantes aos necessários para o texto francês, a escassa familiaridade com acentos graves e agudos ("s*é*cr*é*taire" ou "s*é*cretaire" por "secrétaire", "p*é*rp*é*tuel" por "perp*é*tuel"), a transcrição incomum da segunda vogal de "Nar*y*chkine" (um som difícil para os estrangeiros, que na verdade escreviam todos "Nar*i*chkine"), tudo isso deixa poucas dúvidas: o texto dos diplomas foi escrito quase certamente por um russo. Provavelmente, o mesmo que grafou o endereço de Vielgorski (usando o coloquial "Mikhail*a*", em vez do mais correto "Mikhail", e revelando uma inesperada precisão ortográfica no sobrenome, freqüentemente transformado em "Velgorski" ou "Velgurski" até pelos amigos do conde).

Em contrapartida, a inscrição "para Aleksandr Sergueevitch Puchkin" parece pertencer a uma outra mão, mas sempre russa. Sollogub, quando a leu, notou a "enviesada grafia de lacaio".

Nos dois diplomas que conhecemos, distingue-se bastante claramente a marca de um sinete invulgar: do alto pingam duas gotas, no meio sobressai um A (de Aleksandr: Puchkin? Alexandre I? — mas poderia tratar-se também de um monograma: o entrelaçamento de um J, ou de um I, com um A) encastoado numa figura que lembra um portal, ou um P grego, ou cirílico, encimada em quase todo o comprimento da barra superior por uma série de pequenas linhas perpendiculares, por sua vez fechadas por uma curta reta (um pente, uma paliçada?); à direita disso que parece um Π se entrevê o perfil de um animal (?) de ventre proeminente, no qual houve quem acreditasse reconhecer um pingüim com a cara metida numa touceirinha de grama — mas é mais provável que se trate de um volátil mais comum, e os talos de grama lembram antes duas tão vistosas quanto impossíveis orelhas; da extremidade inferior do corpo da misteriosa criatura, nasce, indo fechar por baixo o suposto Π, o que parece uma plumosa cauda (mas também se poderia ver aí um ramo de palmeira). O único desenho inequívoco é o que encerra o emblema, à esquerda: um compasso semi-aberto, claro símbolo maçônico. Tentemos agora rever sob essa nova luz as outras figuras: não um Π mas um Templo muito estilizado, ou um altar sobre o qual está aberta uma Bíblia; não gotas, mas lágrimas, as lágrimas pela morte de Hirão que aparecem em muitos emblemas maçônicos. Só que a ave (?) à direita não revela semelhança alguma com uma pomba, ou um pelicano, ou uma águia — os voláteis mais recorrentes na iconografia dos Pedreiros-Livres. E é tudo assim, confuso, tosco, atamancado — a paródia, diríamos, de um sinete maçônico. Talvez o vendessem em Viena junto com os formulários impressos: um conjunto completo para burlões.

Puchkin ainda era vivo quando se começou a fabular sobre as cartas anônimas: "Entre outras coisas, diz-se que ele recebeu pelo correio um diploma com chifres dourados, assinado pelas pessoas mais notáveis da alta sociedade e que se admitem integrantes da confraria, as quais lhe escrevem que estão muito orgulhosas por terem na sua categoria um homem tão famoso e se apressam em mandar-lhe o diploma em questão como a um membro da sociedade deles, na qual o acolhem alegremente." Maria Mörder sabia de uma carta anônima em que, "sobre um elenco inteiro de nomes de maridos traídos conhecidos em toda São Petersburgo, fora desenhada uma cabeça com chifres, e seguia-se um texto no qual se dizia que um marido que se permite bater na mulher não pode esperar fugir ao destino comum...". Puchkin morreu; e não houve quem não recordasse, ao informar amigos distantes sobre a enorme perda, ao registrar em diários e memórias a própria aflição, os fatos de 4 de novembro: "... Uma senhora, apaixonada por d'Anthès, começou a escrever a Puchkin cartas anônimas nas quais ora o punha em guarda, ora escarnecia dele, ora o informava de que ele fora aceito entre os membros efetivos da Sociedade dos Cornos", "... começou a receber cartas anônimas nas quais, alertando-o quanto à esposa, faziam zombarias cruéis à custa dele", "...fora informado da história por uma carta anônima tão vulgar quanto pérfida...", "... começou a receber cartas anônimas em que lhe davam parabéns pelos chifres...". Nessas fantasiosas narrativas, variantes mínimas de uma lenda já atuante — a Morte do Poeta — o anônimo já vinha reconhecido como "o verdadeiro assassino", o "assassino moral" de Puchkin. Pois todos acreditavam, como Danzas, que, "sem aquelas cartas, entre Puchkin e d'Anthès não teria acontecido nenhum duelo". Também nós estamos convencidos disso.

A partir do momento em que Sollogub deixa a casa à beira do Moika, escancara-se o vácuo de algumas horas decisivas. O que fez Puchkin após a manhã daquele 4 de novembro de 1836, quando teve início sua morte? Pediu conselhos, ajuda? A quem? Os documentos calam. Mas haveria quem o pudesse realmente aconselhar, auxiliar? Sobolevski estava longe, em viagem. Estavam longe, em Baden-Baden, os Smirnov. Estavam longe, espiritualmente, muitas pessoas que lhe dedicavam um vívido afeto. Khitrovo logo respondeu à carta dele: "... é verdadeiramente uma infâmia para mim, garanto-lhe que estou em lágrimas — eu acreditava ter realizado suficientes boas ações neste mundo para não ser envolvida em tão horríveis calúnias! Peço-lhe de joelhos que não fale com ninguém desse desagradável episódio. Fico apavorada à idéia de ter um inimigo tão cruel — quanto à sua mulher, caro Puchkin, é um anjo, e eles só a atacaram para servir-se de minha voz e me ferir no fundo do coração!." "Para *mim*", "*minha* voz", até os inimigos são *dela*: um histérico delírio egocêntrico que, sem dúvida, não podia confortar o poeta. Puchkin tinha razão: "Vivam as costureirinhas fáceis!" E provavelmente passou sozinho, trancado no escritório, a tarde daquele dia terrível; sozinho com suas suspeitas, sua raiva, seu desejo de vingança. Depois, imaginemos, decidiu-se a falar com o "Anjo": um longo e tormentoso colóquio durante o qual veio a saber de muitas coisas que havia ignorado até então. E foi nesse momento que decidiu desafiar Georges d'Anthès. Desde algumas horas antes, já escurecera em São Petersburgo.

A história dos duelos na Rússia ignora casos em que se tenha exigido reparação por causa de uma ou mais cartas anônimas, mas certamente não era a primeira vez que Puchkin transgredia rituais e costumes. Outra coisa nos espanta: ao bater-se com d'Anthès, o poeta comprometeria gravemente a mulher; a sociedade, ainda sem saber dos diplomas, iria murmurar: "não existe fumaça sem fogo", "quem com chifres fere..." e outras pérolas da maledicência estereotipada; ao apaixonado de Natália Nikolaevna seriam atribuídas culpas bem mais graves que uma corte demasiado assídua. Como pôde Puchkin não pensar nisso, ele que, como nenhum outro, conhecia as leis do "vácuo mundo", "o murmúrio, as risadinhas dos tolos"? Prevaleceram, contudo, a indignação, a dor, a vontade de sair de uma situação já intolerável, o vivíssimo sentimento da própria honra, a ofensa. Prevaleceram — e afugentaram qualquer consideração ditada pela previdência e pelo bom senso. Nem de uma nem do outro o poeta era rico, disso sabemos.

> Liza andava na cidade
> com a filha Dolly,
> e passava em sociedade
> por "Eliza nua".
> Liza, agora, em gala está
> na missão da Áustria,
> crua e idosa realidade,
> co'os ombros à mostra.

Suspeitos

1. A estocada

Nas últimas linhas da "*Notice sur Pouschkin*", lemos: "A respeito dessas cartas anônimas, duas opiniões se difundiram. A de mais crédito por parte do público indica O..." Desta vez, não há dúvida: "O" valia por "Ouvaroff", ou seja, Uvarov, um sobrenome — um sobrenome muito importante para a Rússia oitocentista — que já aparece no texto da "*Notice*" sob essa forma, escrito à maneira francesa.

Quando, nos primórdios de São Petersburgo, o palácio dos condes Cheremetiev começou a surgir das águas, como um prodígio, fazia pouco tempo que um braço do Neva, o "riozinho sem nome", fora batizado de "Fontanka". Nos anos 30 do século XIX, a luxuosa residência pertencia a Dmitri Nikolaevitch Cheremetiev, o ainda jovem e solteiro proprietário de seiscentas mil desiatinas* de terra e mais de duzentas mil almas de servos, o melhor partido russo. Num dia infausto do outono de 1835, abateu-se sobre a população feminina da capital a notícia de que Cheremetiev, em temporada nos domínios de Voronei, havia sido atacado por uma enfermidade gravíssima. Seus incontáveis servos acenderam círios de esperança e mandaram celebrar cerimônias sacras, pedindo a Deus o restabelecimento do patrão. Por fim, chegou do sul uma mensagem lutuosa: o conde Dmitri estava agonizante, esperava-se sua morte a qualquer momento, só restava

*Unidade de medida agrária equivalente a 1 hectare e 9 centímetros (*N. da T.*).

rezar por sua alma. Presa de febril ansiedade, o ministro da Instrução, Serguei Semionovitch Uvarov, batalhou e intrigou para conseguir que a residência do Creso russo fosse interditada; parente postiço do moribundo, reclamava as fabulosas riquezas guardadas no palácio do Fontanka e queria manter à distância outros herdeiros, menos respaldados em pretextos. Também no Comitê dos ministros falou-se do iminente fim de Cheremetiev, e alguém o atribuiu a uma perniciosa "febre de escarlatina"; virando-se para Uvarov, o conde Litta trovejou: "E a sua, Serguei Semionovitch, é uma febre de expectativa!" Isso acontecia, já dissemos, no outono de 1835, quando já durava havia anos a tácita escaramuça — fintas, toques, leves atritos, espetadelas — entre Puchkin e Uvarov.

O teórico de "Ortodoxia, Autocracia e Espírito Nacional", famigerada tríade, o apóstolo de uma nova cultura que devia erigir-se como baluarte "contra as chamadas idéias européias", o defensor de reformas ultrapatrióticas que pretendiam transformar as universidades em viveiros de dóceis escravos, descendia de uma boa família que, na segunda metade do século XVIII, afundava em águas desfavoráveis. Delas emergiu com sucesso Semion Fiodorovitch Uvarov, valente homem de armas e valoroso amante de Catarina II no interregno entre dois favoritos, Aleksandr Lanskoi e Aleksandr Dmitriev-Mamonov. Durante algum tempo, Uvarov conquistou também os favores do príncipe Potiomkin, e alegrou muitos serões do Sereníssimo com a bandurra, o antigo instrumento de cordas que ele sabia tocar com mestria, animando seus concertos com arrebatadoras exibições de dança *v prisiadku*: braços cruzados, joelhos dobrados, pés lançados à frente e de lado em ritmo alucinante. Licenciado da alcova da imperatriz com magnificência, embora não com as imensas riquezas que a Grande Catarina prodigalizou em casos semelhantes, o comandante do regimento dos Granadeiros da Guarda casou-se com uma Golovina. Além de um capital alentado, a mulher trouxe-lhe de dote — pelo menos assim se murmurava em São Petersburgo — um nascituro concebido com o príncipe Stepan Apraksin. Serguei ficou órfão não muito depois de vir ao mundo: ainda estava em tenra idade quando o pai legal, durante uma campanha contra os suecos, adoeceu e passou desta para melhor. Depois de receber excelente educação de preceptores privados, o jovem Serguei empreendeu a carreira diplomática. A partir de 1807, trabalhou na embaixada russa de Viena; na capital austríaca, aprofundou seus estudos, passou a corresponder-se com Goethe, Schelling, os irmãos Humboldt, e tornou-se amigo e confidente (infiel, como se descobriu depois) de Madame de Staël. Três anos depois, deixada a diplomacia, retornou à Rússia para ocupar-se de um patrimônio que a inépcia e os desperdícios da mãe haviam dissipado quase completamente. Mal voltou à pátria, desposou a condessa Ekaterina Razumovskaia, mulher mais velha que ele mas com um dote respeitável e um pai bem-situado: o novo ministro da Instrução, que antes mesmo do casamento garantiu ao genro o cargo de provedor dos estudos no distrito petersburguense. Afastado com sucesso o fantasma da pobreza, Serguei Semionovitch Uvarov pôde dedicar-se tranqüilamente às suas pesquisas: era de fato um estudioso de antigüidades clássicas, muito douto e estimado, embora houvesse quem o acusasse de recorrer com excessiva desenvoltura a obras publicadas fora da Rússia. Tampouco se ocupava apenas de deuses e mitos: esteve entre os iniciadores da Arzamas, a irreverente confraria que, no culto de Karamzin e na recusa ao passadismo arcaizante, reuniu Jukovski, Batiuchkov, Aleksandr Turguenev, Viazemski e o juveníssimo Puchkin. Uvarov tinha fama de inovador também em política. Em 1818, com apenas 32 anos, foi eleito presidente da Academia de Ciências, e no dia da posse pronunciou um discurso de tons libertários tão vibrantes que, por aquelas inflamadas palavras, disseram depois, dali a poucos anos poderia despachar a si mesmo para o cárcere, na Sibéria.

No fim do reinado de Alexandre, quando o vento ideológico, agora abertamente, mudou de direção, a luminosa ascensão de Uvarov entrou em compasso de espera. Deixando o posto de provedor, poderia viver tranqüilamente de rendas e de estudos, mas amava o poder e era um homem obstinado, capaz de arregaçar as mangas quando a ocasião o exigisse. Em 1822 começou a trabalhar para o ministério das Finanças, desde sempre refúgio de súditos com odor de desgraça; embora prestigioso, o cargo era inferior a seus desejos e a seus grandes projetos: Uvarov mirava alto, sonhava triunfos que cancelassem para sempre de sua biografia a vergonhosa sombra paterna de "Senka, o bandurrista". Mirava alto, e sua sabujice espantava colegas, subalternos, amigos. Não se passava um dia em que não fizesse uma visitinha à casa do ministro, o conde Kankrin, para levar-lhe papéis, acelerar processos, acarinhar as crianças — e no começo, confundindo-o com um médico, os pequenos Kankrin espichavam a língua a cada vez que Uvarov punha os pés nos aposentos infantis. Além de ter um fraco pelos filhos dos poderosos, o diretor do Departamento das manufaturas e do comércio interno o tinha também pela madeira: as bétulas, as azinheiras, os choupos do erário; aproveitando-se de seu alto posto, apoderava-se deles sem escrúpulos, para negócios ilícitos. Enquanto isso, continuava a estudar, a escrever, a interrogar-se sobre os destinos da cultura russa — e a subir na vida com tenacidade. Distinguido pelo zelo patriótico e pelos antevidentes projetos de reforma da educação pública, em 1832 foi nomeado vice-ministro e em 1834, ministro da Instrução, além de chefe da Direção Central da Censura. Finalmente satisfeito, percebeu ter a seus pés a cultura pátria.

O mais hábil camaleão e alpinista social russo usava com Puchkin uma tática astuta e envolvente: fazia-o saber que gostaria de vê-lo membro honorário de *sua* Academia, agradava-o traduzindo os versos dele para o francês, apresentava-o aos alunos da universidade com palavras lisonjeiras, beirando a adulação, mas no fundo estava decidido a dobrar aquele poeta "soberbo e pouco servil". Às vezes não conseguia dissimular sua hostilidade; em 1830, em casa de Aleksei Nikolaevitch Olenin, deixou escapar: "Não sei por que Puchkin tem tanto orgulho de descender do negro Hannibal, aquele que Pedro, o Grande, comprou em Kronstadt por uma garrafa de rum!" — Faddei Bulgarin não perdeu a chance de repetir a pesada brincadeira na "Abelha do Norte", e o poeta ficou uma fera. Roído por um poderoso amálgama de inveja e megalomania, Uvarov não suportava que Nicolau I distinguisse Puchkin com sua aprovação pessoal, e disputava com o czar e com o conde Benckendorff a honra de vigiar as obras e os dias do famosíssimo confrade nas artes do engenho. Embora as relações entre os dois fossem formalmente corretas, Puchkin também alimentava ódio e desprezo pelo ministro. Em fevereiro de 1835, já obrigado a submeter-se às forcas caudinas da censura comum para as obras não aprovadas pessoalmente pelo czar, desabafou: "Uvarov é um grande patife ... um verdadeiro canalha e um charlatão. Sua corrupção é famosa ... Sobre ele já disseram que começou trabalhando como puta e depois como ama-seca." E dois meses depois: "Este é um ano negro para nossas academias: Sokolov acabara de passar desta para melhor, na academia Russa, quando, na de Ciências, nomeavam Dondukov-Korsakov para vice-presidente. Uvarov é o malabarista e Dondukov-Korsakov, seu palhaço ... um faz piruetas encarapitado no arame e o outro, embaixo dele, no chão." Mas tudo ficava no segredo dos diários, das cartas aos amigos de confiança; esgrimista experiente, Puchkin estudava o adversário, limitando-se a aparar os golpes mais insidiosos, e esperava. E sua espera foi premiada.

Da Academia é vice-presidente
o príncipe Dunduk. Mas realmente
merecerá Dunduk tal honor?
E por que não? É ótimo censor,
e sobretudo tem com que sentar,
e c'o assento sabe a quem agradar.

(seguramente de Puchkin)

Quando o palácio à beira do Fontanka já estava interditado e se preparavam as solenes cerimônias fúnebres para o conde Cheremetiev, chegou do Sul uma notícia muito boa: de repente, miraculosamente, o moribundo tinha se recuperado, e ia sobreviver. Furioso, Uvarov eliminou às pressas os sinais de sua cupidez, mas agora já não podia calar São Petersburgo. E Puchkin aproveitou aquele clamoroso passo em falso para desferir seu impiedoso ataque. Escreveu *Pelo restabelecimento de Luculo*, e deu uma rasteira na censura fazendo sua "ode" passar por "imitação do latim": "Tu te extinguias, abastado jovem! / ... E, no intervalo, o herdeiro dos teus bens, / ávido corvo, louco por cadáveres, / empalidecia, por sustos abalado / presa da febre do açambarcamento / ... / Imaginava: 'Não mais devo ninar / os filhos dos ilustres dignitários / ... / nem nas contas enganar minha mulher, / tampouco prosseguir surripiando / a lenha do

Estado!'...." De Paris, Aleksandr Ivanovitch Turguenev escreveu a Viazemski: "Meus agradecimentos ao tradutor — do latim, infelizmente, e não do grego!", acrescentando, com larga metáfora, o homossexualismo ao feroz retrato do desiludido herdeiro de Luculo (todos sabiam da ligação entre Uvarov e o príncipe Dondukov-Korsakov, o homem medíocre e ignorante que o ministro havia promovido a diretor do Comitê de Censura e a vice-presidente da Academia das Ciências). O verdadeiro alvo da ode foi logo identificado. Uvarov choramingou junto às altas esferas, e Puchkin foi convocado pela Terceira Seção. Quando o conde Benckendorff quis saber a quem aludia ele nos versos incriminados, o poeta respondeu: "Ao senhor." Benckendorff soltou uma risadinha cética. "Não acredita? Mas, então, por que algum outro se convenceu de que eu me referia a ele?" E no dia seguinte, por escrito: "... Peço apenas que me seja demonstrado que eu o mencionei — qual é o trecho da minha ode que lhe pode ser aplicado..." Desta vez, Puchkin estava garantido: qualquer providência contra ele ou contra a revista moscovita que publicara a pretensa "imitação" significaria que também o czar reconhecia no impaciente abutre um alto dignitário, um ministro seu. Uvarov jurou a si mesmo que Puchkin lhe pagaria. Por isso, alguém ouviu-o berrar nos corredores do ministério: "Que sejam designados para as obras desse biltre não um, mas dois, três, quatro censores!"

A acusação a que se aludia na "Notice sur Pouschkin" era uma *vox populi* não sufragada por provas, a compreensível reação de uma cidade onde ainda não se extinguira o eco das gargalhadas suscitadas por *Luculo* — pois todos tinham rido, inclusive os muitos que, em público, haviam condenado a enésima e imperdoável bravata do poeta. Um raciocínio elementar: Puchkin chamou Uvarov de ladrão e subalterno, Uvarov respondeu às rimas chamando-o de corno. A lógica celebrava seu férreo triunfo. Simples demais. E, se existisse o mínimo indício contra o "corvo", Puchkin perderia a oportunidade para uma última estocada?

2. A "*bombe à la Nesselrode*"

Em 17 de fevereiro de 1837, Aleksandr Ivanovitch Turguenev anotou no diário: "Noite em casa da Bravura ... portanto, da Valueva, Vielgorski estava lá. Jukovski falou dos espiões, da condessa Júlia Stroganova, dos 3 ou 5 pacotes que levou do escritório de Puchkin ... *Os suspeitos. A condessa Nesselrode.* Discussão com Jukovski sobre Bludov e outras coisas". Num trecho das memórias que o velho príncipe Aleksandr Mikhailovitch Gozitsyn escreveu no início do século XX, lemos: "O soberano Aleksandr Nikolaevitch, durante um jantar em restrita companhia no Palácio de Inverno, disse em voz alta: '*Eh bien, on connait maintenant l'auteur des lettres anonymes qui ont causé la mort de Pouchkine; c'est Nesselrode*'.[40] Eu soube disso por uma pessoa que estava sentada ao lado do soberano." Com base nesses testemunhos, houve quem atribuísse à condessa Maria Dmitrievna Nesselrode a autoria dos diplomas agressivos.

Desde a juventude, Karl Vassilievitch Nesselrode foi um virtuose dos blinis, um mestre do *flambé*, um artista da glace. A cozinha russa imortalizou um pudim que ele inventou, e a internacional, uma sobremesa-surpresa: uma bola de sorvete coberta por chocolate quente. Com suas guloseimas — contava o cáustico Vigel — Nesselrode conseguiu tocar o coração do primeiro gastrônomo da capital, o ministro das Finanças Guriev. A filha deste, moça "madura e já um pouco fanada — pendia soberba e tristemente da árvore familiar, como um fruto suculento, e deixou-se colher por Nesselrode sem apresentar resistência. Junto com ela, derramou-se sobre Nesselrode uma chuva de ouro".

Fortalecido pela "debilidade de caráter" e pela opacidade intelectual que podem se transformar em virtudes aos olhos dos soberanos absolutos, depois de uma breve e fracassada experiência na marinha, Karl Vassilievitch Nesselrode queimou as etapas da carreira de estadista: conselheiro diplo-

---

[40] "Pois bem, agora se conhece o autor das cartas anônimas que provocaram a morte de Puchkin: é Nesselrode."

mático do embaixador russo em Paris e, a seguir, do czar, tornou-se ministro das Relações Exteriores e vice-chanceler (a partir de 1846, chanceler) do Império russo. A esposa, mulher de índole rígida, altiva, caracterizada por uma imperiosa vocação para o comando, tornou-se por sua vez a mais respeitável conselheira do ex-conselheiro. Amedrontava os diplomatas de meia Europa; fanática pela *ordre établi* e pela Santa Aliança, modelava idéias e até maneiras segundo o exemplo vivo de Metternich. "Concussionária, intrigante, uma verdadeira bruxa", com seu caráter de ferro e sua energia infatigável Maria Dmitrievna Nesselrode conquistou uma posição extremamente sólida no alto da escala social da Rússia; era temida e adulada pela multidão de cortesãos que se aglomeravam ao pé da montanha, esperando iniciar também eles a tão difícil quanto rendosa escalada. Gostava de criar e destruir carreiras, fortunas, reputações; sua hostilidade era tão terrível e perigosa quanto fervorosa e ativa sua amizade. Parecia menosprezar deliberadamente qualquer traço de feminilidade (aliás, tinha-os poucos tanto no rosto como no corpo), desdenhava os fúteis discursos de salão para falar de política, de altas finanças, de casamentos reais, às vezes de literatura — mas da "séria"; devotadíssima ao trono, não economizava críticas e censuras à atuação do governo: "*ce bon Monsieur de Robespierre*", chamava-a zombeteiramente o grão-duque Mikhail Pavlovitch. Recebia — taciturna, distante, imersa em pensamentos impenetráveis — semi-reclinada na cabeceira do divã; só erguia os olhos e demonstrava animar-se quando em seu exclusivo salão, que muitos achavam mortalmente tedioso, apareciam os eleitos, os representantes máximos da *societé dans la societé*, do areópago oligárquico que se reunia no *salon* parisiense de Madame de Swétchine ou no vienense de Melanie von Metternich. Maria Dmitrievna Nesselrode odiava Puchkin por causa de um curto epigrama sobre seu pai, aquele Dmitri Aleksandrovitch Guriev de quem, sustentavam alguns, a condessa teria herdado a paixão desenfreada pelo dinheiro alheio: "Enquanto Golitsin doutrinava os russos, Guriev os roubava a mais não poder." O epigrama talvez não pertencesse a Puchkin, mas a opinião pública o atribuía a ele, recordando as muitas perfídias saídas de sua boca e de sua pena a respeito daquela mulher. Pois o poeta a detestava de todo o coração. Uma vez, sem que o marido soubesse, Natália Nikolaevna fora dançar no

Anitchkov em companhia da Nesselrode; Puchkin perdera as estribeiras e, junto com outras palavras não propriamente gentis, dissera à arrogante condessa: "Não quero que minha mulher vá a lugares que eu não freqüento." Os partidários da culpa de Maria Dmitrievna Nesselrode invocam outras circunstâncias indiciárias para sustentar sua acusação: Sollogub recorda que, na manhã de 4 de novembro, Puchkin "suspeitava de uma mulher de quem disse até o nome". Nos dias em que São Petersburgo transbordava de indignação contra o estrangeiro que havia manchado as mãos com o sangue de Puchkin, o casal Nesselrode esteve até o fim ao lado de Georges d'Anthès e do embaixador da Holanda. Três anos mais tarde, a condessa Nesselrode manifestou solidariedade e ansiosa solicitude por Erneste de Barante, o jovem francês que se batera em duelo com aquele que ela definia como "o oficial Lementiev": Mikhail Lermontov. Seria o suficiente para acusá-la? Sem dúvida, ela não era uma férvida admiradora dos dois poetas, e de resto não conhecia, não podia conhecer as obras deles: falava e escrevia com dificuldade em russo, exatamente como o marido, em cujas veias corria sangue germânico e em cujos pensamentos a sujeição à Corte de Viena era tão forte que ele pôde ser definido como "ministro austríaco das Relações Exteriores da Rússia". Só isso — os diplomas, não esqueçamos, foram quase certamente escritos por mão russa — já deveria afastar de Maria Dmitrievna Nesselrode qualquer suspeita, a não ser que admitamos a cumplicidade de um escriba, ou de um lacaio, ou de um amigo, na verdade muito arriscada para uma pessoa daquele nível. Além disso, os que a acusam não conhecem bem a língua francesa: embora os autocratas não estejam submetidos à etiqueta dos mortais comuns, duvidamos de que Alexandre II, falando de uma senhora, tivesse dito "*C'est Nesselrode*" sem acrescentar "*Madame de*" ou "*la Comtesse de*", ainda mais numa hora em que fazia aos comensais uma revelação tão grave. Bom senso e gramática nos induzem a pensar que o czar se referisse no máximo ao Nesselrode que não precisava de especificações, o "Nesselrode" *tout court*, o negociador do Congresso de Viena, o ministro, o chanceler.

Durante quase 15 anos, prestando serviço ao Estado como funcionário do colégio das Relações Exteriores, Puchkin esteve — pelo menos, formalmente — subordinado a Nesselrode. Embora, em meados da década de 1830, os dois tenham sido vistos passeando juntos pela avenida Nevski, embora várias vezes se tenham encontrado nas recepções da *high society* petersburguense, na Corte, no ministério, o vice-chanceler e o poeta não podiam ser definidos como amigos — e como inimigos tampouco. Em 14 de dezembro de 1833, Puchkin anotou no diário: "Kojubei e Nesselrode receberam duzentos mil rublos cada um para dar de comer a seus camponeses esfomeados, e esses quatrocentos mil rublos vão ficar nos bolsos deles;" mas, se tivesse de odiar todos os que, na Rússia, enriqueciam de maneira pouco limpa, não lhe teriam bastado as mais copiosas reservas de sua natureza ardente, apaixonada. Quanto a Nesselrode, ao menos a julgar pelos documentos que chegaram até nós, não alimentava particular malquerença contra o poeta. Em 1820, escrevera sobre ele ao general Inzov: "Não há excesso a que esse desventurado jovem não se tenha deixado levar, assim como não há perfeição que ele não possa atingir com a excelsa superioridade dos seus talentos"; sua atitude em relação a Puchkin não parece ter mudado com o tempo, embora, mesmo em idade mais madura, o "desventurado jovem" sempre achasse um jeito de meter-se em confusões que para Nesselrode significavam novos aborrecimentos, novo trabalho, novas pilhas de papéis na escrivaninha. Não há dúvida de que isso o incomodava: o vice-chanceler era um homem de infinita, extraordinária preguiça — a preguiça que parece depor a favor de sua inocência no caso dos diplomas, já que a preparação deles deve ter exigido tempo, empenho, atenção. E Nesselrode já não suportava documentos e papelórios; assim que conseguia descarregar dos mirrados ombros o fardo da História, dedicava-se exclusivamente à gastronomia e à floricultura; e, em ocasiões especiais, àquele que muitos consideravam seu terceiro hobby: a prevaricação. Inventar novas receitas, testar novos enxertos de orquídeas — muito mais relaxante e agradável do que sentar-se para copiar várias vezes, em demorada letra de imprensa, uma estúpida patente de corno! Portanto, não sabemos o que pensar das palavras de Alexandre II: "É Nesselrode." Um mexerico póstumo, o resultado de investigações tardias, uma conjetura, uma brincadeira? Teria o czar tomado um pileque, naquele dia? O príncipe Golitsin, por outro lado, estava rememorando uma frase ouvida de "uma pessoa que estava sentada ao lado do soberano", um fato ocorrido mais de vinte anos antes, já que Alexandre II morreu em 1881; pode ter confundido alguma coisa, ou quem lhe contou o episódio pode ter-se enganado, ter interpretado mal alguma coisa. Parece estranho, e até inverossímil, que os convidados da mesa imperial tenham conseguido manter no mais rigoroso e inviolado segredo a solução de um enigma que até hoje, mais de um século e meio depois, perturba e apaixona a Rússia, e que nada fosse jamais revelado sobre Nesselrode — o conde ou a condessa.

3. *Le diable boiteux*

A filha caçula de Puchkin recordava: "Minha mãe sempre acreditou que o autor das cartas anônimas era o príncipe Piotr Vladimirovitch Dolgorukov... A outra pessoa que minha mãe indicava como autor ... era o príncipe Ivan Sergueevitch Gagarin...."

Dolgorukov, Gagarin: os mais sensíveis desviam o olhar. Difunde-se pelo cenário um cheiro acre de enxofre, lâmpadas purpúreas fendem as trevas, abre-se com um rangido sinistro a tampa de um alçapão — e aí está Satanás, no papel que desde tempos imemoriais a fantasia popular russa lhe atribuiu: apóstata, como o jesuíta Ivan Gagarin, e aleijado, como o claudicante Piotr Dolgorukov, que por causa de seu defeito físico era apelidado "*le bancal*".* Outros sinais revelavam as origens luciferinas de Dolgorukov: o corpo atarracado e malfeito, os traços irregulares do rosto, o olhar esbugalhado por trás das grossas lentes, o veneno da língua, o gosto pelas vias transversas, a paixão por mexericos, intrigas, imbróglios. Era repulsivo, antipático, mesquinho, bisbilhoteiro, cheio de si e de desprezo pelo próximo, pérfido, sempre em guerra com o mundo — um verdadeiro anticristo.

Na manhã de 4 de novembro de 1836, também Klementi Rosset recebeu a missiva dupla, na casa que, então, dividia com o irmão Arkadi e um

*"O cambaio" (*N. da T.*).

ex-colega do Corpo dos Pajens, Nikolai Scalon. Os dois Rosset haviam herdado da irmã — a bela, inteligente e culta Aleksandra Ossipovna, a partir de 1832 mulher de Nikolai Mikhailovitch Smirnov — a amizade com os maiores escritores da época. Puchkin nutria afeto pelos dois Rosset, e, poucos dias antes, perguntara justamente a Klementi de que modo os jovens camaradas militares haviam recebido *Il condottiero*; a opinião deles, afirmara, era muito mais importante para ele que a dos aristocratas e poderosos. Klementi Rosset não hesitou em abrir a carta endereçada a Puchkin e mostrou-a imediatamente ao irmão e ao amigo, comunicando-lhes suas impressões. Quem escrevera aquilo, disse, devia ser alguém que freqüentava o pequeno apartamento deles na praça Mikháilovskaia, cujo endereço fora especificado no envelope com insólita precisão: "Casa de Zanfteleben, à esquerda, terceiro andar", e também parecia-lhe reconhecer o papel de correspondência e a letra — já os vira em algum lugar, mas onde? Finalmente lembrou-se e, no dia seguinte, foi procurar o príncipe Gagarin. Recentemente de retorno à pátria, depois de uma longa estada em Mônaco, onde havia trabalhado para a missão russa, Ivan Gagarin, 22 anos, amava as boas leituras e a companhia dos literatos: Viazemski, Tchaadaev, o próprio Puchkin; foi ele quem difundiu as líricas do distante Tiutchev no círculo puchkiniano. No outono de 1836, Gagarin morava na rua Bolchaia Millionaia com outro personagem muito conhecido de Klementi Rosset, o príncipe Piotr Dolgorukov, também ele um jovem de ótima família e grande cultura. Rosset almoçou com Dolgorukov e Gagarin, mas na presença da criadagem não mencionou o motivo de sua visita; só mais tarde afastou-se com os dois amigos para o escritório, mostrou-lhes o diploma e perguntou-se em voz alta quem poderia ser o autor, que conseqüências poderiam advir daquilo: pretendia sondar discretamente o terreno, observar as reações dos donos da casa. Aquela conversa, talvez unida a outras considerações por nós desconhecidas, não deve ter dissipado as suspeitas de Klementi Rosset, visto que logo depois do duelo de Puchkin os nomes dos dois príncipes começaram a circular como sendo os autores dos funestos diplomas que o haviam provocado. Em 31 de janeiro de 1837, Aleksandr Ivanovitch Turguenev anotou no diário: "Jantar em casa da Karamzina. Discussão sobre Heeckeren e Puchkin. Desconfia-se novamente do príncipe pe I. Gagarin." No dia seguinte, nos funerais do poeta, o mesmo Turguenev não perdeu Gagarin de vista: se ele não se aproximasse do féretro para a última despedida, confirmaria indiretamente a própria culpa. Mas o jovem, que naqueles dias parecia "destruído por uma dor secreta", debruçou-se sobre o caixão e beijou a fronte lívida do cadáver. Somente Turguenev se tranqüilizou com o piedoso gesto: quando, em 1843, o príncipe Gagarin entrou como noviço para um colégio jesuíta francês, muitos acreditaram que ele estivesse deixando a Rússia e o mundo movido pelo remorso, a fim de expiar o delito que lhe pesava na consciência. Contudo, eram apenas boatos, sussurros, e ninguém jamais pronunciou abertamente o nome de Gagarin ou o de Dolgorukov até que, em 1863, um poeta quase desconhecido, Ammossov, publicou um livrinho no qual o trágico fim de Puchkin era reconstituído "com base na narrativa de seu ex-colega de Liceu e padrinho Konstantin Karlovitch Danzas". Foi então que os russos puderam ler, preto no branco: "Depois da morte de Puchkin, muitos suspeitaram do príncipe Gagarin; agora ficam suspeitas quanto a Dolgorukov ... Quando já se encontrava no estrangeiro, Gagarin admitiu que as cartas anônimas realmente haviam sido escritas em seu papel de correspondência — não por ele, contudo, mas pelo príncipe Piotr Vladimirovitch Dolgorukov."

Em novembro de 1836, Piotr Dolgorukov ainda não completara vinte anos. Havia concluído os estudos no Corpo dos Pajens, mas, "por mau comportamento e preguiça", fora privado do título de pajem de câmara que lhe fora conferido naquele mesmo ano; a baixa classificação e o atestado de inépcia para o serviço militar com que se licenciara do Corpo barraram para ele a brilhante carreira na Guarda que, de outro modo, poderiam lhe garantir título e patrimônio. Teve de contentar-se com um cargo não-remunerado no Ministério da Instrução Pública, onde podia contar com a benevolência e a proteção de Uvarov. Único herdeiro de uma fortuna consistente, o jovem não tinha problemas econômicos e dispunha de muito tempo livre. Dedicou-o, além de à vida mundana, às pesquisas genealógicas, sua paixão. Em 1843, sob o pseudônimo de "Comte d'Almargo", publicou na França uma *Notice sur les principales familles de la Russie* que, junto com a ira do czar e as atenções da Polícia Secreta, lhe valeu o ódio de muitos compatriotas. O tempo e a intensa atividade publicística de Dolgorukov viriam exacerbar esse rancor: aos dados coletados nos arquivos, o príncipe gostava de acrescentar saborosas anedotas, recolhidas diretamente nos salões, a fim de desmascarar e ridicularizar os cortesãos que haviam cavado títulos e postos de poder com adulações, intrigas, casamentos de interesse, aventuras eróticas. Do alto de sua linhagem milenar (as origens de sua família remontavam ao chefe varego* Riurik, príncipe de Novgorod no século IX), Dolgorukov considerava pouco mais que *parvenus* até mesmo os Romanov. Ameaçadoramente convocado à pátria por Nicolau I, Dolgorukov retornou sabendo que o esperava o castigo do czar. Assim foi, e ele teve de passar um ano de confinamento na longínqua Viatka, onde manteve a atitude de um "Wallenstein em desgraça". De volta à vida livre, dedicou-se exclusivamente aos estudos e publicou relatórios genealógicos até hoje preciosos; em 1859, refugiou-se clandestinamente na França com o *status*, agora oficial, de exilado político. Continuou a propagar suas impiedosas "verdades sobre a Rússia" em jornais, panfletos, memórias; ele mesmo foi editor de folhetos em que denunciava com feroz sarcasmo os vícios da aristocracia e da autocracia pátrias. Morreu no exílio em 1868, quando, na Rússia, muitos já estavam convencidos — e quem já não se encontrava entre os vivos transmitira a outros sua certeza — de que ele carregava na consciência a causa primeira da morte de Puchkin. Até hoje a acusação, baseada em provas indiretas, analógicas, goza de largo crédito.

Em 1848, em Moscou, Tchaadaev recebeu uma carta de Louis Colardeau, um desconhecido neuropatologista parisiense que se oferecia para livrar o pensador russo de sua grave forma de *mania de grandeza*. Naqueles dias, sempre por carta, muitos amigos e conhecidos de Tchaadaev foram convidados a pressionar o louco de Estado a fim de que ele se deixasse tratar pelo médico estrangeiro, o qual, se o curasse, poderia "esperar um posto de médico junto ao conde Mamonov e, assim, garantir-se para sempre uma posição". Tchaadaev logo adivinhou de onde vinha o golpe e

*Ou variego, povo escandinavo que no século IX dominava a Finlândia, chegando a invadir e dominar parcialmente a Rússia (*N. da T.*).

escreveu a Dolgorukov um arguto bilhete de resposta que julgou mais oportuno não expedir.

Em junho de 1856, quando fazia estação de águas em Wildbad, o príncipe Mikhail Semionovitch Vorontsov recebeu da Rússia uma carta que o perturbou profundamente. Dolgorukov, que se preparava para lançar o quarto tomo da *Genealogia russa*, pedia que Vorontsov confirmasse a antigüidade de sua estirpe mediante a remessa de novos documentos, pois nos antigos atos e nas Crônicas não conseguira encontrar a prova da autenticidade dos papéis fornecidos, anteriormente, pelo interessado. A carta vinha acompanhada por um desconcertante bilhete, sem assinatura e aparentemente grafado por outra mão: 'Sua Alteza dispõe de um meio *seguro* para fazer publicar sua genealogia ... da maneira como a desejar: presentear o príncipe Piotr Dolgorukov com uma soma de cinqüenta mil rublos; nesse caso, *tudo* será feito segundo seu desejo. Mas não há tempo a perder." Pouco tempo depois, Mikhail Semionovitch Vorontsov morreu, e foi seu filho Semion Mikhailovitch, três anos mais tarde, quem abriu processo contra Dolgorukov pelas informações ofensivas por este divulgadas no "*Courier de dimanche*". Ao término do processo, concluído em Paris em 3 de janeiro de 1861, os juízes consideraram o príncipe coxo culpado do crime de difamação; também estabeleceram que fora ele que escreveu, alterando a letra, o anônimo bilhete extorsionário recebido pelo finado Vorontsov.

No primeiro número do *Futuro* (setembro de 1860), publicado em Paris, Dolgorukov escreveu sobre Odoevski: "Na juventude viveu em Moscou, estudou com zelo a filosofia alemã e escrevinhou poeminhas ruins. Arriscou-se sem sucesso em experimentos químicos e, com seus incessantes exercícios musicais, dilacerou a audição de todos os conhecidos ... Hoje, entre os mundanos, Odoevski tem fama de literato, e, entre os literatos, de mundano. Tem coluna vertebral de borracha, uma infinita cupidez por condecorações e convites à Corte, e, rastejando continuamente à direita e à esquerda, finalmente obteve o nível de maestro da Corte." Odoevski redigiu uma réplica indignada: "Até hoje, esse ignorante senhor exercitou-se unicamente no setor dos mexericos, da difusão de cartas anônimas, e nesse campo operou com grande sucesso, provocando muitos litígios, desastres familiares e, entre outras coisas, uma enorme perda que a Rússia chora ainda hoje." Mas não pôde publicar sua resposta: na Rússia, era proibido escrever sobre escritos proibidos.

Em 7 de fevereiro de 1862, Serguei Aleksandrovitch Sobolevski, o amigo de Puchkin que, em obstinada busca póstuma da verdade, tentou até o fim desmascarar o autor dos diplomas, escreveu ao príncipe Vorontsov Júnior:

> "... Acabo de saber que d'Anthès quer, por sua vez, mover uma ação contra Dolgorukov e sustenta poder provar que Dolgorukov é o autor das infames cartas anônimas ... Sei que estão circulando em São Petersburgo memórias (verdadeiras ou falsas) da princesa Dolgorukova... Se o senhor as vir, peço-lhe o cuidado de observar o que se diz nelas sobre o *affaire* Puchkin; é interessante tanto mais quanto a princesa ter sempre sustentado (e dizia isso a quem quisesse ouvir) que seu marido lhe havia contado ser ele o autor de toda a tramóia..."

Em 8 de fevereiro de 1862, o tipógrafo E. I. Weimar escreveu ao príncipe Semion Mikhailovitch Vorontsov para relatar o feio incidente ocorrido depois que ele publicou o terceiro volume da *Genealogia* de Dolgorukov: "... Em 2 de março de 1856, entreguei-lhe a conta em casa ... Agrediu-me, dizendo que alguns exemplares estavam sujos ... 'Assine o recibo', disse. Eu assinei. Ele pegou a conta, entrou em seu escritório como se fosse buscar o dinheiro, voltou alguns minutos depois e me perguntou: 'Está esperando o quê, ainda?' 'Como, o que estou esperando, Excelência? O meu dinheiro!' 'O senhor já recebeu e assinou o recibo.' ... Começou a me insultar com as palavras mais injuriosas, chamou o criado e mandou que ele me acompanhasse até a porta." Weimar prestou queixa, mas retirou-a a seguir, apavorado com a idéia de precisar enfrentar num processo público "uma pessoa poderosa e ilustre" como Dolgorukov.

Em 1863, no quinto número da *Folha*, Dolgorukov tripudiou pela enésima vez sobre os ritos pátrios: "Escrevem-nos de São Petersburgo que o nosso sábio governo, por ocasião do ingresso da Rússia no *segundo milênio* de caos, está para instituir duas novas ordens, e caprichadamente: como prêmio às pessoas famosas por sua devoção à autocracia e pelas não-excelsas capacidades intelectuais, a ordem do *Asno com louvor*; como prêmio aos leais escritores que alardeiam asneiras em defesa da autocracia, a ordem dos *Capões*."

Em suas *Mémoires*, "Dolgorukov se compraz em contar uma outra e mais antiga pasquinada *anônima* (também esta em francês) enviada por 'burlões' a São Petersburgo inteira em nome da mãe de V. V. Levachov (mais tarde conde) por ocasião do casamento do filho, fruto de uma relação não legitimada pelo matrimônio: 'A *senhorita* Akulina Semionovna tem a honra de anunciar o casamento do seu filho...'"

Em 1892 o diretor do *Arquivo Russo* divulgou o que lhe contara o já falecido conde Adlerberg: "No inverno de 1836-1837, numa grande recepção em São Petersburgo, o jovem príncipe P. V. Dolgorukov (mais tarde, conhecido genealogista), posicionado atrás de Puchkin, acenava para alguém na direção de d'Anthès mantendo no alto os dedos estendidos em forma de chifres."

Em 1895 o *Arquivo Russo* publicou as notas do barão Fiodor Andreevitch Büler a uma carta inédita de Puchkin. Nelas se lia:

> "Nos anos 40, durante um dos sábados lítero-musicais do príncipe V. F. Odoevski, demorei-me bastante, até que ficamos somente quatro em seu escritório: ele, eu, o príncipe Mikhail Iurievitch Vielgorski e Lev Sergueevitch Puchkin, conhecido em seu tempo como Liovuchka ... Pela detalhada e interessantíssima narrativa do conde Vielgorski, Liovuchka veio a saber de todas as malignas provocações que haviam levado seu irmão a duelar. Ainda hoje, não é o caso de tornar público tudo o que ouvi naquela ocasião. Direi apenas que, na lista dos autores das provocadoras cartas anônimas, foi incluído o nome do príncipe P. V. Dolgorukov...."

As afirmações de Danzas (que ainda vivia quando saiu o livrete preparado por Ammossov, e não desmentiu nada) pareceram a Dolgorukov o enésimo elo da cadeia de calúnias difundidas sobre ele pelos numerosos inimigos que possuía na Rússia; os mesmos que, por ocasião do processo Vorontsov, segundo estava convencido, não hesitaram em corromper magistrados, peritos, testemunhas. Depois de publicar no *Sino* de Herzen uma carta aberta, em 1863 enviou-a ao *Contemporâneo*: nela, repelia indignado qualquer acusação e mencionava a seu favor, entre outras coisas, a circunstância de que, depois da tragédia, os íntimos e os amigos de Puchkin não pararam de o freqüentar. Nem todos os familiares, na verdade, nem todos os amigos; e, à margem da página de um livro publicado em Berlim em 1869, no trecho em que vinha lembrada a antiga culpa do príncipe-genealogista na história das cartas anônimas que induziram Puchkin à morte, Viazemski escreveu: "A coisa ainda não está provada, embora Dolgorukov fosse capaz de cometer essa infâmia."

Somente em 1865, dois anos depois de Dolgorukov, Gagarin fez ouvir sua voz magoada. Escreveu a um jornal petersburguense muito difundido, o "Notícias da Bolsa", e, para refutar as afirmações de Danzas, invocou a alta estima que sempre alimentara pelo poeta prematuramente desaparecido, as relações de amizade que o haviam ligado a ele e, sobretudo, a própria honra. Quanto ao papel de correspondência usado para os diplomas, sustentava, não era estranho que se parecesse com o que ele mesmo usava: como mil outras pessoas, comprava-o na *Loja Inglesa* de São Petersburgo.

A Semion Mikhailovitch Vorontsov, na carta de que já transcrevemos um trecho, Sobolevski escreveu: "... Tenho muita estima por Gagarin para alimentar contra ele alguma suspeita, por menor que seja; todavia, no ano passado, interroguei-o categoricamente sobre o caso; ele respondeu sem pensar nem um pouco em desculpar-se, seguro como estava da própria inocência, mas, enquanto isentava Dolgorukov, contou-me muitos fatos que, segundo me pareceu, demonstram antes a culpa deste último...."[41] Ainda em 1886, quatro anos depois da morte de Gagarin, Nikolai Leskov defendeu-o nas páginas do *Mensageiro Histórico*: convidava as pessoas a serem "extremamente cautelosas nas conjeturas a respeito dele"; justiça e piedade o exigiam, escreveu. Ninguém, no entanto, eximiu Piotr Vladimirovitch

[41]Sobolevski devia ter informado de suas impressões também o amigo Danzas, que as referiu como certezas já adquiridas.

Dolgorukov, ninguém o defendeu. Do seu lado ficou somente outro exilado russo, Herzen; na verdade, não simpatizava com "Peto Vladimirovitch", o "príncipe Hipopótamo", mas não podia evitar alinhar-se com aquele feroz adversário do regime autocrático. Muitos anos depois, o diabo coxo encontrou um admirador em Lenin, que o preferia aos mentirosos historiadores liberais e se inclinava a publicar os escritos políticos dele na Rússia libertada do jugo czarista.

A respeito dos diplomas, Sollogub escreveu: "Basta que os especialistas analisem a letra, e o nome do verdadeiro assassino de Puchkin será conhecido, para ser desprezado eternamente por todo o povo russo. É um nome que tenho na ponta da língua..." No século XX, muitos "especialistas" saíram em busca desse nome, que ficou para sempre na língua do excessivamente discreto Sollogub.

Em 1927, Schogolev confiou ao perito grafólogo Salkov algumas amostras das letras de Gagarin, Dolgorukov, Heeckeren. Salkov estabeleceu que a grafia daqueles diplomas — dos dois exemplares remanescentes — era inequivocamente do príncipe Piotr Dolgorukov.

Em 1966, apoiado no parecer do perito Tomilin, Iachin reconheceu no ornato que aparece na parte de baixo do diploma a mão do príncipe Ivan Gagarin, e, na inscrição "para Aleksandr Sergueevitch Puchkin", a de um empregado do pai de Gagarin, Vassili Zaviazkin (o qual, aliás, vivia em Moscou). O perito Liubarski contestou as conclusões de Tomilin, cuja falta de fundamento demonstrou.

Em 1974 o perito Tscipeniuk sustentou que o método e as conclusões da perícia de Salkov não tinham o menor fundamento científico e que, portanto, a culpa de Dolgorukov não podia ser provada de maneira indiscutível.

4. Das causas e dos efeitos

Um país inteiro acusa, depois absolve, depois volta a acusar os supostos culpados de um delito juridicamente menor, como a difamação — já que aquela culpa acionou um mecanismo mortal. A distância entre causa e efeito desorienta, perturba. Como para restabelecer as proporções, um país inteiro obstina-se em procurar o responsável moral pela morte de Puchkin num elenco nobiliárquico ideal: o ministro Uvarov, a condessa Nesselrode, o príncipe Gagarin, o príncipe Dolgorukov. E se mostraria incrédulo, quase ofendido, se um milagre agora impossível revelasse que no começo do fim de Puchkin estava um plebeu — por que não?, aquele mesmo Faddei Bulgarin (jornalista, autor de romances medíocres e de plágios escancarados, ativo colaborador da Terceira Seção) que atormentava o poeta com o aguçado ferrão da *Abelha do Norte* — ou um ainda menos ilustre desconhecido. "*C'est Nesselrode*", teria dito Alexandre II. Mas ninguém jamais levou em consideração a candidatura de Dmitri Karlovitch Nesselrode, filho do vice-chanceler e um homem sem qualidades nem história, que só fez uma carreira importante graças à poderosa proteção familiar. Dele, sabemos que em 1836, como Puchkin, servia ao Estado, no âmbito do Ministério das Relações Exteriores; que um dia emprestou ao poeta uma cópia de *Angèle* de Dumas pai; que era "pouco inteligente, presunçoso e mal-educado" e, na avaliação do imperador, "usava cabelos um tanto longos". Isso, obviamente, não prova nada, mas provaria talvez um pouco mais o fato de sua mãe ter um dia acompanhado Natália Nikolaevna ao palácio Anitchkov? Não queremos de modo algum enlamear a já pouco luminosa memória de Dmitri Nesselrode, mas é significativo que, nessa secular caça ao anônimo, a suspeita jamais o tenha atingido: preferem-se inimigos poderosos, à altura — pelo menos em nível, título, posição social — do poeta. Inimigos, dissemos, e há uma ligação. A hostilidade da Nesselrode ou de Uvarov seria menos intensa que o ódio a Puchkin alimentado pela condessa Kossakovskaia? Num dia de ácido humor literário, ela havia incautamente provocado o poeta: "O senhor sabe que seu *Godunov* pode parecer interessante na Rússia?" E ouvira a seguinte resposta, pronunciada com gélida calma: "Exatamente como a senhora, madame, pode passar por uma mulher bonita na casa da senhora sua mãe" — e a partir daquele dia a Kossakovskaia não podia ouvir o nome de Puchkin sem estremecer de raiva e repulsa. E os novos nobres por ele ridicularizados em *Minha genealogia*, a saborosa resposta em versos à tirada de Uvarov e ao artigo de Bulgarin?

Rezava a genealogia: "... Não comerciava, o meu avô, com friturinhas, / não engraxava as botinas do czar, / c'os sacristãos da Corte não cantava, / e da Ucrânia não saltava num só pulo / em meio aos príncipes, nem havia desertado / das empoadas tropas do reino austríaco; / que aristocrata seria eu então? / Graças a Deus, eu sou apenas um burguês..." — e os Menchikov, os Kutaisov, os Razumovski, os Bezborodko, os Kleinmichel vestiram a carapuça daqueles versos que em 1836 continuavam a circular, copiados à mão, fomentando rancores e propósitos de vingança. Muitos, já o sabemos, não simpatizavam com Puchkin, muitos tinham ou acreditavam ter um bom motivo para ofendê-lo. Mas não os principais indiciados: Gagarin, Dolgorukov. Se foi um deles (ou se foram ambos) que enviaram os diplomas, tratou-se evidentemente de uma brincadeira — abjeta e fatal, mas só uma brincadeira. As pessoas se recusam a acreditar nisso e procuram causas longínquas, motivos: Dolgorukov, por exemplo, fazia parte do "círculo de jovens despudoradamente dissolutos" que rodeavam Heeckeren, a ele reunidos pelo "vício asiático" (a predileção erótica por indivíduos do sexo masculino). Da mesma forma, ninguém quer dar a mínima atenção, se não até mesmo fé, ao que Aleksandr Vassilievitch Trubetskoi escreveu em seu marasmático *Relato*: "Naquele período, alguns jovens ociosos — entre outros, Urussov, Opotchinin, Stroganov, *mon cousin* — começaram a expedir cartas anônimas aos maridos cornos." Por que não merecia fé? Porque, quando é um grande a morrer, a hipótese de trote não convence — não satisfaz, não consola. E o mal que é fim em si mesmo — inclusive o mal de uma brincadeira sórdida — desorienta, atordoa.

E se tivermos de procurar entre os inimigos, por que não entre os de Georges d'Anthès? Não eram muitos, é verdade: o *chevalier garde* sabia fazer-se amar. Mas algumas damas certamente lhe guardavam rancor: a "Patroa" que ele havia abandonado no final do outono de 1835, outras senhoras a quem havia despedaçado o coração. Uma mulher teria um motivo: o ciúme. Um objetivo: criar problemas para d'Anthès e sua nova paixão. Conseguiria criá-los para sempre.

5. A hidra jesuíta

Muitos russos, no século XX, aprenderam nos bancos da escola e depois leram em livros e revistas que Puchkin, o "*ami du quatorze*",[42] morreu em conseqüência de um obscuro desígnio do poder, de uma infame aliança entre czar, polícia secreta e camarilha aristocrática, de uma conjuração da qual d'Anthès teria sido um instrumento insciente — mas segundo alguns, até ciente. Sobre o tema do complô revolveu-se demoradamente a insuspeitada fantasia soviética.

"... Em 1836 I. S. Gagarin volta à Rússia ... Torna-se íntimo do salão da condessa M. D. Nesselrode. Todos, nesse covil cuidadosamente camuflado de jesuítas ocultos — a dona da casa, o marido, os freqüentadores assíduos — eram acirrados inimigos da Rússia e de seu gênio nacional ... Ao czar e ao seu círculo a fisionomia moral de Puchkin incutia medo, incomodava-o seu espírito democrático... Mas a coisa que Nicolau I mais temia era o decabrismo de Puchkin. Sim, com todo seu ser, seu caráter, sua arte, Puchkin lembrava ao czar os odiados decabristas ... E Puchkin estava condenado. O jogo satânico dos jesuítas na arena internacional, um jogo voltado para a conquista política da Rússia no interesse do catolicismo, apressou a ruína do grande cidadão russo ... O que não puderam ou não quiseram fazer abertamente os policiais, sob o comando de Nicolau I, foi levado a termo pela filial da Terceira Seção — o salão policialesco-jesuítico da condessa Nesselrode e do seu ajudante bem próximo, Gagarin ... Todo o salão jesuíta da condessa Nesselrode, momentaneamente transferido para a casa de Heeckeren, aguardou com impaciência o desfecho do duelo entre Puchkin e d'Anthès ... a chegada do estrangeiro que, segundo o plano previamente elaborado, devia matar o orgulho nacional da Rússia ... O próprio d'Anthès aproxima-se muito dos 'servos de Deus' ... não um garboso companheiro de bebidas, dançarino e cortejador de mulheres, mas um jesuíta, e não um jesuíta qualquer, mas um chefe, que, por experiência e direito, pode dar conselhos e instruções aos outros ... 'Não julgues e não serás julgado'. Significa que

[42]Obviamente refere-se ao 14 de dezembro de 1825, dia marcado para a revolta decabrista.

> os jesuítas e seus agentes não devem ser submetidos ao juízo da história, ao juízo do progresso?! Não ... Também sobre o negro manto de jesuíta de Gagarin se derrama o sangue de Puchkin, 'o justo sangue do poeta' ...".
>
> (1973)

Se d'Anthès, com seu francês desenvolto e sua cultura inexistente, nos faz sorrir nas negras vestes de "chefe" jesuíta, uma pergunta não deixa de nos atormentar: já que Puchkin era um insuportável cisco no olho do czar, a quem a diabólica ordem queria subtrair o poder político e espiritual sobre a herética Rússia, e já que Puchkin era inimigo jurado do czarismo, por que os jesuítas desejariam tão encarniçadamente sua morte? Deveriam, se tanto, escolhê-lo como aliado, cúmplice, agente secreto.

Doze noites insones

Em 3 de novembro de 1836, o regimento dos Cavaleiros da Guarda foi inspecionado, como preparação para a revista que aconteceria no dia seguinte, na presença do general Knorring. Pela "ignorância dos homens de seus pelotões e pelo descuido no trajar", o tenente Georges d'Anthès foi punido com cinco turnos de guarda extraordinários. Assim, a partir do meio-dia de 4 de novembro, deveria passar grande parte de seu tempo na caserna, fisicamente longe dos acontecimentos que iriam dar uma brusca, inesperada reviravolta em seu destino.

Na noite de 4 de novembro, o hussardo Ivan Gontcharov, irmão caçula de Natália Nikolaevna, levou à embaixada da Holanda a carta de Puchkin. D'Anthès estava de guarda no regimento, e foi Heeckeren, alarmado só por ouvir o nome de Puchkin, quem abriu aquela mensagem. Leu-a, e ficou transtornado. Quando se refez, decidiu que antes de mais nada era preciso cumprir as formalidades previstas pelo código de honra. Na manhã de 5 de novembro, procurou o poeta e aceitou o desafio em nome do filho, ausente por obrigações de serviço; justamente por causa daquela ausência e daquelas obrigações, pediu mais 24 horas de prazo além das de praxe: a curta prorrogação, disse, serviria também ao desafiante para refletir com mais calma sobre o próprio gesto. Conseguiu o adiamento solicitado.

Na manhã de 6 de novembro, Puchkin recebeu uma breve carta de Jacob van Heeckeren: este pedia uma ulterior dilação do duelo e comunicava que, naquele mesmo dia, voltaria a procurar o poeta. Simultaneamente, enquanto executava em Tsarskoe Selo suas tarefas de preceptor do herdeiro do trono, Jukovski recebia a inesperada visita de Ivan Gontcharov. O jovem informou-o do desafio e, em nome das irmãs e da tia, pediu-lhe que fosse imediatamente a São Petersburgo para falar com Puchkin, tentar dissuadi-lo de seus propósitos sanguinários. Chegando à casa do amigo, Jukovski interpelou-o afavelmente, lembrando-lhe seus deveres de pai e marido: dava-se ele conta das conseqüências que poderiam advir daquele gesto insensato? Mesmo que a sorte ficasse do lado dele, esperava-o o castigo da lei, um novo e longo período de desgraça — de que iria viver sua família? Aquelas ignóbeis cartas anônimas valeriam sua vida, o futuro dos filhos, a honra da mulher? Pois era fácil imaginar o que as más-línguas petersburguenses insinuariam a respeito de Natália Nikolaevna. E quem, com que palavras, poderia desta vez aplacar a justa indignação do soberano? Puchkin mantinha-se calado, com ar sombrio. Jukovski continuou a perorar seus aflitos argumentos até o momento em que anunciaram o barão Heeckeren; a essa altura, julgou mais útil e delicado afastar-se. Sozinho com o poeta, o embaixador disse que ainda não havia informado o seu Georges do desafio, e só faria isso no último instante; esperava ainda que Puchkin mudasse de idéia, já que nunca, de modo algum, jurava, o filho ultrajara a honra dele. Falou do imenso afeto que nutria por aquele jovem que era agora a única razão de sua existência solitária, disse que via destruído pelos alicerces o edifício de suas esperanças: mesmo que saísse vivo, o *chevalier garde* teria no duelo um acontecimento fatal para sua carreira. "Tocado pela emoção e pelas lágrimas do pai", Puchkin concedeu uma prorrogação de 15 dias; deu também sua palavra de honra de que, durante aquele prazo, não tomaria nenhuma iniciativa e de que, se encontrasse d'Anthès, iria comportar-se como se nada tivesse acontecido. Quando voltou ao nº 12 do Moika, Jukovski soube do adiamento; parcialmente aliviado, foi procurar o conde Vielgorski e depois o príncipe Viazemski; eles viviam em São Petersburgo havia mais tempo do que ele, e certamente podiam ajudá-lo a orientar-se numa situação em que muitas coisas ainda lhe pareciam obscuras, incompreensíveis.

Na tarde de 6 de novembro, o embaixador da Holanda manteve um breve colóquio com d'Anthès na caserna da rua Chpalernaia. Informou-o sobre o desafio, sobre os dois encontros com Puchkin, e pediu-lhe que aguardasse com calma o resultado das iniciativas que havia tomado. Não podia assistir inerte, disse, ao desabamento de tudo o que construíra ao preço de tantos sacrifícios; até sua carreira diplomática ficaria gravemente comprometida por um duelo travado pelo filho adotivo, qualquer que fosse o desfecho. Deixou-o, prometendo mantê-lo ao corrente de quaisquer novidades e dirigiu-se ao Palácio de Inverno, a fim de falar com Ekaterina Ivanovna Zagriajskaia.

De volta à sua casa, na noite de 6 de novembro, Jukovski encontrou uma carta de Zagriajskaia: a tia das irmãs Gontcharov pedia que ele a procurasse na manhã seguinte para discutir os graves fatos ocorridos. À noite, Jukovski custou a pegar no sono. Recapitulava mentalmente as ocasiões em que precisara intervir para enquadrar aquele rapaz (16 anos mais velho que Puchkin, ainda o considerava como tal), aquela natureza ardente e impetuosa que parecia tomar deliberadamente os caminhos da ruína. Dois anos antes, quando dera na telha do poeta aquela idéia de se licenciar, Jukovski havia-lhe passado uma descompostura como ele merecia: "Uma estupidez, uma absurda, egoística, indescritível estupidez. Eu mesmo não entendo o que te aconteceu; pareces ter ficado mais cretino; deverias permanecer um tempinho no manicômio ou então levar uma surra de varas para fazer-te o sangue voltar a circular." Agora, abatido e assustado com aquele novo rompante, como um afetuoso pai angustiado, pensava mais ou menos as mesmas coisas. Assim é que, nas complexas e convulsas situações a que iremos assistir, veremos dois pais se empenharem de todas as maneiras para salvar da catástrofe seus muito amados filhos adotivos: um amor de natureza diversa, mas de igual intensidade. E, desses dois pais, Jacob van Heeckeren era certamente o mais ardiloso, disposto a tudo.

D'Anthès a Heeckeren [noite de 6 de novembro]:

"Meu querido, agradeço pelos dois bilhetes que me mandaste. Eles me acalmaram um pouco, eu precisava disso, e escrevo estas poucas palavras para dizer mais uma vez que me entrego inteiramente a ti,

> qualquer que seja tua decisão, antecipadamente convencido de que agirás melhor do que eu em toda essa história. Deus meu, não quero mal à mulher, e fico feliz por sabê-la tranqüila, mas é uma grave imprudência ou loucura que não entendo, nem qual é o objetivo. Manda-me um bilhete amanhã para dizer se aconteceu algo de novo durante a noite. Também não me dizes se viste a irmã em casa da tia, nem como sabes que ela confessou as cartas. Boa noite, te beijo de coração...
>
> Em tudo isso, Catherine tem sido uma boa pessoa, que se conduz de maneira admirável.

O tortuoso estilo de Georges d'Anthès (aqui, ainda mais embaralhado pela inquietação, pela pressa) mergulha fundo no pântano das imprecisões. Foi a "mulher", Natália Nikolaevna, quem cometeu a "grave imprudência ou loucura"? Qual? Quem "confessou as cartas" — a "irmã", que d'Anthès acabou de mencionar? Catherine ou Alexandrine? Que cartas? As anônimas, por acaso? Melhor conter a fantasia e ater-se a testemunhos mais límpidos. Por Viazemski, sabemos que a chegada dos diplomas "acarretou explicações na casa dos Puchkin ... Culpada de leviandade, de irreflexão, e da condescendência com que tolerara a assiduidade de d'Anthès, a mulher fez ao marido um confissão completa dos próprios erros e do comportamento do jovem em relação a ela...". Naquela tempestuosa ocasião, acreditamos, Natalie revelou ao marido ter recebido cartas do *chevalier garde*, e o marido quis ler essas cartas, e Natalie — teria sido essa sua "grave imprudência ou loucura" — mostrou-as a ele. Não sem motivo, alguns dias mais tarde Puchkin lançaria à cara de d'Anthès "as bobagens que ele se deu o trabalho de escrever" à sua esposa, aquelas que, alguns meses depois, o *chevalier garde* justificaria como "curtos bilhetes com que eu acompanhava livros e ingressos de teatro". E, mesmo no limiar de eventos lutuosos, não podemos impedir-nos de sorrir: *d'Anthès* mandando *livros* para a mulher de *Puchkin*! No escritório do apartamento do nº 12 do Moika havia uma das mais ricas bibliotecas privadas da Rússia, seguramente a mais curiosa pelo saber humano: do A (Agoub J.; Alekseev P.; Alfieri V.; Alhoy M.; Alipanov E. I.; Ampère J.-J.; Anacreonte; Ancelot; Ancillon; Andrei Ioannov; Androssov V.; Annenkov N. E.; Antoine A.; Antommarchi F.; Apolodoro;

Ariosto; Aristófanes; Arnaud; etc.) ao Z (Zschokke J., *Histoire de la Suisse*). Mas, provavelmente, os que d'Anthès enviava a Natalie eram insossos romancezinhos de amor, que Puchkin jamais guardaria em suas estantes.

Na manhã de 7 de novembro, depois de falar com Ekaterina Ivanovna Zagriajskaia, Jukovski dirigiu-se à embaixada da Holanda. Heeckeren recebeu-o como a uma dádiva do céu e participou-lhe sua angústia, sua vontade de impedir o duelo a qualquer custo. Porque, sustentava, não havia motivo que o justificasse — à parte a extrema e notória susceptibilidade do poeta. Era verdade, admitiu o barão, o filho sempre prestava homenagem à beleza de Natália Nikolaevna, mas quem não o fazia em São Petersburgo? Depois de conhecer a encantadora mulher de Puchkin, o filho também ficara enamorado, mas, em sã consciência, podia ser considerado culpado por isso? Felizmente, o tempo logo cicatriza as feridas, e aquela paixão fora substituída por um sentimento mais maduro e profundo pela irmã da senhora Puchkina. "Alexandrine?", perguntou Jukovski, inteiramente desorientado, e o embaixador o corrigiu: não, seu filho amava Catherine Gontcharova e desde algum tempo atrás já manifestava a intenção de desposá-la, mas ele se opusera da maneira mais peremptória. Sem dúvida, tinha excelente opinião sobre mademoiselle Catherine, uma jovem sã e de ótima família, dama de honra da imperatriz, só que ele desejava um casamento mais vantajoso para seu Georges. Com o modesto rendimento de embaixador, não podia garantir-lhe o rico futuro que todo pai sonha para o próprio filho, e não era segredo para ninguém que a fortuna dos Gontcharov estava longe de ser florescente; a magnanimidade da tia, é claro, permitia que as sobrinhas brilhassem com elegância nos salões petersburguenses, mas nem mesmo a estimadíssima mademoiselle Zagriajskaia podia garantir a Catherine um dote conveniente. Portanto, podia-se compreender por que ele discordara longamente daquele casamento, mas agora que a própria vida do filho estava em jogo não mais estorvaria aquele projeto; Puchkin, acrescentou, não deveria saber absolutamente nada daquilo que um pai destruído pela dor se sentira no direito, ou melhor, no dever de revelar. Jukovski prometeu que tudo ficaria no mais rigoroso segredo. Àquela altura, o embaixador decidiu informá-lo de uma verdade ainda mais íntima, que em outras circunstâncias ele não revelaria a ninguém: nas veias de Georges corria o sangue dos Heeckeren — não, por respeito à pranteada baronesa d'Anthès, não podia dizer mais nada... Ainda sem conseguir acreditar nos próprios ouvidos, Jukovski jurou que jamais diria a ninguém uma única palavra sobre tudo o que lhe fora confidenciado.

O que sabia agora sobre Ekaterina Gontcharova e Georges d'Anthès, pensou Jukovski, mudava de maneira inesperada a situação, abrindo uma possibilidade de paz. E ele foi procurar Puchkin para lhe contar — justamente como Heeckeren secretamente havia desejado — as clamorosas novidades sobre as quais se comprometera a não falar. Mas suas palavras, ao invés de conduzirem a uma decisão mais branda, deixaram Puchkin enfurecido. Cego de indignação, o poeta cobriu de insultos o embaixador: ele mentia de modo despudorado, era um alcoviteiro infame, um indivíduo abjeto que não se detinha diante de nenhuma baixeza; quanto ao jovem, bastava a ameaça das balas para fazê-lo esquecer de repente sua grande e sublime paixão, para levá-lo a se esconder sob as abas do fraque paterno. Jukovski não entendia muito do que Puchkin dizia, ou melhor, urrava, mas, por longa experiência, sabia que quando o tórrido sangue africano lhe subia à cabeça era melhor deixá-lo sozinho, esperar que desabafasse. Jukovski foi embora, e Puchkin compreendeu que estava agora cerceado pelas boas intenções de parentes e amigos; envolvidos pelas belas palavras e pelas manobras esquivas de Heeckeren, eles o impediriam de travar o duelo. Precisava obrigar d'Anthès a vir a descoberto, desafiá-lo novamente — e desta vez, não por escrito. Em quem podia confiar? Decidiu recorrer a Klementi Rosset, que conhecia bem o oficial francês e saberia fazê-lo sair da toca — da caserna ou de onde quer que o covarde estivesse escondido.

Na embaixada holandesa, d'Anthès ainda estava atordoado, incapaz de orientar-se no turbilhão de fatos ocorridos em sua ausência e sem seu conhecimento, quando, na tarde de 7 de novembro, recebeu a visita de Klementi Rosset. Declarou-se à disposição do poeta assim que acabassem as duas semanas de prorrogação. Depois, conversou longamente com o pai adotivo: confiante na experiência e na sabedoria dele, afirmou, agiria como sempre segundo seus conselhos, mas àquela altura a honra lhe impunha a obrigação de procurar Puchkin para aceitar pessoalmente a provocação e conhecer-lhe os motivos, como era seu sacrossanto direito. Faria isso naquela mesma noite. Heeckeren teve muito trabalho para contê-lo; proibiu-o de se deixar levar por uma impetuosidade que já provocara tão graves conseqüências e, ao mesmo tempo, tentou acalmá-lo: compreendia as razões do filho e, por intermédio de mademoiselle Zagriajskaia, com quem deveria se encontrar justamente no dia seguinte, ou de Jukovski, apresentaria sua justa solicitação no sentido de um encontro com o desafiante.

Não somos narradores oniscientes, mas apenas pacientes restauradores de um mosaico a que faltam numerosos fragmentos. Com base no magro punhado de peças remanescentes — algumas cartas, alguns excertos de memórias, as concisas e freqüentemente enigmáticas anotações que Jukovski tomou, a distância muito curta dos acontecimentos — esforçamo-nos por reconstituir as linhas e as cores de um desenho já desfigurado pelo tempo. Somos guiados pela lógica, pela longa intimidade de estudo com os protagonistas da história que estamos contando. E todavia, como quem quer que trabalhe de boa-fé, vemo-nos freqüentemente assaltados pela dúvida. D'Anthès realmente não soube do desafio até a tarde de 6 de novembro? Acreditamos em Jukovski, mas não podemos excluir a possibilidade de que ele mesmo tivesse acreditado muito ingenuamente em Heeckeren. Puchkin terá de fato mandado a d'Anthès um segundo desafio? Tivemos de admitir essa hipótese a fim de conciliar testemunhos discordantes. Segundo os príncipes Viazemski, o portador do desafio foi Ivan Gontcharov; segundo Danzas, foi Klementi Rosset. Os Viazemski, é claro, podem ter errado, e Danzas, ter-se confundido com fatos ocorridos mais tarde, mas outras circunstâncias nos induzem a supor a existência de uma segunda carta: em 9 de novembro de 1836, Jukovski falará de um "primeiro desafio" de Puchkin (e, portanto, houve um segundo) "não entregue *em mãos*" a d'Anthès (e, portanto, era escrito); por sua vez, Sollogub lembrava-se de ter visto a carta de desafio de Puchkin nas mãos do padrinho de d'Anthès. Mas, no processo, d'Anthès declarará ter recebido um "*cartel verbal*", um desafio *oral*, e o próprio Puchkin escreverá a Benckendorff: "*je le fis dire à Monsieur d'Anthès*" ["mandei *dizê-lo* ao senhor d'Anthès".] E mil outros detalhes permanecem obscuros, ou não coincidem, ou se desmentem reciprocamente. Um quebra-cabeça infernal, de enlouquecer.

Na manhã de 8 de novembro, o barão Heeckeren repetiu à senhorita Zagriajskaia aquilo que já havia acenado a Jukovski: não mais pretendia opor-se ao amor do filho por Ekaterina Gontcharova nem ao casamento deles, mas insistia em que, primeiro, era necessário resolver honrosamente a questão do desafio; para isso, seria oportuno, indispensável, um encontro franco e leal entre as partes em litígio. Mas, quanto às intenções matrimoniais do filho, repetiu (mais uma vez, esperando que acontecesse exatamente o contrário), o desafiante não deveria saber absolutamente nada. Enquanto isso, Jukovski conversava com Puchkin. Encontrando o poeta mais calmo naquela manhã, aproveitou para tentar amansá-lo, reconduzi-lo à razão. Lembrou-lhe seus flertes, as mulheres que ele ostensivamente cortejara — só cortejara? — provocando o ciúme e as lágrimas de Natália Nikolaevna, os feios boatos que corriam sobre suas relações com a cunhada Alexandrine; certamente, ele não fora um bom exemplo para a jovem esposa, ainda inexperiente do mundo, e agora devia perdoá-la, se ela não soubera conter adequadamente os ardores de Georges d'Anthès. O poeta não podia permitir-se julgar por ninguém. As cartas anônimas, definiu Jukovski, eram a face suja e vulgar de Nêmesis. Puchkin chorou.

Na noite de 8 de novembro, Puchkin foi procurar Mikhail Iakovlev, que festejava o dia do santo de seu nome. Ao ex-colega do Liceu, que agora dirigia a Tipografia da Segunda Seção da Chancelaria Imperial, o poeta mostrou os três exemplares do diploma em seu poder. Iakovlev examinou-os com olho experiente: estavam escritos em excelente papel, seguramente estrangeiro, já que o fabricado na Rússia não tinha aquela qualidade. Para um papel de correspondência daquele tipo, acrescentou, a alfândega russa cobrava um imposto elevado, e portanto, prosseguiu Iakovlev, refletindo em voz alta, era provável que aquele viesse de uma embaixada. Naquela noite, Puchkin foi atormentado pela insônia; também ele estava às voltas com um quebra-cabeça infernal, cujas peças, parecia-lhe, finalmente encontravam seu lugar, revelando um monstruoso desenho.

Em 9 de novembro, o infatigável Jukovski retomou sua paciente obra de pacificador. Encontrou-se mais uma vez com o barão Heeckeren, o qual lhe fez novas "revelações": desgraçadamente, a ligação amorosa entre o filho e Catherine Gontcharova havia ultrapassado os limites do lícito. Consternado, Jukovski pensou que, agora, já não seria possível limitar-se a entendimentos informais. Naquele momento, apareceu d'Anthès, liberado no início da tarde de seus compromissos de serviço. Entre ele e o pai adotivo, na presença de Jukovski, houve uma discussão inflamada, uma verdadeira cena. Depois de várias noites sem dormir, a sopesar os fatos, a interrogar-se sobre o próprio futuro, d'Anthès compreendera que se arriscava ao ridículo: mais cedo ou mais tarde, a história do desafio viria à tona, São Petersburgo iria zombar dele, o regimento o acusaria de vileza, talvez o expulsasse. Ele, contudo, morria de vontade de bater-se, detestava Puchkin, sentia que poderia matá-lo; seria preso, degradado, transferido para as guarnições do Cáucaso? — pouco lhe importava. Não podia mais tolerar que outras pessoas, embora com as melhores intenções, decidissem por conta própria sobre seu destino e seu bom nome. Erguendo a voz, Heeckeren, por sua vez, lembrou que d'Anthès devia somente a ele aquele destino e aquele nome — estaria esquecido disso? Proibiu-o categoricamente de tomar qualquer iniciativa: o filho devia deixar tudo com ele. Prosseguindo em suas tentativas de conciliação (agora, não só entre Puchkin e d'Anthès, mas também entre d'Anthès e o pai adotivo), Jukovski pediu ao barão uma carta que o investisse oficialmente da autoridade de negociador.

Heeckeren a Jukovski, São Petersburgo, 9 de novembro de 1836:

"... Como o senhor sabe, até hoje tudo aconteceu por intermédio de terceiros. Meu filho recebeu um desafio e seu primeiro dever era

> aceitá-lo, mas é preciso pelo menos que lhe digam, pessoalmente, por qual motivo ele foi desafiado. Portanto, parece-me oportuna e obrigatória uma conversa entre as duas partes, na presença de uma pessoa que, como o senhor, ... saiba apreciar o real fundamento das susceptibilidades que podem ter provocado essa situação...."

O embaixador terá realmente confessado os amores culpados entre Georges d'Anthès e Catherine Gontcharova? Não conseguimos imaginar quais "revelações" ele ainda poderia fazer a Jukovski, e tão graves a ponto de induzi-lo a propor uma mediação de uma hora para outra. De resto, sobre a honra comprometida de Catherine parece falar claramente a autoritária e prolongada ingerência de Ekaterina Ivanovna Zagriajskaia nos fatos ocorridos depois de 4 de novembro: as velhas tias russas, mesmo as de sólida têmpera setecentista, jamais se imiscuem em questões masculinas, como os duelos, mas fazem de tudo para ocultar os deslizes de moças não mais ilibadas e para levá-las apressadamente ao altar. Nos dias agitados que se seguiram ao desafio, é de se supor, também Catherine fez confidências — às irmãs, à tia. E mais: absolutamente ingênuo, mas nem estúpido nem cego, Jukovski logo receberá de Heeckeren a "prova material" de que já se falara de casamento antes do dia 4 de novembro. Como d'Anthès não amava a irmã de Natalie — isto é certo — devia tratar-se de um casamento reparador: as úmidas mas sempre mágicas noites nas Ilhas, uma mulher perdidamente apaixonada, os sentidos excitados por graças menos acessíveis, o eclipse da razão, e depois — a vergonha da seduzida, as promessas do sedutor, a firme proibição de um pai severo... Não é difícil imaginar que o *chevalier garde* levasse seriamente em consideração a idéia daquele casamento: agiria como homem honrado e, sobretudo, poderia freqüentar com absoluta liberdade a casa de Puchkin e sua belíssima dona. De igual modo, compreendemos por que aquela união havia repugnado a Heeckeren, que tinha seus bons motivos para odiar toda a ala feminina dos Gontcharov; agora, ao contrário, agarrava-se a ela como a uma tábua de salvação.

De Ekaterina Gontcharova, para o irmão Dmitri, São Petersburgo, 9 de novembro de 1836:

> "... Alegra-me saber, querido amigo, que o senhor continua satisfeito com sua sorte, espero que possa continuar assim; para mim, em meio às atribulações que o Céu quis me atribuir, é um verdadeiro consolo saber que pelo menos o senhor está feliz. Porque, quanto a mim, já estou de luto pela felicidade, e convencida de que eu e ela jamais nos encontraremos nesta terra miserável. A única graça que peço ao Céu é a de dar logo fim a uma vida tão inútil, para não dizer outra coisa, que é a minha. A felicidade para toda a minha família e a morte para mim — eis de que necessito, eis o que peço incessantemente ao Altíssimo..."

Durante os entendimentos que se seguiram ao desafio, escreve Viazemski, "o pai e o rapaz tiveram a audácia e a infâmia de mandar pedir secretamente à senhora Puchkina uma carta endereçada a d'Anthès, na qual ela lhe suplicaria que não se batesse com o marido. Obviamente, ela recusou indignada tão vil proposta". Por que d'Anthès pediria uma carta endereçada a si mesmo? Que uso poderia fazer disso? É muito mais provável que por conta própria, escondido do "filho", Heeckeren tenha procurado obter de Natália Nikolaevna aquele documento: dispunha-se a qualquer coisa, já o dissemos, para impedir o duelo, e só Natalie, e isso ele já sabia muito bem, poderia tocar o coração e a razão de seu Georges. Por esses dias, o barão também obrigou d'Anthès a escrever à mulher de Puchkin uma carta "em que declarava renunciar a quaisquer pretensões quanto a ela" — um implícito atestado de fidelidade do qual, segundo Heeckeren, Natalie se serviu para demonstrar ao marido que jamais violara os deveres conjugais.

Na tarde de 9 de novembro, Jukovski voltou a procurar Puchkin para mostrar-lhe a carta do embaixador e a resposta, da qual preparara um rascunho. Gélido, o poeta declarou que só encontraria d'Anthès no local do duelo; não tinha mais nada a lhe dizer. Quando saiu da residência no Moika, Jukovski estava abatido, desanimado. No entanto, ao escrever a Heeckeren, mentiu, a fim de ganhar tempo: não encontrara o amigo em casa e assim, por enquanto, não podia dar uma resposta. Depois, com a tenacidade do desespero, escreveu novamente a Puchkin: "... ainda existe a possibilidade de interromper tudo. Decide o que eu devo responder. Tua resposta dará irrevogavelmente um fim a tudo. Mas, pelo amor de Deus, volta atrás. Dá-me a alegria de te preservar de um crime louco e, à tua mulher, da mais total desonra ... Neste momento estou em casa de Vielgorski, onde ficarei para o almoço." Puchkin precipitou-se para a casa de Vielgorski e descarregou toda sua raiva sobre o tenaz mediador. Dali em diante, disse, proibia-o de se imiscuir em sua vida privada. Ele não entendia que era iludido por Heeckeren e seu bastardo — ou sobrinho, ou lá o que fosse? O que mais iria inventar? Informaria a polícia, o czar? Como se permitia lembrar-lhe a honra de Natália Nikolaevna? De que lado se situava, afinal? Jukovski não teve nem coragem nem tempo para responder: era um dos convidados à mesa imperial, naquela noite. Voltou para casa muito tarde, e de novo escreveu ao teimoso e inconsciente amigo.

De Jukovski para Puchkin [primeiras horas de 10 de novembro de 1836]:

"... Não quero que faças uma idéia errada sobre a parte de d'Anthès nessa situação. Eis a história dele: já sabes o que aconteceu a teu primeiro desafio, como não foi entregue em mãos do filho, mas passado pelo pai, e o filho só tomou conhecimento dele quando já estavam esgotadas as 24 horas, ou seja, depois do segundo encontro entre ti e o pai ... ao saber como estavam as coisas, o filho queria te encontrar a todo custo. Mas o pai, apavorado com a idéia do encontro, recorreu a mim. Eu, como não desejava ser espectador ou ator de uma tragédia, ofereci minha mediação, ou melhor, queria oferecê-la, escrevendo em resposta ao pai a carta cuja minuta te mostrei, mas que não expedi e não expedirei. Eis tudo. Esta manhã direi a Heeckeren-pai que não posso assumir nenhuma mediação ... Escrevo-te tudo isso porque considerei meu dever sagrado testemunhar diante de ti que d'Anthès foi totalmente alheio a tudo o que o pai fez, que está pronto a bater-se contigo, exatamente como tu em relação a ele, e que também teme que o segredo seja violado de algum modo. E também quero fazer ao pai a mesma justiça. Ele está desesperado, mas ouve o que me disse: "*je suis condamné à la guillotine; je fais un recours à la grâce, si je ne réussis pas, il faudra monter: et je monterai, car j'aime l'honneur de mon fils autant que sa vie*".[43] Com esse testemunho, termina o papel que desempenhei muito mal e sem sucesso..."

Na manhã de 10 de novembro, Jukovski esteve com d'Anthès e comunicou-lhe que o esperado encontro com o poeta não iria acontecer. A seguir, escreveu ao embaixador da Holanda: depois de uma ulterior conversa com Puchkin, convencera-se de que não existia a menor possibilidade de conciliação e, com grande desapontamento, devia portanto declinar do encargo a ele confiado. Ao responder a Jukovski para agradecer-lhe pela tentativa, Heeckeren pediu-lhe que interferisse mais uma vez, apesar de tudo: só ele poderia evitar a tragédia. Autorizava-o, se ele o julgasse oportuno para o bom êxito dos entendimentos, a revelar tudo o que até aquele momento lhe contara em segredo. E Jukovski, não mais nos trajes de negociador oficial, voltou a Puchkin. Pela enésima vez, viu-se diante de uma muralha de raivosa e sombria obstinação — de verdadeira insânia, diria.

Quando soube por Jukovski que as negociações estavam em ponto morto, a tia de Natalie tampouco se deu por vencida; e, na manhã de 11 de novembro, convocou-o em regime de urgência. Puchkin, disse a senhorita Zagriajskaia, perguntara à cunhada Aleksandrina qual era a verdade sobre as relações entre Catherine e o francês, e podia-se imaginar em que disposição de ânimo estaria ele agora: duplamente furioso, duplamente resolvido a se bater. Mas também dissera a Alexandrine uma coisa interessante: d'Anthès, sabiam todos, era doente, fraco do peito — nada lhe seria mais fácil do que conseguir licença para uma estação de águas no exterior e desaparecer sem jamais voltar a pôr os pés na Rússia. A boba da Catherine ficaria a esperá-lo a vida inteira, solteirona e desonrada. Pois bem, pensava a senhorita Zagriajskaia, se aquele era o temor de Puchkin, seria possível

[43]"Estou condenado à guilhotina; recorro ao perdão, e, se não o obtiver, terei de subir [ao cadafalso]; e subirei, pois amo a honra de meu filho tanto quanto sua vida".

tranqüilizá-lo mediante uma proposta formal de casamento por parte de d'Anthès e um empenho igualmente formal em realizar logo a cerimônia. Informado por Jukovski, Heeckeren declarou-se disposto a dar todas as garantias a seu alcance, mas, em nome do filho, exigia uma renúncia formal ao desafio. Se Puchkin permanecesse na recusa de não se encontrar com ele ou com Georges, disse, bastaria informar por escrito os motivos da provocação, assim como aqueles pelos quais estava agora desistindo de seus propósitos. A solicitação do embaixador foi imediatamente comunicada a Puchkin.

Por volta de 12 de novembro, Sollogub perguntou a Puchkin se por acaso ele descobrira o autor dos diplomas. O poeta respondeu que ainda não tinha certeza, mas desconfiava de uma pessoa. "Se precisar de um segundo, ou de um terceiro,* pode dispor de mim", disse Sollogub. Puchkin respondeu em tom sério ao jogo de palavras: "Não haverá duelo algum, mas talvez eu lhe peça para assistir a uma explicação à qual me agradaria que estivesse presente um homem de sociedade, para a devida divulgação, quando for necessário." Depois, junto com Sollogub, procurou o armeiro Kurakin, examinou duas pistolas e quis saber o preço. Curioso comportamento, pensou Sollogub, para quem acabara de dizer: "Não haverá duelo algum."

Na noite de 12 de novembro, chamado à casa da senhorita Zagriajskaia, o embaixador veio a saber que o generoso trabalho de persuasão de Jukovski e as súplicas dos familiares fizeram o milagre: Puchkin estava disposto a discutir com a tia de Natalie as condições da paz. Naquela noite, todos dormiram finalmente um sono longo e tranqüilo. Ignoravam que a súbita condescendência de Puchkin não era causada somente pela pena que sentia por Catherine, ignoravam os pensamentos e os propósitos que agora ocupavam a mente do poeta.

*A autora se refere à terminologia adotada nos duelos: os "segundos" são os padrinhos (*N. da T.*).

Em 12 de novembro morria no exílio Carlos X, o rei dos franceses que abdicara em agosto de 1830. Nicolau I impôs à corte um luto fechado e, como escreveu alguns dias mais tarde o embaixador da Baviera, fez com que ele fosse observado "com mais meticulosidade e rigor do que os habitualmente adotados. Contaram-me que, ao ver uma dama de honra com um toucado que continha plumas brancas, a imperatriz arrancou-o à jovem com as próprias mãos".

Em 13 de novembro, Puchkin escutou em silêncio as palavras de Ekaterina Ivanovna Zagriajskaia: Georges d'Anthès — isso já estava combinado entre ela e o barão Heeckeren — desposaria Catherine, e, dali a poucos dias, chegaria Dmitri Gontcharov, a fim de sancionar com sua presença o consenso da família; Puchkin ia querer manchar as mãos com o sangue de um parente? Com o casamento, d'Anthès repararia todos os seus erros — *todos*, repetiu com ar grave a Zagriajskaia, inclusive aqueles que haviam ferido a justa e compreensível susceptibilidade de um marido. Agora, Puchkin só precisava entregar a ela ou a Jukovski uma carta em que comunicasse oficialmente sua vontade de renunciar ao duelo e, sobretudo, prometesse que não revelaria a ninguém como se chegara àquelas núpcias: qualquer indiscrição podia levar tudo por água abaixo. Puchkin prometeu. Zagriajskaia, por fim, pediu-lhe que fosse à casa dela no dia seguinte para, em sua presença, encontrar-se com o barão Heeckeren. Puchkin concordou.

Na tarde de 13 de novembro, Puchkin entregou a Jukovski um esboço da renúncia ao desafio, para que ele o submetesse à atenção dos interessados. Uma cópia desse documento se conservou entre os papéis de Jukovski: "O senhor barão Heeckeren deu-me a honra de aceitar, em nome do seu filho, um desafio para um duelo. Tendo sabido por acaso, por comentários em sociedade, que o senhor G. d'Anthès estava decidido a pedir a mão de minha cunhada, a senhorita C. Gontcharova, rogo ao barão Heeckeren que desconsidere o meu desafio. Por ter tido em relação à minha mulher um comportamento que não me é possível tolerar (no caso de o senhor d'Anthès exigir os motivos do desafio)." Ao receber de Puchkin o rascunho da tão esperada carta, Jukovski sentiu um alívio enorme e não se preocupou em retrucar à enésima saraivada de ofensas que o poeta lançou sobre d'Anthès e Heeckeren. Dirigiu-se com aquele papel à embaixada da Holanda e dali, cansado, foi procurar os Karamzin para tomar um belo chá e finalmente descansar em companhia de pessoas amigas. Mas o que ouviu da dona da casa e da enteada desta atirou-o novamente em profundo desalento. Naquela noite, ele mais uma vez dormiu pouco, e teve um sono inquieto.

De Jukovski para Puchkin [noite de 13 para 14 de novembro de 1836]:

"Tu te comportas de modo extremamente imprudente, mesquinho e até injusto em relação a mim. Por que contaste tudo a Ekaterina Andreevna e Sofia Nikolaevna? Que queres? Tornar impossível aquilo que agora se deveria concluir da melhor maneira para ti? Depois de muito refletir sobre o que me disseste ontem, considero tua hipótese absolutamente inverossímil. E tenho motivos para estar certo de que d'Anthès não teve a menor participação em tudo o que foi feito para esconjurar o embate ... *ontem* tive mais uma demonstração disso. Ao receber do pai a prova material de que o assunto do qual estamos tratando hoje fora examinado muito tempo antes de teu desafio, aconselhei-o a agir como ele agiu, baseando-me no fato de que, se *o segredo for mantido*, nenhuma desonra recairá sobre o filho ... À manutenção do segredo estás obrigado inclusive diante de ti mesmo, já que, em tudo isso, há muitos motivos pelos quais, por tua vez, também deverias dizer: é culpa minha!"

Em 14 de novembro, Puchkin e o embaixador da Holanda se encontraram na casa da senhorita Zagriajskaia para selar a paz. Puchkin comprometeu-se a calar-se, e Heeckeren, a pedir a mão de Catherine para o filho, assim que ele recebesse oficialmente do poeta a renúncia ao desafio. Essa carta, acrescentou o barão, deveria ser ligeiramente diferente do esboço que Jukovski lhe mostrara, e sobre isso d'Anthès já se apressara em anotar algumas considerações. Heeckeren pegou um papel e leu:

"Não posso e não devo concordar em que a frase relativa à senhorita G[ontcharov] conste da carta; eis minhas razões, e penso que o senhor Puchkin irá compreendê-las. Da maneira como está posta a questão na carta, seria possível deduzir o seguinte: 'casar-se ou bater-se'. Como minha honra me impede de aceitar condições, tal frase me imporia a triste obrigação de aceitar a segunda proposta ... Portanto, deve ficar bem claro que eu não estou pedindo a mão da senhorita Catherine a título de reparação ou de arranjo, mas porque ela me agrada, porque esse é meu desejo, e a coisa foi decidida unicamente por minha vontade!"

Eis como d'Anthès desejaria que Puchkin justificasse a renúncia: "... tendo-me persuadido por acaso, por comentários que circulavam em sociedade, de que as razões que inspiravam o comportamento do senhor G. d'A. não eram de natureza que ofendesse a minha honra, único motivo pelo qual eu me sentira no dever de desafiá-lo..."

Em 15 de novembro, um faustoso baile abriu a temporada do Anitchkov. Estavam presentes ilustres convidados de São Petersburgo: lord e lady Londonderry, o conde Pallfy de Pressburg, o conde Mitrowsky, ajudante-de-ordens do arquiduque Ferdinando da Áustria. Como sempre, Natália Nikolaevna fora convidada para o baile, mas, desta vez, sem o marido. Em outras ocasiões, Puchkin ficaria feliz por não ter de mostrar-se em público usando o fraque de *kamer-iunker*; agora, exasperado, imaginava que todos sabiam de sua vergonha e tramavam contra ele. Estava transtornado, furibundo. Natalie escreveu a Jukovski pedindo-lhe conselho. Recebeu um bilhetinho de resposta: ela devia ir ao baile *de qualquer maneira*, não era o momento de se expor a outros mexericos; quanto a Puchkin, alguns meses antes ele mesmo havia dito à imperatriz que não vinha freqüentando a sociedade por causa do luto pela mãe. Natalie foi sozinha ao Anitchkov. Estava maravilhosa como sempre, e Aleksandra Fiodorovna comparou-a a "uma fada encantadora".

De Jukovski para Puchkin [noite de 15 para 16 de novembro]:

"Esta noite, depois do baile, passei em casa de Viazemski. Eis, mais ou menos, o que disseste anteontem à princesa: '*je connais l'homme des lettres anonymes et dans huit jours vous entendrez parler d'une vengeance unique en son genre; elle sera pleine, complète; elle jettera l'homme dans la boue*'[44] ... Ainda bem que tu mesmo disseste tudo e que minha boa estrela me fez saber a tempo. Não preciso dizer que não contei à princesa nada do que aconteceu. E agora, também não te digo nada: faz o que quiseres. Mas eu me retiro do jogo, que neste momento, quanto a ti, não me agrada nem um pouco. E se, a esta altura, Heeckeren vier me pedir conselho, eu não deverei talvez dizer-lhe: tome cuidado?

"Vou te contar uma fábula: era uma vez um pastor; esse pastor era também um atirador impiedoso. O pastor tinha lindas ovelhinhas. E eis que um lobo cinzento começa a circular em torno do rebanho, pensando: quero papar a ovelhinha preferida do pastor; enquanto pensa isso, o lobo cinzento também olha as outras ovelhinhas e lambe os beiços. Mas o guloso vem a saber que o atirador o espia e pretende alvejá-lo. E a coisa não agrada muito ao lobo cinzento, que começa a fazer várias propostas ao pastor, e o pastor as aceita. Mas, dentro de si, pensa: como posso aniquilar aquele almofadinha de rabo comprido e, com a pele dele, fazer peliçazinhas e botinhas para meus filhos? Eis que então diz o pastor a seu compadre: compadre Vassili, faz-me um favor, transforma-te em porco por um instantinho e, com teus grunhidos, faz o lobo cinzento sair do bosque para o campo aberto. Reunirei os vizinhos e nós o pegaremos a laço. Escuta, irmão, diz o compadre Vassili, és livre para capturar o lobo, mas por que eu devo me fazer de porco? Em tua casa, já servi de padrinho. A gente decente te dirá: teu filho foi batizado por um porco. Não fica bem. E também eu farei má figura. Quiçá irei à missa, ou me sentarei para comer com as pessoas, ou comporei versos sobre moças bonitas, e a gente decente dirá: um porco foi à missa, um porco se senta à nossa mesa, um porco escreve poemas. Fica feio. Ouvindo essa resposta, o pastor pensou no assunto, e o que ele fez depois eu não sei."

Com sua pequena fábula, o bom, o simples e cândido Jukovski jamais se aproximara tanto da verdade. O pastor perjuro havia preparado uma armadilha perfeita: revelando a poucos íntimos (estes não manteriam o

[44]"Sei quem escreveu as cartas anônimas e, dentro de oito dias, a senhora vai ouvir falar de uma vingança única no gênero; será uma vingança plena, completa; jogará esse homem na lama."

segredo por muito tempo — isso ele sabia, ou melhor, era o que esperava) que d'Anthès estava noivando para evitar um duelo, reduzia-o moralmente a frangalhos. E, enquanto pensava nas peliçazinhas que iria confeccionar para os filhos com a pele do ávido lobo cinzento, já pregustava a mais bela e elegante peliça que podia obter para si mesmo com os despojos do lobo-pai, contra o qual, havia alguns dias, já carregara seu fuzil infalível.

Tinha o coração mole, o compadre Vassili, e não conseguia guardar rancor. Vencido o despeito, na manhã de 16 de novembro voltou a procurar Puchkin e insistiu em que este cortasse da carta de renúncia aquela bendita frase na qual aludia ao casamento de Georges d'Anthès. Mas o amigo permaneceu irredutível: não mudaria uma só palavra. Finalmente, chegou-se a um compromisso: Puchkin autorizava Jukovski a testemunhar verbalmente que ele não mais desejava duelar com o francês, que considerava o assunto encerrado para sempre e não falaria disso com ninguém. Embora de má vontade, Heeckeren aceitou as inglórias condições de paz. Mas d'Anthès, não. Obedecendo ao que sua honra lhe ditava, desobedecendo — pela primeira vez em muitos dias — ao pai adotivo, agiu por iniciativa própria.

De D'Anthès para Puchkin [16 de novembro de 1836, por volta das 13 horas]:

> "O barão Heeckeren acaba de me dizer que foi autorizado pelo senhor Jukovski a me informar que todas as razões pelas quais o senhor me desafiara para um duelo tinham desaparecido e que, em conseqüência, eu podia considerar seu gesto como não acontecido. Quando o senhor me desafiou sem me dizer por quê, aceitei sem hesitar, pois era um dever de honra; hoje, quando o senhor garante não ter mais motivos para desejar um confronto, antes de poder restituir-lhe sua palavra desejo saber por que o senhor mudou de idéia, não tendo eu encarregado ninguém de lhe dar as explicações que eu me reservava dar pessoalmente. O senhor será o primeiro a concordar que, antes de nos retirarmos, é preciso que as explicações de ambas as partes sejam dadas de modo a que seja possível nos respeitarmos reciprocamente."

Jukovski escreveu: "Carta de d'Anthès a Puchkin, fúria de Puchkin." Foi essa a única reação do poeta, e d'Anthès esperou em vão uma resposta.

No final da tarde de 16 de novembro, Puchkin recebeu a visita do jovem visconde Olivier d'Archiac, adido da embaixada francesa. Considerando que estavam para se esgotar as duas semanas de prorrogação concedidas pelo poeta, d'Anthès pedira que o visconde comunicasse a Puchkin que estava "à sua disposição". Puchkin disse a d'Archiac que logo informaria o nome de seu padrinho. O francês acenou com uma tímida tentativa de conciliação: bastava que o poeta eliminasse de sua carta a frase sobre os projetos matrimoniais de d'Anthès e tudo, disso estava convencido, iria se resolver sem inúteis derramamentos de sangue. Puchkin cortou a conversa com seca gentileza.

Na noite de 16 de novembro, os Karamzin festejavam o aniversário da dona da casa. Puchkin sentou-se à mesa ao lado de Sollogub; enquanto todos tagarelavam alegremente, entre brindes e votos de felicidade, virou-se para o vizinho e falou depressa, em voz baixa: "Venha amanhã à minha casa, eu lhe pedirei que procure d'Archiac para combinar com ele a parte prática do duelo. Que seja o mais sangrento possível. Não aceite nenhum tipo de entendimento." Depois continuou a conversar com os outros comensais. Sollogub "ficou pasmo, mas não ousou objetar nada. Havia no tom de Puchkin uma firmeza que não admitia objeções". Mais tarde, o grupo de Karamzin seguiu para a embaixada da Áustria a fim de participar de uma recepção de gala na qual estava anunciada a presença dos soberanos. Puchkin chegou mais tarde que os outros. Na grande escadaria de mármore, encontrou d'Archiac, e o jovem tentou retomar o fio da conversa interrompida horas antes. Puchkin limitou-se a dizer: "Os senhores, franceses, são muito amáveis. Sabem todos o latim, mas, quando duelam, instalamse a trinta passos para atirar. Nós, russos, fazemos diferente: quanto menos gentilezas, mais feroz é o duelo." Ao entrar no salão, notou que, na multidão de damas, todas vestidas de preto pela morte de Carlos X, somente sua cunhada Catherine estava de branco. Sobre o iminente casamento de Ekaterina Gontcharova devia já ter conhecimento também a imperatriz, que de outro modo teria ordenado que sua dama-de-honra trocasse de roupa ou saísse da recepção: quando a Corte estava de luto, só as moças que iam se casar podiam usar branco. Como se não bastasse, dos véus virginais de Catherine não se desgrudava d'Anthès, ostentando ternuras dignas de um noivo. A sociedade já havia percebido tudo, até a diplomática ausência de Natália Nikolaevna, e já se avolumava a ameaçadora maré de boatos. Mortalmente pálido, Puchkin aproximou-se do casal; proibiu a cunhada de falar com d'Anthès e dirigiu ao oficial "algumas palavras mais que rudes"; dali a poucos minutos, abandonou a embaixada da Áustria levando para casa as duas cunhadas. Sollogub trocou com d'Archiac uma olhadela significativa. Depois, aproximou-se por sua vez de d'Anthès e perguntou-lhe que homem era ele. "Sou um homem honrado", respondeu o tenente, "e espero demonstrar isso logo. Não entendo o que Puchkin deseja. Duelarei com ele, se a isso for obrigado, mas não quero litígios nem escândalos".

Quando Vladimir Sollogub acordou, na manhã de 17 de novembro, o que viu pela janela lhe pareceu de mau agouro: do céu baixo, leitoso, caía uma neve cerrada que a meia altura começava a rodopiar em densos redemoinhos. Era a tormenta: os flocos brancos metem-se pelos olhos e pela gola levantada da peliça, impedem a respiração, a custo se consegue caminhar, até os cocheiros mais experientes têm dificuldade de fazer avançarem os trenós nas ruas varridas pelo vento. Mas, naquele dia, Sollogub tinha de sair, e só Deus sabia quando poderia voltar. Decidiu passar primeiro na casa de Georges d'Anthès: conhecia-o melhor que d'Archiac, com ele podia ser mais sincero e talvez conseguisse dissuadi-lo de um duelo cujos motivos continuava a ignorar. O francês se recusou a explicá-los e encaminhou-o secamente a seu padrinho para as combinações necessárias. Só depois de muita insistência, disse: "Em suma, o senhor não quer entender que eu vou me casar com Catherine? Puchkin retirou o desafio, mas eu não quero parecer que estou casando para evitar um duelo. Por outro lado, não desejo que em toda essa história seja pronunciado o nome de uma mulher. Faz um ano que meu pai não permite que eu me case". Somente a essa altura, convencido de que d'Anthès não estava inteiramente sem razão, Sollogub foi para a casa de Puchkin; no caminho, mandou parar o trenó durante alguns minutos em frente à residência do seu pai, no Moika, para cumprimentá-lo rapidamente. Puchkin não demorou muito a entender que o jovem amigo violara suas instruções e falara com o rival: "D'Anthès é um miserável. Ontem chamei-o de canalha ... Em sociedade, dizem que ele corteja minha mulher. Segundo alguns, ela gosta, segundo outros, não. Para mim dá no mesmo, mas não quero que os nomes deles se misturem. Depois de receber as cartas anônimas, eu o desafiei ... Agora vá procurar d'Archiac." "D'Anthès não quer que apareçam nomes de mulheres nesta história." Puchkin ficou uma fera: "Ah, é assim? Então, por que tudo isso? O senhor não quer ser meu padrinho? Escolho outro!" Desanimado, abatido, Sollogub seguiu finalmente para a embaixada da França. D'Archiac confessou que também ele não dormira a noite inteira, e também gostaria de poder cancelar aquele duelo: não só porque era amigo de d'Anthès e lhe queria bem, mas porque compreendia, mesmo sendo francês, o que Puchkin significava para a Rússia. "Convença-o a retirar o desafio sem condições", pediu. "Serei o fiador de que d'Anthès se casará e assim, quem sabe, conseguiremos evitar uma enorme desgraça." Sollogub replicou que convinha considerar Puchkin um homem doente: com relação a certas minúcias, era melhor fechar um olho. Os dois decidiram interromper as negociações para se reencontrarem mais tarde, na presença de Georges d'Anthès.

Irritado pelo comportamento de Sollogub, Puchkin foi à praça Mikhailovskaia — "casa de Zantfeleben, à esquerda, terceiro andar" — para pedir a Klementi Rosset que lhe servisse de padrinho. Rosset se recusou: isso lhe acarretaria o dever de empenhar-se para conseguir uma solução pacífica, mas ele mesmo detestava d'Anthès tanto quanto Puchkin, e só ficaria feliz se o amigo livrasse a sociedade petersburguense daquele enfatuado oficial. Seu conhecimento do francês escrito, acrescentou, não era suficiente para as negociações preliminares que, àquela altura, se anunciavam muito complexas; mas no campo do duelo seria um prazer assistir o poeta. E aceitou de bom grado o convite dele para almoçar. Um convite nada desinteressado: Puchkin queria ter à mão, de reserva, outro segundo, para o caso de Sollogub desobedecer de novo às suas ordens. As negociações entre os padrinhos recomeçaram por volta das três da tarde, na embaixada da Holanda;

d'Anthès estava presente, mas não interveio de modo algum na conversa. Estabelecidos o lugar, a data e as condições do duelo, Sollogub escreveu a Puchkin para comunicar-lhe esses dados — e também para uma tentativa extrema de conciliação. D'Anthès quis ler a carta, mas d'Archiac se opôs com firmeza. Leu-a ele mesmo, e declarou: "Estou de acordo, pode mandar." Ficaram esperando a resposta por quase duas horas. D'Anthès passou-as num silêncio carrancudo e irritado.

O insolente cavaleiro da Guarda estava transformado em estátua da passividade e da impotência. O pai adotivo assumira firmemente o controle da situação, interpondo-se com autoridade entre ele e Puchkin; os padrinhos, perseguindo obstinadas intenções de paz, estavam dispostos a concessões e compromissos; ele mesmo, superado o primeiro ímpeto de orgulho, voltava a se perguntar se um duelo não destruiria a reputação de Natalie e o destino de Catherine; tudo o amarrava, obrigava-o a uma humilhante rendição. Pela primeira vez, sentimos um impulso de pena por Georges d'Anthès. Pois não o consideramos um canalha — como o julgava Puchkin, como o julgou para sempre a Rússia. Não cremos que fosse se casar com Catherine Gontcharova para salvar a vida. Tampouco acreditaram nisso os íntimos do poeta, ainda que não fossem condescendentes com d'Anthès: "o próprio jovem", escreveu Viazemski, "estava provavelmente enrolado nas tenebrosas maquinações de seu pai", aquele casamento "era um sacrifício que lhe fazia".

De Sollogub para Puchkin [17 de novembro de 1836, por volta das 16 horas]:

> "Conforme seu pedido, estive com o senhor d'Archiac para combinar o dia e o lugar. Escolhemos o sábado, visto que na sexta-feira me é impossível estar livre, nas proximidades de Pargolovo, de manhã cedo, a dez passos de distância. O senhor d'Archiac acrescentou confidencialmente que o barão d'Anthès estava absolutamente decidido a declarar seus projetos de casamento, mas, contido pelo temor de parecer estar querendo evitar um duelo, só poderá fazê-lo em consciência de-

pois que este se realizar, e quando o senhor testemunhar verbalmente diante de mim ou do senhor d'Archiac que não atribui esse casamento a considerações indignas de um homem de sentimentos nobres. Não estando autorizado a prometer de sua parte um passo que aprovo de todo o coração, peço-lhe, em nome de sua família, que aceite esse arranjo, o qual satisfará os dois lados. Não é preciso dizer que o senhor d'Archiac e eu somos os fiadores da palavra de d'Anthès. Sollogub.

Tenha a bondade de enviar-me sem demora uma resposta."

Sollogub mandara que seu cocheiro levasse imediatamente a carta "ao Moika, onde estivera de manhã". O pobre condutor, incerto entre as duas casas diante das quais tivera de parar algumas horas antes, deu uma olhada no endereço: "*À Monsieur Pouchkin, en mains propres*;" mas qual, ele mal reconhecia até mesmo as letras do alfabeto russo. Assim, decidiu ir à residência do pai de Sollogub, aonde levara o jovem conde muitas vezes. O conselheiro secreto Aleksandr Ivanovitch Sollogub hesitou antes de abrir aquele papel endereçado a Puchkin, mas como lhe fora dito que era coisa muito urgente, e tendo reconhecido a letra do filho, finalmente decidiu-se a ler. Por pouco não teve um mal súbito.

A tempestade de neve, um bilhete de vital importância entregue à pessoa errada: parece que, por um instante, o destino estava querendo imitar as histórias inventadas por Puchkin. Numa noite de tormenta, em *A filha do capitão*, o jovem Griniov é socorrido por um vagabundo a quem dá uma peliça: o desconhecido era ninguém menos que Pugatchov, o sanguinário plebeu rebelde que, ao lembrar com gratidão daquele gesto, salvará a vida de Griniov. Numa noite de forte nevasca, num dos *Contos de Belkin*, um desconhecido, favorecido pela penumbra de uma perdida igrejinha campestre, desposa uma mocinha que aguarda o namorado que se perdera pela estrada; ao se encontrarem casualmente depois de muitos anos, aquele desconhecido e a vítima de sua leviandade juvenil se unirão num casamento feliz e totalmente legal... Com a cumplicidade da tormenta puchkiniana, caprichosa e esvoaçante aliada de um acaso benévolo, também nós gostaríamos de dar à narrativa um inesperado final feliz:

"Fortemente impressionado por aquilo que acabava de ler, assustado pela idéia de que o maior poeta russo fosse travar um duelo, crime duplamente grave pelo qual seu filho seria chamado a responder diante da lei, o conselheiro secreto Aleksandr Ivanovitch Sollogub recorreu a uma medida extrema. Fez-se receber imediatamente pelo conde Benckendorff, a quem referiu o que sabia e o que adivinhava. Sem sequer consultar o czar, o chefe de polícia decidiu mandar na mesma hora seus homens ao local onde estavam sendo combinados os detalhes do delituoso projeto. Assim, por um bizarro e favorável concurso de circunstâncias, a vida de Puchkin foi salva in extremis *justamente pelo homem que durante 15 anos a tinha envenenado de todas as maneiras..."*

Mas a realidade foi diferente: recuperado da tão desagradável surpresa, Aleksandr Ivanovitch Sollogub devolveu a carta ao mensageiro, que dirigiu os cavalos ao nº 12 do Moika. Não é o caso de nos afligirmos demais: o encontro de honra marcado para 21 de novembro de 1836, "nas proximidades de Pargolovo, de manhã cedo, a dez passos de distância", não acontecerá. Mas tampouco devemos alegrar-nos além da conta: a nossos olhos já se está desenvolvendo, em palavras aguçadas, outro duelo, cuja sorte, prenhe de conseqüências fatais, já se decide agora.

De Puchkin para Sollogub, 17 de novembro de 1836 [por volta das 17:30h]:

> "Não hesito em escrever o que posso declarar verbalmente. Desafiei para um duelo o senhor Georges d'Anthès, que o aceitou sem entrar em nenhuma explicação. Sou eu quem peço às testemunhas desse caso que tenham a bondade de considerar o desafio como não acontecido, *tendo sabido pelo que circulava em sociedade que o senhor Georges d'Anthès estava decidido a declarar seus propósitos de casamento com a senhorita Gontcharova, depois do duelo.*[45] Não tenho motivo algum para atribuir sua resolução a considerações indignas de um homem de nobres sentimentos. Peço-lhe, senhor conde, fazer desta carta o uso que julgar mais oportuno..."

[45]O itálico é nosso, e destaca uma frase que fere como chumbo. Se for aceita, Puchkin terá vencido sem bater-se.

Já extenuado, o cocheiro — Vássia? Vânia? Grichka? gostaríamos de saber pelo menos o nome desse coadjuvante injustamente esquecido pela história — levou a resposta de Puchkin à embaixada da Holanda. Dela apoderou-se imediatamente d'Archiac, que deu uma rápida olhadela no texto e disse: "Pode ser suficiente". De novo, recusou-se a mostrar a carta a d'Anthès; ao contrário, cumprimentou-o pelo iminente casamento. O *chevalier garde* virou-se então para Sollogub: "Procure o senhor Puchkin e agradeça a ele por ter concordado em dar um fim à nossa disputa. Espero que passemos a nos freqüentar como irmãos." Os dois padrinhos seguiram para o nº 12 do Moika. O poeta estava jantando em companhia dos familiares e de Rosset. Recebeu Sollogub e d'Archiac em seu escritório. Estava tenso, pálido. Ouviu em silêncio as palavras rituais de gratidão do francês, e só falou quando Sollogub lhe disse: "De minha parte, eu me permiti prometer que o senhor tratará seu cunhado como bom conhecido." "Fez mal!", exclamou o poeta, em tom encolerizado. "Isso nunca vai acontecer. Entre a casa de Puchkin e a de d'Anthès jamais poderá existir algo em comum." Depois de uma curta pausa, acrescentou: "De resto, já admiti, e estou pronto a repeti-lo, que o senhor d'Anthès se comportou como homem honrado." "Por mim, isso basta", intrometeu-se d'Archiac, e apressou-se em sair com Sollogub. De volta à sala de jantar, Puchkin virou-se para Catherine: "Parabéns, d'Anthès pediu sua mão." A cunhada (tinha os nervos em frangalhos, passara aqueles últimos dias numa terrível gangorra de esperanças e angústias, seus olhos escuros estavam marcados pelas lágrimas, pelas muitas noites insones) jogou bruscamente o guardanapo sobre a mesa e, também bruscamente, correu para o quarto. Natalie foi atrás dela. Sem comentários, com um sorrisinho nos lábios, Puchkin disse a Rosset: "Mas que tipo, esse d'Anthès!" Naquela mesma noite, durante o baile que os Saltykov davam todas as quartas-feiras, suplício dos petersburguenses pelo mormaço que abafava os pequenos aposentos lotados até o insuportável, foi anunciado o noivado entre Catherine Gontcharova e Georges d'Anthès. Puchkin esteve na festa dos Saltykov. Mas não cumprimentou o futuro cunhado. Falou somente com Sollogub, que percebeu nele uma alegria e uma animação exageradas, cheias de fel. O poeta censurou-o por ter feito entendimentos que ele proibira categoricamente; depois, mais calmo, disse-lhe que aquele casamento jamais iria acontecer, ele estava pronto para apostar nisso. E de fato apostou: suas obras completas contra a bengala de passeio de Sollogub.

De Georges d'Anthès para Ekaterina Gontcharova [São Petersburgo, 21 de novembro de 1836]:

> "Minha querida e boa Catherine, veja que os dias passam e um não se parece com o outro: ontem preguiçoso, hoje ativo, embora esteja chegando de um horrível turno de guarda no Palácio de Inverno, coisa que, aliás, gritei hoje de manhã a seu irmão Dmitri, pedindo que ele lhe contasse isso, para que eu recebesse de sua parte um pequeno sinal de vida... Hoje de manhã eu vi a senhora em questão e, como sempre, me submeti às suas ordens supremas, minha amada. Declarei formalmente que ficaria muito agradecido se ela pudesse interromper esta negociação, de resto inteiramente inútil; que, se o marido não era suficientemente inteligente para compreender que só ele fazia papel de bobo nesta história, ela perderia seu tempo em querer explicar-lhe isso..."

A lembrança

Quando para os mortais se cala o rumoroso dia,
e nas vielas, praças mudas,
da noite a semidiáfana escuridão se agrava,
e desce o sono, prêmio do cansaço,
p'ra mim então se arrasta lento, na quietude,
um tempo de vigília tormentoso:
nessa noturna inércia, ardem ainda mais crus
os viperinos botes da consciência,
o desvario ferve, na mente opressa pela angústia
graves pensamentos se atropelam,
e a lembrança, silenciosa, a mim desdobra
seu infinito pergaminho,
e leio com repulsa a minha vida, e tremo
de desgosto, e me maldigo, e choro,
mas as lágrimas amargas de meu pranto
as tristes linhas não cancelam.

As linhas canceladas

No final da tarde de 21 de novembro — era um sábado — Sollogub foi procurar Puchkin. O poeta voltou ao tema do duelo frustrado. "O senhor foi mais padrinho de d'Anthès do que meu", reclamou ainda uma vez, "mas não quero fazer nada sem seu conhecimento. Vamos ao meu escritório". Ali, fechada a porta, continuou: "Ouça a carta que escrevi a Heeckeren. Com o filho eu já encerrei. Agora passemos ao velho." Acomodou a visita, sentou-se à escrivaninha, pegou duas folhas de papel azul-claro, com linhas douradas, e começou a ler. Lábios trêmulos, olhos injetados de sangue, estava pavoroso de se ver, e só então Sollogub se deu conta de "que ele era realmente de origem africana".

Conservaram-se até nossos dias duas minutas da carta a Heeckeren: um dos dois textos é certamente aquele que o poeta leu para Sollogub no final da tarde de 21 de novembro. Rasgados por Puchkin, talvez na véspera do último duelo, esses papéis em frangalhos foram encontrados por alguém que os guardou como uma preciosa relíquia até 1880, ano em que foram publicados por "*Antigüidades russas*" — não integralmente, porém, já que alguns fragmentos se perderam. Fazendo coincidirem as bordas dos fragmentos remanescentes, preenchendo as lacunas do que resta de um rascunho com trechos do que resta do outro, é possível reconstituir quase por inteiro o primeiro esboço. Nele, Puchkin menciona um duelo, e portanto o texto pode ter sido escrito quando, rompida a frágil trégua, as circunstâncias faziam novamente pensar que ele se bateria com d'Anthès: a tarde de 16 de novembro, a manhã de 17. Mas justamente a mesma frase — "um duelo já não me basta, e qualquer que seja o resultado..." — autoriza uma hipótese diferente: depois que os bons ofícios dos padrinhos e a repentina flexibilidade de Georges d'Anthès haviam resolvido pacificamente a controvérsia, Puchkin queria obrigar Heeckeren a duelar. Acertaria as contas com o "velho" de maneira sangrenta e, ao mesmo tempo, cobriria de vergonha o jovem, que não tivera a coragem de enfrentar seu chumbo. Não nos espantemos: no jogo das espessas sombras e das raras luzes, as palavras podem trazer simultaneamente vários significados. Tudo se torna dúbio, duplo, quando, ao lado dos instrumentos da filologia, também se usam os da psicologia, e esta, afirmava nosso mestre Porfiri Petrovitch, é uma arma de dois gumes.

De Puchkin para Heeckeren [16-21 de novembro de 1836]:

> "Senhor barão,
>
> Antes de mais nada, permita-me resumir tudo o que acaba de acontecer. O comportamento do senhor seu filho me era totalmente conhecido e não podia ser-me indiferente; mas, como se mantinha nos limites das conveniências e como, por outro lado, eu sabia o quanto minha mulher merecia minha confiança e meu respeito, contentava-me com o papel de observador, embora pronto a intervir quando o julgasse oportuno. Eu bem sabia que uma bela aparência, uma paixão infeliz, uma perseverança de dois *anos*[46] sempre *acabam* produzindo alguma *impressão* no coração de uma pessoa jovem, e que então o marido, a menos que seja um tolo, naturalmente se torna o confidente da mulher e guia de seu comportamento. Confessarei ao senhor que não estava inteiramente tranqüilo. Um incidente, que em qualquer outro momento me teria sido bastante desagradável, em boa hora veio tirar-me do impasse: recebi cartas anônimas. Percebi que havia chegado o momento e aproveitei. O senhor sabe o resto: levei o senhor seu filho a fazer um papel tão grotesco e deplorável que minha mulher, espantada com

[46]Indicamos em itálico as integrações sugeridas pelo contexto; não assinalamos, contudo, aquelas que foram feitas completando fragmentos remanescentes de palavras ou interpolando palavras e grupos de palavras do segundo rascunho, em muitos pontos idêntico ao primeiro. As reticências assinalam palavras ou trechos cuja reconstituição é duvidosa ou totalmente impossível.

tanta baixeza, não pôde evitar o riso, e a emoção que ela talvez tivesse experimentado por aquela grande e sublime paixão se extinguiu na mais calma e mais merecida repulsa.

Mas o senhor, barão, qual foi o papel que lhe coube em toda essa história? O senhor, o representante de uma cabeça coroada, foi o rufião de seu pretenso bastardo; todo o comportamento dele foi guiado pelo senhor. Era o senhor quem lhe ditava as banalidades *que ele vinha a dizer* e as bobagens que ele se deu o trabalho *de escrever*. Como uma velha obscena, o senhor tocaiava minha mulher em todos os cantos para falar-lhe de seu filho, e quando ele, doente de sífilis, se viu preso em casa pelos remédios, o senhor, infame como é, dizia que ele estava morrendo de amor por ela; e sussurrava: devolva-me meu filho.

Note que eu sei das coisas: mas espere, isso ainda não é tudo; eu dizia que o assunto se complicava. Voltemos às cartas anônimas. O senhor bem pode imaginar que elas lhe interessam.

No dia 2 de novembro, o senhor recebeu de seu filho uma notícia que lhe deu muito prazer. Ele lhe disse ..., que minha mulher temia ... que isso a fazia perder a cabeça. ... desfechar um golpe decisivo. ... *recebi três exemplares da carta anônima* (*dos dez* que foram distribuídos). *Essa carta* fora fabricada com tão ínfima cautela que desde a primeira olhada eu me vi na pista do autor. ... Tinha certeza de encontrar o meu calhorda, e não me preocupei mais com isso. Efetivamente, antes de completar três dias de investigações eu já sabia em que me fixar. Se a diplomacia não passa da arte de saber o que acontece na casa dos outros e de se divertir com os planos deles, o senhor me fará a justiça de admitir que foi vencido em todos os aspectos.

Agora chego ao escopo de minha carta. Talvez o senhor deseje saber o que me impediu até agora de desonrá-lo aos olhos da nossa Corte e da sua. Digo-lhe agora mesmo.

Eu sou bom, ingênuo, ... mas meu coração é sensível ... Um duelo já não me basta ... não, e qualquer que seja o resultado eu não *me sentirei* suficientemente vingado nem pela ... senhor seu filho, nem pela carta que tenho a honra de lhe escrever e cuja cópia conservo, para meu uso privado. Quero que o senhor mesmo tenha o trabalho de *encontrar* as razões capazes de me induzir a não cuspir em sua cara e a destruir o mínimo vestígio dessa história miserável, com a qual me será fácil elaborar um excelente capítulo em minha história dos chifres.

Tenho a honra de declarar-me, senhor barão,
seu humílimo e devotadíssimo criado

A. Puchkin."

O poeta sustentava haver intuído desde a primeira olhadela que seu "calhorda" era Heeckeren, enquanto, por Sollogub, sabemos que na manhã de 4 de novembro ele suspeitava de uma mulher (e se tivesse realmente suspeitado do embaixador, será que o teria recebido, será que se teria deixado comover pelas lágrimas dele?). Sustentava que sua mulher sentia agora apenas uma tranqüila repulsa por d'Anthès e ria dele, e no entanto, por Dolly Ficquelmont, sabemos que Natalie, "não querendo acreditar na preferência de d'Anthès por sua irmã, em sua ingenuidade, ou antes, em sua espantosa estupidez, discutia com o marido a possibilidade de tal mudança no coração daquele a cujo amor se apegava talvez só por vaidade...".

Relendo o primeiro esboço da carta a Heeckeren, Puchkin cancelou três linhas:

"No dia 2 de novembro, o senhor recebeu de seu filho uma
[notícia que lhe deu mui][47]to prazer. Ele lhe disse
....,[48] que minha mulher temi
.... que isso a fazia perder a cabeça.
.... desfechar um golpe decisivo.
.... plares da carta anô-
....haviam sido distribuídos)."

Apesar das lacunas, captamos o sentido do que Puchkin escrevia: em 2 de novembro, depois de receber do filho adotivo uma boa notícia, o embaixador decidira haver chegado o momento de desfechar "o golpe decisivo" —

[47]Reconstitui-se aqui "*nouvelle qui vous fit beauc...*", pelos ápices remanescentes de um *n*, um *f*, um *t* e um *b*.

[48]Aqui, só resta a parte final de uma palavra, "*...ité*", que se presta a mais de uma reconstituição.

as cartas anônimas. Compreendemos também que Puchkin se apressou em eliminar a menção, por mais breve que fosse, ao conteúdo da conversa que teria ocorrido entre d'Anthès e Heeckeren no dia 2 de novembro. Por quê?

Ele pensava nessa carta — sopesando, saboreando cada palavra — desde quando, em 13 de novembro, havia dito à princesa Viazemskaia: "Sei quem escreveu as cartas anônimas e, dentro de oito dias, a senhora vai ouvir falar de uma vingança única no gênero; será uma vingança plena, completa; jogará esse homem na lama." "Dentro de oito dias": também na precisão cronológica se revela a meticulosa, fria tenacidade do ódio. "Dentro de oito dias": 21 de novembro, quando se esgotavam as duas semanas de prorrogação concedidas ao barão Heeckeren na manhã do dia 6.

"O que eu poderia replicar diante de um impulso tão destrutivo?", perguntou-se depois Sollogub. "Limitei-me a calar." E tampouco ousamos dizer alguma coisa diante de semelhante delírio de grandeza, de onipotência, de onisciência: com um admirável salto ilusionístico, a vítima de uma brincadeira trivial, miserando marido cheirando a chifres, torna-se o senhor soberano de eventos e situações. Sabe tudo — até o que seus perseguidores tramam na intimidade; pode tudo — até tirar vantagem de uma estúpida e vil ofensa, extirpando do coração da mulher a perturbação que ela "talvez" tivesse experimentado por seu perseverante adorador. Espantados, vemos Natalie e d'Anthès se retirarem para os bastidores depois do romântico *intermezzo* (o apaixonado que se amofina, a jovem atriz que enrubesce e palpita) e cederem o papel de protagonistas a dois seres superiores em idade, inteligência, experiência. Livrando-se, sem muito esforço, de um vulgar *coureur d'alcôves*, o mais vigilante e atento marido russo derrama todo seu veneno sobre um indivíduo em cujas ações e palavras vislumbra uma infame abjeção, um desígnio celerado; um indivíduo cuja infinita baixeza, acredita, pode igualar sua infinita altura. Na lívida reverberação do ódio de Puchkin, o barão Heeckeren adquire os traços e a estatura de uma criatura demoníaca, de uma obscura potência do mal.

Fiel, também na prosa epistolar, aos princípios de sua arte, Puchkin não se pergunta nem explica por que um "velho", um pai, um nobre, representante de uma casa real, se presta a servir de alcoviteiro a seu "pretenso bastardo" e urde trotes ignóbeis. Limita-se a ofender Heeckeren profundamente, a provocá-lo em seu próprio e viscoso terreno: desafia-o a engenhar-se para evitar o escândalo, ameaça-o de ruína sem revelar como e quando acionará seus planos, deixa-o entender que poderá mostrar a outros a carta da qual conserva uma cópia para seu "uso privado". E nos presenteia com uma intriga setecentista, em tudo digna de Laclos: páginas que se poderiam acrescentar às *Liaisons dangereuses*, páginas nas quais imaginamos que o senhor de Tourvel conseguiria esvaziar as tramas da marquesa de Merteuil, superando-a em astúcia e malvadeza.

Ao corrigir o primeiro rascunho da carta ao embaixador da Holanda, Puchkin cancelou com um traço transversal outras linhas: "Talvez o senhor deseje saber o que me impediu até agora de desonrá-lo aos olhos da nossa Corte e da sua. Digo-lhe agora mesmo." Essa frase era agora inútil, já que, em 21 de novembro, ele executou sua ameaça: escreveu ao conde Benckendorff.

De Puchkin para Benckendorff, 21 de novembro de 1836:

"Senhor conde,

Tenho o direito e a obrigação de comunicar a Vossa Excelência o que aconteceu recentemente no seio de minha família. Na manhã de 4 de novembro, recebi três exemplares de uma carta anônima, ultrajante para minha honra e a de minha mulher. Pelo aspecto do papel, pelo estilo da carta, pelo modo como estava redigida, reconheci desde o primeiro momento que ela vinha de um estrangeiro, de um homem da alta sociedade, de um diplomata. Iniciei as pesquisas. Vim a saber que, no mesmo dia, sete ou oito pessoas receberam cada uma um exemplar da mesma carta, lacrada e endereçada a mim, num envelope duplo. Por desconfiarem de uma infâmia, quase todos os que a receberam preferiram não a fazer chegar às minhas mãos.

A reação geral foi de indignação por uma injúria tão covarde e gratuita; mas, mesmo repetindo que a conduta de minha mulher era irrepreensível, dizia-se que o pretexto para essa infâmia era a corte assídua que lhe fazia o senhor d'Anthès.

Não me convinha, em tal ocasião, ver o nome de minha mulher associado ao de quem quer que fosse. Mandei dizer isso ao senhor d'Anthès. O barão Heeckeren veio à minha casa e, em nome do senhor d'Anthès, aceitou um duelo, pedindo-me um prazo de 15 dias.

Ocorreu que, no intervalo concedido, o senhor d'Anthès enamorou-se de minha cunhada, a senhorita Gontcharova, e pediu-a em casamento. Sabendo disso por comentários públicos, fiz chegar ao senhor d'Archiac (padrinho do senhor d'Anthès) o pedido de que meu desafio fosse desconsiderado. Enquanto isso, assegurei-me de que a carta anônima era do senhor Heeckeren, coisa que julgo de meu dever levar ao conhecimento do governo e da sociedade.

Como único juiz e guardião de minha honra, assim como da de minha mulher, e conseqüentemente sem pedir nem justiça nem vingança, não posso nem quero revelar a quem quer que seja as provas do que afirmo.

De qualquer modo, espero, senhor conde, que esta carta seja a prova do respeito e da confiança que dedico a Vossa Excelência.

É com tais sentimentos que tenho a honra de me declarar..."

Tinha certeza de que, à carta endereçada a Heeckeren, iria seguir-se um duelo (na verdade, leu-a para Sollogub a fim de assegurar-se de que ele lhe serviria de padrinho), embora, àquela altura, nem mesmo um duelo bastasse a seu ódio. Mas compreendia que a carta endereçada a Benckendorff tornaria impossível o confronto: a polícia e o próprio czar interviriam, e a já alentada multidão de inimigos, ignorando tudo o que acontecera nas duas semanas precedentes, iria rir do poeta que escrevia denúncias à Terceira Seção em vez de lavar a roupa suja em casa ou, melhor ainda, num lugar afastado da periferia petersburguense. Também isso, além de circunstâncias e eventos que aguardam ser contados, deve tê-lo detido, deve ter-lhe sugerido não expedir as duas cartas. Contudo, ele não as destruiu. Guardou-as em lugar seguro: ainda poderiam ser-lhe úteis.

Em 2 de fevereiro de 1837, Viazemski escreve a Aleksandra Osipovna Smirnova: "Sim, foi certamente a sociedade quem o matou. Aquelas cartas infames, aqueles infames mexericos que lhe chegavam de todos os lados, seu temperamento ardente e fechado foram, por outro lado, causa da catástrofe. Ele não nos consultava, e uma certa fatalidade o impelia a agir sempre na direção errada." Mas, alguns dias depois, já parece mudar significativamente o tom das cartas que remete a amigos e conhecidos para silenciar as pitorescas interpretações que eles fazem da tragédia, para transmitir a contemporâneos e pósteros a versão mais precisa, ainda que, em grande parte, já hagiográfica. Contra Puchkin e sua mulher, escreve Viazemski em 9 de fevereiro, foram tramadas "perversas maquinações que ainda continuam no escuro. O tempo talvez possa trazê-las à luz". E em 10 de fevereiro: "Quanto mais pensas nessa perda, quanto mais vens a conhecer as circunstâncias até agora desconhecidas e que o tempo começa a revelar pouco a pouco, tanto mais o coração sangra e chora. Tramas infernais, infernais manobras foram organizadas contra Puchkin e sua mulher. Não se sabe se o tempo irá revelá-las de todo, mas o que já sabemos é suficiente. A felicidade conjugal e a harmonia dos Puchkin tornaram-se alvos das mais depravadas e pérfidas maquinações de duas pessoas prontas a tudo para desonrar a Puchkina." E em 16 de fevereiro: "Puchkin e sua mulher foram vítimas de uma cilada infame." Há conjeturas de que na segunda semana de fevereiro de 1837 os íntimos do poeta morto souberam de alguma coisa que transformava a piedade pela "desventurada vítima das próprias paixões e de circunstâncias infelizes" em violenta, incontida execração por d'Anthès e Heeckeren — algo muito grave, que preferiram manter eternamente em segredo.

Com as palavras de Aleksandra Arapova — e com seu estilo inconfundível, os acréscimos, os retoques, as inadvertências de sua ardorosa fantasia:

> "A remessa dos famigerados diplomas foi a primeira seta envenenada que obrigou Puchkin a ocupar-se do demasiado ativo cortejador de sua esposa ... Começou a acusá-la de leviandade, coquetismo, exigiu que ela não mais recebesse d'Anthès, que evitasse cuidadosamente, em sociedade, qualquer conversa com ele e que, com fria resistência, desse um fim às ultrajantes esperanças do rapaz. Dócil como sempre,

Natália Nikolaevna curvou-se à vontade do marido, mas d'Anthès era daquelas pessoas que não desistem facilmente. E, no drama em curso, entra a essa altura um personagem cujo papel ambíguo é verdadeiramente inexplicável! Trata-se do embaixador holandês em pessoa. Em sociedade, sua servil empolgação pelo filho adotivo era interpretada de modo bastante feio, mas a coisa não o impedia de fazer tudo para aproximar o jovem oficial e a senhora Puchkina, atraindo-a, de todas as maneiras, para um caminho perigoso. Assim que ela conseguia evitar encontrar d'Anthès ou falar com ele, de todos os lugares reaparecia Heeckeren, perseguindo-a como uma sombra, descobrindo habilmente um modo de sussurrar-lhe o louco amor do filho, capaz de se matar num acesso de desespero, traçando-lhe o quadro dos sofrimentos do rapaz e indignando-se pela crueldade e pela frieza dela. Certa vez, num baile da Assembléia da nobreza, supondo que o terreno já estivesse suficientemente preparado, começou a expor-lhe com insistência todo um plano de fuga para o exterior sob sua égide diplomática, estudado nos mínimos detalhes, desenhando-lhe o mais aliciante futuro, e, para prevenir as resistências da transtornada consciência de Natália Puchkina, recordou-lhe as reiteradas e muito conhecidas traições do marido, as quais lhe ofereciam a liberdade para vingar-se. Natália Nikolaevna deixou-o terminar e depois, erguendo para ele seu radioso olhar, respondeu: 'Admitamos que meu marido tenha cometido em relação a mim os erros que o senhor lhe imputa, admitamos que, no desvario de uma paixão, pelo menos de minha parte inexistente, esses erros sejam suficientemente graves para fazer-me ignorar meus deveres para com ele, mas o senhor está esquecendo um ponto capital: sou mãe. Se chegasse a abandonar meus quatro filhos em tenra idade, sacrificando-os a um amor culpado, eu seria a meus próprios olhos a mais vil das criaturas. Não temos mais nada a nos dizer, e exijo que o senhor me deixe em paz'... Há motivos para crer que suas explicações não satisfizeram o barão, e que este continuou a dirigir os acontecimentos de maneira fatal..."

A fonte das informações de Puchkin — e de sua ira, de suas acusações — deve ter sido Natália Nikolaevna: por Viazemski, sabemos que, depois da chegada dos diplomas, a mulher confessou ao marido, além dos próprios erros e do comportamento do jovem em relação a ela, "o do velho Heeckeren, que tentara desviá-la de seus deveres e arrastá-la para o abismo". Até hoje, a fonte de nossas informações e perguntas tem sido o magro punhado de fatos narrados por algumas testemunhas. Danzas recordava que, depois da temporada estival nas Ilhas, e depois da nova e incontrolável onda de mexericos, Puchkin "recusou-se a receber d'Anthès". No dizer de Dolly Ficquelmont, porém, "cometeu o grande equívoco de deixar a mulher freqüentar a sociedade sem ele" — e Natalie continuou a ver d'Anthès nas recepções, no teatro, entre as paredes de casas amigas, e "não sabia repelir ou deter os sinais daquele amor insensato ... Parecia empalidecer e tremer sob o olhar dele, mas claramente perdera toda a capacidade de frear aquele homem, e ele estava decidido a levá-la aos extremos...". A princesa Viazemskaia foi a única pessoa que tentou alertar Natalie, falando-lhe de coração aberto, como a uma de suas filhas: ela já não era uma menina, disse, para não compreender que conseqüências seu comportamento poderia acarretar. E Natalie, finalmente, falou: "Com ele eu me divirto. Ele me agrada, e é só. Será como tem sido ao longo de dois anos seguidos". Palavras quase idênticas — "*Il m'amuse, mais voilà tout*" — Maria Bariatinskaia escreveu sobre Georges d'Anthès. A ela devemos também a notícia de uma interessante conversa travada num salão petersburguense em meados de outubro de 1836. Ao encontrar um parente da princesinha Bariatinskaia, a senhora Petrovo-Solovovo perguntara: "E então, vai de vento em popa o noivado de sua prima?" "Com quem?", perguntara o outro, espantado. "Com d'Anthès!", respondera a dama, como se as intenções matrimoniais do francês fossem conhecidas de todos, e prosseguira defendendo a causa do *chevalier garde*, que, em seu entender, ficaria desesperado se não lhe dessem a mão de Bariatinskaia. Tal discurso incomodou a mocinha, que o comentou no diário, em tom ressentido: "*Maman* soube por Trubetskoi que d'Anthès foi repelido pela senhora Puchkina. Talvez seja por isso que ele quer se casar — *por despeito!* ... Saberei como agradecer-lhe, se ele ousar pedir minha mão."

Sabemos ainda uma última coisa sobre os meses, talvez até sobre os dias, que precederam o 4 de novembro — mas, aqui, devemos introduzir em cena um novo personagem: Idalie Poletika, filha ilegítima do conde Grigori Aleksandrovitch Stroganov, o *grand seigneur* russo de cujas proezas eróticas resta um eco até no *Don Juan* de Byron. Embaixador na Espanha no início do século XIX, Stroganov roubou ao marido legítimo a belíssima Juliana da Ega e levou-a para a Rússia junto com Idalie, a pequena bastarda do casal. Prima das irmãs Gontcharov por parte dos Stroganov, a fascinante Idalie era íntima dos Puchkin; o poeta a lembrava com afeto nas cartas à mulher, e certa vez repreendeu Natália Nikolaevna: esta, na ausência dele, poderia ter "ficado com Idalie", em vez de receber distantes parentes do sexo masculino. Evidentemente, confiava na Poletika. Enganava-se. Casada com Aleksandr Mikhailovitch Poletika, coronel do regimento dos Cavaleiros da Guarda e, portanto, superior imediato de d'Anthès, Idalie era muito amiga do oficial francês, e pelo menos uma vez lhe fez um favor um tanto delicado, talvez decisivo para os acontecimentos que estamos tentando reconstituir. "Por insistência de d'Anthès, a senhora N.N.* convidou a senhora Natália Puchkina e saiu de casa. Natália Puchkina contou à princesa Viazemskaia e ao marido desta que, assim que se viu a sós com d'Anthès, o oficial puxou uma pistola, ameaçando matar-se se ela não se entregasse a ele. Natália Puchkina já não sabia como livrar-se daquela insistência: torcendo as mãos, começou a falar o mais alto possível. Por sorte, a filhinha da dona da casa entrou no aposento, e a convidada correu a seu encontro." Quando, em 1887, o barão Gustav Vogel von Friesenhof, marido de Aleksandrina Gontcharova, descreveu para a cunhada Arapova o período que antecedera o noivado de Georges d'Anthès, o testemunho dos Viazemski ainda não fora publicado e, portanto, não pode tê-lo influenciado de modo algum:

> "Eu vi a senhora sua mãe exclusivamente em sociedade, e entre eles não houve nem encontros nem intercâmbio epistolar. Mas, em relação a essas duas coisas, ocorreu uma exceção. O velho Heeckeren escreveu à senhora sua mãe uma carta para convencê-la a abandonar o marido e

*Do latim *Nescio Nomen*, "de nome desconhecido", "sem nome" (*N. da T.*).

a casar-se com seu filho adotivo.[49] Aleksandrina lembra que a senhora sua mãe respondeu com uma firme recusa, mas já não saberia dizer se o fato aconteceu de viva voz ou por escrito. Quanto ao encontro, uma vez a senhora sua mãe recebeu da senhora Poletika um convite para visitá-la, e, quando chegou, encontrou d'Anthès, em vez da dona da casa; este prostrou-se de joelhos diante dela e implorou a mesma coisa sobre a qual o pai adotivo havia escrito. A senhora sua mãe disse à minha mulher que aquele encontro durara somente poucos minutos, porque ela, depois de o repelir imediatamente, foi embora na mesma hora."

Até no relato do marido Natália Nikolaevna dá ouvidos à "velha obscena" que a assedia por todos os cantos para falar-lhe dos amorosos sentimentos de d'Anthès. Até na versão da filha, claramente eufemística e romanceada, Natália Nikolaevna admite entrar em explicações íntimas com a Sombra cruel que a persegue. Por que não a mandou imediatamente de volta ao inferno de onde ela provinha, não cortou com seca decisão aqueles embaraçosos e penosos colóquios, não informou logo o marido sobre eles? E por que — quando, onde, como — Heeckeren tentou "atrair para um caminho perigoso" a mulher de Puchkin? Para Nesselrode, o embaixador escreveu, em 13 de fevereiro de 1837:

"Eu teria encorajado meu filho a cortejar a senhora Puchkina. Sobre isso, apelo justamente para ela. Que seja interrogada sob juramento, e se verá cair essa acusação. É por ela que se saberá tudo o que eu tão freqüentemente lhe disse a fim de fazê-la perceber o abismo para o qual se encaminhava. Se não estiver presa a considerações de amor-próprio, dirá que, em minhas conversas com ela, eu levava minha franqueza ao ponto de usar expressões que deviam feri-la, mas também abrir-lhe os olhos: pelo menos, era o que eu esperava. Se não for possível obter a confissão da senhora Puchkina, eu invocaria o testemunho

[49]Duvidamos de que o embaixador se arriscasse a deixar provas materiais tão comprometedoras; acreditamos, antes, que quem escreveu aquela desesperada proposta de casamento (de fuga: na Rússia os divórcios eram coisa rara e dificílima, e o marido abandonado também não ficaria de mãos abanando) foi d'Anthès, embora com a ajuda — pelo menos, na parte gramatical e sintática — do pai adotivo. O próprio Puchkin, como vimos, acusava Heeckeren de "ditar" ao filho as cartas que este escrevia a Natalie.

de duas pessoas, de duas senhoras da alta sociedade às quais confiei todas as minhas inquietações, informando-as diariamente sobre todos os meus esforços para romper aquela funesta ligação."

Diante de nossos olhos desorientados, apresentam-se duas cenas opostas: um perverso corruptor impele uma jovem esposa para o abismo do adultério; um sábio conselheiro detém uma jovem senhora que caminha inadvertidamente à beira desse abismo, a ponto de ofendê-la com crueza só para impedi-la de dar o desastroso salto.

Paris, início do verão de 1989, 152 invernos e 153 primaveras depois da morte de Puchkin: entre os papéis dos descendentes de Georges d'Anthès há três cartas classificadas como "estritamente pessoais". Duas nós já conhecemos: a que d'Anthès escreveu a Heeckeren em 30 de abril de 1836 e a que datamos de 6 de novembro. Ao ler a terceira, sentimos um baque no coração.

De D'Anthès para Heeckeren:

> "Meu querido amigo, eu queria falar contigo hoje de manhã mas tive tão pouco tempo que me foi impossível. Por acaso, passei todo o serão de ontem em *tête-à-tête* com a senhora em questão, e quando digo *tête-à-tête* quero dizer único homem, ao menos por uma hora inteira, em casa da princesa Viazemskaia. Podes imaginar meu estado, finalmente criei coragem e fiz bastante bem meu papel, e fiquei até bastante alegre. Enfim, resisti até as 11 horas, mas a essa altura minha energia me abandonou e fui tomado por tal fraqueza que só tive tempo de sair do aposento e, chegado à rua, comecei a chorar como um verdadeiro bobo, o que aliás me aliviou muito, porque estava para explodir, e depois, de volta a meu quarto, me vi com uma febre de cavalo e não preguei olho a noite inteira e sofri moralmente de quase enlouquecer.
>
> Então decidi recorrer a ti e suplicar que faças esta noite aquilo que me prometeste. Preciso que fales com ela de qualquer maneira para saber definitivamente como me comportar.

Hoje à noite ela vai à casa dos Lerchenfeld e, se renunciares a jogar baralho, acharás o momento certo para lhe falar.

Minha opinião é a seguinte: creio que deves te dirigir francamente a ela e dizer, de maneira que a irmã não te escute, que precisas conversar seriamente, e então pergunta se por acaso ela esteve ontem na casa dos Viazemski: e, quando ela disser que sim, dirás que já imaginavas e que ela podia te fazer um grande favor; dirás o que me aconteceu ontem como se fosses testemunha de tudo o que me aconteceu ontem ao voltar para casa, que meu empregado se apavorou e foi te acordar às duas horas da manhã, que me fizeste muitas perguntas e que não conseguiste saber de nada por mim,[50] e ficaste convencido de que eu briguei com o marido, e que era para evitar minha infelicidade que recorrias a ela (o marido não estava). Isso vai provar apenas que eu não te dei informações sobre o serão, coisa que é bastante necessária, pois convém que ela acredite que eu estou agindo escondido de ti e que é somente como um pai preocupado com o filho que a interrogas, então não seria ruim dar a entender na discussão que acreditas que existem relações muito mais íntimas do que as que existem, porque enquanto ela se desculpa acharás um jeito de fazer com que ela entenda que, pela maneira como se comporta comigo, essas relações deveriam existir. No mais, o difícil é começar e creio que esse seja o modo certo, porque como eu já te disse ela não deve absolutamente desconfiar que a coisa é arquitetada, e convém que veja esse teu passo como um sentimento inteiramente natural de preocupação com minha saúde e meu futuro, e deves pedir imperiosamente a ela segredo com todos e sobretudo comigo. Mas seria prudente não pedir logo que ela me receba, podes fazer isso da próxima vez, e toma cuidado também para não usar frases que podem estar na carta.[51] Te suplico mais uma vez que me ajudes, meu querido, me entrego completamente em tuas mãos porque se tudo isso durar sem eu saber onde vai acabar, vou ficar louco.

---

[50][À margem, alternativamente:] "Que de resto eu não precisava te dizer nada, que sabias muito bem que eu perdera a cabeça por ela, que a mudança em meu comportamento e em meu modo de agir era a prova, e conseqüentemente o marido também tinha percebido."

[51]A carta, supomos, em que ele a convidava a fugirem juntos para o exterior.

Também podias fazer medo a ela e dar a entender que [*três ou quatro palavras ilegíveis*][52]

Peço desculpas pela desorganização deste bilhete mas te asseguro que estou fora de mim, a cabeça me queima como fogo e sinto uma dor de cão, mas se as informações não te bastarem, me faz o favor de passar na caserna antes de ir para a casa dos Lerchenfeld. Eu vou estar com Béthencourt.

Te beijo."

A carta de Georges d'Anthès não pode ter sido escrita antes do verão de 1836: Natalie, como sabemos, voltou a vê-lo depois de pelo menos três meses de segregação doméstica (o luto pela sogra, o nascimento da filha). Foi escrita de São Petersburgo: portanto, depois que todos haviam deixado as Ilhas. Não pode ter sido escrita antes do final de setembro (após uma longa estada em Nordenreij, Vera Fiodorovna Viazemskaia só reabriu seu salão por volta do dia 20 daquele mês); e, por outro lado, foi evidentemente escrita antes do desafio de Puchkin. Deve remontar a um dia em que d'Anthès estava de guarda: foi escrita da rua Chpalernaia, e somente a obrigação de passar o serão e a noite inteira na caserna podia impedir o *chevalier garde* de precipitar-se para a casa de Maximilian von Lerchenfeld, embaixador do reino da Baviera, onde sabia que encontraria Natalie. E, entre os dias em que d'Anthès esteve de guarda, trata-se provavelmente do mais próximo de 19 de outubro, quando o médico do regimento lhe deu uma licença por doença: sabemos quão fraca era a saúde do oficial francês, e na fraqueza súbita, na cabeça em chamas, na "febre de cavalo", vislumbramos, além dos indícios de um devorador mal de amor, os sintomas de uma nova afecção pulmonar. Aquela carta foi escrita, supomos, na tarde de 17 de ou-

[52]D'Anthès riscou toda a frase (mal se consegue ler "*Tu pourrais aussi lui faire peur et lui faire entendre que...*"), a qual, provavelmente, nem chegou a terminar: fez um traço por cima e depois borrou a tinta com a ponta da pena de ganso ou de aço. Cancelou tão bem as últimas palavras que nem os mais eficientes instrumentos de decifração de antigos manuscritos conseguiram descobrir de que modo ele pretendia apavorar Natalie. Com propósitos dramáticos: "que vou me matar"? Ou com ameaças mais prosaicas: "que vou informar seu marido sobre..."? Nem mesmo a segunda hipótese nos espantaria.

tubro: na véspera, ao sair da residência dos Viazemski coberto de suor, d'Anthès se deteve no caminho para desafogar a própria agitação e foi agredido pelo repentino vento gelado que se levantara do noroeste, engrossando as águas do Neva.

Começamos a compreender: já em outubro de 1836 devia ter acontecido entre d'Anthès e Puchkin uma explicação, talvez uma discussão violenta[53] — provavelmente, quando o poeta intimou o oficial a ficar longe de sua casa. Algo de dramático e decisivo devia ter ocorrido entre d'Anthès e Natalie — provavelmente, a recusa sobre a qual Aleksandr Trubetskoi falara com a mãe de Maria Bariatinskaia. E agora a simples visão de Natalie levava às lágrimas d'Anthès, que precisava fazer esforços inauditos para manter-se à altura de seu despreocupado e jocoso personagem. O papel que ele representava em sociedade era, portanto, o de um jovem alegre e estouvado — pelo menos, desde que perdera a cabeça pela mulher de Puchkin. E nós que sorríamos quando ele descrevia o sofrimento de mostrar-se às pessoas feliz e contente, enquanto sentia "a morte no coração", nós que suspeitávamos de obscuros fins por trás de suas ostensivas manifestações de amor, que havíamos até duvidado desse amor... Diga-se também, contudo, que naqueles dias d'Anthès tinha bons motivos para estar transtornado, ansioso, incapaz de dominar os próprios nervos: com a mais velha das irmãs Gontcharov, arrumara uma tremenda confusão.

Agora temos a prova: então foi d'Anthès a "guiar o comportamento" do embaixador, a arquitetar a emboscada alcoviteira, a suplicar que o pai adotivo falasse com a "senhora em questão" para sondar os sentimentos e as intenções dela, comovê-la, dobrar-lhe a denodada resistência. "Mas que tipo, esse d'Anthès!", pensamos, ecoando Puchkin: não tem escrúpulos em pedir ao homem que o ama a intercessão junto à mulher que ele não quer resignar-se a perder. E esse homem lhe obedece, e se torna mensageiro de uma paixão desvairada que o inquieta, que o magoa, que o ofende. Não

[53]Somente nesse caso Heeckeren, ao falar com Natalie, poderia fingir acreditar que acontecera uma briga entre os dois.

intervém desinteressadamente, ao contrário: compreende que o jovem só irá recuperar "vida e repouso" — e tempo, atenções, afeto por ele — se vier a possuir a bela renitente. Mas tampouco age somente por cálculo: para ele é intolerável ver o "filho" doente de corpo e de alma, num estado próximo à loucura; portanto, está disposto a tudo, até mesmo a levar a mulher de Puchkin pela mão até o leito do enfermo. Ao encontrar Natália Nikolaevna, sussurra-lhe, com lágrimas nos olhos, que d'Anthès está se destruindo, morre de amor por ela, e no delírio continua a dizer o nome dela, a implorar vê-la, como última graça. "Devolva-me meu filho!" — suplica Heeckeren, e suas palavras são dúbias, insinuantes: censura e prece, dor e instigação.

Damos um suspiro de alívio: Puchkin — pelo menos, até outubro de 1836 — não era *cocu*. Natália Nikolaevna, como escreveu Heeckeren a Nesselrode, "jamais havia esquecido *completamente*[54] os seus deveres", podia orgulhar-se, como escreveu Viazemski ao grão-duque Mikhail Pavlovitch, de uma "inocência de fundo". Mas justamente naquele "fundo", naquele "jamais completamente", estava sua paradoxal culpa, a causa do desastre. Repelira d'Anthès (pela segunda vez, ao que sabemos, e em sua recusa de agora devia haver também ciúme — da irmã Catherine, da princesa Bariatinskaia), mas não sabia nem queria dar fim ao doce jogo de palores, tremores, lânguidos olhares, palavrinhas carinhosas, furtivos *billets doux*. "Não seria ruim dar a entender ... que acreditas que existem relações muito mais íntimas do que as que existem ... fazer com que ela entenda que, *pela maneira como se comporta comigo*, essas relações deveriam existir": por amor a Georges d'Anthès, por medo do marido, por uma bizarra concessão da virtude, por sua fatal pobreza de espírito, Natalie se comportava como uma *allumeuse*, uma cocote sedutora. Continuava a oferecer arenques e caviar ao jovem francês, mas recusava-se a matar a ardente sede que ela mesma estimulava.

Gostaríamos, agora, de baixar a cortina sobre uma história em que o amor — em todas as suas variantes, acepções, exceções — semeou apenas

[54]O itálico é nosso. Mas que víbora, o embaixador!

torpezas. Mas não podemos: o fado já tomou impulso. Gostaríamos também de fechar, de uma vez por todas, as portas do tribunal diante do qual o excêntrico trio — o oficialzinho fogoso, a bela sem juízo, o ambíguo embaixador — deve comparecer, a partir do doloroso dia em que Puchkin perdeu a vida. Mas pelo menos uma das acusações que ainda pairam sobre a cabeça do barão Heeckeren obriga-nos a uma investigação suplementar.

De Viazemski para o grão-duque Mikhail Pavlovitch, São Petersburgo, 14 de fevereiro de 1837:

> "... Puchkin suspeitou de que Heeckeren fosse o autor das cartas anônimas assim que as recebeu, e morreu com essa convicção. Não conseguimos esclarecer em que se baseava tal conjetura, que até a morte dele considerávamos inadmissível. Uma situação fortuita trouxe, a seguir, um certo grau de probabilidade. Mas, como não existem provas jurídicas nem concretas, convém atribuir o assunto ao julgamento de Deus, e não ao dos homens..."

Que intenção teria movido Heeckeren? Muitos se fizeram essa pergunta antes de nós. Anna Akhmatova respondeu: "Desejoso de separar d'Anthès de Natália Nikolaevna, estava convencido de que "*le mari d'une jalousie révoltante*", depois de receber semelhante carta, tiraria imediatamente a mulher de São Petersburgo e a mandaria para a casa da mãe, no campo (como em 1834), ou para qualquer outro lugar, e tudo se resolveria pacificamente. Por isso é que os diplomas foram expedidos aos *amigos* de Puchkin, e não aos inimigos, os quais, evidentemente, não podiam exortar o poeta com seus bons conselhos". Sentimo-nos perplexos: certamente, o astuto embaixador poderia excogitar um estratagema menos complicado para afastar do filho Natália Nikolaevna. "Calculista mais que depravado", sem dúvida preveria que, ao receber de várias partes a patente de chifrudo, e mesmo que dela não constasse o nome de d'Anthès, Puchkin dirigiria sua ira contra o *chevalier garde*. Ciúme? — Heeckeren não nos parece homem de agir sob o efeito de paixões, ainda que cegas, ou acossado por momentânea inspiração vingativa. E sobretudo: arriscaria sua honra, sua carreira, sua própria vida (e a do filho adotivo), usando um papel, um estilo, um "modo" a partir do qual era possível chegar a ele "desde a primeira olhada"? E, ainda por cima, confiando na solidariedade de pelo menos uma pessoa? Pois até quem o considera culpado reconhece que não poderia agir sozinho, que deveria recorrer à ajuda de um cúmplice russo, executor material do odioso plano por ele concebido.

O próprio Heeckeren, isentando a si mesmo e a d'Anthès,[55] perguntou-se: "*cui prodest?*" E escreveu a Nesselrode:

> "... Meu nome foi envolvido na infâmia das cartas anônimas! A quem poderia aproveitar o uso dessa arma, digna do mais covarde assassino, de um envenenador? A meu filho, ao senhor Puchkin, à mulher dele? Enrubesço somente com o decidir-me a fazer tal pergunta. E essas insinuações, absurdas mas nem por isso menos infames, pretenderam atingir quem mais? Um jovem, agora sob ameaça de uma condenação capital, e de quem eu me havia imposto não falar, pois sua sorte depende da clemência do soberano. Então meu filho pode ter sido o autor dessas cartas? Mais uma vez, com que fim? Para ter sucesso com a senhora Puchkina, não lhe deixando outra escolha a não ser a de lançar-se nos seus braços, perdida aos olhos do mundo e repudiada pelo marido?"

Por isso mesmo, exatamente com esse fim, sustentam muitos: um lapso havia finalmente traído as sórdidas intenções dos dois celerados. Esquecem que Heeckeren tinha aprendido na prática, em 15 anos de diplomacia, a não deixar transparecerem sentimentos particulares naquilo que escrevia a reis, ministros, homens de Estado.

No século XX, encontrou-se nos arquivos secretos da Terceira Seção um bilhete que isenta definitivamente de culpa o embaixador da Holanda. Escrevia Heeckeren a d'Anthès:

---

[55]Depois da morte do poeta, também sobre d'Anthès caíram as suspeitas de muitos. Puchkin estava no mínimo incerto quanto à participação do francês. No segundo rascunho da carta a Heeckeren, hesitou entre "o meu calhorda" e "os meus"; na minuta da carta a Benckendorff, escreveu: "assegurei-me de que a carta anônima era dos senhores Heeckeren", e só depois se decidiu por "do senhor Heeckeren".

> "Se é à carta anônima que te referes, direi que estava selada com lacre vermelho, mal selada e com pouco lacre; um sinete bastante singular, se bem me lembro, um "a" no meio, desta forma: "A", com muitos emblemas ao redor; não consegui distinguir com precisão esses emblemas porque, repito, ela estava mal selada; parece-me, no entanto, que havia bandeiras, canhões etc. etc., mas não tenho certeza. Creio lembrar-me de que isso aparecia com vários lados, mas também não estou seguro. Em nome de Deus, sê prudente e não hesites em mencionar meu nome para esses detalhes, pois foi o conde Nesselrode quem me mostrou a carta, escrita num formato de papel como o deste bilhete. A senhora N. e a condessa Sophie B. me encarregam de dizer-te muitas coisas boas, ambas se interessam calorosamente por nós. Que a verdade possa vir à luz, é o voto mais ardente de meu coração; teu, do fundo da alma ... Por que me pedes todos esses detalhes? Boa noite, dorme tranqüilo."

Portanto, dos diplomas fatais, Heeckeren só conhecia o exemplar que o conde Nesselrode lhe mostrara. Mesmo assim, há quem duvide: o embaixador teria escrito esse bilhete somente no segundo e, para ele, dificílimo momento, quando Puchkin já não era desta terra, a fim de exibi-lo como demonstração da própria inocência. Mais uma vez, ficamos perplexos: seria possível que a velha raposa não conseguisse fabricar provas mais consistentes em benefício próprio, que naquele bilhete apressado e algo desconexo escrevesse com todas as letras o nome de Nesselrode, o único, o último de seus defensores em terra russa? De fato, cremos que não, mas não conseguimos responder a outras perguntas. Quando foi escrito esse bilhete? No período em que d'Anthès estava preso e preparava sua defesa, como faria pensar a frase "não hesites em mencionar meu nome para esses detalhes"? É, porém, improvável que, em fevereiro de 1837, d'Anthès ainda precisasse de informações sobre o lacre dos diplomas: ele conhecia pelo menos o "exemplar da carta injuriosa" que, em 17 de novembro, Sollogub viu nas mãos de Olivier d'Archiac. O breve texto de Heeckeren dataria então da primeira metade de novembro de 1836, quando havia um frenético vaivém de bilhetes e mensagens entre a rua Chpalernaia e a avenida Nevski. Mas de que forma, naquele período, Nesselrode já estaria de posse de um dos diplomas? Terá também ele recebido uma cópia, na manhã de 4 de novembro? Ou apressou-se em entregá-la a um amigo, um conhecido de Puchkin? Quem, por quê? Jamais o saberemos. Mas nada nos impede de imaginar que muitos anos depois, ao organizar os arquivos, um funcionário da Terceira Seção tenha encontrado o bilhete do embaixador e, da frase "foi Nesselrode quem me mostrou a carta", interpretada apressadamente e na ignorância de tudo o que sabemos hoje, tenha nascido o "*c'est Nesselrode*" de Alexandre II.

Na minuta da carta de Puchkin a Benckendorff resta, isolado, um pedaço de frase: "... *à cacheter...*" — uma evidente alusão ao sinete com que foram lacrados os diplomas e a partir do qual, além das pistas fornecidas por papel, estilo, "modo", o poeta teria chegado a Heeckeren. Danzas, por sua vez, recordava que Puchkin desconfiava de Heeckeren "pela semelhança da letra". Já que nenhum dos argumentos invocados por Puchkin contra o embaixador da Holanda resiste ao confronto com os dois documentos que hoje conhecemos, pensou-se que um ou vários diplomas fossem escritos em papel diferente, com grafia diferente etc. "A carta e o sinete", argumentava Anna Akhmatova, "podem ter aparecido nas confissões de Natália Nikolaevna, se, por exemplo, algum bilhete de d'Anthès estivesse lacrado com aquele emblema. Não por acaso, Heeckeren descreve o sinete a d'Anthès em seu 'bilhete trapaceiro'. O que importa, para uma pessoa inocente, o formato do papel no qual está escrito um diploma burlesco, ou que coisa está representada no sinete?" Importa, e muito, se, por causa da brincadeira, essa pessoa for desafiada para um duelo. Fechado na caserna, obrigado à inação, d'Anthès continuava a conjeturar sobre a causa dos próprios problemas e pedia a Heeckeren todos os detalhes sobre aquelas malfadadas cartas. Nada, no comportamento de Georges d'Anthès, testemunha que ele tivesse passado a odiar Natália Nikolaevna,[56] que desejasse vingar-se pelas

[56]As únicas palavras não-amorosas do oficial são relatadas por Sollogub: "*C'est une mijaurée*" ("é uma lambisgóia"), disse d'Anthès sobre ela na noite de 16 de novembro, na embaixada da Áustria. Mas disse-o quando devia preparar a sociedade para a notícia de seu noivado com "a Gontcharova feia", quando estava despeitado com o mundo inteiro por não ter podido bater-se com Puchkin. Quando Natalie — imaginamos —, sabendo que as atenções do *chevalier garde* para com sua irmã Catherine não eram só platônicas, não conseguia esconder o desapontamento, a indignação, a ofensa, e era a primeira a querer o casamento reparador. "É uma lambisgóia": qualquer que fosse o motivo que o impeliu a dizer essas palavras, d'Anthès não estava inteiramente errado, afinal. E, de qualquer modo, disse-o *depois* de 4 de novembro.

reiteradas recusas dela: os únicos sentimentos que poderiam induzi-lo a desonrar a mulher e o marido. Tentemos, contudo, admitir que sua curiosidade nascesse da culpa: até nessa extrema e inverossímil hipótese, Heeckeren resulta inocente, ele próprio enganado por um "bilhete trapaceiro" com o qual d'Anthès lhe pedira informações sobre o sinete para desviar de si as suspeitas do pai adotivo. Quanto à existência de outros diplomas que realmente revelassem a pérfida mão de Heeckeren, recordaremos que Puchkin falou de uma "mesma carta", e Danzas afirmou que as cartas anônimas apresentavam, "palavra por palavra, um conteúdo igual". Se "estilo" e "modo" das cartas eram idênticos, o mesmo devemos pensar do papel, da letra, do sinete. E sobretudo: seja qual for nossa opinião sobre a inteligência de Natália Nikolaevna, é verdadeiramente curioso que ela atribuísse a Dolgorukov e Gagarin a culpa pelos diplomas fatais. Afinal de contas, a pessoa mais informada era ela. Muito mais do que o marido, temos certeza.

Também nós, entre os incontáveis acusadores russos de Jacob van Heeckeren, escolhemos numa lista ideal Anna Akhmatova, poeta de gênio.

Ao embaixador, Puchkin quis demonstrar a própria habilidade diplomática, mostrar que sabia "o que acontece na casa dos outros": "*Le 2 de novembre Vous eûtes de M. votre fils une nouvelle qui vous fit beaucoup de plaisir. Il vous dit ... ité, que ma femme craignait ... qu'elle en perdait la tête....*" Em vez do conteúdo, do aspecto dos diplomas, as provas contra Heeckeren eram os fatos evocados naquelas três linhas — canceladas, sim, mas não o suficiente para não incentivarem nossa fantasia. A segunda parte da frase pode ser reconstituída com uma discreta margem de verossimilhança: "*que ma femme craignait un scandale au point qu'elle en perdait la tête*". ("que minha mulher temia tanto um escândalo que isso a fazia perder a cabeça"). Muito mais problemática é a primeira parte: "*Il vous dit* [faltam de vinte a não mais de 25 letras] *...ité*". O que d'Anthès teria dito a Heeckeren — enchendo-o de prazer, impelindo-o a desfechar a ofensiva dos diplomas? Quantas palavras francesas terminam em "*ité*"? Muitas: substantivos femininos abstratos, como "*fatalité*", "*possibilité*", "*sincérité*", e assim por diante; particípios, como "*convoité*", "*débité*", "*profité*", e assim por diante; substantivos concretos, como "*comité*", "*cité*" e alguns outros. Podemos de saída eliminar todas as incompatíveis com o léxico puchkiniano e com o contexto — de "*anfractuosité*" a "*villosité*". Um malicioso impulso nos leva a procurar entre as apropriadas a uma situação picante: de uma "*infidélité*" à "*virginité*" de Catherine Gontcharova, ou até àquela sua "*maternité*" pré-matrimonial de que muitos suspeitaram na época de seu inesperado noivado — palavras que, no entanto, não conseguimos de modo algum inserir coerentemente no texto remanescente, palavras que Puchkin, temos certeza, jamais confiaria ao papel. Devemos também renunciar a procurar vestígios de novas injúrias a d'Anthès ou a Heeckeren: "*avidité*", "*bestialité*", "*immoralité*", "*nullité*", "*pusillanimité*", "*stupidité*", "*vulgarité*"; de novo, não conseguimos deduzir uma frase de sentido completo, nem vislumbrar o nexo entre uma enésima expressão do desprezo de Puchkin e a satisfação do embaixador, assim como os temores de Natalie. Imaginemos: Natalie e d'Anthès se encontram, a mulher adverte-o de que o marido recebeu uma carta anônima[57] e está furibundo, fora de si, sabe Deus o que tem em mente, ela morre de medo... "*Il vous dit que j'étais très agité* [ou *excité, irrité*]": curto demais. E vago demais: para sustentar acusações tão peremptórias, são necessários, parece-nos, fatos concretos, fatos graves. Uma nova e mais violenta altercação entre Puchkin e d'Anthès, por exemplo — mas tudo aquilo que fantasia e dicionário sugerem é um "*Il vous dit que je l'avais maltraité...*" ["Ele lhe disse que eu o havia maltratado..."] improvável, igualmente genérico, em nada puchkiniano. Convém procurar em outras direções. "Furioso com a frieza de Natália Nikolaevna ... d'Anthès teve o atrevimento de visitá-la, mas o acaso fez com que, na ante-sala, ele encontrasse Puchkin, que estava chegando..." — acreditar, por uma vez, na Arapova? Experimentemos: "*Il vous dit qu'il avait abusé de mon hospitalité...*" demasiado longo, desta vez, e de resto d'Anthès não poderia "abusar de uma hospitalidade" que já lhe fora negada, e em termos muito bruscos, podemos imaginar. Voltemos aos fatos dos quais temos certeza: o encontro na casa de Poletika. "*Il vous dit qu'il avait commis une énormité...*" — mas po-

[57]Por que não? Se, para Puchkin, Heeckeren decidira desfechar o "golpe decisivo", este poderia ter sido precedido de um episódio análogo. Muitos falaram de outras cartas anônimas, uma verdadeira "saraivada", recebidas pelo poeta várias vezes.

deria o próprio d'Anthès definir como uma "enormidade" um ato tresloucado e além de qualquer limite, a armadilha por ele estendida a Natália Nikolaevna? Esse era, se tanto, o juízo que Puchkin fazia de tal gesto. E Puchkin, além disso, escrevia como se tivesse assistido ao colóquio entre d'Anthès e Heeckeren, como se naquele 2 de novembro tivesse escutado tudo, escondido atrás de uma porta da embaixada holandesa. Teremos de continuar a caça ao substantivo que rima com nossa obstinada *ténacité*. Otto von Bray-Steinburg, ao comunicar à mãe o casamento de d'Anthès (recebera a notícia pelo embaixador da Baviera e pelo próprio Heeckeren), escreveu de Paris: "Dizem que o jovem cortejava a senhora Puchkina, e que o marido descobrira uma carta duvidosa, sobre a qual foi dito, para evitar suspeitas, que era destinada à cunhada, solteira. De toda essa complicação teria resultado o casamento...". Em suas *Mémoires d'un royaliste*, o conde Frédéric Falloux, que no verão de 1836 visitou a Rússia, deu uma versão mais pitoresca dos fatos ouvidos de "fonte irrecusável": "Certa manhã, d'Anthès deu com Puchkin em seu quarto... 'Como é possível, barão, que eu tenha encontrado em minha casa cartas escritas pelo senhor?' E exibia cartas que efetivamente continham expressões de paixão ardente. 'O senhor não tem motivos para se considerar ofendido', respondeu d'Anthès, 'a senhora Puchkina concordou em recebê-las de mim para entregá-las à irmã, com quem quero me casar'. 'Se é assim, case-se.' 'Minha família não dá o consentimento.' 'Então, exija-o.'" Seria apenas uma mentira inventada por d'Anthès para se livrar, ou o fruto de desenfreadas fantasias de salão? Cai nas mãos de Puchkin uma apaixonada carta assinada por "Georges de Heeckeren" e o poeta dá um aperto na mulher; em pânico, Natália Nikolaevna declara que a verdadeira destinatária da amorosa missiva é a irmã mais velha; avisado por Natalie, d'Anthès confirma as palavras dela ao marido, que se apresentou na casa dele com um imperioso pedido de explicações; imediatamente, na esteira de sua mentira cavalheiresca, o *chevalier garde* é promovido a noivo de Catherine Gontcharova: "*Il vous dit qu'on l'avait fiancé d'autorité, que ma femme....*" Informado sobre o acontecido, imagina Puchkin, o embaixador decide provocar um escândalo que impossibilite aquelas desagradabilíssimas núpcias. Nesse caso, porém, a notícia dada por d'Anthès *não* deixou o embaixador muito feliz.

Fita métrica na mão, descobrimos que podemos facilmente inserir uma negação ("*une nouvelle qui* ne *vous fit beaucoup de plaisir*") no espaço vazio. Cansados, incapazes de prosseguir, estaríamos a ponto de subscrever esta última reconstituição — esta construção frágil como um infantil castelo de cartas, esta arbitrária incursão pelo ignoto — se não tivéssemos de acertar as contas com aquilo que Aleksandr Karamzin escreveu ao irmão Andrei em 13 de março de 1837: "D'Anthès estava então doente do peito e emagrecia a olhos vistos. O velho Heeckeren disse à senhora Puchkina que o filho morria por ela, implorou-lhe que o salvasse e depois ameaçou vingar-se; dois dias depois, apareceram as cartas anônimas." *Dois dias depois* — ainda o fatídico 2 de novembro, mas com um cenário completamente diferente: o embaixador vê Natalie, ameaça-a de vingança se ela não se entregar ao filho, Natalie confia a d'Anthès que está mortalmente apavorada, d'Anthès, ao voltar para casa, conta ao pai que... Somos obrigados a parar: porque o breve espaço em branco que termina em "*ité*" parece recusar-se a acolher qualquer alusão a ameaças, porque é inverossímil que d'Anthès informasse o embaixador sobre aquilo que o próprio embaixador fizera ou dissera. Mas, mesmo admitindo que naquelas três linhas agora irremediavelmente mudas, Puchkin se referisse aos obscuros discursos de Heeckeren, por que as cancelou? Elas não comprometiam Natália Nikolaevna, antes ressaltavam a infâmia de seu perseguidor. E, seja como for, a lógica empaca e esperneia: se o sentido das ameaçadoras palavras de Heeckeren permitia ligá-las à remessa dos diplomas ("Desonrarei a senhora aos olhos do mundo" — por exemplo), Heeckeren se teria autodenunciado, teria aposto a própria assinatura ao pé das injuriosas e em nada anônimas cartas. O embaixador também não podia contar tão cegamente com o silêncio de Natalie — que, de fato, falou: somente dela podia vir a notícia que Karamzin relatava com tanta segurança.

Portanto, Puchkin se referia a outra coisa. Mais uma vez: "*absurdité*", "*calamité*", "*fatalité*", "*gravité*", "*hostilité*", "*identité*", "*malignité*", "*opportunité*", "*susceptibilité*", "*témerité*"... Não é insânia nossa: entre as linhas canceladas, queríamos ler sobretudo os sentimentos que ditaram ao poeta suas acusações. Pois ou Puchkin tinha apenas uma suspeita à qual a raiva e o rancor davam a consistência de uma certeza, e ele reconstituía o que acontecera em 2 de novembro na embaixada holandesa temperando com indignação e fantasia aquilo que a mulher lhe confessara, ou sabia de alguma coisa que não podia ser revelada nem mesmo aos amigos mais caros; alguma coisa que o obrigava a atormentados circunlóquios, cancelamentos, correções. De novo, duas visões opostas: um homem sem razão, que acusa sem provas, obscurecido pelo desejo de "jogar na lama" aquele que tentou desencaminhar-lhe a mulher; um homem com razão, obrigado ao silêncio por uma outra ofensa, enorme e inconfessável, na qual estão as provas do que ele sustenta, as provas que ele não pode nem quer "revelar a quem quer que seja".

Tudo isso, no entanto, não pode ser casual.

A ausência de umas poucas palavras na minuta de uma carta de Puchkin nos confunde, ata-nos as mãos, obriga-nos a declarar nossa impotência, deixa-nos mudos. Conhecemos o lugar, o dia, a hora de seu último duelo, conhecemos a altura do sol no horizonte, a temperatura do ar, a direção do vento; conhecemos as dimensões do furo que a bala abriu na casaca preta. Mas, a cada passo, temos de admitir não saber.

De um camarote imerso na escuridão, acompanhamos fascinados os mil disfarces e as mil metamorfoses da verdade, o mais famoso e cultuado *travesti* da comédia humana. Terminado o espetáculo, aplaudimos, confirmando assim o abismo que dela nos separa.

Com sua morte, Puchkin nos enfeitiça num lugar onde nossos conhecimentos e certezas perdem a validade, estragam-se como mercadorias há muito tempo guardadas em depósitos caducos. Um lugar onde o demasiado saber confina com a treva. Um lugar onde o espaço entre causa e efeito, que julgávamos exíguo e mil vezes explorado, torna-se um Saara de hieroglifos insondáveis, sombras enganosas, presenças incertas, miragens, armadilhas.

Lição de poesia. Lição de mistério. Lição de sagrado.

E talvez seja justamente "*verdade*" que se esconde por trás daquele pedacinho de palavra que tanto nos interessa. Devemos então aceitar a mais corrente reconstituição do trecho: "Ele lhe disse que eu suspeitava da verdade, que minha mulher temia tanto um escândalo que isso a fazia perder a cabeça." A verdade: tudo e nada. Que verdade?

Depois de levar pela mão o paciente e confiante leitor, não temos coragem de abandoná-lo no meio do labirinto cuja saída nós mesmos não conseguimos encontrar. Devemos a ele pelo menos uma hipótese, uma conjetura. Ei-la, baseada em indícios fraquíssimos e em tudo o que há muito nos vem sugerindo, da boca do proscênio, uma voz baixinha e insinuante: Puchkin não tinha provas, não foi Jacob van Heeckeren quem escreveu ou enviou os diplomas. Pela última vez, façamos então desfilarem — silenciosos, empalidecidos pela poeira do tempo — os suspeitos assassinos morais do poeta: o empertigado e arrogante ministro da Instrução, a carrancuda Metternich de saias, o jesuíta de aspecto seráfico, o coxo burlão. Se só entre eles podemos escolher, se só contra um deles devemos apontar o dedo acusador, indicamos Piotr Dolgorukov.

Certa noite, no início de novembro de 1836, em torno de uma mesa com vestígios de um rico banquete e de abundantes libações, alguém mostrou os modelos das injuriosas patentes com que Viena se divertira longamente: diplomas de ladrão, avarento, corno, lacaio. O de *cocu* logo chamou a atenção dos convidados, um punhado de jovens da alta sociedade petersburguense, e, num clima de ébria e irresponsável alegria, o bando de gozadores começou a enumerar os concidadãos à custa dos quais poderia divertir-se. Mas a lista era enorme ("em São Petersburgo", dizia Puchkin, "a moralidade anda em baixa, logo virá a ruína completa") e a noite já ia alta: foi preciso adiar a execução do divertido projeto. Na manhã seguinte, no início de um enésimo dia ocioso e vazio, o príncipe Piotr Dolgorukov recapitulou a conversa da noite anterior. Como era possível que ninguém se tivesse lembrado de Puchkin? Que história, a dele: a mulher o traía com d'Anthès e ele traía a mulher com a cunhada Alexandrine, d'Anthès traía Heeckeren com Natália Nikolaevna e Natália Nikolaevna com a irmã dela, Catherine. Faria melhor o enfatuado e altivo poeta, pensou o príncipe, se escrevesse uma "História dos chifres" em vez da de Pedro, o Grande. Contente com a própria argúcia, Dolgorukov pensou em dar-lhe um seguimento mais concreto. Reconstituído de memória o breve texto, ao título de coadjuvante da Ordem dos Cornos acrescentou o de Historiador. Sobre o nome do grão-mestre da Ordem não teve dúvidas; sobre o do secretário vitalício, teve de refletir um pouco e finalmente decidiu-se por Iossif Borkh: toda a gama das infidelidades femininas, do czar a um cocheiro. Agora, precisava de um sinete à altura de seu achado. Pegou uma folha de papel e traçou um círculo, em cujo interior desenhou de qualquer jeito alguns emblemas maçônicos: Puchkin iria queimar longamente os miolos, repassando na memória os Pedreiros-Livres que pululavam em São Petersburgo. Para espicaçar ainda mais a curiosidade do poeta, Dolgorukov inventou um bizarro monograma: o *J* de Jacob van Heeckeren fundido com o *A* de d'Anthès: o amoroso entrecho ameaçado de ruptura por culpa da bela e traiçoeira Natalie. Completou o desenho com um cuco, a pobre ave transformada em símbolo dos cornos, e, para que não houvesse dúvidas sobre o significado, muniu o bicho com um inequívoco par de chifres. A essa altura, já inspirado, acrescentou-lhe uma espessa cauda em forma de pena de ganso — como aquela, presente de Goethe, que Puchkin tinha bem à mostra na escrivaninha: com ela o poeta poderia escrever seu tratado sobre o *cocuage*. Entregou o esboço a um empregado para que este o levasse imediatamente ao gravador que já o servira outras vezes, com solicitude e discrição, e a seguir copiou com grafia torta e contrafeita o breve texto difamatório. Por que enviá-lo somente a Puchkin? — perguntou-se, ao terminar: aquele diploma era uma joiazinha, seria uma pena privar dele a sociedade petersburguense. E convinha aproveitar ao máximo um sinete que lhe custava dinheiro (pela confecção, pela generosa gorjeta que deveria garantir o silêncio do artesão). O papel acabara. Dolgorukov apanhou umas folhas no escritório de Ivan Gagarin e voltou ao trabalho. Oito diplomas, nove; podiam bastar, estava cansado. Escolheu então as pessoas a quem os enviaria: amigos e conhecidos de Puchkin — os primeiros que lhe passaram pela cabeça, aqueles cujo endereço lembrava ou tinha ao alcance da mão. Tudo estava pronto quando o empregado voltou, trazendo o sinete recém-confeccionado. Dolgorukov pediu que ele escrevesse "para Aleksandr Sergueevitch Puchkin" no verso dos diplomas, e também, alguns minutos depois, ordenou-lhe que entregasse aquela papelada num dos muitos postos de correio da cidade — mas não nas vizinhanças, recomendou. Isso acontecia em 3 de novembro de 1836, segundo os ocultos e malignos desígnios do Acaso. Pois nada mais puchkiniano — a repentina irrupção do deus das ninharias e das coincidências — podia acontecer a Puchkin, obrigando-o a estabelecer um vínculo entre o ataque concêntrico da difamação e alguns fatos ocorridos nos dias anteriores. No inverno de 1836 e início de 1837, o Correio petersburguense entregou outras patentes de corno a outras vítimas da *bande joyeuse*, que finalmente pusera mãos à obra: aqueles papéis acabaram no fogo, depois de provocarem raiva, indignação, alguns arrufos em família — mas nenhum duelo.

Obviamente, não temos provas. E não temos nada de pessoal contra Dolgorukov. A despeito de uma longa e freqüentemente suspeita tradição, no lugar do nome dele preferiríamos colocar um outro — por que não?, um dos lembrados por Trubetskoi: "Urussov, Opotchinin, Stroganov". Mas, destes, não sabemos se eram, como Dolgorukov, próximos de Heeckeren e doentiamente interessados nas adversidades amorosas do embaixador; nem se, como ele, eram amigos de Piotr Valuev (por meio do qual Dolgorukov podia conhecer todas as tempestades que agitavam a casa dos Puchkin), ou de Lev Sollogub (que podia tê-lo informado de que o irmão caçula, Vladimir, estava hospedado, naquele início de novembro de 1836, com a tia Vassiltchikova), ou dos irmãos Rosset, cujo endereço o príncipe coxo, colega de Karl no Corpo dos Pajens, conhecia bem. Nem sabemos se, como ele, freqüentavam a residência dos Karamzin. Mas sobretudo: "*le bancal*" era um perfeccionista da burla. E o Fado sabe muito bem onde recrutar sua ocasional mão-de-obra auxiliar.

Também Anna Akhmatova acreditou ser Piotr Dolgorukov o culpado — em conluio, porém, com Heeckeren e d'Anthès. E acusou-o de algo mais Interrogando-se, como nós, sobre as linhas canceladas por Puchkin, ela chegou às seguintes conclusões:

... "Natália Nikolaevna, obviamente, não podia saber que na embaixada fabricaram um documento que lhe manchava a honra. A isso acrescentaremos que Puchkin se mostra muito orgulhoso das próprias informações e inabalavelmente convencido da veracidade delas. A coisa pode ser entendida assim: alguém assiste à conversa entre Heeckeren e d'Anthès, na presença desse alguém decide-se *le coup décisif*, as cartas anônimas; depois essa pessoa procura Puchkin e lhe conta tudo, dando assim a Puchkin a possibilidade de cobrir de lama o embaixador; mas claramente, por motivos bastante compreensíveis, essa pessoa quer permanecer anônima ... Podemos supor um jogo duplo por parte de Dolgorukov. Imaginar que fosse ele a informar Puchkin, a fornecer-lhe os dados para a carta..."

Experimentemos corrigir a interessante conjetura: para divertir-se ainda mais, para pescar nas turvas águas por ele mesmo agitadas, Dolgorukov conta a Puchkin que assistiu, em 2 de novembro, a um colóquio entre Heeckeren e d'Anthès — um colóquio muito importante, afirma, durante o qual os dois decidiram submeter o poeta e a mulher a um vexame. Compreenderemos assim por que, diante do embaixador da Holanda, Puchkin ostentava a segurança — a pretensão, quase dissemos — de uma testemunha ocular. Mas de que maneira Dolgorukov poderia justificar sua presença num colóquio tão delicado, sem atrair para si a justa suspeita do poeta? É evidente que Heeckeren e d'Anthès falariam do "golpe decisivo" na presença de um cúmplice, certamente não na de um visitante casual. Mais uma vez, não podemos dar razão a Anna Akhmatova.

De Aleksandr Karamzin para o irmão Andrei, São Petersburgo, 13 de março de 1837:

"... D'Anthès era um rapaz comum quando chegou aqui, engraçado por sua falta de educação unida a uma espirituosidade inata, mas de resto inteiramente insignificante, tanto do ponto de vista moral quanto do intelectual. Se tivesse continuado assim, teria sido um bom rapaz e só, eu não enrubesceria como acontece hoje por ter-me ligado a ele, mas foi adotado por Heeckeren por razões até hoje inteiramente desconhecidas pelo público (que se vinga por meio de conjeturas); Heeckeren, sendo um homem muito inteligente e o porco mais refinado que já existiu sob o sol, não teve muita dificuldade para apoderar-se inteiramente do intelecto e da alma de d'Anthès, que, do primeiro, era muito menos rico do que Heeckeren, e da segunda, talvez fosse totalmente desprovido. Esses dois homens, não sei por quais razões diabólicas, encarniçaram-se contra a senhora Puchkina com tanta constância e perseverança que, aproveitando-se da simplicidade de espírito dessa mulher e da atroz estupidez da irmã dela, Catherine, em um ano quase conseguiram enlouquecê-la e destruir-lhe a reputação de maneira clamorosa. D'Anthès estava então doente do peito e emagrecia a olhos vistos. O velho Heeckeren disse à senhora Puchkina que o filho morria por ela, implorou-lhe que o salvasse e depois ameaçou vingar-se; dois dias depois, apareceram as cartas anônimas. (Se foi Heeckeren o autor dessas cartas, isso seria um atroz e incompreensível absurdo de sua parte; contudo, pessoas que devem saber algo sobre o assunto dizem que hoje está quase provado que foi ele!)..."

Quando os restos mortais de Puchkin já repousavam no cemitério de Sviatye Gory, por quem os íntimos do poeta vieram a saber das "perversas maquinações", das "tramas infernais", da "cilada infame"? Antes de mais nada, pelo próprio Puchkin — pela cópia da carta a Heeckeren que ele guardava no bolso da casaca usada no duelo, em 27 de janeiro de 1837: sua declaração para futura memória, para futura infâmia do embaixador e do *chevalier garde.* E, ainda, pela carta a Benckendorff que ele não se resolvera a expedir, mais de dois meses antes; encontrada entre seus papéis, em 11 de fevereiro de 1837 ela foi repassada à Terceira Seção, e o solerte Miller correu a difundir o texto entre os amigos do poeta morto.[58] Algo deve ter sido contado, ainda, pela viúva enlutada, algo deve ter sido reconstituído por

[58]Talvez justamente a descoberta dessa carta tenha sido a "situação fortuita que trouxe, a seguir, um certo grau de probabilidade" às suspeitas de Puchkin: Viazemski, podemos imaginar, custava a crer que o poeta tivesse escrito ao chefe de polícia uma acusação tão violenta sem as provas que o inevitável inquérito iria pedir a ele. Ao pensar assim, não levava em consideração — ou talvez o ignorasse então — que a carta a Benckendorff não fora enviada.

eles mesmos, ao repassarem na memória os fatos de que foram testemunhas. Eram, convém lembrar, pessoas ainda mortificadas pela tragédia, transtornadas por um tremendo sentimento de culpa por terem rido de Puchkin, por não o terem socorrido quando ainda ignoravam muitas coisas. Quando ainda ignoravam que d'Anthès se servira da trapaça para falar a sós com Natália Nikolaevna e que pretendia induzi-la a abandonar o marido, e que o barão Heeckeren, com seu rufianismo, era cúmplice do filho adotivo. Essas, disso estamos convencidos, eram as "circunstâncias desconhecidas" que o tempo foi revelando pouco a pouco aos íntimos de Puchkin: não eram muitos os que sabiam. E aquela época de moral generosa, quando soube, virou as costas, com horror e calafrios, como diante do Impuro, àqueles dois homens inexplicavelmente aliados contra a virtude de uma mulher. A quem adivinhava os motivos secretos de tudo, aquela aliança pareceu ainda mais imunda, monstruosa. As ações — na verdade, jamais belas, nobres, elegantes — de Georges d'Anthès e Jacob van Heeckeren, a seu modo dois "pobres-diabos" loucos de amor, puderam assim parecer uma conjuração satânica.

Depois de deixar Puchkin, Sollogub dirigiu-se à residência do príncipe Odoevski, aberta para o costumeiro sábado lítero-musical. Como esperava, ali encontrou Jukovski, e logo o informou sobre o que vira e ouvira. Jukovski precipitou-se para a casa do amigo. Convenceu-o a não remeter a carta a Heeckeren. E, no dia seguinte, pediu ao czar que interviesse com seus conselhos paternos para deter Puchkin, decidido a travar um duelo por uma questão de honra.

Pela segunda vez em duas semanas, portanto, Puchkin teve de mudar de idéia, arrepender-se da própria impetuosidade, voltar atrás sobre seus próprios passos. O duplo recuo do poeta nos perturba. O que o deteve em 21 de novembro? Os judiciosos argumentos de Jukovski, certamente: o escândalo que transtornaria a família, o futuro dos filhos, a penosa condição da cunhada, a provação e a dor de Nicolau I etc. Talvez, também, as dúvidas sobre o fundamento das próprias acusações. Mas havia algo mais, algo que afundava as raízes numa zona obscura do ser, muito mais que nas paragens da razão. Não o medo da morte, a qual Puchkin sempre olhara de frente com gélida firmeza, mas o remorso pela vida, que a cada vigília obrigava-o a virar-se para trás, a perscrutar com horror e repulsa o caminho percorrido. Ele não cometera nenhum crime, não matara, nem traíra, nem violara a palavra de honra — nunca. Arrependia-se de outra coisa: de ter vivido, de ter poetado. Arrependia-se do existir, o pecado original que morde a consciência dos poetas iniciados à leveza e à pureza absoluta. E agora conhecia um novo remorso, compreendia que "estava atraído pela morte com uma força quase sobrenatural e, por assim dizer, tangível". Percebia aquela força, podia quase tocá-la, era arrastado por ela, mas o lastro do espírito o ancorava à terra. Assoberbado pelo imenso fardo, teve de retardar-se neste mundo — assim, às vezes, descidos às escondidas para visitar os vales dos homens, os querubins mais travessos enredam as próprias asas nas sarças. E durante todo aquele tempo pago à vida, o mais impiedoso de seus credores, sentiu pairar a seu redor um misterioso aroma, descobrindo-o em muitas coisas que fazia, dizia, escrevia: o acre odor da represália. Inebriava-o como uma droga e ao mesmo tempo o nauseava.

Pouco depois das 15:00h do dia 23 de novembro de 1836, ao término do habitual passeio vespertino, Nicolau I recebeu Puchkin em seu gabinete privado do palácio Anitchkov. Era a segunda vez que o soberano concedia ao poeta uma audiência extraordinária. Dez anos antes, em 8 de setembro de 1826, um estafeta chegara a Milkhailovskoe e escoltara Puchkin até Moscou, até o gabinete do novo czar. Nicolau I havia perguntado: "O que o senhor faria no dia 14 de dezembro, caso se encontrasse em São Petersburgo?", e Puchkin respondera com as impávidas, históricas palavras: "Estaria entre as fileiras dos revoltosos." O encontro durara mais de uma hora. "Hoje conversei demoradamente com o homem mais inteligente da Rússia", declarara naquela mesma noite o czar, no baile do marechal Marmont. Ninguém sabe o que se disseram Puchkin e Nicolau I na tarde de 23 de novembro de 1836; dois lacônicos testemunhos falam apenas do resultado daquele colóquio: o poeta prometeu ao soberano "não se bater por motivo algum" e deu-lhe sua palavra de honra de que, "se a história recomeçasse, não faria nada para resolvê-la sem o avisar".

Ao encontrar Sollogub em casa dos Karamzin, Jukovski disse-lhe que ele podia ficar tranqüilo, pois conseguira impedir que Puchkin expedisse a carta ao barão Heeckeren. E Sollogub estava inteiramente tranqüilo quando, no início de dezembro, partiu para Moscou: o poeta, convenceu-se, não mais precisava de um padrinho.

O PEDICURO ATREVIDO

De Sophie Karamzina para o meio-irmão Andrei, São Petersburgo [21 de novembro de 1836]:

"... Tenho ainda uma notícia singular para te dar, a do casamento do qual mamãe te fala: adivinhou? Conheces muito bem os noivos, nós dois até falamos deles, mas nunca seriamente: a conduta do rapaz, por mais comprometedora que fosse, na verdade comprometia uma outra pessoa somente, pois quem é que olha um quadro comum ao lado de uma Madonna de Rafael? Pois bem, ele se descobriu admirador do quadro comum, talvez porque este fosse mais barato de comprar: adivinhou? Pois bem, sim, é d'Anthès, o jovem, belo, insolente d'Anthès (agora rico), que se casa com Catherine Gontcharova, e juro-te que parece muito contente, está até mesmo possuído por uma espécie de febre de alegria e loucura ... Natalie anda nervosa, tensa, e tem a voz embargada quando fala do casamento da irmã; Catherine está levitando de tanta felicidade, e diz que ainda não consegue acreditar que não está sonhando. As pessoas se surpreendem, mas, como pouca coisa transpirou sobre a história das cartas,[59] têm uma explicação muito simples para esse casamento. Só Puchkin, com sua agitação, suas frases sibilinas ao primeiro que aparece, seu jeito de tratar bruscamente d'Anthès e de evitá-lo em sociedade, acabará despertando suspeitas e conjeturas. Viazemski diz que ele parece irritado em nome da mulher, porque d'Anthès não a corteja mais ... Sabendo que te escrevo, d'Anthès me encarrega de dizer-te que está muito contente e que deves fazer votos pela felicidade dele..."

[59]As anônimas, obviamente.

Só a poucos íntimos o embaixador da Holanda falava do "senso de alta moralidade que levara o filho a amarrar seu futuro a fim de salvar a reputação de uma mulher que ele amava". Em sociedade, escondendo a fadiga e a tensão acumuladas nos convulsos dias das negociações, sufocando despeito e amargura, esforçava-se por parecer satisfeito com o iminente casamento do filho adotivo. Tomado de uma alegria febril, dedicava cada minuto livre do trabalho e dos compromissos mundanos aos preparativos para o grande dia. Foi ele quem decorou com requintado gosto o ninho de amor dos futuros esposos, na nova casa para onde iria se mudar; escolheu para eles tapeçarias, móveis, quadros, tapetes, pratarias, porcelanas, bugigangas, cuidou de todos os detalhes, mesmo do mais insignificante, para que tudo ficasse bonito, rico, elegante, para que, despertando admiração e até um pouco de inveja, tudo aquilo sufocasse o falatório provocado pelo anúncio daquele casamento inesperado. D'Anthès, por sua vez, procurava comportar-se como um noivo carinhoso. Precisava convencer de seus sentimentos não só a mexeriqueira e desconfiada sociedade, mas também Catherine, que ainda não acreditava no que lhe estava acontecendo e era torturada por dúvidas e ciúmes. Puchkin se recusava a recebê-lo, e assim d'Anthès só podia visitar a noiva por umas duas horas, antes do almoço, em casa de mademoiselle Zagriajskaia, mas não conseguia ficar sozinho com ela: a velha tia era uma acompanhante severíssima, à antiga. Na impossibilidade de demonstrar seu amor a Catherine com apaixonados beijos e abraços, seus argumentos mais persuasivos, d'Anthès lhe escrevia: "... amo-a ... e quero repetir-lhe isso de viva voz com aquela sinceridade que é a base de meu caráter e que a senhora sempre encontrará em mim. Adeus, durma bem, descanse tranqüilamente, o futuro lhe sorri... Nenhuma nuvem em nosso futuro, expulse qualquer temor, e sobretudo jamais perca a confiança em mim; pouco importa quem nos rodeia; eu não vejo nem nunca verei mais ninguém além da senhora; não se preocupe: eu lhe pertenço, Catherine, pode contar com isso, e meu comportamento o provará, já que a senhora duvida da minha palavra." D'Anthès, em suma, fazia o melhor que podia, e durante algum tempo, seguindo os conselhos do embaixador, até evitou as ocasiões sociais em que poderia encontrar Natália Nikolaevna e o marido. De resto, não teve muitas noites livres, pois em 19 de novembro, por causa de um atraso, foi novamente punido com cinco turnos de guarda extraordinários. Contudo, seus esforços, assim como os do pai adotivo, não podiam calar as vozes da cidade.

De Sophie Bobrinskaia para o marido Aleksei, São Petersburgo [25 de novembro de 1836]:

> "Desde que o mundo é mundo, nunca houve repercussão semelhante à que faz vibrar o ar em todos os salões de São Petersburgo. D'Anthès vai-se casar!! Eis o acontecimento que absorve e afadiga as cem bocas da fama. Sim, casa-se, e madame de Sévigné teria lançado sobre ele toda a torrente de epítetos com os quais gratificou outrora o Lemuzot de brilhante memória! Sim, é um casamento decidido hoje e que dificilmente ocorrerá amanhã. Casa-se com a Gontcharova mais velha — feia, negra e pobre irmã da mulher de Puchkin, bela, branca e rica de poesia. Se me fizeres perguntas, responderei que não tenho feito outra coisa de uma semana para cá; e quanto mais me falam dessa história inconcebível, menos a compreendo. É um mistério de amor, de devotamento heróico, é Jules Janin, é Balzac, é Victor Hugo. É a literatura de hoje. É sublime, é ridículo. Em sociedade vê-se um marido que escarnece, rilhando os dentes. Uma mulher bela e pálida que se destrói dançando por noites inteiras. Um jovem pálido e magro que ri convulsivamente. Um pai nobre que recita seu papel, mas cuja fisionomia alterada recusa-se pela primeira vez a obedecer ao diplomata. Na escuridão de uma mansarda do Palácio de Inverno há uma tia que chora e faz preparativos de casamento. Em meio ao luto fechado que todos trajavam por Carlos X, vê-se um único vestido branco, e esse virginal traje de noiva parece uma mentira. De qualquer modo, seus véus escondem lágrimas que dariam para encher o mar Báltico. O que vemos representar-se aqui é um drama — triste demais para não calar até mesmo os mexericos. Cartas anônimas da mais infame natureza choveram sobre Puchkin, e o resto é uma vingança digna da cena em que o pedreiro mura o muro[60] ... Vejamos se o céu permite tantas vítimas para um só vingado!..."

[60]No *Maçon* de Auber, libreto de Scribe e Delavigne.

Em 25 de novembro, Puchkin empenhou com Chichkin, por 1.200 rublos, um xale de caxemira da mulher (preto, com franja larga, pouco usado).

O magnífico casaco de zibelina que o imperador deu a Amália Krüdener, irmã natural de Maximilian von Lerchenfeld e prima da imperatriz, os diamantes e as esmeraldas de lady Londonderry, hóspede de São Petersburgo, com o marido, desde algum tempo antes, o virtuosismo do violinista belga Artôt, as novas telas vindas de Londres para enriquecer a galeria do Ermitage (Rafael, Carracci, Leonardo, Domenichino) — nada conseguiu distrair os salões petersburguenses do "inconcebível", "incompreensível" noivado do *chevalier garde* francês. Somente quando o Grande Teatro, restaurado e embelezado, reabriu as portas com a esperadíssima première de *Uma vida pelo czar*[61] foi que a cidade falou de outra coisa durante alguns dias. Na noite de 27 de novembro, *tout Pétersbourg* compareceu ao Grande Teatro: nesse público, obviamente, também estava Puchkin, que havia ido com a mulher, Jukovski e Aleksandr Turguenev. Este amigo do poeta desde os tempos da *Arzamas*, chegara de Moscou fazia apenas dois dias, e poucos meses antes ainda estava em Paris: portanto, ignorava muitas coisas e foi cumprimentar o embaixador da Holanda, em cujo camarote se demorou. Puchkin perdoou a gafe involuntária, mas naquela mesma noite, em casa dos Karamzin, deve terlhe feito confidências. No dia seguinte, Turguenev escreveu que vira o poeta "preocupado com um assunto de família"; mais tarde, ele mesmo discutiria várias vezes aquele assunto com os amigos comuns — surpreendendo-se com a antipatia dirigida a Puchkin, defendendo-o quando ele era acusado de um comportamento intolerável em relação à mulher e de uma cega e insensata fúria contra d'Anthès.

"Mas o que ele quer?", perguntavam sobre Puchkin muitas pessoas próximas dele. "Enlouqueceu! Metido a valentão!" O raciocínio era simples: obrigando o excessivamente fogoso conquistador da mulher a casar-se com

[61]Música de Glinka, libreto do barão Rosen.

"a Gontcharova feia", ele o humilhara, ridicularizara; podia, portanto, considerar-se plenamente satisfeito. Assim raciocinaram também alguns estranhos: "ou o casamento de boa-fé anulava qualquer motivo de vingança, ou era um salvo-conduto e portanto já constituía uma punição suficiente"; assim talvez raciocinássemos também nós, se não conhecêssemos "o desgraçado temperamento passional" do poeta. Ardentes como bofetadas, os boatos que agitavam o ar dos salões chegavam aos ouvidos dele: um grave e misterioso escândalo perturbara a vida conjugal dos Puchkin, d'Anthès tivera de casar-se a toque de caixa para salvar Natália Nikolaevna da desonra. "Arruinar seu futuro por amor a uma mulher... Que altruísmo, que abnegação!", comentava São Petersburgo, admirada e comovida. "Devotamento, sacrifício?", perguntava-se a imperatriz. Saboreando o gostoso café de Baden-Baden, também Andrei Karamzin dava tratos à bola quanto aos motivos do casamento, sobre o qual recebera notícias de São Petersburgo: "Que diabos significa essa história? ... Seria um sacrifício?" Aos olhos de um público estupefato e inclinado a fantasias românticas, d'Anthès começava a tornar-se o heróico paladino da honra de uma mulher, um mártir do amor. E Puchkin não podia tolerar isso.

Certa noite, saindo do teatro com Natalie e as duas cunhadas, o "Paxá de três caudas" encontrou Konstantin Karlovitch Danzas, seu ex-colega de Liceu e agora tenente-coronel da Engenharia. Os dois amigos se cumprimentaram cordialmente e Danzas fez questão de parabenizar Catherine pelo iminente casamento. O poeta comentou, brincando: "Minha cunhada agora não sabe se vai ser russa, francesa ou holandesa." Naquela noite, ele estava de bom humor. Em geral, fechava a cara ao ouvir falar daquelas núpcias e dizia, com ar ameaçador: "Tu o quiseste, Georges Dandin!" Todos compreendiam o maligno jogo de palavras entre "D'Anthès" e o "Dandin" de Molière, o tolo e desafortunado alpinista social condenado à infelicidade por um casamento arranjado.

Em 1º de dezembro, Puchkin adiou para março o pagamento das duas promissórias relativas ao empréstimo de 8.000 rublos obtido no início do verão com o príncipe Nikolai Nikolaevitch Obolenski. Também deveria ter pagado os 1.075 rublos do valor quadrimestral do aluguel, mas não os tinha.

Naquele ano, o inverno estava demorando a instalar-se. No final de novembro, uma temperatura insolitamente branda quebrara o gelo do Neva — evento excepcional, que não se repetia desde o longínquo ano de 1800. Mas os habitantes de São Petersburgo não tiveram tempo de fruir o tardio verão de São Martinho:* de uma hora para outra, uma camada amarelenta de bruma descera sobre a cidade e, durante dias e dias, caíra uma tediosa chuva misturada com neve, a maior aliada de gripes e bronquites. Certa noite do início de dezembro, ao sair da casa de Nikolai Ivanovitch Gretch (onde se demorara por não mais de meia hora, o suficiente para que os outros convidados notassem seu estado de espírito sombrio, perturbado, pouco à vontade), e enquanto vestia o casaco de pele e calçava as botas, Puchkin reclamou: "Continuo a me sentir como se tivesse febre, estou com muito frio, não consigo me aquecer ... É malsão, este nosso clima de ursos. Para o Sul, para o Sul!" Para o Sul — para um pouco de tepidez, um pouco de trégua diante dos fantasmas.

Em 12 de dezembro, a epidemia de gripe pegou também o czar. Naquele mesmo dia, Georges d'Anthès adoeceu.

De Georges d'Anthès para Catherine Gontcharova [São Petersburgo, 22 de dezembro de 1836]:

> "... O barão me encarrega de convidá-la para a primeira *polonaise* e também de lhe pedir que fique um pouco afastada da Corte para que ele possa encontrá-la. Eu não precisava de seu bilhete para saber que a senhora Khitrovo é a confidente de Puchkin. Parece que ela continua com o hábito de meter o bedelho em assuntos que não a interessam; peço-lhe um favor, se falarem disso novamente, diga que a senhora Khitrovo faria muito melhor se fosse cuidar de seu próprio comportamento em lugar de se ocupar com o dos outros, principalmente em

*No hemisfério Norte, curto período de boa estação que em geral se verifica por volta de 11 de novembro, dia desse santo (*N. da T.*).

matéria de conveniências, matéria sobre a qual eu acho que ela perdeu a memória há muito tempo ... É irritante que a senhora não possa ter a carruagem para amanhã de manhã, mas, como penso que conhece melhor do que eu os meios à sua disposição para sair, não tenho conselhos a dar sobre o assunto. Seja como for, não quero que a senhora peça uma permissão formal à sua querida tia..."

De Sophie Karamzina para o meio-irmão Andrei, São Petersburgo, 30 de dezembro de 1836:

"... Volto aos mexericos e, para começar, o tema d'Anthès: seria inesgotável, se eu te contasse todos os disse-me-disse; mas, como é preciso acrescentar os 'não-se-sabe', limito-me a te anunciar que o casamento se fará com toda a seriedade em 10 de janeiro ... Sobre Catherine e com Catherine, d'Anthès só fala com sentimento e aparente satisfação, e, mais importante ainda, o papai Heeckeren adora e adula a moça. Por outro lado, Puchkin continua a comportar-se da maneira mais tola e absurda possível; assume uma expressão de tigre e rilha os dentes toda vez em que fala desse assunto, coisa que faz de muito bom grado, sempre feliz por encontrar um novo ouvinte ... Natalie, por sua vez, não se comporta de maneira muito ortodoxa: na presença do marido, aparenta não cumprimentar e não olhar d'Anthès; mas, quando Puchkin não está, recomeça seu antigo coquetismo de olhos baixos, conversa encabulada e nervosa, e ele volta a plantar-se diante dela, a lançar-lhe longos olhares, e parece esquecer a noiva, que muda de expressão e morre de ciúmes. Enfim, é uma comédia perpétua, cujo segredo ninguém conhece muito bem; Jukovski riu muito de tua pretensão de adivinhá-lo, enquanto bebericas teu café em Baden. Enquanto isso, o pobre d'Anthès andou muito doente, uma inflamação no flanco que o transformou pavorosamente. Anteontem, reapareceu em casa dos Mescherski — muito magro, pálido, interessante, e carinhoso com todos nós, como faz uma pessoa que se sente muito comovida ou talvez muito infeliz. No dia seguinte ele voltou, desta vez com a noiva e, o que é bem mais grave, Puchkin estava lá: as caretas poéticas de ódio e furor recomeçaram; sombrio como a noite, cara ameaçadora como um Júpiter encolerizado, Puchkin só interrompia seu silêncio sinistro e ameaçador com

> raras palavras, breves, irônicas, saídas em arrancos, e de vez em quando com uma risada demoníaca: é muito engraçado, te garanto! ... Mudando de assunto, digo-te que acaba de sair o quarto número do *Contemporâneo* e que contém um romance de Puchkin, *A filha do capitão*; dizem que é delicioso..."

Ainda poucas semanas antes, a condessa Bobrinskaia hesitava entre sublime e ridículo, tragédia e *opéra-comique*; agora, Sophie Karamzina opta resolutamente por "comédia". A madura jovem, claro, gostava de temperar suas narrativas com uma pitada de arsênico, repetia com freqüência os comentários cáusticos do tio Viazemski, e contudo não podemos divergir por inteiro de sua avaliação: o que vinha acontecendo aos olhos de um público atentíssimo, ávido por emoções de salão, ia-se assemelhando cada vez mais a uma farsa. Puchkin sabia muito bem que do sublime ao ridículo a distância é mínima, às vezes imperceptível, e sempre fora muito cauteloso em seus movimentos, mas agora estava impelido por uma força incontrolável, habitado por um bicho irrequieto. "Cheio de ódio contra seu inimigo e saturado de desgosto havia muito tempo, não soube controlar-se e sequer o tentou. Tomou a cidade e os salões lotados para confidentes de sua raiva e de seu ódio..."; "andava preocupado, agitado, dava pena de se ver." Pior: fazia rir. Neste sinistro híbrido teatral, nesta *tragédie-comique* que avança velozmente para o desenlace, não são os acontecimentos, mas um homem, "o homem mais inteligente da Rússia", a precipitar-se — naquilo que ele mais teme e que mais lhe repugna. Longa, horripilante queda. Longo, horripilante espetáculo de uma obsessão. E, assim como dentro em pouco haverá quem o faça por moralismo, também nós queríamos cobrir o rosto, desviar o olhar — para não ver este Puchkin que, com a repetitividade de uma caricatura, a cômica eternidade de uma máscara popular, continua a fazer caretas de poético furor, a casquinar, a rilhar os dentes; que se afaina em narrar, a quem quer que lhe conceda um pouco de atenção (e são cada vez menos ouvintes, cada vez menos), cada detalhe do abjeto comportamento de Georges d'Anthès e Jacob van Heeckeren; que cada vez com mais freqüência é recebido por silêncios embaraçados, até por sorrisinhos compassivos. Queremos o outro: o irônico e desdenhoso cultor da distinção, o mestre das distâncias. Somente num ponto as duas hipóstases voltam a juntar-se, os dois Puchkin a coincidir: na consciência da própria grandeza. A quem tentava aplacá-lo, dizendo que os amigos e a sociedade, exatamente como ele, estavam convencidos da inocência de sua mulher, que o próprio comportamento do jovem francês provava essa inocência, respondia que não lhe bastava a opinião da condessa X ou a da princesa Y, que ele não pertencia a este ou àquele círculo mas à Rússia, e queria o próprio nome imaculado onde quer que fosse ouvido, em qualquer língua — "naquela dos eslavos, dos fineses, dos tunguses ora esquivos, e dos calmucos amigos da estepe".

Ele passou a última noite do ano em casa dos Viazemski. Durante algum tempo, os príncipes se recusaram a receber d'Anthès, mas, desde que o jovem regularizara a própria posição aos olhos da sociedade, eram obrigados a convidá-lo — como amigo íntimo da filha e do genro, como noivo da cunhada de Puchkin. E, na noite de 1836 para 1837, d'Anthès nem por um segundo tirou os olhos de Natalie; convidou-a para dançar, entreteve-a com todo tipo de amenidades, roubando-lhe mais de um sorriso. O Júpiter encolerizado estava terrível de se ver. A tal ponto que a condessa Natália Stroganova declarou à senhora Viazemskaia: "Meu Deus, se eu fosse a esposa, teria medo de voltar para casa com ele!"

6 de janeiro de 1837: *raout* na missão da Áustria. Longa fila de carruagens à entrada, casacos de peles de raros animais do Norte no grande vestíbulo, milhares de velas acesas, discretos homens de libré, multidão, burburinho, adereços luxuosos, jóias fabulosas, ilustres uniformes, o ininterrupto, harmônico fluxo de homens e mulheres que se deslocam como astros num planetário, separando-se e agregando-se em sempre novas e precárias nebulosas, obedecendo à misteriosa lei que governa as migrações nos salões. Transbordando do vestido justo, Elizaveta Mikhailovna Khitrovo expõe ao jovem e distinto Olivier d'Archiac, com palavras inspiradas, as vantagens do amor espiritual sobre o amor carnal. Turguenev escuta por alguns minutos a elevada conversa e depois se reúne, um pouco adiante, a um grupinho de senhores de fraque, envolvidos em animada discussão:

Puchkin, o príncipe Viazemski, o barão von Liebermann, o barão de Barante. Detenhamo-nos por um instante, apuremos o ouvido: teremos notícias muito picantes sobre Talleyrand e suas memórias ainda inéditas, escutaremos anedotas muito interessantes sobre Goethe, Catarina II, Montesquieu... De que não se terá falado naquela noite, no palácio do *quai Anglais*! E Barante, entre outras coisas, disse que gostaria de, com a ajuda do autor, traduzir *A filha do capitão*, esplêndida criação do historiador e poeta, desafio russo à merecida fama de sir Walter Scott. E pela conversa erudita e brilhante, pela benéfica ausência da Corte, cujo comparecimento, como sempre, teria hipnotizado os olhares e as mentes, pela elegância de tudo o que o circundava, Turguenev teve por um instante a impressão de que ainda estava em Paris. Puchkin, ao contrário, não precisava olhar pelas janelas — os reflexos azulados do rio já solidamente aprisionado no sudário de gelo, a agulha da Fortaleza, o abrigo de Pedro — para saber que aquela era a Rússia, o seu país, o país que poderia ser. A retórica nos empolgou um pouquinho: Puchkin jamais estivera no exterior, isso nunca lhe fora permitido; certa vez em que ele fazia seu discurso "russófilo", o cosmopolita Turguenev retrucava: "Ouve o que eu estou dizendo, meu amigo, vai pelo menos a Lübeck!". Mas também é verdade que, dos lugares a ele vedados, Puchkin conhecia a história, a vida, o ambiente. Viajava com os livros e com a mente, observava, comparava, deduzia.

Em 7 de janeiro, Nicolau I compareceu, sozinho, ao baile da princesa Maria Grigorievna Razumovskaia, onde permaneceu não mais do que meia hora. Na multidão que lotava o salão de mármore branco, encimado pela abóbada azul salpicada de estrelas douradas, imediatamente percebeu Natália Nikolaevna: era sempre assim, o olhar dos homens logo a distinguia, mesmo entre mil outras mulheres. Aproximou-se, prestou a costumeira homenagem aos trajes e à beleza dela e depois advertiu-a sobre os riscos aos quais aquela beleza a expunha. Ela devia ser mais cautelosa, disse o czar, tomar mais cuidado com a própria reputação — por si mesma, naturalmente, mas também pela felicidade e pelo bem-estar do marido, cujo ciúme alucinado era conhecido de todos. Não temos certeza quanto à data: seguramente posterior à audiência de 23 de novembro, a conversa pode ter acontecido em qualquer das ocasiões mundanas nas quais aquele inverno petersburguense foi particularmente rico, e às quais o poeta não faltou nunca; ao invés de abandonar a sociedade por algum tempo, recordava Dolly Ficquelmont em tom de reprovação, Puchkin "levava a mulher a toda parte — aos bailes, ao teatro, à Corte". Queria demonstrar que não dava a menor importância aos vulgares boatos de vulgares ociosos dos salões. Mas, agora, até o czar comentava a vida particular dele com Natalie, a quem pregava virtuosos sermões. Quando veio a saber disso, Puchkin sentiu haver chegado ao fundo da vergonha e da humilhação.

Em 10 de janeiro de 1837, celebrou-se (primeiro segundo o rito católico e depois segundo o ortodoxo) o casamento de que São Petersburgo inteira — em certos momentos, presa de horríveis pesadelos, assim como a noiva — duvidara. "O conde e a condessa Stroganov, tios da jovem, serviram-lhe de padrinho e madrinha ... O príncipe e a princesa de Butera foram as testemunhas." No registro da igreja de Santo Isaac, o pope Nikolai Raikovski anotou que Ekaterina Gontcharova tinha 26 anos: ela, contudo, tinha 29, quase quatro mais que o noivo. Cumprindo a ordem do marido, que não aparecera nem na igreja de Santa Catarina nem na de Santo Isaac, Natália Nikolaevna voltou para casa logo depois das cerimônias religiosas e não tomou parte da recepção. Em 10 de janeiro de 1837, Puchkin perdeu muitos exemplares de seus livros: de fato, não só com Sollogub apostara que aquele casamento não iria acontecer.

O embaixador da Holanda esperava uma paz pelo menos formal entre d'Anthès e Puchkin: para salvar as aparências, para que sobre os bastidores de tão faladas núpcias baixasse finalmente o esquecimento, e talvez também porque soubera, por fontes reservadas, que a notícia do duelo, que por um fio não acontecera, provocara o descontentamento de Nicolau I. Logo depois do casamento, d'Anthès, instado pelo pai adotivo, escreveu a Puchkin: agora tudo estava esclarecido, era hora de esquecer o passado. Puchkin não respondeu. Em 14 de janeiro, o conde Grigori Aleksandrovitch Stroganov homenageou os recém-casados com um jantar de gala. Depois do último prato, quando, até por efeito dos excelentes vinhos, os espíritos estavam mais desarmados, o barão Heeckeren se aproximou de Puchkin; com toda a afabilidade de que era capaz, distendendo os lábios no maior de seus sorrisos, disse-lhe que agora, tinha certeza, o filho seria visto pelo poeta com outros olhos; daquele momento em diante, esperava, ele seria tratado como parente, como cunhado. Puchkin respondeu secamente que não pretendia manter relação alguma com d'Anthès. Este, apesar de tudo, foi visitá-lo junto com a mulher. Não foi recebido. D'Anthès escreveu uma segunda vez ao cunhado. Puchkin sequer abriu a carta e levou-a para Ekaterina Ivanovna Zagriajskaia a fim de que ela a devolvesse ao remetente. No apartamento da tia de Natalie, encontrou por acaso o embaixador e intimou-o a entregar ao filho aquela carta: recusava-se a ler o que d'Anthès escrevia, não queria mais ouvir o nome dele. Fazendo enormes esforços para controlar-se, Heeckeren objetou que não podia aceitar uma carta não escrita por ele nem a ele endereçada. Puchkin jogou-a na cara do embaixador, urrando: "Vais pegá-la, sim, canalha!" Heeckeren se calou, engolindo a enésima ofensa. Mas, em sociedade, começou a queixar-se, agora abertamente, daquele homem que se comportava como um selvagem digno de suas origens africanas, como um Otelo furioso, um homem enlouquecido.

Em 26 de fevereiro de 1837, Georges d'Anthès escreveu uma longa carta ao coronel Brevern, presidente do tribunal militar que o julgava. Para diminuir a própria culpa perante a lei, para demonstrar que não tivera outra escolha a não ser a de bater-se, o *chevalier garde* enumerava todas as provocações de Puchkin:

> "... na presença da senhora Valueva, disse à minha mulher: 'Tome cuidado, a senhora sabe que eu sou mau e que, quando quero, sempre acabo trazendo desgraça' ... Depois de meu casamento, cada vez que via minha mulher com a senhora Puchkina, vinha plantar-se ao lado dela, e quando um dia ela fez uma observação sobre isso, ele respondeu: 'É para ver como as duas ficam juntas e que cara fazem quando conversam.' Isso aconteceu no baile do embaixador da França. Naquela mesma noite, durante a ceia, ele aproveitou um momento em que eu me afastei, aproximou-se de minha mulher e propôs beber à sua saúde,

a dele! Depois de ouvir uma recusa, repetiu a mesma proposta e ouviu a mesma resposta. Então saiu dali furioso, dizendo: 'Tome cuidado, eu vou lhe trazer desgraça.' Sabendo minha opinião sobre aquele homem, minha mulher não ousou me contar essa frase, com medo de uma briga. De resto, Puchkin chegara ao ponto de causar medo a todas as senhoras, porque em 16 de janeiro, dia seguinte a um baile em casa da princesa Viazemskaia, no qual ele se comportou como era de seu costume com aquelas duas damas, o senhor Valuev perguntou à senhora Puchkina como podia se deixar tratar tão mal por uma pessoa assim, e ela respondeu: 'Sei que estou errada, que devia rechaçá-lo, porque cada vez que ele me dirige a palavra sinto um calafrio'; o que ele estava dizendo a ela eu não sei, porque a senhora Valueva só me relatou o início da conversa..."

D'Anthès não contou ao coronel Brevern como ele próprio se comportava com as "duas damas". Sobre isso, Jukovski sabia alguma coisa: "Depois do casamento. Duas caras. Tétrico diante dela. Alegre pelas costas. *Les révélations d'Alexandrine*. Diante da tia, afetuoso com a mulher; diante de Alexandrine e de outros que poderiam ir contar, *des brusqueries*. Em casa, de resto, alegria e grande acordo." Afetuoso com Catherine diante da tia e na intimidade doméstica, d'Anthès tratava a mulher com aspereza e até com vilania diante de quem poderia referir a Natalie seus gestos e suas palavras. Em sociedade, continuava a ser o jovem alegre e exuberante de sempre, mas mudava repentinamente de expressão quando percebia Natalie, e uma escura melancolia velava então seus olhos azuis: desta forma, queria demonstrar a ela o *amour fou* que novamente não lhe dava sossego, desde o momento em que pudera revê-la e aproximar-se dela com a impunidade parental. Mas langores e indelicadezas, melancolia e alegria ostensiva, febril, eram também um modo de fazer a sociedade perceber que ele não era um covarde, como Puchkin andava dizendo a torto e a direito, que não temia o ciumentíssimo marido, antes provocava-o, aceitando irrefletidamente as conseqüências de sua irredutível paixão. E Natalie, "em suas relações com d'Anthès, voltou quase ao mesmo ponto em que estava antes do casamento dele. Nada de culpável, mas muita inconseqüência e excessiva autoconfiança". O barão Heeckeren de novo conhecia as fisgadas do ciúme e temia outros escândalos e desastres; agora, ao encontrar Natália Nikolaevna, dirigia-lhe conselhos e admoestações, "paternais exortações" para que "rompesse a funesta ligação". E também Catherine sofria; em público, continuava a mostrar-se no sétimo céu, mas a irmã Aleksandrina adivinhava-lhe a dor secreta: "Ganhou, acho eu, em matéria de dignidade; em relação aos primeiros dias em casa, está melhor: mais tranqüila, mas, esta é a minha impressão, às vezes mais triste do que tranqüila. É inteligente demais para deixar isso transparecer, e também muito orgulhosa..."

A velha empregada das irmãs Gontcharov contou à Arapova já adulta um episódio que havia guardado na memória: um dia, ao perceber que perdera a cruzinha que usava ao pescoço, Aleksandrina Gontcharova procurou e mandou procurar em toda parte o objeto que lhe era caro — em vão. Finalmente, ao arrumar a cama de Puchkin para a noite (Natália Nikolaevna havia dado à luz recentemente e os dois cônjuges estavam dormindo separados), um criado encontrou ali a cruzinha perdida. Desta vez, as palavras de Arapova parecem encontrar confirmação nas anotações de Jukovski,[62] parecem até explicar e comentar a enigmática "*histoire du lit*" que o casto Jukovski evocava laconicamente, logo depois das linhas sobre as duas caras de d'Anthès. Não podemos saber se a "história da cama" teria os aspectos escabrosos que a criadagem lhe atribuía, mas podemos imaginar que o embaixador da Holanda e o filho adotivo tivessem-na espalhado para demonstrar que tipo de homem era Puchkin, de que púlpito dissoluto ele se permitia pregar e difamar. Pois entre a residência Heeckeren e a residência Puchkin havia agora uma guerra aberta — de mexericos, injúrias, acusações.

Não esqueceremos o papel exercido pelo coro, pelo povo dos salões. Empenhada em aproveitar o espetáculo até o fim (as iras do mouro e as gasconadas do francês, os tremores de Natalie e os olhares ciumentos de Catherine), a boa sociedade ia relatar a uns tudo o que os outros diziam e maldiziam deles, multiplicava as ocasiões em que os dois casais pudessem

[62]Quando escreveu isso, Arapova não podia conhecê-las.

encontrar-se, organizando bailes e recepções justamente com esse objetivo. Isso se tornara o passatempo preferido de São Petersburgo, agora dividida em duas facções que torciam manifesta e calorosamente por seu astro — como por um gladiador, um cavalo de corrida, um galo de briga.

Num dia da segunda quinzena de janeiro, Puchkin encontrou Vladimir Dal, a quem pediu um conto para *O Contemporâneo*. Tinha simpatia por aquele jovem médico e escritor, apaixonado pela viva língua popular; agradavam-no seu riquíssimo repertório de provérbios e modos de dizer, o caderno no qual ele anotava as expressões mais pitorescas, a capacidade de imitar idiomas e sotaques das partes mais remotas e ignotas da Rússia. De Dal, naquela ocasião, Puchkin ouviu pela primeira vez a palavra "*vypolzina*",[63] que indica a pele da qual as serpentes se livram durante a muda anual. "Nós nos definimos como escritores", exclamou, "e não conhecemos metade das palavras russas!" No dia seguinte, quando reviu Dal, vestia uma casaca preta recém-saída da alfaiataria. "Gostou da minha casca nova? Vai durar muito, não saio dela tão cedo", disse, rindo. E todavia só a envergou durante poucos dias, e quando teve de tirá-la — a custo, com dor — a peça estava ensopada de sangue, furada à altura do ventre.

Num dia da segunda quinzena de janeiro, ao passear com Piotr Aleksandrovitch Pletniov, poeta e professor de literatura russa na Universidade de São Petersburgo, Puchkin lhe falou longamente, em tom absorto, da Providência e seus secretos desígnios. Citou Lucas: "Glória a Deus nas alturas e paz na Terra aos homens de boa vontade." Disse ao amigo que via nele o que mais apreciava nos homens: a boa disposição no convívio com os outros — virtude que ele não tinha, confessou, e invejava.

> "Revi Puchkin uma vez, alguns dias antes de sua morte, num concerto matutino na sala de Engelhardt. Ele estava de pé ao lado da porta, apoiado ao umbral, e, de braços cruzados sobre o largo peito, olhava ao redor com ar descontente ... Parecia de mau humor..."

[63]De *vypolzat'*, "rastejar para fora".

> "Pouco tempo antes da morte de Puchkin, fui a sua casa. Falando a sós comigo sobre vários assuntos, ele tocou entre outros no da vida conjugal, e com as expressões mais eloqüentes, me descreveu a felicidade de um casamento bem-sucedido."

> "Pouco tempo antes de sua morte, Puchkin disse a um amigo, com ar pensativo, que todos os acontecimentos mais importantes de sua vida coincidiam com o dia da Ascensão e confidenciou a firme intenção de mandar construir algum dia, em Milkhailovskoe, uma igreja consagrada à Ascensão de Nosso Senhor."

Depurada pela dor e pela aflição, a memória dos contemporâneos resgata em si mesma detalhes que de outra forma teria ignorado: amplificadas, magnificadas, elevadas a presságios do fim próximo, palavras e ações às vezes casuais vão preencher as últimas páginas das biografias. É natural: a morte dos grandes é um vale de ecos, mágica lente de aumento. Mas, entre as incontáveis testemunhas dos últimos meses e dias de Puchkin, somos gratos sobretudo a quem o restitui lúcido, operoso, cheio de energia e de projetos — a outra face de sua sensual atração pelo não-ser. Somos gratos, em particular, a Aleksandr Turguenev. Com suas cartas de Paris, a *Crônica de um russo*, dera um brilhante respiro europeu às páginas do *Contemporâneo*; agora, aprestava-se a publicar na revista de Puchkin os documentos sobre a Rússia setecentista desencavados dos arquivos parisienses. No hotel Demout, a dois passos do palácio da princesa Volkonskaia, Turguenev falava a Puchkin de suas pesquisas, de seus encontros com os escritores europeus; discutia com ele sobre história e literatura, evocava o passado, comentava argutamente o presente; em nenhum momento mexeu na ferida, tocando no assunto que estava na boca de todos. Com Turguenev o poeta ficava relaxado, interessado, apaixonado, divertido; conseguia esquecer as misérias cotidianas. Em dezembro de 1836 e janeiro de 1837, Puchkin não esteve somente "nos bailes, no teatro, na Corte": freqüentou ateliês de pintores e livrarias, visitou a Academia das Ciências, a universidade, foi às quartas-feiras de Pletniov, aos sábados de Jukovski e Odoevski. Continuou a trabalhar na história de Pedro I, a qual, dizia, era um empreendimento homicida: a gigantesca sombra do Grande obscurecia-lhe o caminho, era obrigado a avançar às cegas; ainda precisava de muito, muito tempo. Começou a recolher textos e idéias para uma edição crítica do *Canto da campanha de Igor*. Procurou novos colaboradores para *O Contemporâneo*, começou ele mesmo a escrever alguns ensaios para a revista. Comentando a situação de Chateaubriand, tradutor de Milton "por um pedaço de pão" a fim de não se rebaixar a pactos com os novos poderosos da França, refletiu mais uma vez sobre a dignidade, a independência dos espíritos livres. Num bizarro *divertissement*, *O último parente de Joana d'Arc*, inventou um descendente da Donzela que, em 1767, teria desafiado para um duelo o velho Voltaire, por causa da obra que ofendia a reputação de sua antepassada. De novo — persistentes, incontornáveis — os temas da honra e do duelo, mas iluminados pela razão e o sorriso.

No baile de gala do embaixador da Áustria, em 21 de janeiro de 1837, entre os quatrocentos convidados incluíam-se Puchkin e senhora, d'Anthès e senhora. Naquela noite, não houve espaço para conversas literárias, e discursos bem diferentes foram captados por Maria Mörder, a dama de honra espiã, nossa mais solerte e preciosa informante.

> "D'Anthès passou uma parte do serão pouco distante de mim. Falava animadamente com uma dama anciã que, como se podia deduzir pelas palavras chegadas até meus ouvidos, reprovava o comportamento exaltado dele. E é mesmo: casar-se com uma mulher para ter algum direito de amar outra que é irmã da própria esposa — Meu Deus, é necessária uma boa dose de coragem! Não consegui escutar as palavras sussurradas pela velha dama. Quanto a d'Anthès, respondeu em voz alta, em tom de amor-próprio ferido: 'Compreendo o que a senhora quer me fazer entender, mas o fato é que não estou nem um pouco certo de ter cometido uma tolice!' 'Demonstre à sociedade que saberá ser um bom marido, e que os boatos circulantes não têm fundamento.' 'Obrigado, mas a sociedade não tem que me julgar!' Um minuto depois, vi passar A. S. Puchkin. Que monstro! Dizem, mas como ousar acreditar em tudo o que se conta?!, dizem que uma vez, ao voltar para casa, Puchkin encontrou d'Anthès em *tête-à-tête* com a mulher dele. Alertado

> pelos amigos, o marido andava procurando, havia algum tempo, um modo de confirmar suas suspeitas; conseguiu se controlar e participou da conversa. De repente, teve a idéia de apagar a luz. D'Anthès pediu para reacendê-la, ao que Puchkin respondeu: 'Não se preocupe, aliás eu preciso ir dar algumas ordens' ... O marido ciumento ficou atrás da porta e, depois de um minuto, chegou a seus ouvidos alguma coisa que parecia o som de um beijo..."

Estavam triunfando a versão e o partido de d'Anthès: Puchkin era agora o protagonista de uma historieta boccacciana. Uma anedota corrente, como aquelas que outrora, migrando de país em país, forneceram rica matéria às licenciosas noveletas européias. A anedota continuou a vagar durante anos, décadas. Frédéric Lacroix inseriu-a em seus *Mystères de la Russie*:

> "P. alimentava suspeitas sobre a fidelidade da mulher... Decidiu apurar a verdade, e eis o estratagema que adotou. Convidou o amigo para cear. Depois da ceia, passaram à sala. Duas velas ardiam sobre uma mesinha. P. andou até lá, apagou uma e, fingindo que ia reacendê-la, apagou também a outra. No escuro, passou negro-de-fumo nos lábios, tomou a mulher nos braços e deu-lhe um beijo na boca. Um instante depois, voltou com uma lâmpada; seu primeiro olhar se dirigiu ao amigo, em cujos lábios viu marcas de cor negra. Não restava dúvida: a infidelidade estava confirmada por uma prova concreta. Na manhã seguinte, o infeliz marido tombou em duelo, mortalmente ferido pelo rival...."

E Aleksandr Vassilievitch Trubetskoi contou: "De volta da cidade, Puchkin viu na sala a mulher em companhia de d'Anthès. Não os cumprimentou, foi direto para o escritório; ali, sujou com fuligem os grossos lábios e a seguir voltou à sala, beijou a mulher, cumprimentou d'Anthès e saiu do aposento, dizendo que era hora de almoçar. Logo depois, d'Anthès se despediu de Natalie; os dois se beijaram e, obviamente, a fuligem passou dos lábios de Natalie para os de d'Anthès" — etc.

O corpo de Puchkin ainda não fora sepultado quando um estudante da Universidade de São Petersburgo anotou no diário: "Durante um baile, a Puchkina estava tendo mais cortejadores do que o habitual; Puchkin via aquilo e se aborrecia. A mulher se aproximou dele e disse: 'Por que estás tão meditabundo, meu poeta?' E ele respondeu: 'Querida amiga, para teu poeta / já teve início um tempo de jejum; / embora eu te ame, esplêndido cometa, / em tua cauda está sobrando um!' Quem me contou foi Kramer, que estava presente..."

Não conseguimos imaginar uma música mais sinistra e lúgubre do que os mil "dizem...", "supõe-se que...", "me contaram...", "escutei com meus ouvidos..." que acompanharam — que em muitos aspectos provocaram — o fim de Puchkin: leigo, feio réquiem por um homem ainda vivo. Não conseguimos imaginar um contrapasso mais impiedoso para o autor de um romance em versos cuja música tanto deve ao *bavardage* dos salões, à fátua e feroz tagarelice mundana. E muitas coisas, nesta história, são um plágio grotesco de *Eugênio Oneguin*: aquilo que ali Puchkin aflorava com leve graça, na vida adquiria uma estúpida e soturna gravidade; aquilo que ali respirava o céu aberto da poesia, na vida transformava-se em gaiola, cárcere, câmara de tortura. Disse-o, ele mesmo sufocado na velha capital do novo Império, Aleksandr Blok: "Na verdade, não foi a bala de d'Anthès que matou Puchkin. Matou-o a falta de ar." Puchkin teve a respiração cortada pelo bafio de lugar fechado que estagnava a soberba cidade de Pedro: os lugares de poder, os salões, as casas amigas. Sempre os mesmos, sempre as mesmas — uma província fechada, com comadres, *voyeurs*, abutres. Com ritos inflexíveis e mortais a que Puchkin não fazia nada para se esquivar, dos quais participava ativamente, com zelo. Não conseguimos imaginar modo mais atroz de tirar a própria vida: mergulhando nela até o fundo.

No grande baile invernal dos condes Vorontsov-Dachkov, Puchkin saudou o soberano e agradeceu-lhe os bons conselhos dados a Natália Nikolaevna. "Podias esperar de mim outra coisa?", perguntou o czar, caindo ingenuamente na armadilha. E Puchkin: "Não só podia como admito que vos considerava suspeito de cortejar minha mulher." Nicolau I não relatou a expressão com que o poeta pronunciou essas palavras, mas nós a imaginamos: seguro de si e sorridente, com um último reflexo vitorioso nos olhos claros. Mais uma vez, não temos certeza de que essa conversa tenha acontecido na festa dos Vorontsov-Dachkov, mas é certo que naquela noite, no salão deles, além de Puchkin e Natália Nikolaevna estavam também d'Anthès e senhora, e que o *chevalier garde* estava mais disposto a *drôleries* do que nunca. Em certa hora, serviu-se de frutas numa mesa e disse em voz alta: "*C'est pour ma légitime*", acentuando a última palavra e evocando assim a belíssima sombra de outra e ilegítima companheira. Depois dançou muito com Natalie e, nas contradanças, foi várias vezes seu vis-à-vis; conseguiu até conversar por alguns instantes com ela e perguntou-lhe se estava gostando do pedicuro que Catherine havia indicado. "*Il prétend*", acrescentou, "*que votre cor est plus beau que celui de ma femme*". Não é elegante falar dos pés de uma dama, e ainda por cima "calo" (*cor*) e "corpo" (*corps*) têm pronúncia idêntica em francês: segundo o pedicuro, o corpo de Natalie era mais bonito que o de Catherine... Quem sabe quantas vezes d'Anthès já não usara esse pesado jogo de palavras, quantas vezes não fizera rir senhoras desenvoltas de Paris, Berlim, São Petersburgo! Talvez até Natalie tenha achado graça. Mas não Puchkin, que veio a saber do infeliz trocadilho pela mulher; pois Natália Nikolaevna não mudara e continuava a contar-lhe tudo — quase tudo.

De Tchaadaev a Aleksandr Turguenev, Moscou [20-25 de janeiro de 1837]:

> "Embora eu esteja louco, espero que Puchkin aceite meus parabéns por sua encantadora criatura[64] ... Diga-lhe, por favor, que nela me encantam sobretudo a absoluta simplicidade e o bom gosto, tão raros nos dias de hoje, tão difíceis de alcançar neste século tão fátuo e ao mesmo tempo impetuoso, que se cobre de ouropéis e se arrasta na sujeira, verdadeira meretriz de vestido de baile e com os pés na lama...."

Em 24 de janeiro, o poeta empenhou com Chichkin a prataria de mesa da cunhada Aleksandrina. Recebeu 2.200 rublos, mas desta vez não usou o

---

[64] *A filha do capitão.*

dinheiro para pagar dívidas; destinou-o a uma importante aquisição: duas pistolas.

Puchkin e a mulher passaram o serão de 24 de janeiro com os Mescherski. Arkadi Rosset chegou um pouco atrasado e foi até o escritório do dono da casa para cumprimentá-lo. Encontrou-o jogando xadrez com o poeta. Ao falar com o jovem amigo, Puchkin disse: "O senhor já passou pela sala, não? E então, aquele sujeito ainda está junto de minha mulher?" Rosset balbuciou: "Sim, já vi d'Anthès." Puchkin riu do evidente embaraço dele.

De Sophie Karamzina para o meio-irmão Andrei, São Petersburgo, 27 de janeiro de 1837:

> "... Catherine deu uma grande *réunion causante* no domingo: os Puchkin, os Heeckeren (que continuam a representar sua comédia sentimental, para alegria do público. Puchkin rilha os dentes e fez sua cara de tigre. Natalie baixa os olhos e enrubesce sob os olhares ardentes e prolongados do cunhado — a coisa começa a ficar mais imoral do que o comum; Catherine mira os dois com um *lorgnon* ciumento; e, para que ninguém deixe de fazer seu papel no drama, Alexandrine flerta sistematicamente com Puchkin, que está seriamente apaixonado por ela e, se tem ciúme da mulher por princípio, da cunhada o tem por sentimento. Enfim, é uma coisa muito singular, e meu tio Viazemski diz que cobre o rosto e desvia o olhar da casa dos Puchkin)...."

Em 25 de janeiro, Puchkin encontrou-se com Zizi Vrevskaia, que passava alguns dias em São Petersburgo. O poeta a conhecera mais de dez anos antes em Trigorskoe, o mundinho campestre, o frívolo e tépido universo feminino que alegrara seu confinamento em Mikhailovskoe. Em dezembro, perseguido pelos pedidos de dinheiro por parte do cunhado, Puchkin havia proposto a Praskovia Aleksandrovna Ossipova, mãe de Zizi, a compra de Mikhailovskoe: ficaria feliz se a aldeia passasse às mãos de pessoas queridas, e também poderia conservar para si a velha residência senhorial e umas dez almas.* Ossipova não podia nem queria arcar com essa aquisição; mas seu genro, o marido de Zizi, parecia interessado em tornar-se o novo proprietário daquelas terras. Ao ver a amiga, Puchkin falou de Mikhailovskoe — até que Vrevskaia lhe perguntou o que significavam os boatos sobre Natália Nikolaevna e Georges d'Anthès, cujo eco chegara a Trigorskoe. O poeta não se fez de rogado e informou a Vrevskaja de tudo; depois do desabafo, sentiu um pequeno alívio, como sempre. Mas também compreendeu que agora, em todos os lugares, até na província, d'Anthès "continuava plantado, como um terceiro, entre ele e a mulher".

Depois de visitar a galeria do Ermitage com a baronesa Vrevskaja, Puchkin passou em casa de Krylov; conversou com o velho poeta e a filha dele, brincou um pouquinho com a neta, entoou cançonetas infantis para a menina. De uma hora para outra, despediu-se, como se acordasse de um sonho.

O dia 25 de janeiro era uma segunda-feira; para alguns, a mesma que, depois da morte de Puchkin, Jukovski iria lembrar em suas anotações: "Segunda-feira. Chegada de Heeckeren. Briga na escada".[65] Alguns interpretam: em 25 de janeiro o embaixador da Holanda se apresentou no nº 12 do Moika. Puchkin não o deixou entrar e houve entre os dois uma altercação, causa direta do novo desafio. Não se pode excluir a hipótese de que as coisas tenham acontecido assim, mas estamos convencidos de que ao ódio de Puchkin não eram necessárias gotas d'água ou centelhas fatais — teria transbordado mesmo sem aquela desagradabilíssima visita, se é que esta aconteceu.

Trancou-se no escritório. Pegou as folhas azul-claras que havia guardado em lugar seguro, leu-as atentamente. Depois deixou-as à sua frente, na escrivaninha, e começou a escrever, em outras folhas:

*Dez servos (*N. da T.*).

[65]Também o 1º de fevereiro, dia dos funerais de Puchkin, foi uma segunda-feira. Talvez o embaixador se tenha apresentado nessa data na casa do defunto, para inoportunas condolências, e algum dos amigos de Puchkin pode tê-lo tratado mal, impedindo-o de entrar. Talvez Heeckeren tenha ido procurar Jukovski, que pode ter perdido sua calma habitual... A esta altura, quem poderia saber?

"Senhor barão,

Permita-me resumir tudo o que acaba de acontecer. O comportamento do senhor seu filho me era totalmente conhecido e não podia ser-me indiferente. Eu me contentava com o papel de observador, embora pronto a intervir quando julgasse oportuno. Um incidente, que em qualquer outro momento me teria sido bastante desagradável, em boa hora veio tirar-me do impasse: recebi as cartas anônimas. Percebi que chegara o momento e aproveitei. O senhor sabe o resto: levei o senhor seu filho a fazer um papel tão grotesco e deplorável que minha mulher, espantada com tanta covardia e tanta baixeza, não pôde evitar o riso, e a emoção que ela talvez tivesse experimentado por aquela grande e sublime paixão se extinguiu na mais calma e mais merecida repulsa.

Não posso deixar de destacar, senhor barão, que seu papel em toda essa história não foi dos mais decorosos. O senhor, o representante de uma cabeça coroada, foi o paternal rufião de seu pretenso bastardo. Todo o comportamento dele (aliás, bastante inábil) foi provavelmente guiado pelo senhor. Era o senhor, provavelmente, quem lhe ditava as banalidades que ele vinha falando e as bobagens que se deu o trabalho de escrever. Como uma velha obscena, o senhor tocaiava minha mulher em todos os cantos para falar-lhe de seu filho, e quando ele, doente de sífilis, se viu preso em casa pelos remédios, o senhor dizia que ele estava morrendo de amor por ela; e sussurrava: devolva-me meu filho.

Depois de tudo isso, o senhor compreenderá que eu não poderia tolerar a mínima relação entre a minha família e a sua. Foi unicamente sob essa condição que aquiesci em não dar prosseguimento a essa história suja e em não o desonrar diante de nossa Corte e da sua, como eu tinha a possibilidade e a intenção de fazer. Não quero que minha mulher volte a ouvir suas exortações paternais. Não posso permitir que o senhor seu filho, depois da conduta abjeta que teve, ainda ouse dirigir a palavra à minha mulher, e muito menos que ele a faça ouvir trocadilhos de caserna, fingindo devotamento e paixão infeliz, enquanto não passa de um covarde e um patife. Portanto, senhor barão, sou obrigado a pedir-lhe que dê um fim a esse enredo, se julgar importante evitar um novo escândalo diante do qual certamente não recuarei.

Tenho a honra de declarar-me, senhor barão, seu humílimo e devotadíssimo criado..."

A carta que ele não se decidira a remeter em 21 de novembro de 1836 acabara por resultar-lhe útil. Havia acrescentado algo de novo: a alusão aos jogos de palavras de d'Anthès, a quem agora chamava abertamente de covarde por duas vezes; eliminara muitas coisas: entre outras, já não acusava o embaixador de ser o autor das cartas anônimas. Esta poderia ser a confirmação que esperávamos: Puchkin já não estava certo de que as coisas tinham acontecido como ele estava pronto para sustentar com tanta segurança, dois meses antes. Mas um detalhe mínimo nos impede de tirar conclusões definitivas: em novembro, ele escrevera "recebi cartas anônimas", e agora escrevia: "recebi *as* cartas anônimas". Terá sido porque o episódio dos diplomas era agora de domínio público, assim como o eram as acusações contra Heeckeren feitas pelo poeta, que já não achava necessário falar delas?

Na noite de 25 de janeiro, Puchkin foi com Natalie e Alexandrine à residência dos Viazemski. Mais uma vez, encontrou d'Anthès e a mulher. A certa altura, olhando fixamente para o cunhado, disse a Vera Fiodorovna Viazemskaia: "O que mais me diverte é que este senhor não faz a menor idéia daquilo que o espera em casa." "O que é?", assustou-se a princesa Viazemskaia. "O senhor escreveu a ele?" O poeta fez sinal de assentimento e acrescentou: "Escrevi ao pai." "E já mandou a carta?" Novo sinal de assentimento. "Hoje?" Puchkin esfregou as mãos e anuiu com a cabeça. "Nós esperávamos que tudo estivesse encerrado..." "Por acaso a senhora me toma por covarde? Eu já disse que com o rapaz a partida está encerrada, mas com o pai a coisa é outra. Avisei à senhora que minha vingança iria dar o que falar." Quando as visitas se despediram, a dona da casa reteve o conde Vielgorski: contou-lhe o que acabava de escutar, disse o quanto estava angustiada e pediu-lhe que esperasse o marido dela para discutirem a grave novidade. Mas, na noite de 25 de janeiro de 1837, o príncipe Viazemski voltou para casa muito tarde, e, contou depois sua mulher, "já não se podia agir".

Na manhã de 26 de janeiro, Jacob van Heeckeren recebeu a carta de Puchkin. Refletiu com frieza e decidiu rapidamente.

"Eu poderia então deixá-la sem resposta, ou rebaixar-me ao nível daquele texto? O duelo era inevitável..."; "desafiar eu mesmo o autor da carta? ... Vencedor, desonraria meu filho, pois as más-línguas iriam espalhar por toda parte que, já da primeira vez, eu tinha sido obrigado a resolver uma questão na qual meu filho teria dado provas de falta de coragem; vítima, meu filho seguramente me vingaria e sua mulher ficaria sem apoio. Mas eu não quis seguir apenas minha opinião e logo depois consultei o conde Stroganov, meu amigo; sendo o parecer dele concorde com o meu, informei meu filho sobre a carta e um cartel foi remetido ao senhor Puchkin...."

De Heeckeren para Puchkin [26 de janeiro de 1837]:

"Senhor

Não conhecendo sua letra nem sua assinatura,[66] recorri ao visconde d'Archiac, portador da presente, para confirmar que a carta à qual agora respondo provém de suas mãos. O conteúdo dessa carta a tal ponto ultrapassa quaisquer limites que eu me recuso a responder a todos os detalhes nela mencionados. Ao que parece, o senhor esqueceu ter sido quem retirou o desafio que remetera ao barão Georges de Heeckeren, que aceitou sua desistência. A prova desta minha afirmação existe, escrita por seu próprio punho, e ficou em mãos dos padrinhos. Só me resta preveni-lo de que o visconde d'Archiac vai procurá-lo para combinar o lugar onde o senhor se encontrará com o barão Georges de Heeckeren e para comunicar-lhe que tal encontro não poderá sofrer qualquer adiamento. Mais tarde, senhor, saberei fazê-lo apreciar o respeito devido ao cargo que exerço e que nenhuma iniciativa de sua parte poderia atingir. Declaro-me, senhor, seu humilde criado, barão Heeckeren. Lido e aprovado por mim, barão Georges de Heeckeren."

[66]Na verdade, devia conhecê-las, e até bem, já que em 4 de novembro interceptara a carta de Puchkin endereçada a d'Anthès. Mas agora não voltaremos atrás para alterar nossa narrativa, para sustentar que Puchkin enviou a d'Anthès um só "*cartel verbal*". Nem, como fazem todos os comentadores russos, acusaremos Heeckeren de mentir por vício, por hábito. Acreditamos que o embaixador, consciente de que tudo o que estava escrevendo ao poeta iria ter enorme divulgação, queria ocultar a contemporâneos e pósteros o decisivo papel por ele exercido nos acontecimentos de novembro: os bastidores, pouco edificantes para d'Anthès, do duelo suspenso. Não conseguiu.

Na manhã de 26 de janeiro, no Demout, Aleksandr Turguenev viu Puchkin "alegre, cheio de vida ... falamos demoradamente de muitas coisas, ele brincou e riu". O poeta se despediu do amigo prometendo voltar a encontrá-lo. No início da tarde, recebeu a visita do visconde Olivier d'Archiac, que lhe entregou a carta de desafio. Ele a aceitou sem sequer a ler. Combinaram que o encontro de honra ocorreria no dia seguinte. A tarde estava no fim quando Puchkin saiu para procurar a baronesa Vrevskaia. Confidenciou à amiga que iria bater-se, e ela tentou dissuadi-lo: que destino teriam seus filhos, talvez órfãos depois daquilo? "Não importa", respondeu Puchkin em tom firme, quase irritado, "o imperador conhece toda a minha situação e se ocupará deles". No caminho de volta, parou na livraria de Lissenkov, onde manteve com Boris Mikhailovitch Fiodorov "uma ininterrupta e interessante conversa sobre todo o mundo literário". De volta à sua casa, encontrou um bilhete de d'Archiac: "O subscritor desta informa ao senhor Puchkin que aguardará em casa, até às 11:00h desta noite, e depois desse horário no baile da condessa Razumovskaia, a pessoa que estiver encarregada de tratar da questão que deve ser concluída amanhã..." Já eram mais de 11:00h, e Puchkin dirigiu-se sem demora ao palácio da rua Bolchaia Morskaia. Ali encontraria toda a alta sociedade de São Petersburgo (não os Heeckeren, que naquela noite haviam decidido prudentemente ficar em casa) e talvez, esperava, um padrinho. Chegando à sala branca de abóbada estrelada, confabulou durante alguns minutos com o conselheiro da embaixada inglesa em São Petersburgo, Arthur Charles Magenis, que tinha fama de homem honesto e leal. Pediu-lhe que fosse padrinho no duelo que ocorreria no dia seguinte, ou melhor — já passara da meia-noite — naquele mesmo dia. (Recorreu a um quase estranho porque já não confiava nos amigos e conhecidos? A um estrangeiro, para não expor um russo aos rigores da lei? A um diplomata, a fim de garantir repercussao a seu gesto justamente no ambiente do qual lhe vinha a ofensa? Ou, simplesmente, ao primeiro que lhe apareceu?). O "papagaio doente" — assim chamavam o inglês em São Petersburgo, por causa da brancura da pele e do nariz compridíssimo — disse que não podia responder antes de falar com o segundo de d'Anthès. Afastando-se de Magenis, Puchkin trocou algumas palavras com d'Archiac. Alguém notou o fato e avisou

Viazemski, que logo se dirigiu para os dois. Puchkin despediu-se às pressas do francês e entreteve-se por alguns minutos com o amigo, a quem pediu que escrevesse ao príncipe Kozlovski a fim de lembrar o ensaio que prometera para *O Contemporâneo*. Pouco depois, saiu do baile. Eram duas da manhã quando ele recebeu um bilhete urgente: Magenis, tendo constatado que não existia a menor possibilidade de conciliação entre as duas partes, e embora lisonjeado pelo convite, era obrigado a recusá-lo.

27 de janeiro de 1837. Escreveu Jukovski: "Levantou-se alegre às oito." Em russo: "*Vstal véselo v vósem časóv*": uma frase à qual os acentos tônicos dão a solene cadência do anfíbraco, um verso involuntário, a que não falta sequer a eufonia da aliteração. Como se até sobre as anotações de Jukovski, hieroglifos de uma alma em desesperada busca da verdade, tivesse descido uma nova harmonia, uma nova paz — as mesmas que se haviam instalado na alma de Puchkin, desde quando ele se certificou de que iria bater-se com d'Anthès.

Na manhã de 27 de janeiro, portanto, Puchkin levantou-se de excelente humor. Tomado o chá, escreveu a Danzas pedindo-lhe que viesse encontrá-lo para uma questão de importância máxima. Pouco depois das nove, recebeu um bilhete do visconde d'Archiac: "É indispensável que eu fale com a testemunha que o senhor tiver escolhido, e o mais cedo possível. Até o meio-dia, ficarei em meu apartamento; espero receber, antes desse horário, a pessoa que o senhor tiver a bondade de me encaminhar." Puchkin ainda não sabia se e quando teria um padrinho, mas soube desfrutar até daquela situação embaraçosa para cobrir d'Anthès com seu desprezo.

De Puchkin para d'Archiac, 27 de janeiro de 1837 [entre 9:30 e 10:00h]:

> "Senhor visconde, não tenho a menor intenção de confidenciar meus assuntos de família aos desocupados de São Petersburgo; portanto, recuso-me a qualquer negociação entre padrinhos. O meu só se apresentará no lugar do encontro, junto comigo. O senhor d'Anthès, como é o desafiante e a parte ofendida, está livre para me escolher um, se assim o

desejar; aceito-o desde já, mesmo que o escolhido seja um criado dele. Quanto à hora e ao lugar, estou inteiramente às ordens. Segundo os costumes que nós, russos, mantemos, isso basta. Peço-lhe acreditar, senhor visconde, que esta é minha última palavra, que nada mais tenho a declarar sobre este assunto, e que só me moverei para ir ao lugar marcado..."

Às 11:00h fez uma refeição leve com Natalie, Alexandrine e as crianças. Levantou-se da mesa antes dos outros e começou a andar de um lado para outro na sala de jantar: estava "insolitamente alegre", cantarolava e olhava continuamente pelas janelas que davam para o Moika. Lá fora, a neve cintilava ao sol. Finalmente, viu um trenó parar diante do portão: era Danzas, com o braço esquerdo na tipóia, incômoda lembrança de um ferimento sofrido no campo de batalha. Puchkin foi até a porta, recebeu-o com efusão e alívio e depois recolheu-se com ele ao escritório. Explicou-lhe que *devia* bater-se com d'Anthès — naquele mesmo dia, dentro de poucas horas, não havia escolha — e ainda não tinha um padrinho. Poderia ser Danzas? Ele hesitou, pretextou o braço dolorido, pediu que Puchkin perguntasse a outros amigos: o favor que ele pedia era triste demais. Mas estaria à disposição para qualquer ajuda prática. O poeta encarregou-o de retirar as pistolas que já escolhera na armaria de Kurakin e entregou-lhe o dinheiro necessário. Combinaram rever-se dali a uma hora. Quando o amigo saiu, Puchkin chamou Nikita Koslov, um ex-servo da gleba de Boldino que havia cuidado dele durante a infância e a juventude e, alguns anos antes, voltara a seu serviço. Mandou preparar um banho, pediu roupa de baixo limpa, lavou-se e vestiu-se. Pouco antes das 13:00h chegou a resposta do visconde d'Archiac: Puchkin devia respeitar as regras, qualquer ulterior atraso seria considerado uma recusa da satisfação pedida. O poeta pediu a Koslov a *bekech*, aquela velhinha, privada de um botão, e saiu, avisando ao idoso camareiro que só voltaria no final da tarde.

Escreveu Jukovski: "... mandou trazer a *bekech*; desceu a escada. Voltou atrás. Mandou trazer o casaco de peles comprido e caminhou até um coche de aluguel." Puchkin, portanto, voltou sobre os próprios passos — desta vez, de modo absolutamente concreto — o que nos enche de incrédulo estupor. Pois os russos estão convencidos de que quem transpõe de volta a soleira de casa, depois de ter acabado de sair, irá com certeza ao encontro de desgraças. E Deus sabe o quanto Puchkin era supersticioso. Às vezes, quando se preparava para sair por questões importantes de trabalho, mandava desatrelar os cavalos do veículo já pronto, na entrada, só porque um familiar ou um empregado correra atrás dele para lhe entregar alguma coisa — um lenço, um relógio, um manuscrito, esquecidos na pressa. Não é lenda: por ocasião da morte de Alexandre, o poeta — informado do confuso interregno em que amadureceu a insurreição decabrista — decidiu dirigir-se clandestinamente a São Petersburgo partindo de Mikhailovskoe, e faria isso — "eu teria chegado à casa de Ryleev justamente para a reunião de 13 de dezembro ... teria acabado junto com os outros na praça do Senado" — se certos maus auspícios não o dissuadissem da viagem já iniciada. Para ser completamente sincero com Nicolau I, ao dizer o memorável "eu teria estado entre as fileiras dos revoltosos" Puchkin deveria ter acrescentado: "se uma lebre não me tivesse atravessado o caminho e se eu não tivesse encontrado um pope." E ainda assim, no dia do duelo, entrou de novo em casa para tirar a *bekech* e vestir o casaco de peles: estaria criando, acelerando a desgraça com as próprias mãos? Absolutamente não: saía para matar — para matar d'Anthès e, com ele, a parte imunda, a parte ultrajada de si mesmo. Para, finalmente, recomeçar a viver, para cortar qualquer comércio com a morte. Mas, de repente, lembrara-se das palavras de Frau Kirchhof. Era ainda um rapaz quando fora consultá-la, quase por brincadeira, e a maga alemã havia predito que ele logo receberia dinheiro inesperado e uma proposta de trabalho; quanto ao futuro, esperavam-no uma enorme fama, dois exílios e uma longa vida — se, aos 37 anos, não fosse morto por causa de um cavalo branco, ou de uma cabeça branca, ou de um homem branco. Tudo o que a adivinha lera nas cartas acontecera, e até mesmo antes de completar os 37 Puchkin sempre tomara cuidado, cada vez que devia lidar com um "*weisses Ross, weisser Kopf, weisser Mensch*". Ao sair de casa à uma da tarde de 27 de janeiro de 1837, ocorreu-lhe que ia duelar com um homem de cabelos louros[67] que gostava de pavonear-se no

[67]*Belokury*, em russo: "de cabelos brancos".

alvo uniforme de gala dos *chevaliers gardes*: convinha ficar duplamente atento. O sol que vira das janelas o enganara: o frio estava de doer, levantara-se um forte vento vindo do ocidente — melhor não arriscar, e proteger-se com o que houvesse de mais quente. Um calafrio involuntário poderia fazer sua mão tremer, desviar o tiro.

Na avenida Nevski, alugou um veículo e mandou-o seguir para a casa dos irmãos Rosset; lembrava-se da promessa de Klementi: "Se se chegar à barreira, estou à sua disposição." Mas os Rosset não estavam. Procurou então Danzas, que morava a poucas centenas de metros, e pediu-lhe que o acompanhasse à embaixada francesa; ali, daria todas as explicações necessárias e o amigo decidiria. Na presença de Olivier d'Archiac, leu a cópia da carta a Heeckeren que trazia consigo e, com fria concisão, explicou os fatos que o haviam impelido a escrevê-la. "Existem duas espécies de cornos", acrescentou, "aqueles que o são de fato sabem como se comportar; outros o são pela graça do público, e o caso deles é mais embaraçoso: é o meu". Terminou com estas palavras: "Agora só tenho a dizer-lhes que, se o assunto não se resolver hoje mesmo, da primeira vez em que eu encontrar um Heeckeren, pai ou filho, irei cuspir-lhe na cara." Somente a essa altura apontou Danzas e acrescentou: "Este é o meu segundo." Depois virou-se para Danzas: "O senhor aceita?" Danzas aceitou e entendeu-se com d'Archiac para combinar os detalhes do duelo.

Voltou para casa. Tudo silencioso, vazio: Natalie fora ao encontro das crianças, que estavam com Catherine Mescherskaia, Aleksandrina recolhera-se a seu quarto e Nikita Koslov, sabendo que o patrão só retornaria para o jantar, retirara-se para as dependências da criadagem. Puchkin trancou-se no escritório. Escreveu a Aleksandra Ossipovna Ichimova: "Gentilíssima senhora, estou verdadeiramente desolado por não poder aceitar seu convite para hoje. Enquanto isso, tenho a honra de mandar-lhe Barry Cornwall ... Hoje abri por acaso sua *História em contos* e, sem perceber, mergulhei na leitura. É assim que se deve escrever! Com a minha mais profunda estima..." A seguir, pegou um livro, *The Poetical Works of Milman, Bowles, Wilson and Cornwall* (na última página, no sumário, já assinalara com uma cruzinha as cinco "Cenas dramáticas" de Cornwall que Ichimova devia traduzir para *O Contemporâneo*), e embrulhou-o junto com a carta numa folha grossa de papel pardo. Entregou o pacote ao mensageiro e mandou levá-lo à rua Furstadskaia. Saiu. Eram pouco mais de 15:30h quando ele entrou na confeitaria de Wolf e Bérenger, no segundo andar de um edifício na esquina do Moika com a avenida Nevski; havia marcado encontro com Danzas nesse lugar. O amigo chegou logo em seguida e entregou-lhe um papel: d'Archiac, explicou, insistira em que as condições do duelo fossem formuladas por escrito.

"1. Os dois adversários tomarão posição a vinte passos de distância um do outro, cada um a cinco passos das duas barreiras, as quais distarão uma da outra dez passos.
2. Armados cada um de uma pistola, ao sinal convencionado poderão fazer uso das armas enquanto avançam um na direção do outro, sem no entanto ultrapassar a própria barreira em nenhum caso.
3. Além disso, fica estabelecido que, uma vez dado um tiro, não mais será permitido a nenhum dos adversários mover-se do lugar; isso, a fim de que, em qualquer caso, aquele que tiver sido o primeiro a atirar fique exposto ao fogo do adversário à mesma distância.
4. Se, depois que os dois tiverem atirado, o resultado for nulo, tudo recomeçará do início, reposicionando-se os adversários à mesma distância de vinte passos, mantendo-se as mesmas barreiras e observando-se as mesmas condições.
5. As testemunhas serão os únicos intermediários para qualquer explicação entre os adversários no campo do duelo..."

Ele só quis saber a hora e o lugar: às cinco, em Tchornaia Retchka, perto da dacha do comandante da Fortaleza; quanto às condições do duelo, perguntou o indispensável, sem dignar-se olhar o documento redigido pelos padrinhos. Bebeu água e limonada. Avisou a Danzas que trazia no bolso da casaca a cópia de sua carta a Heeckeren e autorizou-o a fazer dela o uso que julgasse mais oportuno, se as coisas resultassem mal para ele. Faltavam cerca de dez minutos para as quatro da tarde quando Puchkin e Danzas subiram ao trenó que os aguardava na rua.

Table-talk

"... Pavel Isaakovitch Hannibal tinha um temperamento alegre . Puchkin, então recém-saído do Liceu, afeiçoou-se muito a ele, coisa que não o impediu de desafiá-lo para um duelo, porque, durante uma das figuras do *cotillon*, Pavel Isaakovitch lhe roubara a jovem Lochakova, por quem Puchkin estava inteiramente apaixonado, ainda que ela fosse feia e tivesse dentes postiços. A briga entre tio e sobrinho concluiu-se dez minutos depois com a reconciliação, e novos divertimentos, e danças; e durante o jantar, Pavel Isaakovitch, sob o efeito de Baco, pronunciou este brinde:

> Embora bem no meio de um baile
> desafies em duelo o tio Hannibal,
> isto o vê Deus, jamais Pavel Hannibal
> arruinará com litígios um baile!..."

Puchkin queria muito bem a Küchelbecker, seu colega de Liceu, mas com freqüência lhe pregava peças. Como muitos jovens poetas da época, Küchelbecker costumava ir visitar Jukovski e o importunava um tantinho com seus poemas. Certa vez, convidado para um serão em casa de alguém, Jukovski não compareceu. Mais tarde, quando lhe perguntaram o motivo, respondeu: 'Desde o dia anterior, eu já andava com o estômago em desordem; para piorar, Küchelbecker apareceu, e assim fiquei em casa.' A coisa divertiu Puchkin, que começou a perseguir o incômodo poeta com estes versos:

Na véspera, eu enchera a barriguinha,
depois o cozinheiro fez rosquinhas,
tive então uma certa diarréia
e, amigos, muita kukelbekorréia.

... Küchelbecker ficou furioso e exigiu um duelo. Não houve jeito de dissuadi-lo. Aconteceu no inverno. Küchelbecker atirou primeiro e errou o alvo. Puchkin jogou fora a pistola e quis abraçar o colega, mas este, furioso, gritava: 'Atira! Atira!.' Puchkin custou a convencê-lo de que não podia, porque a neve tinha entupido o cano de sua pistola. O duelo foi adiado, e a seguir os rivais fizeram as pazes..."

... Korff e Puchkin moravam no mesmo palacete; sob o efeito de Baco, o camareiro de Puchkin irrompeu na ante-sala de Korff para comprar briga com seu camareiro ... Modest Andreevitch saiu do quarto para saber o que estava acontecendo e, com seu temperamento impulsivo, prescreveu ao culpado pelo distúrbio o *argumentum baculinum*. O camareiro castigado foi lamentar-se com Puchkin. Aleksandr Sergueevitch enfureceu-se por sua vez, interveio em defesa do camareiro e imediatamente desafiou Korff a um duelo. Ao desafio escrito, Modest Andreevitch respondeu também por escrito: 'Não aceito seu desafio, feito por causa de semelhante bobagem, não porque o senhor é Puchkin, mas porque eu não sou Küchelbecker'...."

... Certa manhã, eram sete e quarenta e cinco em ponto, entrei no aposento ao lado, onde se alojava meu major. Tinha acabado de pôr os pés lá dentro quando, da ante-sala, entraram três desconhecidos. Um era um homem muito jovem, magricela, baixo, hirsuto, com perfil de negro, vestido de fraque. Atrás dele entraram dois oficiais ... 'O que desejam?', perguntou Denissevitch, um tanto secamente, ao indivíduo de roupa civil. 'O senhor deveria saber muito bem', respondeu este, 'porque me pediu que eu estivesse aqui às oito' (a esta altura, puxou o relógio), 'falta um quarto de hora. Temos tempo para escolher as armas e marcar o local' ... Meu Denissevitch ficou vermelho como um camarão e, tropeçando nas palavras, respondeu: 'Não foi para isso que o convidei ... Não posso me bater com o senhor, que é jovem, desconhecido, e eu sou um oficial do Estado-Maior' ... O rapaz em trajes civis continuou, com voz firme: 'Sou um fidalgo russo, Puchkin, meus acompanhantes podem confirmar isso, e portanto, para o senhor, não será desonroso me enfrentar' ... Na noite anterior, Puchkin fora ao teatro, onde o destino o instalara ao lado de Denissevitch. Representavam uma peça tola, e Puchkin bocejava, assoviava, dizia em voz alta: 'É insuportável!' A seu vizinho, evidentemente, o espetáculo estava agradando ... Depois do espetáculo, Denissevitch havia parado Puchkin no corredor. 'Rapazinho! ... O senhor me impediu de acompanhar a peça... Isso é indecoroso, descortês.' 'Sim, não sou um velho', respondera Puchkin, 'mas, senhor oficial do Estado-Maior, mais descortês ainda é dizer-me isso aqui, e com tanta ênfase. Onde mora o senhor?' Denissevitch lhe dera o endereço e pedira que ele se apresentasse às oito ... Por fim, Denissevitch se desculpou e estendeu-lhe a mão, mas Puchkin não estendeu a dele e, depois de dizer baixinho: 'Está desculpado', saiu junto com seus acompanhantes...

... No final de outubro de 1820, o irmão do general M. F. Orlov, o coronel dos ulanos Fiodor Fiodorovitch ... veio por alguns dias a Kichiniov ... Decidimos ir ao salão de bilhar de Golda ... Orlov e Alekseev continuavam a jogar bilhar a dinheiro e, na terceira partida, pediram uma jarra de ponche. A jarra foi logo consumida ... A segunda jarra exerceu um forte efeito, principalmente sobre Puchkin ... Ele ficou todo alegre, aproximou-se da mesa de bilhar e começou a atrapalhar o jogo. Orlov tratou-o por colegialzinho e Alekseev acrescentou que aos colegiaizinhos era preciso dar uma lição. Puchkin afastou-se de mim num pulo, espalhou as bolas e respondeu com rimas; acabou desafiando os dois para um duelo e pediu que eu fosse seu padrinho. Deviam encontrar-se em minha casa às dez da manhã. Era quase meia-noite. Convidei Puchkin para dormir em minha casa ... Quando estávamos chegando, ele disse: 'É uma história feia, suja, mas como dar fim a isso?' 'Muito simples', respondi ... 'foi o senhor quem os desafiou ... Se eles propuserem a paz, sua honra não sairá prejudicada'. Ele ficou em silêncio por muito tempo e finalmente disse, em francês: 'Bobagem, eles não farão isso nunca; Alekseev, talvez, porque é pai de família, mas Fiodor, nunca; votou-se a uma morte violenta, e morrer pela mão de Puchkin ou matá-lo é melhor do que apostar a vida com algum outro' ... Antes das oito, fui procurar Orlov. Não o encontrei em casa e fui à de Alekseev. Assim que me viram à porta os dois anunciaram, em uníssono, que já iam saindo ao meu encontro para se aconselharem sobre como encerrar a estúpida história da véspera. 'Venham à minha casa às dez, conforme o combinado', respondi, 'Puchkin estará lá; digam-lhe então bem claramente que esqueça o ponche de ontem, exatamente como os senhores fizeram' ... Puchkin pareceu se acalmar. Estava claramente aborrecido somente pelo fato de que a briga tivesse acontecido numa mesa de bilhar, em meio aos vapores do ponche: 'Claro que eu me bateria, ora se não! Por Deus, eu me bateria muitíssimo bem!'

Puchkin e Liudmila estavam passeando num jardim nos arredores de Kichiniov. O rapaz que sempre montava guarda durante aqueles encontros avisou-os com acenos de que estava chegando Inglezi, o qual havia tempo suspeitava de uma relação entre Liudmila e Puchkin e queria pegar os dois juntos. Apavorado não por si, mas por Liudmila, Puchkin saiu com ela em disparada, na direção oposta, e, para confundir o perseguidor, levou-a para minha casa. Mas isso pouco adiantou, pois, no dia seguinte, Inglezi trancou Liudmila a chave e desafiou Puchkin, que aceitou o desafio ... O duelo estava marcado para a manhã seguinte ... mas alguém avisou ao governador-geral Inzov ... Inzov manteve Puchkin detido por dez dias no corpo-de-guarda e mandou a Inglezi um bilhete no qual dizia que ele tinha permissão de ir ao exterior com a mulher por um ano. Inglezi compreendeu a indireta e, no dia seguinte, ele e Liudmila deixaram Kichiniov.

Uma vez, ao conversar com um grego, este citou uma obra literária. Puchkin pediu-a emprestada. Surpreso, o grego perguntou: 'Mas como, o senhor é poeta e não conhece esse livro?' A objeção pareceu ofensiva a Puchkin, que queria desafiar o grego para um duelo. A coisa se resolveu da seguinte maneira: quando o livro lhe foi entregue, ele o devolveu junto com um bilhete em que dizia que já o conhecia etc.

Costumava-se jogar *stoss*, *écarté* e sobretudo *banque*. Uma vez, calhou de Puchkin jogar com um dos irmãos Zubov, oficial do Quartel-

General. Puchkin notou que Zubov trapaceava; perdeu; quando acabou de jogar, disse aos outros parceiros, com absoluta indiferença e rindo, que dívidas de jogo daquele tipo não se pagavam. Suas palavras se espalharam, houve uma explicação, e Zubov desafiou Puchkin ... Segundo o testemunho de muitos ... Puchkin se apresentou para o duelo levando cerejas, e comeu-as enquanto o outro atirava ... Zubov disparou primeiro e errou o alvo. 'Está satisfeito?', perguntou Puchkin, quando chegou sua vez de atirar. Em vez de exigir que ele disparasse, Zubov correu para o adversário a fim de abraçá-lo. 'Não exageremos', disse Puchkin, e foi embora.

Durante uma noitada no cassino de Kichiniov ... um jovem oficial do regimento dos Caçadores ordenou que a orquestra tocasse a quadrilha russa, mas Puchkin, que já antes, junto com A. P. Poltoratski, havia combinado que eles executariam a mazurca, bateu palmas e gritou aos músicos que a tocassem. O oficial novato repetiu sua ordem, mas a orquestra obedeceu a Puchkin ... O coronel Starov percebeu toda a cena, chamou o oficial e aconselhou-o a exigir pelo menos as desculpas de Puchkin. O tímido jovenzinho hesitou, disse que não conhecia Puchkin nem um pouco. 'Se é assim, eu falo com ele em seu nome', replicou o coronel ... Bateram-se a umas duas *verstas** de Kichiniov, às nove da manhã. N. S. Alekseev era o padrinho de Puchkin ... Mas a tempestade e o forte vento não permitiam fazer a mira. Decidiram adiar o duelo ... Por sorte, não precisaram repeti-lo. Poltoratski e Alekseev conseguiram fazer os rivais se encontrarem no restaurante Nicoletti. 'Sempre tive muita estima pelo senhor, coronel', disse Puchkin, 'por isso aceitei seu desafio'. 'E fez bem, Aleksandr Sergueevitch', respondeu por sua vez Starov, 'também devo dizer, por amor à verdade, que diante das balas o senhor é tão valoroso como quando escreve'...

... Corria o boato de que o haviam açoitado na Chancelaria Secreta, mas é mentira. Em São Petersburgo, ele travara um duelo por esse motivo. E neste inverno quis vir a Moscou para bater-se com um conde Tolstoi, o 'Americano', principal divulgador daqueles boatos. Como não tem amigos em Moscou, eu me ofereci como padrinho...

**Versta* — antiga medida russa de distância, equivalente a 1.067m (*N. da T.*).

... Certa vez, na Moldávia, travou um duelo com um alemão medroso que a muito custo haviam convencido a lutar. Obviamente, impelido pelo medo, o alemão atirou primeiro; Puchkin aproximou-se da própria barreira e, com licença da palavra, ca... E com isso o duelo terminou...

... Não me lembro dos detalhes do outro duelo — em Odessa, se não me engano; só sei que o rival de Puchkin não teve forças, e Puchkin deixou-o ir embora em paz, mas fez isso também a seu modo: meteu embaixo do braço a pistola ainda carregada, afastou-se um pouco, virou-se e...

... Puchkin usava um pesado bastão de passeio, de ferro. Certa vez, meu tio lhe perguntou: 'Por que usas um bastão pesado assim?' Puchkin respondeu: 'Para que o braço se fortaleça e não trema, se for o caso de atirar...'

... Um velho amigo do poeta ... foi à casa de Vassili Lvovitch e ali encontrou Puchkin, que estava ceando. E na mesma hora, ainda com a roupa de viagem, Puchkin encarregou-o de procurar na manhã seguinte o famoso 'Americano', o conde Tolstoi, com um cartel de desafio. Por sorte, a coisa se resolveu: o conde Tolstoi estava fora de Moscou, e depois disso os rivais fizeram as pazes...

... Cinco passos mais, e Lenski,
seu olho esquerdo entrefechando,
fez pontaria — mas de Oneguin
ouviu-se o tiro... Dobra o sino
do fado: e o poeta, mudo,
deixa cair ao chão sua arma,
leva até o peito a mão e cai,
lento. O nebuloso olhar
fala de morte, não de dor.
Assim, ao sol reverberando,
pelo clivo dos montes desce,
devagarinho, o níveo alude....

O HOMEM POR QUEM CALÁVAMOS

O trenó partiu em direção ao Neva. No Quai du Palais, passou pela carruagem de Puchkin: Natália Nikolaevna voltava para casa com os filhos. Danzas a reconheceu e, por um instante, esperou um milagre — "mas a mulher de Puchkin era míope e Puchkin olhava para outro lado". Sobre o rio congelado, o poeta perguntou ao amigo: "Não estarias me levando para a Fortaleza?." Brincava, mas no fundo ainda temia que alguma coisa, alguém pudesse detê-lo. A cada vez que cruzavam com comitivas de retorno — a alta sociedade petersburguense aproveitara o dia insolitamente límpido para deslizar, em graciosos trenozinhos, pelas nevadas colinas das Ilhas — Danzas esperava que fossem amigos do poeta, que desconfiassem ao vê-lo dirigir-se para fora da cidade quando o sol já começava a declinar, que avisassem a alguém, nem que fosse a polícia. Muitos reconheceram Puchkin. A filha do barão Lützerode gritou-lhe: "O senhor está atrasado!" e ele respondeu: "Não, mademoiselle Augustine, não estou atrasado"; "Aonde vai a esta hora? Todos já estão voltando!", gritaram-lhe de outra carruagem dois jovens conhecidos, o príncipe Vladimir Golitsyn e Aleksandr Golovin. Somente a condessa Vorontsova-Dachkova, tendo visto d'Anthès e d'Archiac também a se dirigirem para as Ilhas, intuiu o que estava para acontecer — mas não sabia "a quem recorrer, aonde mandar alguém para impedir o duelo". Das Ilhas também retornavam Iossif Mikhailovitch e Liubov Vikentievna Borch, o "secretário vitalício da Ordem dos Cornos" e sua mulher; ao percebê-los, Puchkin comentou: "*Voilà deux ménages exemplaires*". Ao olhar interrogativo de Danzas — por que "dois"? —, respondeu: "A mulher se deita com o cocheiro e o marido, com o batedor."

Chegaram à dacha do comandante, depois de aproximadamente quarenta minutos de viagem, quase ao mesmo tempo que d'Anthès e d'Archiac. Os dois veículos pararam, os ocupantes desceram e logo entraram, por um caminhozinho, nos terrenos baldios que circundavam a dacha. Danzas e d'Archiac procuraram o lugar mais adequado para o duelo. Acharam-no a cerca de trezentos metros da estrada, depois de três solitárias bétulas prateadas, num pequeno aglomerado de pinheiros protegido do vento e do olhar dos cocheiros, assim como de eventuais passantes. O padrinho perguntou a Puchkin se estava satisfeito com a escolha. "Para mim, tanto faz", respondeu, "apenas providenciem tudo mais rápido". A neve estava alta, as pessoas se afundavam nela até os joelhos; ajudados por Georges d'Anthès, os dois padrinhos tiveram de comprimi-la para criar uma superfície praticável de menos de um metro de largura e com os vinte passos necessários no comprimento. Sentado num montículo de neve, o poeta, com uma expressão de absoluta indiferença, observava os preparativos sem interferir. Só interrompeu o silêncio para perguntar, impaciente: "E então, acabaram?" Tinham acabado. Medidos os passos, d'Archiac e Danzas tiraram os capotes e os jogaram sobre a neve: as barreiras. Carregaram as pistolas, entregaram-nas aos rivais e estes se postaram cada um a cinco passos de sua própria barreira. Danzas agitou o chapéu. Os duelantes avançaram. Puchkin já tinha parado diante da barreira, ligeiramente virado de lado, e fazia pontaria, enquanto a d'Anthès ainda faltava um passo para alcançar o capote de seu padrinho, quando, cristalino no ar que o frio deixava cavo, ecoou um disparo. Foi Puchkin quem tombou. E, um instante depois, disse: "Acho que minha coxa está quebrada." Os padrinhos correram para ele, até d'Anthès fez menção de aproximar-se. Caído na neve, Puchkin deteve-os: "Esperem! Ainda tenho força suficiente para dar o meu tiro." D'Anthès aguardou imóvel atrás da barreira, ligeiramente virado de lado, a mão direita sobre o peito. Esperou que Danzas entregasse a Puchkin uma segunda pistola; o cano da primeira, caída no chão, ficara cheio de neve. Soerguendo-se apoiado no braço esquerdo, Puchkin fez pontaria, atirou e viu d'Anthès balançar e cair. "Bravo!", gritou para si mesmo, jogando a pistola para o alto. "Está morto?", perguntou em seguida a d'Archiac. "Não, mas está ferido no braço e no peito." "Estranho: eu achava que matá-lo me daria prazer, mas sinto que não." D'Archiac quis dizer palavras de paz, mas Puchkin não lhe deu tempo: "De resto, dá no mesmo; se nos restabelecermos os dois, teremos de recomeçar."

A neve ia-se avermelhando sob a peliça de urso. Por duas vezes, o poeta perdeu brevemente os sentidos. Os padrinhos decidiram que o duelo não podia continuar. Levantado o ferido, constataram que era impossível levá-lo até a estrada: ele não conseguia manter-se de pé, perdia sangue aos borbotões. Então correram a chamar os cocheiros e, com a ajuda deles, derrubaram uma pequena cerca a fim de permitir que os trenós se aproximassem. Ajeitaram o ferido no assento. Os patins do trenó afundavam na neve, tropeçando nas irregularidades do terreno; a cada sacudidela, Puchkin fazia uma careta de dor. Na estrada, aguardava-os a carruagem previdentemente enviada a Tchornaia Retchka pelo barão Heeckeren. Os dois franceses sugeriram que ela fosse usada para levar Puchkin até sua casa. Danzas aceitou; sem dizer ao amigo a quem pertencia o veículo, ajudou-o a subir e instalou-se ao lado dele. Lançando um último olhar ao rival que se afastava, Puchkin disse: "Entre nós dois a coisa ainda não acabou."

(Sob o casaco, Puchkin usava a casaca nova, um colete escuro, camisa, calça preta. Mas como estava vestido d'Anthès naquele dia? Não é um detalhe de pouca monta, como se poderia acreditar. Jukovski escreveu: "O que derrubou d'Anthès foi somente uma forte contusão: a bala perfurou as partes carnosas do braço direito com o qual ele cobria o peito e dali, enfraquecida, foi atingir o botão com que a calça se prendia a um dos suspensórios." E Sophie Karamzina: "A bala atravessou-lhe o braço, só a carne, e parou à altura do estômago — um botão da roupa o salvou, ele sofreu apenas uma leve contusão no peito." O mesmo salvífico botão foi lembrado por Viazemski, Danzas, até pelos embaixadores da Prússia e da Saxônia. Para nós, está claro como o sol: com aquele pequeno círculo de metal, escudo improvisado, a Fortuna barrou o caminho ao chumbo de Puchkin;[68]

[68]Embora leigos, entendemos também que a trajetória oblíqua, de baixo para cima, e a travessia de algumas camadas de tecido — e sobretudo das partes carnosas do antebraço com que o rival protegia o peito — diminuíram o impacto da bala de Puchkin, a qual terminou sua trajetória já não homicida contra um botão (do capote, ou do casaco, ou de um suspensório) de d'Anthès.

desde sempre amiga de Georges d'Anthès, naquele dia a caprichosa deusa estava também irritada com o poeta russo, que ao entrar novamente em casa para trocar de roupa transgredira um de seus mandamentos básicos. Estaríamos ainda prontos para jurar que, sob o capote e o casaco do uniforme de *chevalier garde*, naquela tarde gélida de janeiro — o termômetro marcava 15 graus abaixo de zero — d'Anthès usava uma camiseta de flanela. No século XX, contudo, a roupa dele dá asas a novas suspeitas, novas ilações. Mais de cinqüenta anos atrás, num artigo publicado em *Luzes da Sibéria*, o engenheiro M. Komar se perguntou se era possível que uma bala com um centímetro e meio de diâmetro, lançada à velocidade inicial de cerca de 300 metros por segundo, "ricocheteasse como uma bolinha" contra um botão: aquele botão deveria ter-se espatifado, e seus fragmentos, como projéteis homicidas, devastariam o peito do francês. O "ignóbil carrasco a soldo dos aristocratas lacaios de Nicolau e do próprio Nicolau", deduziu Komar, "compareceu ao duelo usando sob o uniforme uma couraça ... de escamas ou lâminas de aço" — um gibão oitocentista, um daqueles equipamentos que, na época, podiam ser comprados em Berlim; o astuto Heeckeren já o encomendara em 5 de novembro de 1836, por ocasião do primeiro desafio, e pedira a Puchkin o adiamento do duelo por duas semanas justamente para ter tempo de receber o precioso objeto. Em 1950, Ivan Rachillo evocou a sensacional narrativa ouvida de um literato siberiano na década de 1830: num velho registro, ele descobrira por acaso que, em novembro de 1836, chegou a Arkhangelsk um mensageiro do embaixador da Holanda, e que o misterioso viajante se demorou alguns dias na rua dos Armeiros — evidentemente, para encomendar a desleal couraça que depois levou para São Petersburgo. Em 1963, nas páginas de *Neva*, o médico-legista V. Safronov se perguntou: "Duelo ou homicídio?" Homicídio — pois, além do fato de que as pistolas usadas pelos dois rivais "podiam ser ... de calibre diferente",[69] d'Anthès vestia um casaco de abotoamento simples: a linha dos botões estava, portanto, longe do ponto em que seu corpo foi atingido; mas, se o que o salvara tinha sido o botão que prendia um dos

[69]Conferir se as armas dos rivais eram da mesma potência constituía, porém, uma das primeiras obrigações dos padrinhos de um duelo; o próprio Danzas recordava que as pistolas de Puchkin e d'Anthès eram "absolutamente iguais".

suspensórios, um leve objeto de chifre, ou de madeira, ou de tecido, este não poderia resistir ao impacto do chumbo, e mesmo admitindo que a bala tivesse ricocheteado no botão do suspensório, tomando a seguir uma nova direção, nas roupas de d'Anthès deveriam restar pequenos sulcos, ao passo que "nenhum dos contemporâneos assinala isso".[70] Conclusão: o peito do "lansquenê do exército russo" estava bem recoberto por um "aparelho protetor", um gibão de sutis lâminas metálicas. A TASS difundiu para todos os cantos da União Soviética: "Peritos inculpam d'Anthès"; em *O criminoso será encontrado*, um livrete de que em 1963 foram publicados quase um milhão de exemplares, A. Vaksberg anunciou triunfalmente: "No inverno passado, o mistério da morte de Puchkin deixou definitivamente de existir ... Ao término de experimentos, assim como da análise de numerosos documentos originais (mais de mil e quinhentos) e de atos processuais de arquivo, os criminologistas puderam esclarecer todos os detalhes do sangrento crime de d'Anthès." Vários estudiosos russos fidedignos, na verdade, logo rejeitaram a tese de Safronov e da fantasmática equipe de peritos; três verdadeiros peritos declararam que d'Anthès, sem dúvida, era capaz de qualquer infâmia, mas "o que não podia fazer era usar um gibão ao seguir para um duelo: até no caso de um leve ferimento no pescoço ou no ombro, a coisa resultaria num infamante desmascaramento ... Só mesmo desconhecendo inteiramente e, sobretudo, não entendendo o modo de vida e as tradições daquele ambiente..." A poeira já havia assentado quando em 1969, ao concluir um longo ensaio sobre o fim de Puchkin, M. Iachin estabeleceu de uma vez por todas a verdade sobre a batida questão: os Cavaleiros da Guarda usavam dois tipos de casaco de uniforme, ambos de tecido verde e com botões de prata: o primeiro tipo, de peito trespassado, tinha duas fileiras de seis botões; o segundo, mais comprido e de abotoamento simples, uma fileira de nove. Se, em 27 de janeiro de 1837, d'Anthès tivesse usado o casaco de peito duplo, explicava-se perfeitamente como a bala atingira o antebraço e parado no fatídico botão, provocando apenas uma con-

[70]E imaginamos os "contemporâneos" em questão — Sophie Karamzina, Jukovski, o príncipe Viazemski, Danzas, os barões von Liebermann e von Lützerode — peritos balísticos improvisados, debruçando-se sobre os trajes de d'Anthès, perscrutando atentamente o tecido à procura dos sulcos reveladores. Num salão da embaixada da Holanda, obviamente.

tusão leve. Mesmo assim, Iachin concluía: "Por enquanto, não existem bases sólidas para rejeitar totalmente a hipótese de que d'Anthès tivera a idéia de usar, no dia do duelo, algo semelhante a uma couraça"; para adquiri-la, acrescentava, não era preciso ir até Berlim nem até Arkhangelsk: velhos documentos de arquivo haviam revelado que, justamente em 1835 e 1836, o regimento dos Cavaleiros da Guarda experimentava as couraças inventadas pelo doutor Popandopulo-Vreto... Doutor Popandopulo-Vreto: que delícia! Cirurgião, engenheiro, inventor, comerciante de armas, charlatão? Origem greco-patagônia, natural das hilariantes e barrocas paragens gogolianas? Irremediavelmente distraídos, abandonamos a leitura. E, mais uma vez, refletimos sobre o preconceito que na Rússia, nas últimas décadas, comprometeu e muitas vezes desfigurou os milhares de páginas — não só de investigadores de domingo — dedicadas ao fim de Puchkin. Terminamos por nos perguntar se é justo rir dos Iachin & Cia.: por trás dos deprimentes clichês ideológicos e de tamanha ignorância — da época, de seus costumes, de seus rituais, de sua segunda e às vezes primeira língua, o francês —, por trás das mais mirabolantes especulações sobre obscuros complôs e sub-reptícias armaduras, sente-se um ódio autêntico, ainda vibrante. Não deveríamos antes sentir admiração por um país que não tira nunca o luto pelos seus poetas?).

Os príncipes Viazemski recordavam: "Puchkin não escondia da mulher que travaria um duelo. E perguntava por quem ela choraria. 'Por quem for morto', respondia Natália Nikolaevna..."

Durante a viagem de volta, Puchkin suportou corajosamente a dor, tentou conversar e até brincar com Danzas. Mas as fisgadas no abdome aumentavam em intensidade e freqüência, e começou a perceber que seu ferimento era grave. "Estou com medo", disse, "de que seja como o de Scherbatchov"; de Mikhail Scherbatchov, que em 1819 se batera com Rufin Dorochov: a bala lhe atravessara o ventre, e o jovem morrera após dois dias de agonia atroz. Mas Puchkin se preocupava sobretudo com a mulher, e pediu a Danzas que, se a encontrassem em casa, não comentassem a verdadeira situação dele, para não a assustar. A carruagem do embaixador chegou ao nº 12 do Moika por volta das seis da tarde. Danzas correu aos aposentos do primeiro andar e perguntou pela dona da casa. Disseram-lhe que ela não estava. Ofegante, explicou rapidamente o que acontecera e mandou alguns domésticos até a rua; logo depois, sem se fazer anunciar, entrou no toucador de Natália Nikolaevna — mais exatamente, o cantinho dela, atrás de um biombo, no quarto conjugal. Encontrou-a em companhia de Aleksandrina, disse-lhe que o marido se batera com d'Anthès mas que não havia motivo de preocupação — sofrera apenas um leve ferimento no quadril.

Enquanto isso, Nikita Kozlov ajudava Puchkin a descer do veículo e em seguida, subindo o curto lance de degraus com o patrão nos braços, entrou na casa. "Não gostas de me carregar assim, não é mesmo?", perguntou Puchkin a Kozlov. No vestíbulo, ao ver o marido coberto de sangue, Natalie soltou um berro e desmaiou. Puchkin quis ser levado até o escritório e determinou que lhe preparassem o divã para a noite; tirou as roupas sujas de sangue, vestiu outras limpas e deitou-se. Só então mandou chamar Natalie. Ao voltar a si, a mulher quis entrar no escritório, mas Puchkin a deteve com um enérgico "*N'entrez pas!*". Torcendo as mãos, Natalie esperou na sala, junto com a irmã e com Pletniov, impelido à casa do amigo por um inquieto pressentimento, embora o aguardasse para a habitual reunião das quartas-feiras. "Fica tranqüila, tu não tens culpa de nada", foram as primeiras palavras de Puchkin para a mulher. Danzas, enquanto isso, procurava um médico. Passou em casa de Arendt, depois na de Salomon, depois na de Person: nenhum deles estava. A mulher de Person aconselhou-o a tentar no Instituto para Órfãos, que não ficava longe. Danzas chegou ao Instituto na hora em que o doutor Scholz ia saindo. Wilhelm von Scholz era obstetra, mas prometeu achar ele mesmo quem pudesse cuidar do ferido com mais competência. E, dali a alguns minutos, chegou à casa do Moika acompanhado por Sadler, vindo da embaixada da Holanda, onde medicara o braço de d'Anthès. Examinando o ferido, Sadler saiu para buscar os instrumentos necessários: podia ser necessária uma operação. Sozinho com Scholz, Puchkin perguntou: "O que o senhor acha de meu ferimento? Logo depois do tiro, senti um golpe forte no flanco e uma fisgada violenta na cintura; no caminho, perdi muito sangue. Diga-me sinceramente: o que lhe parece?" "Não posso negar que é grave." "Mortal?" "Creio ser meu dever dizê-lo: não excluo essa possibilidade. Mas vamos ouvir o parecer de Arendt e Salomon; eles foram chamados." "*Je vous remercie, vous avez agi en honnête homme envers moi; il faut que j'arrange ma maison.*"[71] E, dali a alguns minutos: "Estou perdendo muito sangue, o senhor não acha?" Scholz examinou o ferimento — o sangramento parecia haver parado — e aplicou-lhe mais uma compressa gelada. A seguir, perguntou a Puchkin se ele queria ver algum de seus amigos mais próximos. "Adeus, amigos", disse Puchkin devagarinho, com pudor, percorrendo o ambiente com o olhar, talvez despedindo-se dos seus livros. E prosseguiu: "Então o senhor acredita que não vou sobreviver nem uma hora?" "Oh, não, não foi por isso que eu falei", balbuciou o obstetra, confuso, "mas me pareceu que o senhor gostaria de ver algum deles. O senhor Pletniov está aqui." "Sim, mas eu queria Jukovski. Quero água, sinto ânsias de vômito." E Scholz, depois de controlar o pulso — "débil, apressado, como durante uma hemorragia interna" — saiu do escritório para pedir água e transmitir o chamado do enfermo.

(O doutor Scholz saiu, e no aposento retangular lotado de livros — estes cobriam todas as paredes até o teto, apertavam-se na estante que protegia o divã do olhar de quem entrava — insinuaram-se, invisíveis, História e Lenda. Esperavam impacientes o corpo do poeta, e já se apoderavam de suas palavras e de seus gestos. Até as cartas que o sóbrio cronista Aleksandr Turguenev escreveu durante a agonia de Puchkin, algumas das quais redigiu sentado à mesa do salão contíguo ao escritório, em parte já se dirigiam à Rússia e aos pósteros. Junto com as escritas pouco mais tarde por Jukovski e pelo príncipe Viazemski, elas não combinam, pelo menos num ponto, com o testemunho de Spasski, o médico que chegou pouco depois das sete da noite, nem com as lembranças de Danzas. E trata-se de um ponto importante. Segundo Turguenev — e Jukovski, e os Viazemski —, Puchkin aceitou os sacramentos depois que Nicolau I o exortara, através do doutor Arendt, a morrer como cristão. Segundo Spasski e Danzas, ao contrário, Puchkin se confessou e comungou antes de receber a mensagem do sobe-

[71] "Eu lhe agradeço, o senhor foi honesto comigo; preciso organizar minhas coisas."

rano. Escolhemos a segunda versão porque, pelo menos uma vez e para questão tão delicada, queremos dar a Puchkin a liberdade de decidir sozinho. Mas também porque sentimos um prazer irresistível ao imaginar que a histórica mensagem de Nicolau I só chegou depois do fato consumado, a uma alma já salva — e ninguém, depois, teve coragem de confessar isso a ele, e o czar pôde então dizer de boa-fé: "Conseguimos a muito custo que ele morresse como cristão", e a fábula para súditos bons logo se difundiu, exilando a verdade.)

Sadler voltou ao nº 12 do Moika e, quase simultaneamente, chegaram Salomon e Arendt. Foi Nikolai Fiodorovitch Arendt, o mais ilustre clínico russo, médico da Corte, quem examinou o poeta; ao sair do escritório, confirmou o prognóstico dos que o haviam precedido: não havia esperança de cura, talvez Puchkin não passasse daquela noite. Sustentou que uma operação seria inútil, e até ameaçaria agravar a hemorragia interna; prescreveu compressas de gelo, sedativos e purgantes. Chegou Spasski, o médico da família de Puchkin. "Pois é, estamos mal", disse o poeta ao vê-lo, e, quando Spasski pronunciou algumas palavras de esperança, acenou negativamente com a mão: já sabia, não era preciso mentir. Arendt deixou a casa à beira do Moika. "A pedido dos parentes e dos amigos", Spasski perguntou a Puchkin se ele desejava receber os sacramentos. Sim, desejava. "Quem o senhor quer chamar?" "O primeiro sacerdote que acharem, o mais próximo." O poeta lembrou-se de que, na manhã daquele mesmo dia, recebera a participação da morte do jovem Nikolai Gretch: "Se encontrar o pai", disse então a Spasski, "fale com ele por mim e diga-lhe que compartilho vivamente de sua dor." Arendt retornou. Da igrejinha da praça das Cavalariças, bem vizinha ao Moika, chegou o velho padre Piotr. "O doente se confessou e comungou." Quando Spasski entrou novamente no escritório, Puchkin perguntou-lhe como passava a esposa. O médico o tranqüilizou: Natália Nikolaevna se mostrava mais calma. "Coitadinha", disse Puchkin, "está sofrendo sem culpa e pode sofrer ainda mais com o julgamento das pessoas." Dois sentimentos opostos lutavam dentro dele: queria que médicos e amigos escondessem de Natália Nikolaevna a gravidade de seu estado, e ao mesmo tempo temia que a mulher se entregasse a uma esperança que outros poderiam confundir com indiferença — se a vissem calma naqueles momentos, dizia, a sociedade iria despedaçá-la. "Coitadinha, coitadinha", repetia. Chamou por Arendt. "Rogue ao czar que me perdoe", pediu, "rogue-lhe que perdoe Danzas, ele é para mim um irmão, não tem culpa, encontrei-o no caminho e chamei-o para me acompanhar." Arendt se despediu, entregou Puchkin aos cuidados de Spasski e prometeu voltar mais tarde. "Uma excepcional presença de espírito não abandonava o enfermo. De vez em quando, ele se queixava baixinho da dor no ventre e perdia os sentidos por alguns instantes." Pouco depois das 23:00h, Arendt reapareceu. Trazia para Puchkin um curto bilhete do czar, escrito às pressas, a lápis: "Se for a vontade de Deus que não nos vejamos mais sobre esta terra, recebe o meu perdão e o conselho de morrer como cristão e comungar; quanto à tua mulher e teus filhos, não te preocupes. Serão para mim como filhos, e eu os tomarei sob a minha proteção." De volta à cabeceira de Puchkin, Spasski perguntou-lhe se queria fazer alguma determinação. "Tudo para a minha mulher e as crianças." A seguir, pediu ao médico que apanhasse um papel escrito em russo — Spasski reconheceu a letra do poeta — e o queimasse. "Chame Danzas", disse depois. Pediu para ficar sozinho com o amigo, ditou-lhe uma lista de dívidas pessoais, aquelas de que não havia promissórias nem outros documentos, e assinou-a com mão trêmula. Danzas sussurrou-lhe que gostaria de vingá-lo, de desafiar d'Anthès para um duelo. Puchkin o proibiu de fazer isso. Só deixou a mulher entrar umas poucas vezes, e por pouquíssimos minutos. Natalie alternava crises de histérico desespero com momentos de exaltada esperança, nos quais repetia: "Ele não vai morrer, sinto que ele não vai morrer." Aleksandrina e a velha tia, junto com a princesa Viazemskaia, não a deixavam sozinha nem um instante, e naquela noite velaram com ela nos divãs do salão; Danzas e Viazemski ajeitaram-se como puderam no vestíbulo.

Bem tarde da noite, foram embora os outros amigos, que, um após outro, acorreram assim que souberam: Jukovski, Vielgorski, o príncipe Mescherski, Valuev, Turguenev. Nenhum deles pudera ver o doente. Com Puchkin, ficara Spasski. A ele, num momento de alívio, o poeta disse que, decididamente, o número 6 lhe dava azar: "sua desventura havia começado em 1836, quando completara 36 anos, e sua mulher tinha 24 (2 + 4 = 6);

no sexto capítulo de *Onegin*, havia uma espécie de pressentimento de seu próprio fim, e assim por diante. No triste paralelo entre ele e Lenski, portanto, o próprio Puchkin moribundo havia pensado." Por volta das 4:00h, as dores aumentaram e os gemidos se transformaram em roufenhos e selvagens urros. "Por que semelhante tortura?", perguntava ele a Spasski, "sem estes tormentos eu morreria tranqüilo". Mais uma vez de volta, Arendt prescreveu uma lavagem intestinal; a operação, penosíssima, exacerbou os sofrimentos do enfermo. Fronte coberta de suor gelado, olhos que pareciam querer pular das órbitas, nas convulsões Puchkin correu várias vezes o risco de cair do divã. Naquela noite, decidiu matar-se e pediu a Nikita Kozlov que trouxesse o estojo com as pistolas; o camareiro obedeceu, mas avisou a Danzas; as pistolas, já escondidas sob os lençóis, foram removidas do escritório. Quando o céu já começava a clarear sobre São Petersburgo, Puchkin mandou chamar a mulher. Natalie estava mergulhada numa espécie de sono letárgico justamente quando, do escritório, saíam os urros mais dilacerantes; escutara só o último grito, e disseram-lhe que vinha da rua. E Puchkin deu os últimos conselhos à mulherzinha: "Vai para o campo, usa luto por mim durante dois anos, e depois casa-te de novo, mas não com um patife." Quis despedir-se dos amigos. Jukovski, os Viazemski, Vielgorski, Turguenev, Danzas entraram no escritório, cada um por sua vez; poucas palavras de adeus, um aperto de mão já muito fraco, e a seguir, com os olhos, Puchkin pedia para ficar sozinho. Jukovski lhe perguntou: "Talvez eu veja o soberano, o que digo a ele de tua parte?" "Diz que eu lamento morrer, porque assim não lhe posso expressar todo o meu reconhecimento; eu seria todo dele." Perguntou por Pletniov e pelos Karamzin. Mandaram chamar Ekaterina Andreevna Karamzina. Pediu para ver os filhos. Levaram as crianças, ainda meio adormecidas, até o escritório. Puchkin olhou para elas, abençoou-as, pousou as costas da mão já fria sobre a boca de Macha, Gricha, Sacha, Tacha. A mulher se obstinava em não acreditar: "*Quelque chose me dit qu'il vivra*", sussurrava, olhos vermelhos, expressão transtornada, a quem saía do escritório. Chegou Karamzina. Também essa despedida durou pouco mais de um minuto; ao se afastar do divã, fez o sinal-da-cruz na direção do moribundo e se encaminhou para a porta. Puchkin chamou-a e pediu que ela o benzesse de novo. Depois fez entrar a mulher, para finalmente dizer-lhe a verdade: Arendt o havia condenado, não lhe restava muito tempo, talvez somente poucas horas. Berrando, soluçando, Natalie correu a prostrar-se de joelhos diante dos ícones. O vestíbulo começava a encher-se de gente: amigos, conhecidos, desconhecidos vinham informar-se do estado de Puchkin. A porta que, da entrada principal, dava para o vestíbulo continuava a se abrir, e o barulho incomodava o doente. Decidiu-se barrar essa entrada com um arquibanco e liberar a portinhola de serviço. Sobre aquele minúsculo e maltratado acesso, alguém escreveu com um pedaço de carvão: "Puchkin". Afixaram também um curto boletim redigido por Jukovski: "A primeira metade da noite foi inquieta; a segunda, mais calma. Não há novas crises perigosas, mas ao mesmo tempo não há nem pode haver ainda alguma melhora." Por volta do meio-dia chegou Arendt, de quem Puchkin esperava com impaciência, "para morrer em paz", a notícia de que o czar havia perdoado Danzas. O único conforto que o médico da Corte lhe pôde dar foram gotas de ópio, e Puchkin tomou-as avidamente. Durante toda aquela tremenda manhã, irritado pelos sofrimentos, havia recusado qualquer remédio. Enquanto isso, em seu gabinete do Palácio de Inverno, Nicolau I expressava a Jukovski a própria satisfação pelo fato de Puchkin haver cumprido o último dever de um bom cristão; quanto a Danzas, disse, não podia mudar as leis, mas faria tudo o que pudesse. Durante essa conversa, o czar confiou a Jukovski a tarefa de interditar o escritório do poeta logo depois da agora inelutável morte; ordenou-lhe também que examinasse — a seguir, com mais calma — os papéis que restavam e destruísse os comprometedores, se encontrasse algum. De volta ao Moika, Jukovski pôde tranqüilizar o amigo moribundo sobre a sorte de Danzas. Chegou Elizaveta Mikhailovna Khitrovo; chorou, arrancou os cabelos, acusou o mundo inteiro da tragédia. Não foi admitida no escritório. Por volta das 14:00h, chegou Dal. "Vamos mal, irmão!", saudou-o Puchkin. Estava esgotado, às vezes assaltava-o um torpor semelhante à inconsciência. A mulher e os amigos se alternavam à sua cabeceira, somente por poucos instantes. Dal tentou confortá-lo: "Nós todos continuamos com esperança, devias tê-la também." "Não, aqui não viverei. Morrerei, evidentemente é isto mesmo!" Passado o efeito do ópio, ele sofria de novo tremendamente. Fechava os punhos e mordia os lábios para não gritar. Por volta das 18:00h, seu estado pareceu agravar-se de repente: o coração batia ao ritmo de 120 pulsações por minuto, a temperatura corporal subira, aumentavam os sinais de agitação e sofrimento. Seguindo as instruções de Arendt, Spasski e Dal recorreram às sanguessugas, e era o próprio Puchkin a pegá-las e aplicá-las sobre o ventre, ao redor da ferida; não queria que outros a tocassem. O remédio teve rápido efeito: o pulso fez-se regular, a temperatura caiu, desinchou-se o ventre tumefacto. E, à tardinha, ao ver o amigo mais aliviado, Dal sentiu-se iluminar por uma esperança — no coração mais que na razão. Por um instante, até Puchkin pensou ter uma remota possibilidade de sobrevivência, mas logo se desenganou. Veio outra noite de tormentos. Continuamente, ele perguntava as horas a Dal e a cada vez, quando o amigo respondia, parecia irritar-se: "Ainda tenho de sofrer por tanto tempo assim? Mais rápido, mais rápido, te imploro!" Já falava então com a própria morte; calculava-lhe a aproximação medindo ininterruptamente o pulso, e ele mesmo dava notícias daquela marcha demasiado lenta: "Agora, está chegando" — disse algumas vezes. Passou a segunda noite de agonia segurando a mão de Dal. De vez em quando, pegava sozinho o copo d'água e bebia em quantidades mínimas com uma colherinha, sozinho friccionava a testa com um pedacinho de gelo, sozinho trocava as compressas sobre o ventre. Mais que pela dor, dizia, sofria por uma terrível angústia que o sufocava, que lhe oprimia o coração. Então pedia a Dal que o soerguesse, ou que o acomodasse de lado, ou que lhe virasse o travesseiro, mas depois o interrompia: "Assim está bom, perfeito, chega, agora está ótimo!", ou então: "Deixa, não é preciso, basta que me puxes um pouco para cima pelo braço." Dal o aconselhava: "Não te envergonhes da dor, grita, isso vai te aliviar." "Não posso, minha mulher escutaria, e também é ridículo que esta estupidez me domine, não quero."

Na manhã de 29 de janeiro, foi afixado um novo boletim: "O doente continua em estado gravíssimo." A respiração estava acelerada e arquejante, o pulso se enfraquecia de hora em hora. Naquela derradeira manhã, a manhã de 29 de janeiro de 1837, Puchkin chamou algumas vezes a mulher; já sentia dificuldade de falar e limitava-se a segurar a mão dela. Às vezes não a reconhecia. Natalie estava a seu lado quando ele perguntou a Danzas se acreditava que a morte chegaria logo, e acrescentou: "Acho que sim, ou pelo menos o desejo. Hoje estou mais tranqüilo, feliz com que me deixem em paz, ontem me torturaram." Por volta do meio-dia, pediu um espelho: olhou-se rapidamente e agitou uma mão em sinal de desapontamento. Os médicos constataram que braços e pernas já estavam gelados. Também o rosto começava a sofrer uma tremenda metamorfose, e nem assim a morte chegava. "*Tu vivras, tu vivras*!", continuava a repetir-lhe Natalie, a quem os médicos não permitiam ficar por muito tempo junto ao marido. Ele aguardava a morte reclinado num divã, um joelho levantado, um braço sob a cabeça — nessa posição, em outros dias, havia poetado. Por volta de uma e meia da tarde, admitiram a senhora Khitrovo à sua cabeceira: Eliza desmanchou-se em soluços, caiu de joelhos. Quando ela saiu, Puchkin perguntou mais uma vez a Dal: "Diz, vai acabar logo? Estou entediado." E, alguns minutos depois: "Fecha as cortinas, quero dormir." E parecia realmente dormir quando, de repente, abriu os olhos e pediu bagas de mirto. Não as tinham em casa e alguém correu a comprá-las. E ele, impaciente, quase com raiva, pedia: "*Morochki, morochki*!" Quis que fosse a mulher quem as desse a ele na boca. Ajoelhada ao lado do divã, Natália Nikolaevna levou-lhe a colherinha aos lábios, ajudou-o a comer duas ou três bagas, a beber um pouco de suco, e depois pousou o rosto sobre a fronte do marido. Puchkin acariciou-lhe a cabeça: "Levanta, não é nada, graças a Deus vai tudo bem." Mandou-a sair. "O senhor vai ver", disse Natália Nikolaevna, a Spasski ao sair do escritório, "ele viverá, não morrerá." Dal apalpou mais uma vez o pulso do poeta: não dava mais para sentir, e todo o corpo já estava frio. Aproximou-se de Jukovski e de Vielgorski e avisou: "Ele está indo." Olhos fechados, Puchkin disse: "Levanta-me, vamos, mais alto, mais alto. Ora, vamos com isso!" Voltou a si do semidesmaio que lhe turvara os pensamentos e, quase em tom de desculpa, explicou a Dal: "Sonhei que grimpava junto contigo estes livros, estas estantes, até lá em cima, e fiquei tonto." Depois de alguns segundos, segurou a mão de Dal e, de novo: "Agora vamos, te peço, e vamos juntos." Voltou a cair no torpor inconsciente. Recuperou-se de novo, pediu que o virassem sobre o flanco direito. Dal e Danzas o soergueram delicadamente, puxando-o pelas axilas. Spasski acomodou-lhe um travesseiro nas costas. "Assim está bom", disse ele, e depois: "A vida acabou." Dal não entendeu essas palavras, pronunciadas com um fio de voz, e respondeu: "Sim, claro, acabamos." Mas logo adivinhou: "O que foi que acabou?" "A vida" — articulou o poeta, de maneira absolutamente clara. E então: "Ficou difícil respirar, sinto um peso." O peito estava quase imóvel quando ele emitiu um suspiro fraquíssimo. Pouco depois — eram 14:45h — o doutor Andreevski fechou-lhe os olhos. Não fizeram entrar Natália Nikolaevna; à cabeceira estavam Dal, Spasski, Jukovski, Vielgorski, a princesa Viazemskaia, Turguenev. Às 15:00h, sentado à mesa da sala da casa de Puchkin, Turguenev escreveu: "A mulher continua não acreditando que ele morreu: continua a não acreditar em nós. E, no entanto, o silêncio já foi rompido. Estamos falando em voz alta — e esse rumor é terrível para os ouvidos, pois fala da morte do homem por quem calávamos..."

A TABAQUEIRA DO EMBAIXADOR

Dal:

> "No exame necroscópico da cavidade abdominal, todos os intestinos foram encontrados fortemente inflamados; o delgado estava infectado pela gangrena somente num ponto do tamanho de meio copeque. Com toda a probabilidade, foi nesse ponto que a bala o atingiu ... Com base na direção desta, deve-se concluir que a vítima estava de lado, em três quartos, e a direção do tiro era um pouco de cima para baixo ... Tempo e circunstâncias não permitiram continuar o exame de modo mais aprofundado..."

Fecharam as cortinas, cobriram os espelhos. Jukovski chamou um escultor para fazer a máscara mortuária. O corpo foi lavado, vestido, instalado sobre a mesa da sala de jantar ("como era leve!", espantou-se Arkadi Rosset), e depois, num ataúde forrado de veludo púrpura. Foi o velho conde Stroganov, que nos últimos dois dias ia e vinha entre a casa do Moika e a embaixada da Holanda, quem pagou as onerosas contas repentinamente apresentadas pela morte. Fez isso por iniciativa própria, sem regatear. Estaria talvez devorado pelo remorso de ter dado o conselho fatal ao amigo embaixador? Absolutamente não. Todos compreendiam que o duelo era inevitável, depois da carta de Puchkin: "Terrível, terrível!", exclamou Aleksandr Turguenev quando Jacob van Heeckeren o encontrou por acaso e lhe resumiu o conteúdo. E, naquelas primeiras horas de luto e de dor, muitos amigos de Puchkin agradeceram ao céu por haver preservado pelo menos a vida de Georges d'Anthès.

No final da tarde de 29 de janeiro, as testemunhas da agonia do poeta prestaram-lhe homenagem erguendo silenciosamente os copos em casa de um amigo comum: o jantar de Jukovski, que fazia aniversário justamente naquele dia, transformara-se numa triste cerimônia de comemoração. Entre brindes mudos e recordações melancólicas, discutiu-se o destino de Natália Nikolaevna e o das crianças: onde viveriam, e de quê? Jukovski decidiu apelar para a bondade do czar. Várias vezes, escreveu ao soberano, o defunto expressara o desejo de ser sepultado em Sviatie Gory, junto ao túmulo da mãe e na terra de seus ancestrais, mas a propriedade de Mikhailovskoe estava para ser vendida; se fosse comprada por algum rústico proprietário rural a quem pouco importasse o túmulo de Puchkin, os russos não saberiam onde chorar seu poeta. Junto com a memória de Puchkin, era preciso salvar sua família da ruína; em casa, no momento da morte, só foram achados trezentos rublos ao todo. Sua Majestade, ousava sugerir humildemente Jukovski, poderia ajudar a viúva a enfrentar as primeiras despesas e, a seguir, financiar uma edição das obras do defunto; o produto das vendas viria constituir um pequeno capital para os órfãos inocentes. As medidas logo adotadas por Nicolau I superaram até mesmo os pedidos e as esperanças de Jukovski: já em 30 de janeiro, São Petersburgo ficava sabendo que o soberano socorrera com magnanimidade a família do poeta morto. Em 31 de janeiro, um decreto sancionou a augusta vontade: os cofres do Império resgatariam do empenho a propriedade de Mikhailovskoe, saldariam as dívidas de Puchkin e patrocinariam a edição de sua obra completa; além de um subsídio excepcional de 10.000 rublos, a viúva receberia uma pensão anual de 1.500 rublos; destinava-se uma soma igual aos filhos homens, que ficavam inscritos no Corpo dos Pajens, até o momento em que empreendessem a carreira civil ou militar, e às filhas mulheres, até o dia em que se casassem. A Rússia se comoveu, e as cortes européias admiraram, pasmas, a clemência de Nicolau: o Anjo Benfeitor roubou ao poeta morto *le beau rôle*. Não cremos que, desta vez, Puchkin se queixasse. Nem mesmo em seus mais róseos sonhos terrenos imaginaria tão feliz solução para seus problemas financeiros. Seus livros, enquanto isso, eram disputados; e, entre 29 de janeiro e 1º de fevereiro de 1837, o livreiro-editor Smirdin vendeu exemplares por 40.000 rublos.

A multidão que vinha tributar a última homenagem ao poeta crescia de hora em hora, acotovelava-se no portão, bloqueava as ruelas adjacentes. Em São Petersburgo, naquele tristíssimo final de janeiro, bastava sentar-se num trenó e ordenar: "Casa de Puchkin!" para ser levado diretamente ao nº 12 do Moika; os cocheiros já sabiam de cor o endereço. Policiais controlavam o afluxo dos visitantes, que esperavam sua vez, entravam pelo portãozinho baixo de serviço, passavam pela despensa, pela copa, pela sala (um biombo escondia a porta da sala de jantar, onde estavam os familiares e amigos) e chegavam ao vestíbulo: fraca e oscilante luz de círios, piso e paredes amarelentos, pesado ar impregnado de incenso; numa ponta do catafalco, um diácono entoava ladainhas; na outra, um doméstico de fraque azul com botões dourados "continuava a aspergir água-de-colônia sobre a cabeça do morto e a contar aos visitantes os detalhes do fim dele".

Da tarde do dia 29 até a noite de 31 de janeiro, além de amigos e conhecidos, além de toda a São Petersburgo intelectual, pelo menos dez mil pessoas desfilaram diante do ataúde. Na maioria, eram desconhecidas. Saudavam o Poeta, que na Rússia é profeta, mestre, herói, santo. Saudavam a glória nacional. Saudavam o russo morto por uma mão estrangeira. Eram, escreveu Catherine Mescherskaia, "mulheres, velhos, crianças, estudantes, populares, uns vestidos de *tulup*,* outros até cobertos de andrajos"; eram, escreveu Sophie Karamzina, "funcionários, oficiais, comerciantes ... Um desses desconhecidos disse a Rosset: 'Veja o senhor, Puchkin se enganava quando supunha ter perdido sua popularidade: ela está toda aqui, mas ele não a procurava no lugar onde os corações lhe respondiam'". Atentemos a estas últimas palavras: somente a piedade calava a reprovação, como se, morrendo, o poeta tivesse expiado seu intercâmbio culpado com a aristocracia, com o poder. "Pobre Puchkin!", escreveu, condoído, o censor Nikitenko. "Eis como pagou o direito de cidadania nos salões aristocráticos onde dissipava seu tempo e seu talento...."

Na imensa multidão que prestava a última homenagem ao poeta estavam também, como se por um lúgubre encantamento emersos de sob

*Casaco longo, de mujique, feito de pele de ovelha, com a lã voltada para dentro (*N. da T.*).

os gelos do Neva, muitos crocodilos, e derramavam lágrimas ardentes. Choravam Puchkin muitos daqueles que já o haviam sepultado fazia alguns anos, que haviam decretado o declínio da sua popularidade, que pouco tempo antes bocejavam nas páginas da *Revolta de Pugatchov* e de *O Contemporâneo.* Honrava Puchkin a nova *intelligentsia* plebéia que, pela mão de seus filhos, dali a alguns anos iria novamente sepultá-lo no empoeirado Panteão da arte pura, inútil, até para si mesma. O desaparecimento de Puchkin, o "duplo aristocrata — por natureza e por posição no mundo", convocava a reunir-se a segunda sociedade, era um mudo apelo ao Terceiro Estado. Quanto ao povinho em andrajos, Meschjerskaia exagerava por comoção. Nikitenko, ao contrário, tinha o olhar muito mais lúcido, quando, diante da igreja onde se celebraram os funerais, viu elegantes carruagens particulares e uma grande multidão, "mas nenhum *tulup* ou um *zipun*"* — nem as peliças de ovelha nem os rústicos balandraus do Quarto Estado.

"Que horas são?" — continuara a perguntar Puchkin, moribundo. O que o atormentava não eram somente as dores: conhecia seu país, seu público. Morrendo naquele ano, naquele dia, conseguiu reunir a seu redor, num imenso abraço, detratores e futuros destronadores. Venceu-os em elegância, em senso de oportunidade. Sem ressentimento: compreendia a necessidade de tudo o que acontecia e de tudo o que iria acontecer. Não por acaso, era o novo historiador do Império russo.

"Aqui não viverei, eu sei" — objetara Puchkin a Dal, que tentava confortá-lo. Aqui: no século. E saiu de cena iluminando a Rússia com uma última irrupção de fulgor alexandrino — o mesmo desapego à vida que outros russos, na alvorada do século XIX, haviam demonstrado nos campos de batalha.

"Sinto ânsias de vômito, tenho sede, chamem o padre mais próximo, estou entediado, quero dormir" — dissera Puchkin durante a agonia: frases simples, lúcidas, coerentes com a tremenda situação pela qual passava.

**Zipun*, casaco curto, de lã grosseira, ajustado na cintura por um cinto ou faixa e com a borda inferior bordada (*N. da T.*).

Até durante o delírio, quando a morte se revelou a ele como a impossível escalada de livros agora demasiado altos, pronunciou uma só palavra desnecessária. Às 14:45h de 29 de janeiro de 1837, desaparece da literatura russa a musa da concisão. Desaparecem sorriso, graça, leveza. E será um longo, bem longo eclipse. O que acontece logo após as 14:45h de 29 de janeiro de 1837 já pertence a outra era estilística: rococó do absurdo, sarabanda de equívocos, inflado grotesco, hílare *grand-guignol*, estrídulo riso entre piedosas lágrimas. Depois daquilo a que estamos para assistir, ninguém venha nos dizer que Gogol não era um escritor realista. Crendices de pósteros desmemoriados.

Também foi reverenciar os despojos do poeta um estudante de cujo nome só se conhecem as iniciais: P. P. S. Ele perguntou ao filho de Viazemski se podia ver o retrato feito por Kiprenski, no qual Puchkin aparecia cheio de vida, sereno; o jovem foi até a sala e transmitiu o pedido. A mulher do conde Stroganov precipitou-se para o quarto, berrando que um bando de exaltados da universidade irrompera na casa para ofender a responsável pela tragédia. A seguir, Júlia Pavlovna Stroganova escreveu ao marido, que naquele momento se encontrava na Terceira Seção, pedindo-lhe que enviasse guardas de reforço, em defesa da pobre viúva exposta aos excessos de uma gentalha irresponsável. Não era necessário: o solerte Benckendorff já providenciara tudo. Além dos policiais uniformizados que guarneciam o palacete da Volkonskaia para manter a ordem pública, outros, em trajes civis, desfilavam diante do catafalco; talvez tenha sido um deles que apressou-se em informar as autoridades: o defunto vestia um fraque preto, e não o uniforme de *kamer-iunker*. O czar desaprovou a última roupa de Puchkin e disse: "Deve ter sido sugestão de Turguenev ou do príncipe Viazemski."

Os agentes se mimetizavam por entre a multidão que esperava diante do portão, escutavam de oitiva as conversas das pessoas pelas ruas e nas casas. E fizeram relatório: o povinho, enfurecido com o estrangeiro que ousara erguer sua mão sacrílega contra Puchkin, preparava-se para apedrejar as janelas do assassino. E, além de ao odiado francês, queria dar uma lição aos médicos — poloneses, alemães, judeus! — que não souberam salvar seu poeta. Demonstrações públicas de indignação estavam sendo preparadas. Era preciso reforçar a vigilância, prevenir tumultos de rua, agitações.

Na Rússia era proibido escrever sobre coisas proibidas. Todos sabiam como Puchkin morrera, mas os jornais deviam calar-se a respeito do duelo. "Abandonou este vale de lágrimas depois de breves sofrimentos físicos": uma indigestão de sorvete, um golpe de friagem, uma doença venérea? De resto, grande parte da imprensa, tomada por uma repentina afasia, ignorou a própria notícia da morte. Mesmo assim, nos dias que se seguiram ao 29 de janeiro, os censores não tiveram um minuto de descanso. Receberam ordens precisas: suprimir dos necrológios as louvações excessivas e os tons apologéticos. Apenas o Suplemento literário do *Inválido Russo* conseguiu driblá-los a tempo. Num tópico tarjado de preto e sem assinatura, publicou o dolente epitáfio de Odoevski: "Apagou-se o sol de nossa poesia! Puchkin morreu, morreu na flor da idade, no meio de seu grande caminho! ... Puchkin! Nosso poeta! Nossa alegria, nossa glória nacional!... Será possível que realmente não mais tenhamos Puchkin? Não conseguimos habituar-nos a essa idéia." No dia seguinte, o príncipe Dondukov-Korsakov convocou Kraevski, redator da incauta publicação: "O que significa a moldura preta ao redor da notícia da morte de um homem que não ocupava nenhuma posição no serviço estatal? ... 'O sol da poesia!' Honra demais, não lhe parece? ... Escrever poeminhas não significa ainda, como se expressou Serguei Semionovitch, percorrer um grande caminho!" Kraevski, que era também funcionário do ministério da Instrução e, portanto, dependente de Serguei Semionovitch Uvarov, recebeu uma advertência formal. Também Gretch foi convocado à Terceira Seção e formalmente repreendido. Benckendorff considerara excessivamente enfático, quase um panegírico, o breve comunicado impresso na *Abelha do Norte*: "...Abalados por uma dor extremamente profunda, não gastaremos demasiadas palavras em nosso anúncio. A Rússia deve a Puchkin seu reconhecimento pelo que ele fez de meritório em vinte anos no campo da Literatura, uma série de brilhantes e utilíssimos sucessos em obras de todos os gêneros..."

Nas participações enviadas por Natália Nikolaevna, anunciava-se que os funerais aconteceriam às 11:00h do dia 1º de fevereiro, na igreja de Santo Isaac: não a majestosa catedral que hoje conhecemos, mas mesmo assim uma bela e grande igreja no complexo do Almirantado, e da qual Puchkin, como morador do Moika, era paroquiano. Na noite de 31 de janeiro, um oficial de polícia mandou fechar a câmara ardente e anunciou que, por motivos de ordem pública, a trasladação dos restos mortais seria providenciada naquela mesma noite — mas para a igrejinha do Salvador da Divina Imagem, na praça das Cavalariças, e não para a de Santo Isaac. Por volta da meia-noite, chegou um compacto pelotão de policiais. O insólito cortejo (umas dez pessoas, entre familiares e amigos do poeta, e o dobro de guardas) saiu sem archotes, como um grupo de temerosos malfeitores, pelas ruas já desertas. Em cada esquina, encontrou piquetes de força pública, prontos para acalmar tumultos, agitações.

Na manhã de 1º de fevereiro, apresentou-se a muitos petersburguenses ilustres um embaraçoso dilema: como se vestir para os funerais? Uniforme ou fraque? As atenções que a família do poeta recebera do czar demonstravam a alta consideração em que este o tinha; na última hora, o soberano podia decidir prestar homenagem ao filho pródigo, e sua exigência em matéria de trajes era de todos conhecida: uniforme. Mas, e os ambíguos precedentes de Puchkin? E ele não morrera talvez em flagrante delito, duelando? então, fraque. O poeta, por outro lado, exercia uma função na Corte, embora modesta: uniforme. Finalmente, quase todos se decidiram pelo uniforme de gala, com faixas, estrelas e todos os outros adereços. Os que não foram informados sobre a mudança de programação se apresentaram no Almirantado; as comitivas de criados tiveram de esforçar-se para conseguir atravessar a multidão de estudantes e funcionários que, transgredindo a explícita proibição feita a universidades e departamentos, decidiram participar dos funerais e agora refluíam para a praça das Cavalariças. Somente quem mostrava o cartãozinho de convite era autorizado a entrar na diminuta igreja. Apontando uns indivíduos de fraque, com pencas de fitas multicoloridas nos ombros, Elizaveta Mikhailovna Khitrovo disse a uma conhecida: "Por favor, veja aquelas pessoas: serão insensíveis? Se ao menos derramassem uma lágrima!" E depois a um deles, tocando-lhe o cotovelo: "Mas como, meu caro, não choras? Não sentes a perda de teu patrão?" Em tom humilde, o homem de fraque respondeu: "Não é isso... é que, veja Vossa Senhoria, nós somos do serviço fúnebre."

De A. I. Turguenev para A. I. Nefedieva, São Petersburgo, 1º de fevereiro de 1837:

> "... Uma da tarde. Voltei da igreja das Cavalariças e do subterrâneo, no edifício das Cavalariças, onde foi instalado o ataúde à espera da saída do enterro. Cheguei às onze, conforme o horário anunciado, mas a função já começara às dez e meia. Multidão incontável pelas ruas que levam à igreja e na praça das Cavalariças, mas não deixavam que as pessoas entrassem na igreja. O espaço mal era suficiente para o público ilustre. Uma multidão de generais ajudantes-de-ordens, o conde Orlov, o príncipe Trubetskoi, o conde Stroganov, Perovski, Sukhozanet, Adlerberg, Chipov etc. Embaixadores — o francês com uma expressão extremamente comovida e sincera, a tal ponto que, antes, ao ouvir dizer que poucos da aristocracia choravam Puchkin, alguém declarou: 'Barante e os vários *Herr sont les seuls Russes dans tout cela!*' O embaixador da Áustria, o de Nápoles, o da Saxônia, o da Baviera, e todos com consortes e séquito. Os outros níveis da Corte, alguns ministros; entre eles, também Uvarov: a morte faz as pazes. Belas mulheres e muitas damas da moda: Khitrovo com as filhas, o conde Bobrinski; atores: Karatiguin e outros. Jornalistas, escritores — Krylov foi o último a prestar homenagem ao cadáver. Grande quantidade de jovens. O oficiante foi o arquimandrita, junto com seis sacerdotes. Para o último beijo, tumulto. Os amigos carregaram o ataúde para fora da igreja; mas eram tantos os que desejavam fazer isso que, na confusão, rasgaram em dois o fraque do príncipe Mescherski. Também estava presente Engelhardt, professor de Puchkin no Liceu de Tsarskoe Selo, que comentou comigo: 'é o décimo oitavo dos meus a morrer' — do primeiro curso do Liceu, queria dizer. Estavam todos os colegas do Liceu. Descemos com o ataúde para o outro pátio; por pouco não fomos esmagados...."

Antes de ser aparafusada a tampa do ataúde, Viazemski e Jukovski depositaram ao lado do cadáver uma luva: um pedaço de couro acamurçado, um simbólico fragmento de suas almas. As autoridades policiais, imediatamente informadas pelos espiões, consideraram aquilo uma luva de desafio às instituições, ao poder, ao czar.

Em 2 de fevereiro, o visconde d'Archiac partiu em direção a Paris como correio diplomático.

Na manhã de 31 de janeiro, Jukovski recebeu uma carta anônima pelo serviço postal urbano: "... Será crível que, depois desse acontecimento, nós ainda possamos tolerar não só Dantest, mas também o desprezível Heckern? Que o governo possa tolerar com indiferença o gesto de um estrangeiro que ele despreza, e deixar impune o rapaz, uma arrogante nulidade? O senhor, amigo do defunto ... fará todo o possível para que sejam expulsos ... aqueles que, na pessoa do defunto, ousaram ultrajar o espírito nacional...." Em 2 de fevereiro o conde Orlov, membro do Conselho de Estado, recebeu a carta de um indivíduo que se assinava "K. M."; a julgar pela letra, era o mesmo que escrevera a Jukovski, mas, desta vez, usava tons bem mais ameaçadores: "A privação de todos os títulos e o eterno confinamento de Dantest na guarnição, como soldado raso, não podem dar aos russos uma satisfação pelo intencional e premeditado homicídio de Puchkin; não, a rápida expulsão do desprezível Heckern e a incondicional proibição de que os estrangeiros entrem para o serviço da Rússia talvez venham aplacar e acalmar um pouco a dor dos compatriotas de Vossa Senhoria ... Pede-se a Vossa Senhoria alertar Sua Majestade sobre a necessidade de agir segundo o desejo de todos ... de outro modo, senhor conde, pagaremos amargamente o ultraje feito ao povo, e já." Orlov apressou-se em informar a Terceira Seção, e Benckendorff logo respondeu: "Essa carta é muito importante, pois demonstra a existência e a atividade da sociedade.[72] O senhor deve mostrá-la imediatamente ao Imperador e depois restituí-la a mim, a fim de que, com as pistas ainda quentes, eu possa descobrir o autor." Por motivos que con-

[72]Ele subentendia: "secreta".

tinuaram desconhecidos, Nicolau I disse a Benckendorff que desconfiava do arcipreste Aleksei Ivanovitch Malov, o mesmo que, na igreja das Cavalariças, quisera ler uma oração fúnebre, "uma vigorosa admoestação contra o cruel preconceito ao qual devemos a morte de nosso Poeta", e que, obviamente, não tivera permissão para fazê-lo. Apesar das escrupulosas investigações da Terceira Seção, o autor das duas cartas permaneceu desconhecido e impune. Recordaremos esse anônimo patriota como o primeiro russo a levantar a tese do homicídio intencional, do complô contra uma nação inteira e sua glória.

De Sophie Karamzina para o meio-irmão Andrei, São Petersburgo, 2 de fevereiro de 1837:

> "... Em geral, nessa segunda sociedade, há um entusiasmo, uma saudade, uma simpatia que devem alegrar a alma de Puchkin, se é que algum eco da terra ainda penetra até lá; há também, sempre entre os jovens dessa segunda sociedade, um movimento de efervescência contra o assassino, ameaças, indignação; na nossa, d'Anthès encontra muitos defensores e Puchkin, o que é muito pior e mais inconcebível, acusadores encarniçados. ... Sábado à noite, vi a infeliz Natalie ... é um espectro ... Logo me perguntou: 'Viu o rosto do meu marido morto? Que expressão doce ele tinha, uma fronte tão calma e um sorriso tão bom! — não é uma expressão de felicidade, de contentamento? Ele viu que lá em cima a pessoa fica bem.' E soluçava convulsamente, tremia. Pobre, miserável criatura! — e tão bonita, mesmo naquele estado!..."

Estava prevista para 2 de fevereiro uma noite de homenagem por Vassili Karatiguin: o célebre ator trágico declamaria "O cavaleiro avaro" de Puchkin. Adiado em sinal de luto, o espetáculo foi suspenso para sempre.

Em São Petersburgo, só se falava do duelo. A alta aristocracia se dividiu. Alguns chegaram a desaprovar a magnanimidade do czar, e fremiam de raiva: a *populace* que correra a despedir-se de Puchkin demonstrava de modo muito claro quem eram os admiradores e discípulos dele, quais eram suas inclinações ideológicas. O clã Nesselrode tomou abertamente o partido de d'Anthès e vomitou injúrias sobre o poeta morto; Benckendorff continuou a repetir que, em Tchornaia Retcha, Puchkin se comportara "*wie ein grober Kerl*", como um grosseirão. Ao lado do jovem francês alinhavam-se também os camaradas do regimento e muitas almas românticas.

Do diário de Maria Mörder:

> "Já tenho duas versões opostas sobre o duelo de Puchkin. A titia conta uma coisa, a vovó, outra. A narrativa da vovó me agrada mais, nela d'Anthès faz figura de um verdadeiro cavalheiro e Puchkin, ao contrário, de vilão e mal-educado ... Acho que B. tem razão ao dizer que as mulheres gostam dos janotas, eu, pelo menos, simpatizo mais com d'Anthès do que com Puchkin ... Nunca se deve ter pressa demais. Se d'Anthès já não tivesse mulher, agora poderia casar-se com a senhora Puchkina ou raptá-la ... Dizem que d'Anthès precisará cortar o braço. Pobre rapaz! ... Falou-se de Puchkin. A senhora K. o condena ... Eis o que disse: 'Se ele tivesse desafiado d'Anthès três meses atrás, quando este ainda não era casado, muito bem, então ainda se poderia entender; mas agora, depois que d'Anthès se casou com a irmã da mulher a quem amava, que se sacrificou para salvar-lhe a honra, ele deveria tê-lo respeitado por um tal sacrifício, tanto mais que a senhora Puchkina era a única mulher no mundo que d'Anthès via como uma divindade inacessível. Era a alma da sua vida, o ideal do seu coração...'"

Em 30 de janeiro, o barão Heeckeren escrevera ao conde Nesselrode pedindo-lhe que interferisse junto a Nicolau I: esperava ansiosamente de Sua Majestade, dizia, "algumas linhas de justificação para meu comportamento pessoal", a fim de sentir-se autorizado a continuar em São Petersburgo. Essas linhas jamais lhe chegaram. Em 2 de fevereiro, foi o próprio embaixador quem pediu ao barão Verstolk van Soelen permissão para deixar a Rússia. "Se me fosse consentido fazer valer uma respeitosa consideração numa circunstância que me diz respeito diretamente", escrevia Heeckeren, "diria que uma convocação sem outro emprego seria uma clamorosa desaprovação de minha conduta ... Minha expectativa, portanto, é a de uma mudança de residência que, satisfazendo uma fatal necessidade, prove ao mesmo tempo que eu não perdi a confiança com que o Rei se dignou de me honrar durante tantos anos...". Na mesma ocasião, Heeckeren escreveu ainda: "Servo fiel e devotado, aguardarei as ordens de Sua Majestade, certo de que ... a paternal solicitude do Rei levará em consideração trinta e um anos de serviços irrepreensíveis, a extrema modéstia do meu patrimônio pessoal e os encargos que agora me são impostos por uma família da qual eu sou o único apoio, encargos que, pela condição da jovem esposa do meu filho, não tardarão a aumentar." E nos perguntamos como pôde Heeckeren invocar com tanta segurança (e tão pouco tato) a "condição" da nora, depois de apenas 23 dias de casada: será que, quando subiu ao altar, Catherine Gontcharova já levava no ventre o fruto da culpa?[73]

Em 3 de fevereiro, diante da comissão de juízes militares presidida pelo coronel Brevern, teve início o processo contra "o barão d'Anthès, o camarista Puchkin e o tenente-coronel engenheiro Danzas pelo duelo realizado entre eles pelos dois primeiros".[74]

Ao escrever à sua irmã Anna Pavlovna, em 3 de fevereiro, Nicolau I pediu-lhe que desse um recado ao marido Guilherme: o czar logo escreveria a ele, para contar os detalhes sobre "certo acontecimento trágico que extinguiu a carreira" de Puchkin — mas por mensageiro, pois a coisa "não suportaria a curiosidade do serviço postal". (Que maravilha! Que país, a Rússia! Até o imperador temia que sobre suas cartas pousassem olhos indiscretos!) Naquele mesmo dia, Nicolau I escreveu ao irmão Mikhail Pavlovitch: "... O acontecimento suscitou milhares de boatos, inteiramente estúpidos em sua maioria, nos quais somente a condenação à conduta de Heeckeren é justa e merecida: este realmente comportou-se como um canalha infame. Era ele quem fazia de rufião de d'Anthès quando Puchkin não estava por perto, instigando a mulher a entregar-se a d'Anthès, o qual, afirmava, morria de amor por ela..." (Que maravilha! Que país, a Rússia! O czar, o augusto censor que durante anos riscara pressurosamente dos

[73]Suspeitamos disso, embora a data oficial de nascimento de Mathilde Eugénie de Heeckeren seja 19 de outubro de 1837 (novo estilo).
[74]*Sic.*

manuscritos de Puchkin qualquer palavra suspeita ou muito ousada, o *gentleman* que no "Conde Nulin" substituíra "urinol" por "despertador", agora repetia tintim por tintim as injúrias do poeta).

O czar, portanto, havia acreditado em Puchkin, nos argumentos, nas "provas"[75] dele: uma enésima demonstração de confiança e lealdade. Estaríamos dispostos a aplaudi-lo se não soubéssemos que seu forte desprezo pelo embaixador da Holanda tivera origem muito antes — desde aquele despacho que, em 23 de maio de 1836, Heeckeren remetera a Haia. Nicolau I tivera muito trabalho para convencer o cunhado Guilherme de que não o acusava absolutamente de tratar mal a mulher, e mais ainda para demonstrar-lhe que a infeliz frase de Aleksandra Fiodorovna sobre as "inclinações do príncipe de Orange", o qual teimava em manter-se em armas na fronteira com a Bélgica, não significavam de jeito nenhum uma ingerência da Rússia na política holandesa. Sempre naquele fatídico verão de 1836, chegara aos ouvidos de Nicolau aquilo que o barão van Heeckeren contava, de modo inteiramente confidencial, a alguns colegas do corpo diplomático: Guilherme d'Orange afirmava que a longa temporada na Rússia não fora benéfica a seus filhos; eles tinham visitado o país em 1834 e voltado, dizia, "muito influenciados pelas idéias militares, enfatuados pela idéia absolutista, coisa que não fica bem num Estado constitucional". A disputa entre Soberano absoluto e Príncipe constitucional, ambos com um acentuado fraco por guerras e exércitos, fora encerrada com a paz, mas Nicolau prometera a si mesmo aproveitar a primeira oportunidade para livrar-se daquele canalha do embaixador da Holanda. Esta lhe fora oferecida pela morte do "*trop célèbre Poushkin, le poète*".

De Faddei Bulgarin para Aleksei Storojenko, São Petersburgo, 4 de fevereiro de 1837:

---

[75]E o príncipe von Hohenlohe-Kirchberg pôde escrever a Stuttgart: "A respeito dessas cartas anônimas, difundiram-se duas opiniões. A que goza de maior crédito junto ao público indica U[varov]. A do poder, com base em identidades de pontuação, nos hábitos da mão e em semelhanças de papel, incrimina H[eeckeren].

"... Lamento pelo poeta, e muito, mas o homem dava nojo. Posava de Byron, e morreu como uma lebre. Em sã consciência, a mulher não tem culpa. Tu conheceste Puchkin: era possível gostar dele, sobretudo quando bebia?..."

Danzas pedira ao czar permissão para acompanhar à última morada os restos mortais do amigo. Durante alguns dias, Nicolau I fechara um olho, permitindo que o padrinho de um duelo sangrento não fosse imediatamente entregue à justiça, mas a lei, afinal, devia seguir seu curso. Então atribuíra o triste encargo a Aleksandr Turguenev: era "um velho amigo do defunto e não tinha ocupação alguma". E sobretudo era o irmão de um homem condenado à morte à revelia pelos acontecimentos de 1825; outro irmão, também suspeito de ligação com os decabristas, terminara prematuramente seus dias num doloroso exílio voluntário. Ao encontrar Turguenev no baile da princesa Bariatinskaia, em 22 de dezembro, o czar fingira não o reconhecer; agora, de repente, lembrava-se da existência dele: recordava à Rússia que não havia esquecido a turbulenta juventude do poeta. O ataúde de Puchkin seria acompanhado por fantasmas do passado. Benckendorff deu o último retoque na bem-estudada encenação acrescentando um outro, em carne e osso, cuja identidade calaremos por enquanto. Na noite de 3 para 4 de fevereiro — novamente à noite, como um bando de malfeitores indignos dos favores do dia — o ferétro partiu: à frente a carruagem de um capitão da polícia, depois o carro fúnebre com o corpo (na boléia, ao lado do cocheiro, o fiel Kozlov) e finalmente a *kibitka** com Turguenev e um funcionário dos correios. A viagem estava quase no fim quando, numa estação postal, Turguenev encontrou o camarista Iakhontov, representante da nobreza de Pskov: nada de estranho no fato de que ele retornasse às suas terras. Tomaram juntos o chá, Turguenev falou do tempo, das últimas novidades petersburguenses, de sua triste missão. Depois — já era novamente noite, não havia tempo a perder — continuou a viagem, enquanto Iakhontov ainda quis demorar-se naquele lugar malcheiroso, preto de fuligem, mas tão quentinho e confortável, depois da longa viagem pelo gelo.

---

*Pequena carroça usada pelos ciganos (*N. da T.*).

"Inverno! O camponês, exultante...."

Chegando a Pskov, Turguenev dirigiu-se logo à casa do governador Peschurov, seu velho conhecido. Caiu bem no meio de uma festa, na qual foi obrigado a tomar parte. Pouco depois, um mensageiro entregou na casa do governador a carta urgente de um alto funcionário da Terceira Seção — quanta honra para aquela modesta noitada entre amigos, já alegrada por um convidado inesperado, que ainda poucos meses antes dançava em Paris! Para impressionar o auditório provinciano, o governador leu em voz alta a missiva de São Petersburgo: "Estimadíssimo Aleksei Nikitytch, o senhor conselheiro efetivo de Estado Iakhontov, que entregará esta carta a Vossa Excelência, irá relatar-lhe as novidades petersburguenses. O corpo de Puchkin [Deus o tenha em sua glória, aquele agitador do povo!] está sendo transportado para a província de Pskov [Valham-nos, santos do paraíso! Novas maçadas, novos aborrecimentos!] a fim de ser sepultado na propriedade do pai. Pedi ao senhor Iakhontov que transmitisse a Vossa Excelência a solicitação do conde Aleksandr Khristoforovitch [Benckendorff? Mas que solicitação? Não estou entendendo nada!], mas ao mesmo tempo tenho a honra de comunicar-lhe a vontade do Soberano Imperador no sentido de que..." Somente ao chegar à palavra "Imperador" foi que Peschurov compreendeu que não devia estar lendo em público um documento daquela importância. Empalideceu, interrompeu-se de repente, deixando os convidados com cara de tacho, e em silêncio, com ar circunspecto pela gravidade do evento, passou o reservadíssimo papel à ilustre visita que vinha da capital e certamente sabia mais do que ele sobre aquilo. Passou-o a Turguenev — à pessoa de quem o papel devia ser cuidadosamente escondido, tanto que Benckendorff mandara partir pouco antes dele, como estafeta secretíssimo, o demasiado friorento Iakhontov. E Turguenev leu, só para si: "... a vontade do Soberano Imperador no sentido de que seja vetada por Vossa Excelência qualquer manifestação especial, qualquer homenagem, em suma, qualquer cerimônia, afora aquela que normalmente se celebra segundo o rito da nossa Igreja, quando se dá sepultura a um nobre..." Foi dificílimo sepultar aquele nobre: uma dura camada de gelo resistiu por muito tempo às pás dos camponeses vindos de Trigorskoe e Mikhailovskoe para abrir a cova; parecia que até a terra recusava um corpo incômodo para todos. O ataúde de mogno só foi enterrado às primeiras horas de 6 de fevereiro. Choraram Turguenev, Kozlov, Maria e Ekaterina Ssipov; não choraram nem o capitão dos guardas nem os camponeses, que só esperavam poder aquecer-se com alguma bebida forte. Nem durante a viagem, nem em Pskov, nem em Sviatye Gory aconteceram as triunfais homenagens tão temidas pela Terceira Seção.

De Serguei Grigorievitch Stroganov para seu pai Grigori Aleksandrovitch, Moscou, 5 de fevereiro de 1837:

> "... O triste fim de Puchkin vem ocupando muito a sociedade moscovita, e todos o lamentam, como é justo ... No olhar de quem fala do poeta, pode-se quase adivinhar o que essa pessoa admira nas obras dele e o que pensa sobre a perda de um autor que há mais de dez anos já não sujava sua pena obscena e regicida. Parece-me que o governo tira bastante proveito de uma circunstância como esta para fazer suas próprias observações..."

De Benckendorff para Jukovski, São Petersburgo, 6 de fevereiro de 1837:

> "... Os papéis que poderiam ser prejudiciais à memória de Puchkin devem ser-me entregues para que eu possa lê-los. Tal medida não é adotada em absoluto com a intenção de prejudicar o defunto, mas unicamente pela sobremaneira justa necessidade de que nada seja ocultado à supervisão do governo, cuja vigilância deve estar voltada para qualquer possível objeto. Depois que eu tiver lido esses papéis, os que de tal gênero possam existir serão imediatamente incinerados em sua presença. Pelo mesmo motivo, todas as outras cartas escritas ao defunto por estrangeiros serão devolvidas, como o senhor teve a benevolência de sugerir, àqueles que as escreveram, mas só e unicamente depois que eu as tiver lido..."

Enquanto aguardava que Haia o designasse para uma nova legação (a de Paris, esperava, ou a de Viena), Heeckeren se preparava para a partida. Considerando supérfluo levar consigo tudo o que havia colecionado ao longo de 13 anos, e sobretudo pensando nas despesas que a transferência e a nova vida acarretariam, organizou em sua casa um leilão privado de móveis, porcelanas, prataria. "Muitos se aproveitaram da ocasião para ofendêlo. Por exemplo: estava sentado numa cadeira sobre a qual haviam exposto o preço; um oficial se aproximou, pagou a cadeira e puxou-a dele."

Em 6 de fevereiro, Leonti Vassilievitch Dubelt, chefe do Estado-Maior do Corpo de Polícia, desinterditou o escritório de Puchkin; um funcionário arrumou os papéis do poeta numa caixa que foi levada para o apartamento de Jukovski. Este precisara pedir a Benckendorff que o dispensasse de cumprir nas próprias instalações da Terceira Seção a tarefa ingrata de censor. E, em 7 de fevereiro, teve início a macabra cerimônia da investigação póstuma. Durou muitos dias. Com o auxílio de um copista, Jukovski e Dubelt leram, classificaram, organizaram aqueles papéis. Não houve nenhuma fogueira — pelo menos, na presença de Jukovski. Mas uma imensa raiva cresceu em sua alma. Obrigado a espionar a vida privada de Puchkin, ele descobriu que muitos o haviam precedido, durante anos e anos. E compreendeu muitas outras coisas.

Em 8 de fevereiro, o doutor Stefanovitch constatou que o estado de saúde de Georges d'Anthès não mais justificava a prisão domiciliar, podendo o acusado, portanto, ser transferido para o corpo-de-guarda.

De Christian von Hohenlohe-Kirchberg para o conde von Beroldingen, São Petersburgo, 9 de fevereiro de 1837:

> "... Imediatamente após o duelo entre o senhor Puchkin e o jovem barão d'Anthès, as pessoas se pronunciaram a favor deste último, mas menos de 24 horas foram suficientes ao partido russo para orientar esse favor na direção de Puchkin, e teria sido imprudente, da parte de quem quer que fosse, demonstrar a mínima simpatia pelo adversário dele. O tempo acalmará os espíritos, mas nunca se conseguirá despertar nos corações dos russos uma verdadeira simpatia pelos estrangeiros. Quanto aos barões Heeckeren, é verdade que de sua parte fizeram tudo para

atrair o descontentamento geral, e muitas pessoas que antes se compraziam em distinguir o ministro barão Heeckeren devem hoje lamentar ter feito isso..."

Em 10 de fevereiro, Georges d'Anthès compareceu perante o tribunal militar. Perguntaram-lhe (em francês; nem mesmo um russo compreenderia alguma coisa na tortuosa e gramaticalmente estropiada pergunta que mais tarde foi registrada por escrito): "Em que expressões consistiam as cartas escritas pelo senhor ao senhor Puchkin ou à senhora Puchkina que na carta por este escrita ao embaixador da Holanda ele define como bobagens?" D'Anthès respondeu: "Tendo enviado com certa freqüência à senhora Puchkina livros e ingressos de teatro acompanhados de curtos bilhetes, suponho que entre estes últimos houvesse alguns cujas expressões podiam ferir sua susceptibilidade de marido, coisa que lhe deu motivo para lembrá-las em sua carta de 26 de janeiro ao barão Heeckeren como bobagens por mim escritas." No dia seguinte, convocado a completar o depoimento prestado em 9 de fevereiro, Danzas foi ouvido. Suas palavras foram registradas assim:

"Na presença do senhor d'Archiac, Aleksandr Sergueevitch Puchkin começou sua explicação com o que se segue: tendo recebido de um anônimo cartas pelas quais considerava culpado o embaixador da Holanda e tendo sabido que em sociedade circulavam boatos lesivos à honra da esposa, no mês de novembro desafiou para um duelo o senhor tenente d'Anthès, que a opinião pública indicava; mas quando o senhor d'Anthès propôs desposar a cunhada de Puchkin, este, desistindo do duelo, adiantou como condição necessária da parte do senhor d'Anthès que não houvesse qualquer relação entre as duas famílias. Não obstante, comportando-se até depois do casamento de maneira insolente com a mulher de Puchkin, a quem só encontravam em sociedade, os senhores Heeckeren não deixaram de favorecer o reforço de opiniões ofensivas à sua honra assim como à de sua mulher. Para dar fim a isso, em 26 de janeiro Puchkin escreveu ao embaixador da Holanda a carta que foi a causa do desafio do senhor d'Anthès."

Em 12 de fevereiro, d'Anthès foi novamente interrogado. Perguntaram-lhe, entre outras coisas: "Quem escreveu no mês de novembro e *depois*[76] ao senhor Puchkin *as cartas* em nome de um desconhecido[77] e quem era o culpado por elas?" Respondeu: "Não sei quem escreveu ao senhor Puchkin *as cartas* anônimas[78] no mês de novembro e depois..." Naquele dia, d'Anthès também declarou: "Não concordo com o fato de que evitei o duelo propondo desposar a cunhada..." Mas protestos e explicações pouco serviram: até o tribunal militar concluiu que aquele havia sido um casamento por medo.

Em 13 de fevereiro, os juízes decidiram que o caso já estava esclarecido e que se podia baixar o veredicto. Em 14 de fevereiro, o guarda-livros Maslov recorreu contra tal decisão: com base em alguns artigos da legislação, sustentava que, por intermédio da Polícia, deviam ser pedidas explicações à viúva de Puchkin. Os juízes consideraram supérfluo "ofender sem motivo a senhora Puchkina, pedindo-lhe as explicações solicitadas no relatório do ouvidor Maslov". A instrução foi encerrada.

Evitando interrogar a viúva, os juízes do tribunal militar agiram como cavalheiros; por outro lado, sabiam que o trabalho deles, em muitos aspectos, era puramente formal: condenariam d'Anthès e Danzas à morte e depois, como já acontecia sempre nesses casos, a sentença seria augustamente comutada por uma pena mais suave. Pode-se, portanto, compreender por que desejavam concluir tudo às pressas e com a menor publicidade possível. Tampouco em nenhum momento esperamos descobrir alguma coisa a partir do volume no qual, em 1900, foram publicados os atos judiciais relativos ao duelo Puchkin-d'Anthès: 160 páginas de árdua, tediosa, às vezes irritante leitura — pela linguagem pesada, pela paquidérmica lentidão dos trâmites processuais, por alguns inacreditáveis

---

[76]O itálico é nosso. De fato, perguntamo-nos como os juízes do tribunal militar souberam da existência de outras cartas anônimas, que Puchkin teria recebido até mesmo depois de 4 de novembro de 1836. Muitos contemporâneos, como já dissemos, lembravam tal circunstância; durante os interrogatórios, contudo, isso jamais foi mencionado.

[77]*Sic.*

[78]*Sic.*

lapsos (somente em 16 de março, depois de uma consulta às repartições competentes, descobriu-se que Puchkin era *kamer-iunker* e não *kamerguer*, como vinha sendo definido), pela sinistra comicidade da decisão de enforcar o acusado Puchkin, acompanhada da de "não aplicar a condenação em virtude de sua morte", pela repetição, de página em página, de instância em instância, das mentiras ditas pelos acusados (pequenas as de Danzas, um pouco maiores as de d'Anthès). Contudo, relendo mais uma vez aquelas páginas massudas e redundantes, alguma coisa nos ilumina. O guarda-livros Maslov pretendia mandar perguntar à viúva de Puchkin: "1) Se não sabia exatamente quais cartas anônimas recebeu o defunto marido dela... 2) Quais cartas ou bilhetes o acusado d'Anthès, como ele mesmo confessa, escreveu ... onde estão agora todas essas cartas, e outrossim *a carta que Puchkin recebeu de um desconhecido ainda no mês de novembro na qual é dito culpado da discórdia entre o acusado d'Anthès e Puchkin o embaixador da Holanda barão Heeckeren...*"[79]

A carta de um desconhecido "na qual é dito culpado da discórdia entre d'Anthès e Puchkin o embaixador..." Traduzindo para uma linguagem mais humana: foi uma carta anônima que avisou Puchkin de que Heeckeren desejara semear cizânia entre ele e d'Anthès — com os diplomas, evidentemente. Nosso olhar sempre passou desatento sobre essas poucas linhas nas quais talvez esteja a resposta à pergunta que tanto nos espicaçou. Eis como o poeta sabia — não pelo papel, pelo estilo, pela letra, pelo sinete — quem era o autor dos diplomas: por um outro anônimo brincalhão! Finalmente, esclarece-se por que ele não podia nem queria dizer a ninguém quais eram suas provas: tratava-se de revelações de uma pessoa sem nome e sem rosto. Mas, claro, o príncipe Dolgorukov! Foi esse o seu "jogo duplo": remeteu os diplomas e depois, para se divertir ainda mais, escreveu anonimamente ao poeta atribuindo a paternidade deles a Heeckeren e sustentando haver escutado com os próprios ouvidos, em 2 de novembro, d'Anthès contando — — — e o embaixador dizendo — — —. Acrescida às confissões de Natalie e às considerações de Iakovlev, aquela carta desviou a indignação

[79]O itálico é nosso — de tardia surpresa.

de Puchkin para o pai adotivo de Georges d'Anthès. Podemos até indicar quando ele a recebeu: em 12 de novembro de 1836. Naquele dia, inesperadamente para todos, mostrou-se menos rígido, disposto a negociar a paz com d'Anthès, e no dia seguinte gabou-se com a princesa Viazemskaia: "Sei quem escreveu as cartas anônimas...."

E nós a queimar os miolos! Escolados por numerosas desilusões, esforçamo-nos por jogar água na fervura da descoberta: e todos os que leram os depoimentos antes de nós? Também eles cegos, distraídos? — admitamos. Vestimos a toga do advogado do diabo: por quem e como Maslov teria sabido da existência de uma outra carta anônima? Durante os interrogatórios, não se falou disso em momento algum. Porém, a transcrição do depoimento prestado por Danzas em 9 de fevereiro não se encontra na pasta em que os atos do processo ficaram guardados durante décadas: duas folhas desaparecidas não se sabe como, quando, por quê. Junto com a mão do deus das ninharias e coincidências, por aqui deve ter passado outra, seguramente interessada (em quê? em quê?), para confundir, desviar as idéias. Sem querer render-nos, relemos pela enésima vez, e agora sopesando cada palavra, o texto que se revelou tão precioso: pelos sucintos resumos da audiência de 9 de fevereiro, parece-nos claro que, nessa ocasião, Danzas perorou unicamente a tese de seu envolvimento no último minuto, quando já não podia fazer nada para evitar o duelo. Mas descobrimos também que nem todos os depoimentos prestados pelos acusados foram transcritos. Por quem, e como Maslov soube da outra carta anônima? E quem era o próprio Maslov? Ignoramos até o primeiro nome e o patronímico dele. Sabemos apenas que era guarda-livros de 13ª classe: um escrivão que fizera uma carreira modesta. Sabemos também que seu russo tropeçava, embaralhava-se, contorcia-se como uma cobra com dor de dentes. Uma suspeita se abate, maligna, sobre nosso orgulho: a de que Maslov tenha feito uma grande confusão e, com a cumplicidade de uma apressada pena de ganso, transformado as "cartas de um anônimo pelas quais julgava culpado o embaixador" em "a carta na qual é dito culpado da discórdia ... o embaixador". A de que o fruto do incestuoso casamento entre burocracia e ignorância, agora dotado de uma existência real e autônoma, tenha prosseguido em sua longa trajetória judiciária, citado muitas outras vezes por outras tantas pessoas descuidadas. Uma carta fantasma. Honestamente, não podemos dizer se Maslov era um trapalhão analfabeto e visionário ou um servidor da justiça demasiadamente consciencioso. E, embora mais fascinados pela primeira hipótese — prodígio de chancelaria, miragem de um copista, delírio de um Akaki Akakievitch — suspendemos o juízo. Quem quer que tenhas sido, ouvidor Maslov, inábil escrivão ou zeloso funcionário, a ti devemos uma idéia que jamais havia aflorado à nossa mente. Uma idéia que mereceria ser aprofundada.

O despudor, a bisbilhotice, a estultícia dos policiais e dos espiões de Benckendorff irritaram até o manso Jukovski. Ele escreveu ao chefe da Terceira Seção: "... Soube pelo general Dubelt que Vossa Excelência teve notícia de um furto de três pacotes por parte de uma pessoa de confiança (de *haute volée*). Logo adivinhei do que se tratava ... Na sala, e especialmente em meu chapéu, podiam notar-se não três, mas cinco pacotes ... eram simplesmente as cartas escritas por Puchkin à esposa..." E aproveitou a ocasião para dizer ao conde Benckendorff tudo o que lhe ia na alma:

"Falarei primeiro do próprio Puchkin ...

> Em todos os 12 anos transcorridos desde o momento em que o Soberano o tomou sob a própria tutela com tanta magnanimidade, sua posição não mudou; ele continuava sob estreita e penosa vigilância, como um rapazinho turbulento que se teme deixar livre ... No Puchkin de 36 anos continuava-se a ver o de vinte e dois ... Nas cartas de Vossa Excelência encontro repreensões porque Puchkin foi a Moscou, porque esteve em Arzrum. Mas qual é o crime? ... E essas reprimendas, de tão pouca monta para Vossa Excelência, condicionavam toda a sua vida: ele não podia afastar-se livremente, foi privado do prazer de conhecer a Europa, não podia ler suas obras para os amigos ... Permita-me dizê-lo com franqueza. O Soberano, com sua proteção pessoal, pretendia fazer Puchkin tomar juízo e ao mesmo tempo desenvolver completamente seu Engenho; mas Vossa Excelência transformou essa proteção em controle policial..."

Jukovski havia compreendido que desaparecera não um rapaz genial e irresponsável, mas um liberto adulto e cansado. Morto, Puchkin inspirava ao mais devoto súdito russo palavras e pensamentos dignos de um frondista.

Também Viazemski perdeu a paciência quando compreendeu que, na piedade dos amigos do defunto, certos salões e Gabinetes sentiam cheiro de conspiração, de subversão. E escreveu ao grão-duque Mikhail Pavlovitch:

> "... O que se podia temer em nós? Que intenção, que *arrière-pensée* se podia supor sem nos acusar de dementes ou celerados? Não há propósito absurdo que não nos tenha sido atribuído ... Que ignorância das coisas, que estreiteza de visão em semelhante maneira de julgar Puchkin! O que havia nele do personagem político, nele que era acima de tudo um poeta, unicamente poeta? ... E também o que significa na Rússia um político, um liberal, um homem de oposição? São palavras vazias de sentido, que a polícia e a malevolência tomam emprestadas aos dicionários estrangeiros, mas que entre nós são inaplicáveis. Onde estaria o palco sobre o qual recitar esse papel de empréstimo? Quais são os órgãos abertos a semelhante profissão de fé? Na Rússia, um liberal, um homem de oposição, a menos que seja louco, pode unicamente tornar-se um monge trapista, ficar mudo e enterrar-se vivo..."

Nem mesmo Puchkin, em conversas com os membros da família imperial, jamais se permitira tanto.

Em 19 de fevereiro, o tribunal militar formulou a sentença (enforcamento para d'Anthès e Danzas, arquivamento da mesma pena para Puchkin) e, junto com os atos do processo, transmitiu-a às autoridades da Guarda para os pareceres de praxe.

De Aleksandr Turguenev para Praskovia Ossipova, São Petersburgo, 24 de fevereiro de 1837:

> "... Em 16 de fevereiro Natália Nikolaevna partiu ... Estive com ela na véspera e nos despedimos. Sua saúde já não vai tão mal, recupera-se

inclusive moralmente. Ao que parece, foi procurá-la a irmã Catherine, de quem a tia não escondeu o que vinha sentindo desde que a ouvira dizer: 'Eu perdôo Puchkin...'"

Por volta de 20 de fevereiro, Benckendorff fez — "como lembrete" — uma anotação: "Um certo Tibeau, amigo de Rosset e que serve no Estado-Maior, pode ter escrito as porcarias a respeito de Puchkin." Por esses dias, pediu a d'Anthès o endereço do professor com quem este havia tomado aulas de russo, tempos antes: um expediente para comparar a letra em cirílico do *chevalier garde* com a da pessoa que escrevera os endereços dos diplomas. Para localizar seu ex-professor, d'Anthès recorreu ao ex-doméstico de Otto von Bray-Steinburg: o homem anotou num pedaço de papel o endereço de um certo "Viskovskov". Mas, mesmo que d'Anthès o tivesse feito de próprio punho, já sabemos que na segunda folha de papel, aquela que envolvia os diplomas, a letra era de uma mão que dominava desde a infância o alfabeto russo. As investigações sobre "um certo Tibeau" levaram a melhores resultados. No Estado-Maior, informaram os agentes a Benckendorff, não trabalhava ninguém com aquele sobrenome, ao passo que dois Tibeau, conselheiros titulares, eram funcionários dos Correios; aos dois probos cidadãos mesmo assim foi solicitada uma amostra das respectivas escritas em russo: inocentes. A julgar pelo que resta nos arquivos da Terceira Seção, numa pasta fininha intitulada "Sobre as cartas anônimas enviadas a Puchkin", tudo acaba aí. Mas quem tinha apontado o nome do misterioso Tibeau? Um agente? Outra carta anônima? Excluindo-se funcionários dos Correios e militares do Estado-Maior, excluindo-se por motivos óbvios também o malandro que o Cavaleiro Avaro puchkiniano recorda contemplando os seus dobrões de ouro ("E isto? É de Tibeau, esse intrujão / e vagabundo. Mas quem lho terá dado? / Decerto, ele o roubou. Ou melhor, não: / de noite, num bosquete, malocado..."), convém pensar que alguém suspeitava do Thibaut que um dia ensinara história aos irmãos Karamzin e a seguir continuara a conviver com os jovens e com a família deles. Culto, informado, assíduo freqüentador da hospitaleira casa na praça Mikhailovskaia, Thibaut corresponderia ao retrato do anônimo, exceto por ser francês. Ou seria talvez filho, neto de um francês (emigrado político, preceptor, alfaiate, ator), já russo para todos os efeitos, inclusive para o uso e o conhecimento da língua? Não podemos responder. Pois a ele os agentes de Benckendorff não chegaram. Não chegaram, por tudo o que nos é dado saber, a ninguém, e sua imperícia nos enche de divertido espanto. Descobrir o autor de cartas anônimas, como se sabe, nunca é fácil; mas estamos falando da Terceira Seção, do aparato de Polícia secreta certamente mais poderoso e maciço que a Europa oitocentista conheceu.

De Ekaterina Karamzina para o filho Andrei, São Petersburgo, 3 de março de 1837:

> "... Tinhas razão ao pensar que a Puchkina se tornaria para mim um objeto de solicitude, estive com ela quase todos os dias, nos primeiros com um sentimento de profunda piedade por esta grande dor, mas depois, ai de mim!, com a convicção de que, embora temporariamente ela tenha ficado transtornada, isso não vai durar muito nem será profundo. É doloroso dizer, mas é verdade: o grande, o bom Puchkin devia ter se casado com uma mulher que o compreendesse melhor e que estivesse mais em sintonia com ele ... Ela está no campo, em casa de um irmão, e passou por Moscou, onde o sogro, pobre velhinho, mora desde que ficou viúvo. Pois bem, ela passou por lá sem dar sinal de vida, sem perguntar por ele, sem mandar-lhe as crianças em visita ... Pobre, pobre Puchkin, vítima da leviandade, da imprudência, do comportamento estouvado da jovem e bela mulher, que sem perceber apostou a vida dele em troca de algumas horas de coqueteria. Não creias que seja exagero, não é para acusá-la, não se acusam as crianças pelo mal que fazem sem saber..."

Em 2 de março, o ministro holandês do Exterior comunicara ao barão Heeckeren que ele podia deixar São Petersburgo assim que chegasse Johan Gevers, ex-secretário da embaixada. Não se oferecia a Heeckeren uma nova missão: era a derrota, quem sabe o fim de sua carreira diplomática. Em Haia se descobriu que, no momento da naturalização (e não adoção, como acreditavam todos, inclusive Georges d'Anthès), o *chevalier garde* fora inscrito no quadro da nobreza holandesa, e, segundo o artigo 66 da Constituição, não poderia ter prestado serviço num exército estrangeiro sem a permissão especial do rei. Mas, antes mesmo de que se descobrisse a grave irregularidade, um mensageiro inglês entregara a Guilherme de Orange a carta que não suportaria a curiosidade do serviço postal. Hoje, essa carta parece ter-se volatilizado, mas podemos adivinhar-lhe o tom e o conteúdo a partir da resposta que ela provocou: "Confesso-te que tudo isso me parece uma história suja ... Parece-me que, sob quaisquer pontos de vista, Heeckeren não será uma perda, e que tu e eu nos enganamos clamorosamente a respeito dele durante todos estes anos; espero sobretudo que seu substituto venha a ser mais verdadeiro e não invente assuntos para preencher seus despachos, como Heeckeren fazia..." Para quem ignorava o que acontecia em Haia por aqueles dias — e o que acontecera no verão de 1836 — a convocação de Heeckeren, tão parecida com uma demissão sumária, pareceu confirmar todas as culpas a ele atribuídas por Puchkin, nas duas cartas que havia algum tempo já circulavam pela capital, pacientemente copiadas à mão. Muitas residências aristocráticas petersburguenses, em consonância com a agora clara disposição de ânimo do soberano (ou até para acertar antigas contas, antigos rancores), fecharam as portas ao embaixador da Holanda. E este se sentia cada vez mais acuado por suspeitas, antipatias, hostilidades. Desconhecendo, também ele, os reais motivos pelos quais Orange e Romanov renunciavam a seus demasiado fantasiosos e mexeriqueiros serviços, acreditava-se e dizia-se refém da história, vítima de um obscuro desígnio político. "Um dos traços distintivos e mais notórios do caráter do Imperador é uma grande coragem pessoal...", escreveu ele a Verstolk van Soelen em 5 de março.

> "Mas o que poucos sabem é que esse Soberano sofre ao mesmo tempo a influência de um partido que ele teme, e não sem razão, pois, talvez dentro de pouco tempo, esse partido venha a sobrecarregá-lo com seu jugo ... O verdadeiro chefe desse partido é o senhor Jukovski ... Foi a ele que o Imperador confiou a tarefa de examinar os papéis do senhor Puchkin ... mas não se encontrou nada que fosse digno de alguma atenção nos papéis de um homem tão turbulento. Para qualquer pessoa bem-informada, semelhante resultado era fácil de prever. Como

> todos aqueles cujas opiniões começam a fazer-se notar, o partido russo ainda se contenta, no momento, com indicar reformas; e as obtém, mas logo suas exigências crescerão junto com suas forças, e talvez não esteja longe o tempo em que o Imperador, levado de concessão em concessão, já não tenha condições de resistir, e se submeta a contragosto à vontade de um poder que inexoravelmente segue a marcha de toda revolução, tímida no início, depois exigente e, por fim, irresistível..."

Pobre Jukovski! Pobre Nicolau I! E uma única vez admiramos o embaixador em desgraça, a quem o rancor brindava com a antevidência de um profeta em pátria alheia.

Em 11 de março, os atos do processo, acompanhados pelos pareceres de altas autoridades militares, foram encaminhados ao Ministério da Guerra, que uma semana mais tarde transmitiu a sentença a Nicolau I, para a sanção definitiva: d'Anthès seria degradado a soldado raso e enviado para longínquas guarnições do Império, e Danzas, condenado a dois meses de detenção. Nicolau I ordenou: "Cumpra-se a sentença, mas que o soldado raso d'Anthès, como súdito não-russo, seja conduzido além-fronteiras por um policial, depois de despojado das patentes de Oficial". Às 9:00h do dia 21 de março, o suboficial de polícia Novikov tomou sob custódia o ex-oficial dos Cavaleiros da Guarda e acompanhou-o à embaixada da Holanda, para que ele se despedisse da mulher e do pai adotivo. Pouco antes das 14:00h, Novikov subiu com ele ao trenó puxado por três cavalos que os levaria à fronteira com a Prússia.

De Catherine de Heeckeren para o marido, São Petersburgo [22 de março de 1837]:

> "... Não consigo me resignar à idéia de ficar 15 dias sem te ver, conto as horas e os minutos que ainda passarei nesta maldita São Petersburgo, de onde preferiria já estar bem longe. É terrível me tirarem assim meu coração, meu pobre querido, te fazerem trotar por essas estradas horrorosas a ponto de te quebrar os ossos, espero que, uma vez em Tilsit, possas descansar como é preciso; por favor, trata de tua

saúde, e sobretudo não te descuides de teu braço ... Ontem, depois que partiste, a condessa Stroganova ainda ficou algum tempo conosco; sempre boa e atenciosa comigo, fez-me tirar a roupa, o espartilho e vestir o robe; depois me deitaram no divã e mandaram chamar Rauch, que me deu umas porcarias e me recomendou ficar deitada inclusive hoje, a fim de poupar o bebê, que, como filho respeitoso e terno, anda malcomportado desde que lhe tiraram o honradíssimo pai ... Uma das camareiras (a russa) continua maravilhada com tua inteligência e tua pessoa, diz que nunca na vida conheceu nada que se iguale a ti, e que jamais esquecerá a maneira como a fizeste admirar tua cinturinha, vestido de sobretudo..."

Para Heeckeren, veio o golpe de misericórdia: o czar recusou-lhe a audiência que costumava conceder aos ministros estrangeiros, quando se ausentavam da Rússia por períodos mais ou menos breves; como se isso não bastasse, mandou entregar-lhe uma preciosa tabaqueira de ouro, decorada com seu retrato e cravejada de diamantes — o habitual presente aos embaixadores que deixavam o posto para sempre. Os embaixadores estrangeiros credenciados em São Petersburgo receberam o cartão de visita do barão Jacob van Heeckeren-Beverweerd, com um hipócrita "*p.p.c.*"[80] acrescentado à mão, somente no final da manhã de 1º de abril, quando o ex-ministro da Holanda já estava viajando com a nora para Königsberg, onde Georges d'Anthès os aguardava. Foi uma verdadeira, ignominiosa fuga.

A vingança de Puchkin se realizara, e dera à sociedade o que falar. Da tarde de 29 de janeiro à manhã de 1º de abril de 1837, houve uma sucessão de triunfos para o poeta. Somente um detalhe não o satisfaria, embora ele tivesse predisposto tudo com o máximo cuidado. Ainda não exalara o último suspiro quando o inteligente doutor Arendt comentara: "É lamentável que ele não tenha morrido na hora, porque seus sofrimentos são indescritíveis, mas, para a honra de sua mulher, é uma sorte que ele ainda esteja vivo. Nenhum de nós, depois de tê-lo visto, pode duvidar da inocência da mulher e do amor que ele lhe dedica." Os Viazemski, assim como

[80]Remetido "*pour prendre congé*", "para se despedir"

Jukovski e Turguenev, apressaram-se em difundir o "tu não tens culpa", as nobres palavras de absolvição pronunciadas pelo moribundo. "Sobretudo, não esqueça o senhor", escrevia Viazemski a Davydov, "que a todos nós, seus amigos, como a verdadeiros executores testamentários, ele confiou uma tarefa sagrada: proteger da calúnia o nome da mulher". Vera Fiodorovna Viazemskaia recorreu a argumentos mais tocantes: "Em favor da mulher, limito-me a repetir-lhe uma frase do padre Bajanov, que a viu todos os dias depois da desgraça ... disse à tia: 'Luto comigo mesmo para deixar nela um útil sentimento da própria culpa: para mim, é um anjo de pureza...'" Mas sequer os executores das últimas vontades de Puchkin podiam alterar completamente os fatos, nem conseguiam calar inteiramente seus próprios sentimentos em relação a Natália Nikolaevna. Da parte dela, explicavam, tinha havido somente estouvamento, leviandade, coquetismo: na verdade, uma apologia não muito convicta, que mais protegia o defunto da fama póstuma de *cocu* do que a viúva da condenação. E sobre a bela Natalie, "vergonha e ultraje da mulher russa", derramaram-se incontroláveis ondas de censura, tais como: "Arrasta-te, em deserto desolado, / a maldição a te marcar a fronte! / Para teus ossos numa fria tumba / não haverá espaço sobre a terra! / ... E quando, nas torturas pré-mortais / por lágrimas amargas acolhida, / com palavras pecadoras a prece / descer sobre teus lábios pecadores, / no teu leito de dor, em noite escura, / irá insinuar-se muda sombra / e as mãos ensangüentadas / erguerá sobre ti no último juízo!" E numa noite do final do inverno de 1837, a muda sombra de Puchkin insinuou-se realmente num quarto de dormir, e avançou no escuro, e com expressão pavorosa ergueu a mão ensangüentada — para puxar os cabelos do jovem Guber, autor do anátema em versos. Não foi para vingar a mulherzinha — por ela, fizera tudo o que podia — mas a poesia: embora morto, enfurecia-se com os versos claudicantes, o mau gosto, a grafomania, e sobretudo o *pathos*, pai de todos os vícios poéticos.

Um verão em Baden-Baden

Aqui estão, reunidos nas cartas de Andrei Karamzin à família — como num sonho medíocre, como num pobre carro de Téspis no qual poucos atores têm de declamar muitos papéis e, para o aplauso final, apresentam-se com os últimos trajes usados em cena — alguns protagonistas e figurantes de nossa história. Dos barões Heeckeren aos casais Smirnov e Borck, à condessa Maria Grigorievna Razumovskaia e à sombria e rancorosa senhora Censura, que conseguiu desfigurar as obras de Puchkin até mesmo depois de sua morte, e por muito tempo. Todos juntos, "alegres e satisfeitos", num famoso *Kurort* da Europa central, no verão de 1837.

28 de junho:

> "... Ontem durante o passeio vi d'Anthès com a mulher: ambos me olharam fixamente mas não me cumprimentaram, eu me aproximei deles primeiro, e então d'Anthès literalmente correu para mim e me estendeu a mão. Não consigo exprimir a mistura de sentimentos que se atropelavam em meu coração quando vi aqueles dois representantes do passado, os quais tão vivamente me traziam recordações tanto do que existiu quanto do que não existe e não mais existirá. Depois de trocar com eles as frases convencionais, afastei-me e me reuni a outros: dentro de mim, o sentimento de russo lutava contra a piedade e contra não sei que voz interior que me falava em favor de d'Anthès. Notei que ele me esperava e de fato, depois de algum tempo, aproximou-se e, tomando-me pelo braço, conduziu-me pelas alamedas desertas. Não se haviam passado dois minutos e ele já me contava sua desventurada his-

tória com todos os detalhes, e se desculpava calorosamente das acusações que eu lhe lançava sem papas na língua. Mostrou-me uma cópia da terrível carta de Puchkin, o texto das respostas dadas ao tribunal militar, e me jurou ser absolutamente inocente. Mais que tudo, e enfaticamente, negou a mínima relação que fosse com Natália Nikolaevna depois do noivado com a irmã dela, e insistiu em dizer que o segundo desafio a *été comme une tuile qui lui est tombée sur la tête.*[81] Com lágrimas nos olhos, falou-me da atitude de nossa família em relação a ele e repetiu algumas vezes que isso o amargurou profundamente ... E acrescentou: '*ma justification complète ne peut venir que de Mme. Pouschkine, dans quelques années, quand elle sera calme, elle dira, peut-être, que j'ai tout fait pour les sauver et que si je n'y ai pas réussi, cela n'a pas été de ma faute, etc.*'[82] Conversa e passeio prolongaram-se de 8 às 11 da noite. Deus os julgará, continuarei a manter com ele relações de conhecimento, ainda que não de amizade como antes — *c'est tout ce que je peux faire...*"[83]

4 de julho: "... Domingo houve um baile dado por Poluektova — o primeiro desde que estou em terras estrangeiras, e lá, *ex-officio*, dancei todas as danças: a mazurca, com a condessa Borch, e muitas valsas e quadrilhas francesas com as damas inglesas ... Deu-me uma estranha impressão ver d'Anthès a comandar mazurca e *cotillon* com seu jeito de *chevalier garde...*"

15 de julho:

"... Domingo passado, junto com a condessa Borch, a senhora Desloges e outras pessoas, cavalgamos até certas ruínas daqui, no alto de uma montanha de onde há uma vista esplêndida, e em meio à névoa se avista, como uma agulha sutil, o mosteiro de Estrasburgo, a cinqüenta *verstas* de distância. Estávamos todos alegres e satisfeitos, somente a pobre condessa, tão simpática, se mostrava preocupada porque o marido, que nos seguira de caleça, não pudera prosseguir por

[81] "Foi como se uma telha tivesse caído sobre sua cabeça".

[82] "Minha justificação completa só pode vir da senhora Puchkina; daqui a alguns anos, quando tiver recuperado a calma, ela talvez diga que eu fiz tudo para salvá-los e que, se não o consegui, não foi por minha culpa".

[83] "Isso é tudo o que posso fazer".

causa da estrada ruim, e fora obrigado a voltar — *elle s'attendait à une scène pour le retour, et cela ne lui a pas manqué.*[84] A cara feia de *ce vilain avorton de mari*[85]entristecia todo o grupo (eu era o único russo). Tínhamos almoçado alegremente numa taberna onde d'Anthès, animado pelo champanhe, *nous donnait des crampes à force de rire.*[86] Por falar em d'Anthès: *Il m'a tout à fait désarmé en me prenant par mon faible: il m'a témoigné constamment tant d'intérêt pour toute la famille,*[87] me falou tanto de todos e particularmente de Sacha,* chamando-o pelo nome, que as últimas nuvens de minha indignação se dissiparam, *et je dois faire un effort sur moi-même pour ne pas être avec lui aussi amical qu'autrefois.*[88] Por que ele seria hipócrita comigo? À Rússia não irá nunca mais, e aqui está com sua gente, é de casa, e para ele eu não sou ninguém. Dias atrás reapareceu aqui o velho Heeckeren, da primeira vez nos encontramos na roleta, ele quase me cumprimentou com um aceno, eu fingi não o ter visto. Depois ele mesmo puxou conversa, e eu respondi como a um estranho. Afastei-me e assim evitei ter de tratá-lo como conhecido. D'Anthès tem suficiente tato para não me falar dele. Esta semana chegou de Ems a condessa Razumovskaia e, lembrando-se de nossa família, foi delicada comigo. Fui visitá-la algumas vezes. Anteontem fizemos Aleksandra Ossipovna e o marido subirem à carruagem e fomos a Düsseldorf para ver uma exposição, na qual ele comprou alguns quadros. Os Smirnov devem voltar daqui a uma semana, e espero-os com impaciência ... Por eles recebi *O Contemporâneo* e li com pura delícia *O cavaleiro de bronze*, pena que as coisas mais bonitas tenham sido censuradas...."

---

[84]"Ela esperava uma cena ao retornar, e foi o que aconteceu."
[85]"Daquele monstruoso aborto de marido."
[86]"Fazia-nos ter cãibras de tanto rir."
[87]"Ele me desarmou de todo, pegando-me por meu ponto fraco: testemunhou constantemente tanto interesse por toda a família."
[88]"E tenho de fazer um esforço contra mim mesmo para não me comportar com ele tão amigavelmente como antes."
*Sacha, em russo, pode ser diminutivo tanto de Aleksandr, quanto de Aleksandra, portanto, pode ser masculino ou feminino (*N. da T.*).

Epílogo

Catherine de Heeckeren morreu em Soultz a 15 de outubro de 1843, levada prematuramente ao túmulo por uma violenta febre puerperal após o nascimento do filho homem que ela desejara de todo o coração; morreu agradecendo a Deus pela felicidade vivida depois do casamento. Dos quatro pequenos órfãos (Mathilde, Berthe, Léonie, Louis) encarregou-se afetuosamente a tia Adèle d'Anthès, irmã solteira de Georges.

Após passar 18 meses em Polotniany Zavod, em novembro de 1838 a viúva de Puchkin voltou a residir em São Petersburgo com a irmã Aleksandrina e os filhos Maria, Grigori, Aleksandr e Natália. Em 24 de maio de 1844, o barão Korff anotou no diário:

> "Maria Luísa profanou a alcova de Napoleão casando-se com Neipperg. Depois de sete anos de viuvez, a mulher de Puchkin vai casar-se com o general Lanskoi ... A Puchkina pertence ao rol de jovens mulheres privilegiadas a quem às vezes o czar dignifica com suas homenagens. Faz apenas um mês e meio que ele esteve em casa dela, e, seja em conseqüência dessa visita, seja por puro acaso, logo depois Lanskoi foi nomeado comandante do regimento da Guarda montada ... Antes Lanskoi era ajudante-de-ordens no regimento dos *chevaliers gardes* ... As más-línguas diziam que ele mantinha relações muito íntimas com a mulher de outro comandante dos *chevaliers gardes*, Poletika. Agora dizem que deixou a política para entregar-se à poesia..."

Em 16 de julho de 1844, Natália Nikolaevna Puchkina casou-se com o general Piotr Petrovitch Lanskoi, de quem teve outros três filhos. Foi esposa e mãe exemplar. Morreu em 1864.

Em 1852, Aleksandrina Nikolaevna Gontcharova casou-se com o barão Gustav Vogel von Friesenhof, viúvo da afilhada de Xavier de Maistre e Sofia Ivanovna Zagriajskaia, tia materna das irmãs Gontcharov. Foi morar com ele na propriedade de Brodiany, na Hungria, onde morreu em 1891.

Até seus últimos dias, o barão Jacob van Heeckeren-Beverweerd ocupou-se com afetuosas e generosas atenções ao filho adotivo e à numerosa família dele. Tendo voltado à diplomacia em 1842, durante muito tempo foi embaixador dos Países Baixos na Áustria. Deixou a carreira diplomática em 1875, por causa da idade. Dirigiu-se então a Paris, a fim de ficar perto de Georges e dos netos. Morreu em 1884, com 93 anos.

Depois da Rússia, tudo parecia "*petit et mesquin*" a Georges de Heeckeren. Mas ele logo se readaptou a seu país, e na segunda metade da década de 1840 abraçou a carreira política. Eleito para a Assembléia Nacional em 1848, no ano seguinte foi reeleito para a Assembléia Constituinte. Abandonada a causa legitimista, aderiu ao príncipe Luís Napoleão Bonaparte, presidente da República francesa. Tornou-se senador em março de 1852. Em maio daquele mesmo ano, cumpriu brilhantemente uma delicada missão secreta: sondar as reações da Áustria, da Prússia e da Rússia aos projetos de Luís Napoleão, que pretendia proclamar-se imperador dos franceses. Com esse escopo, em 10 de maio de 1852 encontrou-se em Berlim com Nicolau I, que em audiência privada, expressou-lhe sua satisfação pelo novo governo forte na França, embora manifestando apreensões quanto ao renascimento do Império. Evidentemente escaldado pela má experiência com o pai adotivo do negociador, Nicolau I mandou "verificar a precisão com que o barão Heeckeren relataria suas palavras".

"No duelo entre Thiers e Bixio, d'Anthès foi padrinho deste último".

Em Baden-Baden, aonde ia com freqüência, Georges de Heeckeren manteve contatos amigáveis com os russos que por lá passavam. Durante suas longas temporadas parisienses, freqüentou a alentada colônia russa estabelecida na capital: podia ser encontrado no salão da princesa Lieven, irmã do conde Benckendorff, e no de Marie Kalergis, sobrinha do chanceler Nesselrode. Em 1858, quando Nikolai Alekseevitch Orlov — embaixador russo na França — se casou, Herzen escreveu: "A *fine fleur* de nossa aristocracia festejou em Paris esse matrimônio! Príncipes descendentes de Riurik ou recém-nomeados, condes, senadores, literatos ... participaram do banquete russo na casa do embaixador; um único estrangeiro foi convidado, como exceção de honra: Heeckeren, o assassino de Puchkin! Mostrem-me pochecônios,* iroqueses, liliputianos ou alemães que tenham menos tato!..."

"Sobolevski contava que encontrara d'Anthès, falara longamente com ele e perguntara: 'Agora já são águas passadas, o senhor teve relações íntimas com Puchkina?' 'Certamente', respondeu d'Anthès."

Em 28 de fevereiro de 1861, Mérimée escreveu do Senado, onde acabava de encerrar-se uma tempestuosa sessão, para Alberto Panizzi: "Depois de H. de la Rochejaquelain, subiu à tribuna Heeckeren, aquele que matou Puchkin. É um homem de compleição atlética, sotaque germânico, aspecto severo mas refinado, um tipo muito esperto. Não sei se preparou seu discurso, mas pronunciou-o maravilhosamente, e com uma firme violência que impressionou..."

"D'Anthès estava inteiramente satisfeito com o próprio destino, e em seguida disse mais de uma vez que somente ao fato de ter sido obrigado a abandonar a Rússia por causa do duelo devia sua brilhante carreira política; que, se não fosse por aquele malfadado duelo, teria um pouco invejável futuro de comandante de regimento em alguma cidadezinha da província russa, com uma família numerosa e poucos recursos."

---

*Há uma região no distrito de Iaroslavl, ao norte de Moscou, chamada Pochekhonia, e uma cidade Pochekhonie-Volodarsk. Pelo visto, é o nome de um povo do lugar (*N. da T.*).

Hábil administrador, sob o Segundo Império, Georges de Heeckeren incrementou o próprio patrimônio investindo-o em bancos, sociedades de seguros, companhias ferroviárias, marítimas, de gás. Depois de 1870, deixou a vida política. Porém continuou a ocupar-se, embora de forma privada, de tudo o que acontecia no mundo. Em 1º de março de 1880, o embaixador russo em Paris remeteu a São Petersburgo um telegrama cifrado: "O barão Heeckeren-d'Anthès comunica uma notícia enviada de Genebra por uma fonte segura, como sustenta: os niilistas genebrinos dizem que será desferido um grave golpe na próxima segunda-feira" (talvez justamente essa informação tenha poupado Alexandre II, antigo aluno do perigoso Jukovski, do enésimo atentado — mas, um ano depois, os niilistas não errariam o golpe).

> "'*Elle était si autre que le reste des femmes!*', explicava d'Anthès, já velho, a seus amigos; e, repassando mentalmente a série de recordações longínquas, confessava: '*J'ai eu toutes les femmes que j'ai voulues, sauf celle que le monde entier m'a prêté et qui, suprême dérision, a été mon unique amour.*'"[89]

O senador Georges de Heeckeren morreu em Soultz a 2 de novembro de 1895, rodeado por filhos, netos e bisnetos. Tinha 83 anos. Nada se sabe de sua vida sentimental depois da morte da mulher. No arquivo familiar de seus descendentes, resta apenas a cópia de uma carta que, em 10 de junho de 1845, uma certa "Marie" lhe escreveu de Moscou. É uma cópia datilografada, acompanhada de uma minuciosa descrição do formato do papel, das iniciais, do selo. Pena que o original se tenha perdido: poderíamos conferir se a data era de fato "junho de 1845" e não "junho de 1844", como suspeitamos fortemente.[90] "Marie" dizia:

> "... Tenho certeza de que o senhor é um homem honesto, Georges, e assim não hesito um só instante em pedir-lhe um sacrifício. Vou casar-me, desejo ser uma esposa boa e honesta, o homem com quem me

[89] "Ela era tão diferente do resto das mulheres! Tive todas as mulheres que quis, exceto aquela que o mundo inteiro me atribuiu e que, suprema derrisão, foi meu único amor."
[90] "Marie"? Um nome de conveniência para "Natalie": em Moscou, o diretor dos Correios, Bulgakov, continuava de olho.

caso merece ser feliz — suplico-lhe, queime todas as cartas que recebeu de mim, destrua meu retrato. Faça esse sacrifício à minha segurança, a meu futuro. Peço-lhe isso em nome dos poucos dias de felicidade que lhe proporcionei. O senhor me fez refletir sobre minha vida, sobre a verdadeira vocação de uma mulher. Não quererá destruir sua obra impossibilitando meu retorno ao bem — não me escreva mais, não devo receber uma única linha que meu marido não possa ler. Seja feliz tanto quanto eu desejo, com toda a felicidade que sonhei para o senhor e que o destino não quis que eu lhe desse. Agora estamos separados para sempre, esteja certo de que eu jamais esquecerei que o senhor me tornou melhor, que lhe devo os bons sentimentos e as idéias sensatas que não tinha antes de conhecê-lo... Mais uma vez, adeus, Georges."

Apêndice

Para quem quiser conhecer mais de perto a letra e o estilo de Georges d'Anthès, oferecemos aqui a reprodução fotográfica de duas cartas dele a Jacob van Heeckeren, que se incluem entre as mais cruciais para a história que contamos.

A primeira, que traz a data de 20 de janeiro de 1836, foi lavrada em folhas de papel amarelado e espesso, de 20 x 25,5cm, e não traz sinete (pp. 331-334). A segunda, de outubro, apresenta o mesmo tipo de papel e mede 20,2 x 25,2cm; na primeira folha, no alto, à esquerda, está impresso a seco o brasão (um H encimado por uma coroa e circundado por uma guirlanda), também reconhecível no sinete (pp. 335-338).

Petersbourg le 20 Janv 1836

Mon très cher ami je suis vraiment coupable de n'avoir pas repondu de suite aux deux bonnes et amusantes lettres que tu m'as écrites, mais vois-tu, la nuit a danser, la matinée au manège, et l'après midi a dormir, voila mon existence depuis 15 jours et j'en ai au moins encore autant en perspective et ce qui est pire que tout ceci c'est que je suis amoureux fou! oui fou car je ne sais où donner de la tête, je te la nommerai pas car une lettre peut se perdre, mais rappele-toi la plus délicieuse créature de Petersbourg et tu sauras son nom, et ce qui est de plus horrible dans ma position, c'est qu'elle m'aime aussi et nous ne pouvons nous voir chose impossible jusqu'à présent car le mari est d'une jalousie révoltante: je te confie cela mon bien cher comme a mon meilleur ami et parceque je sais que tu prendras part a mon chagrin mais au nom de Dieu pas un mot a personne ni aucune information pour savoir a qui je fais la cour, tu la perdrais sans le vouloir et moi je serais inconsolable; car vois-tu je ferais tout au monde pour elle

sentiment pour lui faire plaisir de la
vie quoique même depuis quelque temps
et un Duplice de tant de moments j'aimerai
et ne pouvoir le lui dire qu'entre deux ritournelles
de tendresse est une chose affreuse? J'ai peut-être
tort de te confier tout cela et tu le traiteras
de bêtises mais j'ai le cœur si gros et si plein
que j'ai besoin de l'épancher un peu. Je
suis sûre que tu me pardonneras cette folie
[illegible] Je conviens que l'idée en est neuve; mais
il m'est impossible de me raisonner quoique
j'en aie bien besoin. Ce tête amour inopiné
moi patience... mais rassure-toi je suis
prudent et que l'on est tellement jusqu'à
présent que le secret n'appartient qu'à
elle et à moi (elle porte le même nom que
la Dame qui t'écrivait à mon sujet) quelle
était au désespoir mais que la Piété et la
fermeté avaient mené les villages; tu
dois comprendre maintenant s'il est possible
de perdre la raison pour une pareille créature
surtout lorsqu'elle vous aime! Je te répète
encore pas un seul mot à Braga
parce qu'il est en correspondance avec Silveira;
et il suffirait d'une indiscrétion de sa part
a fin son Épouse pour nous perdre tous

les Deux! ce Dieu seul sait ce qu'il
pourrait arriver: aussi mon très cher ami
je compte les jours où tu dois revenir, et
les six mois que nous devons passer encore loin
l'un de l'autre me paraissent des siècles; car
dans ma position l'on a absolument besoin de
quelqu'un qu'on aime pour pouvoir lui ouvrir
son cœur et lui demander du courage voilà
pourquoi j'ai mauvaise mine, ce sont cela
l'ennui de la vie je me suis mieux portée
phisiquement que maintenant mais j'ai la
tête tellement mal que je n'ai plus un
instant de repos ni nuit ni jour c'est ce
qui me donne un air malade et triste.
Et non ma santé!
mon cher ami tu as eu raison de me dire dans
ta dernière lettre qu'un résidant de la part serait
nécessaire; en effet ce que tu me m'en fait pour
tous les jours, et n'est pas parler que je subsiste
la voiture, la pluie, eh bien mon cher si tu ne
m'avais pas permis de m'en servir il m'aurait
été impossible de sortir de chez moi ce dernier
d'journé les Russes prétendent qu'il n'a fait
aussi froid. ~~Cependant~~ le seul cadeau que je
voudrais que tu me rapportes de Paris ce
sont des gants et des chaussettes de filoselle
c'est un tissu composé de soie et de laine qui
est très agréable, et très chaud, et je
crois que cela ne coûte pas cher, si c'est le
contraire admettons que je n'aye rien dit

pour du drap je crois que cela est inutile
mon matelas me durera bien jusqu'à que
nous soyons ensemble en France, et pour en confor
la differance serait si petite que le ne vaut pas la peine de
te donner l'embaras; quant au changement que tu
me propose pour mon logement je n'accepte pas
car je suis tellement [illegible] et commodement dans
le meme quartier mon ~~[illegible]~~ position difficile
d'autant plus que je suis gené, et toi aussi, car
outre que les soldats seraient continuellement dans le
grand escalier comme je rends très tard le portier
serait obligé de rester sur pied une grande partie
de la nuit, et cette idée me serait désagréable; pour
les étoffes que tu m'offres je les accepte avec reconnais
et cela [illegible] par dehors car mes anciennes manches
~~sont tout [illegible] [illegible] [illegible]~~ têtes mais
a la condition que c'est toi qui choisira par
la raison tout simple que tu as beaucoup
plus de gout que moi, et fais les couleurs me
fait bien, comme cela il faudra cependant
blanchir ma blanche ou lui donner la couleur
qui convient a l'étoffe.
J'ai envoyé Antoine a ~~[illegible]~~ compagnie
et a moins de 500 a 600 roubles il n'est
pas possible de trouver une compagnie ou nous
soyons logés tous les deux commodement et
chaudement; vois si cela n'est pas trop cher et
répond moi de suite pour que je puisse prendre
tous mes arrangements afin que la chose soit bien
fais moi savoir par la prochaine lettre si tu as
reçu une lettre pour un certain [illegible], ce
même individu m'a écrit avant hier une
quantité de lettres dont je ne puis [illegible]
adieu mon bien cher ami [illegible] pour ma nouvelle [illegible]
[illegible] du fond du coeur [illegible]

(Mon cher ami je voulais te parler ce
matin mais j'ai eu si peu de temps)
qu'il m'a été impossible de le faire
Hier j'ai passé la soirée par hasard en
tête à tête avec la Dame en question et
quand je dis tête à tête moi seul d'homme
à peu près pendant une heure entière
chez la Princesse Viasemski; tu peux te figurer
mon état enfin j'ai pris mon courage
et j'ai assez bien joué mon rôle et j'ai été même
assez gai. Enfin j'ai tenu bon jusqu'à
11 heures mais alors mon courage m'a
abandonné et il m'a pris une telle disposition
que j'ai n'ai eu que le temps de sortir
de la chambre et arrivé dans la rue je
me suis mis à pleurer comme une grande
bête après quoi ça m'a beaucoup soulagé
la poitrine puis rentré dans ma chambre
je me suis trouvé une fièvre de cheval
et je n'ai pas fermé l'œil de la nuit et
j'ai souffert moralement à en devenir
fou. Aussi suis je décidé à avoir recours à
toi et te supplier de faire ce soir ce que
tu m'as promis, il faut absolument que
tu parles et que je sache définitivement
à quoi m'en tenir
Elle va ce soir chez les Lerchenfeld et en
renonçant à la partie de l'honneur le

le moment de lui parler

voila mon avis. Je crois que tu dois
t'adresser franchement à elle et lui dire demander à ce que sa sœur ne s'attendait pas
que tu as absolument besoin de lui parler
particulièrement. alors demande lui si par
hasard elle avait été hier chez les [illegible];
et quand elle t'aura dit que oui tu lui
diras que tu t'en étais douté et
qu'elle pouvait te rendre le plus grand
service; tu lui diras ce qui m'est arrivé
hier comme si tu avais été témoin de
tout ce qui m'était arrivé hier en rentrant;
que mon domestique était effrayé et
était venu te réveiller à deux heures
du matin, que tu m'avais beaucoup
questionné! et que tu n'avais rien pu
obtenir de moi et que tu avais été persuadé
que j'avais eu une altercation avec ton
mère, et que c'était pour éviter un
malheur que tu t'adressais à elle (le mari
n'était pas) à la prendre seulement que
je ne t'ai pas donné de renseignement
sur la soirée chose qui est parfaitement naturelle
car il faut que six ans d'alliance ne [illegible]
de toi et que ce n'est que comme un
père qui prend intérêt à son fils que tu
l'interroge alors elle ne tiendra pas [illegible]
question forte intéressant dans la discussion
que tu crois peut y a des rapports beaucoup
plus intérieurs que ceux que justifiait ce [illegible]
tu devras être trouver l'occasion de

+ [illegible]

lui faire entendre qu'il devait me mener
en justice d'après sa conduite avec moi.
D'abord le difficile était de commencer et
je crois que c'est très bon. La [illegible]
lui déjà dit il m'faut pour qu'elle [illegible]
[illegible] de la [illegible] et qu'elle [illegible]
cette démarche comme [illegible] tout
[illegible] qui doit s'inquiéter sur ma
[illegible] et sur mon avenir, et tu dois lui
demander [illegible] le [illegible]
de tout le monde [illegible] il serait prudent
de [illegible] tout de suite lui demander [illegible]
ne [illegible] [illegible] faire [illegible]
et prends garde aussi [illegible]
[illegible] qui pourraient se trouver dans la lettre
[illegible] encore une fois mais [illegible]
[illegible] [illegible] [illegible]
[illegible] sa main [illegible]
je [illegible] dit me [illegible] demander
[illegible]
[redacted]
[illegible] demande [illegible] de [illegible]
[illegible] mais je [illegible] pas [illegible]
[illegible] elle me brûle comme du feu
et [illegible] mal de chien, cependant si les [illegible]
[illegible] par [illegible]
à la [illegible] d'aller chez [illegible]
me [illegible] chez Boulevard
[illegible]

[illegible]

Monsieur

Monsieur le

Baron de Heeckeren

Pétersbourg.

Fontes

Esta não é uma bibliografia da literatura sobre Puchkin, a qual, por si só (e inutilmente, no caso de tanta documentação eclética e acrítica, publicada sobretudo na época soviética), ocuparia muitos volumes; nem a bibliografia de tudo o que se escreveu, na Rússia e fora da Rússia, sobre o último duelo e a morte do poeta. Registramos unicamente o que está citado entre aspas no texto, e portanto não mencionamos as numerosas outras fontes que nos foram preciosas para conhecer a época e os personagens sobre os quais escrevemos; assinalamos somente que sempre se tratou de fontes primárias — memórias, diários, correspondência, despachos diplomáticos etc. — dispersas, na maioria, em publicações periódicas, essencialmente oitocentistas, ou conservadas em arquivos públicos e privados. Além daqueles citados adiante, lembramos: o arquivo da princesa de Robech (papéis Lebzeltern, Trubetskoi, Volkonski, Nesselrode e outros); o arquivo dos barões Terzi de Bérgamo (papéis Golitsin); o Staatsarchiv de Neuenstein (papéis Hohenlohe-Kirchberg); o Staatsarchiv de Dresden (despachos Lützerode); o Riksarkive de Estocolmo (despachos Nordin e Palmstierna); o Archivio di Stato de Turim (despachos Simonetti); o Archivio di Stato e o Archivio dell'Ospedale Maggiore de Milão (papéis Litta); os Archives Nationales de Paris (papéis Barante e outros documentos); as seções de manuscritos do IRLI (Institut Russkoi Literatury, ex-"Puchkinski Dom"; papéis Bakunin, Longinov, Sturdza e outros) de São Petersburgo e da Rossiiskaia Gossudarstvennaia Biblioteka (ex-"Lenin"; papéis Bariatinski, Benckendorff, Bulgakov e outros) de Moscou.

Abreviaturas

Cidades

L: Leningrado. M: Moscou. P: Petersburgo. Pg: Petrogrado. Spb: São Petersburgo.

Publicações periódicas

IsV: *Istoritcheski Vestnik.*

PiS: *Puchkin i ego sovremenniki*, 1903-1930, I-XXXIX.

RA: *Russki Arkhiv* (o algarismo romano indica o número do "livro", que reunia no máximo três fascículos; o algarismo arábico, o dos fascículos mensais; nem sempre a revista respeitou o critério de subdivisão em 4 livros e 12 fascículos anuais, de modo que também se poderão encontrar indicações diferentes, às vezes somente do ano).

RS: *Russkaia Starina.*

RV: *Russki Vestnik.*

(Indicamos como "páginas" também aquelas que, em algumas publicações periódicas, são mais apropriadamente colunas).

Arquivos

AR Bray: Arquivo dos barões von Poschinger-Bray, castelo de Irlbach, Baviera.

AR Heeckeren: Arquivo do barão Claude de Heeckeren, Paris. Aqui, entre outras coisas, encontramos: cartas de Georges d'Anthès (mais tarde, Georges de Heeckeren) a Jacob van Heeckeren e à noiva (mais tarde, esposa) Catherine Gontcharova; cartas da família Gontcharov a Georges e Catherine de Heeckeren; cartas de Jacob van Heeckeren a Catherine de Heeckeren; cartas de amigos e conhecidos a Georges e Catherine de Heeckeren. Todos esses documentos remontam aos anos 30 e 40 do século XIX; a outra parte do arquivo Heeckeren (na qual se encontram, presumivelmente, documentos mais recentes) é hoje propriedade de outro membro da família Heeckeren, que não autoriza o exame e o estudo desses papéis.

AR Munique: Bayeriches Hauptstaatsarchiv, Munique.

AR Nantes: Ministère des Affaires Étrangères, Centre des Archives Diplomatiques, Nantes.

AR Nápoles: Archivio di Stato, Nápoles.

AR Stuttgart: Hauptstaatsarchiv, Stuttgart.

AR Viena: Österreichisches Staatsarchiv abt. Haus-Hof und Staatsarchiv, Viena.

GARF: Gossudarstvenny Arkhiv Rossiisko Federatsi (ex-TsGADA: Tsentralny Gossudarstvenny Arkhiv Drevnikh Aktov, vischikh organov gossudarstvennoi vlasti i gossudarstvennogo upravleniia), Moscou.

RGADA: Rossiiski (ex-Tsentralny) Gossudarstvenny Arkhiv Drevnikh Aktov, Moscou. Além daqueles dos acervos que serão citados adiante, aqui consultamos (para o período que nos interessava: dos anos 20 aos anos 40 do século XIX) os papéis dos acervos Apraksin, Demidov, Gagarin, Golitsin, Iussupov, Mussin-Puchkin, Saltykov, Samoilov, Scherbatov, Cheremetev, Stroganov, Chuvalov, Tolstoi, Vorontsov.

RGALI: Rossiiski (ex-Tsentralny) Gossudarstvenny Arkhiv Literatury i Iskusstva, Moscou. Aqui pudemos consultar, entre outros, os papéis dos acervos Karamzin e Viazemski.

RGVIA: Rossiiski (ex-Tsentralny) Gossudarstvenny Voenno-Istoritcheski Arkhiv, Moscou.

Textos

Arapova: Aleksandra Petrovna Arapova, *Natália Nikolaevna Puchkina-Lanskaia. K semeinoi khronike jeny A. S. Puchkina*, suplementos dos números 11406, 11409, 11413, 11416, 11421, 11425, 11432, 11435, 11442, 11446 e 11449 de *Novoe Vremia*. Indicaremos o número da revista e a página do suplemento.

Bartenev: P. I. Bartenev, *O Puchkine*, M, 1992 (a recente edição apresenta uma seleção quase completa dos números testemunhos sobre a vida e a arte de Puchkin que o historiador Pio Bartenev, editor de *Russki Arkhiv*, recolheu de 1851 a 1912 e publicou, na maioria, nas páginas da sua revista).

Dal: *Zapiska doktora V. I. Dallia*, in Schogoles II (ver adiante), pp. 178-183.

Danzas: *Poslednie dni i kontchina A. S. Puchkina. So slov byvchego tovaricha i sekundanta K. K. Danzasa*, Spb, 1863.

Delo: *Duel Puchkina s Dantesom-Guekkerenom* (*Podlinnoe voenno-sudnoe delo 1837 g.*), Spb, 1900.

Ficquelmont I: *Il diario di Daria Fiodorovna Ficquelmont*, sob os cuidados de N. Kauchtschischwili, Milão, 1968.

Ficquelmont II: Dolly Ficquelmont, Diário 1832-1837, inédito, Statni Archiv de Detchin, República Tcheca; uma cópia datilografada do texto foi gentilmente posta à nossa disposição por Nina Kauchtschischwili. Fragmentos do diário (a longa anotação de 29 de janeiro de 1837, em que Dolly Ficquelmont escreve sobre o duelo de Puchkin, assim como outras em que ela recorda Puchkin e a esposa, além de Heeckeren) saíram em publicações periódicas, tanto no original francês quanto em tradução russa, a partir de 1956.

Heeckeren: carta de Jacob van Heeckeren a Karl Vassilievitch Nesselrode, 13 de fevereiro de 1837, in Schogolev I (ver adiante), pp. 184-188.

Karamzin: *Puchkin v pismakh Karamzinykh 1836-37 godov*, M-L, 1960.

Naschokin: *Rasskazy P. V. i V. A. Naschokinykh* [1881], in Bartenev, pp. 340-364.

NM: B. L. Modzalevski, Iu. G. Oksman, M. A. Tsiavlovski, *Novye materialy o dueli i smerti Puchkina*, L, 1924.

Poliakov: A. S. Poliakov, *O smerti Puchkina. Po novym dannym*, P, 1922.

PVS: *A. S. Puchkin v vospominaniiakh sovremennikov*, 2 vol., M, 1985.

Rosset: *Iz rasskazov A. O. Rosseta pro Puchkina*, in RA, II, 1882, pp. 245-248.

Schogolev I: *Dueli smert Puchkina*, in PiS, XXV-XXVII, 1916. A obra teve a seguir várias reimpressões, algumas consideravelmente revistas e ampliadas. À sua primeira edição, que apresentava em língua original inúmeros documentos inéditos, fazemos referência para todos os textos não redigidos em língua russa. A sigla Schogolev II, por sua vez, indica a edição mais recente da monografia: M, 1987.

Smirnov: N. M. Smirnov, *Iz pamiatnykh zapisok*, in RA, I, 1882, pp. 227-244.

Sollogub I: *Netcto o Puchkine. Zapiska Solloguba iunior* [escrito antes de 1854], in B. L. Modzalévski, *Puchkin*, L, 1929, pp. 374-381.

Sollogub II: *Iz vospominani grafa V. A. Solloguba*, in RA, 5-6, 1865, pp. 736-772.

Sollogub III: V. A. Sollogub, *Vospominaniia*, Spb, 1887.

Spasski: *Zapiska doktora Spasskogo*, in Schogolev II, pp. 175-178.

SZK: P. A. Viazemski, *Polnoe sobranie sotchineni*, Spb, vol. VIII, *Staraia Zapisnaia Knijka*, 1883.

Trubetskoi: *Rasskaz ob otnochéniiakh Puchkina k Dantessu. Zapisan so slov A. V. Trubetskogo*, in Schogolev II, pp. 351-356.

Veressaev: V. V. Veressaev, *Puchkin v jizni*, 2 vol., M, 1936.

Viazemski: *Iz rasskazov Petra Andreevitcha i kniaguíni Very Fiodorovny Viazemskikh*, in RA, 7, 1888, pp. 305-312.

Viazemski: carta de P. A. Viazemski ao grão-duque Mikhail Pavlovitch, 14 de fevereiro de 1837, in Schogolev I, pp. 139-154.

Jukovski: V. A. Jukovski, *Konspektivnye zametki o guibeli Puchkina*, in PVS, vol. II, pp. 391-393 (este texto retoma o que foi estabelecido por I. Boritchevski em *Zametki Jukovskogo o guibeli Puchkina*, in "Puchkin. Vremennik Puchkinskoi Komissii", 3, 1937, pp. 371-392, que em alguns pontos corrige aquele publicado pela primeira vez em Schogolev I).

Para as obras de Puchkin, faz-se referência à edição em 16 volumes, denominada "acadêmica": A. S. Puchkin, *Polnoe sobranie sotchinenii*, 16 vol., M-L, 1937-1949 (daqui em diante, PSS). Remete-se às obras em verso com o título, o ano de publicação (ou de composição, no caso de obras que permaneceram inéditas durante a vida de Puchkin) e o número progressivo dos versos citados; no caso de *Eugênio Oneguin*, com o número do canto, o da estrofe e o dos versos citados.

O número se refere à página em que se encontram a citação ou a frase comentada.

13 : Schogolev I, p. 237.
14 : *Ibid.*, pp. 218-219.
14 : *Ibid.*, p. 211.
14 : *Ibid.*, p. 207.
15 : *Ibid.*, p. 245.
15 : *Ibid.*, p. 235.
16 : *Ibid.*, p. 209.
16 : *Ibid.*, p. 215.
16 : *Ibid.*, p. 225.
17 : *Ibid.*, p. 205.
17 : Smirnov, p. 233.
17 : assim se lê, por exemplo, em Schogolev II, p. 557. Em todas as fontes russas, Heeckeren é chamado Louis, provavelmente porque aparece com esse nome no esboço biográfico *Georges Charles d'Anthès*, por L. Metman (ver adiante). Não sabemos se se trata de um erro de Metman ou se, em francês, Heeckeren de fato se fazia chamar assim. Suas poucas cartas por nós encontradas em AR Heeckeren trazem como assinatura "*baron de Heeckeren*".
18 : S. N. Karamzina a An. N. Karamzin, 9 de janeiro de 1837, in Karamziny, p. 290.
18 : S. M. S[uchoti]n, *Iz vospominani molodosti (O Puchkine)*, in RA, 10, 1864, p. 1086.
19 : Smirnov, p. 233.
19 : RS, 112, 1902, p. 602; deciframos da única maneira possível, como "Apraksin", a abreviação "A-n" que aparece no relato de A. Mörder; segundo acreditamos, tratava-se do conde Fiodor Stepanovitch.
19 : S. A. Pantchulidzev, sob os cuidados de, *Sbornik biografij kavalergardov. 1826-1908*, Spb, [vol, IV], 1908, p. 77.
20 : S. N. Karamzina a An. N. Karamzin, 21 de novembro de 1836, in Karamziny, p. 282
20 : *Dictionnaire de Biographie Française*, Paris, vol. II, 1903, p. 1482.

21 : assim é mencionado em muitas fontes da época e nos manuais de história (por exemplo, Malet, Isaac, *L'histoire. Les révolutions. 1789-1848*, Paris, 1960, p. 249); Puchkin, por sua vez, escrevia em 21 de janeiro de 1831 a E. M. Khitrovo: "...*Les Français ont presque fini de m'intéresser ... Leur roi, avec son parapluie sous le bras, est par trop bourgeois...*", in PSS, vol. XIV, 1941, p. 148.

22 : Arapova, 11416, p. 6.

23 : Arapova, 11406, p. 5.

23 : "Sanktpeterburgskiia Vedomosti", 11 de outubro de 1833.

24 : AR Nantes; o registro das matrículas 1830-1840 ainda não está classificado.

24 : L. Metman, *Georges Charles d'Anthès*, in Schogolev I, pp. 294-295.

24 : *Ibid.*, pp. 262-263.

25 : Danzas, pp. 5-7.

25 : [P. A. Efremov], *Aleksandr Sergueevitch Puchkin. 1799-1837*, in RS, 28, 1880, p. 89.

26 : Ficquelmont I, p. 87.

26 : *Ibid.*, p. 115.

26 : *Ibid.*, p. 146.

26 : A. Ja. Bulgakov a P. A. Viazemski, 26 de fevereiro de 1837, in "Krasny Arkhiv", 2, 1929, p. 230.

26 : P. P. Viazemski, *Aleksandr Puchkin. 1826-1837*, in *Sobranie sotchineni. 1876-1887*, Spb, 1893, hoje in PVS, vol. II, p. 197.

26 : Smirnov, p. 234.

26 : Rosset, p. 246.

26 : Danzas, p. 8.

26 : Viazemskie, p. 312.

26 : Ficquelmont I, p. 118.

26 : *Ibid.*, p. 146.

26 : S. A. Bobrinskaia ao marido A. A. Bobrinski, 20 de julho de 1832, RGADA, f. 1412, op. 1, ed. cr. 118, 1. 50 *verso*.

27 : A.-G. de Barante, despacho de 8 de outubro de 1836, in H. Troyat, *Pouchkine*, Paris, 1946, vol. II, p. 343.

27 : Sollogub II, p. 765.

27 : G. d'Anthès a J. van Heeckeren, 18 de maio de 1835, AR Heeckeren. Daqui em diante, não mais será assinalada a fonte das citações extraídas das cartas que d'Anthès escreveu a Heeckeren de maio de 1835 ao outono de 1836.

27 : N. Lerner, *Novoe o Puchkine* (o artigo apresentava, em tradução russa, trechos das memórias de Stanislaw Morawski, 1802-1853, recém-publicadas na Polônia), in *Krasnaja Gazeta*, 318, ed. vespertina, 18 de novembro de 1928.

27 : Schogolev I, p. 262.
28 : V. V. Nikolski, *Idealy Puchkina*, Spb, 1899, p. 128, nota.
28 : *Dnevnik 1833-35*, daqui em diante Diário, in PSS, vol. XII, 1949, pp. 314-337.
28 : *Ibid.*, 4 de dezembro de 1833.
29 : *Ibid.*, 8 de abril de 1834.
29 : Ficquelmont II, 10 de novembro de 1833.
29 : *Ibid.*, 27 de julho de 1832.
29 : GARF, f. 672, op. 1, d. 413, l. 58; este e outros breves trechos do diário de Aleksandra Fiodorovna foram publicados pela primeira vez em tradução russa por E. Gerchtein, *Vokrug gibeli Puchkina*, in *Novyi Mir*, 2, 1962, pp. 211-226.
29 : barão F. Büler, *Zapiska A. S. Puchkina k kavaleriste-devitse N. A. Durovo*, in RA, I, 1872, p. 203, nota.
30 : AR Bray, carta de 26 de abril de 1834.
30 : *Ibid.*, carta de 23 de maio de 1834.
30 : *Ibid.*, carta de 15 de maio de 1834.
30 : *Ibid.*, carta de 24 de outubro de 1834.
30 : *Ibid.*, carta de 19 de maio de 1835.
33 : citado em Veressaev, vol. II, p. 293.
36 : PSS, vol. XVI, 1949, pp. 42-43.
36 : Schogolev I, p. 263.
39 : PSS, vol. XVI, pp. 48-49.
39 : L. Metman, *Georges Charles d'Anthès*, op. cit., p. 296.
41 : E. Possenti, *Milano amorosa*, Milão, 1964, p. 174.
42 : Trubetskoi, p. 352.
43 : *Pikovaia dama*, in PSS, vol. VIII, segunda parte, 1948[2], p. 235.
43 : *Ibid.*, p. 244.
43 : *Ibid.*, p. 252.
43 : A. S. Puchkin a E. M. Khitrovo, entre agosto e dezembro de 1832, in PSS, vol. XV, 1948, p. 38 ("... *Comment n'avez-vous pas honte d'avoir parlé si légèrement de Karr. Son roman a du génie et vaut bien le marivaudage de votre Balzac...*").
43 : Puchkin à mesma, 9 (?) de junho de 1831, in PSS, vol. XIV, 1941, p. 172 ("... *Rouge et noir est un bon roman, malgré quelques fausses déclamations et quelques observations de mauvais goût...*").
44 : P. P. Viazemski, *Aleksandr Puchkin*, op. cit., p. 197.
44 : PSS, vol. XVI, pp. 50-51.

45 : G. Wilding di Butera e Radoli, despacho de 3 de janeiro de 1836, AR Nápoles, acervo 1713: "Russia. Sua Legazione. 1836-1844", fasc. "1837".

48 : já se sabia aquilo que em 1º de dezembro de 1835 Aleksandrina Gontcharova escreveu ao irmão Dmitri: "... Dançamos com freqüência, toda quarta-feira andamos a cavalo por Bistrom; depois de amanhã, teremos um grande torneio: os rapazes mais na moda: ... Valuev ... d'Anthès ... A. Golitsin ... A. Karamzin..."; por uma carta inédita que Maria Petrovna Viazemskaia escreveu à mãe em 16 de dezembro de 1835 (RGALI, f. 195, op. 1, ed. cr. 3269, (3), ll. 124-125 e verso), descobrimos que, no final de 1835, d'Anthès via os Puchkin também nas casas de amigos comuns. Escrevia a princesinha Viazemskaia: "*Samedi j'ai été aussi chez Nadinka Salagoub qui m'avait fait dire le matin de venir la voir. En revenant à la maison j'ai trouvé grand monde: les Pouchkine et d'Anthès, plus tard est venu Scalon et Walouieff. À onze heures les deux derniers nous ont quitté pour aller avec papa chez Joukowsky, d'Anthès s'en est allé enfin et nous avons achevé notre soirée à nous quatre...*".

49 : PSS, vol. XVI, pp. 73-74.

49 : Sollogub II, p. 751, nota de P. B[artenev].

49 : *Loc. cit.*

61 : um trecho desta carta (assim como da citada às pp. 69-70 de nosso texto) foi publicado por H. Troyat em *Pouchkine*, cit., vol. II, pp. 356-357 (pp. 359-360 o segundo trecho). A publicação apresentava alguns erros de grafia, entre os quais, em vez de "Bray", aquele "Broge" (Troyat propunha também a leitura "Brage") que autorizou as mais fantasiosas hipóteses sobre a identidade do misterioso personagem. Nem todos os estudiosos russos acreditaram nas palavras de Georges d'Anthès. I. Obodovskaia e M. Dementiev chegaram a suspeitar (*Vokrug Puchkina*, M, 1978[2]) de que as cartas parcialmente publicadas por Troyat "fossem escritas por d'Anthès muito mais tarde e por ele deixadas entre seus papéis a fim de 'justificar-se' aos olhos dos pósteros". Devemos justamente a Obodovskaia e Dementiev — dois autores que, aliás, realizaram meritórias pesquisas sobre a família Gontcharov, tendo publicado (mas só em tradução russa e em versões geralmente desleixadas, quando não errôneas) preciosos materiais de arquivo — uma imagem de Natália Nikolaevna Puchkina completa tendenciosamente distorcida. Uma imagem que corresponde em tudo e por tudo àquela da mulher ideal (trabalhadora indefesa, modelo de mãe e dona-de-casa, casto anjo do lar, preciosa colaboradora do marido etc.) propagandeada e exaltada pela retórica soviética. E a época pós-soviética tem dificuldade de livrar-se desse já solidificado estereótipo, de modo que também na literatura de divulgação e ocasional en-

contramos afirmações deste gênero: "Os estudiosos contemporâneos demonstraram documentalmente a inocência de Natália Nikolaevna nos fatos e lançaram nova luz sobre a personalidade dessa mulher fora do comum, esposa amorosa, mãe pressurosa. É notório que Natália Nikolaevna era de uma natureza profunda, rica...". ("Televidenie Radio Sankt-Petersburg", 3, 18 de janeiro de 1992). Por sua vez, em *Puchkin v 1836 godu* (L, 1984; 2ª ed., L, 1989; 3ª ed., completada por outros materiais anteriormente publicados pela autora e por uma resenha de M. Ju. Lotman, Spb, 1994, sob o título *Predystoriia poslednei dueli Puchkina*), uma pesquisadora séria como S. Abramovitch escreve que os trechos das cartas de d'Anthès publicados por Troyat "poderiam esclarecer muitas coisas, se estivessem inseridos no contexto de todo o epistolário ... Fora de tal contexto ... dão margem a avaliações extremamente subjetivas...". Só que, depois dessa premissa filologicamente incontestável, o tom muda: "A carta de janeiro fala sobretudo do fato de que d'Anthès estava tomado por uma autêntica paixão ... Mas convém encarar com grande cautela suas declarações relativas a Natália Nikolaevna. Suas palavras — 'ela também me ama' — testemunham mais uma audaciosa autoconfiança do que a realidade das coisas..." Até poderíamos concordar com Abramovitch, mas seu método é incorreto: por que acreditar em d'Anthès quando ele fala de si mesmo e negar-lhe crédito quando depõe sobre Natália Nikolaevna e relata as palavras dela? Com base numa frase, "... *elle porte le même nom que la dame qui t'écrivait à mon sujet qu'elle était au désespoir mais que la peste et la famine avaient ruiné ses villages...*" (na qual d'Anthès se referia, com toda a evidência, à "*tante de Moscou*", a condessa Charlotta Mussina-Puchkina), alguém saiu em busca de todas as senhoras russas daquele tempo que se prestassem a essa descrição e às quais d'Anthès pudesse ter pedido ajuda econômica — mas que não se chamassem nem Puchkina, nem Mussina-Puchkina: as pessoas não conseguem resignar-se à idéia de que a mulher de um grande russo pudesse estar apaixonada, ou apenas atraída, por um francês. Um outro, ainda, com base nos trechos publicados por Troyat (que sabemos, com certeza, ter recebido de Claude de Heeckeren a cópia integral das duas cartas em questão), supôs que d'Anthès tivesse inventado tudo (seu amor por Natalie, assim como o amor que Natalie nutria por ele) com o objetivo de espicaçar o ciúme de Heeckeren — ou seja, que suas cartas fizessem parte de um jogo erótico (sórdido, para a *pruderie* soviética) entre homossexuais... Não nos espantemos: esses são apenas alguns episódios da mais que secular desconfiança dos russos diante de cada palavra ou ato de Georges d'Anthès, da mais que secular demonização de sua figura. E, ao mesmo tempo, são episódios do processo de beatificação póstuma da mulher de Puchkin, desencadeado há duas décadas: um fenômeno explicável também como reação à antipatia por Natália Nikolaevna Puchkina que o século XIX jamais conseguiu esconder de todo e que Pavel Schogolev (1877-1931), o primeiro verdadeiro estudioso do fim de Puchkin, manifestou abertamente. Participaram dessa antipatia duas grandes poetas do século XX: Anna Akhmatova (convencida de que, estúpida e cegamente apaixonada por d'Anthès, Natália Puchkina se prestava involuntariamente ao jogo de Heeckeren, que a teria escolhido para a tarefa ingrata de relatar ao marido tudo o que deveria exasperá-lo e levá-lo à morte) e Marina Tsvetaeva ("A pura encarnação do gênio, a pura encarnação da beleza. Do belo, ou seja, do vazio ... Natália Gontcharova é simplesmente uma mulher fatal, aquele lugar vazio em cuja direção se concentram, em torno do qual se aglomeram todas as forças e todas as paixões ... Todo o *être* de uma bela mulher está no *paraître*. Salão e baile são o território natural de Gontcharova. Somente nessas horas ela existia...").

Nosso texto já estava na gráfica quando pudemos ler *Leguendy i mífy o Puchkine*, publicado em São Petersburgo no outono de 1994. Aqui, entre outros ensaios que desmentem "as lendas e os mitos sobre Puchkin" dos quais fala o título (nem todas, nem todos), encontramos um artigo de L. Levkovitch, *Jena poeta*, no qual a autora procura finalmente abordar de maneira correta a figura de Natália Nikolaevna, sem desfigurações preconceituosas. Desejamos ao livro vasta audiência, ainda que, para desincrustar do monumento-Puchkin todos os lugares-comuns e as concreções ideológicas, ainda seja necessário muito tempo, como tememos.

51 : [V. V. Lents], *Prikliutcheniia lifliandtsa v Peterburge*, in RA, 4, 1878, p. 454.

53 : V. I. Tumanski a S. G. Tumanskaia, 16 de março de 1831, in V. I. Tumanski, *Stikhotvoreniia i pisma*, Spb, 1912, p. 310.

53 : F. J. Timiriazev, *Stranitsy próchlogo*, in RA, I, 1884, p. 313.

53 : A. Ia. Bulgakov a K. Ia. Bulgakov, 28 de fevereiro de 1831, in RA, I, 1902, p. 56.

53 : S. N. Karamzina a An. N. Karamzin, 8 de julho de 1836, in Karamziny, p. 243.

53 : *Prikliutcheniia lifliandtsa...*, op. cit., p. 454.

53 : V. A. Jukovski a P. A. Viazemski e A. I. Turguenev, final de julho-agosto de 1831, *Písma Jukovskogo k A. I. Turguenevu*, M, 1895, p. 256.

53 : *Prikliutceniia lifliandtsa...*, op. cit., p. 442.

53 : Sollogub III, p. 117.

53 : do diário de A. P. Durnovo, in B. V. Kazanski, *Novye materialy o dueli i smerti Puchkina*, in "Puchkin. Vremennik", I, 1936, p. 237.

54 : o testemunho de E. A. Dolgorukova é citado em Veressaev, vol. II, p. 130.

54 : A. Ja. Bulgakov a K. Ia. Bulgakov, 29 de dezembro de 1829, in RA, III, 1901, p. 382.

54 : A. I. Turguenev a A. Ia. Bulgakov, 7 de dezembro de 1836, in *Pisma Aleksandra Turgueneva k Bulgakovym*, M-L, 1939, p. 198.

54 : *Prikliutcheniia lifliandtsa...*, op. cit., p. 442.

54 : as lembranças da "cigana Tania" (T. Demianovna) são citadas em Veressaev, vol. II, p. 100.

54 : Rosset, p. 245.

54 : S. L. Puchkin e N. O. Puchkina à filha O. S. Pavlischeva, 16 de março de 1833, in "Literaturnoe Nasledstvo", 16-18, 1934, p. 782.

54 : A. I. Turguenev a E. A. Sverbeeva, 21 de dezembro de 1836, in "Moskovski puchkinist", 1, 1927, p. 25.

54 : A. P. Kern, *Delvig i Puchkin*, [1859], in *Vospominaniia o Puchkine*, M, 1987, p. 116.

54 : citado em Veressaev, vol. II, p. 299.

54 : O. N. Smirnova, *Zapiski A. O. Smirnovo*, in A. O. Smirnova, *Zapiski. Iz zapisnych knijek 1826-1845 godov*, Spb, 1895, vol. I, p. 181.

54 : L. N. Pavlischev, *Vospominaniia ob A. S. Puchkine*, M. 1890, p. 57.

55 : carta de 21 de agosto de 1833, in PSS, vol. XV, p. 73.

55 : carta de 19 de setembro de 1833, *ibid.*, p. 82.

55 : carta de 5 de maio (c.) de 1834, *ibid.*, p. 143.

56 : E. E. Kaskina a P. A. Ossipova, 25 de abril de 1831, in PiS, I, 1903, p. 65.

56 : citado em I. Obodovskaia, M. Dementiev, *Natália Nikolaevna Puchkina*, M. 1987, p. 29.

57 : *Loc. cit.*

57 : N. A. Gontcharov ao seu pai A. N. Gontcharov, 1º de maio de 1817, in "Letopisi Gosudarstvennogo Literaturnogo Muzeia", 1, 1936, p. 435.

58 : Ficquelmont I, pp. 174-175.

58 : Sollogub III, p. 118.

58 : carta de 30 de setembro (c., não depois disso) de 1832, in PSS, vol. XV, p. 33.

58 : carta de 30 de junho de 1834, *ibid.*, p. 170.

58 : carta de 14 de julho de 1834, *ibid.*, p. 181.

58 : Viazemskie, p. 311.

58 : carta à mulher, de 30 de outubro de 1833, in PSS, vol. XV, p. 89.

59 : Ficquelmont II, 23 de junho de 1832.

59 : carta de 30 de outubro de 1833, cit., pp. 88-89.

59 : carta de 6 de novembro de 1833, *ibid.*, p. 93.

60 : Ficquelmont I, p. 176.

60 : carta de 8 de dezembro de 1831, in PSS, vol. XV, p. 246.

60 : carta de 25 de setembro de 1832, in PSS, vol. XV, p. 31.

60 : carta de 19 de abril de 1834, *ibid.*, p. 128.

60 : carta de 26 de julho (c., não depois disso) de 1834, *ibid.*, p. 182.

61 : S. A. Bobrinskaia a A. A. Bobrinski, RGADA, f. 1412, op. 1, ed. cr. 118, l. 76 *verso.*

61 : carta de 21 de outubro de 1833, in PSS, vol. XV, p. 87.

61 : carta de 5 de abril de 1830, in PSS, vol. XV, p. 76.

61 : *Loc. cit.*

61 : Ficquelmont II.

62 : das lembranças de E. A. Dolgorukova, in Bartenev, p. 369.

62 : *Eugênio Oneguin*, in PSS, vol. VI, 1937 (daqui em diante, somente *EO*), 8, XIV, 12-13.

62 : *EO*, 8, XV, 10-14.

62 : Ficquelmont II.

63 : N. N. Puchkina ao irmão D. N. Gontcharov, 11 de março de 1833, in I. Obodovskaia, M. Dementiev, *N. N. Puchkina*, op. cit., p. 82.

63 : *Otcherki i vospominaniia N. M. Kolmakova*, in RS, 70, 1891, pp. 670-671.

63 : Aleksandra Fiodorovna a S. A. Bobrinskaia, 30 de janeiro de 1837, GARF, f. 851, op. 1, d. 4, ll. 154-155.

64 : *Postcriptum* à carta de N. I. Gontcharova ao genro A. S. Puchkin, 12 de setembro de 1833, in PSS, vol. XV, p. 148.

65 : citado em P[iotr] B[artenev] *Escho o poslednikh dniakh jízni, poedinke i kontchine Puchkina*, in RA, 10, 1908, p. 295.

66 : O. S. Pavlischeva ao marido N. I. Pavlischev, 31 de janeiro de 1836, in PiS, XXIII-XXIV, 1916, p. 210.

66 : S. S. Khliustin a A. S. Puchkin, 4 de fevereiro de 1836, e A. S. Puchkin a S. S. Khliustin, mesmo dia, in PSS, vol. XVI, p. 80.

67 : rascunho da carta a V. A. Sollogub (primeiros dias de fevereiro de 1836), *ibid.*, p. 84.

67 : carta de 5 de fevereiro de 1836, *ibid.*, p. 83.

68 : *Listki iz dnevnika M. K. Merder*, in RS, 103, 1900, pp. 383-384.

70 : *EO*, 4, XIV, 3-4.

71 : *EO*, 7, XXIV, 14.

71 : *EO*, 8, XLVII, 12-14.

71 : F. M. Dostoiévski, *Puchkin* [1880], in *Polnoe sobranie sotchineni*, 30 vol., L, vol. XXVI, 1984, p. 140.

71 : Al. N. Karamzin ao irmão An. N. Karamzin, 16 de janeiro de 1837 ("... E assim acabou esse romance *à la Balzac*, para grande pesar dos mexeriqueiros e das mexeriqueiras de São Petersburgo..."), in Karamziny, p. 154.

71 : *EO*, 8, XLVIII, 2.

72 : Sollogub II, p. 754.

74 : citado em Schogolev I, p. 59.

74 : *EO*, 1, XII, 9-14.

76 : Nadejda Ossipovna Puchkina, mãe do poeta, morreu na manhã de 29 de março de 1836; convém supor que d'Anthès iniciou a carta em 28 de março e terminou-a dois dias depois.

76 : Naschokiny, p. 364.

76 : *Dnevnik K. N. Lebedeva*, in RA, II, 7, 1910, pp. 356-357.

77 : carta de 6 de maio de 1836, in PSS, vol. XVI, pp. 112-113.

77 : "Sanktpeterburgskiia Vedomosti", 2 de maio de 1836.

78 : in PSS, vol. XVI, pp. 117-118.

78 : AR Stuttgart, Ministerium der Auswartigen Angelegenheiten. "St. Petersburg Relationen", 1836.

78 : E. N. Mescherskaia à cunhada M. I. Mescherskaia, [16 de fevereiro de 1837], in PiS, VI, p. 96.

80 : o despacho foi publicado por F. Suasso, *Poet, dame, diplomat. Het laaste joar van Alexandre Poesjkin*, Leiden, 1988; o trecho por nós citado está na p. 120.

80 : Karamziny, pp. 234-235.

81 : *Ibid.*, p. 236.

81 : *Ibid.*, p. 243.

82 : *Ottsy-pustynniki i jony neporótch...* ["Os padres eremitas e as mulheres castas..."], 1836, 10-16.

82 : *Naprasno ia begu k sionskim vyssotam...*, 1836.

83 : Trubetskoi, pp. 352-353.

84 : Schogolev I, p. 50.

84 : P. A. Vrevski ao irmão B. A. Vrevski, 23 de dezembro de 1836, in PiS, XXI-XXII, p. 397.

84 : Al. N. Karamzin a An. N. Karamzin, 13 de março de 1837, in Karamziny, p. 309.

85 : L[oeve]-V[eimars], *Pouschkine*, in Schogolev I, pp. 253-254.

86 : Danzas, p. 8.

86 : Ficquelmont II, 29 de janeiro de 1837; dessa longa anotação de diário foram extraídas todas as citações de Ficquelmont II que daqui em diante aparecerão no texto, e cuja fonte não mais indicaremos.

86 : Aleksandra Fiodorovna a S. A. Bobrinskaia, 15 de setembro de 1836, GARF, f. 851, op. 1, d. 13, l. 28.

87 : G. Vogel von Friesenhof a A. P. Arapova, 14 de março de 1887, in L. Grossman, *Tsekh pera*, M, 1930, p. 266.

88 : S. N. Karamzina a An. N. Karamzin, 19 de setembro de 1836, in Karamziny, p. 266.

89 : as traduções russas das *Cartas filosóficas*, a começar pela da *Primeira carta* publicada em "Telescópio", nunca fizeram justiça ao estilo do autor; por isso, traduzimos a partir da mais recente edição em francês: P. Tchaadaev, *Lettres philosophiques*, Paris, 1970, pp. 53-54.

90 : Karamziny, p. 273.

90 : P. Tchaadaev, op. cit., pp. 55-56.

90 : M. K. Lemke, *Nikolaevskie jandarmy i literatura 1826-1855 godov*, Spb, 1908, p. 413.

90 : *Ibid.*, p. 414.

92 : diário, 26 de janeiro de 1834.

92 : A. Ch. Benckendorff a A. S. Puchkin, 28 de janeiro de 1830, in PSS, vol. XIV, p. 61.

92 : Diário, 26 de janeiro de 1834.

93 : SZK, p. 182.

93 : do diário de Al. N. Vulf, in L. Maikov, *Puchkin. Biografitcheskie materialy i istoriko-literaturnye otcherki*, Spb, 1899, p. 177.

93 : citado em S. Abramovitch, *Puchkin. Posledni god*, M, 1991, p. 103.

93 : SZK, p. 159.

94 : diário, 5 de dezembro de 1834.

94 : diário, 1º de janeiro de 1834.

94 : carta à mulher, de 28 de junho de 1834 (c.), in PSS, vol. XV, p. 167.

95 : SZK, p. 119.

95 : carta de 20 de dezembro de 1823, in PSS, vol. XIII, 1937, p. 83.

96 : carta de 20 e 22 de abril de 1834, in PSS, vol. XV, pp. 129-130.

97 : P. A. Viazemski, *Staraia Zapisnaia Knijka. 1813-1852*, in *Polnoe sobranie sotchinenii*, Spb, vol. IX, 1884, p. 129.

97 : Naschookiny, p. 364.

97 : SZK, p. 75.

98 : *Ibid.*, pp. 90-91.

98 : M. K. Lemke, *Nikolaevskie jandarmy i literatura...*, op. cit, p. 11.
98 : SZK, p. 174.
99 : diário, 10 de maio de 1834.
99 : SZK, p. 86.
100 : SZK, p. 246.
101 : *D. M.* [por M. D.] *Delariu i A. S. Puchkin*, in RS, 29, 1880, p. 219.
101 : carta de 3 de junho de 1834, in PSS, vol. XV, p. 154.
101 : carta de 11 de junho de 1834, *ibid.*, p. 159.
101 : carta de 29 de maio (c., não depois disso) de 1834, *ibid.*, p. 153.
101 : SZK, p. 51.
102 : diário, 16 de abril de 1834.
102 : SZK, p. 242.
102 : diário, 7 de janeiro de 1834.
102 : carta de 8 de junho de 1834, in PSS, vol. XV, p. 156.
102 : V. A. Jukovski a A. S. Puchkin, 3 de julho de 1834, *ibid.*, p. 173.
103 : Nicolau I a A. Ch. Benckendorff, sem data, in "Starina i Novizna", 6, 1903, pp. 10-11.
103 : A. S. Puchkin a A. Ch. Benckendorff, 3 de julho de 1834, in PSS, vol. XV, p. 172.
103 : SZK, pp. 118-119.
103 : "Otryvki iz Putechestviia Oneguina" (Fragmentos da Viagem de Oneguin), in PSS, vol. VI, p. 201.
104 : A. S. Puchkin a N. I. Krivtsov, 10 de fevereiro de 1831, in PSS, vol. XIV, p. 151.
104 : o testemunho de Pavel Petrovitch Viazemski é citado em Veressaev, vol. II, p. 81.
104 : A. S. Puchkin a E. M. Khítrovo, 19-24 de maio de 1830, in PSS, vol. XIV, p. 94.
104 : A. S. Puchkin a P. A. Pletniov, 16 de fevereiro de 1831 (c., não depois disso), *ibid.*, p. 152.
105 : SZK, pp. 121-122.
105 : assim se definiu Jukovski, quando Puchkin, ainda muito jovem, publicou o poema *Ruslan e Liudmila*, dedicando-lhe um retrato seu.
105 : rascunho da carta de P. A. Viazemski ao grão-duque Mikhaíl Pavlovitch, 14 de fevereiro de 1837, in Schogolev I, p. 158.
106 : *Pora, moi drug, pora...*, 1834.
106 : S. M. S[ukhoti]n, *Iz vospominaani molodosti*, op. cit., p. 981.
106 : *Perebelionnye stranitsy vospominani grafa V. A. Solloguba*, Spb, 1893, p. 251.
107 : *Polnoe Sobranie Zakonov Rossiiskoi Imperii*, coletânea II, VI, primeira seção, Spb, 1832, pp. 224-230.

107 : A. S. Puchkin a E. M. Khitrovo, primeira metade de janeiro de 1830, in PSS, vol. XIV, p. 57.

108 : "Severnaia Ptchela", 18 de junho de 1836, p. 645.

108 : *Ibid.*, p. 647.

108 : A. V. Nikitenko, *Dnevnik*, 3. Vol., [L], vol. I, 1955, p. 178.

108 : SZK, p. 18.

108 : naquela época, Jukovski morava num apartamento no último andar da "casa de Chepelev"; P. A. Viazemski escrevia a A. I. Turguenev em 29 de dezembro de 1835: "... aos sábados, Jukovski convida a confraria literária para sua mansarda olímpica ... Comparecem Krylov, Puchkin, Odoevski, Pletniov, o barão Rozen etc..." (*Ostafievski Arkiv kniazei Viazemiskikh*, Spb, vol. III, 1903, p. 281).

108 : a noção de uma "época puchkiniana" da cultura russa já é do século XX. *Poety Puchkinskoi pory*, o título de uma antologia publicada em Moscou, em 1919, sob os cuidados de Iu. N. Vierkhovski, foi retomado outras vezes, afirmando-se na literatura crítica.

108 : *EO*, 8, LI, 3.

108 : V. G. Belinski, *Vtoraia knijka "Sovremennika"*, [1836], in *Sobranie sotchineni*, 9. Vol., M, vol. I, 1976, p. 517.

108 : contra a "arte pela arte" (ou a arte "pura", como a definira Belinski), levantaram-se muitas das críticas oitocentistas a partir da década de 1840 (vide, por exemplo, N. A. Nekrassov, *Zametki o jurnalakh*, 1855, in *Polnoe sobranie sotchineni i pissem*, M, vol. IX, 1950, p. 296).

108 : *D. V. Davydovu* (Para D. V. Davydov), 1836, 5-7.

109 : E. N. Mescherskaia ao irmão An. N. Karamzin, 28 de maio de 1836, in Karamziny, p. 235.

109 : tomamos emprestadas as palavras com que Belinski (in *Vtoraia knijka "Sovremennika"*, cit., p. 518) batizava os colaboradores das revistas "mundanas" como *O Contemporâneo* de Puchkin.

110 : Rosset, p. 246.

111 : SZK, p. 126.

111 : P. A. Viazemski, *Polnoe sobranie sotchineni*, op. cit., vol. II, 1893, p. 109.

111 : SZK, p. 119.

111 : *Ibid.*, p. 185.

112 : *Table-Talk*, in PSS, vol. XII, p. 177.

112 : P. A. Viazemski, *Zapisnye knijki. (1813-1848)*, M. 1963, p. 274.

112 : SZK, p. 68.

112 : Sollogub II, p. 755.
113 : *Iz Pindemonti*, 1836.
113 : *Gosti siejalis' na datchu...* (Os convidados chegavam à dacha...), 1828-1830, in PSS, vol. VIII, primeira parte, 1948², p. 42.
114 : "*Table-Talk*", op. cit., p. 171.
114 : diário, 22 de dezembro de 1834.
114 : V. G. Belinski, *Sotchineniia Aleksandra Puchkina. Statia deviataia*, in op. cit., vol. VI, 1981, p. 425.
115 : "*Table-Talk*", cit., p. 156.
116 : *Na eto skajut mne s ulybkoiu nevernio...*, 1835.
116 : *Eguipetskie notch* (As noites egípcias), in PSS, vol. VIII, primeira parte, p. 264.
116 : *Mon portrait*, 1814, 1-4.
116 : carta à mulher, de 14 e 16 de maio de 1836, in PSS, vol. XVI, p. 116.
116 : *Puchkin na literaturnom vetchere u Gretcha*, in RA, II, 1902, p. 253.
117 : Smirnov, p. 233.
117 : *Otryvok iz vospominani S. A. Sobolevskogo o Puchkine*, in NM, p. 123.
117 : *Vospominaniia Valeriana Ivanovicha Safonovitcha*, in RA, 4, 1903, p. 493.
118 : *Ia pamiatnik sebe vozdvig nerukotvorny...*, 1836.
119 : "*Table-Talk*", cit., p. 159.
119 : *EO*, 8, VII, 3.
119 : "Table-Talk", cit., p. 164.
120 : *EO*, 1, LVII, 1 e alhures.
120 : *EO*, 4, XVIII, 12-13.
120 : *EO*, 4, VII, 1-2.
120 : *EO*, 1, XLVI, 1-2.
120 : *EO*, 4, XXI, 8.
120 : *EO*, 4, XX, 2-13.
121 : *EO*, 6, XLIV, 9-12.
121 : *EO*, 7, XXIV, 8.
121 : "*Table-Talk*", cit., p. 159.
122 : A. S. Puchkin a A. A. Delwig, meados de novembro de 1828, in PSS, vol. XIV, p. 34.
123 : "A juventude não precisa de *at home*; a idade madura tem pavor da *sua* solidão. Feliz de quem encontra uma companheira — vai-te daí para longe, então, *para casa*. Oh, poder transferir logo meus penates para o campo — prados, jardim, camponeses, livros; trabalhos poéticos — família, amor etc. — religião, morte": assim Puchkin anotou temas e idéias que pretendia desenvolver quando prosseguisse na elaboração de *É tempo, amiga, é tempo*, o poema que ficou inacabado.

123 : SZK, pp. 431-432.

123 : "*Table-Talk*", cit., p. 173.

123 : SZK, p. 329.

124 : *Byla pora: nach prazdnik molodoi...*, 1836, 9-12.

124 : P. A. Viazemski, *Zapisnye knijki*, cit., p. 203.

125 : *Otcherki i vospominaniia N. M. Kolmakova*, op. cit., p. 665.

125 : *Zametki i aforismy raznykh godov*, in PSS, vol. XII, p. 180.

126 : *EO*, 1, V, 1-2.

127 : *Moio znakomstvo s A. S. Puchkinym (Iz vospominani Aleksandry Mikhailovny Karatiguinoi)*, in RS, 28, 1888, p. 572.

127 : A. S. Puchkin a E. M. Khitrovo, final de janeiro de 1832, in PSS, vol. XV, p. 8.

128 : SZK, p. 493.

128 : Sollogub III, p. 133.

128 : P. A. Viazemski a A. O. Smirnova, 2 de março de 1837, in RA, 2, 1888, p. 300.

128 : de *Filida s kajdoiu zimoiu...*, 1838, in E. A. Boratynski, *Polnoe sobranie stikhotvoreni*, L, 1989, p. 190.

129 : P. A. Viazemski a V. F. Viazemskaia, 3 de junho de 1830, in "Zvenia", 6, 1936, p. 264.

129 : P. A. Viazemski a A. O. Smirnova, 2 de março de 1837, op. cit., p. 299.

129 : P. A. Viazemski, *Zapisnye knijki*, op.cit., p. 211.

129 : P. A. Viazemski a A. I. Turguenev, 25 de abril de 1830, in *Ostafievski Arkhiv kniazei Viazemskiakh*, op. cit., vol. III, p. 193.

129 : *Loc. cit.*

129 : E. M. Khitrovo a A. S. Puchkin, 10 de agosto de 1830, in T. G. Tsiavlovskaia, *Neizvestnye pisma k Puchkinu — ot E. M. Khitrovo*, in "Prometei", 10, 1974, p. 252.

129 : P. A. Viazemski a V. F. Viazemskaia, 30 de maio de 1830, in "Literaturnoe Nasledstvo", 16-18, 1934, p. 806.

130 : A. S. Puchkin a E. M. Khitrovo, agosto-primeira quinzena de outubro de 1830, in PSS, vol. XIV, p. 32.

130 : E. M. Khitrovo a A. S. Puchkin, 18, 20 e 21 de março de 1830, *ibid.*, p. 71.

130 : E. M. Khitrovo a A. S. Puchkin, maio de 1830, *ibid.*, p. 92.

131 : PSS, vol. XVI, pp. 180-181.

131 : Sollogub II, pp. 756-757.

132 : A. F. Voeikov a A. Ja. Storojenko, 4 de fevereiro de 1837, in PiS, VI, 1908, p. 107.

132 : Sollogub III, p. 116.

132 : *Ibid.*, p. 115.

132 : *Ibid.*, p. 117.

132 : Sollogub II, p. 749.

133 : *Ibid.*, p. 752.

133 : Sollogub I, p. 375.

134 : *Ibid.*, p. 377, e Sollogub II, p. 757.

135 : PSS, vol. XVI, p. 180.

135 : Schogolev II, p. 378.

135 : C. Von Hohenlohe-Kirchberg, despacho de 17 de dezembro de 1836, AR Stuttgart, Ministerium der Auswartigen Angelegenheiten, "St. Petersburg Relationen", 1836.

137 : PSS, vol. XVI, pp. 182-183.

138 : Schogolev I, p. 203.

138 : A.-G. de Barante, minuta do despacho de 4 de fevereiro de 1837, AR Nantes, "Ambassade de France à St. Pétersbourg. Inventaire des volumes reliés de la correspondance politique (1802-1907), 48: 1837 (Arrivée et départ)". Numa tradução algo incorreta para o russo, essa carta fora publicada em nota à tradução do despacho de Barante em *Iz depechei Barona Baranta. 1836-1837*, in RA, I, 1896, pp. 444-445; aqui, o despacho é datado de "2 de fevereiro de 1837", e nenhum elemento externo ou interno permitia-nos ligá-lo àquele datado de 4 de novembro que procurávamos.

138 : remetemos ao já citado Malet e Isaac, *L'histoire. Les révolutions. 1789-1848*, p. 249.

138 : A. S. Puchkin a E. M. Khitrovo, 9 (c., não depois disso) de fevereiro de 1831, in PSS, vol. XIV, p. 150.

138 : *Klevetnikam Rossii* ["Aos caluniadores da Rússia"], 1831, 4-5.

139 : P. A. Viazemski, *Polnoe sobranie sotchineni*, op. cit., vol. IX, p. 200.

140 : *Iz moei stariny. Vospominaniia kniazia A. V. Mescherskago*, in RA, 1, 1901, p. 101.

141 : Sollogub II, p. 758.

141 : AR Stuttgart, Ministerium der Auswartigen Angelegenheiten, "St. Petersburg Relationen", 1837; o original a partir do qual traduzimos apresenta variações mínimas em relação ao texto publicado em Schogolev I, pp. 227-231.

142 : N. Ja. Eidelman, *Sekreetnoe donessenie Gueversa o Puchkine*, in "Vremennik Puchkinsko Komissii 1971", 1973, p. 10.

142 : *Ibid.*, p. 14. Eidelman levantava a hipótese de que Gevers fosse o verdadeiro autor da "Notice", à qual Hohenlohe teria retomado intensamente. A. Glasse (*Dueli smert Puchkina po materialam arkhiva Viurtembergskogo possolstva*, in "Vremennik Puchkinskoi Komissii 1977", 1980) sustentou, ao contrário, que a paternidade da "Notice" deve ser atribuída ao embaixador de Baden-Württemberg: este, por

viver em São Petersburgo havia muito tempo, tivera oportunidade de conviver com Puchkin, de apreciar as obras dele, e certamente estava mais informado que Gevers. Nós nos inclinamos para essa segunda hipótese, embora não se possa excluir que ambos os diplomatas tenham recorrido à mesma fonte de autor desconhecido.

143 : Sollogub II, p. 766.

143 : *Loc. cit.*

143 : *Ibid.*, p. 757.

145 : A. N. Vulf a E. N. Vrevskaia, 22 de dezembro de 1836, in PiS, XXI-XXII, 1915, p. 347.

145 : *Puchkin i Dantes-Guekeren*, in RV, 3, 1893, p. 299.

145 : A. F. Voeikov a A. Ia. Storojenko, 4 de fevereiro de 1837, op. cit., p. 108.

145 : I. T. Kalachnikov a P. A. Slovtsov, 12 de fevereiro de 1837, in PiS, VI, p. 105.

145 : Iu. K. Berkgueim (Berkheim) a N. N. Raevskii, fevereiro de 1837, in PiS, II, 1904, p. 20.

145 : *Puchkin v vospominaniiakh i dnevnike N. I. Ivanitskogo*, in PiS, XIII, 1910, p. 32.

145 : Sollogub II, p. 768.

145 : B. L. Modzalevski, *Kto byl ávtorom anonimnykh paskvilei na Puchkina?*, in NM, p. 14.

145 : Danzas, p. 10, nota.

145 : a carta foi publicada (em francês e na tradução russa) por T. G. Tsiavlovskaia em *Neizvestnye pisma k Puchkinu — ot E. M. Khitrovo*, op. cit., pp. 254-255.

146 : *EO*, 7, XLVIII, 14, e 6, XI, 11.

147 : K. Gorbatchevitch, E. Khablo, *Potchemu tak názvany?*, 1962, p. 159.

148 : P. A. Viazemski a A. I. Turguenev, 5 de outubro de 1835, in *Ostáfievski Arkhiv kniazei Viazemskikh*, op. cit., vol. III, p. 277.

148 : *Loc. cit.*

148 : a expressão aparece pela primeira vez no relatório sobre o estado das universidades enviado por Uvarov a Nicolau I em dezembro de 1832; extraímos nossa citação de Ia. Gordin, *Pravo na poedinok*, L, 1989, p. 157.

148 : *Ibid.*, p. 159.

150 : N. I. Gretch, *Zapiski o moei jizni*, M-L, 1930, p. 702.

150 : *Loc. cit.*

151 : diário, fevereiro de 1835.

151 : A. S. Puchkin a I. I. Dmitriev, 26 de abril de 1835, in PSS, vol. XVI, p. 22.

151 : "Na Akademii nauk...", 1835.

152 : *Na vyzdorovlenie Lukulla. Podrajanie latinskomu*, 1835, 1, 17-20, 25-26, 30-32.

152 : A. I. Turguenev a P. A. Viazemski, 9 de março de 1836, in "Literaturnoe Nasledstvo", 58, 1955, p. 120.

152 : Ja. K. Grot, *Puchkin, ego litseiskie tovarischi i nastavniki*, Spb, 1887, p. 314.

152 : rascunho de uma carta a Benckendorff, final de janeiro ou início de fevereiro de 1835, in PSS, vol. XVI (aqui, A. N. Mordvinov é indicado como destinatário da carta), p. 67; não se sabe se Puchkin teria depois expedido a carta, da qual só se conservou a minuta.

152 : N[ikolai] N[ikolaevitch] T[erpigorev], *Rasskazy iz prochlogo*, IsV, 41, 1890, p. 337.

153 : Schogolev II, p. 253; ao traduzir, eliminamos as abreviações que aparecem no texto.

153 : "Moskovski puchkinist", 1, 1927, p. 17.

153 : *Zapiski F. F. Viguelia*, M, Quinta parte, 1892, pp. 61-62.

153 : *Imperator Nikolai I i ego spodvijniki. (Vospominaniia grafa Ottona de Bre. 1849-1852)*, in RS, 109, 1909, p. 124.

154 : as palavras de P. V. Dolgorukov estão citadas em Schogolev II, p. 389.

154 : *Iz zapissok barona (vposledstvii grafa) M. A. Korfa*, in RS, 102, 1900, p. 49.

154 : *Loc. cit.*

154 : Schogolev II, p. 389, nota.

155 : Naschokiny, p. 358.

155 : Sollogub II, p. 758.

155 : M. D. Nesselrode ao filho D. K. Nesselrode, 28 de fevereiro de 1840, in RA, 5, 1910, p. 128.

155 : também essas palavras são de P. V. Dolgorukov e estão citadas em Schogolev I, p. 388.

156 : K. V. Nesselrode a I. N. Inzov, 4 de maio de 1820, in RS, 53, 1887, p. 239.

157 : NM, pp. 128-129.

157 : Danzas, p. 9, nota.

158 : Sollogub I, p. 377.

159 : Schogolev II, p. 249.

159 : Smirnov, p. 235.

159 : Danzas, pp. 9-10.

159 : Schogolev II, p. 412.

160 : Iu. F. Samarin a D. A. Obolenski, 1844, in RA, II, 1880, p. 329.

160 : *La vérité sur la Russie* era o título de um livro que Dolgorukov publicou em Paris em 1860.

160 : M. Jikhariov, *Piotr Iakovlevitch Tchaadáev (Iz vospominanii sobremennika)*, in "Vestnik Evropy", 9, 1871, p. 48.

161 : Schogolev II, p. 331-38 (aqui, encontra-se a reprodução fotográfica do bilhete anônimo).

161 : citado em Schogolev II, pp. 425-426.

162 : citado em Schogolev II, pp. 427-428; traduzimos como "difusão de cartas anônimas" o enigmático "*perenós podmiótnykh písem*" ("transporte de cartas anônimas") do texto, transcrito por um copista e corrigido por Odoevski; na minuta manuscrita do mesmo texto se lê: "... no campo da literatura esse senhor exercitou-se unicamente na *escrita* [o itálico é nosso] de cartas anônimas" (Schogolev II, p. 428, nota); ao copiar no diário o artigo de Dolgorukov, Odoevski acrescentou entre parênteses, na altura em que se falava de Puchkin: "o mesmo a quem o mesmo Dolgorukov *escreveu* [o itálico é nosso] as cartas anônimas que foram a causa do duelo" (Schogolev II, p. 426).

162 : NM, pp. 20-22.

162 : *Ibid.*, pp. 41-42.

162 : *Ibid.*, p. 43.

163 : Citado em Schogolev II, p. 432.

163 : NM, p. 39, nota.

163 : *Iz zapisnoi knijki "Russkogo Arkhiva"*, in RA, 8, 1892, p. 489.

163 : barão F. Büler, *Zapiska A. S. Puchkina...*, op. cit., p. 204.

164 : citado em Schogolev II, p. 407.

164 : NM, p. 21.

164 : citado em Schogolev II, p. 407.

165 : A. I. Herzen a N. P. Ogariov, 8 de maio de 1868, in A. I. Herzen, *Sobranie sotchineni*, 30 vol., M. vol. XXIX, 1963, I, p. 342.

165 : A. I. Herzen a M. Mejzenburg e O. A. Herzen, 15 de junho de 1868, *ibid.*, p. 376.

165 : Sollogub II, p. 768.

166 : C. L. de Ficquelmont, despacho de 16 de dezembro de 1835, AR Viena, "Staatenabteilungen 'Russland'", III, Karton 105, 1835.

166 : O. S. Pavlischova a N. I. Pavlischov, 20 de dezembro de 1835, in PiS, XVII-XVIII, 1913, p. 203.

166 : *Moia rodoslovnaia*, 1830, 17-24.

167 : a expressão é do próprio Dolgorukov e está citada em Schogolev II, p. 413.

167 : Trubetskoi, p. 356.

167 : não foi possível descobrir a identidade dessa mulher. Para identificá-la, dispúnhamos apenas de breve referência de d'Anthès numa carta de 1º de setembro de 1835 a Heeckeren: "... *J'ai ma pauvre Épouse qui est dans le plus grand des désespoirs; la pauvre femme vient de perdre il y a quelques jours un enfant et se trouve menacée de*

perdre l'autre...". Nenhum documento genealógico por nós consultado dá notícia de um/a menor morto/a em São Petersburgo na segunda metade de agosto de 1835. Portanto, poderíamos excluir que a "*Épouse*" de Georges d'Anthès pertencesse à aristocracia, se não fosse pelo fato de que, ao registrar a morte de crianças ou de adolescentes, os documentos genealógicos geralmente não trazem a data e se limitam a assinalar: morto/a na menoridade. Em vão consultamos também os quatro volumes de *Petersburgski nekropol*, Spb, 1912-1913. O Arquivo Histórico de São Petersburgo, onde estão guardados os registros oitocentistas de todas as igrejas petersburguenses (neles, seguramente deve haver menção ao sepultamento do desafortunado *enfant*), está fechado há alguns anos para obras de restauração. Pena, porque a intuição nos sugere não descartar a hipótese e a pista de uma mulher enciumada de d'Anthès como autora das cartas anônimas — poderia tratar-se até da mulher de quem Puchkin falou a Sollogub na manhã de 4 de novembro.

168 : Schogolev II, p. 356.

169 : L. Vichnevski, *Escho raz o vinovnikakh puschkinskoi traguedii*, in "Oktiabr'", 3, 1973, pp. 207-215. Isso de conjuração dos jesuítas era uma idéia fixa de L. Vichnevski. O "docente em ciências históricas" já publicara em 1962, no 11º número de "Sibirskie Ogni", um ensaio (*Piotr Dolgorukov i paskvil na Puchkina*) no qual se pode ler, entre outras coisas: "Sustentamos que os assassinos diretos de Puchkin, estreitamente ligados ao imediato *entourage* de Nicolau I, eram não menos estreitamente ligados à ordem dos jesuítas. Afora outras razões, convence-nos o fato de que, alguns anos depois da tragédia de Puchkin, o barão Heeckeren desenvolveu com o papa Gregório XVI conversações a respeito da Concordata ... conversações desse gênero eram feitas pelo papa com este ou com aquele governo, na intenção de entregar livremente nas mãos dos jesuítas a instrução pública. Nessa astuta e complexa manobra, só podia exercer o papel de mediador uma pessoa de absoluta confiança, representante do catolicismo militante, um jesuíta oculto interessado em reforçar o poder do papa. Católico fanático era também d'Anthès..." Sobre conjuração maçônica (e esta podia faltar?), por sua vez, coube a V. Pigaliov escrever (*Puchkin i massony*, in "Literaturnaia Rossiia", 9 de fevereiro de 1979): a morte de Puchkin, que em maio de 1821 ingressara na loja "Ovídio" de Kichiniov (fechada sete meses depois), foi desejada por uma poderosa central maçônica estrangeira que escolheu d'Anthès como instrumento da própria vingança contra o poeta russo, culpado de apostasia. Mas os louros do disparate e da inventiva, na literatura pseudocientífica sobre o fim de Puchkin, cabem a uma tal de E. B. Fiodorova, que em "Vestnik Moskovskogo Universiteta", 3, 1991, propôs as enésimas conjeturas

sobre o duelo e a morte do poeta. Ei-las: "1) Heeckeren é um intrigante e um homem de negócios, talvez seja membro de alguma sociedade secreta; seus chefes se encontram na Holanda; 2) a sociedade secreta e Heeckeren, pessoalmente, têm propósitos de lucro — precisam de dinheiro. 3) A publicação na Europa das memórias de Catarina II (escritas em francês) pode render muitos ganhos, 4) para realizar esse plano, é necessário: a) obter o texto das memórias, b) preparar o terreno para a publicação, começando por lançar a discórdia entre o regente holandês Guilherme de Orange e Nicolau I; c) encontrar um 'bode expiatório' sobre o qual seja possível lançar toda a culpa. Para o ingrato e mortalmente perigoso papel de 'bode expiatório', Heeckeren escolheu Puchkin pelas seguintes razões: — ele está de posse das memórias de Catarina ... — é nobre mas pobre, cheio de dívidas ... — encontra-se sob estreita vigilância policial por causa de seu passado, não tem o direito de ir ao exterior ... — talvez possua documentos ou saiba a respeito de Heeckeren algo de feio, e pode prejudicá-lo. Com semelhante inimigo, Puchkin só podia entrar num conflito mortal ... Heeckeren começou a insinuar-se na casa de Puchkin servindo-se de d'Anthès, que à vista de todos começa a cortejar Natália Nikolaevna ... O confronto sério entre Heeckeren e Puchkin acontece, esta é a hipótese mais provável, no final de outubro ou no início de novembro de 1836. É possível que Heeckeren tenha recorrido a ameaças, e Puchkin, quando em 4 de novembro recebeu a carta anônima, logo compreendeu de quem ela provinha ... O golpe desferido por Heeckeren tendia a provocar a completa desmoralização da vítima ... E, portanto, a conclusão principal: a prematura morte de Puchkin não é a morte de um poeta, mas o trágico fim de um historiador em circunstâncias misteriosas..." Tudo, nesse "ensaio", lembra os filmes policiais-ideológicos que por longo tempo foram a única distração oferecida pela sombria televisão estatal soviética a seus espectadores: não falta nem mesmo o Ocidente negocista, ávido por dinheiro, por picantes documentos exportados clandestinamente da Rússia, por furos editoriais. Que terrível delito cometeu Puchkin, continuamos a perguntar-nos, para merecer tudo isso?

171 : "Kniga prikazov kavaliergardskogo polka", RGVIA, f. 124, op. 1, d. 79, l. 198.

172 : Viazemski, p. 142.

173 : V. A. Jukovski a A. S. Puchkin, 3 de julho de 1834, in PSS, vol. XV, pp. 172-173.

173 : V. A. Jukovski a A. S. Puchkin, 6 de julho de 1834, *ibid.*, p. 175.

173 : a datação que propomos baseia-se no conteúdo da carta (parece claro que a "história" entre d'Anthès e Puchkin está bem no começo) e leva em consideração os dias em que d'Anthès esteve de guarda em novembro de 1836 (de outro modo, o *chevalier garde* não teria motivo para comunicar-se por escrito com o pai adotivo).

174 : AR Heeckeren; a carta foi publicada, com erros de decifração e a impossível datação "(?) fevereiro de 1837", em E. Ternovsky, *Pouschkine et la tribu Gontcharoff*, Paris, 1993, p. 182.

174 : Viazemski, p. 141.

177 : Schogolev I, p. 178.

179 : Jukovski, p. 391; são as seguintes as anotações de Jukovski relativas aos fatos de 4-17 de novembro: "*4 novembre. Les lettres anonymes. 6 novembre.* Gontcharov em minha casa. Minha viagem a São Petersburgo. Casa de Puchkin. Comparecimento de Heeckeren. Resto do dia em casa de Vielgorski e Viazemski. À noite, carta da Zagriajskaia. *7 novembre.* De manhã, casa da Zagriajskaia. Dali vou à de Heeckeren. (*Mes antécédents.* Absoluta ignorância de tudo o que acontecera antes). Revelações de Heeckeren. Sobre o amor do filho por Katerina (engano-me com o nome). Revelação sobre a parentela; sobre o casamento projetado. — A minha palavra. — Idéia de interromper tudo. — Retorno à casa de Puchkin. *Les révélations.* A fúria dele. Encontro com Heeckeren. Vielgorski o pôs ao corrente. O jovem Heeckeren em casa de Vielgorski. *8. Pourparlers.* Heeckeren em casa da Zagriajskaia. Eu na de Puchkin. Grande tranqüilidade. As lágrimas dele. O que eu lhe disse sobre seus flertes. *9. Les révélations de Heeckeren.* Minha proposta de mediação. Ceia a três com pai e filho. Proponho um encontro. *10.* O jovem Heeckeren em minha casa. Retiro a proposta do encontro. Minha carta a Heeckeren. A resposta dele. Meu encontro com Puchkin. Depois disso me recusei. E[katerina] I[vanovna] manda chamar-me. O que Puchk. disse a Aleksandrina. Minha visita a Heeckeren. Sua proposta de uma carta. Recusa de Puchkin. Carta em que ele lembra o casamento. Encontro de Puchkin e Heeckeren em casa de E[katerina] I[vanovna]. Carta de d'Anthès a Puchkin e fúria deste. De novo, duelo. O padrinho. Carta de Puchkin. Bilhete de N[atália] N[ikolaevna] para mim e meu conselho. Aconteceu no *raout* dos Ficquelmont. Noivado. Chegada dos irmãos."

180 : Schogolev I, p. 172.

181 : RGADA, f. 1265, op. 1, ed. cr. 3252, l. 126; a tradução russa dessa carta está em I. Obodovskaja, M. Dementev, *Vokrug Puchkina*, op. cit., pp. 247-249.

181 : Viazemski, p. 143.

181 : Heeckeren, p. 185.

182 : PSS, vol. XVI, p. 183.

183 : *Ibid.*, pp. 184-185; aqui, está datada unicamente de "10 de novembro".

184 : Sollogub II, p. 758.

185 : M. von Lerchenfeld-Koefering, despacho de 18 de novembro de 1836, AR Munique, "Bayerische Gesandstchaft in St. Petersburg", 40, 1836.

185 : PSS, vol. XVI, pp. 232-233, com indicação errônea do destinatário ("V. A. Sollogub") e da data ("17 de novembro de 1836"). Acreditamos que Puchkin tenha entregue a Jukovski o rascunho da carta a Heeckeren em 13 de novembro, porque Jukovski, em suas anotações, fala da carta em questão *antes* do encontro entre Puchkin e Heeckeren na casa da Zagriajskaia.

186 : PSS, vol. XVI, pp. 185-186, onde está datada de "11-12 de novembro". A nova datação (dessa carta, assim como daquela às pp. 187-188 de nosso texto) foi proposta por S. Abramovitch em *Puchkin v 1836 godu*, op. cit., e justificada pela mesma autora em *Perepiska Jukovskogo s Puchkinym v noiabre 1836 g. (Utotchnenie datirovki)*, in *Jukovski i russkaia kultura*, L, 1987. Esta não é a única vez em que, para algumas datações, ou para a interpretação de documentos e fatos, concordamos com Stella Abramovitch, cujos trabalhos são hoje considerados como a mais pertinente e, em muitos aspectos, mais definitiva reconstrução do último duelo de Puchkin. Não o são, porém, e não pelo desconhecimento (este, inteiramente inculpável) de alguns documentos decisivos: o escrúpulo filológico e a indubitável inteligência crítica da pesquisadora resultam prejudicados, como já se disse, pelos preconceitos e *idées reçues*; e, sobretudo, por uma visão das coisas ainda maniqueísta, com a conseqüente divisão do mundo em vítimas (Puchkin e a mulher) e carrascos (d'Anthès e Heeckeren, obviamente, e ainda o czar e a czarina, a aristocracia etc.).

187 : Schogolev I, p. 175.

187 : Schogolev I, p. 174.

187 : GARF, f. 851, d. 13, l. 34.

188 : PSS, vol. XVI, pp. 186-187, onde a carta é datada de 14-15 de novembro.

189 : Schogolev I, p. 174, onde falta o nome de Jukovski; contudo, no original do rascunho da carta, guardado em AR Heeckeren, lê-se "M. J.", que evidentemente vale por "Monsieur Joukowsky".

189 : o verdadeiro nome do visconde d'Archiac era Olivier e não Auguste, como indicam todas as fontes russas; ele mesmo se assinava "Olivier" em alguns documentos que encontramos no Arquivo do Ministério do Exterior francês. Não podemos deixar de considerar, porém, que "Auguste" fosse seu segundo nome, pelo qual ele se fazia chamar.

190 : Sollogub I, pp. 378-379, e Sollogub II, pp. 759-763 (daqui foram tiradas também as citações seguintes, até a p. 193).

190 : preenchemos com o verossímil termo "gentilezas" a lacuna (uma ou mais palavras não decifradas) que a fonte apresenta.

193 : Viazemski, p. 144.

194 : PSS, vol. XVI, p. 188.

194 : Sollogub II, p. 763.

195 : PSS, vol. XVI, p. 188.

195 : Sollogub II, p. 764 (daqui foram tiradas também as citações seguintes, até a p. 196).

196 : Rosset, p. 247.

196 : *Loc. cit.*

197 : AR Heeckeren; datamos a carta em "21 de novembro" com base na menção ao turno de guarda no Palácio de Inverno.

199 : *Vospominanie*, 1828.

201 : Sollogub II, p. 765.

201 : *Loc. cit.*

204 : as duas minutas da carta a Heeckeren estão em PSS, vol. XVI, pp. 262-266; no mesmo volume, pp. 189-191, encontra-se o texto reconstituído com base na primeira. Mais completa e correta é a publicação dos dois rascunhos e da reconstituição do primeiro em N. Izmailov, *Istoriia teksta pisem Puchkina k Gekkerenu*, in "Letopisi Gosudarstvennogo Literaturnogo Muzeia", 1, 1936, pp. 339-348. Em [P. A. Efremov,] *Aleksandr Sergeevitch Puchkin. 1799-1837*, in RS, 29, 1880, estão as reproduções fotográficas dos dois rascunhos.

205 : Sollogub II, p. 765.

207 : PSS, vol. XVI, pp. 191-192; o texto é o publicado pela primeira vez em Danzas. O original da carta emergiu dos papéis dos descendentes de P. I. Miller somente nos anos 70 do século XX, e hoje, junto com outros autógrafos puchkinianos da mesma coleção, está guardado na Seção de Manuscritos da Biblioteca Estatal Russa de Moscou; em conseqüência do feliz achado, N. Ja. Eidelman pôde estabelecer com quase absoluta certeza (*Desiat avtografov iz archiva P. I. Millera*, in "Zapiski Otdela rukopisei", GBL, 33, 1972, pp. 280-320) que em 21 de novembro de 1836 Puchkin não remeteu a carta a Benckendorff. Nossa tradução se baseia no texto manuscrito, o qual aliás apresenta variantes mínimas em relação àquele que se conhecia até sua descoberta.

207 : RA, 7, 1888, p. 296.

208 : P. A. Viazemski a D. V. Davydov, in RA, 6, 1879 (aqui, a carta foi erroneamente publicada entre as endereçadas a A. Ja. Bulgakov), p. 253.

208 : P. A. Viazemski a A. Ja. Bulgakov, in RA, 6, 1879, pp. 253-254.

208 : P. A. Viazemski a E. K. Mussina-Puchkina, in RA, 3, 1900, p. 391.

208 : rascunho de uma carta de V. F. Viazemskaia, do início de fevereiro de 1837, em *Novy Mir*, 12, 1931 (aqui, levantava-se a hipótese de que a destinatária fosse E. N. Orlova; contudo, mais provavelmente, a carta era endereçada a N. F. Tchetvertinskaia), p. 193.

209 : Arapova, 11416, pp. 6-7.

210 : Viazemski, p. 141.

210 : Danzas, p. 9.

210 : Viazemskie, p. 309.

210 : diário de Maria Ivanovna Bariatinskaia, RGADA, f. 1337, op. 1, ed. cr. 8, l. 64 *verso* (este e outros breves trechos do diário da Bariatinskaia foram publicados pela primeira vez em *Novy Mir*, 8, 1956).

210 : *Ibid.*, l. 64.

210 : *Ibid.*, l. 64 verso.

210 : até poucos anos atrás, tomava-se como certo, em todas as reconstituições dos últimos dias de Puchkin, que o encontro entre d'Anthès e Natália Nikolaevna na casa da Poletika ocorrera no final de janeiro de 1837, e que o poeta, informado do fato pela enésima carta anônima, reagira escrevendo a Heeckeren, provocando assim o duelo fatal. Essa versão dos fatos constava do relato de Aleksandra Arapova, a qual até incluía, como guardião do *rendez-vous* clandestino, seu próprio pai, ou seja, Piotr Petrovitch Lanskoi, que na década de 1830 era amante de Idalie Poletika e em 1844 se tornou o segundo marido de Natália Nikolaevna Puchkina (mas, se as coisas tivessem de fato acontecido como narrava a Arapova, o encontro só poderia ter ocorrido muito antes de janeiro, pois Lanskoi deixou São Petersburgo em 19 de outubro de 1836 e retornou em fevereiro de 1837). Com base na ordem cronológica em que o barão von Friesenhof contava a Aleksandra Arapova os fatos relatados pela mulher dele, Abramovitch sustentou pela primeira vez em *Puchkin v 1836 godu* que o encontro na casa da Poletika teria acontecido antes de 4 de novembro. Julgamos plausíveis seus argumentos (aos quais acrescentamos um que nos parece decisivo: nem os Viazemski nem Friesenhof, em seus testemunhos ainda que tardios, estabeleciam uma ligação direta entre a cilada feita a Natália Nikolaevna por d'Anthès e os fatos de 26-27 de janeiro de 1837), mas não compartilhamos da certeza com que Abramovitch faz o encontro em casa da Poletika remontar àquele 2 de novembro que Puchkin recordava no primeiro rascunho da carta a Heeckeren.

211 : carta à mulher, de 30 de setembro (c., não depois disso) de 1832, in PSS, vol. XV, p. 33.

211 : Viazemskie, p. 310.

212 : G. Vogel von Friesenhof a A. P. Arapova, 14 de março de 1887, cit., p. 267.

212 : Heeckeren, p. 185.

215 : nada pôde confirmar nossa suposição. Não encontramos em nenhuma fonte da época, impressa ou inédita, notícia de alguma recepção dada por Maximilian von Lerchenfeld-Koefering e sua mulher Bella no outono de 1836 — nem mesmo entre os interessantíssimos papéis Lerchenfeld, custodiados só de alguns anos para cá no Staatsarkhiv de Amberg (e os documentos da embaixada bávara em São Petersburgo, pelos quais talvez pudéssemos obter informações úteis à nossa pesquisa, perderam-se no naufrágio do navio que os levava para a Alemanha depois da eclosão da I Guerra Mundial). Tampouco as fontes à nossa disposição permitiram datar a reunião noturna dos príncipes Viazemski da qual d'Anthès participou, como "único homem". Embora nos inclinemos a crer que a carta de d'Anthès tenha sido escrita pouco antes da enfermidade pela qual ele obteve uma licença de 19 a 27 de outubro, indicamos as outras datas em que Georges d'Anthès esteve de guarda (um turno durava 24 horas, das 12 às 12 do dia seguinte) naquele mês: 2-3, 6-7, 10-11, 12-13, 29-30.

217 : Heeckeren, p. 186.

217 : Viazemski, p. 141.

218 : *Ibid*, pp. 141-142.

218 : A. Akhmatova, *Gibel Puchkina* [1958], in *Sotchinenia*, M, 1986, vol. II, p. 98.

219 : Heeckeren, p. 186.

220 : Poliakov (o texto em francês vem acompanhado de uma tradução cheia de inexatidões), p. 17. A reprodução fotográfica do original está em Schogolev II, p. 438.

220 : Sollogub II, p. 760.

221 : PSS, vol. XVI, p. 266.

221 : Danzas, p. 9.

221 : A. Akhmatova, *Gibel Puchkina*, op. cit., 95-96. O primeiro a suspeitar refinados segredos, "compreensíveis somente pelo destinatário", por trás daquele "documento trapaceiro" foi Schogolev (veja-se Schogolev II, p. 227).

222 : Danzas, p. 9.

223 : com base no relato materno, a condessa Merenberg lembrava a "saraivada" de cartas anônimas, in NM, p. 127.

223 : Arapova, 11421, p. 5.

224 : AR Bray, carta de 14 de janeiro de 1837.

224 : *Mémoires d'un Royaliste par le Comte de Falloux*, Paris, 1888, vol. I, pp. 136-137.

225 : Karamziny, p. 309.

227 : "Que eu suspeitava da verdade" ("*que je soupçonnois la vérité*") foi proposto por B. V. Kazanski em *Razorvannye pisma*, in "Zvezda", 3, 1934, p. 145. N. Izmailov sugeriu também "*que je comprenois*", "*que je concevois la vérité*", em *Istoria teksta pisem Puchkina k Gekkerenu*, op. cit., p. 347, nota 60.

227 : Rosset, p. 248.

230 : A. Akhmatova, *Gibel Puchkina*, op. cit., pp. 96-97.

231 : Karamziny, p. 309.

233 : Sollogub III, p. 133.

233 : L. Maikov, *Puchkin v izobrajenii M. A. Korfa*, in RS, 99, 1899.

233 : nota de P. I. Bartenev a [M. P. Pogodin], *Iz vospominani o Puchkine*, in RA, 1, 1865, p. 96.

233 : E. A. Karamzina ao filho An. N. Karamzin, 2 de fevereiro de 1837, in Karamziny, p. 300.

233 : Viazemskie, p. 308.

235 : Karamziny, pp. 282-283.

236 : Heeckeren, p. 186.

236 : carta sem data, Schogolev I, p. 266.

236 : carta sem data, *ibid.*, p. 268.

237 : RGADA, f. 1412, op. 1, ed. cr. 121, ll. 10-11. Em tradução russa, a carta foi publicada em "Prometei", 10, pp. 266-269.

238 : A. I. Turguenev a N. I. Turguenev, Schogolev II, p. 255.

238 : Al. N. Karamzin a An. N. Karamzin, 13 de março de 1837, Karamziny, p. 309.

239 : A. P. Dolgorukova à mãe, S. G. Volkonskaia, 30 de janeiro de 1837, in B. V. Kazanski, *Novye materialy...*, cit., p. 241.

239 : *Loc. cit.*

239 : Aleksandra Fiodorovna a E. F. Thiesenhausen, in *Pisma Puchkina k E. M. Khitrovo*, L, 1927, p. 200.

239 : An. N. Karamzin à mãe, E. A. Karamzina, 3 de dezembro de 1836, in *Pisma Andreia Nikolaevitcha Karamzina k svoei materi Ekaterine Andreevne*, M, 1914, p. 4.

239 : Danzas, p. 13.

239 : Viazemski, p. 144.

240 : *Vospominania V. P. Burnachova*, in RA, I, 1872, p. 1790.

241 : AR Heeckeren, carta sem data; nós lhe atribuímos a data de 22 de dezembro de 1836 porque nela se alude a um baile a que d'Anthès não compareceria (por estar doente, supusemos) mas da que do qual a Corte participaria (o baile em casa da princesa Bariatinskaia, supusemos, o qual, pela anotação, aconteceu em 22 de dezembro de 1837).

242 : Karamziny, pp. 288-289.

242 : Al. N. Karamzin a An. N. Karamzin, 13 de março de 1837, Karamziny, p. 309.

242 : Viazemski, p. 145.

243 : Viazemskie, p. 310.

244 : SZK, p. 168.

244 : *Loc. cit.*

245 : J. van Heeckeren a J. Verstolk van Soelen, 30 de janeiro de 1837, in Schogolev I, p. 189.

246 : Danzas, p. 15.

247 : Poliakov, pp. 53-54.

247 : Jukovski, p. 392. Nas anotações de Jukovski não está dito de quem seriam as "duas caras"; a maioria dos comentadores sustenta que ele aludia a d'Anthès, mas alguém supôs também que se tratava de Puchkin. Hesitamos demoradamente antes de referir a d'Anthès o enigmático testemunho de Jukovski, e não por acaso: àquela altura, podia-se dizer as mesmas coisas sobre os dois rivais.

248 : Viazemski, p. 145.

248 : A. N. Gontcharova ao irmão D. N. Gontcharov, [20-24 de janeiro de 1837], in I. Obodovskaia, M. Dementev, *Vokrug Puchkina*, op. cit., p. 255.

248 : Jukovski, p. 392.

249 : P. Melnikov, *Vospominania o Vladimire Ivanovitche Dale*, in RV, 104, 1873, pp. 301-302.

249 : *Perepiska Ja. K. Grota s P. A. Pletniovym*, Spb, 1896, vol. II, p. 731.

249 : I. S. Turguenev, *Sobranie sotchineni*, 12 vol., M. vol. XI, 1983, p. 13.

250 : o testemunho de G. P. Nebolsin está citado em Veressaev, vol. II, p. 363.

250 : P. V. Annenkov, *Materialy dlia biografii A. S. Puchkina*, Spb, 1873[2], p. 307.

251 : [*O Miltone i chatobrianskom perevode "Poteriannogo raia"Miltona*], in PSS, vol. XII, p. 144.

252 : *Listki iz dnevnika M. K. Merder*, op. cit., p. 384.

252 : *Les mystères de la Russie.* Tableau politique et moral de l'Empire Russe... Rédigé d'après les manuscrits d'un dyplomate et d'un voyageur par M. Frédéric Lacroix' 1845, p. 126.

252 : Trubetskoi, p. 354.

253 : *Puchkin v vospominaniach i dnevnike N. I. Ivanickogo*, op. cit., pp. 31-32.

253 : A. Blok, *O naznatchenii poeta* [1921], in *Sobranie sotchineni*, 8 vol., M-L, vol. VI, 1962, p. 167.

253 : *Iz zapisok... M. A. Korfa*, op. cit., p. 574.

254 : G. Vogel von Friesenhof a A. Arapova, 14 de março de 1887, cit., p. 266.

254 : Sollogub II, pp. 766-767.

254 : P. Ja. Tchaadaev, *Sotchinenija i pisma*, M, 1913, vol. I, p. 200.

254 : Rosset, p. 247.

255 : Karamziny, p. 297.

256 : Viazemski, p. 144.

256 : Jukovski, p. 393.

257 : PSS, vol. XVI, pp. 221-222, onde está datada de "26 de janeiro de 1837" com base na cópia que se fez no processo contra d'Anthès e Danzas e que foi publicada em Delo, p. 113. A carta original deveria encontrar-se em AR Heeckeren, e, segundo os barões Claude e Janine de Heeckeren-d'Anthès, ali ficou durante muito tempo, mas hoje não parece ter restado dela vestígio algum. Quanto à cópia que Puchkin fez para si mesmo, não traz nenhuma data. D'Anthès, Danzas, A. I. Turguenev e Heeckeren sustentaram que a carta foi escrita em 26 de janeiro, e a favor dessa data parece falar de maneira inequívoca o "*26 janvier*" que lemos em Delo. Pode-se, contudo, levantar a hipótese de um *lapsus calami* de Puchkin ou do copista, já que, a favor de 25 de janeiro, fala claramente o detalhado testemunho de V. F. Viazemskaia (além dos de S. N. Karamzina, de M. A. Gortchakova, do barão von Liebermann, de Viazemski), imediatamente posterior à morte de Puchkin (ver adiante, no texto). Não conseguimos imaginar o que impeliria Viazemskaia a inventar em sã consciência a conversa travada com Puchkin na noite de 25 de janeiro ("... não faz a menor idéia daquilo que o espera em casa." "O senhor escreveu a ele?." "Sim" etc.), tanto mais quanto ela e o marido, segundo seu relato, não tentaram de modo algum impedir o duelo e portanto, aos olhos de seus interlocutores, podiam até parecer culpados de omissão de socorro, de tácita conivência num crime. Por isso, é impossível que Viazemskaia estivesse mentindo por jactância. Também fica decisivamente descartada a hipótese de que Puchkin, tão temeroso de que alguém se intrometesse em sua "questão familiar", impedindo-o de bater-se, fosse contar à princesa Viazemskaia já ter feito uma coisa que pretendia fazer no dia seguinte. Ainda hoje, portanto, é impossível estabelecer com certeza a data em que Puchkin escreveu e expediu a carta a Heeckeren; de nossa parte, acreditamos na princesa Viazemskaia. De resto, ainda que Puchkin tivesse escrito a Heeckeren na manhã do dia 26 e mandado imediatamente um mensageiro entregar a carta, as conseqüências de seu gesto teriam sido absolutamente idênticas.

258 : carta de V. F. Viazemskaia [a N. F. Tchetvertinskaia], início de fevereiro de 1837, cit., p. 189.

258 : *Loc. cit.*

258 : Heeckeren, p. 187.

259 : J. van Heeckeren a J. Verstolk van Soelen, 30 de janeiro de 1837, cit., p. 190.

259 : PSS, vol. XVI, p. 223.

260 : A. I. Turguenev à prima A. I. Nefedeva, 28 de janeiro de 1837, in PiS, VI, 1908, p. 48.

260 : M. I. Semiovski *K biografii Puchkina*, in RV, 11, 1869, p. 90. Segundo Vrevskaia, Puchkin teria dito: "... o imperador, que tem conhecimento de toda minha situação, prometeu-me tomá-los [os filhos] sob sua proteção." Modificamos ligeiramente o testemunho, evidentemente influenciado pela lembrança daquilo que Nicolau I fez depois da morte do poeta, a fim de restituir-lhe coerência: era impossível que o czar prometesse a Puchkin cuidar dos futuros órfãos, implicitamente autorizando-o, quase impelindo-o ao duelo.

260 : I. T. Lisenkov a P. A. Efremov, 25 de abril de 1874, in "Russkaia Literatura", 2, 1971, p. 111.

260 : PSS, vol. XVI, p. 224.

260 : Rosset, p. 148.

261 : Jukovski, p. 392; são as seguintes as anotações relativas à primeira metade de 27 de janeiro: "Levantou-se alegre às 8. — Depois do chá escreveu muito — até às 11. Às 11, almoço. — Andou pelo aposento de um lado para outro, insolitamente alegre. — Depois viu Danzas pela janela, recebeu-o efusivamente à porta. Entraram no escritório, ele fechou a porta. Passados alguns minutos, mandou buscar as pistolas. — Depois que Danzas saiu, começou a vestir-se; lavou-se todo, roupa de baixo limpa; mandou que lhe trouxessem a *bekech*; desceu a escada. — Voltou atrás, — ordenou que lhe trouxessem ao escritório a peliça comprida e caminhou até um veículo. — Era exatamente uma hora. — Quando voltou, já escurecera." Baseamos nossa reconstituição dos fatos nessas anotações, que evidentemente Jukovski fez recolhendo os testemunhos dos familiares e dos domésticos de Puchkin, pouquíssimo tempo depois dos acontecimentos. A seguir, todos, inclusive o próprio Puchkin, sustentaram a versão de um encontro casual, na rua, entre Danzas e o poeta; com isso, é claro, tentavam diminuir a culpa de Danzas perante a lei: confirmam-no alguns detalhes dos testemunhos à nossa disposição. Mas sobretudo duvidamos de que Puchkin, por mais frio e impassível que se mostrasse diante da morte, fosse passar o tempo, poucas horas antes do duelo, quando ainda precisava

achar um padrinho, a olhar pelas janelas e dali, por acaso, discernisse Danzas, que por acaso vinha visitá-lo. É claro que o poeta o esperava, e assim tivemos de supor que lhe tivesse escrito chamando-o para um encontro. Quanto a "quando voltou, já escurecera", isso provavelmente é o que Jukovski ouviu de Natália Nikolaevna e de Kozlov logo depois da morte de Puchkin, ou até durante a agonia dele, quando muitos fatos ainda não haviam sido esclarecidos; sobre Natália Nikolaevna, temos como certo que ela não se encontrava em casa no início da tarde de 27 de janeiro, e Kozlov, acreditamos, estava longe dos aposentos do patrão (alguns membros da criadagem de Puchkin viviam no local, no porão) quando Puchkin retornou e escreveu a Ichimova. A certeza de que o poeta voltou para casa depois de ter ido com Danzas à embaixada da França vem do fato de que a carta a Ichimova foi enviada pouco depois das 15 (ela recordava: "mandou um empregado com a carta e o livro pouco antes de dirigir-se para a morte"). O próprio Jukovski escreveria depois ao pai de Puchkin: "... deixou Danzas para que este se entendesse com d'Archiac e voltou para casa ... Uma hora antes de sair para bater-se, escreveu à Ichimova...."

261 : PSS, vol. XVI, p. 225.

262 : *Ibid.*, pp. 225-226.

263 : S. Sobolevski, *Tainstvennya primety v jizni Puchkina*, in RA, 1870, p. 1387.

263 : M. P. Pogodin, *Prostaia retch o mudrionykh veschakh*, M, 1875[3], p. 23.

264 : Viazemski, p. 145.

264 : Danzas, p. 19.

264 : PSS, vol. XVI, pp. 226-227.

265 : Schogolev I, pp. 176-177.

267 : L. N. Pavlischev, *Vospominania...*, op. cit., p. 22.

268 : P. I. Bartenev (com base nas lembranças de V. I. Dal), *Puchkin v iujnoi Rossii*, M, 1914, pp. 101-102, nota 68.

268 : L. N. Pavlischev, *Vospominania...*, cit., p. 33.

269 : De I. I. Lajetchnikov, *Znakomstvo moio s Puchkinym*, citado em Veressaev, vol. II, pp. 130-132.

270 : *Iz dnevnika i vospominani I. P. Liprandi*, in RA, 1866, pp. 1413-1416.

270 : V. A. Iakovlev, sob os cuidados de, *Otzyvy o Puchkine s juga Rossii*, Odessa, 1887, pp. 90-91.

270 : *Iz dnevnika i vospominani I. P. Liprandi*, op. cit., p. 1245, nota 22.

271 : P. I. Bartenev, *Puchkin v iujnoi Rossii*, op. cit., pp. 101-103.

271 : *Ibid.*, pp. 106-108.

271 : *Iz dnevinika praporschika F. N. Luginina*, in "Literaturnoe Nasledstvo", 16-18, p. 674; a anotação de diário de Luginin é de 15 de junho de 1822.

272 : I. T. Kalachnikov a P. A. Slovcov, 12 de fevereiro de 1837, cit., pp. 105-106.

272 : V. I. Dal, *Zapiski o Puchkine* [1907], in PVS, vol. II, p. 265.

272 : M. N. Longinov, *Puchkin v Odesse*, in "Bibliografitcheskie Zapiski", 18, 1859, p. 553.

272 : P. I. B[artenev], *Zametka o Puchkine*, in RA, 1865, pp. 390-391.

272 : *EO*, 6, XXX, 9-12; XXXI, 1-6.

273 : Danzas, p. 22.

273 : *Loc. cit.*

273 : o testemunho de Augusta von Hablenz (nascida Lützerode) está em "Literaturnoe Nasledstvo", 58, p. 138.

273 : Danzas, p. 23.

273 : M. N. Longinov, *Poslednie dni jizni i kontchina A. S. Puchkina* [1863], in PVS, vol. II, p. 382.

273 : Schogolev II, p. 378.

274 : Danzas, p. 24.

274 : *Loc. cit.*

274 : *Loc. cit.*

274 : *Loc. cit.*

274 : Danzas, p. 25.

275 : P. A. Viazemski a D. V. Davydov, 9 de fevereiro de 1837, cit., pp. 249-250.

275 : P. V. Annenkov, *Materialy dlia biografii...*, cit., p. 420.

275 : *Pismo V. A. Jukovskogo k S. L. Puchkinu v pervonatchalno redakcii*, in Schogolev II, p. 155. Trata-se do rascunho da longa e detalhada carta sobre o duelo e a morte de Puchkin, datada de 15 de fevereiro de 1837, que Jukovski escreveu ao pai do poeta (na época, Serguei Livovitch morava em Moscou); sob o título "*Poslednie minuty Puchkina*", essa carta, cuja credibilidade é em vários pontos comprometida pelo desejo de idealizar o fim de Puchkin, foi publicada numa versão fortemente mutilada (por razões de autocensura) no quinto número de *O Contemporâneo*, o primeiro que saiu após a morte do poeta.

275 : S. N. Karamzina a An. N. Karamzin, 30 de janeiro de 1837, Karamziny, p. 298.

276 : M. Komar, *Potchemu pulia Puchkina ne ubila Dantesa*, in "Sibirskie Ogni", 1, 1938, p. 135.

276 : *Ibid.*, p. 137.

276 : *Ibid.*, p. 136.

276 : V. Safronov, *Poedinok ili ubistvo?*, in "Neva", 2, 1963, p. 200.

276 : V. Safronov, op. cit., p. 202.

276 : Danzas, p. 21.

277 : V. Safronov, op. cit., p. 203.

277 : *Loc. cit.*

277 : A. Vaksberg, *Prestupnik budet naiden*, M, 1963, pp. 97-98.

277 : citado em M. Jajin, *Istoria gibeli Puchkina*, 5, in "Neva", 12, 1969, p. 188.

277 : *Loc. cit.*

278 : *Loc. cit.*

278 : Viazemskie, p. 310.

278 : Danzas, p. 27.

279 : Jukovski, p. 393.

279 : *Loc. cit.*; são as seguintes as anotações relativas à tarde e à noite de 27 de janeiro: "Danzas entra, pergunta: A senhora está em casa? — os empregados fazem-no descer da carruagem. — O camareiro toma-o nos braços. Não gostas de me carregar? — perguntou. Encontrou a mulher na ante-sala — desmaio — *n'entrez pas.* Fizeram-no reclinar-se no divã. Urinol. Despiu-se, e toda a roupa de baixo limpa. Ordenou tudo ele mesmo; depois deitou-se. Ao lado dele estava Danzas. A mulher entrou depois que ele voltou a vestir-se e que já haviam mandado chamar Arendt. — Sadler — Arendt por volta das 9:00h."

279 : A. I. Turguenev a A. I. Nefedeva, 28 de janeiro de 1837, cit., p. 50.

279 : *Zapiska doktora Jolca*, in Schogolev II, pp. 174-175 (daqui foram tiradas também as citações seguintes, até a p. 280).

281 : o testemunho de Spasski, escrito já em 2 de fevereiro, parece muito preciso: "Em casa do enfermo encontrei o doutor Arendt e Sadler ... Quando foram embora, os médicos me confiaram o doente. Por desejo de seus parentes e amigos, falei-lhe sobre os deveres cristãos. Ele concordou logo ... Às 8:00h da noite o doutor Arendt voltou. Deixaram-no sozinho com o doente. Na presença do doutor Arendt, chegou também o sacerdote...." Contudo, os testemunhos dos Viazemski e sobretudo o de Jukovski tendem claramente a enfatizar a benéfica participação do czar na morte cristã de Puchkin, de modo que nossa versão poderia ser a mais próxima da verdade. Mas não conseguimos compreender por que já em 28 de janeiro, às 9:00h da manhã, Turguenev escrevia: "O soberano mandou Arendt para dizer que, se [Puchkin] se confessasse e comungasse, isso o deixaria muito feliz e ele o per-

doaria. Puchkin alegrou-se, mandou chamar o sacerdote..." Turguenev — que, aliás, falava apenas de uma mensagem oral, e ainda não sabia de nenhum bilhete do czar — chegou à casa do poeta por volta das 23:00h (antes, estivera num serão dos Tcherbatov, no qual Grigori Skariatin o avisara sobre o duelo, e depois passara na residência dos príncipes Mescherski), demorou-se até a meia-noite na casa do Moika, dali voltou aos Mescherski, onde ficou até às 2:00h, e foi de novo à casa de Puchkin, onde permaneceu até às 4:00h; provavelmente, portanto, não foi testemunha direta dos fatos em questão, os quais pôde relatar por tê-los ouvido de quem já se encontrava ao lado do poeta havia algumas horas. Talvez os Viazemski e Jukovski tenham logo decidido alterar e embelezar a realidade, pensando no futuro da viúva e dos órfãos, aos quais a proteção do czar seria indispensável. Quanto às anotações de Jukovski sobre a agonia de Puchkin ("Spasski. Sobre a mulher e sobre Gretch. Arendt. Pede perdão. Vão embora. Sofrimentos à noite. Retorno de Arendt. O estafeta. Chegada de Arendt. O bilhete [do czar]. Confissão e comunhão"), a hesitação de Jukovski, que primeiro escreveu "sofrimentos à noite. Retorno de Arendt" no final desta parte de suas anotações, e num segundo momento deslocou as duas curtas frases para o meio, depois de "vão embora", demonstra no mínimo sua incerteza quanto à real seqüência dos fatos.

281 : A. I. Turguenev a A. I. Nefedeva, 1° de fevereiro de 1837, in PiS, VI, p. 66.

281 : Spasski, p. 176 (daqui foram extraídas também as citações seguintes, até a p. 281).

282 : P. A. Viazemski a A. Ja. Bulgakov, 5 de fevereiro de 1837, in RA, 6, 1879, p. 244.

282 : *Pismo V. A. Jukovskogo...*, cit., p. 158.

282 : Spasski, p. 177.

282 : A. I. Turguenev a A. Ia. Bulgakov, 28 de janeiro de 1837, in PiS, VI (onde o destinatário é indicado como desconhecido e a carta está erroneamente datada de 29 de janeiro), p. 53.

282 : Spasski, p. 176.

282 : *Loc. cit.*

282 : A. I. Turguenev a A. Ia. Bulgakov, 28 de janeiro de 1837, cit., p. 53.

283 : M. N. Longinov, *Poslednie dni jizni...*, cit., p. 382.

283 : Spasski, p. 176.

283 : Viazemskie, p. 311.

283 : *Pismo V. A. Jukovskogo...*, op.cit., pp. 162-163.

283 : P. A. Viazemski a A. Ia. Bulgakov, 5 de fevereiro de 1837, cit., p. 244.

283 : A. I. Turguenev a A. Ia. Bulgakov, 28 de janeiro de 1837, cit., p. 53.

284 : B. L. Modzalevski, *Biulleteni o sostoianii zdorovia Puchkina 28 i 29 ianvaria 1837 goda*, in "Puchkin. Vremennik Puchkinskoi Komissii", 3, 1937, p. 395.

284 : Spasski, p. 177.

284 : Dal, p. 178.

284 : Dal, p. 179.

285 : *Loc. cit.*

285 : P. A. Viazemski a A . Ia. Bulgakov, 5 de fevereiro de 1837, cit., p. 245.

285 : Dal, p. 179.

285 : *Ibid.*, p. 180.

285 : B. L. Modzalevski, *Biulleteni...*, op.cit., p. 395.

286 : A. I. Turguenev a A. I. Nefedeva, 28 de janeiro de 1837, cit., p. 51.

286 : *Ibid.*, p. 52.

286 : *Loc. cit.*

286 : *Ibid.*, p. 53.

286 : *Pismo V. A. Jukovskogo...*, op.cit., p. 168, nota 9.

286 : Dal, p. 181.

286 : *Pismo V. A. Jukovskogo...*, op.cit., p. 169.

286 : Dal, p. 181.

286 : *Loc. cit.*

286 : *Loc. cit.*

286 : *Loc. cit.*

286 : Spasski, p. 177.

287 : Dal, p. 181.

287 : A. I. Turguenev a A. Ia. Bulgakov, 29 de janeiro de 1837, cit., p. 56.

289 . Dal, pp. 181-182.

289 : *Iz zapisnykh knijek "Russkogo Arkhiva"*, in RA, 6, 1889, p. 356.

289 : A. I. Turguenev a A. I. Nefedieva, 28 de janeiro de 1837, cit., p. 52.

291 : as lembranças de V. N. Davydov estão citadas em Veressaev, vol. II, p. 440.

291 : E. I. Mescherskaia à cunhada M. I. Mescherskaia, 16 de fevereiro de 1837, in PiS, VI, p. 96.

291 : S. N. Karamzina a An. N. Karamzin, 2 de fevereiro de 1837, Karamziny, p. 300.

291 : A. V. Nikitenko, *Dnevnik*, op. cit., vol. I, p. 194.

292 : *Ibid.*, p. 178.

292 : *Ibid.*, p. 196.

293 : A. I. Turguenev ao irmão N. I. Turguenev, 28 de fevereiro de 1837, in PiS, VI, p. 92.

294 : "Severnaja Ptchela", 24, 1837, 30 de janeiro.

294 : "Literaturnye pribavlenia k Russkomu Invalidu", 5, 1837.

294 : [P. A. Efremov], *Aleksandr Sergeevitch Puchkin. 1799-1837*, in RS, 28, 1880, p. 537.

295 : "Severnaja Ptchela", 24, 1837, 30 de janeiro.

295 : *Moio znakomstvo s A. S. Puchkinym...*, cit., p. 572.

296 : PiS, VI, pp. 67-68.

297 : Poliakov, pp. 36-37.

297 : *Ibid.*, p. 39.

297 : *Ibid.*, p. 41.

298 : E. S. Uvarova a V. A. Jukovski, 31 de janeiro de 1837, in PiS, VI, cit., p. 64.

298 : Karamziny, p. 301.

299 : GARF, f. 672, d. 415, l. 15.

299 : *Puchkin i Dantes-Gekeren*, cit., pp. 299-303.

299 : Schogolev I, p. 183.

299 : *Ibid.*, p. 193.

300 : Delo, p. 14.

300 : Schogolev I, p. 170.

300 : RS, 110, 1902, p. 226.

300 : A. O. Smirnova, *Avtobiografia*, M, 1931, p. 182.

301 : M. von Lerchenfeld-Koefering, despacho de 28 de maio de 1836, AR Munique, "Bayerische Gesandtschaft in St. Petersburg", 40, 1836.

301 : Nicolau I à irmã Anna Pavlovna, 3 de fevereiro de 1837, in Schogolev I, p. 170.

302 : citado em Veressaev, vol. II, p. 464.

302 : A. Ch. Benckendorff a G. A. Stroganov, 2 de fevereiro de 1837, in PiS, VI, p. 69.

303 : *EO*, 5, II, 1.

303 : A. N. Mordvinov a A. N. Peschurov, 2 de fevereiro de 1837, in PiS, VI, pp. 109-110.

304 : RGADA, f. 1278, op. 1, ed. cr. 148, ll. 35 *verso*-36.

304 : Schogolev II, p. 198.

305 : Smirnov, p. 237.

305 : AR Stuttgart, "Württembergische Gesandtschaft St. Petersburg 1808-1893", 1837; é a minuta do despacho, que apresenta variantes significativas em relação ao texto enviado a Stuttgart e parcialmente publicado em Schogolev II.

306 : Delo, p. 61.

306 : *Loc. cit.*

306 : *Ibid.*, pp. 62-63.

307 : *Ibid.*, p. 74.

307 : *Loc. cit.*

307 : *Ibid.*, pp. 74-75.

307 : *Ibid.*, p. 76.

308 : *Ibid.*, p. 107.

308 : *Ibid.*, pp. 77-78.

310 : Schogolev II, pp. 210-213, 217; é a segunda minuta de uma carta a Benckendorff escrita entre fevereiro e março de 1837 e que ficou entre os papéis de Jukovski; ignora-se se a carta foi efetivamente remetida.

311 : Viazemski, pp. 151-152.

311 : PiS, I, 1903, pp. 57-58.

312 : Poliakov, p. 26.

312 : *Loc. cit.*

312 : *Ibid.*, p. 29.

312 : *Loc. cit.*

312 : *Skupoi Rycar'* ["*O cavaleiro avaro*"], 1830, cena II, 52-53.

312 : Karamziny, p. 306.

314 : G. d'Orange a Nicolau I, 8 de março de 1837, *Zapiski Otdela rukopisei*, GBL, 35, 1975, p. 202, nota.

315 : *Ibid.*, pp. 227-228.

315 · Delo, p. 140.

316 : Schogolev I, pp. 270-271.

316 : Luigi Simonetti, despacho de 3 de abril de 1837, Schogolev I, p. 217.

316 : P. A. Viazemski a D. V. Davydov, 5 de fevereiro de 1837, cit., p. 245.

317 : *Ibid.*, p. 253.

317 : V. F. Viazemskaia [a N. F. Tchetvertinskaia], início de fevereiro de 1837, cit., p. 193.

317 : de um poema de autoria desconhecida, encontrado no arquivo Vrevski, in PiS, XXI-XXII, 1915, p. 401.

317 : o poema, publicado em "Moskovskie Vedomosti", 136, 1857, está reproduzido em B. V. Kazanski, *Gibel Puchkina. Obzor literatury za 1837-1937*, in "Puchkin. Vremennik Puchkinsko Komissii", 3, p. 450.

320 : *Pisma Andreia Nikolaevitcha Karamzina k svoei materi...*, op.cit., pp. 86-87.

320 : *Ibid.*, p. 88.

321 : *Ibid.*, pp. 89-90.

323 : do diário inédito de M. A. Korf, citado em E. Gerchtein, *Vokrug gibeli Puchkina*, cit., p. 226.

324 : Mikhail Pavlovitch ao irmão Nicolau I, 2 de junho de 1837, in RS, 110, 1902, p. 230.

324 : citado em L. Grossman, *Karera d'Antesa* [1935], in *Zapiski Darchiaka. Puchkin v teatralinych kreslach*, M, 1990, p. 441.

324 : S. A. Pandtchulidzev, sob os cuidados de, *Sbornik biografii kavalergardov*..., op. cit., [vol. IV], p. 89.

325 : A. I. Herzen, *Sobranie sotchineni*, 30 vol., M, vol. XIII, 1958, p. 349.

325 : o trecho do diário de A. S. Suvorin, que relatava coisas a ele contadas por P. A. Efremov, está citado em Veressaev, vol. II, p. 476.

325 : *Lettres de Prosper Mérimée à Panizzi*, vol. I, Paris, 1881, pp. 178-180.

325 : "Poslednie novosti", 3340, 1930.

326 : Citado em L. Grossman, *Karera d'Antesa*, op.cit., p. 450.

326 : Arapova, 11416, p. 6.

327 : AR Heeckeren. Como já dissemos, somente o carimbo nos convenceria, pois a experiência nos ensinou a desconfiar das datas escritas no cabeçalho das cartas. A partir daquela que em 15 de maio de 1837 Natália Ivanovna Gontcharova escreveu à filha Catherine, em Soultz ("tu me escreves sobre tua viagem a Paris; com quem deixarás a menina durante tua ausência?..."), L. P. Grossman deduziu que Mathilde-Eugénie de Heeckeren não nascera em 19 de outubro (segundo o calendário ocidental, obviamente) de 1837, como os pais haviam declarado na Prefeitura de Soultz, mas bem antes. Nem todos acreditaram num *lapsus calami* de Natália Ivanovna, e a prova da gravidez pré-matrimonial de Catherine Gontcharova pareceu lançar uma nova e definitiva luz sobre os bastidores do inesperado casamento de d'Anthès. Só recentemente foi que Stella Abramovitch deixou as coisas claras: na mesma carta, a Gontcharova-mãe falava também do casamento do filho Ivan, e essas núpcias aconteceram em 27 de abril de 1838 — o erro na datação era evidente. Nós mesmos, com base na data (30 de janeiro de 1838, novo estilo) bem visível numa carta que Anastasie Chliustina de Circourt enviou de Paris a Ekaterina Gontcharova, sua amiga de infância, acreditamos durante algum tempo ter a prova documental de nossas suspeitas: os barões de Heeckeren mentiram quando registraram como 19 de outubro a data de nascimento de sua primogênita. Anastasie de Circourt, de fato, lembrava a "*petite Mathilde*" que vira em Plombières-les-Bains, viva, saudável e muito graciosa, no mês de *agosto* precedente — agosto de 1837. E só quando conseguimos ler outros trechos da carta, muito mais complicados de decifrar, persuadimo-nos de que ela devia necessariamente datar de janeiro de 1839, e não de 1838 (embora continuemos a acreditar, com base em muitos outros detalhes e circunstâncias, que Ekaterina Gontcharova já estava grávida quando se

casou com d'Anthès). Também nos convencemos de que isso de confundir os anos era um vício (catastrófico, para os pesquisadores) das mulheres da época, ou pelo menos das senhoras Gontcharov e de suas amigas: portanto, nossas suspeitas são legítimas. No que se refere ao carimbo, ao transcrever-lhe a data Claude de Heeckeren pode ter sido influenciado por aquela que lia (ou acreditava ler) mais claramente na carta de "Marie"; além disso, como pudemos constatar ao ler outros documentos da mesma época guardados no arquivo Heeckeren, os carimbos postais são muitas vezes desbotados e ilegíveis. Quanto às iniciais "N. B." que apareceriam no alto à esquerda, no original, elas não ajudam — entre outras coisas, não sabemos nem mesmo se estavam em alfabeto cirílico (caso em que se deveria ler "P. V.") ou em caracteres latinos (como, aliás, acontecia mais comumente no papel timbrado da nobreza russa).

Agradeço a Claude de Heeckeren-d'Anthès por ter-me permitido estudar o arquivo da família, pela hospitalidade, pela solidariedade com que acompanhou minhas pesquisas junto com a esposa Janine. Agradeço mais ainda a Janine e Claude de Heeckeren-d'Anthès pela confiança, pela amizade, pelos extraordinários relatos.

Relembro com gratidão os barões von Poschinger-Bray, que me hospedaram no castelo de Irlbach, facilitando de todas as maneiras meu trabalho; a mesma gratidão dedico aos condes de Nicolay, que me acolheram no castelo de Malesherbes, permitindo-me estudar uma parte do riquíssimo arquivo ali custodiado.

O conde de Maistre, o conde von Lerchenfeld, o príncipe Moncada de Paternò, a princesa de Robech e o barão Terzi me deram conselhos muito úteis para que eu chegasse aos papéis que procurava — a eles expresso meu reconhecimento.

Dmitri Nabokov permitiu-me ler o texto das esplêndidas e ainda inéditas observações de Vladimir Nabokov sobre Puchkin. Junto com Hélène Sikorsky (Elena Vladimirovna Nabokova), ajudou-me a resolver algumas dúvidas surgidas ao traduzir Puchkin e outros autores oitocentistas — para eles vão meus sinceros agradecimentos.

O estudioso petersburguense Vadim Petrovitch Stark me ajudou a identificar alguns personagens e lugares citados nas cartas de Georges d'Anthès — sou-lhe muito grata.

Com sua solicitude, sua disponibilidade e seus conhecimentos, a diretora e todo o pessoal do RGADA de Moscou (as pacientes Inna e Olia, o culto e eficiente Euguêni Rytchalovski, historiador encarregado das máquinas fotocopiadoras) me foram de imensa ajuda.

Para decifrar as partes dificilmente legíveis de alguns manuscritos, vali-me dos instrumentos gentilmente postos à minha disposição pela Seção de Manuscritos da Bibliothèque Nationale de Paris e pela Polícia Científica de Milão (equipe dirigida pelo doutor Marcelo Cardona).

Annalisa Zicari preparou o texto a ser impresso com a generosa dedicação, com a escrupulosa sensibilidade que todo pesquisador minucioso deseja para seu próprio trabalho.

Sergio Ferrero foi o primeiro, afetuoso e atentíssimo leitor deste livro: devo-lhe muito.

Luciano Foà e Roberto Calasso me deram conselhos preciosos: obrigada.

Índice Onomástico

Adlerberg, Eduard Ferdinand Waldemar (Vladimir Fiodorovitch, 1791-1884), conde; a partir de 1828, diretor da Chancelaria do Chefe do Estado-Maior; a partir de 1832, chefe da Chancelaria militar de campo; general-mor. – 21, 27, 163, 296

Agoub, Joseph (1795-1832); literato francês. – 174

Aivazovski, Ivan Konstantinovitch (1817-1900); pintor. – 54

Akhmatova, Anna (pseud. de A. Andreevna Gorenko; 1889-1966); poeta. – 7, 218, 221, 222, 229-30

Akulina Semionovna, nome e pseudônimo da moça solteira que deu a V. I. Levachov alguns filhos. – 163

Aleksandr Nikolaevitch (Alexandre II, 1818-1881); grão-duque, herdeiro do trono; imperador a partir de 1855. – 48, 74, 96, 153, 155, 156, 166, 221, 326

Aleksandra Fiodorovna (1798-1860), nascida princesa Friederike Luise Charlotte Wilhelmine da Prússia, filha de Frederico Guilherme III; mulher de Nikolai Pavlovitch desde 1817, imperatriz a partir de 1825. – 24, 25, 28, 29, 35, 48, 60, 63, 67, 79, 80, 85-86, 105, 106, 132, 185, 187, 190, 238-39, 301

Alekseev, Nikolai Stepanovitch (1788-1854), major reformado; funcionário com encargos oficiais junto ao general I. N. Inzov. – 269, 271

Alekseev, Piotr Alekseevitch (1727-1801); arcipreste da catedral Arkhanguelski de Moscou, autor de um *Dicionário eclesiástico* (1773-1776). – 174

Alexandre I (Aleksandr Pavlovitch, 1777-1825); a partir de 1801, imperador. – 100, 124, 135-36, 144, 149, 263

Alfieri, Vittorio (1794-1803). – 174

Alhoy, Maurice-Philadelphe (1802-1856); dramaturgo e literato francês. – 174

Alipanov, Egor Ipatievitch (1800-1860); poeta; servo da gleba, publicou sua primeira coletânea de poemas em 1830; pelo empenho da Academia de Ciências, obteve a emancipação. – 174-75

Ammossov, Aleksandr Nikolaevitch (1823 1866); poeta e literato. – 158, 163

Ampère, Jean Jacques Antoine (1800-1864); historiador da literatura, docente no Collège de France e na École Normale. – 174

Anacreonte (c. 570-c. 485 a. C.). – 174

Ancelot, Jacques Arsène François Polycarpe (1794-1854); dramaturgo francês; relembrou sua estada em Moscou (1826) em *Six mois en Russie*. – 174

Ancillon, Jean Pierre Frédéric (1767-1837); eclesiástico e político prussiano; historiador da literatura e filósofo. – 174

Andreevski, Efim Ivanovitch (1789-1840); doutor em medicina, cirurgião, presidente da Sociedade dos médicos russos. – 287

Andrei Ioannov (A. I. Juravliov, 1751-1813); arcipreste, historiador do Cisma. – 174

Androssov, Vassili Petrovitch (1803-1841); literato, estudioso de estatística, redator de *O Observador Moscovita*. – 174

Anna Pavlovna (1795-1865), grã-duquesa; irmã de Nicolau I; a partir de 1816, mulher do príncipe Guilherme d'Orange; a partir de 1840, rainha dos Países Baixos. – 79, 300

Annenkov, Nikolai Epafroditovitch (1805-1826); poeta; sua única coletânea de poesia e prosa foi publicada em São Petersburgo em 1827. – 174

Anthès, Alphonse Lothaire d' (1813-1884), barão; irmão de G. d'Anthès. – 33, 51

Anthès, Frédérique Adélaïde d' (Adèle, 1816-1873), baronesa; irmã de G. d'Anthès. – 323

Anthès, Georges Charles d' (1739-1803), barão; avô de G. d'Anthès; proprietário de terras francês; casou-se com a baronesa Marie-Anne von Reuttner. – 20

Anthès, Georges Charles d' (a partir de 1836, de Heeckeren, 1812-1895), barão; oficial do regimento dos Cavaleiros da Guarda de Sua Majestade a Imperatriz de todas as Rússias; político francês. – 13-14, 15-17, 18-25, 27-49, 51, 55, 63, 68, 71-2, 74-8, 80-1, 82-7, 90, 110, 132, 137, 139, 142, 145-6, 155, 159, 161-62, 167-86, 189-93, 195-97, 201-2, 204-5, 207, 208-13, 215-25, 227, 229-31, 232, 235-6, 238-43, 245-48, 251-55, 256, 258-59, 260-63, 273-79, 282, 289, 297-300, 305-8, 311-12, 313, 315-16, 319-21, 323-27

Anthès, Jean Henri d' (1670-1733), barão a partir de 1731; trisavô de G. d'Anthès, filho de Philippe-Michel d'Anthès que teria sido obrigado a abandonar seu Palatinado natal por haver descoberto um segredo sobre o trabalho dos metais; proprietário de minas e manufaturas metalúrgicas. – 20

Anthès, Jean Philippe d' (1699-1760), barão; bisavô de G. d'Anthès; proprietário de terras; membro do Conselho Soberano da Alsácia; casou-se com Marie-Elisabeth de Mougé. – 20

Anthès, Joseph Conrad d' (1773-1852), barão; cavaleiro da Legião de Honra; proprietário de terras; oficial; político francês; pai de G. d'Anthès. – 20-1, 24, 33-4, 36, 45

Anthès, Maria Anne Luise d', nascida condessa Hatzfeldt (1784-1832), baronesa; mãe de G. d'Anthès. – 20, 176
Antoine, Antoine (1776-1832); literato francês. – 174
Antommarchi, Francesco (1780-1838); médico da Córsega; cuidou de Napoleão em Santa Helena; memorialista. – 174
Apolodoro (180-c. 110 a. C.). – 174
Apraksin (talvez), Fiodor Stepanovitch (1816-1858), conde; a partir de 1834, aluno, e, a partir de 1837, porta-estandarte do Regimento dos Cavaleiros da Guarda. – 19
Arapova, Aleksandra Petrovna, nascida Lanskaia (1845-1919); filha de segundas núpcias de N. N. Puchkina. – 23, 208, 211, 223, 248
Archiac, Olivier d' (1811-1851), visconde; adido da embaixada da França em São Petersburgo; padrinho de G. d'Anthès no duelo com A. S. Puchkin. – 190-3, 196, 207, 220, 243, 259-62, 264-65, 273-74, 297, 306
Arendt, Nikolai Fiodorovitch (1785-1859), médico-cirurgião; médico militar, participou de numerosas guerras em 1806-14; a partir de 1829, médico de Corte encarregado da saúde de Nicolau I. – 279-85, 316
Ariosto, Ludovico (1474-1533). – 175
Aristófanes (445-depois de 388 a. C.). – 175
Arnaud, François-Thomas-Marie de Baculard d' (1718-1805); escritor francês. – 175
Artôt, Joseph (1815-1845); violinista belga; em 1836, apresentou-se em São Petersburgo. – 238
Auber, Daniel-François-Esprit (1782-1871); compositor francês. – 237

Babette; amante de A. N. Gontcharov. – 56
Bajanov, Vassili Borissovitch (1800-1883); sacerdote, professor de teologia na Universidade de São Petersburgo. – 317
Balzac, Honoré de (1799-1850). – 43, 237
Barante, Aimable-Guillaume-Prospère de (1782-1866), barão; de 1835 a 1841, embaixador francês em São Petersburgo; estadista, historiador, literato. – 45, 137-38, 244, 296
Barante, Erneste de (1818-1859), barão; diplomata francês; filho de A.-G. de Barante; em 16 de fevereiro de 1840, desafiou M. Iu. Lermontov para um duelo. – 137, 139, 155
Barclay de Tolly, Mikhail Bogdanovitch (1761-1818), conde, a partir de 1815, príncipe; Marechal-de-campo, general-em-chefe, ministro da Guerra; distinguiu-se contra os exércitos franceses e suecos; em 1812, comandante-em-chefe do I exército e (a partir de julho) de todos os exércitos russos. – 130
Bariatinskaia, Maria Fiodorovna, nascida condessa von Keller (1792-1858), princesa; viúva do príncipe Ivan Ivanovitch Bariatinski, embaixador em Munique, mãe de M. I. Bariatinskaia, A. I. e Vladimir Ivanovitch Bariatinski. – 302

Bariatinskaia, Maria Ivanovna (1818-1843), princesa; viria a casar-se com o príncipe Mikhail Viktorovitch Kotchubei, alferes do regimento dos Cavaleiros da Guarda. – 75, 210-11, 217

Bariatinski, Aleksandr Ivanovitch (1815-1879), príncipe; tenente do Regimento dos Couraceiros da Guarda. – 75

Batiuchkov, Konstantin Nikolaevitch (1787-1855); funcionário civil, passou à carreira militar e foi a Paris com os exércitos russos vitoriosos; funcionário da missão russa em Nápoles em 1819-20; a partir de 1822, vítima de um grave tipo de doença mental; poeta. – 108, 149

Bátory, István (1533-1586); rei da Polônia de 1576 a 1586. – 91

Batthyáni, József (Giuseppe, c. 1797-?), conde de origem húngara. – 41

Békés, Gáspár (1520-1579); *condottiere* húngaro. – 91

Belinski, Vissarion Grigorievitch (1811-1848); crítico literário, historiador da literatura. – 107

Bellizard, Ferdinand Mikhailovitch (1798-1863); proprietário de uma livraria em São Petersburgo, editor da *Revue Étrangère* e do *Journal de St. Pétersbourg*. – 84

Beloselskaia-Belozerskaia ("a princesinha B"), Elena Pavlovna, nascida Bibikova (1812-1888), princesa. – 47

Benckendorff (Benkendorf), Aleksandr Khristoforovitch (1781 ou 1783-1844), conde; a partir de 1826, comandante do Corpo dos Gendarmes e da Terceira Seção da Chancelaria particular de Sua Majestade Imperial; general, ajudante-de-ordens do imperador. – 36, 90, 92, 96-9, 102, 150, 152, 178, 195, 206, 207, 219, 221, 231, 293, 294, 297-99, 302-5, 310, 311-13

Benckendorff, Khristofor Ivanovitch (1749-1823); pai de A. Kh. Benckendorff; general. – 97

Benediktov, Vladimir Grigorevitch (1807-1873); poeta. – 108

Bérenger. – *vide* Wolf.

Beroldingen, Ignaz von (1780-1868), conde; general-mor, ministro das Relações Exteriores de Baden-Württemberg. – 78, 305

Berry, Charles-Ferdinand de (1778-1820), duque; segundo filho do conde d'Artois (mais tarde Carlos X); morreu assassinado por Louvel quando saía da Opèra. – 72

Berry, Marie-Caroline de (1798-1870), duquesa; filha de Francisco I, rei de Nápoles e das Duas Sicílias, viúva de C.-F. de Berry; após a queda dos Bourbon, acompanhou Carlos X ao exílio. De volta à França em 1832, tentou sem sucesso sublevar a Provence e depois a Vendéia. – 21

Béthencourt, Adolphe de (1805-1875); nascido em Madri, filho do general Augustin de Béthencourt y Molina, chegou à Rússia com a idade de 15 anos; capitão do Regimento dos Cavaleiros da Guarda. – 215

Bezborodko, príncipes; família originária da Ucrânia; Andrei, filho do patriarca Jakov (morto em c. 1730), era amanuense; o filho de Andrei, Aleksandr (1746-1799), deixou a carreira civil pela militar, distinguiu-se nas campanhas contra os turcos e foi chanceler de Estado no reinado de Paulo, que lhe conferiu o título de príncipe. – 167

Bibikov, Dmitri Gavrilovitch (1792-1870); de 1824 a 1835, diretor do Departamento do comércio exterior. – 97

Bixio, Jacques-Alexandre (1808-1865), político e financista francês de origem italiana. – 324

Blok, Aleksandr Aleksandrovitch (1880-1921). – 253

Blome, Otto von (1770-1849), conde; embaixador dinamarquês em São Petersburgo, de 1804 a 1841 (à exceção do biênio 1813-14). – 14

Bludov, Dmitri Nikolaevitch (1785-1864), conde; diplomata, ministro do Interior de 1832 a 1838; inclui-se entre os fundadores da Arzamas. – 153

Bobrinskaia, Sofia Aleksandrovna, nascida Samoilova (Sophie, 1799-1866), condessa; mulher de A. A. Bobrinski, íntima da imperatriz Aleksandra Fiodorovna. – 61, 63, 86, 237, 242

Bobrinski, Aleksei Alekseevitch (1800-1868), conde, mestre-de-cerimônias; capitão da Guarda reformado, abastado proprietário de terras, proprietário de fábricas de açúcar, agrônomo. – 30, 92, 237, 296

Boratynski, Evgueni Abramovitch (1800-1844); aluno do Corpo de Pajens, foi expulso em 1816; iniciando a carreira militar como soldado raso, em 1820 tornou-se suboficial e, em 1825, oficial; dispensado a partir de 1826, viveu em Moscou; poeta. – 108

Borch, Iossif Mikhailovitch (1807-?), conde; funcionário do Ministério das Relações Exteriores. – 135, 141, 143, 228, 273

Borch, Liubov Vikentievna, nascida Golynskaia (morta em 1866), condessa; mulher de I. M. Borch, parente de N. N. Puchkina. – 135, 273, 320

Borch, Sofia Ivanovna (provavelmente, "Sophie B"; 1809-1871), nascida condessa de la Valle; a partir de 1833, mulher do conde Aleksandr Mikhailovitch (1804-1867), irmão de I. M. Borch, diplomata; íntima, assim como o marido, de M. D. e K. V. Nesselrode. – 220

Bowles, William Lisle (1862-1850); eclesiástico, poeta inglês. – 264

Brambeus, barão. – *vide* Senkovski

Brantôme, Pierre de Bourdeille de (c. 1540-1614). – 60

Bravura, M. I.; petersburguesa conhecida de A. I. Turguenev. – 153

Bray-Steinburg, Otto Camillus Hugo Gabriel von (1807-1899), conde; diplomata, estadista bávaro, encarregado de negócios na embaixada bávara em São Petersburgo em 1833-35. – 29-31, 40, 50, 86, 224

Bray-Steinburg, Sophie von, nascida baronesa von Löwenstern (1788-1855), condessa; mãe de O. von Bray-Steinburg; viúva de François-Gabriel, conde von Bray (1765-1832). – 30

Brevern, Aleksandr (em outras fontes, Aleksei) Ivanovitch (1801-1850); coronel do Regimento da Guarda Montada, ajudante-de-ordens do imperador. – 247, 300

Briullov, Karl Pavlovitch (1799-1852); pintor, professor da Academia de Belas-Artes a partir de 1836. – 77

Bruns, Leopold; farmacêutico em São Petersburgo. – 84

Büler (Biuler), Fiodor Andreevitch (1821-1896), barão; diretor do Arquivo central moscovita do Ministério das Relações Exteriores; literato. – 163

Bulgakov, Aleksandr Jakovlevitch (1781-1863); de 1809 a 1832, funcionário com encargos especiais junto ao governador-geral de Moscou; de 1832 a 1856, diretor dos Correios de Moscou. – 95-6, 99, 101, 326

Bulgarin, Faddei Venediktovitch (1789-1859); jornalista, editor, escritor. – 150, 166, 301

Butera e Radoli, George Wilding (morto em 1841), príncipe de; diplomata de origem inglesa; a partir de 1835, embaixador extraordinário do reino de Nápoles e das Duas Sicílias em São Petersburgo. – 14, 45, 67-8, 245

Butera e Radoli, Varvara Petrovna (1796-1870), princesa de, nascida princesa Chachovskaia; em primeiras núpcias, condessa Chuvalova; em segundas, condessa Polier. – 67-8, 80, 245

Byron, George Noel Gordon (1788-1824). – 121, 211

Canning, Stratford (1786-1880); diplomata britânico. – 97

Carlos X (1757-1836); de 1824 a 1830, rei da França. – 21, 79, 185, 190, 237

Catarina II (Catarina, a Grande, 1729-1796); imperatriz a partir de 1762. – 99, 102-3, 111-12, 124, 148, 244

Cavour, Camillo Benso, conde de (1810-1861). – 325

Chateaubriand, François-René de (1768-1848). – 104, 135, 251

Chichkin, Aleksei Petrovitch (1787-1838); tenente-coronel de reserva; agiota. – 65, 75, 87, 238, 254

Chliustin, Semion Semionovitch (1810-1844); funcionário do ministério das Relações Exteriores. – 66

Cipeniuk, S. A. ; perito legal. – 165

Cornwall, Barry (pseud. de Bryan Wallar Procter; 1784-1874); poeta inglês. – 264

Dal, Vladimir Ivanovitch (1801-1872); médico, escritor, lexicógrafo, autor de um precioso *Dicionário da viva língua grã-russa*, a cuja preparação se dedicou por sugestão de A. S. Puchkin. – 249, 284-89, 292

Danzas, Konstantin Karlovitch (1801-1870); segundo-capitão do Corpo Destacado do Cáucaso em 1827, tenente-coronel do 3º Batalhão de Reserva dos Engenheiros em 1836, em seguida general-mor; várias vezes condecorado pelo valor demonstrado em combate; colega de curso de A. S. Puchkin no Liceu de Tsarskoe Selo, padrinho dele no duelo com G. d'Anthès. – 24-5, 28, 85, 135, 144, 158, 163, 164, 177, 210, 220-21, 239, 260-62, 264-65, 273-75, 276-77, 278-80, 281-84, 285-86, 302, 306-8, 311, 314

Davydov, Denis Vassilievitch (1784-1839); hussardo, combatente na guerra de 1812; a partir de 1832, tenente-general da reserva; poeta, escritor militar, membro da Arzamas. – 108, 317

Delavigne, Jean-Casimir (1806-1888); dramaturgo francês. – 237

Delwig (Delvig), Anton Antonovitch (1798-1831), barão; colega de curso de A. S. Puchkin no Liceu de Tsarskoe Selo; funcionário civil, depois de 1824 dedicou-se unicamente à atividade literária; poeta, editor de almanaques literários. – 108, 121

Demidov, Pavel Nikolaevitch (1798-1840); riquíssimo proprietário de fábricas nos Urais e na Sibéria, mecenas. – 42

Demout, Philippe-Jacob (1751-1802); proprietário de um conhecido hotel petersburguês, junto ao canal Moika, que depois de sua morte foi administrado pela filha Elizaveta Filippovna (1781-1837). – 250, 260

Denisevitch (morto não depois de 1854); major. – 268

Desloges, senhora; conhecida de Al. N. Karamzin em Baden-Baden. – 320

Dmitriev, Gerazim, proprietário da mercearia petersburguesa onde foram compradas ("fiado") as bagas de mirto pedidas por Puchkin, já moribundo. – 84

Dmitriev-Mamonov, Aleksandr Matveevitch (1758-1803), conde; general ajudante-de-ordens da imperatriz; favorito de Catarina II. – 148

Dmitriev-Mamonov, Matvei Aleksandrovitch (1788-1863), conde; filho de A. M. Dmitriev-Mamonov; general-mor reformado; de 1819 até a morte, fechou-se na mais absoluta solidão em sua casa moscovita, recusando-se a ver até mesmo a criadagem. – 160

Dolgorukov (ou Dolgoruki), Piotr Vladimirovitch (1816-1868), príncipe; genealogista, publicista, memorialista. – 157, 158-67, 222, 227-30, 308

Dolgorukova, Olga Dmitrievna, nascida Davydova (1824-1893), princesa; a partir de 1846, mulher de P. V. Dolgorukov. – 162

Dondukov-Korsakov, Michail Aleksandrovitch (1794-1869), príncipe; provedor do ensino no distrito de São Petersburgo, presidente do Comitê de censura; em 7 de março de 1835, tornou-se vice-presidente da Academia de Ciências. – 151-52, 294

Dorochov, Rufin Ivanovitch (1801-1852); porta-estandarte do Regimento dos Dragões de Nijni Novgorod em 1828 33, foi degradado várias vezes por conduta turbulenta; modelo do Fiodor Dolochov de *Guerra e paz*. – 278

Dubelt, Leonti Vassilievitch (1792-1862); participou da guerra de 1812, foi ajudante-de-ordens do general N. N. Ravski até 1822 e comandante do Regimento de Infantaria Starooskolski até 1828; a partir de 1835, chefe do Estado-Maior do Corpo de Gendarmes, e depois (1839-56) chefe da Terceira Seção. – 305-6, 310
Dumas, Alexandre, pai (1802-1870). – 166
Dumé; proprietário de um famoso restaurante francês de São Petersburgo, à rua Malaja Morskaia. – 28
Durham, George Lambton, conde de (1792-1840); diplomata e estadista inglês, embaixador em São Petersburgo de 1836 a 1838. – 15-16
Durier; proprietário de uma loja de roupas femininas em São Petersburgo. – 63

Efrém (c. 306-373). – 82
Ega, Juliana da. – *vide* Stroganova Ju. P.
Elisaveta (1709-1761); filha de Pedro I; imperatriz a partir de 1741. – 111, 113
Engelhardt (Engelgardt), Egor Antonovitch (1775-1862); diretor do Liceu de Tsarskoe Selo em 1816-22. – 296
Engelhardt (Engelgardt), Vassili Vassilievitch (1785-1837); coronel reformado; um dos homens mais ricos de São Petersburgo; seu palacete na avenida Nevski era dotado de ampla sala de concertos. – 249
Ermolova, Josephine-Charlotte, nascida condessa de Lasalle (1806-1853); mulher do general-mor Mikhail Aleksandrovitch Ermolov. – 40

Falloux, Frédéric-Alfred de (1811-1886), conde; político francês, ministro da Instrução Pública sob a presidência do príncipe Luís Napoleão; historiador, memorialista. – 224
Ferdinando I, arquiduque, mais tarde imperador da Áustria (1793-1875). – 187
Ficquelmont, Dorothea (Daria Fiodorovna, Dolly, 1804-1863), nascida condessa Thiesenhausen; filha de E. M. Khitrovo e, a partir de 1821, mulher de K. L. Ficquelmont. – 24-6, 29, 58, 60, 61-2, 127-28, 142, 146, 204, 210, 245
Ficquelmont, Karl Ludwig von (1777-1857), conde; embaixador do reino austríaco em São Petersburgo de 1829 a 1839, literato, publicista. – 14, 29, 127-28
Filaret (Vassili Mikhailovitch Drozdov; 1782-1867); arcebispo de Moscou e Kolomna. – 129
Fiodorov, Boris Mikhailovitch (1798-1875); escritor, jornalista, editor. – 260
Frederico, príncipe dos Países Baixos (1797-1881). – 35
Friesenhof, Gustav Viktor Vogel von (1807-1889), barão; funcionário do Ministério das Relações Exteriores austríaco, adido da embaixada austríaca na Itália; de 1839 a 1841, funcionário da embaixada austríaca em São Petersburgo; em 1836 casou-se com Natália Ivanovna Ivanova (segundo outros dados,

Zagriajskaia, 1801-1850), afilhada de X. de Maistre e S. I. Zagriajskaia. Em 1852 casou-se em segundas núpcias com A. N. Gontcharova. – 211, 324

Gagarin, Ivan Sergueevitch (1814-1882), príncipe; funcionário do Arquivo das Relações Exteriores moscovita em 1831-32, e da missão russa em Mônaco, de 1833 a 1835; ingressou na ordem dos jesuítas em 1843, quando fez os votos no colégio de Saint-Acheul, na França. – 89, 156-59, 164-65, 167-68, 222, 228

Galiani, Ferdinando (1728-1787); escritor italiano. – 60

Gambs, irmãos; fabricantes de móveis em São Petersburgo. – 84

Gerlach, Leopold von (1790-1861), conde; estadista e militar prussiano, a partir de 1824 ajudante-de-ordens de Guilherme da Prússia. – 21

Gervet (Jerve), Nikolai Andreevitch (1808-1881); a partir de 1831, tenente do Regimento dos Cavaleiros da Guarda; em 27 de outubro de 1835, foi transferido para o Regimento de Dragões de Nijni Novgorod. – 42

Gevers, Johan Cornelis (1806-1872); diplomata holandês; secretário, durante alguns anos, da embaixada da Holanda em São Petersburgo; na primavera de 1837 retornou à Rússia para substituir I. van Heeckeren. – 141-42, 313

Glinka, Michail Ivanovitch (1804-1857); compositor. – 238

Goethe, Johann Wolfgang von (1749-1832). – 149, 228, 244

Gogol, Nikolai Vassilievitch (1809-1852); de origem ucraniana, transferiu-se em 1828 para São Petersburgo, onde foi funcionário civil e, em 1834-35, professor de história na Universidade de São Petersburgo; escritor depois de 1835, dedicou-se exclusivamente à atividade literária; de 1836 a 1848, viveu quase todo o tempo no exterior; – 76, 93, 108, 128, 293

Golda; proprietário de um hotel com sala de bilhar em Kichiniov. – 269

Golitsin, Aleksandr Mikhailovitch (1773-1844), príncipe; representante da nobreza de Zvenigorod; autor de memórias inéditas. – 153, 156

Golitsin, Aleksandr Nikolaevitch (1773-1844), príncipe; ministro da Instrução de 1816 a 1824. – 154

Golitsin, Aleksandr Serguevtch (1806-1885); tenente da Artilharia Montada da Guarda, companheiro de armas de Al. e An. Karamzin. – 87

Golitsin, Dmitri Vladimirovitch (1771-1844), sereníssimo príncipe; general de cavalaria, ajudante-de-ordens do imperador, governador-geral de Moscou. – 54, 90

Golitsin, Vladimir Dmitrievitch (1815-1888), príncipe; alferes do Regimento da Guarda Montada. – 273

Golovin, (provavelmente) Aleksandr Ivanovitch; alferes do Regimento da Guarda Montada. – 273

Golovina, Daria Petrovna; mulher de S. F. Uvarov, mãe de S. S. Uvarov. – 148

Gontcharov, Afanasi Nikolaevitch (1760-1832); neto do fundador de Polotniany Zavod, no condado de Kaluga, avô paterno de N. N. Puchkina; proprietário de uma renomada manufatura de papel e lona. – 56-7, 62

Gontcharov, Dmitri Nikolaevitch (1808-1860); irmão de N. N. Puchkina; funcionário do Ministério das Relações Exteriores em 1825-37; a partir de 1832, dirigiu o distrito de Polotniany Zavod. – 62, 180, 185, 197

Gontcharov, Ivan Nikolaevitch (1810-1881); irmão de N. N. Puchkina; em 1831-40, tenente do Regimento dos Hussardos da Guarda aquartelado em Tsarskoe Selo. – 171, 172, 177

Gontcharov, Nikolai Afanasievitch (1787-1861); pai de N. N. Puchkina; homem inteligente e de ótima cultura, a partir de 1814, afetado por uma grave doença nervosa complicada pelo alcoolismo, não mais desenvolveu qualquer atividade produtiva. – 56

Gontcharova, Aleksandra Nikolaevna (Alexandrine, Azinka, 1811-1891), dama de honra da imperatriz a partir de 1839; irmã de N. N. Puchkina; em 1852 casou-se com G. Vogel von Friesenhof, com quem se transferiu para Viena e, mais tarde, para a propriedade de Brodiany, na Eslováquia (então Hungria). – 19, 35, 54, 60, 62, 84-5, 87, 88, 90, 141, 174-75, 178, 183, 211, 227, 248, 254-56, 258, 262, 264, 278, 282, 323-24

Gontcharova, Ekaterina Nikolaevna (Catherine, Koko, 1809-1843), dama-de-honra da imperatriz a partir de 1834; irmã de N. N. Puchkina; a partir de 10 de janeiro de 1837, mulher de G. de Heeckeren. – 13-14, 19, 35, 54, 60, 62, 83-7, 90, 141, 174-75, 178-80, 183-86, 190-91, 193, 195-97, 207, 216, 217, 221, 223, 224, 227, 230, 235-37, 239, 240, 245, 246, 248, 249, 253, 255, 299, 306, 311, 324

Gontcharova, Natália Ivanovna, nascida Zagriajskaia (1785-1848); mãe de N. N. Puchkina, separada de fato do marido, na década de 1830, deixou-o em Moscou, confiando-o aos cuidados do filho mais novo, Serguei Nikolaevitch (1815-1845), e estabeleceu-se na propriedade de Jaropolec, herdada dos pais, morreu no mosteiro de Iosif de Volokolamsk, para onde se dirigira a pé, na costumeira peregrinação anual. – 56-57

Gretch, Nikolai Ivanovitch (1787-1867); escritor, jornalista, redator do *Filho da Pátria* de 1812 a 1839. – 239, 294

Gretch, Nikolai Nikolaevitch (1820-1837); filho de N. I. Gretch; aluno da Universidade de São Petersburgo. – 281

Gruenewaldt (Grinvald, Grünvald), Mauritz-Reinhold (Rodion Egorovitch, 1797-1877); general-mor, comandante do Regimento dos Cavaleiros da Guarda. – 19

Guber, Eduard Ivanovitch (1814-1847); tradutor, poeta. – 317

Guilherme, príncipe da Prússia (1797-1888); rei da Prússia a partir de 1861, impera-

dor da Alemanha a partir de 1871, com o nome de Guilherme I. – 21
Guilherme, príncipe de Orange (1792-1849); a partir de 1840, Guilherme II, rei dos Países Baixos. – 79-80, 300-1, 314
Guriev, Dmitri Aleksandrovitch (1751-1825), conde; ministro das Finanças de 1810 a 1823. – 153-54

Hannibal (Petrov, mais tarde Hannibal Petrovitch), Abram (1696-1781); filho de um príncipe abissínio, do harém do sultão turco Ahmed III foi levado para a Rússia; batizado em 1707 por Pedro I, tornou-se seu camareiro pessoal e homem de confiança; na França a partir de 1717, estudou na École d'Artillerie e serviu no exército francês; de volta à Rússia em 1723, caiu em desgraça após a morte de Pedro; em 1733-40, dispensado; a partir de 1841, chefe da artilharia da fortaleza de Revel (Tallin), depois comandante-geral da cidade; a partir de 1742, general-mor; em 1752-62, diretor do Corpo dos Engenheiros Militares em São Petersburgo; depois de 1762, retirou-se para a propriedade de Sujda; do casamento de seu filho Osip Abramovitch (1744-1806) com Maria Alekseevna Puchkina nasceu Nadejda, mãe de A. S. Puchkin. – 150
Hannibal, Pavel Isaakovitch (c. 1776-antes de 1841); parente de Puchkin por parte de mãe; militar de carreira. – 267
Heeckeren, Berthe Joséphine de (1839-1908); filha de G. e C. de Heeckeren, casou-se com o conde Edouard de Vandal. – 323
Heeckeren, Léonie Charlotte de (1840-1888); filha de G. e C. de Heeckeren. – 323
Heeckeren, Louis Joseph Georges Charles Maurice (1843-?), barão, filho de G. e C. de Heeckeren; a partir de 1870, capitão reformado; casou-se com Marie-Louise-Victoire-Emilie de Shavenburg-Luxemburgo. – 324
Heeckeren, Mathilde Eugénie de (1837-1893); filha de G. e C. de Heeckeren; a partir de 1861, mulher do general-de-brigada Jean-Louis Metman. – 299, 324
Heeckeren-Beverweerd, Jacob Derk Anne Borchard van (1791-1884), barão holandês; a mãe nasceu condessa de Nassau; na juventude, amigo do duque de Rohan-Chabot, sob cuja influência converteu-se ao catolicismo; de 1805 a 1815, serviu na Marinha; em 1815, entrou para a carreira diplomática; embaixador dos Países Baixos em São Petersburgo de 1826 a 1837; a partir de 1842, embaixador dos Países Baixos em Viena. – 13-14, 15, 16, 22, 23-4, 26-7, 29, 30-5, 36-43, 44-6, 47, 51, 55, 64, 68, 71-3, 75-81, 86, 142, 155, 165, 167, 168, 173, 175-86, 188-89, 201-2, 204-10, 211-13, 216, 217-18, 227-28, 229-32, 233, 240, 242, 245, 256, 257-9, 264, 265, 275, 276, 289, 299-301, 304-6, 307-8, 313-14, 315-16, 321, 324
Henrique V (1820-1883); com esse nome, Henrique de Bourbon, duque de Bordeaux, conde de Chambord, filho pós-

tumo do duque de Berry, foi o último pretendente legitimista ao trono, depois da abdicação de Carlos X; a partir de 1830, viveu no exílio. – 72

Herzen, Aleksandr Ivanovitch (1812-1870); escritor e político russo. – 164-65, 324

Hohenlohe-Langenburg-Kirchberg, Christian Ludwig Friederich-Heinrich von (1788-1859), príncipe; de 1825 a 1848, embaixador de Baden-Württemberg em São Petersburgo. – 16, 77, 135, 141-42, 301, 305

Hugo, Victor (1802-1885). – 237

Humboldt, Alexander von (1769-1859); naturalista e geógrafo alemão; seu irmão Wilhelm (1767-1835), filósofo, lingüista e político alemão. – 149

Iachin, M.; biógrafo de A. S. Puchkin, publicista. – 165, 277

Iakhontov, Nikolai Aleksandrovitch (1790-1859), conselheiro efetivo de Estado; funcionário civil licendiado a partir de 1823; em 1832-35, representante da nobreza no governo de Pskov. – 302-3

Iakovlev, Michail Lukianovitch (1798-1868); colega de A. S. Puchkin no Liceu de Tsarskoe Selo; de 1833 a 1840, diretor da Tipografia da Segunda Seção da Chancelaria de Sua Majestade Imperial. – 178, 308

Iar, Trankel Petrovitch; proprietário de renomado restaurante francês aberto em Moscou em 1º de janeiro de 1826. – 77

Iazykov, Nikolai Mikhailovich (1803-1845); poeta. – 108

Ichimova, Aleksandra Osipovna (1804-1881); escritora infantil, tradutora. – 264

Inglezi; habitante de Kichiniov. – 270

Inzov, Ivan Nikititch (1786-1845); general; maçom; provedor-chefe e presidente do Comitê para os Colonos Estrangeiros na Rússia meridional; junto à sua chancelaria, em Kichiniov, A. S. Puchkin serviu de 1820 a 1823. – 156, 270

Iogel, Piotr Andreevitch (1768-1855); mestre de baile, professor de dança na Universidade de Moscou. – 61

Istomina, Evdokia (Avdotia Ilinitchna (1799-1848); bailarina clássica, intérprete, entre outros, de balés inspirados em obras de A. S. Puchkin, que a referiu no canto I de *Oneguin*. – 40

Iuriev, Vassili Gavrilovitch; militar de carreira, agiota. – 89

Izmailov, Aleksandr Efimovitch (1779-1831); poeta, fabulista. – 59

Janin, Jules (1804-1874); romancista e crítico teatral francês. – 237

Jeremetev, Dmitri Nikolaevitch (1803-1871); a partir de 1839, capitão do Regimento dos Cavaleiros da Guarda, ajudante-de-ordens do imperador. – 147-48, 151

Jipov, Sergei Pavlovitch (1789-1876); tenente-general, ajudante-de-ordens do imperador. – 296

Jukovski, Vassili Andreevitch (1783-1852); poeta, educador do grão-duque herdeiro Aleksandr Nikolaevitch. – 87, 99-100, 102, 105, 107-8, 128, 141, 149, 152,

171-73, 175-79, 181-87, 188-90, 232, 234, 238, 241, 248, 250, 256, 261, 262, 267-68, 275, 277, 280, 282-84, 286-90, 297, 304-5, 310-11, 314, 316, 325

Jussupov, Nikolai Borisovitch (1750-1831), príncipe; íntimo e colaborador de Catarina II; diplomata, membro do Conselho de Estado, senador; colecionador e mecenas. – 93, 99

Kalergis, Maria (Marie) Fiodorovna, nascida Nesselrode (1823-1874); sobrinha de K. V. Nesselrode, casou-se em 1838 com o grego Ioannis Kalergis; logo se separou dele e transferiu-se para Paris, onde freqüentou Chateaubriand, Musset, Liszt, Chopin, Gautier; amiga e protetora de Wagner; em segundas núpcias, Muchanova. – 324

Kankrin, Egor Francevitch (1774-1845), conde; ministro das Finanças de 1822 a 1844, membro do Conselho de Estado; economista, engenheiro militar, arquiteto. – 136-37, 149

Karamzin, Aleksandr Nikolaevitch (Saja, 1815-1888), filho de E. A. e N. M. Karamzin; porta-estandarte da Artilharia Montada da Guarda. – 48, 132, 134, 139-40, 143, 225, 230, 320

Karamzin, Andrei Nikolaevitch (1814-1854), filho de E. A. e N. M. Karamzin; alferes da Artilharia Montada da Guarda; de maio de 1836 a outubro de 1837, viveu no exterior. – 48, 80-1, 90, 132, 134, 139-40, 143, 225, 230, 235, 239, 241, 255, 298, 313, 315

Karamzin, Nikolai Mikhailovitch (1766-1826); historiador, escritor. – 139, 149

Karamzina, Ekaterina Andreevna (1780-1851), nascida Kolyvanova; filha natural do príncipe A. I. Viazemski, meia irmã de P. A. Viazemski, segunda mulher (a partir de 1804) de N. M. Karamzin. – 49, 132, 134, 139-40, 143, 158, 186, 283, 313

Karamzina, Sofia Nikolaevna (Sophie, 1802-1856), dama de honra da imperatriz; filha de N. M. Karamzin e da primeira mulher deste, Elizaveta Ivanovna Protasova (1767-1802). – 80, 87, 90, 132, 134, 140-41, 143, 186, 235, 241-42, 255, 275, 277, 291, 298

Karatiguin, Vassili Andreevitch (1802-1856); ator trágico. – 296, 298

Khitrovo, Elizaveta Mikhailovna (Eliza, Liza, Élise, 1783-1839), nascida princesa Kutuzova; em primeiras núpcias, condessa Thiesenhausen (o marido Ferdinand, ajudante-de-ordens, morreu em Austerlitz; o heróico gesto que causou seu fim inspirou a Tolstoi o célebre episódio de *Guerra e paz* protagonizado por Andrei Bolkonski); mãe de D. Ficquelmont. – 114, 127-31, 134, 141, 145, 146, 240, 243, 284, 286, 296-97

Kiprenski, Orest Adamovitch (1782-1836); pintor. – 293

Kirchhof, Alexandra Filippovna; vidente alemã. – 263

Kireev, Aleksei Nikolaevitch (1812-1849), tenente dos hussardos, marido de A. V. Kireeva. – 77

Kireeva, Aleksandra Vasilievna, nascida Aljabeva (1812-1891). – 66

Kleinmichel, condes; família originária da Finlândia; foi Piotr Andreevitch (1793-1869), filho do general-mor Andrei Andreevitch, que recebeu o título de conde. – 167

Knorring, Vladimir Karlovitch (1784-1864), barão; general-em-chefe, ajudante-de-ordens do imperador, comandante do Corpo de Reserva da Cavalaria da Guarda. – 171

Kolmakov, Nikolai Markovitch (1816-depois de 1891); aluno da faculdade de Jurisprudência da Universidade de São Petersburgo. – 125

Komar, M.; engenheiro, publicista. – 276

Konstantin Pavlovitch (1779-1831), grão-duque herdeiro, irmão de Nicolau I; comandante-em-chefe do exército polonês e vice-rei da Polônia. – 129

Korff (Korf), Modest Andreevitch (1800-1876), barão; colega de curso de A. S. Puchkin no Liceu de Tsarskoe Selo; a partir de maio de 1831, chefe de serviço do Conselho dos ministros; depois, alto funcionário civil, historiador, memorialista. – 268, 323

Kossakovskaia, Aleksandra Ivanovna (1811-1866), condessa; nascida condessa de la Valle. – 166

Kotchubej, Viktor Pavlovitch (1768-1834), conde em 1799, príncipe em 1831; estadista, íntimo e colaborador de Alexandre I; ministro do Interior de 1819 a 1823; a partir de 1827, presidente do Conselho de Estado e do Comitê dos Ministros. – 119, 157

Kozlov, Ivan Ivanovitch (1779-1840); militar da Guarda, em 1798 passou ao serviço civil; depois de 1821, atacado de paralisia e cegueira, dedicou-se unicamente à atividade literária; tradutor, poeta. – 108

Kozlov, Nikita Timofeevitch (1778-depois de 1851); servo da gleba de Boldino; aio e camareiro pessoal de A. S. Puchkin até 1823, nos últimos anos de vida do poeta voltou a seu serviço. – 262, 264, 278, 282, 302, 304

Kozlovski, Piotr Borisovitch (1783-1840), príncipe; diplomata, literato. – 261

Kraevski, Andrei Aleksandrovitch (1810-1889); jornalista, em 1837-39 redator do "Suplemento literário do *Inválido Russo*. – 294-95

Kramer, Mikhail Sevastianovitch (1813-?); aluno da faculdade de Filosofia da Universidade de São Petersburgo. – 252

Krüdener, Amália (1808-1888), baronesa; filha natural do pai de Maximilian von Lerchenfeld e de uma princesa Thurn und Taxis, prima de Aleksandra Fiodorovna; mulher do barão Aleksander Sergueevitch Krüdener (1796-1852), primeiro-secretário da embaixada russa em Munique, em segundas núpcias Adlerberg, Aleksei Alekseevitch, proprietário de uma armaria em São Petersburgo. – 238

Krylov, Ivan Andreevitch (1768 ou 1769-1844); funcionário civil, a partir de

1812 trabalhou durante quase trinta anos na Biblioteca Pública de São Petersburgo; jornalista, dramaturgo, poeta, fabulista. – 256, 296

Küchelbecker (Kiuchelbeker), Wilhelm Karlovitch (1797-1846); colega de curso de A. S. Puchkin no Liceu de Tsarskoe Selo; a partir de 1822 esteve no Cáucaso, como funcionário com missões especiais adido ao general A. P. Ermolov; membro da União do Norte, fugiu após a insurreição decabrista, mas foi detido em Varsóvia e preso na Fortaleza de Pedro e Paulo; a partir de 1835, confinado na Sibéria; poeta. – 108, 267-68

Kukolnik, Nestor Vassilievitch (1809-1868); poeta, romancista, dramaturgo. – 108

Kurakin. – 184, 262

Kutaisov, condes; família originária da Turquia; foi Paulo I quem conferiu inicialmente o título de barão, e depois o de conde, a Ivan Pavlovitch Kutaisov (1759-1834), um prisioneiro turco que Catarina lhe dera e que fora anteriormente seu camareiro. – 167

Kutuzov de Smolensk (Golenyschev-Kutuzov), Michail Illarionovitch (1745-1813), sereníssimo príncipe; diplomata, governador de São Petersburgo e depois de Kiev; marechal-de-campo, general de infantaria, comandante-em-chefe dos exércitos russos em 1812. – 127-28, 131

La Ferrière, Adolphe (1806-1877); ator; chegando à Rússia em 1834, apresentou-se por alguns anos no Teatro Francês de São Petersburgo. – 40

La Rochejaquelein, Henri Auguste Georges du Vergier de (1805-1867), marquês; nomeado Par de França por Luís XVIII, recusou-se a prestar juramento à monarquia de Julho; senador sob o Segundo Império. – 325

Laclos, Pierre Ambroise François Choderlos de (1741-1803). – 206

Lacroix, Fréderic. – 252

Ladurnère, Adolphe (1789-1855); pintor francês. – 25

Lanskoi, Aleksandr Dmitrievitch (1758-1784); general-mor; ajudante-de-ordens da imperatriz; favorito de Catarina II. – 148

Lanskoi, Piotr Petrovitch (1799-1877); segundo marido de N. N. Puchkina; comandante do Regimento da Guarda Montada. – 323-24

Lebedev, Kastor Nikiforovitch (1812-1876); funcionário do Ministério da Justiça. – 76

Lehmann; artista e empresário circense de origem alemã. – 65

Lenclos, Anna (Ninon de, 1620-1705); cortesã parisiense. – 59

Lenin (pseud. de Vladimir Ilitch Ulianov, 1870-1924). – 165

Lenski, Adam Osipovitch (1799-1883); filho natural do ministro polonês da Justiça Tomasz Lubenski, viveu por muito tempo em São Petersburgo; alto funcionário do Departamento de Negócios do reino polonês. – 132-33

Lerchenfeld-Köfering, Maximilian von (1779-1843); diplomata e estadista; de 1833 a 1838, embaixador bávaro em São Petersburgo. – 13, 40, 215

Lermontov, Mikhail Iurievitch (1814-1841); de 1834 a 1837, alferes do Regimento de Hussardos da Guarda aquartelada em Tsarskoe Selo; em 1837, por causa de um poema sobre a morte de Puchkin difundido em cópias manuscritas, foi transferido para o Cáucaso; de volta a São Petersburgo depois de um ano, bateu-se em fevereiro de 1840 com E. de Barante (o francês errou o tiro e L. atirou intencionalmente em outra direção); transferido para um regimento de linha no Cáucaso, bateu-se com um ex-colega de estudos, N. S. Martynov, por quem foi ferido mortalmente; poeta, redator. – 137, 155

Leskov, Nikolai. – 164

Levachiov, Vassili Vassilievitch (1783-1848), conde a partir de 1833; filho natural do conselheiro secreto efetivo Vassili Ivanovitch Levachiov (1740-1804); general-mor. – 163

Liebermann, August von (morto em 1847), barão; embaixador da Prússia em São Petersburgo de 1835 a 1845. – 15-16, 244, 275, 277

Lieven (Liven), Dorothea (Daria Khristoforovna, 1785-1857), princesa; nascida condessa Benckendorff, irmã de A. Kh. Benckendorff, mulher de Khristofor Andreevitch Lieven (1774-1838), embaixador russo em Londres; em 1835 abandonou a Rússia para sempre; em Paris, manteve um salão político. – 324

Lisenkov, Ivan Timofeevitch (1795-1881); livreiro e editor petersburguês. – 260

Litta, Giulio (Iuli Pompeevitch, 1763-1839), conde; filho de Pompeo Litta (1781-1852), político milanês e ilustre genealogista; a partir de 1826, camarista-mor na corte dos Romanov; membro do Conselho de Estado russo. – 48, 101-2, 147

Liubarski, M.; perito legal. – 165

Liza, camareira de N. N. Puchkina. – 83

Lochakova; conhecida de A. S. Puchkin em 1817. – 267

Loeve-Veimars (Löwe-Weimars), François Adolphe (1801-1856), barão; jornalista e literato, diplomata francês; desposou Olga Vikentievna Golynskaia, irmã da condessa L. V. Borch. – 85

Londonderry, Charles William, Lord (1778-1854); oficial, diplomata e estadista inglês. – 187

Londonderry, Francis Anna Harriet, Lady (morta em 1865); mulher de C. W. Londonderry. – 187, 238

Luís Filipe d'Orléans (1773-1850); rei dos franceses de 1830 a 1848. – 21, 25, 72, 138-39

Luís Napoleão Bonaparte (1808-1873), príncipe; filho de Luís Bonaparte e Hortense de Beauharnais, presidente da República francesa em 1848; de 1852 a

1870, imperador dos franceses sob o nome de Napoleão III. – 324-25

Luís XVI (1754-1793); rei dos franceses a partir de 1774. – 20

Lützerode, Augusta von; filha de K. A. von Lützerode. – 273

Lützerode, Karl-August von (1794-1864), barão; general, ajudante-de-ordens do rei da Saxônia; de 1832 a 1840, embaixador do reino da Saxônia. – 15, 275, 277

Maffei, Andrea (1798-1885); literato italiano. – 41

Magenis, Arthur Charles (1801-1867); conselheiro da embaixada inglesa em São Petersburgo. – 260-61

Maistre, Sofia Ivanovna de, nascida Zagriajskaia (1778-1851), condessa; mulher de Xavier de Maistre, tia materna de N. N. Puchkina. – 324

Maistre, Xavier de (1763-1852), conde; irmão mais novo de Joseph de Maistre; em 1800 emigrou para a Rússia, onde participou da guerra de 1812; em 1813, casou-se com S. I. Zagriajskaia; de 1825 a 1839, viveu com a mulher na Itália; escritor, pintor. – 324

Malov, Aleksei Ivanovitch (1787-1855); arcipreste da igreja de Santo Isaac, membro da Academia Russa. – 298

Maria Luísa de Habsburgo-Lorena (1791-1847); mulher de Napoleão I, imperatriz dos franceses de 1810 a 1814. – 323

Marlinski (pseud. de Bestujev), Aleksandr Aleksandrovitch Andrei (1797-1837); decabrista; crítico literário, poeta, prosador. – 108

Marmont, Auguste Frédéric Louis Biecc de (1774-1852), duque de Ragusa; marechal francês; em 1826 representou a França nos festejos pela coroação de Nicolau I. – 233

Martchenko, Vassili Romanovitch (1782-1841); chefe de serviço do Comitê dos ministros, secretário de Estado. – 46

Maslov; guarda-selos de classe XIII. – 307-9

Menchikov, príncipes; família descendente de Aleksandr Danilovitch Menchikov, ex-confeiteiro que se tornou doméstico de Pedro, o Grande, que o nomeou general-em-chefe, marechal-de-campo de São Petersburgo. – 167

Mérimée, Prosper (1803-1870). – 325

Mescherskaia, Ekaterina Nikolaevna, nascida Karamzina (Catherine, 1805-1867), princesa; mulher de P. I. Mescherski. – 80, 255, 264, 291-92

Mescherski, Serguei Ivanovitch (1800-1870); irmão de P. I. Mescherski, tenente do Regimento dos Granadeiros da Guarda. – 87

Metman, Louis Marie (1862-depois de 1930); filho de M. E. de Heeckeren e J. L. Metman; neto de G. d'Anthès. – 24, 33, 39

Metternich Winneburg, Klemens Wenzel Lothar von (1773-1859). – 59, 154

Metternich, Melanie von, nascida condessa Zichy-Ferraris (1805-1854), terceira mulher de K. W. von Metternich. – 154

Meunier. – 138

Mikhail Pavlovitch (1798-1849), grão-duque; irmão de Nicolau I; durante a década de 1830, comandante do Corpo Destacado do Cáucaso, chefe do Corpo dos Pajens, de todos os corpos de cadetes de terra e do Regimento da Nobreza; em 1824, casou-se com a princesa Carlotta de Baden-Württemberg, que se tornou a grã-duquesa Helena. – 18, 80, 102, 114, 154, 217, 300, 311

Mickiewicz, Adam (1798-1855); poeta polonês. – 138-39

Mignet, Paul; ator; membro da companhia estável do Teatro Francês de São Petersburgo, onde representou com muito sucesso na década de 1830; e em 1843 deixou a companhia e provavelmente retornou à França. – 40

Miller, Pavel Ivanovitch (1813-1885); de 1833 a 1846, secretário de A. Ch. Benckendorff. – 98, 231

Milman, Henry Hart (1791-1868); eclesiástico e escritor inglês. – 264

Milton, John (1608-1674). – 251

Mitrowsky, Joseph von, conde; ajudante-de-ordens de Ferdinando da Áustria. – 187

Molière (pseud. de Jean-Baptiste Poquelin, 1622-1673). – 239

Moltchanov, Piotr Stepanovitch (1773-1831); funcionário civil, de 1808 a 1815 chefe de serviço do Comitê dos Ministros; literato. – 94

Montesquieu, Charles Louis de Secondat, barão de la Brède e de (1689-1755). – 244

Mörder (Merder), Maria Karlovna (1815-1870), dama-de-honra; filha de Karl Karlovitch Mörder (1788-1834), professor do herdeiro do trono Aleksandr Nikolaevitch. – 68, 86, 145, 251, 299

Morkov, Arkadi Ivanovitch (1747-1827), conde; diplomata, embaixador em Paris em 1801-1803. – 98

Muraviov, Andrei Nikolaevitch (1806-1874); em 1833-36, alto funcionário do Sacro Sínodo; poeta e escritor de inspiração religiosa. – 96, 135

Mussin-Puchkin, condes; família cujas origens remontavam a Ratcha; ou descendente de Ratcha da décima geração, Mikhail Timofeevitch Puchkin, apelidado Mussa, presente em Novgorod em 1499, foi o patriarca direto dos Mussin-Puchkin; a condessa Charlotta Amalia Isabelle von Wastenleben (1758-1835), irmã da avó materna de G. d'Anthès, desposou o conde Aleksei Semionovitch Mussin-Puchkin (1730-1817), senador, embaixador em Londres e em Estocolmo. – 21

Mussina-Puchkina, Emília Karlovna, nascida Schernwall von Vallen (1810-1846), condessa; irmã de A. K. Schernwall von Vallen, mulher do conde Vladimir Alekseevitch Mussin-Puchkin (1798-1854), decabrista, filho do bibliófilo que descobriu o manuscrito do *Canto da campanha de Igor*. – 53, 61, 66

Nadejdin, Nikolai Ivanovitch (1804-1856); jornalista, crítico literário, editor de

Telescópio, professor da Universidade de Moscou (1831-35). – 119

Napoleão I (1769-1821). – 43, 45, 127, 130

Narychkin, Dmitri Lvovitch (1758-1838); grão-mestre de caça da Corte; marido de M. A. Sviatopolk-Tchetvertinskaia. – 135-36, 141, 143

Narychkin, Kirill Aleksandrovitch (1786-1838); grão-marechal de Corte; membro do Conselho de Estado; pai de A. K. Voroncova-Dachkova, tio de V. A. Sollogub. –101-2

Narychkina, Maria Antonovna, nascida princesa Sviatopolk-Tchetvertinskaia (1779-1854), mulher de D. I. Narychkin; durante muito tempo, favorita de Alexandre I. – 135-36

Naschokin, Pavel Voinovitch (1800-1854); a partir de 1819, subtenente do regimento da Guarda Izmailovski, a partir de 1821 alferes do Regimento dos Couraceiros da Guarda de Sua Majestade a Imperatriz, reformada a partir de 1823; foi para Moscou, em 1834 casou-se com Vera Aleksandra Nageava (1811-1900); virou modelo inspirador do personagem Khlothev em *Almas mortas* de Gogol.

Neelov, Sergei Alekseevitch (1779-1852); membro do Clube Inglês de Moscou; poeta diletante, autor de epigramas. – 93

Nefedieva, Aleksandra Ilinitchna (1782-1857); prima de A. I. Turguenev. – 296

Neipperg, Adam Albrecht von (1775-1829), conde; militar e diplomata austríaco; amante de Maria Luísa, ex-imperatriz dos franceses, e a partir de 1821 seu marido morganático. – 323

Nesselrode, Dmitri Karlovitch (1816-1891), filho de M. D. e K. V. Nesselrode; tradutor do Ministério das Relações Exteriores, a partir de 1836 secretário da Chancelaria do mesmo ministério. – 166

Nesselrode, Karl Vassilievitch (1780-1862), conde; em 1807-1810, conselheiro da embaixada russa em Paris; após o retorno à Rússia, conselheiro do imperador e secretário de Estado; a partir de 1816, diretor do colégio das Relações Exteriores; de 1822 a 1856, ministro das Relações Exteriores; vice-chanceler e, a seguir, chanceler do Império russo. – 26, 78, 79, 124-25, 138, 153-54, 155-56, 212, 217, 219-20, 299

Nesselrode, Maria Dmitrievna, nascida Gurieva (1786-1849); mulher de K. V. Nesselrode. – 153-55, 156, 166, 167-68, 220

Nesselrode, condes; família originária do ducado de Berg; no final do século XIV, dividiu-se em dois ramos: o dos Nesselrode-Reisenstein, extinto no início do século XIX, e o dos Nesselrode-Ereshofen; uma condessa von Hatzfeldt, irmã do avô paterno de G. d'Anthès, desposou o conde Franz Karl Alexander Nesselrode-Ereshofen (1752-1816). – 21

Netchaev, Stepan Dmitrievitch (1792-1860); de abril de 1833 a junho de 1836, pro-

curador-chefe do Santo Sínodo; literato, arqueólogo. – 135
Nicolau I (Nikolai Pavlovitch, 1796-1855); imperador russo a partir de dezembro de 1825. – 14-6, 21, 24-5, 27-9, 35-6, 39, 41, 42, 48, 54, 65, 78, 79-80, 90, 92-4, 96-107, 114, 124, 130, 136-38, 150, 152, 154, 159-60, 166, 168-69, 182, 185, 194, 207, 219, 228, 232-34, 239, 244-46, 253, 260, 263, 276, 280-82, 283-84, 290, 293, 296, 297-304, 310, 315, 323, 324
Nicoletti; proprietário de um restaurante em Kichiniov. – 271
Nikitenko, Aleksandr Vassilievitch (1804-1877); crítico literário, professor de literatura russa na Universidade de São Petersburgo, censor a partir de agosto de 1833. – 291-92
Nordin, Gustaf af (1799-1867), conde; secretário e encarregado de negócios da embaixada da Suécia e Noruega em São Petersburgo nos anos 30 do século XIX. – 15
Novikov; suboficial dos gendarmes. – 315
Novossiltsev, Arkadi Nikolaevitch (1816-1879); alferes do Regimento dos Cavaleiros da Guarda; em 28 de fevereiro de 1836, foi transferido para o Regimento dos Hussardos de Narva. – 74
Novossiltsev(a) (provavelmente), Ekaterina Vladimirovna, nascida condessa Orlova (1770-1849). – 119

Obermann, Ekaterina; proprietária de uma revenda de lenha em São Petersburgo. – 85
Obolenski, Nikolai Nikolaevitch (1792-1857), príncipe; tio em terceiro grau de A. S. Puchkin; a partir de 1827, tenente reformado. – 239
Odoevski, Vladimir Fiodorovitch (1804-1869), príncipe; "gentil-homem de câmara", a partir de 1836 camarista; funcionário do Ministério do Interior, do Departamento para as profissões de fé estrangeiras, do Departamento da Economia estatal; escritor, jornalista, crítico literário e musical. – 109, 161, 163, 232, 250, 294
Olenin, Aleksei Nikolaevitch (1764-1843); membro do Conselho de Estado, secretário de Estado; presidente da Academia de Belas-Artes, diretor da Biblioteca Pública de São Petersburgo, arqueólogo, historiador. – 150
Opotchinin (talvez), Konstantin Fiodorovitch (1808-1848); alferes e, a partir de 1837, tenente do Regimento da Guarda Montada; embora, numa carta à tia dele, E. M. Khitrovo, Puchkin o tivesse definido como "digníssimo jovem", poderia ser o Opotchinin lembrado por A. V. Trubetskoi. – 166, 228
Orlov de Tchesme, Aleksei Grigorievitch (1737-1807), conde; general-em-chefe, vencedor dos turcos durante a guerra de 1768-1774, envolvido de perto na morte "acidental" de Pedro III. – 111-12
Orlov, Aleksei Fiodorovitch (1786-1861), conde a partir de 1825 e príncipe a

partir de 1855; participou da guerra de 1812; a partir de 1817, general-mor, e de 1819, comandante do Regimento da Guarda Montada; diplomata, membro do Conselho de Estado a partir de 1836 e, a seguir, chefe do Corpo dos Gendarmes e da Terceira Seção. – 93-4, 296-7

Orlov, Fiodor Fiodorovitch (1792-não depois de 1834), irmão de A. F. e M. F. Orlov; participou da guerra de 1812; a partir de 1832, coronel da reserva do Regimento dos Ulanos da Guarda. – 269

Orlov, Michail Fiodorovitch (1788-1842); general-mor; membro da Arzamas; decabrista. – 269

Orlov, Nikolai Alekseevitch (1827-1885); general de cavalaria, ajudante-de-ordens do imperador; diplomata, embaixador da Rússia em Bruxelas, Londres, Paris, Berlim. – 324

Orlova, Anna Alekseevna (1783-1848), condessa; filha de A. G. Orlov. – 112

Ossipova, Ekaterina Ivanovna (1823-1908); filha de P. I. Ossipova. – 304

Ossipova, Maria Ivanovna (1820-1896); filha de P. I. Ossipova. – 304

Ossipova, Praskovia Aleksandrovna, nascida Vyndomskaia (1781-1859), em primeiras núpcias Wulf (Vulf); proprietária da herdade de Trigoskoe, vizinha à de Mikhailovskoe, no governo distrital de Pskov. – 255, 311

Ostermann-Tolstoi, Aleksandr Ivanovitch (1770-1857), conde; general de infantaria, ajudante-de-ordens do imperador, distinguiu-se contra os exércitos de Napoleão. – 101

Pallfy-Daun de Pressburg, Ferdinand; conde austríaco. – 187

Panin (talvez), Nikita Egorovitch (1801-?); integrante do Regimento dos Cavaleiros da Guarda a partir de 1828, reformado a partir de 1833. – 47

Panin, Nikita Ivanovitch (1718-1783), conde; diplomata, estadista, educador do grão-duque herdeiro Pavel Petrovitch, o futuro Paulo I. – 124

Panina, Natália Pavlovna, nascida Thiesenhausen (1810-1899), condessa; mulher do conde Viktor Nikititch Panin (1801-1874), vice-ministro da Justiça. – 74

Panizzi, Alberto (1797-1879); bibliotecário do British Museum. – 325

Paulo I (Pavel Petrovitch, 1754-1801); imperador a partir de 1796. – 111-2, 124

Paulucci, Filippo (Filipp Osipovitch, 1779-1849), marquês; originário do Piemonte, no serviço russo foi general de Infantaria, ajudante-de-ordens do imperador. – 101

Pavlischev, Nikolai Ivanovitch (1802-1879); marido de O. S. Pavlischeva, cunhado de A. S. Puchkin; funcionário do Departamento da Instrução Popular, mais tarde primeiro-chanceler do Intendente Geral do reino da Polônia; literato, historiador. – 85

Pavlischeva, Olga Sergeevna, nascida Puchkina (1797-1868); irmã de A. S.

Puchkin; a partir de 1828, mulher de N. I. Pavlischev. – 85
Pedro I (Pedro, o Grande, 1672-1725); imperador. – 56, 91, 102, 105, 111-12, 113, 124, 143, 150, 227, 250
Perovski, Vassili Alekseevitch (1795-1857), conde; a partir de 1818, capitão do Regimento da Guarda Izmailovski e, de 1829, ajudante-de-ordens do imperador e diretor da chancelaria do Estado-Maior da Marinha; em 1833-42, governador militar de Orenburg e Samara. – 296
Person, Ivan Ivanovitch (1797-1867); médico petersburguês. – 279
Peschurov, Aleksei Nikititch (1779-1849); a partir de 1803, tenente reformado do Regimento da Guarda Semionovski; de 1830 a 1839, governador civil de Vitebsk e Pskov. – 303
Petrovo-Solovovo, Grigori Fiodorovitch (1806-1879); a partir de 1836, capitão do regimento dos Cavaleiros da Guarda. – 85
Petrovo-Solovovo, Natália Andreevna, nascida princesa Gagarina (1815-1893); mulher de G. F. Petrovo-Solovovo. – 210
Pina, Emmanuel, marquês; legitimista francês. – 28
Piotr; sacerdote da igreja de Corte do Salvador da Divina Imagem, no complexo das Cavalariças imperiais. – 281-82
Platonov, Valerian Platonovitch; filho natural do príncipe Platon Aleksandrovitch Zubov (1767-1822), o favorito de Catarina II que foi governador-geral da Nova Rússia e comandante da frota do Mar Negro. – 47
Pletniov, Piotr Aleksandrovitch (1792-1865); poeta e crítico literário, a partir de 1832 professor de literatura russa na Universidade de São Petersburgo. – 108, 141, 249-50, 279-80, 283
Pogodin, Mikhail Petrovitch (1800-1875); dramaturgo, historiador, jornalista, editor de publicações periódicas; a partir de 1833, professor na Universidade de Moscou. – 119
Poletika, Aleksandr Mikhailovitch (1800-1854); capitão, a partir de outubro de 1836 coronel do Regimento dos Cavaleiros da Guarda. – 211
Poletika, Idália Grigorievna, nascida Obortei (Idalie, entre 1807 e 1810-1890); filha natural do conde G. A. Stroganov e da condessa Juliana da Ega; a partir de 1829, mulher de A. M. Poletika, com quem teve: Aleksandr (1835-1838), Elisaveta (1832-não antes de 1854), Júlia (1830-1833). – 211-12, 223, 323
Poltoratski, Aleksei Pavlovitch (1802-1863); subtenente, membro da equipe encarregada do levantamento topográfico da Bessarábia; a partir de 1836, coronel do Quartel-General. – 271
Poluektova, Liubov Fiodorovna, nascida princesa Gagarina; irmã de V. F. Viazemskaia, mulher do general de infantaria Boris Vladimirovitch Poluektov (1788-1843). – 321

Popandopulo-Vreto, doutor; alguns Popandopulo viviam na Criméia; A. O. Smirnova, em suas memórias, lembra entre outras pessoas a mulher do general-mor G. A. Popandopulo, membro da Chancelaria do Estado-Maior do Mar Negro. – 278

Potiomkin de Táurida, Grigori Aleksandrovitch (1739-1791), sereníssimo príncipe; marechal-de-campo; estadista; favorito de Catarina II. – 114-15, 123, 148

Puchkin, Aleksandr Aleksandrovitch (Sacha, 1833-1914); filho mais velho de A. S. Puchkin; comandante do 13º Regimento dos Hussardos de Narva, mais tarde tenente-general. – 96, 283, 323

Puchkin, Grigori Aleksandrovitch (Gricha, 1835-1905); filho de A. S. Puchkin; capitão da Guarda Montada e, a partir de 1862, a serviço do Ministério do Interior. – 283, 323

Puchkin, Lev Sergueevitch (Liovuchka, 1805-1852); irmão de A. S. Puchkin; a partir de 1827, aluno oficial no Regimento dos Dragões de Nijni Novgorod; em 1829-31, dispensado; em 1831, serviu no regimento finlandês dos Dragões; reformada em 1832, estabeleceu-se em Varsóvia; de volta a São Petersburgo em 1833, a partir de 1834 trabalhou para o Ministério das Relações Exteriores; em 1836-42, segundo-capitão do Corpo Destacado do Cáucaso. – 163

Puchkin, Serguei Lvovitch (1767-1848); pai de A. S. Puchkin; conselheiro de Estado; de 1796 a 1800, capitão do Regimento dos Caçadores da Guarda; a partir de 1800, no serviço civil; dispensado a partir de 1817. – 137

Puchkin, Vassili Lvovitch (1766-1830); tio de A. S. Puchkin; a partir de 1798, tenente da Guarda reformado; poeta, membro da Arzamas. – 272

Puchkina, Maria Aleksandrovna (Macha, 1832-1919); filha de A. S. Puchkin, em 1860, casou-se com o general-mor Leonid Nikolaevitch Hartung (1832-1877); Tolstoi, que a conhecera em Tula na década de 1860, inspirou-se parcialmente nela para o perfil de Anna Karenina. – 283, 323

Puchkina, Nadeida Osipovna, nascida Hannibal (1775-1836); mãe de A. S. Puchkin. – 74-6

Puchkina, Natália Aleksandrovna (Tacha, 1836-1913); filha de A. S. Puchkin, casou-se em primeiras núpcias com M. L. Dubelt; a partir de 1868, esposa morganática do príncipe Nicolau Guilherme de Nassau, com o título de condessa Merenberg. – 78, 157, 283, 323

Puchkina, Natália Nikolaevna, nascida Gontcharova (Natalie, Natacha, Tacha, 1812-1863); a partir de 1831, mulher de A. S. Puchkin; em 1844, casou-se em segundas núpcias com P. P. Lanskoi. – 13, 19, 36, 38, 48-51, 53-6, 63-6, 68, 71-4, 75, 77, 78, 81, 83-8, 90, 92-4, 96, 99,

101-2, 105, 122, 125, 132-34, 136, 140, 142, 146, 154, 157, 166, 168, 172, 174-75, 178, 181-2, 187, 191, 193, 196, 204-5, 209-12, 215-18, 221-25, 227, 230-2, 235, 236, 237, 238, 241, 243-8, 252-55, 258, 262, 264, 273, 278-79, 281-84, 286-87, 290, 295, 298-99, 302, 306-8, 311, 313, 317, 320, 323, 325

Quarenghi, Giacomo Antonio Domenico (1744-1817); arquiteto e pintor italiano. – 127

Rachillo, Ivan Spiridonovitch (1904-depois de 1971); escritor. – 276

Raevski, Nikolai Nikolaevitch (1771-1829); participou da guerra de 1812; general de cavalaria, membro do Conselho de Estado. – 114

Raikovski, Nikolai; sacerdote. – 245

Raoult; proprietário de uma loja de vinhos franceses em São Petersburgo. – 84

Ratcha (ou seja, "homem de honra"); segundo as Crônicas, viveu em Kiev cem anos antes de Aleksandr Nevski e "serviu ao príncipe Vsevolod II, filho de Olga", o bisneto de Ratcha, Gavrila Aleksitch, antepassado de A. S. Puchkin, foi boiardo em Novgorod durante o principado de Aleksandr Jaroslavitch, em cujo séquito lutou contra os suecos na batalha do Neva (1240). – 21

Rauch, Egor Ivanovitch (1789-1864); médico cirurgião petersburguês, a partir de 1829 médico de Corte encarregado da saúde da imperatriz. – 316

Razumovskaia, Ekaterina Alekseevna (nascida em 1790), condessa; mulher de S. S. Uvarov. – 149, 260

Razumovskaia, Maria Grigorievna, nascida princesa Viazemskaia (1772-1865), condessa; desposou em primeiras núpcias o príncipe A. N. Golitsin e, em segundas, o conde Lev Kirillovitch Razumovski (1757-1818). – 244, 260, 319, 321

Razumovski, Aleksei Kirillovitch (1748-1822), conde; ministro da Instrução popular de 1810 a 1816. – 149

Razumovski, condes; família originária da Ucrânia, descendente do cossaco Iakov Romanovitch Rozum, avô de Aleksei Grigorevitch Razumovski (1709-1771), cantor da Capela Imperial, mais tarde favorito e talvez marido secreto da imperatriz Elisaveta Petrovna, de quem recebeu o título de conde. – 167

Récamier, Julie (1777-1849). – 140

Repnin (Repnin-Volkonski), Nikolai Grigorevitch (1778-1845), príncipe; participou da guerra de 1812; governador-geral da Pequena Rússia de 1815 a 1834, general de cavalaria, membro do Conselho de Estado a partir de 1834. – 67

Reuttner von Weyl, Philipp Konrad von, barão alemão; cavaleiro da Ordem Teutônica; tio-avô de G. d'Anthès. – 20

Riurik (ou seja, "o pacífico"); príncipe varego do século IX, iniciador da dinastia dos Iuríkidas; segundo a lenda, chegou à Rússia, respondendo ao apelo de uma delegação de habitantes de Novgorod, junto com os irmãos Sineus ("o vitorioso") e Truvor ("o fiel"), com seus homens de armas, estabeleceu-se em Novgorod, que se tornou assim a sede do primeiro principado russo. – 1919-92, 324

Rosen (Rozen), Egor Fiodorovitch (1800-1860), barão; hussardo, depois serviu no Estado-Maior; de 1835 a 1840, secretário particular do grão-duque Aleksandr Nikolaevitch; poeta, dramaturgo, crítico literário, editor de almanaques literários. – 238

Rosset, Arkadi Osipovitch (1812-1881); irmão de A. O. Smirnova; a partir de 1830 porta-estandarte e, de 1836, segundo-capitão da Artilharia Montada da Guarda. – 48, 87, 90, 134, 157, 229, 254, 289

Rosset, Karl (Aleksandr-Karl) Osipovitch (1813-1851); irmão de A. O. Smirnova; a partir de 1833 porta-estandarte e, de 1836, tenente do Regimento da Guarda Preobrænskij. – 87, 134, 229

Rosset, Klementi Osipovitch (1811-1866); irmão de A. O. Smirnova; a partir de 1828, porta-estandarte do regimento finlandês da Guarda e, de 1830, licenciado; a partir de 1833, serviu no Corpo Destacado do Cáucaso. De volta a São Petersburgo em 1835, em abril de 1836 passou a trabalhar, com a patente de tenente, na Primeira Seção do Departamento do Estado-Maior. – 48, 134, 157-58, 176-77, 192, 196, 229, 264

Rutch, Conrad; alfaiate masculino petersburguês. – 85

Ryleev, Kondrati Fiodorovitch (1795-1826); subtenente da Guarda, reformado em 1818; um dos chefes da União do Norte, ativo organizador da insurreição decabrista; executado em 13 de julho de 1826; poeta. – 108, 263

Sadler (Zadler), Karl Karlovitch (1801-1877); médico petersburguês, titular do Hospital de Corte das Cavalariças imperiais. – 34, 38-9, 279, 281

Safonovitch, Valerian Ivanovitch (1798-1867); funcionário do Ministério das Finanças e do Interior; literato. – 117

Safronov, V.; perito legal. – 276-77

Salkov, Aleksandr Andreevitch; perito legal. – 165

Salomon, Khristofor Khristoforovitch (1797-1851); médico petersburguês. – 279, 281

Saltykov, Nikolai Ivanovitch (1736-1816), sereníssimo príncipe; marechal-de-campo, general de cavalaria e general-em-chefe, ajudante-de-ordens da imperatriz; depois de sua morte, os filhos alugaram o palácio sobre o Neva com que Catarina II o presenteara em 1796. – 127

Saltykov, Serguei Vassilievitch (1777-1846); a partir de 1800, capitão de reserva da Guarda Montada; a mulher Aleksandra Sergueevna, nascida Saltykova (morta não antes de 1854), os filhos Mikhail, Serguei, Anastasia, Elena e Sofja. – 196

Samoilova (Samoyloff), Júlia Pavlovna (Julie, 1803-1875), condessa, nascida von der Pahlen; casou-se em segundas núpcias com o barítono Perry e em terceiras com o conde Charles de Mornay. - 41-2

Saveliev, Ivan; cocheiro e alugador de cavalos petersburguês. – 84

Scalon (Skalon), Nikolai Aleksandrovitch (1809-1857); a partir de 1829, porta-estandarte do regimento finlandês da Guarda; a partir de 1836, tenente da Guarda do Quartel-General. – 87, 158

Schelling, Friedrich Wilhelm Joseph (1775-1854). – 109, 149

Scherbatchov, Mikhail Nikolaevitch (morto em 1819); participou da guerra de 1812; tenente do regimento moscovita da Guarda. – 278

Schernwall von Vallen, Aurora Karlovna (1808-1902), baronesa de origem sueca, dama de honra da imperatriz; irmã de E. K. Mussina-Puchkina; a partir de 1836, mulher de P. N. Demidov; viúva, em 1846 desposou An. N. Karamzin. – 53, 66

Schogolev, Pavel Eliseevitch (1877-1931); historiador, estudioso de literatura, biógrafo de Puchkin. – 165

Scholz (Jolc), Wilhelm von (1798-1860); médico obstetra de origem prussiana. - 279-80

Scott, Walter (1771-1832). – 244

Scribe, Augustin Eugène (1791-1861), comediógrafo francês. – 237

Senkovski, Osip (Julian) Ivanovitch (pseud: Barão Brambeus; 1800-1858); orientalista, professor da Universidade de São Petersburgo de 1822 a 1847; escritor, jornalista, redator da *Biblioteca para a leitura* de 1834 a 1856. - 108

Sévigné, Marie de Rabutin-Chantal de (1626-1696), marquesa; escritora francesa. – 237

Sichler, L.; proprietária de lojas de moda em São Petersburgo e em Moscou. – 63

Simonetti, Luigi, conde; de 1831 a 1838, embaixador do reino do Piemonte na Rússia. – 15

Smirdin, Aleksandr Filippovitch (1795-1857); livreiro e editor petersburguês. - 290

Smirnov, Nikolai Mikhailovitch (1808-1870), "gentil-homem de câmara"; funcionário do ministério das Relações Exteriores e, mais tarde, da missão russa em Florença; a partir de 1828 trabalhou em São Petersburgo para o Departamento da Ásia e, de março de 1835 a setembro de 1837, para a missão russa de Berlim. – 17, 94-5, 145, 158, 321

Smirnova, Aleksandra Ossipovna, nascida Rosset (1809-1882), dama-de-honra da imperatriz; filha de um emigrado francês que se tornou comandante do porto de Odessa; a partir de 1832, mulher de N. M. Smirnov. – 55, 94, 145, 158 207, 321

Sobolevski, Serguei Aleksandrovitch (1803-1870); bibliófilo, bibliógrafo, autor de epigramas. – 66, 87, 145, 162, 164

Sofia, Astafievna; dona de uma casa de tolerância em São Petersburgo. – 122

Sokolov, Piotr Ivanovitch (1764-1835); secretário permanente da Academia Russa, de 1797 a 1829 editor de *Notícias de São Petersburgo*. – 151

Sollogub, Aleksandr Ivanovitch (1787-1843), conde, mestre-de-cerimônias; pai de L. A. e V. A. Sollogub; conselheiro secreto. – 131, 193-95

Sollogub, Lev Aleksandrovitch (1812-1852), conde; irmão de V. A. Sollogub; de 1831 a 1839, porta-estandarte do regimento da Guarda Izmailovski. – 229

Sollogub, Nadejda Lvovna (1815-1903), condessa, dama-de-honra da imperatriz; prima em primeiro grau de L. A. e V. A. Sollogub; a partir de 1836, mulher de Aleksei Nikolaevitch Svistunov. – 53, 55, 66

Sollogub, Vladimir Aleksandrovitch (1813-1882), conde; estudou na Universidade de Dorpat com Al. N. e An. N. Karamzin; em 1835, funcionário com missões especiais do Ministério do Interior; escritor. – 66-7, 131-34, 140, 143-44, 145, 154, 165-66, 177, 184, 190-93, 195-97, 201, 204-5, 207, 220, 221, 229, 232, 234, 245

Solntcev (ou Soncov), Matvei Mikhailovitch (1779-1847), camarista a partir de 1825; marido de uma tia de A. S. Puchkin; tradutor do Colégio das Relações Exteriores, funcionário com missões especiais do Ministério da Justiça. – 93

Souzzo, Mikhail Georgevitch (1784-1864), príncipe; ex-senhor da Moldávia; embaixador extraordinário do reino da Grécia em São Petersburgo. – 16

Spasski, Ivan Timoveevitch (1795-1861); médico petersburguês, professor de zoologia e mineralogia na Academia de Medicina e Cirurgia, primeiro assistente de obstetrícia, médico de A. S. Puchkin e de seus familiares. – 280-2, 285-6

Staël, Madame de (Anne Louise Germaine Necker, baronesa de Staiol-Holstein, 1766-1817); escritora francesa. – 149

Stakelberg, Adelaida Pavlovna, nascida Tiesenhausen (1807-1833); condessa; prima de D. F. Ficquelmont. – 25

Starov, Semion Nikititch (c. 1780-1856); participou da guerra de 1812; tenente-coronel, comandante do 33º Regimento dos Caçadores. – 271

Stefanovitch; médico titular, assessor de colégio. – 305

Storojenko, Aleksei Petrovitch (1805-1874); escritor ucraniano. – 301

Stroganov, Grigori Aleksandrovitch (1770-1857), barão, a partir de 1826 conde, camarista-mor; tio em segundo grau de N. N. Puchkina; de 1805 a 1822, embaixador na Espanha, na Suécia e na Turquia; membro da Corte Suprema que julgou os decabristas, membro do Conselho de Estado. – 211, 245-6, 259, 289, 296, 304

Stroganov, Serguei Grigorievitch (1794-1882), conde; filho de Iu. P. e G. A. Stroganov; participou da guerra de 1812; capitão do Regimento dos Hussardos da Guarda, a partir de 1828 general-mor, de 1835 a 1847 provedor de ensino do distrito moscovita. – 304

Stroganov; parente de A. V. Trubetskoi, cujo relato não dá suficientes elementos para identificá-lo. – 167, 229

Stroganova, Juliana (Júlia Pavlovna), nascida condessa de Oienhausen (1782-1864), em primeiras núpcias condessa da Ega, a partir de 1826 segunda mulher de G. A. Stroganov. – 153, 211, 245, 293, 316

Stroganova, Natália Viktorovna, nascida Kotchube (1800-1854), condessa; a partir de 1820, mulher do conde Aleksandr Grigorievitch Stroganov (1795-1891), filho de G. A. Stroganov e de sua primeira mulher, a princesa Anna Sergueevna Trubetskaia. – 87, 243

Suchozanet, Ivan Onufrievitch (1788-1861); general de artilharia, ajudante-de-ordens do imperador. – 27, 296

Suvorov da Itália, Aleksandr Vassilievitch (1729-1800), sereníssimo príncipe, conde do Sacro Império Romano; ajudante-de-ordens da imperatriz Catarina (mais tarde, do imperador Paulo), feldmarechal da Rússia, Alemanha e Sardenha; cobriu-se de glória na Polônia contra os turcos e, na Itália, contra os franceses. – 114-15

Swétchine, Sophie (Svetchina Sofia Petrovna, nascida Soimonova, 1782-1857); convertida em 1815 ao catolicismo, por influência de Joseph de Maistre, deixou a Rússia. A partir de 1825, manteve em Paris um salão político e literário freqüentado por agentes do Legitimismo e da Restauração. – 154

Talleyrand-Périgord, Charles-Maurice de (1754-1838). – 244

Talon, Pierre; proprietário de um restaurante na avenida Nevski até 1825. – 119

Tchaadaev, Piotr Jakovlevitch (1794-1856); de carreira militar, participou da batalha de Borodino; a partir de 1816, alferes do regimento dos Hussardos da Guarda aquartelado em Tsarskoe Selo e, a partir de 1821, capitão reformado; membro da União do Norte, a organização secreta decabrista; maçom; em viagem ao exterior a partir de 1823, retornou à Rússia em 1826 e estabeleceu-se em Moscou, onde, a partir de 1836, depois da publicação da *Primeira carta filosófica*, foi submetido a controle médico e policial; publicista, filósofo. – 89-90, 124, 130, 158, 160, 254

Tcherkasski, Mikhail Borisovitch (1813-?), príncipe; tenente do regimento dos Cavaleiros da Guarda; em 27 de outubro de 1835, foi transferido para o Regimento de Couraceiros Gluchovskoj. – 43

Thiers, Louis-Adolphe (1797-1877); político francês, ministro do Interior em 1832-36; historiador. – 325

Thiesenhausen, Piotr Pavlovitch (nascido em 1815), conde; irmão de N. P. Panina; porta-estandarte do Regimento dos Cavaleiros da Guarda; em 28 de fevereiro de 1836, foi transferido para o Regimento de Hussardos Kljastickij. – 74

Tibeau, Osip Andreevitch; conselheiro titular; vice-inspetor no Departamento dos Correios. – 312

Tibeau, Viktor Andreevitch; conselheiro titular; funcionário do Departamento dos Correios. – 312

Tibeaut; professor dos irmãos Al. e An. Karamzin. – 312

Tiutchev, Fiodor Ivanovitch (1803-1873); diplomata, trabalhou para a missão russa de Mônaco (1822-37) e de Turim (1837-39); poeta. – 158

Tolstaia, Anna Petrovna, nascida Protasova (1794-1869), condessa. – 110

Tolstoi, Fiodor Ivanovitch (apelidado "O americano" depois de uma sua estada nas ilhas Aleutas; 1782-1846), conde; oficial da Guarda reformado, famoso duelista, organizador de duelos e jogador de cartas, "homem fora do comum, criminoso e sedutor" segundo o sobrinho Lev Tolstoi; lembrado em numerosos versos puchkinianos, protótipo de Zarecki em *Eugênio Oneguin*. – 271

Tomilin, V. V.; perito legal. – 165

Trubetskoi, Aleksandr Vassilievitch (1813-1889), príncipe; segundo-capitão do Regimento dos Cavaleiros da Guarda; depois, general-mor. – 42, 82, 86, 167, 210, 216, 229, 252

Trubetskoi, Serguei Vassilievitch (1815-1859), príncipe; irmão de A. V. Trubetskoi; tenente do Regimento dos Cavaleiros da Guarda; em 27 de outubro de 1835 foi transferido para o Regimento dos Couraceiros Ordenskij; mais tarde, padrinho do duelo de Lermontov com N. S. Martynov. – 42

Trubetskoi, Vassili Sergueevitch (1776-1841), príncipe; general de cavalaria, ajudante-de-ordens do imperador; senador, membro do Conselho de Estado. – 296

Turguenev, Aleksandr Ivanovitch (1789-1846); irmão do decabrista Nikolai Ivanovitch (1789-1871), condenado à morte à revelia, e de Serguei Ivanovitch (1792-1827), também este envolvido com os decabristas; de 1810 a 1824, diretor do Departamento para as Profissões de Fé Estrangeiras; depois de 1825, passou longos períodos no exterior; membro da Arzamas, literato, historiador, arqueólogo. – 149, 152-3, 158, 238, 243-4, 250, 254, 260, 280, 282-3, 287, 290, 293, 296, 302-3, 311, 317

Urussov (talvez), Ivan Aleksandrovitch (1812-1871), príncipe, ou (talvez) o irmão Piotr (1810-1890), príncipe, a partir de 1836 subtenente do Regimento da Guarda Izmailovski. – 167, 229

Urussova, Sofia Aleksandrovna (1804-1889), princesa, dama-de-honra da imperatriz; no início da década de 1830, favorita de Nicolau I, a partir de 1833 mulher do príncipe Leon Liudvigovitch Radzwill (1808-1885). – 53, 66

Uvarov, Semion Fiodorovitch (morto em 1788); militar de carreira, a partir de 1782 vice-coronel dos Granadeiros da Guarda e ajudante-de-ordens da imperatriz; em 1784-86, favorito de Catarina II. – 115, 148-50

Uvarov, Serguei Semionovitch (1786-1855), conde a partir de 1846; funcionário civil, a partir de 1818 presidente da Academia de Ciências; ministro da Instrução popular (1834-1849), presidente da Direção Central da Censura; membro da Arzamas, literato, helenista. – 90, 147-52, 159, 166, 294, 296, 301

Vaksberg, A.; publicista. – 277

Valuev, Piotr Aleksandrovitch (1815-1890), conde; "gentil-homem de câmara"; a partir de 1834, funcionário da Segunda Seção da Chancelaria Particular de Sua Majestade Imperial para a Codificação das Leis. – 48, 133, 229, 247, 282

Valueva. – *vide* Viazemskaia, M. P.

Vassiltchikova, Aleksandra Ivanovna, nascida Archarova (1795-1855), condessa; tia de V. A. e L. A. Sollogub. – 131, 141, 229

Verstolk van Soelen, Johan (1776-1845), barão; ministro holandês das Relações Exteriores. – 79, 299, 314

Viazemskaia, Maria Petrovna (Mary, 1813-1849), princesa; filha de V. F. e P. A. Viazemski, a partir de maio de 1836 mulher de P. A. Valuev. – 48, 153, 246-7

Viazemskaia, Nadejda Petrovna (Nadine, 1822-1840), princesa; filha de V. F. e P. A. Viazemski. – 87

Viazemskaia, Vera Fiodorovna, nascida princesa Gagarina (1790-1886), princesa; a partir de 1811, mulher de P. A. Viazemski. – 49, 72, 131, 187-8, 205, 210-11, 213, 215, 243, 247, 258, 282, 287, 309, 316

Viazemski, Pavel Petrovitch (Paul, 1820-1888), príncipe; filho de V. F. e P. A. Viazemski; aluno da Universidade de São Petersburgo. – 87, 293

Viazemski, Piotr Andreevitch (1792-1878), príncipe; camarista; de 1818 a 1821, funcionário da Chancelaria de N. N. Novosilcev em Varsóvia, vice-diretor do Departamento do Comércio Exterior de 1832 a 1846; a seguir, vice-ministro da Instrução Popular; membro da Arzamas, poeta, crítico literário, memorialista. – 49, 61, 72, 90, 93-4, 95, 97-102, 103-5, 108-9, 111-2, 123, 125, 127, 131, 139, 149, 152, 158, 164, 172, 181, 187, 193, 207, 209, 216, 217, 231, 235, 242, 243, 244, 255, 258, 261, 275, 277, 282, 293, 297, 311, 317

Vielgorski, Mikhail Iurievitch (1788-1856), conde; camarista; estadista, compositor diletante, animador da vida musical petersburguesa, mecenas. – 109, 134, 143, 182, 258, 282-3, 286-7

Vigel, Filipp Filippovitch (1786-1856); funcionário do Arquivo do Colégio dos Assuntos Internos de Moscou, vice-governador da Bessarábia de 1824 a 1826; de 1829 a 1840 vice-diretor e, mais tarde, diretor do Departamento para as Profissões de Fé Estrangeiras; memorialista. – 153

Viskovskov (por Viskovski); professor do idioma russo. – 312

Volkonskaia, Sofia Grigorievna (1786-1869), sereníssima princesa; proprietária do apartamento nº 12 do Moika, que foi o último endereço de A. S. Puchkin. – 87, 131, 293

Voltaire (pseud. de François-Marie Arouet, 1694-1778). – 251

Vorontsov, Mikhail Semionovitch (1782-1856), sereníssimo príncipe; feldmarechal; participou da guerra de 1812, comandou as tropas russas na França em 1814; governador-geral da Nova Rússia e da Bessarábia, comandante-em-chefe do Corpo Destacado do Cáucaso e vice-rei do Cáucaso. – 161

Vorontsov, Semion Mikhailovitch (1823-1882), príncipe; filho de M. S. Vorontsov. – 161-62, 163-64

Vorontsova-Dajkova, Aleksandra Kirillovna, nascida Narchkina (1817-1856), condessa; mulher de I. I. Vorontsov-Dachkov. – 273

Vorontsov-Dachkov, Ivan Illarionovitch (1790-1864), conde; grão-mestre-de-cerimônias; membro do Conselho de Estado. – 125-26

Vrevskaia, Evpraksia Nikolaevna (Zizi), nascida Wulf (Vulf, 1809-1883), baronesa; filha do primeiro casamento de P. A. Ossipova. – 255-56, 260

Vsevolod II. – 21

Wallenstein, Albrecht Wenzel Eusebius von (1583-1634); *condottiere* boêmio a serviço dos austríacos. – 160

Weimar, E. I.; tipógrafo. – 162

Wittgenstein (provavelmente), Nikolai Petrovitch (1812-1864), príncipe; filho do feldmarechal Piotr Khristianovitch (1768-1843); a partir de 1834, capitão do Regimento dos Cavaleiros da Guarda. – 94

Wolf (Volf); proprietário e fundador, junto com Bérenger, de uma renomada confeitaria e cafeteria petersburguesa. – 265

Zagriajskaia, Ekaterina Ivanovna (1779-1842), dama-de-honra da imperatriz; tia materna de N. N. Puchkina. – 60, 78, 105, 173, 175-8, 180, 183-5, 186, 236, 246, 311

Zagriajskaia, Natália Kirillovna, nascida condessa Razumovskaia (1747-1837); parente distante de N. N. Puchkina. – 111

Zavadovskaia, Elena Michailovna, nascida Vlodek (1807-1874), condessa. – 53, 66
Zschokke, Johann Heinrich (1771-1848); escritor e historiador alemão. – 175
Zubov, Aleksandr Nikolaevitch (nascido em c. 1802), ou o irmão Kirill Nikolaevitch (1802-não antes de 1867), ambos militares de carreira. – 271

Este livro foi composto na tipologia Minion
em corpo 11/15 e impresso em papel
Chamois Fine 80g/m² no Sistema Cameron
da Divisão Gráfica da Distribuidora Record.